KUWEI

酷威文化

图书 影视

AUTO 4K

• REC

肆

扁平竹 ——

著

0.4EV
F5.6

00:00:01:30

上

意

四川文艺出版社

目录 contents

目录

contents

第一章
藏娇

狂风大作，惊雷将黑夜划开一道口子，光打雷不下雨的天气在北城并不算罕见。长风街作为北城最繁华的街道，将奢靡和堕落发挥到了极致。

宋枳刚从金河奖的颁奖现场离开，准备赶往下一场聚会。

唐笑言做东，为她的男朋友庆祝生日，地点就在"出格"。

贵宾卡座里，除了唐笑言和她的男朋友江寻白，还有些熟面孔，宋枳虽然叫不上他们的名字，却也都见过。

唐笑言看到宋枳，终于舍得从自己男朋友的怀里离开了，她拍了拍自己身侧特地给宋枳留的位置："大明星，等您半个小时了，可算把您给等来了。"

候在旁边的酒保非常贴心地替宋枳把包放好，她道过谢后在唐笑言身旁坐下："接受采访多花了些时间。"

旁边一道不加遮掩的冷笑声传来："这个奖应该挺贵的吧，江言舟还真是大手笔。"

如果问许兰兰为什么这么讨厌宋枳,"江言舟"这三个字大概就是罪恶的起源。

豪门世家、冷血门楣,江家似乎就是"六亲不认"的代名词。扯上江家就相当于踏进一摊浑水,没有血光的争斗,比直接上刀枪还来得可怕。江言舟作为长孙,完美继承了江老爷子身上的狠劲,青出于蓝而胜于蓝。他平时看着温润谦和,实则做事手段狠辣、不留情面,虚伪得很。

即便关于他不好的传闻有很多,可圈子里那些未婚的富家千金、名媛小姐,哪个不是盯着他身旁的空位,削尖了脑袋想往他身边挤。

直到宋枳的出现,让许多人的幻想彻底破灭。

独身惯了的江言舟身边突然多出了一个女人,雪肌乌发、双瞳剪水,那楚腰细得仿佛一手就能握住。她偏还生了一副美人骨,清纯中又带着几分欲色,纤秾合度,恰到好处。

上流圈子里的人私下都传,宋家供出了一只狐狸仙,所以一向不重色的江言舟才会被她迷得七荤八素。

宋枳顶着那张清纯小白莲的脸,笑得纯良无害:"现在连胎盘都会讲话了?"

许兰兰听不出她话里的意思,以为她在说自己长得像胎盘,气得龇牙咧嘴反驳道:"你长得才像胎盘。"

"行了。"唐笑言出来打圆场,"给我个面子,都别吵了。"

许兰兰不屑地冷哼一声:"谁想和她吵?低等人,连给我提鞋的资格都不够。"

酒吧里光线不太好,玻璃茶几上零零散散地放着几个酒杯。

宋枳似笑非笑地问了一句:"听说上个月生日,你爸送了你一艘游艇?"

聊到自己最想说的话题，许兰兰暂时放下和宋枳的恩怨，抬了抬下巴，模样傲慢地说："爱兰号下周就可以正常出海了，我想在上面举办个酒会，你们要是想去的话，都可以去哦。"

那些名媛小姐们听到她的话，脸上的笑容多少带了点轻蔑，彼此对视一眼，仿佛并不将她的炫耀放在眼里。

有人语气里带着嘲讽："你那艘游艇还没我家洗手间大，恐怕站不下我们这么多人吧？"

有人低笑出声："好像还是买地皮送的，看来地皮是送给你那个便宜姐姐了。"

圈子里谁不知道前些日子许兰兰她爸从外面带回来一个私生女，比她还要大几岁，正房大闹一通，甚至还跑回了娘家。这事早就沦为笑柄，在圈子里广为流传了，都说许家的财产是给真爱准备的。

一提到这个许兰兰就恼火，言语间的火药味更浓了："自己家一堆破事都没解决呢，还有闲心关心我？怎么，你哥上周飙车把人给撞伤了的事这么快就摆平了？下次我可以把爱兰号借给你哥，飙船应该不容易撞到人。"

那人被戳中要害，冷言冷语道："一个不知道几手的破游艇，还有脸往外借。"

许兰兰气得脸都变形了："你……你有种再说一遍！"

"耳背是吧？我说你那个不知道几手的破游艇，还有脸往外借，要是还听不见的话我干脆给你录个音，你拿来当手机铃声，这样天天都可以听到了。"

不得不说，这些名媛小姐还是挺讲究公平的，吵架也讲究回合制，这有来有回的嘲讽互骂，你不说完我绝对不插嘴。

对于这种小场面，宋枳早就见怪不怪了。

挑起事端的她像个没事人一样，慵懒地坐在沙发上，身子往后靠，长裙包裹着的大白腿晃啊晃，高跟鞋在她脚上，似乎马上就要脱离她粉嫩的足踝掉下去。

她垂眸拨弄着自己今天刚做的指甲，无心加入这场大战。

雾霾蓝的指甲上面点缀着几颗钻石，是前几天江言舟的合作方送给她的。名义上说是晚到的春节礼物，其实说白了，就是醉翁之意不在酒。

对方有求于江言舟，偏偏以他的身份连见江言舟一面的资格都没有，所以他便将目标对准了宋枳——江言舟藏在金屋里的"娇"。

宋枳摇头感慨，这人还是太年轻了，居然觉得江言舟这种在商界浸润久了的老狐狸会听她的话。

"战争"不知道是什么时候结束的，可能在宋枳回忆过往的时候分出了个胜负，也有可能只是中场休战。话题也从那艘不知道几手的游艇转到了名品珠宝上。

许兰兰注意到宋枳指甲上的钻石，阴阳怪气道："真钻都敢往指甲上放，攀上高枝后阔气了不少啊。"

这人总是乐此不疲地给自己找架吵，刚结束一场，立马想进入另一场。

宋枳找酒保要了瓶汽水，非常谨慎地抿了一小口，严格控制着糖分摄入。

哪个女人不喜欢亮晶晶的东西？宋枳当然也不例外。但是比起把美的东西放在盒子里珍藏起来，她更愿意让它们最大限度地发挥自己的美。

她假装为难地叹了口气："唉，都怪我家宝贝太宠我了，我有的时候其实也挺有负担的。"

许兰兰冷哼一声："你能有什么负担？"

宋枳十分做作地伸出手指，娇嗔道："钻石太重了呀，我的手都快抬不起来了呢！"

许兰兰："……"说她胖她还真喘上了。

女人的战争一旦开始就很难结束，以至于大家都快忘了今天真正的主角是谁了。

穿着干净白衬衣的青年站起身，大家的目光终于转回到他身上。他手里的手机屏幕还是亮的，界面停留在刚挂断的电话上。

"笑言，珊珊说她到了，我过去接她一下。"他说。

他太安静了，以至于宋枳都忽略了他的存在。听说他是唐笑言的同学，家庭条件挺一般的，这些从他的穿着打扮上也能看出来。白衬衫配牛仔裤，虽然朴素，但胜在干净。

唐笑言递给他一张贵宾卡："待会儿进来的时候把这个给保安就行。"

这家酒吧不是所有客人都接待的。

他走后，宋枳疑惑地问她："珊珊是谁？"

唐笑言放下二郎腿，倾身从桌上拿了个砂糖橘："他妹妹。"

"亲妹妹？"

"不是。"唐笑言似乎也有点记不住他们的关系，捋了好一会儿才说，"他从小一起长大的邻居妹妹，叫林珊珊。"

这个关系，闻着味就觉得有奸情。

没多久，江寻白就领着一个穿着白裙子的女孩子进来了。她皮肤白皙、身材纤细，属于容易勾起保护欲的那种类型。她手上还提着一个蛋糕，可能是人太多了，她有点害羞地往江寻白身后躲。

江寻白笑了笑，动作温柔地握着她的手腕，把她带到唐笑言面前："她就是笑言。"

小姑娘怯懦地打了声招呼："你好。"

她看上去似乎有些拘谨，坐下后也不参与他们的交谈，只是偶尔和江寻白低语一句。酒吧太吵，她讲话的声音又小，江寻白只得将耳朵靠近她嘴边才能听清她说的是什么。

那姿势，亲昵得就像他们才是一对。

唐笑言似乎并不在意，仿佛有了兄妹这层关系就可以保障一切，她告诉宋枳："听说她和你是同行。"

宋枳眼睫微抬："哦？看着怎么这么眼生？"

"不算有名，不过我看她长得挺好看的，而且你不觉得她的眼睛和你的挺像吗？"

宋枳下意识抬手，摸了摸自己的眼尾："像吗？"

唐笑言仔细一看："真挺像的，你们都是那种楚楚可怜的小鹿眼，男人都喜欢这款。"

贵宾卡座有专门的调酒师，宋枳接过自己刚点的鸡尾酒，杯壁上的盐粒咸得她眯了下眼。

视线之处，林珊珊抿着唇，眼尾下垂，那双小鹿眼似乎还泛着水光，仿佛受了天大的委屈，江寻白正手忙脚乱地哄她。

看来不光讨男人喜欢，还挺讨唐笑言的男人喜欢。

宋枳正打算提醒唐笑言稍微防着点，那边江寻白就站起身，脸色有些为难地开口："笑言，珊珊她是第一次来酒吧，有些不太适应，要不今天就到这里了，我先送她回去。"

为了给江寻白庆祝生日，唐笑言提前一个多月就开始准备，她对自己都没这么上心过，而且今天的重头戏还没到呢，于是她试图把江寻白留下。

"我第一次来酒吧也不太适应，多待一会儿就融入了。"

江寻白有点犹豫："可是……"

他自然知道唐笑言为了他的生日准备了很久，他没多少朋友，她还专程把自己的朋友都叫过来，就是为了热闹一点。

旁边的"小白兔"似乎察觉到他的动摇，拉着他的衣袖，声音染上一抹急哭的腔调："寻白哥哥，如果妈妈知道我来这种地方的话，肯定会说我的。"

许兰兰听到这话了，冷笑出声："你是什么品种的白莲啊？二十好几了还不让你来酒吧？那你平时去哪儿玩？去公园和小朋友抢滑梯玩吗？"

她刚刚的火还攒着呢，这会儿就一块发泄了，语气冲得不行。

林珊珊一愣，立马委屈得眼睛更红了。

江寻白急着去哄她，罕见地发了脾气："唐笑言，你朋友说话会不会太过分了点？"

唐笑言和他道歉："她这人说话是挺不过脑子的，我代她向你妹道歉，反正她都已经来了，多坐一会儿应该也没事，我还打算让你看——"

江寻白的一句"她和你们不一样，她从来不来这种地方"彻底把唐笑言要说出口的话给堵在了嗓子眼里。

唐笑言显然是蒙了，半天没有反应过来。

"小白兔"抿着唇，主动站出来承认错误："笑言姐姐，寻白哥哥不是这个意思的，他只是担心我，一时情急才会……凶你的，你们别因为我吵架。"

她一开口宋枳就知道，老江湖了。

她在江言舟身边装了三年白莲花，什么套路没对江言舟用过？这些手段都是宋枳用烂的。按经验来讲，林珊珊还得喊她一声祖师爷呢。

林珊珊从沙发上把自己那个粉色名牌包拿起来，看着江寻白："你留在这里陪笑言姐姐吧，我一个人回去就可以。"

话说完她就边擦眼泪边往外走，江寻白看看她，又看看唐笑言，纠结一番后做出了选择。

"她这个样子，我不太放心。"他和唐笑言说了声"对不起"，然后追了过去。

一行人你看看我我看看你，平时都是些有什么不爽就直接出口的娇惯富二代，什么时候见过这种场面啊？难免还是有些被震撼到。

许兰兰试图分析："我觉得他们下一步就应该是借着安慰为由去酒店了。"

唐笑言火大地骂道："他们要是敢，我把他们刷了做卤煮。"

长风街寸土寸金，只有一楼是酒吧，楼上全是私产，业主是谁一直都是个未解之谜。

有钱人要是想低调，是不会让任何人查到蛛丝马迹的。

舞池里的人嗨得不行，灯光也很合气氛地往下暗了好几个档。

楼梯口正好有人下来，为首的人身形颀长挺拔，剪裁合体的高档西装穿在他身上，气场强大。四五个同样穿着西装的人，毕恭毕敬地跟在他身后。

"小白莲"忙着抹眼泪，没看清路，和旁边路过的酒保撞在了一起，托盘上的红酒直接泼在了男人身上。

她急忙拿出纸巾帮他擦拭："对……对不起。"

男人衣服的面料她一摸就知道不便宜，应该是件高级定制品，她在社会上混了这么久，这点见识还是有的。

她紧咬下唇，也不知是害怕还是紧张，手都开始哆嗦了，声音也染上哭腔："真的对不起，我没看见您。"

她的眼泪把控得非常好，恰好是不会哭花妆，却能让男人心疼的那种程度。然后她再小心翼翼地抬眸，对上男人漫不经心看过来的视线后，又急忙低下头，像一只受了惊吓的小白兔。

这里光线虽然暗，但也足够让她看清面前的男人长什么样了。男人骨相极佳，却似寒刃一般，锋利而危险。眼睫落下的阴影覆在眼底，像是万年不见光的深潭，冷得都可以直接结成冰了。他身上有股淡淡的酒香，应该就是刚刚被撞翻的红酒。周身气质傲慢矜贵，一眼便可看出他的出身不凡。

林珊珊今天之所以答应过来，也是想借着这次机会来一次这样的高档场所，说不定还能结识到一些优质男人。

谁知道她来了以后发现在场的都是一些比她好看、比她有品位的富家千金，平时在普通人里也算是美女的她受不了这种被他人光芒覆盖的感觉，于是随便找了个由头离开。

想不到今天运气这么好，"优质男"还真让她给碰到了。

"真的对不起，我刚刚……遇到点事，有点难过，所以没注意到您。"她深呼了口气，一副受了天大委屈也要强忍着的坚韧样子，眼泪还在不听话地往下流，"您要是因为这件事情而心情不好的话，我可以让您泼回来的。"

手上的纸巾被酒浸湿，烂掉了。她换了第二张，抬手时，故意和他的手碰到。

眉眼微抬，男人那张波澜不惊的脸上终于有了些许反应，极度的厌恶浮现在眼底。他从西裤口袋里拿出方帕，擦拭着被触碰到的手背，就像是被什么恶心的脏东西碰到了。

与此同时，站在他身后的凶神恶煞的壮汉保镖卷着袖子走上前来，二话不说，直接拎着林珊珊的领子把她当垃圾一样扔出了酒吧。

没错，就是扔出去了……

贵宾卡座里，那群默默看戏的富二代们纷纷沉默了，诡异的气氛在酒吧里弥漫开。

男人脱掉被泼了红酒的外套，连同刚刚的方帕，一并扔进了垃圾桶里。里面的衬衣也湿了，单薄的布料贴在身上，隐约还能看见他腹部的肌肉线条。

旁边的人替他把推拉门打开，乖乖站在旁边等着。他出去时，漫不经心地往这边扫了一眼。一直到他的身影完全消失，安静的卡座终于发出了声音："太解气了。"

"这个乡巴佬是不是偶像剧看多了？还真以为在高档场所随便撞个人都能撞出姻缘来。"

"不过你们不觉得那个男人看上去有点熟悉吗？"

"有吗？太暗了，我没看清，不过好像挺帅的，那长腿，啧啧啧。"

宋枳沉默着，全程没有参与她们的讨论。

她乖乖巧巧地坐在那里，冷汗直冒。

江言舟不是两个月后回国吗？怎么今天就到了？

主角都走了，这个生日会也就没有继续开下去的必要，很快就散了场。

司机开车将宋枳送回半山别墅，这是江言舟专门给宋枳买的住所，他不在这儿住，只是偶尔想她了，才会过来。宋枳最近因为拍戏，长期住在酒店，也有些日子没有回来了。

一楼没人，管家正戴着个口罩满屋子消毒，酒精味刺鼻。宋枳捂着鼻子，抬手挥散面前的空气："何叔，您这是在干吗？"

管家放下手里的消毒喷雾："先生说这屋子太久没住人了，得杀杀菌。"

宋枳点头："这样啊。"

管家笑了笑："先生还在楼上等您，这儿味道冲，待会儿味散了您再下来。"

宋枳应声后犹豫了一会儿,才有些忐忑地上了二楼。

走廊的壁灯只开了一盏,有些昏暗,书房的门是关着的,但是门沿下有光渗出来。她迟疑地抬手敲门,半晌,男人低沉的嗓音传来:"进。"

江言舟的声音素来清冽透润,极少有这么沙哑的时候,像带着无尽的疲倦。也对,他平时日理万机的,休息的时间少得可怕,不累才怪。

她开门进去,电脑显示器后,男人穿了件白衬衣,应该是回到家后就洗澡换了衣服。

熨烫妥帖的袖口处别着一枚蓝宝石袖扣,衬衣最上面的两颗扣子没有扣,白皙修长的颈上有一条六厘米的伤疤,不算明显,却让人难以忽略,就像是美玉里细微的瑕疵,带了点神秘感。

看到宋枳了,他把手里的钢笔扔回桌上,眉眼轻敛,那双墨色眼瞳安静地看着她。

半年时间说长不长,江言舟偶尔闲时会给她打视频电话,他总是一言不发,安静地听她讲最近发生了什么事。

在那些粉丝眼中宋枳是女神,可她知道,在江言舟这儿自己不过是个消遣,用来驱赶疲乏。说得难听点,就是江言舟找的一乐子,在他感到疲乏的时候逗他开心,比起感情,倒更像是一种交易。

江言舟不需要说话,只要坐在那里,周身矜贵凛然的气质便让人不敢靠近,就像是狼群里的狼王,危险得让人畏惧。

宋枳尽可能地让自己的态度自然一些:"你是什么时候回来的?"

他神色未变,淡声道:"下午刚到。"

"怎么不提前告诉我一声?"

江言舟侧转了下椅子,视线仍旧落在她身上,没开口。

宋枳突然有点想笑。

也对，他们两个的关系，江言舟根本没必要向她汇报行踪。

宋枳身上穿的还是参加颁奖典礼的裙子，这裙子是上个月档期空了几天，她飞去美国陪江言舟时顺便定做的。价值八位数的高定礼裙，在走完红毯后就被人扒了出来。

其他艺人穿的都是品牌方赞助的衣服，没有像她这样不论出席什么活动都穿着高定的，简直奢靡至极。

她背景大的传言愈演愈烈，甚至还有人在奖项出来之前就预言，最佳女主角肯定是她。

果不其然，还真是她。

现在热搜第一的话题还是"金河奖黑幕"，评论里都在骂她，说她权势滔天、背景深厚，居然让从来没有出现黑幕的金河奖都为她开了次先例。

"宋姐牛，争取把奥斯卡也拿了，来个大满贯。"

"嘻嘻嘻嘻，真为我家正主感到开心，能和这样的'国际巨星'争同一个奖项，太开心啦，希望'国际巨星'下一个奖也继续努力哦，让主办方多捞一点。"

经纪人怕她看了影响心态，三令五申让她最近几天都不要登微博。不过宋枳并没有受到任何影响，身正不怕影子斜，她既然没有做过他们口中收买主办方的事，就不怕他们的诋毁。

她想得有些入了神，江言舟并不打算去过问，也没那个兴趣。他的视线从宋枳的裙子领口一路游走到脚踝，看到她往日白皙细嫩的脚被高跟鞋勒出了几道红印。

眼睫轻抬，目光之下的那半截小腿又细又白，男人眸色沉了沉，轻声道："过来。"

宋枳听话地过去。

他身子往后靠了下，与书桌的距离拉开，拍了拍自己的腿："坐上来。"

宋枳听话地坐上去，后背小心翼翼地抵在他的胸口。

他应该刚抽过烟，身上有股淡淡的烟草味。即便是洗过澡，那股酒味也没被冲淡，难怪一向忍耐力极好的江言舟也会罕见地失态，发那么大的火。

宋枳试探地问了一句："今天我在酒吧看到了一个被人泼了酒的倒霉蛋，和你长得很像。"

江言舟语调轻慢："或许那个倒霉蛋就是我呢？"

宋枳做作地问："没泼疼吧？我的小宝贝太可怜了。"

他垂眸看她，似笑非笑："我怎么觉得你看得挺开心的？"

"我不知道那个是你嘛，灯光那么暗。"她扁着嘴，有点委屈，"我还以为你会被刚刚那个'小白莲'迷惑住呢。"

他看了她一眼："同样的剧情，我看你演了三年。"

宋枳眉头一皱，她怎么觉得江言舟这是在拐着弯骂自己呢？

江言舟没有在这个话题上过多停留，他打开抽屉，扔了个信封过来："知道这是什么吗？"

外面是空白的，什么也没写，不过看厚度，东西应该还不少。

宋枳疑惑地摇头："不知道。"

他淡声说："打开看看。"

他的声音像羽毛，在她耳边擦过，有点痒。哪怕是跟在他身边这么久，宋枳偶尔还是会被他的声音撩拨得心跳加速。

不管是冷讽时的轻慢，还是生气时的低沉，抑或是现在，明明带着笑意，却让人觉得无形中带着压迫。

宋枳也算是见过不少帅哥美女，可在她眼里，那些人和江言舟比起来不过是凡尘中的佼佼者。而他，则是生活在云端的神祇，不染一丝污秽。

他的话像是蛊，宋枳听话地把信封拿起、拆开，里面是几张照片，是她和许稚阳的合影。照片里有很多地点，有在剧组的，也有在饭店的。

许稚阳是宋枳新剧的男主，也是她现在的绯闻对象。因为年龄相仿，再加上一起拍戏，所以两个人也算是朋友。

照片里，许稚阳靠近她耳边，不知道在说什么，她拿着筷子笑得很开心。俊男靓女，似乎一举一动都能引发旁观者的遐想。

宋枳记得当时他们说的是什么剧组杀青宴上副导喝醉了撒酒疯，一直在唱歌，跑调跑到西伯利亚了。他们两个是在笑这个。

江言舟的长臂揽过她的细腰，两个人之间的距离，越发密不可分："我出国才半年，你的品味下降得这么厉害？"

宋枳握住他的手，撒娇解释道："我们那天是在聚餐，不是我们单独吃饭。"

顶着这样一张脸撒娇，似乎没有哪个男人能抗拒得了。她惯会用这样的手段，尤其是在江言舟面前。

江言舟安静地看着她，脸上的情绪倒没什么变化，他是个内敛的人，喜怒从来不形于色。这也是宋枳害怕他的地方，她不知道他什么时候是高兴、什么时候是生气，因为不管什么时候，他都是一副无所谓的冷淡模样。

饭的确是在酒店里吃的，不过是剧组的杀青宴，除了他们两个还有剧组其他人。宋枳知道，这半年来她的所有行踪都有人上报到江言舟那儿去。她吃了什么，她见了谁，他都知道得一清二楚。

对江言舟来说，她只是一只他圈养的猫，用最昂贵的食材喂养，无聊了就逗一逗。但他这样的人，是不会允许自己的猫去亲近其他人的，任何人都不行。

他"嗯"了一声，像是信了，又好像没信，只是任她柔软的指腹在自己的掌心乱画。此刻的她倒也的确像一只猫，一只努力讨好主人的猫。

见他没有继续追问下去的打算，宋枳松了一口气，以为逃过一劫。肩膀却被人猛地按住，耳边响起了喘息声……

宋枳坐在沙发上，感觉全身都是酸的，又痛又软。男人似乎把这半年的空缺一下子全补上了，没有半点平日里的温柔儒雅，跟条疯狗一样。

"疯狗"洗完澡出来，腰间围了条浴巾，上身是裸着的。

听到动静，她将视线从手机屏幕上挪开，偷偷瞥了眼他的腹肌。这人自律得可怕，工作那么忙还会抽出时间来健身。宋枳就做不到，她减肥都是靠节食，她已经半年没有碰过荤腥了，早忘了肉是什么味道。

湿发上盖了条干毛巾，江言舟坐过来说："下个月回学校吧。"

她愣了一下："回学校？"

头发柔顺地搭落在额前，盖过眉骨，使江言舟整个人看上去比平时多了些柔和。他在她身旁坐下："你也应该玩够了。"

原来他一直觉得自己在娱乐圈打拼是玩。

宋枳虽然一直被他圈养着，但她不是一个没有自主思想的人，她也有自己的想法。

她想攒钱，攒很多很多很多的钱。

"我没有玩，我是认真的。"她说这话时，也是一脸认真。

江言舟很少在她脸上见到这种坚持，小姑娘虽然有心机，却还是太蠢，在他面前，她的那点心机就像小学生一样。

有爪牙，却还是太稚嫩，伤不了人。

半晌，他点点头："是吗？"有些敷衍。

似乎为了证明自己的努力坚持没有白费，宋枳那张精致的小脸上沾染着骄傲："我今天拿奖了，演技大奖，我经纪人都说我有天赋，拍的第一部戏就得奖了。"

"天赋。"江言舟低笑一声，发出放轻了的气音，"五千万。"

宋枳疑惑："什么五千万？"

他微勾了唇角，像个冷血的刽子手，毫不留情地戳破她仅有的幻想："那个奖，五千万。"

唐笑言在电话里安慰她："没事，至少别人还没钱买呢，你能买到那也是你的本事。"

宋枳更失落了："可奖也不是我买的，是江言舟。"

唐笑言说得理直气壮："他买的有什么用？他连当最佳女演员的资格都没有，你最起码比他有优势，你不光是女的，你还是个演员。"

宋枳总觉得这个话题越讲越歪，江言舟根本不想当什么演员吧。

"而且你现在可以说是双赢啊，不光拿了奖，还有了热度，黑红也是红啊。到时候热度上去了，再洗白一波，你照样是出水芙蓉，不染尘埃。"

唐笑言开了家公关公司，这种事情，在她那里早就见怪不怪了。

宋枳被她这么一通安慰，的确也好受了许多："那你觉得我演技好吗？"

唐笑言闭眼一通彩虹屁："特别好，我跟你讲，江言舟这个钱就是白花了，就算他不出这个钱，你照样是最佳女演员。"

宋枳进浴室有两个小时了，何婶怕她出什么意外，站在外面干等着，也不敢擅自进去。

江言舟在书房开完远程会议，刚回到卧室，就看到何婶站在浴室外。

"怎么了？"

何婶欲言又止，脸色有些为难："小枳进去已经两个多小时了，这么久都没动静，我担心她是不是出了什么意外。"

两个小时。

江言舟极轻地皱了下眉。

从小到大，宋枳只要难过了就会找个地方躲起来，这么多年了，这个习惯倒是一点也没变。

他抬手敲门，声音染了点厉色："给你两分钟的时间，从里面出来。"

前后不到一分钟，宋枳就出来了。她的眼睛还有点红，应该是刚哭过了。

她是什么样的人江言舟怎么可能不知道，他只是扫了眼她脸上硬挤出的那几滴泪，就知道她接下来要干吗了。

何婶一脸担忧地上前："哎哟，我的小可怜怎么哭了？"

宋枳紧咬下唇，一副"我委屈但我还能忍"的模样，俨然一朵倔强的小白花。

"我没事，和言舟没关系的，是我自己的原因，真的和他没有任何关系。"

江言舟："……"

听她这话，倒是和自己有关系了？

何婶安抚好她以后，又冷着一张脸劝江言舟："小枳她哪里有做得不好的地方你慢慢教她，何必这么苛责呢？"

何婶虽然是江家的用人，但资历深，在江家二十多年了，也算是看着江言舟长大的。

对于何婶，江言舟是尊敬的。

他耐心地听完她的责备，然后点头，声音温和："您放心好了，我会好好哄她的。"

何婶听他这么说，才放心了一点："那我就先下去了。"

她看着宋枳，神色宠溺："肚子饿的话就和何婶说，我给你做夜宵。"

宋枳擦干眼泪，笑着点头："谢谢何婶。"

何婶走后，四周顿时静了下来，江言舟不说话，宋枳也不敢开口。她只能站在那里等着，偶尔抬眸看一眼，又正好对上江言舟看过来的视线。

豪门多纠葛，江言舟是在钩心斗角的环境下长大的，再加上在商界混久了，身上总有股杀伐果断的狠劲。

哪怕在一起这么长时间了，宋枳还是有点怕他。

时间一分一秒地流逝，他随手拖了张椅子在她面前坐下："说说看，我怎么欺负你了？"

宋枳跟了江言舟这么久，对他的喜好早就摸得一清二楚了。

眨了三下眼睛，眼泪就听话地流了出来。

宋枳抽抽噎噎地抹眼泪，可怜之余又带着三分委屈和七分倔强："我只是希望靠自己的努力来让你知道，我和那些贪慕虚荣的女人不一样。"

好一朵出淤泥而不染，濯清涟而不妖的玛丽苏言情白莲花。

她演的电视剧，江言舟闲暇时看过一点，不过连十分钟都没能坚持下去。但凡宋枳把在他面前的演技分一点在拍戏上，也不至于演成那个样子。

那个奖宋枳连提名都没资格，不过是主办方有求于江言舟，想借宋枳卖他一个顺水人情。一向不屑于这种手段的江言舟罕见地承了这个情。价值五千万的合同，就这么点头签出去了。

宋枳似乎是真的很难过，都哭到干哕了。只是抹眼泪的同时还不忘偷偷看他一眼，通过判断他的表情变化来调节自己眼泪的量。

他无动于衷她就哭得狠些，他神色开始动容就哭得楚楚可怜一些。

男人嘛，就是要对症下药。

江言舟安静地等她哭了十几分钟，然后问她："哭够了？"

她立马噤声："哭够了。"

他点头："哭够了就过来。"

宋枳听话地过去。

他刚开完会，身上穿着正装，系着蓝黑条纹的领带，纽扣也一丝不苟地扣到最后一颗。

江言舟可能不知道，宋枳最喜欢的就是他穿西装的样子，莫名地让人觉得很有安全感。

她还记得第一次看他穿正装的样子，十七八岁的少年，身形挺拔板正，清瘦却不羸弱。他穿着剪裁合体的西装，留着寸头，皮肤白皙，笑起来时眼尾会微微下垂。

现在的他偶尔也会笑，或冷讽，或威胁，没有半分真心。可是不管再怎么变，宋枳还是最喜欢江言舟穿西装的样子。

待宋枳走到他面前后，他取下口袋上的方帕，递给她擦眼泪："觉得委屈了？"

她哽咽得直抽抽，却还是坚强地摇头："不委屈。"

江言舟并不是一个喜欢哄人的人，他嫌麻烦。

他点头："不委屈就好。"

她不说话了，也不知道在想什么。

江言舟微抬下颌："帮我把领带解了。"

宋枳"哦"了一声，过来帮他解领带。

温莎结系得不紧，宋枳很轻松就解开了，这么多年，她给江言舟打过无数次领带，熟练得很。

她把领带递还给他，有些得意："我最近在网上学了一种新的领带系法。"

他点头，兴趣不大："是吗？"

她越说越兴奋，似乎这是一件特别值得高兴的事："我学了好久的，明天给你系。"

江言舟漫不经心地应着，视线却落在自己手里的那条领带上。

他的眼眸沉了几分，染上欲色。

宋枳等不到明天了，正想说今天就给他系，结果还来不及开口，便被拢在一个温暖的怀抱里……

宋枳是被闹钟吵醒的，她懊恼地将手从被子里伸出来，凭直觉在床头柜上胡乱摸索着。摸了半天什么也没摸到，最后气得掀开被子，起床去拿手机。

九点半，还有一个小时就要开工了。

房间里没开灯，窗帘的遮光效果好得离谱，宋枳借着手机的屏幕光找到遥控器，把窗帘打开。阳光透进来，有些刺眼。

身侧已经空了，身子酸痛得厉害，她好不容易把衣服换上，洗漱后就出了房门。

楼下何婶已经把饭菜摆上桌了，看到她起了，连忙喊她下楼吃饭："小枳快来，我做了你最爱吃的南瓜粥还有南瓜饼。"

宋枳揉着肩膀下楼，落座后四下看了看："江言舟呢？"

何婶在旁边给她盛粥："一大早就走了，说是刚回国，公司里有些事情需要他去处理。"

宋枳点了点头，开始喝牛奶，喝了两口就把杯子放下了。

"何婶，您慢慢吃，我先走了。"

她说着就要起身，何婶把碗端过来放在她面前："你昨天累了，言舟让我看着你吃完才许你走。"

宋枳："……"

她平时为了维持身材每顿只吃一点，今天也算是罕见地吃了个全饱。

看着她嘴上沾着的那一层浅浅的奶渍，何婶拿了抽纸递给她："今天的午饭、晚饭也要按时吃，知道吗？"

宋枳撒娇道："吃了何婶做的饭菜以后怎么还吃得下外面的东西？"

何婶无奈地摇头，嘴角却挂着笑："怕了你了。"

她起身去厨房，从里面拿出一个保温饭盒，递给宋枳："专门给你做的，午餐得吃得营养点，千万不要为了减肥就不吃，回来了我是要检查的。"

宋枳乖巧地点头："好的，我保证吃得干干净净的。"

何婶笑道："好了，去工作吧。"

"嗯，那我走啦。"

今天的行程除了一组杂志的拍摄，就是黑猫 TV 的直播活动。

虽然演技方面饱受诟病，但宋枳的粉丝数量还是很可观的，上半年刚官宣成为黑猫 TV 的代言人。

宋枳今天的状态很好，拍摄完成得快，工作结束后，她回酒店睡了几个小时，直到晚上司机过来接她，她才起来。

刚醒，肚子有点饿，宋枳从冰箱里拿了包袋装低脂牛奶出来。手机里躺着几条未读的消息，都是唐笑言发过来的。她嘴巴咬着袋子的一角，边往外走边低头滑开手机解锁。

唐笑言："你可千万要记得帮我要个签名。"

听说这次一起直播的主播里，有个职业电竞选手叫何瀚阳，唐笑言是他的忠实粉丝。

宋枳回了个"OK"的表情包，然后把手机放进外套口袋，开门出去。

助理小许应该也是刚到，看到她了，喊了一声："宋枳姐。"

她小口喝着牛奶，问他："车到了吗？"

"到了，就在楼下呢。"

低脂牛奶没什么味，喝到嘴里甚至有点泛苦，虽然可以短暂充饥，但味道实在不敢恭维。

这次活动已经预热很久了，作为宋枳的经纪人，夏婉约心里有自己的打算，到达酒店后，她还不忘叮嘱宋枳："何瀚阳的粉丝数量大，男粉女粉都有，你自己把握一下直播内容，蹭点粉。"

宋枳左耳进右耳出地听着。

酒店房间在 36 楼，等他们过去的时候，工作人员正忙着调试直播用的机器。夏婉约要先去和负责人对接工作，她让宋枳先进去，熟悉一下直播环境。

宋枳接过她递过来的流程表，走到套房的卧室，边看边把门推开。卧室里人挺多，除了工作人员，还有几个穿着黑色队服的男生在调试设备："这鼠标手感也太差了吧，早知道我就把自己的带来了。"

"网速也差到爆，这酒店再高档再豪华也没电竞酒店来得爽。"

"行了。"一道慵懒的声音打断了他们的埋怨，"一群铁憨憨，打游戏有看女神重要？"

不知道谁说了一句："我天，来了来了！"

嘈杂的房间瞬间安静下来，好几双眼睛齐刷刷地朝宋枳看过来。

因为只需要露脸，所以宋枳今天穿得挺简单的，细腿牛仔裤配米白色的短 T 恤，不规则的下摆隐约能看见半截楚腰。长发随意地在脑后绾成高马尾，天鹅颈修长白皙。

她是老天爷赏饭吃的一类人，身上那股子楚楚可怜的气质格外讨人喜欢。

面对这几双眼睛，宋枳放下流程表，有些尴尬地看了眼旁边的工作人员："我是不是来晚了？"

"没有的事，您来得可太是时候了。"刚刚那几个还在埋怨的男生这会儿纷纷站起来，帮她拖椅子、倒水、调游戏设备，殷勤得不像话。

"对啊，来得早不如来得巧，我还是第一次遇到这么会把握时间的人。"

"妙得很。"

还真是不露痕迹地拍马屁呢。

那几个男生看着年纪并不大，他们一一做了自我介绍，最大的还比宋枳小一岁，最小的刚成年。

合同上写明了直播内容，就是打打游戏聊聊天，最开始也的确是按照这个步骤来的。

有主播在那里热场子，直播间的气氛还算可以，谁知中途节目组加了个连麦提问的环节。旁边的夏婉约直接黑脸了，宋枳刚拿了个与她实力不符的奖，正处于风口浪尖上，这种随机连麦的方式不稳定性太高了。

可惜直播已经开始了，哪怕她吵翻了天也没用，还会让宋枳落得个"耍大牌罢播"的名号，也只能忍着怒火静观其变了。

第一个连麦的是个女孩子，声音嗲嗲的，吊着嗓子，像是含着一口气没提上来："宋枳阿姨能听到我说话吗？"

宋枳阿姨……

宋枳被这个称呼硌了一下，却还是好脾气地笑了笑："能听到。"

不得不说，表情管理的确是艺人的基本功。

确定她能听到后，那个人继续提问："我想问问宋枳阿姨买奖花了多少钱？为了拿奖，宋枳阿姨的脸都不要了吗？"

她这个问题问出来，弹幕瞬间就刷爆了。

"厉害啊。"

"姐妹真敢说。"

"傻吧你？"

"哪来的恶臭女生？滚出去！"

……

没有想到第一个问题就这么尖锐。毕竟这个奖还的确……是江言舟买的。

在这件事上她还真没有反驳的底气，可是那边又在不停地逼问："阿姨怎么不说话？是因为被我戳中痛点了吗？"

何瀚阳戴上耳麦，懒洋洋地向连麦的那个女生问了一句："你声带是切除了吗？"

然后是很长一段时间的寂静。

第二章
偏爱

这次的直播，最终以妹子被骂哭收尾。

夏婉约让工作人员暂停直播，去找主办方吵了一架。隔了一个房间都能听到她咄咄逼人的质问声。

能混上经纪人这个位置的，多多少少都是有些人脉和实力的，更别说是夏婉约这种资深经纪人了。

不过十分钟，她就趾高气扬地回来了，像一只赢了比赛的斗鸡。

宋枳走过场地问了一句："怎么样？"

她让小许把东西收拾好："还能怎么样？他们单方面毁约，让我的艺人身处舆论中心，当然该他们来收拾这个烂摊子。"

直播中途停止，用的借口是技术方面的问题。那些网友肯定不买账，都不是傻子，早不出问题晚不出问题，偏偏这个时候出问题。

夏婉约让宋枳放心，这件事她早就想好了应对的策略，不然也不会直接要求中止直播。

小许在旁边狂拍马屁："婉约姐真厉害。"

手机有好几条信息进来，六条里面就有五条是唐笑言发来的。

唐笑言："怎么个情况？

"我刚来怎么直播就关了？

"何瀚阳怎么突然骂得那么狠？

"等等！他该不会骂的是你吧？

"我早说你那套不适用于所有异性了吧。"

这件事情实在是一言难尽，宋枳不知道该怎么和她长话短说。

宋枳："下次见面了再和你讲。"

她退出了和唐笑言的聊天界面，看到了六条里唯一一条不是唐笑言发来的消息。

江言舟："开会，晚归。"

宋枳嫌弃地眯了下眼，难怪唐笑言背地里都骂他"老狗"。狗不狗她不知道，这种说话方式还真挺老的。

宋枳在网上和现实也是两副面孔。

宋枳："注意身体呀，宝贝，工作不要太拼命，累坏了身子人家会心疼的。"

消息发出去，三分钟、五分钟、十分钟，手机终于罕见地振动了一下。

江言舟："。"

绝，真够冷漠的。

她把手机锁屏放进包里，看了眼电梯显示的楼层："怎么还在48楼？"

小许说："刚刚好像出了点问题，应该快恢复了。"

果不其然，电梯楼层开始平稳地下滑。

不远处传来一道声音，是天生的慵懒语调："宋枳？"

宋枳抬眸，将视线从小许身上移开。

何瀚阳从楼道口的拐角过来，左肩上挂了一个双肩包，上面的红字 LOGO 是他们战队的队名。

她站直了身子："怎么就你一个人？你的队员呢？"

"他们说还要继续玩会儿。"

"哦。"

正好电梯门开了，一行人走进去，宋枳看着电梯门关上，想到了唐笑言让她帮忙要个签名。

何瀚阳很爽快就答应了，他拿出笔，看着宋枳："签哪儿？"

宋枳沉默了一会儿，又去看小许。

小许左看右看，发现两人都在看他，他无辜地耸肩："我也没有带纸的习惯。"

巧妇难为无米之炊。

宋枳看了眼自己身上的白 T 恤，心里痛得流血，这可是限量版，全球都只有一百件。不过为了姐妹的幸福，也值了。

她扯着衣摆："就签在这上面吧。"

宋枳身高一米六八，算不上矮，但和一米八五的何瀚阳比起来就有点差距了。这差距让他需要弯腰，才能够到她 T 恤的下摆。

电梯停止运行，随着"一层到了"的语音提示，酒店大厅明亮的光从缓缓打开的电梯门外映照进来。

何瀚阳签完了名，直起上身，合上笔盖的同时安慰她："今天的事别多想，对待那些嘴臭的就得比他们更嘴臭。"

这话不假。

宋枳说："我还得和你道谢呢。"

"嘻，也不多这一句。"

他们迟迟不出去，电梯门快合上时有人伸手挡住，礼貌地询问："请问你们要下吗？"

小许忙说："要下要下。"

宋枳这才反应过来电梯到了。

她压下帽檐，正准备跟在小许身后一起出去，视线略微往上扬了那么一下，正好对上男人冷到可以渗出冰的眼神。

他应该是要出席某个正式场合，身上的正装一丝不苟，哪怕一言不发，周身仍旧带着浑然天成的强大气场，一举一动都带着压迫感。

他永远都是一副正经严肃的神情，更别说是在他的下属面前。

身处利益顶点，有野心，也有獠牙，这样的人似乎格外让人畏惧。可宋枳偏偏最爱撕破他这张正经的面具。

想不到能在这里偶遇，不等宋枳和他打招呼，后者淡漠地看了眼她 T 恤上的签名，然后一言不发地绕开她进了电梯。

江言舟其实也不是一直都是这种模样，宋枳初见他时，他还勉强能算得上是个正常的少年，虽然不太爱说话，总有一副生人勿近的清冷感。

但由于家世显赫、成绩优越和帅得惨绝人寰这三个优点，即使再生人勿近，仍旧不能阻止那些被美色冲昏了头的女生争先恐后地往他身边扎堆。至少那个时候，他会礼貌地回绝，而不是像现在这样，面对示好直接把人扔出酒吧。

高年级的篮球赛，宋落作为队长，强行把自己的妹妹拉过来当啦啦队。

盛夏，宋枳穿着啦啦队队服——衣服是去找舞蹈生的学姐们借来的，尺码不是很准。身材太好了也有弊端，长度合适的太宽了，松紧合适的又太短了。

最后只能二舍一，选了短的那个。

因为纠结尺码，宋枳在更衣室多留了一会儿，等她过去的时候，篮球赛已经开始了。

她撑了把遮阳伞，绕近路走了过去。

高中部的教学楼高档得就像商业中心，电梯和健身房都有，最近还新建了两个游泳池。听说是因为学校来了个财大气粗的转学生，家里人前几年往学校捐了款。

篮球场上气氛高涨，宋枳撑伞过去，然后顿住。阴暗的巷子里面靠了个人正在低眸看手机。

对上宋枳的视线，他也毫不避讳，迎着她的目光和她对视。

拿着手机的那只手修长白皙，没有半点血色，像是黑夜里的吸血鬼，禁欲又危险。他的刘海儿很长，有些遮眼睛，却还是能看见那双细长微挑的桃花眼，眼底是暗的光。

他整个人有点颓丧，就像是一朵枯萎的玫瑰，带着最极致的美等待凋零。他身上的校服穿得规矩，连拉链都拉到了顶。

他看了宋枳很久，从宋枳绕近路过来，他的眼神就一直落在她身上没离开过。

她似乎并不在意，反而娇滴滴地问他："我是不是很好看啊？"

他没说话，仍旧盯着她。

宋枳干脆大方地站在那里，收了伞："每个人都有欣赏美的权利，想看就多看一会儿。"

他沉默少言，她娇贵自恋。

不过就是两个奇奇怪怪的人，在某个阳光正好、伴着微风的夏日，于青涩的校园相见。

想起这些往事宋枳就尴尬得脚趾蜷缩，她当初怎么就这么厚脸皮?

因为她站的位置正好在电梯口，跟在江言舟身后的精英团被她挡住了路，特助礼貌地开口："不好意思，可以麻烦您让一下吗?"

宋枳后知后觉地反应过来，道歉后让开。

电梯门缓缓合上，小许意犹未尽地回头看了一眼："刚刚那个男的也太帅了吧，而且看他那个架势，应该还是个身价不菲的大佬。"

宋枳很想告诉他一句：其实他私底下更帅。但这话说了就不太符合她的人设了。

"行了。"宋枳说，"眼睛都快黏人家身上了。"

旁边的何瀚阳疑惑地抬眸，以为是自己听错了。

宋枳差点忘了身边还有其他人，她一副受了惊吓的样子，十分做作地捂住嘴："哎呀，我刚刚是不是说错了话?"

何瀚阳笑了下："没什么，那都是哲学。"

小许："……"

这两人还真是天造地设的一对儿，一个茶一个瞎。

宋枳和何瀚阳分道扬镳后，刚准备打电话让司机过来接她，小许接了个电话过来，欲言又止："宋枳姐，今天您可能要熬夜了。"

"今夜大来宾"作为钻石台的台柱子节目，从20世纪90年代就开播了，到现在已经有三十年的历史。

虽然老套的主持方式让这档节目的收视率下降了不少，但是毕竟这么多年了，仍旧备受台里关注。

原定的嘉宾因为突发状况来不了了，宋枳作为救场嘉宾被请来。

上次参加这个节目还是两年前，当时她还是那个普通女团的成员，走的是懵懂无知的人设，连简单的计算题都要掰着手指算很久的那种。

化妆间里，导演拿了瓶无糖汽水给她："你这刚从活动现场下来就被我给叫过来，要不是实在没人选了，我也不会麻烦你。"

宋枳唇角上挑，笑容真诚中透着几分娇憨可爱："姐姐这说的什么见外话，我才是应该多谢姐姐让我上节目刷脸呢。"

简简单单的两句话，就把年过四十的蒋因给奉承得喜笑颜开："还姐姐呢，我都多大了，你也不怕叫乱了辈分。"

宋枳一脸真诚："可是姐姐的皮肤看上去很好啊，根本不像三十多岁的。"

蒋因佯装生气："你这个小丫头，连我的年龄都记不住，什么三十多岁啊，我都四十好几了。"

宋枳惊讶地捂着嘴："姐姐居然都四十了？我还以为才三十出头呢。"

小许在旁边看着宋枳简单几句话就把外号"灭绝师太"的节目导演给说得眉开眼笑的，深深地在心里竖了个大拇指。

高，实在是高啊。

有她这个阿谀奉承的本事，还用愁没人脉？这也算是宋枳的天然优势。

还有十分钟就要开始录制节目了，蒋因把表盘扶正，看了眼上面的时间："时间也差不多了，我就不打扰你了，你先准备一下。"

"好的，姐姐再见！"

临走前蒋因告诉她："下周我生日，到时候你可得赏脸来啊，我给你介绍几个大人物。"

"嗯嗯，我一定去！"

门打开又关上，高跟鞋踩在大理石地面上的声音逐渐远去。宋枳放松了挺直的腰背，靠在椅背上给江言舟发消息。

宋枳："我今天有点事，可能很晚才回去，我的宝贝早点休息。"

想了想，她又发了个撒娇小猫的表情包，然后才把手机放进包里。

隔壁化妆间传来争吵声，夹杂着东西被摔碎的声响。

宋枳心里的八卦之火熊熊燃烧，耳朵也跟着竖了起来，专心地听着隔壁的战况。

小许拿着咖啡进来，正好看到她全神贯注地偷听。

他把咖啡递给她："热美不加糖。"

宋枳接过咖啡："隔壁好像在吵架。"

小许拖出一张椅子坐下："过来的时候听到了。"

争吵声更大了，应该进入了白热化阶段，这下不用偷听都可以听到。她隐约听到了"五千万""投资人"几个字。

小许拿出保温杯，给自己冲泡了一杯高乐高，用勺子搅拌，和宋枳讲自己刚刚经过时听到的内容："好像是因为一个叫江言舟的大佬花五千万投资了一部剧，并且还塞了个演员进剧组，好像叫林什么……对，林珊珊，截和了原定的女主角，被截和的艺人刚刚才接到电话，这会儿正在隔壁发脾气呢。"

截和角色这种事情在宋枳看来是再正常不过的事了，但……

拉直以后可绕地球两圈的反射弧逐渐被收回，她眉头一皱，问小许："你把刚刚说的那两个人名再说一遍。"

"江言舟、林珊珊啊。"

手里的纸杯被捏皱，行，贞洁烈男江言舟口味向来专一。不管在什么年龄段，永远只爱白莲花。

下了节目后回到酒店，宋枳直接给唐笑言打电话，辱骂江言舟那个蠢货。

"江言舟就是个大冤种，你知道他和谁在一块儿了吗？还有脸说我眼光差呢，我看他才是眼珠子掉垃圾堆里了，这么瞎要不要我给他捐个眼角膜啊？什么人嘛，要不当面骂他一顿，我当场跳辣舞！"

　　作为她最好的姐妹，唐笑言永远都是无条件站在她这边的。所以宋枳也只敢在她这儿发发毒誓、过过嘴瘾，第二天就忘了。

　　毕竟她怎么可能敢当面骂江言舟，这么做的话，可能直接就尸骨无存了。宋枳想到他家养的那几条狗她就害怕，被咬一口的话，估计得疼好久吧。

　　好不容易骂爽了，电话另一端却迟迟没有听到附和的声音。宋枳正纳闷呢，唐笑言支支吾吾地说："宋枳，你先做好心理准备，旁边有椅子的话就先坐好，没椅子就扶着墙，反正先找个支撑点。"

　　宋枳疑惑："怎么了？"

　　唐笑言深吸一口气，语气复杂："我今天回家了，然后……我世叔也在。你给我打电话的时候，他正好看了我一眼，我吓得一哆嗦，不小心按了免提……总之我世叔现在脸色不太好看，你要不先收拾点细软出国避避，等风头过了再回来。"

　　唐笑言的世叔……

　　宋枳腿一软，终于明白了唐笑言刚刚的那番话是什么意思了。

　　她扶着墙，才勉强没有直接跌下去。

　　她心怀侥幸地问："是你其他的世叔吗？"

　　唐笑言彻底将她的退路给堵死："是姓江的那个世叔。"

　　坦白从宽，抗拒从严。

　　宋枳挂了电话后立马给江言舟发了条消息。

　　宋枳："事情不是你想的那样，你听我狡辩。

　　"我刚刚那是开玩笑的。"

　　消息发出去，立马显示了个红色的感叹号。

　　……居然直接把她拉黑了，连狡辩的机会都不给，看来的确是生气了。

　　宋枳真想抽自己一个大嘴巴，为什么要在这个时候打电话。

小许在她楼下的房间住，因为节目录制完已经很晚了，所以夏婉约带着几个工作人员去楼下的烧烤摊吃了顿夜宵。小许回来时顺便给宋枳带了盒水果捞。

他刚上来，就看见房门开着，穿戴整齐的宋枳正低头戴口罩。

看到小许了，她把车钥匙递给他："你来得正好，帮我个忙。"

小许看了眼自己掌心的豪车钥匙，顿时觉得自己手中攥着几套房，沉甸甸的。

"您要出去吗？"

宋枳把房卡抽了："嗯，有点事。"

小许作为资深爱车族的一员，有这个机会可以握到豪车的方向盘，自然是愿意效这个犬马之劳的。

酒店的停车场里，小许驻足在那辆豪车前许久。

宋枳赶时间，催促他："想什么呢？"

小许一脸虔诚："开前祷告一番，这是对豪车的基本尊重。"

宋枳无语，看了眼手腕上江诗丹顿的时间，又道："那你快点祷告，我赶时间。"

小许深呼了一口气："祷告结束。"

他把车门打开，进了驾驶座，终于看到了自己仰慕许久的星空顶，这也太漂亮了吧。小许内心赞叹道。

"宋枳姐，您有这豪车怎么不早点开出来？"

"我又没驾照，怎么开？"

小许不可置信地看了眼坐在后座的宋枳："没驾照那您买车干吗？"

"又不是我买的。"

车是江言舟送给她的情人节礼物，他问宋枳想要什么，宋枳说想和他一起去看星星。

他答应得挺快。

做了半天攻略的宋枳连景区门票都买好了，结果不解风情的江言舟直接送了他一辆有星空顶的豪车。

两个人在那辆车里度过了不可用言语表达的情人节夜晚。

江言舟没情趣，什么东西都直接用钱来解决。

这点实在是令人发指地……喜欢。

星空顶好像坏了一个地方，已经不亮了，小许疑惑地伸手去摸："这里怎么坏了？"

事情发生也没多久，宋枳记忆犹新："被我不小心用高跟鞋鞋跟划坏的。"

小许打着方向盘转弯，被她这句突如其来的话噎了一下。

高跟鞋鞋跟划坏的……

宋枳根本不知道自己说了什么，脑子乱得很，一直在思索用哪种方式求饶会死得不那么难看。

是直接跪地求饶，还是三拜九叩？

因为宋枳很少回来住，这里平时只有晚上才有人过来打扫。客厅里灯亮着，保姆正小心擦拭着装饰用的古董花瓶。

扫地机器人一点一点蹭到宋枳脚边，宋枳心乱如麻，没空搭理它。

她把包随手扔在沙发上，趿着拖鞋进到厨房，给自己倒了杯水，顺便和保姆套着话："孙阿姨，江言舟他回来的时候脸色吓人吗？"

孙阿姨是家里负责打扫的保姆，平时话不怎么多。这会儿她拿着刚拧干的抹布，也不看宋枳："我光顾着打扫了，没注意看。"

这就麻烦了，宋枳抱着水杯发愁，那万一江言舟心情不好，她这会儿上楼不就正好撞枪口上了吗？

可是两人都在一个屋檐下，总会有见面的时候。

宋枳把手机解锁，给唐笑言发了条求助信息。

宋枳："你觉得早死早超生和能多活一刻是一刻，哪句话更有哲理？"

那边几乎是秒回，速度快到宋枳都怀疑唐笑言一直拿着手机在等她的信息。

唐笑言："如果是江言舟的话，我觉得两者之间并没有什么本质上的区别。"

话糙理不糙。

外界传他不重欲色，宋枳没来的前二十五年里，他的身边连半个女人都见不着。宋枳每次听到这种话就觉得好笑，他身边没女人是因为他眼光高，那些围在他身边的莺莺燕燕他连看都不愿意多看一眼。

关于他眼光好这一点，宋枳还是挺欣赏的。

她磨磨蹭蹭地喝完剩下的半杯水，最终还是决定勇敢赴死了。

上了二楼后，她直奔书房，江言舟每次在她这儿留宿，除了卧室，大部分时间都待在书房里。

古时候的帝王还会为了妃子不早朝，江言舟倒好，整个就是一工作狂，她连当"祸水"的机会都没有。

宋枳手上端着亲自给江言舟冲的咖啡，小心翼翼地推开书房门。这轻微的动静，在寂静的夜里被无限放大。男人轻抬眼睑，看了她一眼后，又将视线移回电脑屏幕上。

一口标准的美式英语从电脑里传出来，应该是分公司那边的高层在向他汇报工作。宋枳怕打扰到他，于是轻手轻脚地过来，把咖啡放在距离他手边不远的位置上。

会议报告有点长，视频被挂断时，宋枳表盘里的指针都快走了半圈了。手边的咖啡也凉了，江言舟一口没动。

宋枳殷勤地过去拿杯子："我再去热一杯。"

江言舟淡声说："不用了。"然后端着咖啡杯，喝了一口。

他今天穿的是一身浅灰色的家居服，这还是他二十四岁生日那年宋枳送给他的生日礼物，也是她送给他的第一件礼物。

假的名牌，天桥上八十元一件，她砍价到三十五元。

江言舟在她这儿只值这个价。

还好江言舟向来对这种事不甚在意，也没有去关注这些东西到底是真是假。三十五块钱的假货质量不怎么好，有点掉色，买回来时是深灰色，三年过去了，都洗得有些发白了。

冷血动物江言舟怎么看也不是一个念旧的人，竟然能将一件印着假名牌标志的家居服穿这么久。

他话不多，尤其是在疲倦状态下。因为最近刚回国，肯定有一大堆事情等着他去处理，估计今天晚上又得在她这里忙通宵。

求人原谅得讲究先发制人，宋枳拿着手机点开网易云，走到他身边娇滴滴地问："您看您喜欢哪首。"

指的是她今天在电话里信誓旦旦地和唐笑言说不骂江言舟一顿她就当场跳辣舞的事。

男人仍旧一副淡漠神色，眼底半点涟漪也没被惊起，他把宋枳递过来的手机推开，安静地看着她。

撒娇也没用，说明是真生气了。

意识到事情严重性的宋枳抿了抿唇，乖乖地站好："对不起啊，我今天说的话好像是有点重，我当时也是在气头上，一时就……"

江言舟轻呵一声："你生气？"

宋枳想到今天在化妆间听到的话。江言舟从来不投资影视，而这次却破天荒花了五千万，就为了塞个人进剧组。

想到这里，她心里就闷闷的。不是因为被塞进剧组的那个人是林珊珊，而是因为，那个塞人的人是江言舟。

她低着头："谁让你背着我捧别人？"

江言舟极轻地皱了下眉，他什么时候捧过别人？他连宋枳都没捧过。

刚要开口，他的视线不经意地轻扫，眉头皱得更深。

宋枳参加节目穿的是节目组准备的衣服，节目结束后又换回来了。回了酒店后她连澡都没洗就直接过来了，所以身上的衣服，还是白天的 T 恤，那件全球只有一百件的限量款。

江言舟看了眼衣摆上的签名，眼底有股风雨欲来的压迫感。

他把电脑屏幕合上，淡声问她："到哪一步了？"

他这句话将宋枳从复杂的情绪中拉了出来，她眨了眨眼睛："什么？"

江言舟有耐心地又重复了一遍："你和他，到哪一步了？"

即便是反射弧再长，宋枳这会儿也明白了他话里说的是谁。

所以他是以为她和何瀚阳……

她气笑了："我跟他怎么可能——"

他似乎只想听一个答案，对她接下来的话没兴趣："没有最好。"

冷漠的语调就像是利刃一般。宋枳觉得自己的心脏被戳了个稀巴烂。

他和外界说的没区别，冷血狠绝，就像一块永远焐不热的冷铁。

他淡了声线："出去吧，我还要工作。"

宋枳笑容依旧甜美可人，话却说得咬牙切齿，声音几乎是从齿间硬挤出来的："还是要注意身体，万一不小心猝死了，可就防不住我和其他男人跑了。"

再哆的猫也有自己的小爪子。

江言舟顿下手里的动作，抬眸看了她一眼，眼底的情绪晦涩不明。

从书房离开后，她去浴室洗了个澡，想要缓解一下自己想骂人的冲动。

洗完澡后她又做完一整套护肤，安慰自己人生还是美好的。

换上白色真丝吊带睡裙，瓷白色的肩骨如玉雕一般精致。在浴室待久了，脸被热气熏红，连眼睛都染上一点红晕。

她才刚从浴室出来，就看到了等在门外的何婶。

何婶在楼下就瞧见了不对劲，因为不放心，所以就跟着上了楼。

那张有些苍老的脸上此刻满是心疼和担忧："哎哟我的娇娇啊，眼睛怎么都哭红了？是不是言舟又欺负你了？"

宋枳一愣，正要否认，何婶轻声安抚她："你别哭，告诉婶婶发生了什么，我帮你出头。"

宋枳听到"帮你出头"这四个字，眼睛一亮。

她在一秒内转换情绪，眼泪在眼眶里打转："不关言舟的事，是我自己做错了事，惹得他不高兴。"

何婶拿了纸巾给她擦眼泪："你这孩子，又做了什么事惹他不高兴啊？"

宋枳摇头，弱小无助又委屈："我也不知道我做错什么了，不过言舟肯定是生我的气了，不然他也不会这么大声地凶我，还让我滚出去。"

"出去吧，我还要工作。"在她这里变成了大声凶她和让她滚出去。

宋枳歪曲事实的本事可谓是自学成才。

何婶听到她这话，眉头皱得厉害："他还凶你了？"

宋枳委屈地抽泣，努力忍住眼泪："是我的原因，您千万别怪他。"

何婶一听她这话就急了，她最见不得宋枳这副受了委屈还忍着的可怜模样。枳枳就是太善解人意了，被欺负了还替别人着想，这么好的姑娘，言舟居然还不珍惜。

她安抚好宋枳的情绪："听话，别难过了，我去帮你和言舟说说。"

宋枳委屈巴巴地点头，然后看着气势汹汹的何婶进了书房。

一物降一物，江言舟自求多福吧。

刚好手机响了，是夏婉约打来的。她背过身子，靠着栏杆按下接通。

那边夏婉约的声音有点恼火："真服了，老娘花了这么久联系的营销号，结果通稿全部被拦回来了。"

宋枳一愣："什么通稿？"

"你和何瀚阳的啊。"

她有些蒙："我和何瀚阳的通稿？"

"冠军电竞选手和花瓶女艺人，这样的CP（Coupling，配对）现在多火啊。只要我发出你俩疑似恋爱的通稿，不光能收获一批CP粉，直播间里发生的那点破事也没人去在意了，一举两得，多好的计划啊。"

"我跟他？恋爱？"宋枳无语，"你怎么不提前和我商量一下？"

"你不是不在意这种事吗？"

"……我那是不在意外界怎么说我，不代表我愿意和别人炒CP啊！"

夏婉约叹了口气："现在的问题不是我有没有提前和你商量，而是这些通稿到底是被谁拦下来的，居然一篇也发不出去，能耐也太大了吧。你最近是不是得罪谁了？"

宋枳下意识反驳："我能得罪谁……"

话说到最后，她有些没底气地看了眼距离她不过几步远的书房。

好像的确有那么一个。

听出了她话里的底气不足，夏婉约的头更疼了："你能不能让我省点心，你这次得罪的是谁？小灵花还是张范范？"

这两个都是宋枳前团队里的成员，几个人聚是一团泥，散是漫天星，成团的时候无人问津，单飞后竟然都大火了。

"我和她俩八百年不联系了都。"

"那是谁？"

"你真要听？"

夏婉约急道："你这不是在说废话吗？我不知道是谁我怎么帮你公关？"

她一直觉得宋枳虽然是个没什么脑子的花瓶美人，但她嘴甜啊，会哄人开心，所以平时对于她的人际关系她从来没有过问过。

想不到老司机也有翻车的时候。

脚上的拖鞋蹭在柔软的羊毛地毯上，宋枳半边身子都靠在栏杆上，漫不经心地吐出一个名字："江言舟。"

以为自己听错的夏婉约问："什么盐什么粥？"

宋枳放慢语调，一字一句，吐息清晰："江、言、舟！"

听清楚的夏婉约两眼一发黑："这还公个什么关，收拾铺盖回家卖萝卜吧。我说祖宗啊，你得罪谁不好，去得罪江言舟，你知道他是谁吗？他动下手指不光能碾死你和我了，公司都直接没了。"

江言舟从不在公开场合露面，各大媒体找了各种人脉和关系都没办法让他接受采访，至今他的真面目还一直是个谜。

夏婉约手底下明星不少，也处理过不少公关，收拾过不少烂摊子，但还是头回碰上这种级别的大佬。

他要真想追究，那可就不仅仅是丢饭碗这么简单了。

"姑奶奶，您是我大爷，您是我二叔，您是我哥行吗？您能不能让我省点心？"

宋枳挑了下眉，不满地娇嗔道："我这辈分怎么还越来越低了？"

夏婉约："……你能简单讲讲您怎么把这种大人物给得罪了吗？"

"大概就是……"宋枳想了想，"他觉得自己用最高档的食材喂养的宠物猫被其他人撸了，所以非常不爽。"

这是什么破比喻？

夏婉约没听明白："什么？"

宋枳笑道："你可以这么理解，那只宠物猫的名字叫宋枳。"

夏婉约惊得下巴都快脱臼了："你……你和江言舟？"

她怎么从来没听宋枳提起过，她只知道她好像是有个秘密情人。

想不到那个人居然是江言舟！

那个传说中的江言舟！

书房内终于传来响动，宋枳随便说了句结束语："行了，下次见面了再和你讲。"然后挂了电话。

何婶关上书房门出来，笑道："放心好了，言舟那边我已经劝好了，待会儿进去和他好好说，小两口之间哪有隔夜仇的？别怕哈。"

宋枳秒切情绪，忍着眼泪点头："嗯。"

何婶这才放心地下楼了。

站久了，腿有点疼，宋枳开门进去。

江言舟不知何时结束了工作，窗帘被拉开，他站在一整面的落地窗前，单手插着裤袋。

看着绚烂的江景，对岸的光映照进来，江面有游船缓慢前行，这样的景色像一幅画，而江言舟也在其中。

如玉如竹，矜贵清冷。

光影将他的周身勾勒出一圈温暖的弧度，使他身上少了些平日里的凌厉与锋芒，就像是扎人的刺猬翻了个身，露出自己柔软雪白的肚皮。

江言舟难得有这样的时候。

平时的他实在算不上温柔，甚至有点过于理性，说好听点是理性，说得难听点，就是绝情，不过也能理解，毕竟出生在这样的家庭，三观没有扭曲已经是一件很不容易的事了。

江言舟听到声音，侧眸看了她一眼，依旧是平日里的深沉内敛。

宋枳闪躲着他的视线，毕竟他刚因为自己的胡编乱造而挨了顿骂，心里多多少少还是有点虚的。

好在江言舟并没有过多追究这件事，只是问她："何婶说你哭了？"

她摇头否认："没有。"

一副倔强姿态，宛如言情小说里坚韧的女主，受了委屈也硬忍着，往往这种时候男主都会心疼地过来哄女主。

江言舟平静地转身，淡淡地打量她几秒，然后轻描淡写地"嗯"了一声。

宋枳："嗯？"

就"嗯"了？

她可真是太高估江言舟了。

宋枳充当着善解人意的角色，关切地问他："何婶是不是骂你了？"

江言舟没回答，只安静地看着她。

她自以为演技很好，其实内心的幸灾乐祸全都写在脸上了。

那么，如她所愿。

他点头："嗯，骂我了。"

宋枳难过地捂住脸，用偷笑掩饰心疼："我的宝贝真可怜。"

她没把握住情绪，从齿间溢出了笑声。

江言舟无奈地垂眸，手伸进裤袋里："何婶说，床头吵架床尾和，我觉得有几分道理。"

他走到她面前，拿出一个盒子。

宋枳疑惑地看着他，难不成这是要和她道歉？

宋枳突然没了刚才的理直气壮，江言舟生气是因为看到了她和其他男人恋爱的消息，这无疑是在他头顶种植了一片森林，没有哪个男人能忍受得了这种屈辱。

可他居然还要和自己道歉，还买了礼物……

她反倒有点不好意思了。毕竟刚刚她也有错，语气那么重地咒他猝死。

她轻咳一声，刚要开口。

江言舟修长白皙的手指，慢条斯理地拆开盒子包装："我们床尾和吧。"

宋枳这才看清盒子的样子。

宋枳在中途就累睡着了，也不知道自己睡了多久，只知道意识昏昏沉沉的，睁眼的时候，半开的窗帘外，天空有了混沌的光亮。

她看了眼手机上的时间，才睡了不到半个小时，难怪这么困。

江言舟穿着睡衣坐在沙发上抽烟，也不知道在想什么，那双深邃的眸子看着窗外的天光。

她揉了揉酸痛的胳膊，坐起来，如藻如瀑的黑发柔顺地垂落，她的美安静妖媚，像19世纪的油画。

"油画"嗓子干疼得不行，她轻咳了几声，娇滴滴地喊他："粥粥，帮我倒杯水。"

江言舟稍微回神，因为那个称呼而微微皱起眉，却也没说什么，只看了她一眼，然后摁灭烟蒂，起身去了客厅。

房间里的熏香是尤加利的味道，旖旎的气息有种微醺的醉感。

江言舟去了很久，在宋枳怀疑他是不是猝死在客厅的时候，房门被推开。

除了水杯，他手上还端了一碗面，清淡得不见半点油腥，上面有几根青菜和一颗溏心蛋。

原来是去给她煮面了。

宋枳伸出玉臂指了指衣柜："衣柜里左边有件裸粉色的睡衣，帮我拿过来。"

宋枳的衣服都放在衣帽间，卧室的衣柜里几乎都是些睡衣之类的。

一整面的衣柜，她的睡衣不说百件也有八九十件了。

江言舟寥寥可数的几件睡衣被挤在角落，显得有些萧索可怜。

他拿出一件，递给她。

宋枳皱眉，不满道："这是红色啊。"

江言舟："……"

他沉默着把睡衣挂回去，又重新拿了一件。

宋枳："这件是樱花粉。"

江言舟难得有现在这样的耐心和好脾气。

他又换了一件。

宋枳："这是玫粉色。"

他皱着眉，干脆直接把她从床上抱起来，走到衣柜旁："要哪件自己选。"

突然从暖和的被窝里出来，凉意拥来，她冻得往江言舟的怀里靠，委屈巴巴地小声嗫嚅："凶什么吗？"然后小心翼翼地把江言舟第一次拿的红色睡衣取了下来。

江言舟："……"

不得不说，江言舟的厨艺还是挺可以的。

他从小就独立，高中毕业后就搬出去住了，一个人孤独地住在带花园和私人泳池的五百平方米别墅里。

但一些普通的家务活他还是会做的，譬如做饭。

宋枳为了维持体重不敢吃太多，面都是一根一根地吃，像在吃毒药一样，偶尔还故意找碴儿点评一下："青菜煮得太老了，一点也不嫩，还有这个溏心蛋，太嫩了。"

江言舟干脆眼不见为净，移开视线："明天和我回家一趟。"

宋枳抬眸："你哪个家？"

"江家。"

"哦。"

深究起来，宋枳和江言舟也算得上半个情侣了。

那碗面吃了三分之一，宋枳把碗推了过去："我不吃了，你吃吧。"

江言舟沉默地看了她一眼，然后起身把面端回了厨房。

没意思，连帮女朋友吃剩饭的觉悟都没有。

宋枳又累又困，睡意像汹涌的浪潮一样铺天盖地地涌来，她打了个哈欠又睡下了。

这几天工作不多，夏婉约趁机给她放了几天假，让她调整下作息。

上午罕见地没有被闹钟吵醒，宋枳睡了个自然醒的好觉。

睁眼后，身侧预料之中的没有人。

小许整天向往有钱人的生活，觉得有钱了，就不需要早起工作。

殊不知有的人，钱多到几十辈子都用不完，依旧是个工作狂。

何婶一早就不见人影，还是厨房的小莲告诉宋枳："何婶前几天找隔壁的中医叔叔开了几服药，今天去拿了。夫人身体不好，她想着趁今天有空，给夫人送过去。"

她口中的"夫人"是江言舟的母亲，宋枳曾经见过一次，在很久以前。

那个时候她还是个学生，而曹素月也还年轻。

大家闺秀、气质典雅，哪怕穿着低调简洁的旗袍，仍旧遮挡不住她自身的贵气。

上流社会的婚姻，本来就讲究强强结合。

但再高贵的出身，也收不住渣男那颗蠢蠢欲动的心。

饭是晚上吃，还有大把的时间。

宋枳约了唐笑言去做指甲，正巧许兰兰也在。

她坐在唐笑言那辆拉风敞篷的后座里，抱着胳膊睨了宋枳一眼，眼神中含着满满的挑衅："怎么着，不用陪你男人了？江言舟这才刚回国多久，他就不搭理你了？"

宋枳笑着拉开副驾驶的车门坐上去："怎么改坐车了？这么快就抛弃你的爱兰号了吗？"

她轻飘飘又毫无攻击性的语气，却总能正中别人的痛点。

一提到这个许兰兰就来气，那天从酒吧回家后她大闹了一通，怪她爸居然送了她一辆二手的游艇，而且还把拍下来的地皮送给了自己那个便宜姐姐。

结果她爸竟然还反过来说她不懂事。

因为这事，她已经离家出走三天了，这些日子一直住在唐笑言家里。

今天得知宋枳约了唐笑言做指甲，她也死缠烂打要一起过来。

嘴皮子上她说不过宋枳，只能一个人在后座生闷气。

车子停在路口等红绿灯，唐笑言问宋枳："江言舟那天回去后没发脾气吧？"

宋枳口气挺狂："他发什么脾气？他敢发脾气我把他头拧下来。"

这两人是什么样的唐笑言再了解不过了，一个矫情造作，一个不好亲近。

天差地别的两个人，她倒是挺好奇他们是怎么能在一起这么长时间。

"你那天把他骂成那样，他都没生气？"话里带着明显的疑问。

宋枳耸了耸肩："睡了一觉，万事大吉。"

能给狮子顺毛，还顺得服服帖帖的人，唐笑言还真就只见过宋枳这一个。

她自己平时看到江言舟都吓得直往角落躲，连跟他对视都不太敢。

有些人的狠放在脸上，那是因为他心里多多少少还是有点虚的，所以企图弄出一个自己很强大，谁都不敢惹的假象。但那些真正意义上狠得谁都不敢惹的人，往往连伪装都不屑。

江言舟就是后者。

为此，唐笑言由衷地发出一阵赞叹："看来你功夫了得啊。"

对于这点，宋枳还是觉得应该实话实说："功夫了得的那个人是江言舟。"

后座的许兰兰见缝插针地冷哼一声："看来你还真是啥也不是，什么也不会，真不知道江言舟为什么要跟你在一起。"

这话说得太酸。

宋枳转过头去，笑容狡黠："对啊，那你又能怎么办呢？"

做美甲的工作室业务广泛，二楼到四楼都是与美容业务有关的。

这家工作室在业内名气挺大，不少名人都爱来这里。

与之相配的自然是天价的消费。

店外有专门的泊车员，下车后，唐笑言把车钥匙递给他，礼貌地道了声谢，然后和宋枳一起往店内走。

她们三个都是这里的贵宾级客户，刚进去，工作人员就热情地迎过来，端茶倒水。

美甲师给宋枳卸甲，看到上面的钻石问了一句：“这个要替您保留起来吗？”

都是些不足一克拉的碎钻，放在指甲上还能起到些点缀的作用，不过也就这点用途了。

“不用。”

美甲师抿了下唇，把钻石小心翼翼地放好。想不到自己来这里上班的第一天居然收获这么多。

她悄悄抬眸，看了宋枳一眼。天鹅颈、一字肩，此时的她正看着自己被卸甲的那只手，纤长卷翘的睫毛落下的阴影，覆在瓷白色的脸上。

上天真是不公平，有的人浑身都是缺点，而有的人，美到连下颌线都优越到挑不出任何瑕疵。

旁边正打瞌睡的唐笑言不知看到了什么，瞬间来了精神，那双大眼睛“刺啦刺啦”地冒着火，恨恨地盯着大厅某一处。

宋枳疑惑：“怎么了？”

唐笑言咬牙切齿：“我好像看到林珊珊那个白莲花了。”

宋枳顺着她的视线看过去，大厅入口那里，一身大牌混搭的林珊珊正安静地站在那里，巴掌大的小脸看上去乖巧安静。

她身旁的男人从钱包里拿出一张卡，递给前台。

看男人的打扮，非富即贵。但是长得实在不敢恭维，啤酒肚、地中海，油腻得不行。

刷卡完毕，前台把卡递还给他。

他接过后，侧身和旁边的林珊珊说笑，那只油腻的猪蹄竟然还直接搭在了林珊珊的肩膀上。

林珊珊温顺地靠在他的怀里，两人一起进了电梯。

唐笑言脸上的情绪极为复杂："这……"

宋枳倒不怎么惊讶："那个男人我认识。"

唐笑言一愣："你认识？"

她点头："好像姓黄，是个导演，之前他有部剧找过我，不过和我别的活动的档期撞了，就推掉没接。"

宋枳心里疑惑，林珊珊不是和江言舟在一起了？

唐笑言越想越觉得恶心，这白莲花骗了自己的男朋友，转头就又陪别人去了。

宋枳安慰她："路走多了，总会踩到泥，这么明目张胆，被曝出来是早晚的事。"

许兰兰不愿意放过任何一个挖苦宋枳的机会，立马接过话茬儿："你的意思是，你总有一天也会踩到泥咯？"

宋枳笑容恣意："我可不舍得让我脚上的高定去走泥巴路。"

许兰兰冷哼一声，彻底不想和她讲话了。

做完美甲，唐笑言也冷静得差不多了，她开车把宋枳送回家。

时间不算早，离回老宅吃饭的时间还有两个小时。

宋枳进到衣帽间，挑了件比较端庄正式的衣服换上。不管怎么说，场面工作还是要做好。现在江家上上下下都认为宋枳已经是江言舟未来的媳妇了。

何婶叮嘱了一些宋枳回老宅应该注意的事，然后才放心地下了楼。

　　江言舟是个非常有时间观念的人，最后一个半小时准时到家。宋枳怀疑他是不是掐着表回来的，一分不多一分不少。

　　他没进来，车就停在路口，他坐在里面等她。

　　宋枳磨磨蹭蹭地下楼，打开车门坐进副驾驶。

　　她今天背了个链条包，巴掌大小，刚好够放一个手机。

　　江言舟扫了一眼她放在腿上的包。

　　那一瞬间，宋枳从他淡漠的眼神中看出了一些其他的情绪。

　　譬如，不解。

　　"你这个包能装什么？"宋枳非常贴心地帮他问出了口，顺便回答，"我背包又不是为了装东西，这是装饰品，搭我这件衣服的，我这件衣服单看太素了。"

　　江言舟没有给任何回应，专心开车。

　　很显然，他不理解，也不感兴趣。

第三章
决裂

今天不怎么堵车，平时一个半小时的车程，今天只用了一个小时就到了。

这个家宋枳来的次数屈指可数，每次来都有股陌生感。

宋枳站在外面都能听到屋里传来的孩童嬉笑声，以及大人宠溺的轻唤。

这种欢声笑语，在江言舟出现的那一刻，就像是被按了暂停键。

气氛逐渐变得严肃诡异，所有人都看着江言舟，年纪不大的小孩甚至直接往自己母亲身后躲，仿佛江言舟是洪水猛兽一样可怕。

这也是宋枳唯一觉得他可怜的地方。

家不成家，自己就像是个局外人。

江庭轻咳一声，从楼上下来："来啦？"

江言舟"嗯"了一声。

江庭和身旁的用人说："让厨房把饭菜端出来吧。"

像这种高门大户，对规矩格外看重，连座位都严格按照辈分来。

江庭坐在主位，身为长子的江言舟坐在他手侧的位置。

今天的饭菜是西式餐点，牛排是从澳洲直接空运过来的，肉质鲜嫩。但宋枳没什么胃口，只吃了点旁边用来点缀的西蓝花。

坐在她对面的纪微敏正哄着自己身侧的小男孩，男孩看着也没多大，五六岁的样子。

他叫江松月，是江言舟同父异母的弟弟，也是纪微敏的儿子。

纪微敏是江庭在外面养的小情人，他保密工作做得好，十年了，也没被人发现。后来小情人怀了孕，企图靠自己肚子里的宝宝上位，最后还直接找上曹素月，当面挑衅。

心高气傲的千金贵女，如何能忍受得了这种屈辱，最后如她所愿，曹素月提出了离婚。

不过纪微敏住进江家这么多年，仍旧没有落得一个正式的名分。

哪怕纪微敏一直缠着江庭，说江松月也是江家的孙子，应该让他加进江家的族谱里。

可江庭对此事一直都是闭口不言。

江松月一直往纪微敏怀里躲，那双乌溜溜的眼睛偷偷看着坐在对面的江言舟："妈妈，我怕。"

纪微敏抱着他哄道："松月不怕啊，那是你大哥。"

他大声反驳："他不是我大哥，他是恶魔！他是坏人！"

一时间，饭桌被一股诡异的安静笼罩，只能听见纪微敏用温柔的语调哄着自己怀里的小男孩。

江言舟始终无动于衷，握着刀叉慢条斯理地切开盘中牛排，腰背挺直，如青竹一般。

教养在这种时候就高下立见了。

纪微敏连忙解释："言舟啊，你别生气。你弟弟他年纪还小，不懂事，你大人有大量，就别他和一般见识了。"

江言舟并不说话，仿佛没有听到一般，仍旧安静吃自己的。

纪微敏紧抿着唇，都快哭了："童言无忌，我会好好管教他的，当阿姨求你了，别和他一般计较，虽然……他好歹也是你的亲弟弟。"

她一边说着话，一边向江庭投去恐惧的眼神："阿越。"

仿佛受了天大的委屈一样。

这可真是好演技呢，江言舟一句话都没有说，平白无故就挨了顿骂，反倒还成了罪人。

宋枳放下刀叉，笑道："阿姨，您放心好了，我家言舟才没有这么小心眼呢。"

纪微敏听到她这话，才装模作样地松了一口气。

宋枳把自己面前的培根推到江松月面前："小孩子长身体，要多吃一点哦。"

江松月下意识看了眼身旁的纪微敏。

纪微敏摸了摸他的脑袋："还不快谢谢嫂子。"

江松月说："谢谢嫂子。"

宋枳笑道："什么嫂子，八字都没一撇呢。"

纪微敏也笑了，意有所指地问了一句："你们都在一起这么久了，怎么这肚子还是一点动静都没有？"

"我们都还年轻，不着急的。"宋枳亲昵地抱着江言舟的胳膊，"而且，未婚先孕，会被人看笑话的，我脸皮薄，丢不起这个人。"

纪微敏就是未婚先孕，宋枳说这话，摆明了就是在骂她。

她的脸色瞬间变得难看至极。

看到纪微敏铁青的脸，宋枳抿了下唇，怯怯地去看身旁的江言舟："粥粥，我是不是……说错什么了？"

纪微敏最忌讳别人说这个。她畏惧江言舟，可是他这个女朋友，她倒是可以以长辈的名义来管教。她刚要发作——

江言舟声音淡漠："宋枳年纪小，不懂事，她说的话不必往心里去。"说完，他起身，"我吃饱了，你们慢慢吃。"

推开椅子离开，见身后没有传来动静，他回头看了一眼。

对上视线后，都不必他开口，宋枳就知道他要说什么。

她甜甜一笑："我也吃饱了，大家慢慢吃。"

然后跟在江言舟身后上了楼。

走得远了，宋枳依稀还能听见身后传来纪微敏撒娇抱怨的声音："你看你儿子，他根本就不把我放在眼里，要不是因为他的纵容，他的女朋友怎么敢和我说这种话。我看啊，他还不如我们松月呢，真不知道老爷子为什么这么喜欢他，眼高于顶傲慢得不行，和他那个妈一样。"

江言舟虽然很早就搬出去住了，但他在这里的房间还是一直有人打扫。

这人从小到大就没什么爱好，和同龄的宋落一点相似之处都没有。

宋落的房间里贴满了科比的海报，书柜里全是《七龙珠》《海贼王》。

而江言舟的房间呢，除了单调的配色和一些必备的家具，什么也没有了。

床看上去很软，因为江言舟回来，用人特地换了新的床单。

宋枳仰面躺上去，像陷进了棉花里。她满足地舒了口气，还好，至少床勉强还及格。

江言舟在沙发上坐下，沉吟片刻："你没必要和她说那些话。"

宋枳："我这人好胜心重，见不惯比我还哆的人。"

江言舟没再开口，房间内静得半点声响都没有。宋枳甚至怀疑他是不是走了，于是从床上坐了起来。

她发现江言舟就坐在原来的位置上，没动。

宋枳问他："她刚刚都那副嘴脸了，你怎么不知道说几句？"

他淡声答："没必要。"

宋枳有些恨铁不成钢，平时气她的时候也没见他手下留情过，怎么到了这种时候倒成了缩头乌龟。

"怎么没必要了？她这是在挑拨你和你父亲之间的关系。"

"这层关系于我来说，不重要。"

他说得平静淡然，宋枳倒愣了一下。她还是第一次觉得江言舟是一个亲情观念如此淡薄的人。

不过未经他人苦，莫劝他人善，宋枳觉得自己没有资格在这件事上发表任何言论。

"今天晚上回家吗，还是直接在这儿睡？"她用手按了按软乎乎的床，"要不就在这里住一晚吧，我好喜欢这张床哦。"

江言舟起身替她把放在桌上的包拿起来，似乎一刻也不想在这里多待："喜欢的话我明天让人去买张一模一样的回来。"

江言舟难得贴心一回，还知道帮她拿包包了。

看在这个分上，宋枳勉强给他个面子，听话地站起身。

"顺便买个同款的鸭绒被，我也喜欢这个。"

他点头，动作自然地把包链挂在她的脖子上："想买什么列个清单，我明天让助理一块儿买了。"

脖子上的重物让她步伐顿了一下，惊得半天都没反应过来，然后气笑了。

还真是太瞧得起这个男人了。

她突然不走了，江言舟转过身来："怎么了？"

这个人还真没心，宋枳气得头顶冒青烟。

"江言舟。"她连名带姓喊他，语气不太好。

江言舟略微垂眸："嗯？"

宋枳语速极快，又非常小声地说了几个字。

江言舟没听清，走近了些："说的什么？"

她故意卖起了关子："我不告诉你。"

江言舟语气淡漠："哦。"

宋枳觉得自己已经处在爆炸的边缘了，她十分后悔刚才怎么没有站在纪微敏那边，和她一起内涵这个人。

宋枳闹别扭一般重新坐回床边："我今晚在这儿过夜，你自己回去吧。"

他轻声问："不认床了？"

宋枳没好气地回他一句："关你什么事？我爱睡哪儿睡哪儿。"

宋枳自出生便在蜜罐子里，周围全是疼爱她的人，性子也养得任性。

但杀伤力还是太小，哪怕是偶尔伸出爪子挠你一下，也感觉不到疼痛，反倒觉得肉乎乎的小肉垫格外可爱。

江言舟安静地看了她数秒，然后依顺地点头："那我明天过来接你。"

宋枳惊得眼睛都睁大了，这种人是真实存在的吗？听不出她在生气？不知道哄两句？

房间一时间归于安静，开门声轻响。

就在宋枳以为江言舟已经离开的时候，门又被轻轻打开，他还是折返回来了。男人身上熟悉的尤加利香，混着房间内的熏香，产生了某种强烈的化学反应。

像会上瘾一般。

江言舟走到她面前："为什么生气？"

知道她生气还说那些话？

宋枳脖子上还挂着江言舟亲手挂上去的链条包，她低着头，眼尾轻轻下垂，像是受了天大的委屈。

那个包明明没有多少重量，她却像是被压得站不起来了一样。

宋枳理直气壮："你有没有一点绅士风度？"

不知为何突然扯到绅士风度的江言舟明显愣了一下，不过也只是片刻，便反应过来她话里的意思。

江言舟对这些女性物品不太了解，经过宋枳在车上的那一番解释，他才明白。他原以为这个只是外形比较像包的装饰品。

他发自内心地提出疑惑："不是嫌太素吗？"

她好像的确说过这话……

但是为了让自己占上风，宋枳挺直了腰杆："我这个衣服单穿也好看！"

他沉默地打量一眼，然后惜字如金地发表出自己的看法："的确太素了。"

宋枳："……"

可恶的直男！

宋枳忍无可忍："你就知道欺负我！"娇嗔着骂人也像是在撒娇。

她离得近了些，眼尾委屈地泛红。

灯光柔和，他浅垂眼睑，下颌线有一瞬的紧绷，在闻到她身上那股独特的香味后，喉结极轻地滚动了一下。

宋枳抹了下并不存在的眼泪："你不是想知道我刚刚说的是什么吗？"

她指的是刚刚说出的那几个字。

江言舟并不感兴趣，却还是点头："你说。"

她抿着唇："可我怕你不高兴。"

江言舟微挑眉尾："我不高兴？"

她点头，似乎有些难为情。

宋枳惯爱说些浑话，江言舟也早就习惯，而且，他并不反感。

她的腿在不安分地乱动，几次险些撞到旁边的凳子，江言舟伸手推开，温声道："我不生你的气。"

"真的？"

他点头："嗯。"

这句话就像是一个免死金牌，宋枳柔若无骨的双手搂住他的腰，身子也一点点贴近，她柔软得像天边的云。

江言舟深邃的眼底逐渐被厚重的欲色覆盖。

宋枳微启红唇，吐息暧昧，像羽毛一般轻抚在耳际。

"神经病。"

她说。

他似乎也不生气，眼神依旧平静。

理性过了头，便是另一种意义上的冷血。

宋枳最讨厌他这副嘴脸，就好像他们两个的位置根本就没有平等过。她好像永远比他低一阶，这种感觉让人非常不爽。

她松开手，从他肩膀上离开。

江言舟像无事发生过一样，低声问她："还回去吗？"

宋枳不想理他，把包扔回床上，起身就往外走。

她也不是第一次发脾气了，江言舟早就习惯。他弯腰，把包拿起来，跟着出了门。

宋枳走得极快，到了客厅后，脚步才逐渐放慢，脸上重新挂上乖巧的笑容。

演技出神入化的她礼貌地说："时候也不早了，我和言舟先回去了，江叔叔再见。"

江庭点了点头，正要说话，视线落在从楼梯下来的江言舟身上。

神色有片刻的变化，他微掀了唇："言舟。"

后者礼貌疏离地打过招呼："我们先回去了。"

江庭手扶着沙发扶手，刚要起身，听到他说话的语气，又缓缓松开手。

良久，他点了下头："路上开车小心点。"

江言舟应了一声，不再言语。

宋枳从小出生在父慈母爱的家庭里，除了哥哥脾气暴躁，她从小就是被爱包围着长大的，所以不太理解江言舟的心情，更加理解不了这样的父子相处模式，也懒得理解。

出了大门，宋枳彻底卸下伪装，把包从他手里抢过来，拿出里面的手机后又塞给他。

她头也不回地往前走，江言舟一言不发地跟在她身后。

夜色寂静，意大利手工皮鞋踩在水泥地面的声音略显沉闷。

宋枳在心里冷哼一声，这个时候追上来道歉已经没用了。

她停下脚步转身，恶狠狠地警告他："不许跟着我！"

江言舟沉默片刻，指了指前面的路口："我车停在前面。"

平平无奇的六个字，没有起承转合，甚至连语气变化都没有。宋枳却觉得尖锐得像一柄开了刃的刀，直接捅进了她胸口。

有的人，似乎天生就拥有让人生气的本事。和几年前相比，江言舟在这方面非但没有退化，反而越发炉火纯青。

那时的江言舟有着一骑绝尘的外貌和强大的背景，也是提高学校平均分的校草学霸。

作为刚转校就让拥有百年历史的一中从上到下震了个遍的风云人

物，江言舟可谓是满足了全校女生的所有幻想。

在宋枳眼里，他和其他男生似乎没什么区别。

在她说完那句"每个人都有欣赏美的权利，想看就多看一会儿"后，江言舟终于从那堵冷冰冰的墙上离开，他站直身子，看了她数秒。然后他抓了抓额前碎发，酷暑之下，他的声音被烟雾侵蚀得沙哑，又带着点疏离的冷意。

走得时间长了，脚踝被高跟鞋卡得有点痛，宋枳在心里双倍辱骂江言舟。

这种时候，不论发生了什么，哪怕是地球毁灭，在她眼里也全部都是江言舟的错。

好在路边有休息椅，她坐下以后，点开叫车软件。

这儿不太好打车，本身就是僻静昂贵的地段，能住在这里的人，根本就不需要打车。

上面显示最快都得十五分钟才有人接单。

天气冷，肚子又饿，而且还得坐在这里等十五分钟。

那辆黑色的迈巴赫此时正停在路边，车上的人也不知道去哪里了。

宋枳揉了揉脚踝，在心里把江言舟给骂了个稀巴烂。

这里没什么人经过，前面的街口有检查酒驾的交警。

宋枳勇当正直热心好市民，大义灭亲，举报了自己的男朋友："警察叔叔，路边那辆迈巴赫好像违章停车了。"

附近没有便利店，只有巷子后面才有个小卖部。车开不进去，江言舟只能步行过去。

房子很破旧，应该是在等拆迁，老板是个中年男人，开这家店纯粹就是为了打发时间。

柜台上的东西还是从前那几样，没什么变化，江言舟靠着记忆选了几样。结账的时候，他扫了眼玻璃柜台后的烟，拿了一包。

老板低头按计算器，似乎察觉到什么，他戴着老花镜抬头看他。他脸上的疑惑一闪而过，和蔼慈祥地笑道："言舟？"

没想到老板还能认出自己，江言舟轻点了下头，礼貌地应声。

老板大概看了眼他拿来结账的东西，还是和八年前一样，都是那个小丫头喜欢吃的。

老人家都念旧，尤其是看到先前的小朋友都长成了大人，越发感慨。

"那个娇滴滴的小姑娘怎么没和你一起来啊？"他打开冰箱，从里面拿出一瓶茉莉花茶，"这个就当是我送给她的，我记得她以前最爱喝这个了。"

江言舟稍顿片刻，轻声道谢，然后将茉莉花茶推回去："她现在不喝这个了。"

结账后，他原路返回，宋枳还坐在那条长椅上，此刻正满脸愁容地盯着手机，估计还没有打到车。

他走过去，把手里的便利袋放在她身侧。宋枳抬眸，不爽地看着他。

江言舟也不言语，脱下外套，也一起扔在上面。

宋枳仿佛从他的沉默中听出了九个字——衣服给你了，爱穿不穿。

江言舟是个聪明人，这种聪明不只表现在他在商界的杀伐果断，最直观的就是他 239 的智商值。

他不可能没看出自己是生气了，对于他的沉默，宋枳只想到一种解释——他根本就不在意，连哄都不愿意哄一句。

这倒也是他的做事风格，不意外。

该给的都给了，他转身离开，知道她不想见到自己，便自觉地和宋枳拉开距离。

江言舟拆开烟盒的塑封，低头时，视线落在挡风玻璃上的违章贴条上，以及旁边多余的纸巾，上面用口红画了个"V"。

不用想，就知道出自谁手。

他沉默片刻，把那张纸巾取下来，叠好后放进西裤口袋里。

宋枳觉得人活着就得有骨气，不吃嗟来之食，但是肚子一直在叫，似乎隐隐有胃痛发作的趋势。

她的骨气瞬间就像是一块朽掉的木头，轻轻一掰，全成木渣了。

她在心里安慰自己，不吃饱，连有骨气的力气都没有，然后开始小口掰着面包。面包里面涂了橘子果酱，是她最喜欢吃的。

不过为了控制身材，她已经戒糖很久了。

饿了以后，不好吃的东西都变得好吃，好吃的东西就变得更好吃了。

风稍微大了些，冷飕飕地顺着她的足踝往上钻。

宋枳冷得直哆嗦，犹豫着看了眼江言舟放在旁边的外套。在心里斗争了许久，她还是缓慢地伸手，把衣服拿过来。

盖在腿上的同时还一直往路边瞥，生怕自己这副没骨气的样子被江言舟看见。

好在男人并没往这边看，他靠在罗马柱上，领带被扯得松散，指间一抹微弱的橘色火光，正散出淡青色的烟雾，仍旧是那副谁都懒得搭理的清冷疏离感。

宋枳也纳闷，江言舟这种冷血动物到底会对什么上心。

他什么都不缺，什么都有，什么都不在乎。

手上的面包还剩一大半，她不敢继续再吃。

哪怕仍旧没有饱腹感，可至少没有刚刚那么饿了。

安静的马路上，一辆黑色的轿车停在她面前，熟悉的车型，似曾相识。

宋枳正纳闷，车门打开，走下来一个西装笔挺的男人，他看着宋枳，毕恭毕敬地喊了一声："宋小姐。"

宋枳后知后觉地想起来，这辆似曾相识的车，她在江言舟的地下车库里见过。

那么面前这个人，应该就是他的司机了。宋枳虽然和江言舟在一起这么长时间，但对于江言舟身边的人，她并不熟悉。

他打开后车门，安静地站在一旁，等宋枳上车。

宋枳下意识看了眼路边的江言舟，后者仍旧没看她，一根烟抽了大半。

不坐白不坐，宋枳理直气壮地上了车。

张易倒车退出路口，也不问她要去哪儿，直接将导航定位在了半山别墅。

不用想就知道，是江言舟吩咐的。

宋枳又困又累，也懒得再去作了。她安静地靠在椅背上小睡了一会儿，直到毫无温度的声音从驾驶座传来："宋小姐，到了。"

从睡梦中被吵醒，宋枳揉了揉惺忪的眼。

去一趟江家，比拍十部戏还累。

何婶还没睡，应该是在等她。瞧见宋枳回来了，她站起身，把围裙拢好："言舟说你今天什么也没吃，我就在厨房里给你温了点粥。"

无论江言舟现在做什么，在宋枳眼里都是猫哭耗子假慈悲。

她扶着墙换鞋子，问何婶："他人呢？"

何婶正进厨房盛粥，稍微大些的声音从里面传来："他说今天有点事，就不在家睡了。"

那个"家"字说得有些讽刺。

江言舟现在估计是回了自己在明月公馆的住处。

刚刚吃的那点面包根本不足以充饥，边上那些小零食她也不敢动。都是些自己高中时期爱吃的零食，热量高得吓人。她现在控制体重，恨不得随身带个秤，生怕多长半两的肉。

何婶煮粥的手艺在宋枳这儿可以说得上排世界第一，即便担心长胖，她还是忍不住吃了半碗。

她起身倒了杯温水，放在宋枳手边："今天和言舟吵架了吧？"

宋枳犹犹豫豫地说："您怎么知道？"

她笑道："言舟那个孩子是我看着长大的，他高兴还是难过，我一眼就能看出来。他啊，就是不善言辞些，心地不坏的。"

宋枳在心里暗暗吐槽，岂止是不善言辞，他如果是个哑巴，肯定比现在受欢迎一百倍。

何婶虽然希望自己能缓解他俩的关系，但也知道小辈的事情就得他们自己去解决，外人插手反而会越弄越乱。

话也说得点到为止。

吃饱喝足了，宋枳和何婶道了晚安后，便上楼回房。

她的体力值已经见了底，现在正呈红色警告模式。直到洗漱完后躺在床上，宋枳才觉得自己逐渐开始回魂。

可惜江言舟对她影响程度太深，以至于她一闭上眼睛就是他那副淡漠清冷、什么也不在乎的表情。

怒火后知后觉地越烧越旺，她干脆起床，把江言舟所有的联系方式都给拉黑了。

眼不见为净。

夏婉约给她放的那几天假就这么浑浑噩噩地伴随着怒火过去了。

新的一天见面，小许烫了个锡纸烫，前面还弄了个齐刘海儿。整张脸短得像被压缩过一样。

夏婉约兴冲冲地跑进来，隔着老远都能听见她高跟鞋踩在大理石地板上发出的"嗒嗒嗒"的声响。

"好消息，特大好消息！"

宋枳脑海里突然闪过商场促销打折时挂在门口的那个劣质扩音喇叭。

她微侧着将双腿交叠，胳膊慵懒地搭在椅子扶手上："你看中的包包终于清仓降价了？"

哪怕被宋枳调侃，夏婉约脸上的笑容仍旧没有消减分毫。

由此可见，的确是一件特大的好消息。

夏婉约拖出一张椅子在她面前坐下："罗导最近的新戏，你应该知道吧。"

宋枳点头："知道啊。"

罗导是殿堂级的导演，入行几十年，拍的电影十个指头都能数得清。每一部都是精品，数次登上各大电演节颁奖典礼。

圈内的艺人哪个不是削尖了脑袋，到处找关系，就为了能上他的戏。

这次的剧本更是他打磨了五年，才最终定稿的。讲的是国画世家的长女盛烟和站街女儿子唐白的故事。阴郁御姐配阳光小奶狗。故事基调偏阴暗，但又是治愈向，也和现在的流行趋势符合。

里面的配角都被人虎视眈眈地盯着，更别说是主角了。宋枳从一开始就没敢动这个念头。

她单手撑着下巴，笑容恣意，胡言乱语："怎么着？罗导终于发现我的潜力，想让我去演那个站街女了？"

夏婉约早就习惯了她的不正经："今天罗导和我联系了，说想让你出演盛烟这个角色。"

宋枳迟钝的大脑缓慢地转了一圈，才将这句话厘清，在她给反应之前，旁边泡咖啡的小许发出了惊雷般的叫声："什么？让宋枳姐出演盛烟？"

宋枳揉了揉被震得生疼的耳膜："你小点声。"

小许激动得不行："您知道这个概率有多小吗？罗导可是业界出了名的身体康健，能等到他眼瞎，那可是一件极其不容易的事啊！"

宋枳皱着眉："我怎么觉得你这话听起来这么刺耳啊？"

夏婉约刚和那边定下了试镜的时间："这次也算是捡了个便宜，罗导对这个角色要求很高，最重要的一点就是贴合人设，光是国画世家就筛掉了一大批艺人了。我也是在罗导主动联系我后才知道，你爷爷居然是宋鹤莲，你这个丫头口风挺紧，从来没听你提起过。"

年龄上有代沟的小许发出疑惑的声音："宋鹤莲是谁？"

夏婉约用一种嫌弃眼神看他："我早跟你说过了，让你空余时间多看点书，丰富一下知识，连国宝级的国画大师都不知道。"

作为国画界的泰斗，在上个月的纽约拍卖会上，宋鹤莲早期的青涩画作都拍出了三亿的高价。

小许听完夏婉约的介绍后，惊得半晌没有将下巴收回来。

国画、大师、书香门第、孙女。

他无论如何也无法将这四个词和面前这个自恋矫情的作精重合到一块儿去。

宋枳似乎一眼就看穿了小许的内心想法。她懒洋洋地打了个哈欠，整个人都窝进椅子里："国家又没有明文规定国画大师的孙女都得是大家闺秀。"

夏婉约手机铃声响了，她按住小许蠢蠢欲动的嘴，手动将他静音，然后满脸谄笑地按下接通键："罗导您好……对对对，我刚刚已经和宋枳讲过了。"

安静数秒，她又连连点头："您放心，下周我亲自上门，给您把画带过去。"

"那行，您先忙吧，我就不打扰您了。"

直到电话挂断，夏婉约才揉了揉笑得有些僵硬的腮帮子，看着宋枳："你明天从家里拿幅你最满意的画作，去试镜的时候一块儿带过去。"

有个画国画的爷爷，宋枳从小耳濡目染，刚学会走路就开始被训练握笔画画。

虽然最后没有成为职业，但也算是发展成了爱好。

高中的时候因为成绩不好，她妈妈帮她转到美术班，好死赖活才考上大学。

至于她最满意的画作……

宋枳眉头一皱，上次搬家，她嫌那些七七八八的东西重，于是理直气壮地给江言舟打了个电话，让他拖去他家了。原本准备等安顿好了以后去拿的，可是时间一长就忘了。

昨天才吵架，今天就得觍着脸找上门。

宋枳想都不敢想。

"什么时候试镜？"

"下周。"

那也还有七天的时间，宋枳说："我现画一幅吧。"

夏婉约说："现画不行，罗导指明了要你之前的旧画，可能也怕你是半路出家。你也知道，他们这些艺术家都爱追求细节，从小养成的习惯和半瓶水还是有区别的。"

一边是尊严和骨气，一边是未来。此时的宋枳觉得自己就站在人生的岔路口上，不放弃尊严，就得错失爆红的机会。

她叹了口气，觉得自己不该承受这么沉重的重量。

纠结了很长一段时间，那点对工作的野心让她被迫向现实低头。

好在时间还算宽松，不用着急。

走一步看一步吧。

今天的工作排得比较密集，因为晚上宋枳有个饭局要参加，所以调整了下档期。

饭局是前几天答应蒋因的。她平素不爱参加这种饭局，基本上都是能推的就推了，不能推的也硬推了。

这次邀请她的是蒋因，答应这次的饭局一来是因为蒋因如今在娱乐圈的地位也算是无人可撼动，和她处好了关系，以后路也好走一些。二来，她清楚蒋因的为人，心直口快，不会做一些见不得人的腌臜事。

宋枳回家洗了个澡，顺便换了身衣服。

名牌卫衣配黑色细腿牛仔裤，刚吹干的长发随意披散在肩头，发质柔软顺滑。

司机将她送去水雾阁。

这是一家中式餐厅，位置僻静，占地面积很广。之所以叫水雾阁，因为里面有些天然的温泉眼。

虽然称之为餐厅，里面的装修却有些景点的意思。人工湖、纳凉亭，以及那些上了年头的古董摆件，价格高昂。

可想而知这儿的消费水平和客户阶层，做的都是北城金字塔尖那一批人的生意。

宋枳也还是头回来这儿，蒋因看了眼她身上的穿着，嫌弃道："你怎么不直接穿睡衣来？"

宋枳把口罩摘了放进卫衣前兜里："又不是参加酒会，穿得那么隆重干吗？"

蒋因欲言又止，最后还是无奈地摇了摇头："算了，自己觉得舒服就行。"

穿着桃红色汉服的服务员走在前面为她们带路，蒋因不忘提醒她："这次来的可都是些你平时想见都没机会见的大佬，待会儿进去了要谨言慎行，别得罪人了，不然你的演艺生涯就到今天为止了。"

宋枳漫不经心地点了点头，然后看着一个穿着大牌高定的女人推开左侧包厢门进去了。

那个女星宋枳认识，著名女团的顶流，季出颜，出了名的高贵冷艳。

宋枳问蒋因："是这里吗？"

"怎么可能？"蒋因仿佛在嘲笑她的天真，勾了下唇，"这个包厢里的都是些云端上的神仙，你我这辈子都不会有交集的那种，别胡乱想了。"

难怪，像季出颜这种爱用鼻子看人的高傲性子也肯屈尊降贵来参加的饭局，说不定里面还真的有神仙呢。

服务员停在右侧的包厢门口，把门打开。里面是独立的阁楼，院子里还有假山和喷泉。水流声轻缓，染着春日的夜色，淡薄的凉意中又透着一股清新。

院子里面的人不算多，大家讨论的话题宋枳不感兴趣。她粗略地扫了一眼，最能直观代表他们身份的，大概就是手腕上价值八九位数的手表了。

蒋因口中难得一见的大佬，却都是些江言舟从来不放在眼里的人。

他这个人，利益至上。很多时候宋枳都在想，他和自己在一起，是不是因为她身上也有他想要的东西。

宋枳骂他冷血其实也不是没有依据的。

在转来一中的第二个月里，江言舟和宋落似乎成了朋友，用宋枳的话说就是臭味相投。

一个性子冷淡，一个脾气暴躁。

怪人总是吸引怪人。

宋枳第二次遇到江言舟，是在家里。

她刚洗完澡，穿着吊带睡裙从浴室里出来，楚腰纤细，秾纤合度。

刚吹干的头发随意地绑了个丸子头，锁骨随着她低头的动作，浅浅覆着阴影。

江言舟正好从旁边的房间里出来，见到她了，也没有任何诧异，但视线在她身上停留了很长时间。

他一向淡漠的眼底像是藤蔓环绕，有什么东西悄然攀爬进去，一点一点地扎根。

宋枳先是愣了一秒，似乎没想到两人会在这里见面，然后大方地和他打招呼："你好呀。"笑容明媚恣意。

江言舟没有说话，只是将视线移回她的脸上。

宋落手上拿着刚找出来的篮球："这可是科比签名过的，有钱都买不到，我当时——"他炫耀的话说了一半，看到宋枳时，眉头皱得很深。

他也不管自己手上的篮球了，脱下自己的外套就冲过来，盖在她身上："你怎么不干脆裸着出来算了？"

宋枳不爽地去拽他的外套："一股汗臭味。"

宋落动作粗暴地把她往她房间里推："行了行了，你赶紧回房间去吧。"

虽然他和江言舟是朋友，但他不止一次提醒宋枳："你以后离他远一点。"

宋枳不解："为什么，他不是你朋友吗？"

宋落张了张嘴，刚准备开口，然后眉头一皱："平时学习也没见你这么上心，回去写作业去吧，别到时候又哭着求我帮你写。我真不想承认我有个这么笨的妹妹，你把研究化妆品的一半心思放在学习上都不至于回回考试都是倒数了。"

一次体育课跑步，她不小心被人绊倒，膝盖着地，摔出去好远。

医务室里，校医刚给她包扎完伤口。

她听到江言舟的声音，他应该是感冒了，过来买药。

宋枳跛着脚起身，把帘子拉开，想和他打声招呼。

校医正在里面给他拿药，江言舟站在柜台旁等，身后的动静让他回头看了一眼。

少女一只脚悬空站在那里，运动裤拉至膝盖上方，缠了好几圈的纱布，让她纤细的腿看上去笨重了不少。

但他也只是淡扫了一眼，校医拿着感冒药出来，他道过谢，随后拿药离开。

哪怕是对她没意思，看到朋友的妹妹受伤，普通人也会问候一句。

可他什么也没有做，像在看陌生人一样。

思绪逐渐从遥远的记忆中拉回来。

对面那个秃顶男一直往这边看，眼神肆意地在宋枳脸上游走。可能是嫌光看不过瘾，他干脆拿着酒杯起身，走到宋枳身旁，说要敬她一杯。

宋枳哪怕是穿着普通的卫衣，身上都有股撩人的劲。

她略微挑眉，轻笑着婉拒："不好意思，我刚吃过了头孢。"

拒绝得不留一丝余地。

蒋因心里憋着笑，她就是喜欢宋枳这股劲儿劲儿的脾气，看着娇气好欺负，其实全身都是刺，冷不丁就扎得你满手血。

在她这儿吃了瘪，秃顶男也没再继续自讨没趣了，重新坐回自己的位置上。

宋枳总觉得这包间里有股中老年男人身上的味，难闻得很。

这是积年累月的烟臭混着酒气。

很奇怪，江言舟明明也抽烟，可他身上却从未有过这种味道。他身上就像是大雨过后的湖面，那股极淡的清新气息，混着初春长出嫩芽的草地味儿。

比任何人造香水都更加容易让人上瘾。

在酒足饭饱后，那股味道似乎越发浓郁了，宋枳实在有些待不下去。

她站起身，和蒋因说了声："我出去透下气。"

蒋因点头："行。"

靠着这个简陋的借口，她终于离开那个让人觉得呼吸不顺的地方。

宋枳发现自己对长相越来越看重了，整天看着江言舟那张脸，审美也在潜移默化中提高。

纳凉亭离这儿近，偶尔会有人过来抽烟。

宋枳才刚过去，借着墙上木雕做的古灯，她看见已经有人站在那里了，嘴边闪着一抹橘色的火光。

她也没想去细看到底是谁，见有人在这儿了，便准备走。

慵懒的声线在寂静的夜色中响起："宋枳？"

有些熟悉。

宋枳疑惑，转身。

男人走近了些，正好是灯光能照到的地方。白到几乎透明的肤色，永远也睁不太开的惺忪睡眼。

"何瀚阳？"

她愣了几秒，似乎没想到竟然会在这里碰到他："你怎么在这儿？"

"俱乐部聚餐。"他掐灭烟，走下台阶，"你呢？"

她答得言简意赅："有个饭局。"

何瀚阳点了点头，视线突然定格在了她身上的卫衣上。

宋枳这才迟钝地反应过来，她居然跟何瀚阳穿了同一款。不过她是浅灰色，何瀚阳的是黑色。

他拿着烟盒的那只手蹭了蹭额头："挺巧。"

是挺巧的。

宋枳看他手上烟盒的名字，和江言舟抽的是同一款。江言舟烟瘾不重，偶尔心情烦躁不爽时会抽一根。她其实一直挺好奇，那么呛人的味道，怎么会有人喜欢。

她小声嘀咕一句："真不知道烟有什么好抽的。"

何瀚阳听到她的话，动作微顿。他略微抬眸，递给她一根："试试？"

宋枳没接，正准备拒绝，他笑了一下："好奇就尝试，不喜欢就扔掉，人活着不就是图个痛快嘛。"

宋枳觉得他说的话有几分道理，与其一直这么好奇下去，还不如自己尝试一下。

她伸手去接，红唇轻咬。

夜里有风，何瀚阳拿出打火机替她点火，因为身高差异，他略微低头，手拢在她唇边。

火光舔上烟尾，宋枳吸了一口，感觉喉咙像是被人用力地掐住，有些喘不过来气。

她捂着嘴咳嗽，何瀚阳替她把烟掐灭："既然满足了好奇心，以后就别尝试了。"

她一边咳一边质疑："这么难受，为什么还有这么多人喜欢？"

"这个烟太烈，一般的人都会受不了。"

何瀚阳和江言舟两个性格天差地别的人，居然也有相似的地方。

倒是罕见。

她出来挺久了，担心再不回去的话，蒋因该以为她出了什么事。

正好何瀚阳也要回去，两人顺路，便一起过去了。

路上宋枳得知，这次俱乐部聚餐，何瀚阳原本是不打算来的。不过因为他昨天直播的时候骂人，被管理员封了直播间，经理发了很大一通脾气，这次态度坚定地让他过来。

说是俱乐部聚餐，其实就是他的批斗大会。

宋枳不太理解："封个直播间为什么要发这么大的脾气？"

何瀚阳若有所思地想了想："可能因为，这是我这个月第五次被封直播了吧。"

"你这个月播了多少次？"

他面不改色："五次。"

好吧，被骂也是活该。

今天的天气似乎不是很好，风很大，包间里也没开暖气。可季出颜还是觉得自己紧张得手心有点出汗。

今天的机会是经纪人辗转找了好多关系才弄来的，甚至连集团老总都被请出面。

来之前经纪人反复提醒她："他们谈正事的时候你别插嘴，那些人的身份眼界，什么人没见过。你得展现出自己的优势，让他们对你感兴趣。"

在这个圈子里摸爬滚打这么多年，从一个小小的练习生成为如今的顶流，季出颜的野心比任何人都要大。要想常青，她就得有个强有力的靠山，而这个靠山，放眼整个北城，也只有这个包间里的人才能满足条件。

包间里面的人大多都带了女伴，相比之下，江言舟倒像是个异类。

桌上摆的洋酒度数很高，他酒量算不上太好，这会儿已经略有醉意。

他指骨抵着剩了一半的酒杯，眼睫半合。白皙修长的脖颈，几道鲜红的抓痕仍旧明显，自下颌延伸，隐入衬衣领口。

明眼人都知道这抓痕是怎么来的，却只敢在心里好奇。

上流圈子也分阶层，知道江言舟金屋藏娇的人并不多，众人只知道这位年少有为的家族产业继承者是如今北城最不能得罪的人。

自他进来到现在，便一直都是沉默少言，眼神也冷淡。

年纪不大，周身气场却让人莫名敬畏，那几个有名的纨绔二代都得放低了姿态和他讲话。

他会应答，却也只是保持着最基本的礼貌。

季出颜能感受到他的不耐烦，若不是有良好的教养压制着他的本性，从来这儿的第二分钟起，他便起身走人了。

这样的人，危险，却又有种莫名的吸引力。

看他拿出烟盒，她好不容易鼓足勇气，坐到他身旁将打火机点燃，贴心地递到他面前。

男人动作顿住，垂眸淡扫了她一眼，眼底的情绪没有任何温度。不知怎的，季出颜被这个眼神吓到，哆嗦着将手收了回来。

他不言语，抖出一根烟叼在嘴里，然后推开椅子起身，出了包间。

季出颜看到他遗落在桌上的手机，自然不会放过这个可以拉近距离的机会。她拿着手机，急忙跟了出去。

包间里的人互相对视一笑，眼神暧昧。

包间外的装修也是中式古典风格。走廊两边甚至还有卷帘，灯光不算太亮，被外围的纸挡了一圈后，就只剩下那么一点微弱的光亮了。

服务员端着酒水从他们身旁过去，宋枳和何瀚阳停下脚步，让他们先过。

何瀚阳的包间就在隔壁，宋枳刚要开口，视线往一旁偏移。

过堂风将灯笼吹得晃动，本就微弱的光亮，彻底匿在黑暗中。

应该是烛火熄灭了。

男人倚在暗处，他也不知道站在那里多久了，幽暗深邃的眼神落在他们的衣服上。

相同的款式、相同的图案、不同的颜色。

第四章
醒悟

江言舟的视线最终定格在宋枳的脸上，她表现得没什么异样。他安静地和她对视，似乎想从她的眼神里看出些什么来。

何瀚阳察觉到了不对劲，问宋枳："你们认识？"

宋枳没否认："认识啊，而且还挺熟。"

她这话说得大方自然，没有丝毫遮掩。江言舟闻到她身上那股熟悉的烟草味，眉头不悦地皱了下。

与此同时，包间门再次被推开，季出颜走出来："你手机忘拿了。"

说话的语调没有丝毫距离感，熟络得就像认识了多年的好友一样。

江言舟接过手机，没说话，也没看她，视线仍旧落在宋枳身上。宋枳顿了两秒，突然觉得这画面有些讽刺。

他们认识这么多年，江言舟甚至比宋落还要了解宋枳。

宋枳的性子虽然作了点，但是一哄就好。

可这么了解她的江言舟，在她生气后，一次都没有回来找过她，反而还和其他女人一起出来吃饭。

她对江言舟是抱有过幻想的，哪怕宋落不止一次和她说过，江言舟这个人是骨子里的冷血，他不可能对任何人付出他的真心。

宋枳一直以为自己是特别的，极度自负的最后还是让她一点一点从崖边跌落谷底。他处处显露出的冷落，让她觉得有些挫败。为了势均力敌，她开始故意惹他生气，她越难过，气他的程度就越狠。

季出颜把手机拿给江言舟后，看到走廊里站着的二人，明显也愣了一下。两个人她都认识，宋枳虽然在圈内咖位不算大，但也算是凭借个人风格斩获了不少宅男的心，人气很高。另外一位更不用提了，世界冠军。现如今娱乐圈和电竞圈也算是密不可分，季出颜出席活动时曾经见过他几次，他不怎么爱说话，对谁都是一副爱搭不理的样子。之前那个直播事件她也听说过一点，想不到两人还真在一起了。

宋枳无中生有，好心劝说季出颜："小姐姐看人可要擦亮眼睛些，这个已婚男不光搞大了我表姐的肚子，甚至还偷看我年过五十的舅妈洗澡……"她说到动情处甚至还哽咽了一下，"连我舅舅他都不放过，被当场抓包了还狡辩说自己只是路过，这样的人就算再有钱也改变不了他是个变态的事实。"

她的演技只要不放在演戏上，简直炉火纯青，根本看不出一丝瑕疵。

季出颜听她讲完，看向江言舟的眼神也带着一丝异样。难怪他刚才表现得那么冷淡，原来是因为猎奇……

她的确是想给自己找个靠山，但也是基于人性之上的。这种丧心病狂的人，哪怕再有钱，也只是空有皮囊而已，还真是知人知面不知心。就像是苹果吃到一半，看见里面只剩下一半的虫子，季出颜忍着恶心回了包间。

面对她的诋毁与污蔑，江言舟也不反驳，他走上前似乎想拉她的手："宋枳，我们谈谈。"手才刚伸过去，便扑了空。

宋枳不动声色地往后退了一步："我们好像没什么好谈的吧？"

何瀚阳虽然总是一副没睡醒的样子，但他比季出颜要聪明得多，一眼就看出了宋枳刚才是在撒谎。

他只是好奇二人是什么关系。他们的相处模式让人觉得奇怪，说是情侣，可是又让他感受不到情侣之间的甜蜜恩爱。

宋枳并不想看到江言舟，她将眼神移回何瀚阳身上："我先进去了。"

后者点头，也没多问。

宋枳推开包间门进去，里面已经喝过一轮了。有人正在给蒋因敬酒，她一直礼貌地推拒。用她的话说就是，这里面的人她都得罪不起，哪怕平时被圈内人誉为"灭绝师太"，这会儿也被逼得节节败退。

现实本来就是残酷的。宋枳也是前段时间才知道。蒋因有孕了，四十多岁，本来就已经算是高龄产妇了，医生让她千万要忌口，更别说是喝酒了。哪怕她再怎么解释，敬酒的那个人依旧不依不饶："怎么着，你这是不给我面子了？我今天把话撂这儿了，这酒你要是不喝，你们节目的赞助我可就撤了啊。"

广告赞助对一档节目的重要程度，甚至可以直接决定这档节目能不能继续做下去。更何况他口中的节目还是台里刚开没多久的。

那么多工作人员一起努力熬夜赶出来的方案，如果因为一杯酒就付诸东流了，那可真是代价太大了。

蒋因犹豫着摸了下肚子，刚要伸手去接。

宋枳拖开椅子起身过去，把他手里的酒杯抢过来，仰头一口干了："我替她喝。"

那人显然愣住："你不是说你吃过头孢，喝不了酒吗？"

宋枳笑了一下，那双漂亮的眸子里又带着几分嘲弄："你都强迫人家孕妇喝酒了，我吃了头孢又有什么关系呢？"

她的语调一如既往地娇娇哕哕，说出来的话却像诛心的剑一样，轻易就将他形容成了一位恶毒的"杀人凶手"，偏偏你还挑不出任何理由来反驳。

宋枳干脆把桌上的洋酒全都拿了过来："既然您这么想喝的话，今天我就陪你喝个够。"

她让服务员把所有的酒都给开了，也不管三七二十一，红的、白的、啤的统统混在一起。

各种酒水混在一起的颜色很是浑浊。

看到这些高度酒混在一起后，男人心里早就开始退缩了，这一杯下肚不得直接倒了？

宋枳歪头："在我心目中刘总一直都是个特别有男子气概的人，不会这么快就认怂吧？"

对一个有社会地位的男人来说，最重要的就是面子，尤其是在这样一个大美女面前。

他就不信，他还喝不过一个女人："行啊，喝呗。"

他接过宋枳手里的酒杯，才喝了一半，就被辣得嗓子眼生疼。

宋枳一口一杯，像喝水一样轻松，完事还笑容温柔地看着他。男人抹不开面子，只得硬着头皮继续喝。

蒋因怕宋枳这样喝下去会出事，拉着她的胳膊让她别喝了。

宋枳轻声安抚她："放心好了，我酒量好得很。"

更何况，她现在烦躁得不行，只有喝酒才能稍微平复一下她的心情。

一瓶酒很快就见了底，那个男人举手投降，连路都走不稳了，说话都费劲。

"我……我认输。"

他喝的其实不多，喝一半洒一半的那种，却还是醉得不省人事。

蒋因担心地去扶宋枳："你没事吧？"

她摇头："我好得很。"

话音刚落，她便踉跄了一下。

蒋因放心不下，便和那些人说了一声："她喝醉了，我先把她送回去。"然后小心翼翼地搀扶着宋枳出门。服务员贴心地上前，替她把门打开。

安静的走廊里，此时站着一个人。他靠着墙，随着门打开，眼神自然地落在她们身上。

包间隔音好，里面的声音一点也传不出来，更加不可能听清楚发生了什么。

江言舟看见喝得烂醉的宋枳，脸色瞬间阴沉下来："怎么回事？"

蒋因识人无数，一眼就看出了他非同一般的身份。正疑惑他和宋枳是什么关系的时候，江言舟已经把宋枳抱到自己怀里了。他伸手去探她额头的温度："怎么喝了这么多？"

宋枳摇摇晃晃的，却还是稳准狠地给了他一巴掌："关你什么事？"

这清脆的声响，让蒋因好半天没有反应过来。

江言舟只是微偏了下头，没有任何异样，还是小心翼翼地护着她，怕她摔倒。哪怕被打得左脸已经开始微微红肿，他也丝毫不生气。似乎怕蒋因不放心，他递给她一张名片："我是宋枳的男朋友，多谢你对她的照顾，我送她回去就行。"

蒋因接过名片，低头去看。看到上面的名字后，她张大了嘴。

江……江言舟？他居然是宋枳的男朋友？

见惯了大风大浪的蒋因第一次感觉劈头盖脸砸下来一个重磅新闻。等她反应过来的时候，江言舟已经抱着宋枳离开她的视野了。

宋枳喝醉后会撒酒疯，这点倒是和她哥很像，可能属于家庭遗传。怕她乱跑，江言舟上车以后，把车门落锁。他喝了酒，没办法开车，于是给张易打电话，让他现在过来。

宋枳闹个不停，对他又是踢又是踹的："你让我出去，我不要在里面！"

江言舟将她抱在怀里，上身微倾，把她鞋子脱了。宋枳也不知道到底喝了多少，周身酒气浓郁。江言舟从储物格里抽出一瓶水，拧开瓶盖后递给她："喝点水。"

宋枳皱着眉，拍开他的手："你谁啊，抱我干吗？"

江言舟沉吟片刻："我是你男朋友。"

宋枳歪头，愣了几秒后，笑了："想当我男朋友得去后面排队，记得拿号哦。"话说完，还俏皮地冲他抛了个媚眼。

那一点酒精熏染的热意似乎转移了地方，江言舟放在她腰上的手逐渐收紧。他张嘴喊她的名字，声音却格外沙哑："只只。"

宋枳抬眸，好像不认得他了："你在喊我吗？"

江言舟没再开口，只是安静地看着她。那双细长微挑的桃花眼里，浓郁的醉意像是一张巨大的网，把所有的情绪都挡在后面。宋枳看什么都是重影，只能靠近些去看他。

"还挺帅。"可能是嫌光看不过瘾，她直接伸手去摸他的脸，"手感也挺好。"

她东倒西歪的，连坐都坐不太稳，几次都险些摔下去，好在江言舟伸手护在她身侧。宋枳酒量好，很少有喝醉的时候，但喝醉的时候，她半点没有平日里的娇气，反而又凶又霸道。上一次喝醉撒酒疯，她还豪气地将钱包砸到他脸上，说要娶他。

钱包掉在地上，摔开了。江言舟低身去捡，看到里面肉眼可以数清的纸币。听宋落说，她前几天逛商场把卡给刷爆了，她爸爸停了她所有的卡，每个月只给她五百元的生活费。

那个晚上，江言舟送她回家前，顺便去附近的银行取了点现金放进她的钱包里。

见他没反应，宋枳还挺生气："姐姐跟你说话呢，你怎么不理人？"

江言舟怕她觉得闷，就把天窗给打开了。夜风有点凉，他脱下自己的外套给她披上。

宋枳不老实，一直动来动去，不想要他的衣服："你怎么就脱衣服了？让我占便宜啊？"

江言舟手上动作顿了片刻，替她把衣服穿好："嗯。"

宋枳微掀眼睫，捏了捏他的脸："那你总该有什么特长吧，姐姐眼光可是很高的。"

喝醉了酒的宋枳与平时大相径庭，唯一没变的大概就是她的明艳恣意，她指尖的触感柔软，像是带刺的玫瑰，扎人却又撩人。江言舟的目光停留在她嘴边的笑，身上的燥热越发明显。再浓郁的酒气都掩盖不住她身上那股香味，他像是干吞了一把在烈日下暴晒很久的沙子，突然觉得渴得不行。而宋枳，就像是一汪甘霖。

他抱着她，头埋进她颈窝里："我有什么特长，你不是早就试过吗？"

他想要和她更亲近一点，宋枳却不动了。直到呼吸声平稳地从耳边传来，他才逐渐停下动作。

他将她抱在怀里，柔声呢喃："睡吧，睡着了会舒服一点。"

张易过来的时候，江言舟正替怀中熟睡的人揉着太阳穴。

看到来人，他放轻语调："关门声小一点。"

张易点头，小心翼翼地上车，生怕吵醒宋枳。

从这儿回去，大概要一个小时。熟睡中的宋枳难受地去拽江言舟的袖子，呼吸浅表，身上温度也凉得可怕。

"粥粥，我好难受，我喘不过来气。"

她的声音很虚，拉着他的袖子不肯放。脸上毫无血色，眼睛也红得吓人。

她的症状明显就是酒精中毒，已经休克过去了。江言舟不知道她到底喝了多少，居然能到这种程度。

他因为焦急而提高音量，半点没有平日里的淡然自若，大吼着让张易赶紧掉头去医院。

驾驶座上不明所以的张易还在疑惑："什么？"

江言舟眉间带着戾气，他骂道："快一点，踩油门啊！"

张易明显愣了一下，他跟了江言舟这么久，从未见过他像今天这样失态过。

江言舟一直都很好地控制着自己的情绪，可此刻，他好像连理智都丧失了，彻底沦为一头野兽。张易猛踩油门，往医院开去。

这个点，医院只有急诊还开着。江言舟下车以后一路抱着宋枳进了医院。

好在医院里病人不多，医生做完一系列检查后，拿着病历出来问："谁是病人家属？"

江言舟起身过去："我是。"

医生打量了他一眼："病人男朋友？"

他点头："嗯。"

医生把东西递给他签字："病人是酒精中毒，需要立刻洗胃，你在这上面签个字。"

江言舟很快就签完了，把病历递还给他的同时，不放心地问了一句："她……严重吗？"

"还好来得及时，没大碍。"

安慰完他以后，医生转身嘀嘀咕咕地和一旁的护士埋怨道："真不知道这个男朋友是怎么当的，居然让自己女朋友喝这么多酒。"

宋枳是难受醒的，浑身像是散架后又被组装起来。喉间含着痛苦的低吟，她睁开眼睛，入目看见的，除了雪白的墙壁还是雪白的墙壁。

这中间似乎遗失了一段记忆，她只记得自己彻底没了意识前，正在和人喝酒。她酒量好，所以肆无忌惮，谁知道忘了去计算那些酒的酒精含量她的身体可不可以承受得住。

唐笑言哭哭啼啼地进来，手上还提了好几个高档纸袋。

"呜呜呜呜，我的宝贝好点儿了没有？听他们说你还洗胃了，肯定很难受吧？脸色怎么这么差？还有哪里不舒服吗？"

她一连串的暴击提问，宋枳还未完全恢复的大脑尚处于混沌状态。

见宋枳迟迟没有给她回应，唐笑言痛苦地抹泪："呜呜呜，都傻了，江言舟那个坏蛋到底是怎么照顾你的？居然还让你酒精中毒了。"

她前几天飞国外疗情伤去了，在各种秀场拍卖会上穿梭，那些包都是她特地给宋枳买的。结果刚下飞机，就接到电话，说宋枳酒精中毒进了医院。

宋枳这才注意到自己手背上的止血纱布，以及连着输液管的半截针头。

"谁告诉你的？"

唐笑言说："前天晚上许兰兰来医院看她妈妈，正好碰到江言舟的司机在窗口缴费，她就偷偷跟来看了一眼，就看到江言舟等在急诊室外面。你酒精中毒昏迷了一天一夜的事现在都在圈子里传开了。"

宋枳闭了闭眼。

许兰兰这个大嘴巴，当事人自己都不知道自己酒精中毒的时候，她就把消息给传开了。

不过……

"你刚刚说她看到江言舟等在急诊室外面？"

"对啊，所以她才确定里面的人是你。"

宋枳怎么努力回想也想不起来她前天喝完酒有再见到江言舟。

所以前天晚上到底发生了什么？

想不起来，她也懒得想了，刚洗过胃，身子还虚弱得很，医生说她目前只能吃些流食。

她心里也不知道在期待什么，问唐笑言："你刚刚过来的时候有看到江言舟吗？"

唐笑言走到桌边给她倒水，热水一半凉水一半。

"没啊，就看到他的司机坐在外面。"

宋枳突然觉得好笑。

也对，江言舟日理万机，能送她来医院都算是慷慨了，也不知道她到底在奢求些什么。

唐笑言把水杯递给她："先喝点水润润嗓子。"

宋枳胃里难受得不行，连起身这种事情对此时的她来说都痛苦万分。

唐笑言将枕头竖放在她身后，让她靠着舒服一点："我这次出国可没忘了你啊。"

她邀功一样把那些包包从高档纸袋里拿出来："C 家的春夏新款链条包，Z 家的钱包，全球限量一千个，每人才限购一个，我自己都没有。还有这个，我知道你喜欢这种亮晶晶的东西，特地给你买的，上面的水钻可都是一个一个手工嵌上去的，每款都有专属它的编号，全世界仅此一双。"

她把东西一一取出来，摆成肉眼可见的一座"金山"。

看着漂亮的包包和鞋子，宋枳顿时觉得自己的病痛好了一大半。她抿唇，按捺住嘴边不断放大的笑容："好姐妹。"

张易听到里面传来的嬉笑声，终于松了一口气，他走到安静的楼梯口打电话。

宋枳昏迷了一天一夜，江言舟寸步不离地照顾了她一天一夜。直到今天早上，公司有些急事需要他去处理，他才不得不离开。

会议厅里，公司的各位高层董事看着从会议开始就一直阴沉着一张脸的老板，大气都不敢多出一下。这位寡言少语的总裁一向对自己的情绪控制得很好，任何时候都是一副冷静的神态，几时像今天这样心事重重？

高层发言结束后，大家纷纷等待他的开口。会议室里静得连呼吸声都能听清楚，江言舟握着笔，眉头紧锁，也不知在想什么。

直到特助小声提醒他："江总，有您的电话。"

会议期间从不接电话的他这次罕见地接过手机，扫了眼屏幕的名字后，他站起身："今天的会议就先到这里了。"然后看向一旁的特助，"会议内容待会儿发到我的邮箱里。"

电话接通后，张易和他汇报宋枳的近况："老板，宋小姐的朋友刚刚过来了，她现在的情绪还可以。"

江言舟单手插在西裤口袋里，眼神透过落地窗，落在窗外车流汇集的路口。

宋枳从小到大都没受过什么罪，人生一帆风顺，感冒打个针都会难过得发好几条朋友圈，更别说是洗胃了。

"你待会儿去楼下给她买点粥。"

张易点头："还需要买点其他的吗？"

其他的……

江言舟眼睫微垂，沉吟片刻，转身往助理办公室走。

宋枳在某种意义上也算是个长情的人，喜欢的东西一直都没变过——漂亮的衣服、包包还有鞋子。

几个助理正在里面整理几天会议的内容，特助看到江言舟了，急忙站起身："江总。"

他推开玻璃门进来，轻轻点了下头。

想到他刚才阴沉的脸色，特助心里莫名有些发怵，这个节骨眼上来找他，该不会是要批评他吧？他吓得大气都不敢出一声。

江言舟身上没有那些二代们的顽劣心性，相反，他成熟理性得与实际年龄不太相符。如果不是因为那张俊朗的脸，他甚至要怀疑江言舟到底是不是二十多岁的年龄。

特助紧张了好久，面前的人并没有半点要责罚的意思，反而拿出钱包，从里面抽出一张卡："你去附近的商场帮我买点女孩子喜欢的东西。"

特助愣了半晌，然后才迟钝地"啊"了一声。买点女孩子喜欢的东西？这又是什么操作？办公室里的人纷纷将头抬了起来，似乎也在一起诧异。

江言舟一向淡漠的情绪罕见地有了些许变化。他轻咳一声，试图缓解尴尬："你就当是出差，这个月的奖金我给你翻倍。"

金钱蒙蔽了特助的双眼，包括他的困惑。他殷勤地接过卡："请问她喜欢什么类型的东西呢？"

喜欢什么类型的东西……

江言舟想了想，言简意赅："贵的，越贵越好。"

特助在心里为自己这个成熟稳重的总裁小小地叹息了一番。

可惜了。

办公室里，某个正在摸鱼的助理的电脑页面似乎忘了关，网页自动跳到下一条新闻，女主持人的声音在安静的办公室里响起。

"近日，有记者拍到，在某中餐厅，女星宋枳和电竞选手何瀚阳关系亲密，同抽一支烟，早前他们在某场直播上的表现就引发众多粉丝热议他们之间的关系……"

那个助理吓得手忙脚乱地要去关掉网页，江言舟却不知道什么时候过来了，沉着一张脸控住他放在鼠标上的手，眼神凝视着电脑屏幕。

偷拍的画质不太好，加上又是夜晚。两个人穿着情侣卫衣，宋枳嘴里叼着烟，何瀚阳拿着打火机替她点火，两人靠得很近。

弹幕不时滑过：

"啊啊啊！！！我收回前几天辱骂宋枳的话，她！！很绝！！太绝了！！"

"抽个烟都这么有氛围感的女艺人我真的就见过她这么一个啊！"

"很奇怪，明明对这两个人都无感，但他们的CP我居然……非常嗑。"

"电竞喷子和娱乐圈白莲花，今夏限定，'只羊CP'，可。"

…………

江言舟那双眼睛冷得仿佛能直接渗出冰碴子来，他因为忍耐，而咬紧腮帮。

那个助理被吓出了一身冷汗，想关可是又不敢，毕竟老板的视线明显还留在那条视频上面。

办公室里的气压瞬间被压得很低很低。

特助壮着胆子，小心翼翼地问他："买完之后送到哪里呢？"

江言舟略微抬眸，声音低沉："不用买了。"

话说完，他拿出烟盒离开。留下特助一个人茫然无措地拿着卡站在原地。

那个摸鱼的小助理都快被吓哭了，他哆哆嗦嗦地问特助："我是不是要被开除了？"

特助闭了下眼："你自求多福吧。"

看江言舟刚刚那个生气的程度，他真怕他当场把电脑给砸了。也不知道他为什么会生气，不过就是一个传绯闻的女明星罢了。

唐笑言在医院陪了宋枳一下午，直到她爸爸一个电话，把她叫回家。

病房里再次静了下来，宋枳躺在床上，睁着眼睛看向天花板。遗失的记忆逐渐清晰，她记得自己好像给了江言舟一巴掌。

她一喝多就失态，脾气大得吓人。当时自己的力度好像还不小，也不知道他怎么样。

宋枳心里过意不去，把床头的手机拿过来，想给他打个电话。可刚要按下通话，又犹豫地将手指收回。

太没骨气了，每次因为他的冷落而生气，最后都是自己把自己给哄好。

宋枳突然觉得在他身边的这些年里，她都有点不像她自己了。高傲如她，什么时候受过这种委屈？

与此同时，病房门被敲响。

张易推开门走进来，手上提着打包好的粥。他把东西放在桌上："老板让我给您买的粥。"

"江言舟让你买的？"

张易点头，退到一旁。

"那他人呢？"

张易说："公司有事，他回去处理了。"

宋枳点了点头，还算有点良心。

东西也送到了，张易出了病房。

宋枳心情大好，打算大发善心给江言舟一个道歉的机会。她拨通他的电话，把手机免提放在一旁，揭开粥的盖子。

那粥熬得很烂，应该是江言舟特地嘱咐过的，宋枳用勺子舀了舀，感觉都快成米糊糊了。

手机里一直都是"嘟——"音，直到自动挂断都没人接。宋枳正纳闷，许兰兰那尖刻的声音从外面传来，她提着个小果篮推门进来。盛装打扮，一点都不像是来看病人的，反倒像是来参加选美的。

看到宋枳憔悴的脸色，她做作地"哟"了一声："想不到大明星也会生病啊。"

本来就觉得无聊，想不到乐子竟然还自己送上门了。

宋枳把勺子放回碗边，笑道："可不嘛，大明星也和你这种平平无奇的女孩子一样呢，长得再美也会生病。"

许兰兰原本只是想来看会儿她的笑话，谁知道刚来就被她给气到了。

"你……"

宋枳单手撑着脸，饶有兴趣地看着她："我怎么了？"

许兰兰眼神一瞥，看到放在桌子上的手机。

通话界面还没来得及返回，上面依旧停留在江言舟未接通的号码上。

她似突然想起了什么，笑得幸灾乐祸："今天寻悦回国，江言舟肯定是去接她了呀，怎么可能会接你的电话？"

寻悦？很陌生的名字。

宋枳有点好奇："寻悦是谁？"

许兰兰样子得意："当然是江言舟的心上人、白月光。人家青梅竹马、门当户对，要不是你和她长得有点像，江言舟怎么可能会看上你？现在正主都回来了，你就等着当弃妇吧。"

宋枳花了五秒才反应过来她这句话里的意思。也就是说，江言舟有个白月光，是他的青梅竹马，之前一直住在国外，今天才回来。

许兰兰拆开果篮，从里面拿了根香蕉出来，在沙发上坐下。她一边吃一边冷嘲热讽："人家那才是真正的千金大小姐，和你不同，你充其量只能算得上是她的替代品。"

寻悦这个名字对宋枳来说很陌生，她从来没有听江言舟提起过。

不过也不算奇怪，毕竟宋枳跟在江言舟身边这么多年，她连他的交际圈子都没进去过。

他的任何事，哪怕是家里复杂的情况，也都是何姨告诉她的，她只是知道一些皮毛，江言舟从来不和她讲这些。所以对待这段关系，宋枳一直觉得她就是江言舟养的一只猫罢了，有了空闲时间，他就会来宠她，却从来不带她进入自己的生活。像是用昂贵的笼子，把她关在里面。

宋枳有时候也觉得可笑，但她从不表现出在意。势均力敌，才不会受伤嘛，至少她是这样想的。

许兰兰见她不说话，觉得自己的目的达到了，于是决定功成身退。

她咬下最后一口香蕉，将皮扔进垃圾桶里："提前祝你失恋快乐哦。"

贱兮兮地说完这句话后，她就打开病房门，走了。

一时之间，病房再次重归平静。

宋枳默默给了自己十分钟的反应时间，被酒精熏过的脑子似乎比平时还要迟缓。彻底将前因后果捋清楚后，宋枳不信邪地又给江言舟打了几通电话。

依旧没人接。

他这个人平时工作繁忙，偶尔一次接不到电话情有可原，但一直不接，说明他是故意的，故意不接她的电话。

宋枳冷笑一声，把他的号码拉进了黑名单里。

她又在医院待了三天，医生确定她的身体恢复好了以后才肯放她出院。当天是唐笑言过来给她办的出院手续，过来的路上顺道去了趟宋枳家，帮她把衣服拿来。穿了一周宽宽大大的病号服，她终于换上了自己的衣服。

宋枳的脸色仍旧有些苍白，洗胃毕竟伤身体，后期还得慢慢调养。她戴了个墨镜坐在椅子上等唐笑言，后者很快就把手续办好了。

她把发票随手扔进旁边的垃圾桶里，走过来替宋枳提东西："都弄好了，走吧。"

宋枳点头，挽着她的胳膊出了医院。

那辆红色的法拉利就停在路边，刺眼又夺目。唐笑言让宋枳先上车，她把东西放进后备厢。

吃了这么多天的稀饭，终于可以换换口味了。唐笑言专门给宋枳买了奶油蛋糕，用来慰问她这个病人。

对自己的饮食控制习惯了的宋枳只是用勺子轻轻刮了点周边的奶油，尝了尝甜味。

唐笑言正倒车退出去，看到她这副小心翼翼的样子："你这才刚出院，想吃什么就敞开了肚皮吃。"

宋枳把蛋糕重新装进盒子里："过几天要去参加一个很重要的试镜。"

"试镜？"

宋枳点头："本来应该今天去的，不过片方那边考虑到我的身体状况，就把时间延后了几天。"

她低头去看手机，消息记录里除了经纪人给她发的几条试镜时间，什么也没有了。

想到许兰兰那天说的话，宋枳问唐笑言："你认识寻悦吗？"

唐笑言愣了一下："寻悦？"

她似乎在回想这个有些熟悉但又仿佛很久远的名字。

几分钟后，她想起来了："认识啊，我们一块儿长大的，她那会儿老黏着江言舟，娇气得要命。不过她出国留学后，我们也有些日子没见了。"

从唐笑言的话里话外可以听出来，她对这个寻悦没什么好感。不过这也证实，许兰兰没有撒谎，江言舟的确有个青梅竹马。

"她好看吗？"

宋枳突然问出这么一句，反倒让唐笑言有些疑惑："你怎么突然问起她来了？"

宋枳耸耸肩："好奇嘛。"

"还行吧。"唐笑言评价得中规中矩，"她以前就是普通的富家小姐，被家里宠得娇气了些，后来读高中那会儿也不知道是抽了什么风，变得又作又矫情，说话声音还特嗲，反正我不太喜欢她。"

宋枳总觉得她这话说得有些不对劲。

好半晌，她才反应过来，后半句的评价用在自己身上似乎一点也不违和。

唐笑言显然也意识到这个问题了，赶紧解释："你和她还是不一样的，你虽然作，但你作得可爱，作得自然。"

宋枳一时不太明白她到底是在损自己还是夸自己了。不过她也懒得继续在这个问题上纠结了，越想越烦。

车内太安静了，宋枳随便调了个电台，钢琴声轻缓。

车载屏幕上的日期让唐笑言想起来："对了，两天后我的生日酒会，到时候你记得来啊，有工作也得推了给我来！"

宋枳疑惑地皱眉，以为是自己记错了："你生日不是还有半个月吗？"

到了十字路口，唐笑言打着方向盘转弯："还不是我爸，说找人算过了，两天后是黄道吉日，适合办生日酒会。你也知道，他那个人迷信得不行，就强行把我生日往前挪了几天。"

越是有钱有势，就越信这些不着边际的话。

好在江言舟从来不信这些。他也不是不信，只是从未表现出多大的兴趣来，至少像唐笑言她父亲做的这些事，永远都不会发生在他的身上。

宋枳闭了闭眼，不知道为什么又会想到他。

唐笑言终于后知后觉地察觉到了不对劲："宋枳，你身体是不是还没恢复好啊？我看你脸色不太好看，兴致也不高的样子。"

要是平时，她早就开始搜索时间最近的秀场了，在医院关了这么多天，那颗骚动的心是不可能让她这么安静的。

这很反常。

"对了，江言舟怎么没来？"

女朋友出院，作为男朋友，不是应该亲自来医院接送的吗？

宋枳靠在椅背上："我都三天没见到他了。"

唐笑言惊道："什么？你生病住院他都没来看过你？"

"打电话也不接。"

说完这句话后，宋枳莫名觉得有点好笑。

她也不知道自己到底在埋怨什么，又在期待些什么，明明都知道江言舟对她其实没什么感情的。

这些事情，她明明在很久很久以前就想通过的，为什么现在还在纠结难过？

从小到大，宋枳都特别怕黑，甚至连晚上睡觉都得开着灯睡。

高中时某个晚自习，她因为作业没写完，被老师强制留堂。学校里的人都走得差不多了，那些每天陪她一起上下学的姐妹也都早早回了家。这就意味着，她需要独自一个人走过没有路灯的那条街道。

她给宋落打电话，让他过来接她，结果宋落那边闹哄哄的。

宋枳说的话他一个字都没听清。

"你哥我现在忙得很，待会儿回去的时候会给你带夜宵的。"

电话里的"嘟嘟嘟"的声音传来，宋枳气得想踹人。她看着越发厚重的夜色，深呼一口气，在心里安慰自己，总要克服的。

市政似乎还没管到这里，路灯一年四季都是坏的。这条街也没什么人经过，安静得连风从耳旁吹过的声音都很清晰。宋枳攥紧了背包带，吓得浑身都在发抖。

拍在她肩上的那只手吓得她放声尖叫，撒丫子就要跑，秦河拎着她的书包，将她提了回来。

"我有这么可怕吗？"

他柔声问她，笑容温柔。宋枳看到他这张脸，瞬间像在魑魅魍魉横行的地狱里见到了活菩萨，感动得快哭出来了。

"呜呜呜，秦河哥哥，宋落不是人，他跑出去玩都不来接我，我都快吓死了。"

小姑娘爱撒娇也爱告状。

秦河把手里的茉莉花茶递给她，笑着摸了摸她的头："我们小枳最乖了。"

宋枳委屈巴巴地拿着茉莉花茶，跟在他身旁。

秦河是住在她家隔壁的哥哥，比宋落大一岁，成绩很好，但是不知道为什么，高考后他选择了复读。明明他的分数都超过一本分数线不知道多少了。

他是一个格外温柔的人，和宋落不同，连说话都不会太大声。如果说江言舟和宋落成为朋友是同类相吸，那秦河和宋落会成为朋友，宋枳想破脑袋了也想不出到底是因为什么。

一路上，宋枳都在激情辱骂宋落，秦河也只是安静地笑笑。偶尔有车来了，他动作温柔地将宋枳拉至自己身侧，他自己则走到外围。

宋枳叹了口气："如果我哥有你一半温柔就好了。"

他也只是轻轻地笑一下："宋落也是一个很好的哥哥。"

"他好个鬼。"

话音刚落，宋枳的视线定格在某处后，脚步顿下。从那条坏了路灯的街道走出来后，视野稍微清晰了一些。

宋枳看到有个人在前面，高中部的校服是深蓝色的，他的拉链似乎没拉，能看见里面的 T 恤。

她让秦河先躲起来："我找到送我的人了。"

秦河顺着她的视线看过去，少年似乎往这边看了一眼，四周太暗，只余天上那一轮清月投下的黯淡光芒。

秦河无奈地笑了笑，听她的话，躲了起来。

宋枳欢快地跑过去，问江言舟："你是来接我回家的吗？"她明艳得仿佛上天将所有恩赐都送给了她。

江言舟声音还是一如既往地冷淡："不顺路。"

在宋枳以为他只是刀子嘴豆腐心的时候，他居然真的转身走了，朝着宋枳家完全相反的方向。

宋枳不确定自己是什么时候开始喜欢他的，唯一能确定的是，那个夜晚，她见到他的时候，心跳漏了一拍。

因为他的冷漠，她难过了很长一段时间。

江言舟自然没有哄过她一句，小姑娘心胸宽广，自己把自己给哄好了。

第二天还是乖乖地出现在他面前，嗲着嗓子和他说"Hello"。

真正被爱包围长大的人，似乎天生都拥有治愈他人和自愈的能力。

现在回想起来，宋枳真的觉得之前的自己真是傻得可爱。

以唐笑言对宋枳的了解，她很少像今天这样情绪低落，肯定是真的难过了。

为了不让她继续去想江言舟那个渣男，她强行将话题转移了。

"你在医院这几天有没有上微博搜自己的名字？"

这个问题问得莫名其妙，宋枳说："我都没上微博。"

自从上次得了那个"发大水"的奖以后，她的每条微博底下都是一群人追着骂。

眼不见为净，她干脆连微博都不想登了，除非是宣传节目或者是打广告。

难怪她这么镇定，唐笑言空出一只手去拿手机，点开里面的热搜递给她："那你可错过了一场大戏了。"

宋枳接过后扫了一眼，然后愣住了。

视频里是她和何瀚阳在纳凉亭里的画面。

原本没有半点暧昧氛围的画面，偏偏被那些嗑CP的粉丝加上背景乐后，莫名有一种非常亲密的感觉。

微博上带的话题是"宋枳何瀚阳恋情"。

宋枳眉头皱得死紧："这是什么垃圾话题？"

唐笑言笑道："其实我觉得你们俩还挺配。"

配个鬼。

宋枳把视频放大后，意外发现对方把她拍得还挺好看的。难怪评论里一大堆夸她飒的。

宋枳人气虽然高，但大多都是男粉，这还是宋枳第一次看到这么多女生一块儿夸她的。

唐笑言非常大度地开口："虽然何瀚阳是我老公，但我也不是不愿意把他让给你。"

宋枳把手机锁屏，放回中控台，解释道："我跟他不是你想的那样。"

唐笑言竖起八卦的小耳朵："哦？讲来听听。"

宋枳被她这番举动给逗笑了："我和他总共才见过两次，我甚至连他长什么样子都没记太清。"

唐笑言颇为遗憾："我觉得他比江言舟好多了，虽然有点喜欢骂人。"

唐笑言是何瀚阳的忠实老粉了，他在青训营的时候她就粉上他了。何瀚阳话不多，一手狙玩得出神入化，手段凶残，人送外号"狙神"。第一次参加比赛，他就带领战队拿下世界冠军。

前年他刚满十八，俱乐部就迫不及待地让他和黑猫 TV 签下了合同。每个月直播够多少场次和时间，这些都是有要求规定的。

虽然不爱说话，但不代表他不会骂人啊。

有人喜欢就有人讨厌，他的黑粉自然也不少，整天在直播弹幕里刷屏说一些不堪入耳的话。何瀚阳半点不由着他们，懒洋洋地往电竞椅上一靠，游戏也不打了，开麦和黑粉互喷。

经此一战，他"电竞哲学家"的名号彻底打响了。逢开播必被封，从来不需要自己下播。

让唐笑言想不到的是，像何瀚阳这种除了游戏，对什么都提不起兴趣的人，居然也会追星。她也是前几天看他直播时偶然发现的，还是因为他家的猫在他直播的时候不小心撞到了摄像头，镜头往旁边偏了一点，然后唐笑言就看到他床边的墙上贴着的都是宋枳的海报。

从宋枳女团出道拍的第一张写真，到上部戏的剧照。唐笑言觉得，她如果和宋枳当不成世妯，当姐妹也不错。

唐笑言说："这样，你当大的，我当小的，咱们姐妹和平相处。"

宋枳无语："你还挺有志气。"

唐笑言一副看透爱情的深沉模样："被渣男伤害过的女人就是得团结起来。"

被渣男伤害。

她这么一说，宋枳越发觉得江言舟是个渣男了。

可恶！

那男人没有心，就算是家里养的宠物生病了最起码也会来看望一眼啊，更何况她还是个活生生的人。

那一点难过此时变成怒火，在她胸口熊熊燃烧了起来。她没让唐笑言把她送回家，而是直接送去了酒店。

眼不见为净，这是她的人生座右铭。

夏婉约得知她出院了，特地给她打了电话："这几天好好休息，别想太多。"

公司安排她去海外出差，还有四天才能回来，宋枳前几天进医院的事她也只能干着急。

出于对这个不安定因子的不放心，夏婉约千叮咛万嘱咐："你下次去参加什么饭局酒会的，千万要提前通知我一声，知道吗？"

宋枳打开冰箱，从里面拿出一瓶水，走到沙发边坐下。

她一边拧瓶盖一边应道："知道了。"

想起唐笑言在车上的话，她说："后天我朋友的生日宴会，这个应该不需要提前报备吧？"

"那倒不用。"

那边有人在喊她，夏婉约应了一声后，和宋枳说："我这边有点忙，你这几天早点睡，给我保持最好的状态，试镜可别给我搞砸了。"

"知道了知道了。"

夏婉约不用细听都能感受到她话里的敷衍。宋枳是出了名的作精，敷衍倒没事，只要她能听话，别给她闹事捅娄子就行。

电话挂断后，宋枳下意识又去翻了翻信息，没有一条是江言舟发来的。

住院手续是他办的，他不可能不知道自己已经出院的消息，即使她任性地拉黑了他的联系方式，但他从未想过用其他人的电话联系她，一次都没有。

唐笑言的生日宴会，其实宋枳不太想去。

往年她的生日都是和几个朋友一起过，而今年，说得好听点是生日宴会，说到底，换汤不换药，就是社会那些人结交人脉的聚会。

因为主角另有其人，为了不抢她的风头，宋枳穿了一条白色的连衣裙。这条裙子是她去年代言的那个品牌方送的，脸上的妆也淡，清冷素净，和她平时的风格倒有些相悖。

唐笑言本身也不是什么喜欢出风头的人，今天的打扮也是中规中矩。但作为主角，今天的焦点，她自然是被众人簇拥着。

几个富家千金聚在她身边，讨论着自己身上那些虽然不起眼却格外昂贵的小物件。都是娇养长大的，平日里眼界也高，你瞧不起我我瞧不起你那是常有的事，动辄就是一顿吵。

唐笑言看到宋枳了，连忙过来："难得没有迟到。"

"鸽王"宋枳厚颜无耻道："我什么时候迟到过了？"

唐笑言替她纠正病句："应该是，你什么时候没有迟到过。"

那几个名媛千金看到宋枳了，纷纷抬起高贵的下巴："哟，今天怎么自己一个人就来了？江言舟呢，没陪你吗？"

　　她们对宋枳没什么好感，嫉妒和瞧不起各占一半。嫉妒她的外貌和江言舟独一无二的宠爱，瞧不起她的身份。

　　江言舟身边最不缺的就是那些削尖了脑袋想往他身边挤的千金名媛，而在场的这几位，除了唐笑言，都是"削尖脑袋"里的一员。

　　寻悦回国的消息，早就在圈子里传开了。寻家本来就是北城里土生土长的大家族，高门千金，和江言舟门当户对。

　　另外一个人接过话茬儿，调侃道："我可听说，江言舟最近都陪着寻悦呢，哪儿来的时间来找她啊？"

　　这话里话外的刺，丝毫不遮掩。

　　宋枳还未开口，唐笑言先被气到了："你们今天来之前是吃过蒜吗？怎么嘴巴这么臭？"

　　"你……"这人气得咬牙，"我说的哪句话不是事实？"

　　"事实？"唐笑言就像是一只护犊子的母鸡，根本就不管对方说了些什么，"今天是我的主场，在我的地盘上，你们谁再多嚼一句舌根，我立马让保安把你们扔出去。"

　　这几人平日里都是些含在嘴里怕化了，捧在手心怕摔了的宝贝小姐，几时受过这种委屈？顿时气得走开了。

　　她们走后，唐笑言安抚宋枳："她们嘴巴碎，你别理她们。"

第五章
试镜

宋枳老家其实不在北城，只是因为大学考到了这边。

宋家在河市，也算是书香门第，大户人家。爷爷还在世的时候，他的学生和追随者遍布五湖四海，每天都有各种慕名而来的人。

宋枳就像是一个被娇养在城堡里的公主，不问世事，娇气又麻烦，吃穿用度都格外挑剔。

所有的一切，都是基于她从小得到的宠爱。就连脾气暴躁的宋落，也会在她嫌水太烫的时候一边骂一边拿着水杯出去兑冷水。

从小养成的骄傲和后天形成的不同。宋枳的自信，是从骨子里散发出来的，不管走到哪里，她都是最耀眼的存在。

可是自从她来到江言舟的身边后，一切似乎都变了。

她被人鄙夷，被人在私下嚼舌根。她总是表现出丝毫不在乎的模样，甚至还会自我嘲讽。可让一个骄傲惯了的人每天背负这样的侮辱骂名，无疑是将一柄坚硬锋利的剑，从中间折断。

她会难过，甚至会无数次想到自己的家人。如果爷爷还在世的话，如果宋落还在她身边的话，断然是不会让她受这种委屈的。她喜欢江言舟，所以这些委屈她统统都可以不在乎。最让她无法忍受的，就是江言舟没有缘由地冷落与忽视。

他好像真的把她当成一个招之即来、挥之即去的宠物猫了。

宋枳深呼了一口气，怕唐笑言看出她的异样，随意扯了一个理由："我去趟洗手间。"

唐笑言神经粗，自然也没看出她哪里不对劲，点了点头："我先去和那些叔叔伯伯们打声招呼，待会儿来找你。"

离开了大厅，来到僻静的走廊，终于没有那股窒息感了。

洗手间在最里面，旁边是阳台，再往里走一点是专门配备的吸烟区。这里的光线和大厅不同，暗得有些暧昧。

走廊尽头的窗户半开着，夜风吹进来，凉得刺骨。

她今天本来穿得就少，单薄的布料根本没有半点抵御寒冷的功效。她加快步伐，想要快点进洗手间时，对面抽烟区的门开了。

穿着深色西装的男人从里面出来，少见地梳了大背头，将那张清冷俊逸的脸展露无遗。眉骨精致冷硬，周身都透着一股漫不经心的贵气，以及那股还来不及消散的烟草味。

宋枳差点忘了，唐笑言的生日，作为世叔的江言舟理应前来。她出现在这里，江言舟没有诧异，也没有任何多余的其他情绪。他安静地看着她，仍旧是那副泰然自若的镇定模样，仿佛在等待她先开口。

宋枳偏不如他的愿，白眼一翻，在心里骂了他一句，绕开他走了。

但身后的声响让她微微顿住脚步。

由远及近的呼喊，明显带着掩饰不住的雀跃："言舟哥哥。"声音娇滴滴的，又带着一点故意压轻嗓音的嗲。

她转身看了一眼。

走过来的女生穿着白色连衣裙，一头如藻的黑色长发，楚腰纤细。她和他撒娇埋怨："我刚刚过来的时候，那个出租车司机好烦人的，要不是家里车坏了，我才不要去坐出租车呢。"

宋枳双臂环胸，靠在墙上，笑容玩味地看着江言舟："你的口味是不是流水线批发生产的？"

那个女生听到声音，这才注意到暗处还站着一个人。看清她的脸后，女生明显有片刻愣住。

宋枳的眼神一直落在她身上，自然也捕捉到了她的表情变化，仿佛认识她一样，可宋枳却不记得自己的人生里和这人有过任何交集。

江言舟眉梢微蹙，刚抽过烟的嗓子还有些沙哑。

他喊她的名字："宋枳。"

这声音听着十分性感，但宋枳并不打算理他。

宋枳保持着优雅从容的姿势离场，进了洗手间。门关上的那一刹，她觉得自己浑身的力气都像被抽走了一样。

许兰兰说的似乎也不全是假话。她和寻悦，不光在爱撒娇的性格上相似，甚至连声音都有些让人无法区分。她一直以为江言舟对爱撒娇的"作精"没有抵抗力。可谁知道，原来所有的偏爱都是有原型的。

宋枳突然觉得挺好笑，原来他不是不温柔，只是他的温柔给的不是她。

眼睛酸涩得可怕，可是又哭不出来，宋枳走到洗手池边，用冷水洗了把脸，直到心情逐渐放松下来，她又给自己补了个妆，然后才推开门出去。

输人不输阵，就算都是白莲花，她也要当最好看的那朵。

门外的走廊上，江言舟抬眸看她。他应该一直没走，从宋枳进洗手间以后就一直等在这里了。

这点从他身旁垃圾桶上的灭烟盒里残留的烟蒂就可以看出来。明显刚熄灭没多久，甚至还冒着青灰色的烟。

看见宋枳，他从冰冷的墙壁离开，站直了身子，随手将还剩大半的烟摁进灭烟盒里。看到她有些泛红的眼睛，他略微皱眉，低声问她："你哭了？"

宋枳没好气地回怼一句："关你什么事？"然后绕开他走了。

江言舟很快就跟了上来，他腿长，一步都快抵上她两步了，宋枳怎么也甩不开他。

她不愿意回答，江言舟也没有逼问的打算，就一直跟在她身边，一句话也不说，像个隐形人一样。

刚和所有长辈都打完招呼的唐笑言准备带宋枳去吃些东西，看到她身后的那个男人后，脚步有些虚。

她哆哆嗦嗦地和他打招呼："世……世叔。"

江言舟只是轻点了下头，算是应答。

这种冷漠的腔调，唐笑言早就习惯了。她挽着宋枳的胳膊，小声问她："怎么一回事？"

"鬼知道。"

宋枳并不想在这里和唐笑言说她刚才在洗手间外发生的奇遇记。

虽然江言舟一直不说话，但唐笑言完全没办法做到彻底忽略他的存在。

气氛就这么一直凝固着。

直到她的几个堂哥、表哥过来，端着酒杯祝她生日快乐，连带着也礼貌地和宋枳、江言舟碰了下杯。虽然身子还没有彻底恢复，但宋枳觉得直接拒绝别人不太礼貌，于是想要做做样子，抿一小口。

手里的酒杯才刚到嘴边，手腕被人握住，江言舟面色阴沉地把酒杯从她手中拿走："你酒精中毒的事才过去几天，这么快就好了伤疤忘了疼？"

难怪一直跟着她，原来是在守着这件事呢。

宋枳的小脾气上来了："我今天还就喝了。"

江言舟罕见地有了些许怒意，似乎在气她对自己身体的不在意。在他发作之前，有长辈端着酒杯过来，看着江言舟："言舟，伯父有些话想单独和你说。"

江言舟明显不悦，沉默良久，还是保持礼貌地点了点头。

走之前他不放心地看了宋枳一眼，然后和唐笑言说："看着她点，别让她喝酒。"

唐笑言根本不敢反驳他的话，拼命点头。确定他走远后，唐笑言才算松了一口气。

"我差点以为我要死了，宋枳，你平时是怎么和他独处还不哆嗦的？我太佩服你了。"

宋枳说："我其实偶尔也哆嗦。"

今天的生日宴会可以变相地说是拓展人脉的酒会以及富二代们的相亲大会。能被邀请过来的，都是北城有钱有势的那一批人。

许兰兰打扮得异常隆重，甚至还故意迟到，企图靠压轴来吸引眼球，谁知道根本没人去关注她。极度受挫的她看到宋枳和唐笑言，提着裙摆跑了过来。

"人家都去跳舞了，你们几个怎么还跟个傻子一样杵在这里？"

唐笑言白她一眼："你不也一样杵在这里？"

许兰兰爱挑起事端，可是每次都骂不赢别人。她冷哼一声，自行终止战斗。

在这种宴会之上，男人们谈论的大多都是与生意相关的话题。大厅一隅，把江言舟叫走的那个男人正在和他讲着什么，江言舟的眼神却一直落在这边，听得并不仔细。

宋枳眉眼微抬，正好和他的视线对上。不等她移开，寻悦就委屈巴巴地走到那个正在讲话的男人身边，挽着他的胳膊，似乎在撒娇。

许兰兰注意到宋枳的视线了："寻悦的父亲可是靠海运发家的，那才是真正的白富美，某些人啊，当个替身还挺得意。"

唐笑言黑着一张脸："你乱说什么呢？"

许兰兰被她突然一凶，有些委屈："我说的是实话嘛，他们两家是世交，双方父母本来就有意让他们结婚。而且寻悦和江言舟又是青梅竹马，要不是寻悦出国待了几年，怎么可能轮到宋枳？"

替身、青梅竹马、世交。

这几个词听着刺耳得不行，宋枳的自尊心让她无法再继续待在这里了。

她和唐笑言说了声"生日快乐"，随即说："我还有些不舒服，就先回去了。"

唐笑言虽然有些不放心，却也不好说些什么，只能点头，同时嘱咐一句："你路上小心点。"

今天很冷，风也大，还好路边好打车，宋枳刚出去就拦到出租车了。

车内的暖气把她带着凉意的身体给烘暖。

她是喜欢江言舟，喜欢了好久好久，可是她已经不再是那个一身孤勇的宋枳了，她没办法继续去面对他的冷漠和疏离，更加没有勇气去承担"替身"这样的标签。

宋家的风骨和骄傲，不是用来被一个男人践踏的。

宋枳掰断了江言舟送给她的附属卡，拿出手机发了条消息过去。

"分手吧，狗男人。"

消息发出去的那一瞬间，宋枳突然觉得轻松了很多。就像是做了一场荒唐大梦，梦醒了之后，虽然会难过，可是却知道这才是真正的现实。

虚无缥缈的东西是抓不住的。

即使知道，可还是会难过，会不舍。

她将脑袋埋进臂弯，哭到肩背都颤抖。

她迷恋江言舟温暖的怀抱和他低语时的缱绻，一想到这些以后都不属于她了，她就觉得心里酸涩得不行。

出租车司机察觉到她的不对劲，贴心地递过来一盒抽纸："擦擦吧。"

她道了声谢，然后接过抽纸擦眼泪。

出租车司机叹息一番："你还年轻，长得又这么漂亮，犯不着在一棵树上吊死。"

现在的小年轻，能哭得这么伤心也只能是为情所困了。

他似乎也是个有故事的人："我像你这么大的时候被我的初恋劈腿了，当时也难过得要死要活，觉得没有她就活不下去，结果呢？我现在不还是活得好好的。"

宋枳一边哭一边点头："我没有他肯定也能……"她哭到全身颤抖，"肯定也能好好活下去的！"

出租车司机听她这么说才放心地点头："这才对嘛，天底下男人多的是，想要多少没有？"

现在这个情况，宋枳自然是不可能再回到那个家里的，她让司机把她送到酒店。江言舟只知道她平时拍戏都住在酒店，却不知道她住在哪个酒店。因为拍戏的地址不同，酒店也经常更换。

本来身体就还没恢复好，再加上突然低落的情绪，宋枳整个人憔悴得不行，瘫软地倒在沙发上便不想动了，一点力气也没有。偏偏身侧的手机一直在响，她费力地起身，把手机拿起来，来电联系人写着唐笑言。她沉默片刻，按下接通。

那边唐笑言的声音很小，像在躲着谁一样："宋枳，你和江言舟是怎么回事？"

宋枳现在不想听到这个名字，深呼了一口气，没说话。

唐笑言又说："刚刚他阴沉着一张脸过来找我，脸色非常不好看，问我知不知道你去哪儿了，我当时都快吓死了你知道吗？我还是第一次见他这样。"

宋枳耸了耸肩，语气无谓："没怎么，就是分手了。"

唐笑言松了一口气："还好还好，我还以为你又做了什么惹他不高兴的事了呢。"大喘气过后，她后知后觉地惊呼出声，"什么，你们分手了？！"

宋枳显然没有心情去将事情的来龙去脉讲一遍，只淡淡地应了一声："嗯，我现在有点累，想先睡会儿，回聊。"

然后将电话挂断。

平时爱干净到出门拿个快递回来都得洗澡的人，这会儿连妆都不想卸。难过到极致，真的会让人变得堕落。

她也不知道自己到底睡了多久，等她意识稍微清醒些的时候，半个身子都快掉出沙发了。揉了揉睡得有些乱的长发，她拖着疲乏的身子去了洗手间。镜子里，她的眼圈泛黑，尤其是在瓷白的肤色映衬之下更加明显，看上去像是已经连续通宵了好几天。

带妆睡了一晚上的脸，除了比平时看上去更憔悴一点，似乎也没什么太大的影响。她接了捧冷水拍了拍脸，强迫自己振作起来。

今天就是定好的试镜时间，男人没了可以再找，机会丢了可就再也没有了。

宋枳走到梳妆台前把妆给卸了，然后进浴室洗了个澡。

夏婉约知道她的性子，所以一大早就给她打了个电话，叮嘱她早点过来，给罗导留下个好印象。

"对了，画你记得带来啊。"

宋枳正敷着面膜，想要尽力抢救一下自己的皮肤。听到夏婉约的话，她头疼了一阵，这种时候她肯定不会联系江言舟，更加不可能去他家。

"我这边出了点状况，今天可能带不过去了。"宋枳说。

夏婉约一早就猜到了："我就说你不可能让我省心，我已经和罗导沟通过了，画作的事先不着急，等你把试镜过了再说。"

宋枳点了点头，没有再开口。

夏婉约顿了片刻："我怎么听你的声音有些有气无力的，你昨天是不是没休息好？"

这都能听出来，宋枳真是服了她。因为知道她会啰唆，所以宋枳选择了撒谎保平安。

"我这不是激动嘛，所以昨晚上失眠了。"

好在夏婉约没有听出来，她略一思索，也认同地点了点头："其实我昨天也紧张得一晚上没睡，这试镜的日子离得越近我就越觉得不真实，怎么这天上掉馅饼的事偏偏就砸到我们头上了呢？"

宋枳揭掉脸上已经开始慢慢变干的面膜："我去洗个脸，先挂了。"

夏婉约应了一声后，又叮嘱她："千万千万给我打起一百二十分的精神，这个角色要是丢了，我就算是步行回国也要找你算账。"

"知道了。"宋枳敷衍地点头，然后快准狠地把电话给挂了。

试镜的时间定在上午九点半。除了宋枳，还有其他艺人。这不算奇怪，毕竟这块大饼谁都想抢到，只要拍了罗导的戏，不光能轻松打入电影圈，咖位都能抬高好几个档次。

夏婉约远在国外，只买到了今天晚上的机票，也不可能提前回国。小许去酒店接宋枳，门开后，他看到房间里面容憔悴的女人，吓了一大跳。

宋枳在他心里的形象一直都是明艳动人的，一颦一笑都格外撩人。

可现在……

她穿着白色的真丝睡裙，乌黑的长发披散在肩头，发尾带了点卷，有点凌乱的美感。本就白的肤色，这会儿因为大病未愈和刚失恋，憔悴得连唇色都泛白。

想起他过来时夏婉约专门嘱咐过的话："你千万给我看好她，要是这次试镜捅了什么娄子或是角色被其他艺人抢走了，你就自觉点收拾铺盖走人吧。"

这可是自己毕业后找的第一份工作，小许都快吓得直接给宋枳跪下了。

"呜呜呜，宋枳姐，您怎么能这么想不开呢？"

听他号丧一般的哭声，宋枳总有一种她下一秒就要原地暴毙的错觉。她当然知道他在担心什么："你放心好了，我化个淡妆就什么都遮住了。"

小许抽泣着抹去眼泪："真的吗？"

"你先去客厅里坐着，我收拾好了就出去。"

小许半信半疑地把房门打开，乖乖去客厅里等着。

平时磨蹭惯了的宋枳今天罕见地只用了半个小时就化完妆、换好衣服了。等她出来，小许看到她那张恢复往日明艳神采的脸后，由衷地感叹她化妆技术的强大。

刚刚还像个被囚禁的病人，现在立马成了城堡里的公主。绝了。

现在才八点半，从这里出发去试镜的酒店不到一个小时的时间，还有十几分钟可以准备。

罗导为人低调，每部戏开拍前也是绝对保密，就连这次的试镜也没有通知任何媒体，只有前来试镜的几个艺人知道，并且还都签了保密协议。罗导虽然相中了宋枳的国画世家背景，但也不可能单凭这点就草率地让她来演这个角色。

这次参加女主试镜的一共有四个艺人。休息室里，小许向宋枳汇报自己从夏婉约那里听来的情报："婉约姐说这次来和你竞争角色的一共有三个艺人，有一个是被关系户塞进来的，就是过来镶下金，等电影火了以后发通稿说自己曾经也试镜过这个角色，以此来蹭热度。另外两个就比较难搞了，一个是影后夏楚岚，还有一个是当红小花旦苏一一。"

这两个名字宋枳都听说过，第一个人的长相在美女如云的娱乐圈里其实算不上特别出众，但她演技好。早前以一部并不被看好的虐恋电影杀入电影节，连续拿下多个大奖，被网友评价为"拥有整容般演技的女人"，意思就是她的演技已经足够让人忽略她的外表了。

另外一个，听说和宋枳经历相似，家中也有长辈是画国画的，并且她也是自小就开始学画画。最主要的是，她们两个的演技都比宋枳好太多。

小许已经开始在胸口画十字架祷告了："上帝保佑，千万要让宋枳选上女主角，我不想年纪轻轻就成为失业人员。"

宋枳丝毫不慌，慵懒地窝在椅子上打哈欠。昨天睡了不到三个小时，她现在困得站着就能睡着。直到有工作人员过来通知她过去，宋枳才强行灌了一杯咖啡，保持清醒。

客厅里夏楚岚和苏一一已经坐在那里等了，两人看似随意的打扮，实则暗藏心机，处处都和这次的角色有关联。

电影中女主角出生在国画世家，拥有大家闺秀的典雅端庄，她们的打扮也是往这个风格上靠。

听到声响，她们一齐抬眸，往这边看了一眼。视线落在宋枳身上，夏楚岚翻了个白眼，有些不屑。

年少成名、演技炸裂，这些的确足够支撑她的傲慢，尤其是对待宋枳这样的"花瓶"，她连招呼都懒得打，继续低头看台词。

苏一一的年纪和宋枳相仿，之前还在某次节目中有过一面之缘，这会儿亲切地拍了拍自己身侧的空位："坐这里，坐这里。"

面对她的盛情邀约，宋枳礼貌地笑了笑，然后走过去，在她身旁坐下。

她们手上都有一份工作人员拿来的台词片段，也是待会儿需要试镜的内容。

苏一一小声问她："我好紧张啊，你紧张吗？"

宋枳点了点头："还行。"

旁边正专心揣摩角色心理的夏楚岚冷笑一声："知道自己选不上，当然也不会紧张了。"

苏一一听到她这话有些为宋枳鸣不平，可又顾忌她是业界前辈，嘴巴气得鼓了鼓，只敢小声嘀咕一句。

要搁平时，被人这么冷嘲热讽，宋枳这朵带刺的玫瑰早就不惜一切地往她身上扎了。可惜刚经历过失恋痛苦的她现在还有一半灵魂停留在阴影里。

没兴致，更没心情去和人斗嘴。

第一个试镜的是关系户，明显选不上，不过就是去走走过场，十分钟不到就出来了。等在外面的四五个助理纷纷上前，递咖啡的递咖啡、拎包的拎包、拿外套的拿外套。

出行排场大得很，不愧是有背景的。

宋枳莫名其妙就想起了江言舟。

他不是什么公司高层，因为那些公司全都是他的。两人身后的男人明明地位相差一大截，宋枳和她的待遇却像是一个地下一个天上。她倒也不是在乎这个，只是从前没有在意过的，如今回想起那些细节来，才发现江言舟对她的态度从头到尾一直都没变过。

永远都是那么冷淡和随意。

蹭热度的走了，工作人员推开门，传递着罗导的话："你们三个一起进来吧。"

苏一一和宋枳对视一眼，疑惑着站起身。

房间被布置成面试的场景，罗导坐在正中间，边上是几个投资方和制片人。他的视线在试镜名单上粗略地扫了一遍后，语速缓慢地念出苏一一的名字。

"你把女主和她父亲争吵的那部分用你自己的理解表达出来。"

苏一一酝酿了一下情绪后，很快就入了戏，她虽然年纪不大，但表演很有张力，台词抑扬顿挫，甚至连最后的哭腔也特别让人动容。

她的表演结束，罗导点了点头，没有做任何评价。他的视线在夏楚岚和宋枳身上游移片刻，最后喊了夏楚岚的名字。

夏楚岚试镜的片段没有台词，全部都是内心戏，从女主发现自己不是父亲的亲生女儿，到发现她的作品被自己的妹妹盗窃出去参加比赛。

悲痛、怨恨、愤怒，多种情感糅杂在一起，是很考验演技的一段，夏楚岚却表达得很好，极富代入感，仿佛她就是盛烟本人一样。

原本就对自己的演技不抱太大希望的宋枳这下彻底觉得自己没戏了。

人家是专业演员，还是影后，自己呢？一个不能唱不能跳的唱跳组合出身的女学员转行逐梦演艺圈。演技就像是打火机最低档的那一点小火苗，拿什么和人家这盏长明灯来比啊？

夏楚岚这段试镜结束，她好像还没出戏，仍旧坐在那里哭。就连罗导也罕见地放下笔，为她的演技鼓掌："不错。"

夏楚岚接过助理递过来的纸巾擦眼泪，还不忘冲他鞠一躬，感谢罗导对自己的认可。

罗导悠悠地抬头，看着宋枳："该你了。"

仿佛是刽子手举着铡刀，面无表情地说出这句："该你了。"

宋枳心里还是挺有分寸的，知道和知名影后争取同一个角色，最后的结果显而易见。不过她还是不想错过这个机会。

不试一试，怎么知道自己不行呢？

她试镜的部分和苏——的一样，台词和情感方面宋枳明显没有苏——好，只能说是做到了中规中矩。她在演艺圈还只是个新人，一共才演了一部剧，还是两个月就杀青的那种快餐剧。

罗导看完她的表演，迟迟没有开口。

旁边夏楚岚已经忍不住冲宋枳翻白眼了，她用只有她们两个人才能听到的声音说了一句："什么货色配什么角色。"话里话外都是鄙夷。

她似乎对这个角色势在必得，当她看到今天来参加试镜的艺人名单时，差点在现场笑出声。

罗导的戏十分难上，多少人抢破了头连个配角都拿不到，谁知道竟然让宋枳捡了个空子。

这次光是国画世家的背景就筛掉了一大批，剩下的三个，她没一个瞧得起。

都是些空有外表的花瓶。

来之前她甚至已经让经纪人准备了通稿，只等这边罗导拍板。

罗导侧身和旁边的人小声耳语了几句，十分钟后，他迟疑着抬眼。

夏楚岚十分自信地挺胸，等待他念出自己的名字。结果他视线一转，落在宋枳身上："你介意现场卸妆吗？"

宋枳愣了一下，没想到他会提出这个要求，却还是点了点头："可以的。"

她这边刚点头，那边就有工作人员拿着卸妆水和卸妆棉过来。

宋枳进到旁边的洗手间，卸完妆后随意地用清水洗了下脸。她素颜和化妆其实没什么区别，只是缺乏了那股撩人的明艳，更多的是清冷和素净。

不过因为昨天晚上熬夜，她眼底的黑眼圈未退，加上洗胃后的一连串后遗症，整个人面部显得苍白无色，只有小巧圆润的耳垂处，浮现出一抹淡淡的粉。

她安静地站在那里，整个人有种从骨子里透出的颓废感，像是凋零前的玫瑰，遗落在这个世界上最后一秒钟的美丽。

罗导让工作人员给了她一页新的剧本："你把这段演一遍。"

这里应该已经是电影的尾声了，抑郁症加重的盛烟去找唐白，想见他最后一面，结果正好撞见他和自己的妹妹在一起。

她就像是一具躯壳一样，空洞、缥缈、毫无生机。没有一句台词，全程都是靠眼神和表情表达。

宋枳看完上面的描写后，突然有点心疼盛烟。

外人眼里的大家闺秀，其实是个重度抑郁症患者，从小得不到疼爱，以至于性格变得扭曲。人前典雅端庄，人后的病娇阴郁。原本以为终于遇到人生中的救赎，却发现自己仍旧只是独身一人。

最后一点光亮也熄了，她选择在阴冷的湖水里结束掉自己这不长却异常难熬的一生。

　　宋枳的思绪有些飘远，同为国画大师的孙女，她和盛烟身上也有相似的地方。

　　她们看似平静的人生，都有个重大转折点。盛烟是发现自己不是盛家亲生女儿的那天，而宋枳，则是宋家发生大火的那天。她那用爱砌成的城堡，一夜间坍塌。

　　度过了最阴暗的那段日子后，她再次见到了江言舟。她以为他是自己的救赎，却发现他不过是将自己拉进另外一个地狱的人。她越想越难过，胸口仿佛有什么堵在那里一样。

　　她的思绪还没来得及收回，那边罗导就迫不及待地站起身，宣布她就是《画》的女主角。

　　宋枳愣住，她还没开始演呢，怎么就突然拍板定下女主了？

　　旁边的小许已经激动到不能自已，拿出手机准备告诉夏婉约这个好消息。

　　夏楚岚虽然不爽，却也不敢得罪罗导，只是问了一句："她的演技甚至不如苏一一，我不理解您选她的原因。"

　　从她们进来就全程淡漠的罗导此刻格外激动："因为她适合，演技好的人多的是，但适合这个角色的，只有宋枳一个人！"

　　直到出了酒店，坐上车，宋枳的大脑仍旧处于混沌状态。

　　这就选上了？

　　小许在旁边激动得整个人的五官都跟着一块儿使劲："宋枳姐，你也太牛了，居然把夏楚岚都给打败了，你看没看到她刚刚那张吃瘪后苍白的脸，哈哈哈，我可太爽了。"

　　小许平日里跟着她也没少挨骂，那些黑粉做事尽职尽责，激情辱骂宋枳的时候也不忘顺手捎上她身边的人。细数一下，从宋枳拿那个奖到现在，已经有八百多个人去她账号下攻击的同时带上小许。

他这时难得扬眉吐气一会儿，自然兴奋得不行，不过他看宋枳好像也没什么太高的兴致。

从刚才他去酒店找她，到现在为止，她的状态似乎一直不太好。

他有些担忧地凑过来："宋枳姐，你是不是心情不太好啊？"

宋枳被他的问话给拉回神。

她摇头："没事，就是昨天一整晚没睡，现在有点困了。"

小许非常贴心地把羊毛薄毯拿出来："您要是困的话就先睡会儿吧，到了我再叫您。"

宋枳盯着他手上的薄毯看了几秒钟。这是上个月她刷江言舟的卡买的，还带着资本家新鲜的铜臭味。

她心烦意乱，摆了摆手："这个毯子送给你了。"

要想彻底从他身边逃离开，就得连空气都不留他的气息。

小许一愣："啊？"

宋枳抬眼："不想要的话，待会儿下车了扔垃圾桶吧，反正别让我再见到它。"

小许一边忙说"要要要"，一边往怀里收。

宋枳粗略地扫了一眼自己的全身，小指上的尾戒和定制款的手链，还有脖子上那条名牌项链，买这些的时候都是刷的江言舟的卡。她统统摘下来，一起塞给小许："这些也全部给你了。"

小许半天没有反应过来。

毯子给他他还能理解，可是这些珠宝首饰，又是钻戒又是限量款项链，加起来比他整个人都值钱了。

宋枳平时出手大方阔绰，每次出国都会给他们带回不少礼物，都是些高奢名品。但像今天这样的反常，还从未有过。

联想到在酒店里时她的憔悴神态，一种不祥的预感逐渐在脑海里成形。

宋枳会错了意，以为他那个表情是嫌弃："不喜欢的话就拿去卖掉，虽然是我用过的二手，但应该也还能卖出点钱。"

小许猛吸了下鼻子，因为难过而眼眶泛红："宋枳姐，没关系的，现在医学这么发达，你肯定会好起来的。"

宋枳皱了皱眉，什么玩意儿？

一米七八的大男人，此时哭得梨花带雨，眼泪鼻涕横流的。

宋枳慢慢反应过来，所以他是觉得自己得了什么不治之症，即将命不久矣？她有点无语："你还是先去看看你的脑子吧，现在医学这么发达，你说不定还有的治。"

熟悉的说话腔调，还好还好，还是他认识的那个宋枳。

他胡乱抹了下眼泪："我还以为您在交代后事呢。"

宋枳："……"

她身子往后，靠在椅背上："也差不多，不过不是交代我的。"

小许疑惑："那是谁？"

她叹了口气，眼神幽幽地看向车窗外，仰起四十五度角，悲伤地望向天空："是我前男友，英年早逝，可惜了。"

小许是宋枳的工作助理，她的私生活他倒是知道得不多，更加不知道她什么时候还多出个前男友。

不会安慰人的他一时有些手足无措，犹豫了几秒后，他拍了拍她的肩膀："节哀。"

边上的手机响了，宋枳正打着哈欠听小许开导她，也没注意到。

唐笑言都快急哭了，怎么这种关键时候不接电话。哪怕是低着头装瞎，她也能感受到，某处冰冷淡漠的眼神锁定在她身上。

江言舟难得来她家一趟，唐与海正高兴地拿出自己最近淘来的茶叶显摆："这可不是普通的茶叶，外面有钱都买不到的，今天非得让你这个不爱喝茶的尝尝鲜。"

江言舟很少去谁家做客,他这样的冷淡性子,每天都是两点一线,家里公司,公司家里,只有必要的时候才会出去应酬一下。

想不到今天居然连个招呼都没打就过来了,唐与海高兴了好一阵。

江言舟很显然对他口中的宝贝茶叶不感兴趣,漫不经心地扫了唐笑言一眼:"笑言二十二了?"

这话问得倒没什么太大的情绪起伏,就像是对后辈关怀的问候。

唐笑言却吓得周身直冒冷汗:"是……是的。"

旁边正煮茶的唐与海摇了摇头:"二十二了又怎样?还是不懂事,都怪她妈,从小把她溺爱成这样,整天不务正业。我啊,对她也不抱多大的指望,就希望早点给她许个人家,管管她。"

江言舟若有所思地点了点头,微凉的指腹抵着茶杯壁轻轻转了一圈:"我一个朋友前段时间回国了,他好像比笑言大不了几岁。"

虽然没明说出来,但这话外音也足够一个正常智力的人听明白了。

唐与海面露喜色:"是吗?不过笑言不懂事,学习也不好,人家高才生不会嫌弃她吧?"

江言舟轻笑了下:"不会的。"

唐笑言手脚慢慢地变凉,江言舟这个人就是个彻头彻尾的腹黑。

呜呜呜。

她在心里和宋枳道歉:"只只对不起了,我要是再不告诉他你住在哪里,可能下个月我就要为人妇了。"

她支支吾吾着起身,欲言又止地看着江言舟。后者敛眉,似乎一眼就看穿了她的心思。

他冲唐与海笑了笑:"我可以和笑言单独聊聊吗?"

唐与海连忙笑着点头:"可以可以,我去外面抽根烟。"

他走后，客厅里安静了不少。

江言舟身子往后靠去，长腿微抬，交叠在一块儿，等她开口。模样带着几分懒散和几分欠揍。

唐笑言心里气得咬牙切齿，面上却格外乖巧："她平时都是住在酒店，但公司给她安排的酒店实在太多了，我也不确定她现在住在哪里。"

她犹豫着报出酒店的名字。

江言舟微抬眉梢："嗯？"

唐笑言立马吓得全招了，她又连续报出了两个酒店的名字："我真的只知道这些了。"她都快哭出来了，补充了一句，"真的。"

江言舟沉默着看了她好一会儿，似是信了。他慢条斯理地站起身："时间也不早了，和你爸说一声，我先走了。"

唐笑言小心翼翼地开口："那我相亲的事……"

"放心好了。"江言舟淡声开口，"我没有朋友。"

合着他是在这儿诓她呢？

不过还好她留了一手，把宋枳现在住的酒店给偷偷瞒了下来。

去死吧腹黑男，活该被甩！

江言舟让人查了一下那几个酒店，宋枳的确在那里住过，只不过已经有些日子没回去了。

特助汇报完工作后，拿着手机站在一旁，大气都不敢喘一下。

最近江言舟的情绪很不对劲，以往他的话虽说也不多，但一贯稳重内敛，极少出现情绪波动的时候。可这几天，他总是阴晴不定的。平日里哪怕再公事公办，对员工也带些包容，可最近，一下子严苛了起来。

第一个撞枪口上的就是在工作时间偷偷用公司的电脑观看宋枳何

瀚阳 CP 视频的助理，被罚了奖金。他生怕下一个就轮到自己，哆哆嗦嗦地在那里站了很久。

终于，江言舟合上电脑，疲乏地揉了揉眉心，声音哑得可怕："去忙吧。"

美国那边的方案出了点问题，为了这件事江言舟已经好几个晚上没有合眼了，凌晨两点还有个远程会议要开。

特助走后，他起身走到落地窗边。也不知道在想些什么，看着窗外来来往往的车流，双眼有些失焦。

宋枳平日里就没个正形，喜欢惹他生气，但从来没提过分手。

莫名有些呼吸不顺，他动作粗鲁地把领带扯开，又去解领扣。可是那股窒息感还是没有得到缓解，连手都开始轻微地颤抖。他大口喘着气，扶着椅子坐下，可能是最近熬夜太狠，再加上情绪波动太大，以至于心率不齐。

他的睡眠质量一直不太好，尤其是这些年世界各地地飞，有时候甚至连时差都还来不及倒，就得辗转到另一个国家。

他也忘了自己到底有多久没有睡过一个好觉了。高负荷的工作让他的神经一直紧绷着，也只有在宋枳身边时，才会稍微放松一些。

哪怕这几天家里都没住人，何婶依旧收拾得很干净。看到江言舟回来了，她拿着抹布迎过来，直往他身后看。

直到看清空无一人后，她才叹了口气，将视线收回来："吵架了？"

江言舟脱了外套，挂在旁边的架子上，没说话。

何婶清楚他的性子，不善言辞，从小到大都是这样，有什么都往心里憋。也是因为这点，他没什么朋友。用嘴巴说出来的真心，往往比行动上表达出来的更容易让人接收到。

江言舟回到房间，里面的东西还原封不动地放着。

宋枳喜欢粉色，所以房间里的大部分东西都是粉色，粉色的窗帘、粉色的床单。他迟疑片刻，走到楼下她的衣帽间里。

她走得匆忙，那些珍藏的限量版衣服、包包、首饰、手表什么的，全部都没来得及带走。

宋枳从小到大都对漂亮的衣服、鞋子情有独钟。她如果想把这些东西带走的话，肯定还会回来的。

他起身走到门边，把钥匙拔了，将门关上。没有钥匙，她开不了门，最后还是会来找他。

何婶拿着手机上楼，应该是刚接完电话，她犹豫着看着江言舟："言舟，小枳刚刚打电话过来。"

他瞳孔放大，大步走过来："她说什么了？"

"她说……让我把她那些衣服、首饰捐给慈善机构。"何婶面露担忧，"你们这次到底是怎么了？小枳以前从来没这样过。"

哪怕是吵架了，她也很快就会恢复开心，几时闹到现在这样，好些天不回来，还要把自己心爱的宝贝都给捐出去？

江言舟低声说："我们没事，您别太担心，早点休息。"

他刚准备上楼，手机正好响了，是公司那边打来的。

他微不可察地皱了下眉，走远了些，才按下接通键："怎么了？"

那边汇报完工作后，安静地等待他的指示。

方案被盗窃，之前投入的资金和时间全部付诸东流。这些天他一直在忙这件事，泄露商业机密的，是公司的一个高管。

江言舟按着眉心出去，随手把架子上的外套拿下来，边穿边往外走："联系法务部，公司那边等我过去处理。"

张易已经等在外面了，那辆黑色的迈巴赫停在路边。他替江言舟把车门打开，后者坐上去后，电话正好挂断。

张易透过后视镜往后看了一眼，犹豫着开口："老板，您已经一天一夜没合眼了，还是先休息一下吧。"

他声线淡漠："没事。"

沉吟片刻后，他让张易把手机给他。

张易愣了一下："我的吗？"

江言舟点头："嗯。"

宋枳把他的所有联系方式都拉黑了，他根本就联系不到她。

张易空出一只手去摸手机，然后递给他。江言舟凭着记忆按出她的号码，迟疑着松开正要按拨通键的手。

宋枳听到他的声音，估计不等他说出一句完整的话就把电话给挂了。想了想，他还是编辑了一条信息发过去。

"宋枳，我是江言舟，我们聊聊。"

五分钟后，手机振了一下，他垂眸去看。

"不好意思，在约会，晚点聊。"

宋枳惯会说这些话来惹他生气。犹豫片刻，他还是拨通了她的号码。响了好几声后，一个男人接了电话。

"您好。"

听到这个声音，江言舟眉头紧皱，冷声问："宋枳呢？"

那人似乎被他的声音给吓到了，迟疑半晌后，才哆哆嗦嗦地小声开口："宋枳姐在洗澡，可能一时半会儿好不了，您要不半个小时后再打来？"

他冷笑一声："你谁？"

小许后背脖子全是冷汗，宋枳到底什么时候认识了这么可怕的人？明明没有见面，只是隔着手机在通话，他却有一种那人下一秒就会拿着刀出现在他面前，毫不留情地割他脖子的错觉。

不等他开口，宋枳穿着睡衣从隔壁房间出来，头上还裹着干发巾："小许，谁打来的？"

小许没想到她今天竟然这么快，以往洗澡平均用时一小时的宋枳，在健身完后居然只用了半个小时就解决了战斗。

小许如释重负，正要把手机递给她："不知道，一个很凶的男人。"

很凶的男人，这个时候给她打电话，也只有一个人了。

她白眼一翻："挂了，顺便把号码拉黑。"

小许怔住，没太反应过来："什么？"

"我让你把电话挂了，拉黑号码。"宋枳重新回到浴室吹头发，声音由远及近传来。

小许后知后觉地点了点头，然后礼貌地和江言舟说了声抱歉，犹豫片刻，他又充满善意地补充了一句："宋枳姐很讨厌对她死缠烂打的男人，希望您以后不要再骚扰她了。"

长得好看的人永远不缺追求者，尤其是宋枳这种"芳心纵火犯"。她的追求者很多，每天光是那些开着跑车等在公司楼下的富二代就有不少，不过宋枳连正眼都不给一下。

婉约姐说她不是单身，估计她男朋友的身份更加不简单。

另一边。

车内没开灯，江言舟那张脸阴郁得可怕，手机还贴放在耳边，没有收回来，男人最后说的那句话在他耳边仿佛成了炫耀。

左手上的力道逐渐加大，似乎要将手机生生捏碎。

车窗外的灯影快速闪过，他略微抬了下眼。胸口像被什么堵着，气息越发不顺，头一阵一阵地晕眩，视野也逐渐变得模糊。江言舟伸手扶着车门，才勉强没让自己倒下。

张易察觉到不对劲，往后看了一眼。江言舟脸色不太好看。

他急忙将车子停在路边，打开后车门进去："老板，你没事吧？"

江言舟直起上身，摆了摆手，正要开口，突然感觉到一阵剧烈的心悸，眩晕感越发强烈。

张易跟了江言舟这么多年，对他性子再清楚不过了。

不善言辞、冷厉寡言。

从钩心斗角的豪门再到钩心斗角的商界，虎视眈眈想拉他下来的人不在少数。他的一生都处于完全紧绷的状态，不容有丝毫松懈。

这样的人是不能有软肋的，哪怕是痛苦到了极致，他也会说一句没事。

张易沉默片刻，还是自作主张将路线从公司更改到了医院。直到车子停在医院门口，江言舟才后知后觉地注意到。

他眼神冷淡地扫了眼给他开车门的张易，后者低着头站在那里，大气都不敢出一下。

江言舟的的确确是个很可怕的人，这种可怕不是浮于表面，而是野兽体内的本性。

好在，他并没有去追究。

也有可能，是虚弱到懒得再去追究了。

第六章

往事

大致检查一番后，医生低头写着病历："你这是休息不够，加上一时急火攻心导致的乏力眩晕，年轻人，工作的同时也要注意下身体。"他把病历递给江言舟，"连续输液三天，这些天好好休息，火气也不要太大。"

江言舟平静地道过谢，然后起身离开。

给他输液的是一个年纪不大的女护士，一直偷偷往他脸上瞟，拍血管的那只手因为紧张也有点抖。

察觉到她微妙的情绪变化，江言舟抬眸，看了她一眼。

对上视线后，小护士急忙低下头，脸红到耳根，她小声嗫嚅："可……可能会有点疼，你忍着点。"

从扎针到结束，他全程一句话也没说。

小护士看到他身后的男人走上前来，替他举着输液瓶。他走在前面，一身深灰色高定、肩阔腿长、周身气质清冷矜贵。

看着他们逐渐走远，小护士急忙跑到后面，激动地和另外一个护士分享自己刚刚的经历："啊啊啊，我刚刚那个病人真的好帅啊，而且一看就是个富二代，手表都是瑞士手工定制的那种。"

刚给病人换完药的护士急忙伸着个脑袋往外看，可惜只看到一个背影："你怎么不去要个微信啊？多好的机会啊。"

小护士有点害羞："我……我不敢嘛。"

张易举着输液瓶跟在江言舟身后，大气都不敢出一下。他跟了江言舟这么多年，还是第一次看到他像今天这样，被气到进医院。

一向对自己情绪把控很好的人，居然也有失控的一天。

医院到公司的距离不算远，大概半个小时就到了，输液瓶里的液体还剩一半。

公司只剩下几个上晚班和加班的员工在。江言舟进了办公室，许至已经坐在那里等着了，应该来了有一会儿。

他跷着二郎腿，表情傲慢。江言舟看了一眼他的坐姿，没说话。

他嘴里嚼着口香糖，盯着江言舟身旁的输液瓶发笑："江总还是日理万机啊，生病了还不忘来公司欺负兢兢业业的好员工。"

他口中"兢兢业业的好员工"，自然指的是自己。

大晚上的，他的夜生活才刚开始，就被一通电话给搅黄了。他自然一肚子火，于是想用冷嘲热讽来饿这个年轻的总裁。

江言舟丝毫不为所动，他微抬下颌，开口就是冷讽："是挺兢兢业业的，盗取公司机密，二次贩卖，应该捞了不少吧？"

许至早就猜想到他大晚上把自己叫来公司是为了这事。哪怕他真做了又怎样？他又没证据，自己怕个鬼。

"公司总裁也不见得就可以随意污蔑员工吧，法律可不管你有多少钱，我要是告你诽谤，你说应该怎么判？"

江言舟唇角微挑，眼底却泛着冷意："那你猜猜，泄露商业机密，又应该怎么判？"

两人的气场对比，许至明显被他压了一大头。

许至哪怕知道他没证据，拿自己也没办法，心里还是因为他这个笑而莫名发虚："凡事都要讲证据。"

"证据？"江言舟将他话里的最后两个字重复了一遍，冷笑了一下。他打开抽屉，直接扔过来一堆复印件和一个 U 盘，"聊天记录、通话录音，以及转账记录，还缺什么，你可以和我说，我尽量满足你。"

许至半信半疑地起身去看，脸色由黄转黑，再由黑转为苍白。仅剩的底气彻底没了，他吐掉嘴里的口香糖过来认错："我……我就是一时被鬼迷了心窍，所以才……你知道的，我好歹在公司也待了这么多年。"

"待了这么多年，是条狗都养家了。"江言舟压低了声音靠近他，"你还不如一条狗呢。"

恐惧像是突然炸掉的玻璃瓶，在许至体内无数个角落留下了碎片。

他之所以会这么做就是因为看不惯江言舟。他自负地认为自己的能力不在他之下，不过是因为比他少一个有背景的父亲而已。

凭什么自己就得从最底层一步一步爬上来，而有的人从出生那天就到了别人无论怎么努力都没法到达的顶峰。

美国那边的新项目开发了三年，江言舟去年久居国外也是为了那个项目。这次的方案泄露，直接导致项目搁置。

许至也不是完全为了钱，他就是想让江言舟亲眼看着自己努力了这么久的东西，一夜之间报废的感觉。可他却忘了，亏损的这点钱于江言舟来说，根本无关痛痒，而自己，可能会因此毁掉一生。

泄露商业机密，这枷锁一旦铐上，他不仅永远都别想被大公司录取，还有可能涉嫌犯罪，也就是说，他这辈子约等于完了。

现在的办法也只有求江言舟手下留情了。

他哭得很真诚，求得也很真诚，却忽略了江言舟是个怎样的人。

江言舟身子往后靠在椅背上，丝毫不为所动，语调反而带着些厌弃："把他弄出去，我看到姓许的就烦。"

话是和旁边的张易说的。

张易应声，刚要过去，江言舟又说："等等。"

办公室里的二人都愣了一下，安静地看着他。

江言舟看着许至，冷声："把你吐的垃圾也一起带出去。"

新角色的人设有些复杂，内心阴郁冷漠，对外善于伪装，在外人眼中是一个自律积极、热爱生活、热爱小动物的人。

罗导希望宋枳在开机前能先尝试一下盛烟的这些爱好，譬如健身和养宠物。罗导建议她可以养一只狗试试看。

健身还好，至于养狗……

宋枳从小到大就挺怕狗的，她想到江言舟家那两只"凶神恶煞"的杜宾犬。

小许安慰她："没事，狗狗很可爱的，而且盛烟在电影中养的是萨摩耶，很乖。"

宋枳不太确定地问："萨摩耶是那种很大只的狗吗？"

小许点头："是挺大只的。"

"呜呜呜，我更怕了。"

夏婉约妹妹家正好养了一条萨摩耶，为了让她提前进入角色，她今天特地开车过去借狗。

哪怕再害怕，宋枳心理这关也总得克服。

小许突然想起昨天那通电话，有点好奇，试探地问了一句："宋枳姐，昨天给你打电话的那个男人是谁啊？"

待会儿要出去遛狗，虽然害怕，但也得光鲜亮丽地害怕。宋枳正在梳妆台前精心挑选着耳环，头也没抬："我前男友。"

小许愣了一下："您昨天不还说，您前男友英年早逝了吗？"

她叹了口气："没死透，又活过来了。"

小许："……"

他就知道，宋枳的话一点都不能信。

夏婉约很快就把狗带来了，白白胖胖的，吐着舌头被她牵了进来。

夏婉约转身关门，握着狗绳的手才松开一会儿，那只萨摩耶就屁颠屁颠地跑到宋枳面前了，冲她狂摇尾巴。

宋枳吓得一个劲地往沙发上躲："呜呜呜，小许你把它弄远一点。"

夏婉约走过来："我来的时候还担心它认生，想不到还挺喜欢你的，待会儿你牵着它去附近遛一圈。"

宋枳光是看着这么大一只狗都吓得汗毛一竖，她欲哭无泪："还要带它出去遛一圈啊？"

"不然呢？"夏婉约态度强硬地把狗绳塞到她手里，"罗导可是出了名的挑剔严厉，他选上你就是因为觉得你符合这个角色，你要是怕狗，那这个角色的完成度就不够了。我警告你，我们能不能打一个完美的翻身仗就看这次了，你可得给我好好努力。"

宋枳哆哆嗦嗦地抓住狗绳："那……我尽量试试。"

用最凶的语气，说最怂的话。

为了让宋枳克服恐惧，夏婉约让她一个人牵着狗下去遛。怕被人认出来，宋枳用帽子和口罩把自己的脸挡得严严实实的。

萨摩耶一出门就格外兴奋，到处乱冲，宋枳那点小身板根本拉不住它，整个人完全是被它带着往前走。

这个点正好是饭后，遛狗的人很多，什么样秉性的狗都能看见。

屁的、横的、脾气暴的，应有尽有。

宋枳觉得自己今天出门可能没看皇历，一出来就碰见两只狗在那里吵架，甚至还上嘴咬。那叫声，听着就让人害怕。这两只狗的主人也不知道去哪儿了，周围的人都怕波及自己，纷纷绕开了走。

宋枳吓得想掉头走，可后面又没路了。她哆哆嗦嗦地往角落站，生怕它们的余光瞟到自己。

站着站着，宋枳就看到一张有些熟悉的脸，以及那双仿佛刚睡醒的眼睛。

他淡定地和她打招呼："下午好。"

宋枳疑惑："你怎么在这里？"

他没回答，反问道："你呢？"

宋枳看了眼面前互相撕咬的狗："我怕狗。"

他神色未变，平静道："我也怕。"

……

萨摩耶的劲实在太大了，可能是看别的狗打架，它也跟着一起热血沸腾了，挣开宋枳的手就冲了过去，小屁股甩得跟个傻白甜一样。

它这样的，还不够它们俩咬一口的。

宋枳急忙跟过去："饭饭，回来！"

她根本跑不过萨摩耶，它冲过去对着它们"汪汪汪"了几声，轻松地将火力全部集中到了自己身上。

场面顿时混乱起来。

夏婉约接到宋枳的电话后就立马过来了。

还好饭饭没受什么伤，只是毛被薅掉了一小撮。饭饭吐着个舌头，没心没肺地冲着刚把它从危险之中救回来的何瀚阳摇尾巴。

何瀚阳下意识地往后退了一步，显然是真的怕它。

夏婉约不放心地看了眼何瀚阳被咬伤的手："实在是不好意思，关于您的精神损失费和医药费我们这边都会全权负责的。"

他也没客气，点了点头。

宋枳心里怪过意不去的，何瀚阳也算是因为她才会被狗咬。

"你这手得赶紧打疫苗，我送你去医院吧。"宋枳说。

何瀚阳垂眸看着宋枳，然后点头："谢谢。"

夏婉约怎么也没想到会这么巧，宋枳居然在这种情况下和何瀚阳偶遇，她巴不得宋枳和他闹出点绯闻来。前段时间两人的偷拍视频爆出来，反响效果特别好。现在网上还有不少他们俩的 CP 粉，超话点击量一夜之间冲到前十了。这种 CP 粉往往都会慢慢转变成女方的粉丝，而且何瀚阳显然也不在乎这些。到时候她让公关稍微一运作，宋枳的女粉人气自然而然也就跟着一块儿提上去了。

她忙说："你安心送他去医院，遛狗的事不着急。"

夏婉约难得这么热情，宋枳总觉得有阴谋，但也懒得去想，反正她这个脑子，想破了头也想不出个所以然来。

从这儿去医院，大概要半个小时的车程。说是宋枳送他去医院，但她没有驾照，也不会开车，最后还是何瀚阳带伤开车。

宋枳也想过要考驾照，江言舟甚至还单独给她请了个教练，每天学一两个小时。

在她撞坏了不知道多少个保险杠后，教练死活不愿意教了，哪怕江言舟把报名费翻了几倍，他也不愿意再教了。

"赚再多钱那也得有命花啊，她是真的不适合开车，您这么有钱，干脆直接给她配个司机，我怕她哪天真拿到驾照了，亲自开车上路，到时候出个意外……"

这话正好被宋枳听到了，从此她就放弃了考驾照。

江言舟都依她。她想学就让她学，不想学就不学。

宋枳不知道自己怎么又想到他了，心情没由来地烦躁。

何瀚阳侧眸看了她一眼，从外套口袋里拿出一个粉色包装的棒棒糖给她："吃甜食心情会变好点。"

宋枳疑惑地接过棒棒糖，想不到何瀚阳居然也有这么少女心的一面。

"你心情不好的时候就会吃糖吗？"她问。

他摇头："我想骂人的时候才会吃糖。"

"吃甜食还能控制情绪？"

"能堵住嘴。"

宋枳："……"

医院到了，宋枳帮他挂了号以后，去二楼排队打针。一共要打五针，今天得先打两针。

排队的人有点多，椅子上也坐满了人，只有一个空位。

宋枳原本打算让伤员去坐的，结果伤员把自己的外套脱了，垫在上面，然后看着宋枳："坐吧。"

宋枳愣了下。

他不紧不慢地补充："我看你一直不坐，还以为你有洁癖。"

今天那个病人又来了。

小护士激动得不行，昨天她偷偷看了他的病历，他叫江言舟。知道他今天还要再输液，她甚至主动放弃了休假。

男人在椅子上坐下。他今天穿着随意，白色的衬衣上领带也没系，为了方便她绑压脉带而往上卷了一截袖口。手腕白皙，就连腕骨都精致好看到让人移不开视线。

这个世界上真的有完美到无法挑剔的人。

静脉输液针缓缓推入他的血管里，他连眉头都没皱一下。

小护士松开压脉带，低头收拾东西，还不忘嘱咐一句："这些天好好休息。"

他低声应了一句，然后站起身。小护士心脏突然跳得很快，终于和他说上话了。

很显然，男人并不想要在这儿留太久，今天他是一个人来的。他独自举着输液瓶出去，看背影，莫名有点让人心疼。

成年人的世界哪有什么简单可言，生病了也没人陪。

小护士叹了口气，刚要跟过去，男人走着走着，突然停下了，视线落在隔壁感染科的候诊大厅里。

狂犬疫苗左右胳膊都要打一针，何瀚阳从里面出来后，两条胳膊像被人揍过一拳一样，酸痛得不行，护士在打完针后告知他们，要在医院观察半小时，若无不良反应就可以走了。

看他抬手似乎都挺吃力，宋枳突然腾升起一股罪恶感。她知道，对电竞选手来说，手比什么都重要。

"你该不会打不了游戏了吧？"她那张好看的小脸上满是愧疚。

只是被狗咬了一口而已，又不是骨折，休息个几天就好了。

何瀚阳沉默片刻却说了句："没事，大不了我转行。"

得。

更内疚了。

他是世界级的冠军，刚满二十岁，巅峰才刚开始，如果因为自己而不得不提前退役的话——

她想都不敢想。

她套用小许昨天和她讲的话："没事的，现在医学这么发达，总会有办法的。"

何瀚阳点了点头:"希望吧。"

今天人挺多的,宋枳怕再多待一会儿就被认出来了,于是说:"我们先出去吧,找个人少的地方。"

何瀚阳仍旧点头:"好。"

半小时过后,两人准备去电梯口,宋枳的视线就这么和面前的男人对上了。江言舟一手扎着针,一手举着输液瓶,站在那里,默不作声地看着她。

宋枳脑海里立马出现了四个字——阴魂不散。

这种时候就应该帅气地转身离开,连一个眼神都不分给他,可宋枳莫名有些提不动脚。

江言舟也算是个极其自律的人,工作再忙他也会坚持健身晨跑。他很少生病,更别说需要到医院来输液的程度。

江言舟安静地看着她,眼睫轻颤,脚步往前靠了一步,似乎突然想起什么,又停下。他知道宋枳不想见到自己,逼得越紧,只会让她逃离得越快。

他白皙修长的脖颈下,那条明显的伤疤在医院明亮的灯光下越发显眼。

关于那条伤疤的记忆,也不合时宜地涌了上来——

爷爷在国画上颇负盛名,那段时间里,每天都有人上门来,希望拜师学艺。

有一个人,来得特别勤。他似乎很坚持,一直拜托爷爷收他做学生,还打包票承诺,以后等他火了,肯定不会忘了他的恩。可是爷爷每次都是摇头拒绝。

宋枳有点好奇,就在那个人走后去问爷爷,为什么不肯收他。

爷爷只说了一句话:"太急功近利的人,是没办法画好国画的。"

宋枳是在各种美好的簇拥下长大的，她理所当然地觉得，世界上的每一个人都是美好的。

直到那场大火完全吞噬了她的家。

她听到爸爸在喊她的名字，也听到妈妈哭得撕心裂肺的声音，整个人如坠地狱。她什么也看不见，面前全是灰色的浓烟和灼人的高温。她不知道爸爸妈妈在哪儿，也不知道爷爷在哪儿，她甚至连自己在哪儿都不知道。

人死后会去天堂还是地狱，宋枳理所当然地觉得，人死后肯定会去天堂。

"地狱是给魔鬼住的，人如果去了地狱，不就和魔鬼一样了吗？"

原来世界上是真的有魔鬼存在。

那个人因为爷爷一再地拒绝，对他心生恨意，于是在夜里趁着他们都睡了，一把火烧了他们的家。

宋枳呛进去很多浓烟，意识逐渐模糊。

在彻底失去意识之前，她感觉自己被拢到一个很温暖的怀抱里。那个怀抱的主人语无伦次地说了很多话："宋枳，不要睡。

"没事的，会没事的。

"不要睡，你先睁开眼睛，你坚持一会儿，我现在就带你出去。"

她睡了很久，直到清醒时听护士说，发生火灾已经是上个月的事了。

这中间也发生了很多事情。

那天晚上宋落因为外出学习，不在家。他收到消息赶回来时，一家五口变成一家两口，甚至连唯一活着的妹妹也随时有醒不过来的可能。

宋落怒不可遏，拎着钢管把那个纵火的人打了个半死。

往日那个嚣张跋扈、鲜衣怒马的少年，一夜之间，家破人亡。

十九岁的年纪，同时为三个亲人起灵。前几天还轮流训斥他的人，今天就变成了三个黑色的骨灰盒，在他手中，沉重如山。

宋枳不知道他是带着什么样的心情去找那个纵火的人的，她什么也不想知道。

她眼神放空地看着天花板。

她什么也不愿去想，什么话也不想说，什么东西也不想吃。她身体本来就虚弱，还不肯吃饭。护士实在没办法了，只能去找那天把她送来医院的男孩。

他留在医院照顾了她很多天，完全不顾自己身上也有伤。医生担心他的身体，强行把他赶回了家。

接到电话后，江言舟很快就过来了，脖子上的伤疤很明显。

护士还记得这个小姑娘被送来的那天，这个少年一直守在她的身边。他脸上身上被烟雾熏得很脏，外套明显有被烧过的痕迹，脖子上的伤口一直在流血。医生让他去缝针，他不肯走，最后还是几个人强硬地把他拉走的。

听说当时的火势很大，他迎头浇了一桶水，直接冲了进去。好在，宋枳的房间在最靠外的地方。抱着她出来的时候，他的脖子不知道被什么划到了，很长的口子，血流不止，他却像感觉不到疼痛一样。

接到护士的电话，江言舟匆匆赶过来，看着病床上睁开眼睛的宋枳，他终于松了一口气，紧绷了这么多天的情绪逐渐放松下来。

护士怕吵到宋枳，小声说了一句："我就先出去了，她有什么不舒服的地方你再叫我。"

江言舟点了点头："谢谢。"

护士走后，江言舟给她倒了杯水，一半热水一半冷水。

他走到她床边："只只，渴不渴？"

她不说话，没有任何反应。

江言舟喉结微动，她不想说话，他也不勉强她。

把水杯放好，他在床边的椅子上坐下："有什么想吃的可以和我说，不过医生说你最近吃不了太辛辣的东西，我家阿姨熬的粥很好吃，我待会儿让她给你做，好不好？"

仍旧没有任何回应。

江言舟替她把被子掖好："不想吃粥的话，我给你买你最喜欢吃的奶油蛋糕，不过不能吃太多，医生说你现在要吃些清淡的。"

宋枳眨了下眼睛，泪水顺着眼角滑落。

放在腿上的手紧攥成拳，江言舟死死掐着自己的掌心，似乎只有身体上的疼痛强烈了，才会缓解下心里的疼痛。

"对不起。"他哑着嗓子和她道歉，"我当时……没有能力把叔叔阿姨还有爷爷也一块儿救出来。"

他低着头，似乎在哭，声音颤抖得厉害。这是宋枳第一次看见他哭，他以前从来不哭的。可是宋枳一句话也说不出来，她只要一张嘴，就想哭。

安静的走廊传来有些急促的跑步声，最后，停在病房外。

门被推开，秦河急忙走过来："小枳。"

他应该是下车以后一路跑过来的，气都还没喘顺，此时一脸担忧地看着她。

他们从小一块儿长大，在宋枳心中，他和宋落的地位是一样的。都是她的哥哥，是她的亲人，看到秦河后，她那点隐忍着的情绪彻底崩溃。

她抱着他哭了很久，哭到哽咽、哭到抽搐："爸爸妈妈，还有爷爷他们都……他们都……"

秦河轻声安抚着她的情绪："小枳别怕，会好的，别怕。"

江言舟看着面前的场景，沉默地起身，把手里逐渐变凉的水杯放在一旁的桌上。

他的声带因为吸食了不少浓烟，沙哑得可怕，还没完全恢复好。

他说："宋枳，就拜托你了。"

然后，转身离开。

纵火者受到了法律的制裁，但宋落也因为把人打伤了，被判刑七年。在乡下的姥姥来到城里，把宋枳接回了老家。

少女和少年恣意明媚的人生才刚刚开始，就被人祸给强行拐了个弯。

每次看到江言舟脖子上的那道疤时，宋枳总觉得自己欠他点什么。

一条人命。

面前人来人往，手上拿着病历单的人都有自己的目的地，着急忙慌地四处找科室。江言舟的视线在他二人身上游移片刻，最后还是举着输液瓶过来。

"宋枳。"他在她面前停下，"我们聊聊，好吗？"

宋枳别开视线："没什么好聊的。"

她下定了决心要离开他，就不可能再让自己心软。在他身边，她永远就是一只没有自我的宠物。她厌倦了这样的生活，以取悦他为乐，甚至还要听尽别人对自己的诋毁，当别人的替身。

他小声地喊她的名字："只只，我——"

一句完整的话还没说完，宋枳转身就走："我待会儿还有工作呢，拜拜。"

何瀚阳看了江言舟一眼后，跟在宋枳身后进了电梯。

电梯里，何瀚阳问她："你们？"

宋枳也不否认："分手了。"

他点头。

宋枳抬眸："就不好奇？"

何瀚阳："好奇什么？"

正常人听到别人说分手后一般都会好奇地问为什么会分手，至少夏婉约和小许都是这样的反应。不过想到他也不算是什么正常人，宋枳也没什么好疑惑的了。

电梯平稳地下滑，停在 3 楼。

电梯门开，有人进来，宋枳非常自觉地往旁边挪。

外面说说笑笑的人一块儿进来，响起熟悉的公鸭嗓笑声。

"是真的啦，江言舟和她本来就是玩玩而已，圈子里谁不知道她就是江言舟养的一乐子，而且——"

许兰兰讲着讲着，就停下了。因为她正好看到靠在电梯壁上的宋枳，她双臂环胸，笑容和善地看着自己。许兰兰愣了一会儿，没想到竟然会在这里遇到她。

她妈妈在医院住院，她每天都会过来，昨天正好在 8 楼看到江言舟在输液，所以今天把寻悦也给叫来了。

谁知道宋枳也在，她后背莫名一阵发凉。可是想到她现在已经和江言舟分手了，没有江言舟给她撑腰，自己还怕什么。

她梗着脖子，白眼一翻："你一直看我干吗？"

宋枳笑道："看你长得好看啊。"

许兰兰冷哼一声："还用你说？"

宋枳靠近了些，看得更仔细："这眼睛是眼睛，嘴巴是嘴巴的，可不是挺好看吗，可惜嘴太臭。"

许兰兰被她这句话气到不行："你……"

眼见她们就要吵起来了，寻悦出来打圆场，她拉了拉许兰兰的衣袖："别说了。"

她和宋枳道歉："兰兰刚才说的那些话也只是为了让我开心，她哪里得罪你了，我代她向你道歉。"

这还是宋枳第一次这么近距离地看寻悦，她发现她们俩的长相其实并不像，穿衣风格和说话的语调倒是有几分相似。

见她没说话，寻悦深呼一口气："同样的，我希望你也能向兰兰道歉。"

宋枳歪了下头，似乎被她的话逗乐了，她指了下身旁的何瀚阳："我为了让他开心打了你妈妈，他代我和你说了声对不起，请问你也能和我说句对不起吗？"

寻悦抿了抿唇，顿时娇娇女上身，委屈得不行："我也只是好心，不希望你们吵架而已。"

宋枳笑道："我也是好心啊，你这个孤儿行为，自然得有个相配的孤儿身份才行。"

剑拔弩张的电梯里，全程安静的何瀚阳没忍住，笑出了声，三个女生的视线都被吸引过去。

他捂住嘴咳了咳："不用管我，你们继续。"

电梯门在他们不注意的时候一开一合，电梯又重新往上升起。直到清脆的提示音响起，又再次打开。

江言舟手背上的针已经拔了，应该是自己拔的，胶布上还有着一小片殷红色的血迹。他站在电梯门外，刚要进来，看到宋枳后，脚步顿住。

寻悦委屈巴巴地出去，瞬间哕精附体："言舟哥，我被别人欺负……"这个演技不给个奥斯卡真是委屈她了。

宋枳简直想拉着旁边的何瀚阳一起给她拍手叫好，简直比唱戏的还会变脸。

寻悦娇娇嗲嗲地看着江言舟，眼角泛泪："言舟哥。"

她似乎还想伸手去拉他的衣袖，江言舟眉梢微抬，眼神极淡地看了她一眼，她便吓得将手收了回去。

宋枳叹了口气，想善意地提醒他一下。

医院消毒水味太浓，宋枳最讨厌这种味道，刺鼻呛人。

最近为了新戏瘦身，她已经节食了很长时间，每天只吃一点点，肠胃本来就不好，加上被这股消毒水味道刺激了一下，有些反胃。更何况江言舟也在这里，她越发不想在这儿多待。

陆陆续续有两个人进了电梯。

江言舟的视线落在宋枳的脸上，在他要进电梯时，宋枳礼貌且和善地开口："超重了，麻烦等下一班。"

江言舟看着只有几个人的电梯，知道宋枳心里在想什么。片刻后，他往后退了一步，直到电梯门关上。

寻悦委屈巴巴的就要上前告状："她……"

刚要开口，江言舟的眼神就冷冷地移了过来。

他就像是常年平静的海面，但你永远不知道什么时候，海底的惊涛骇浪会涌上来。他的确是个善于克制自己情绪的人，可又给人一种难以亲近的距离感。

寻悦偶尔也会怕他，她下意识低下头，想要避开他的视线。

江言舟的声音在她头顶响起，哪怕这会儿还是炎热的夏日，可寻悦却有种提前进入隆冬的感觉。

四周都是冷的，和他的声音一样。

"少去招惹她。"

寻悦愣住："什……什么？"

他的声线清冽透润，语调平缓地讲话时也有种撩人感，像是胸口提了口气滑到喉咙，挠人的痒。

此刻这样的声音，却用最冷硬的语气警告她："也别来烦我。"

电梯里，除了后面进来的那两个陌生人偶尔会激动地讨论待会儿出去吃什么，气氛安静得有些诡异。

何瀚阳原本就是个懒得多话的人。宋枳显然也不太想说话，盯着不断变化的数字发呆。

宋枳也不知道该怎么去形容此刻的心情，有点荒谬，又有点无语。她和何瀚阳其实算不上熟，第三次见面，就让他看见这样的场景。

每层楼都有人进来，也有人下去，时间仿佛过去了很久。直到电梯门再次关上，何瀚阳终于开口打破了沉默："你不跟他解释一下？"

宋枳抬眸："解释什么？"

"解释你没欺负那个盗版。"

她有点蒙："盗版？"

何瀚阳说："她的性格和你挺像的，不过眼神不太自信，有点像盗版的你。"

宋枳不管做什么都是自信的，她眼里的光永远独一无二。单薄的脊背无时无刻不挺得直直的，像一只高傲的白天鹅。更何况，她就算作也作得特别可爱，丝毫不会让人觉得讨厌或者不适。

宋枳微挑眉尾，看向何瀚阳的眼神多了些欣赏。

看来这位虽然话少，但眼光还挺好。

宋枳耸了耸肩，表示完全没有解释的必要，她根本就不担心江言舟会误会。

其实就算没有寻悦，宋枳也会离开。寻悦的出现不过是个导火索，加快了她离开的速度而已。

她已经厌倦了这样的生活方式，没有自我，像个失去灵魂的洋娃娃，只剩下一副用来观赏的皮囊。

离电影开机的时间越来越近，官方微博也已经提前申请好了蓝 V。微博上的营销号把蓝 V 截图发出去后，立马引来了一大批吃瓜网友的讨论。

"让我来看看，今年的天选之女是谁。"

"提前声明，不知真假，只是从别处听来的，错了别骂！！！听说女主最后定的是夏楚岚，罗导亲自选的人。"

"有一说一，夏楚岚演技虽然好，但她的外形和盛烟半点扯不到联系好吧……就她那个能徒手捶死一只成年老虎的体形真的不适合饰演风情万种的盛烟，要我说还不如让宋枳来演呢，至少气质完全符合。"

"楼上提议宋枳的，其实我也……她真的太好看了，好看到我完全能够忽略她演技的程度，自从上次看到她和何瀚阳的那个视频后，我简直太爱了，娇滴滴的大明星私下里其实是飒到不行的大姐大，我太吃这个反差了！！"

"拜托提到宋枳的大家都现实一点，罗导能看上她？呵呵了，如果女主是她，我徒手生劈板砖。"

"《画》的女主"这一话题很快就冲到了热搜第一。

第一部分的剧本今天才送过来，罗导希望她能提前准备一下。

宋枳的演技在演艺圈里的确算不上好，但也不能说差得无可救药。至少从上一部戏的表现来看，虽然没什么可圈可点的地方，但也算不上毫无演技。

那是她转型后拍的第一部剧，制片方原本只是打算捞一笔快钱，也就没有用心做。

小成本的商业剧，二十八集，草草两个月就拍摄完事。之所以被人骂得这么狠，完全是因为她拿了个与她演技完全不符的奖，甚至把一些入圈很久的前辈都给压下去了。

夏婉约打算靠这部电影让宋枳打一个完美的翻身仗，特地请了好几个老师来专门教她演戏。

宋枳坐在沙发上，手里捧着剧本，认真地做着笔记。

夏婉约推开门进来，手上拿着个平板电脑："这个是你上课的时间，从明天开始，会有三个老师分别教你形体、演技和台词。"

说到上课，宋枳突然想到自己没有几天就得去学校报到了。

她放下剧本："后天我可能得去趟学校。"

夏婉约眉头一皱，眼神充满质疑："你居然还在读书？"

宋枳："嗯？"

她笑了笑，解释说："你别多想，我的意思是，我还以为你高中都没毕业呢。"

美女无语："我本来没多想的，你这么一说，我好像不得不多想了。"

她今年大四，快毕业了。之前忙着出道，学业也搁置了一段时间。

夏婉约带她也没多久，宋枳退团才几个月的时间，那家公司倒闭后，她被签到易禾传媒，夏婉约这才成了她的经纪人。

当初多多少少也听说过一些她的传闻。

Sgirl 这个组合就是正正经经的女团出道，不过里面的成员倒是不怎么正经。身为一个唱跳组合，唱不行跳不行，组合之间还酷爱内讧，你在微博给我写小作文，我也在微博给你写小作文，不想着怎么提高业务能力，反而热衷于互扯头花。

别的组合至少还能做到面和心不和，这个组合把矛盾直接放到明面上，当初也算是在娱乐圈掀起不小的腥风血雨。毕竟正主亲自下场的，实在是少见。

宋枳算得上是团队里面唯一一个没什么黑点的人。成员揭短她不参与，成员互踩她也不参与，俨然一朵独自绽放的小白花。

夏婉约想到罗导今天早上和她提的那件事："对了，你今天记得把画拿来，罗导那边已经在要了。"

该来的还是来了。

宋枳两眼一黑，知道逃不过去了，也只能点头应下。

她特地等江言舟不在家了才打通那里的座机，这个点他应该还在公司。

响了几声后接通："是宋枳姐姐吗？"

宋枳笑着应了一声，然后问她："夏夏，江言舟在家吗？"

夏夏说："不在呢。"她看了眼墙上的挂钟，四点半了，"江总应该还有半个小时就回来了，你有什么话可以先和我说，我待会儿帮你转达。"

宋枳忙说："不了不了，我就是有件事要拜托你帮个忙。"

夏夏是江言舟家里的帮佣，比宋枳小两个月，总是左一口姐姐右一口姐姐地叫，乖得不行。

"嗯嗯，什么忙你说。"夏夏说。

宋枳说："地下室有个房间，钥匙就在江言舟书桌最下面的那个抽屉里，你帮我把里面的画拿两幅出来，随便拿两幅就行。"

夏夏应声以后又确认了一遍："两幅对吗？"

"对。"宋枳像是突然想到了什么，嘱咐她，"里面有个小盒子你千万不要打开，知道吗？"

夏夏乖巧地答应："嗯，好的。"

电话挂断后，夏夏去江言舟的书房拿了钥匙，刚准备去地下室，客厅传来动静，是江言舟回来了。

他换完鞋子，微垂眼睫，看到她手里的钥匙。怕他误会，夏夏连忙解释说："是宋枳姐姐让我帮她个忙。"

江言舟单手勾着领带，将温莎结松了松，漫不经心地问了一句："什么忙？"

"她让我去地下室里帮她拿两幅画。"

地下室都是宋枳的东西，江言舟上锁后便再也没开过了，钥匙一直放在他的书房里。

宋枳的东西实在太多了，夏夏根本找不到画放在哪里，于是只能上来求助江言舟。

宋枳的东西虽然多，但大多都是按照顺序放的。地下室里有一个精致的箱子，锁是虚扣上的。

江言舟过去，把箱子打开，里面整齐摆放着不同型号和种类的纸，分得也很细。

箱子的角落里还有个盒子，外观很闪，镶嵌着各种水钻，的确是宋枳的风格。她从小就喜欢这种能把人眼睛给闪瞎的东西，越闪越好，江言舟的确不太理解她的爱好。

他把盒子打开，里面放着一个订制的绘画本，封面是两个动漫人物。江言舟不爱看动漫，但对他们也还算眼熟。

高中那会儿，宋枳房间的墙上贴满了他们的海报，左一口儿子右一口宝贝叫得格外亲热。他翻开封面，粗略地扫了一眼后，精致的眉尾微微抬高，然后眉头也跟着紧蹙。

宋枳的画工太好，某些细节都描绘得很细致。修长白皙的手指抵在书角，他强忍着不适，皱着眉往下翻。看到上面的画作后，愣了一瞬。

夏夏刚进来，看到江言舟僵站在那里，手上还拿了本素描本。她走过来，一脸好奇地探头想看："宋枳姐画的什么？"

江言舟罕见地慌乱起来，连忙把本子合上："没什么。"

夏夏显然被他的反应吓到了，眨了眨眼睛："欸？"

江言舟轻咳了一声，很快就恢复以往的淡然。

他把钥匙递给她："走的时候记得把门锁上。"然后就离开了。

夏夏疑惑地看着他离开的背影，还是想不通他刚才的反常是因为什么。

想了半天也想不明白，她耸了耸肩，放弃了。

夏夏拿着画刚要转身离开，就看到里面的盒子已经被打开了，想到宋枳的嘱咐，她忙呼一声"糟了"。

忘了和江言舟说。

夏夏的电话打过来的时候，宋枳正敷着面膜，毕竟盛烟也算是个标准的美人，宋枳得时刻保持好状态。

按下接通键后，她点开免提，把手机放回桌上："拿到画了吗？"

"拿是拿到了，就是……"夏夏的声音带着做错事后的歉疚，"宋枳姐，对不起，我……我忘了和江总说，盒子里的东西碰不得。"

一种不太好的预感逐渐在她脑海成形。

宋枳还抱着临死前的挣扎，从沙发上坐起身："他应该没看到里面的东西吧？"

夏夏的声音越来越小："他不光看到了，还……还直接把东西给拿走了。"

糟了。

宋枳一阵眩晕，感觉眼前全是在火光里跳舞的小人，她此刻一定是来到了地狱。

高中时期她疯狂迷恋着某部动漫里的两个角色，那个绘画本也是专门为了他们而定制的。可自从宋枳目睹了江言舟在球场上肆意挥洒汗水的样子后，某种情绪在她心底悄然生成。

烈日之下，少年穿着蓝白色的 23 号球服，轻松扔进一个三分球。汗水顺着下颌线勾勒出修长的脖颈线条，他撩起衣角擦汗，露出因为喘气而起伏的腹肌。

这个画面对那个时候的宋枳来说，极富冲击力。

那天晚上，她第一次梦到江言舟，然后，宋枳就醒了，心跳得很快。虽然有些不好意思，但她还是不得不正视自己的内心。江言舟的身上充满少年气息，却又带着男生野性的力量感。所以她干脆把自己脑海里他的样子给画了下来，用来满足她自己那点小小的私心。

想不到现在居然被正主给看到了！

宋枳连续深呼了好几口气，强迫自己稳定下来，这种时候不能慌，慌了就是输了。她把江言舟的号码从黑名单拉出来，直接拨了过去，打算来个先发制人。

响了好几声后，那边才慢悠悠地接通。

宋枳开门见山，一句废话都懒得和他说："我的本子是不是在你那儿？"

"本子？"他平静地问，"你指的是画我的那个本子？"

这样风轻云淡地说出这种让当事人觉得无比羞耻和尴尬的话，倒也的确是江言舟能做出来的事。

宋枳不肯落下风地笑道："我们搞艺术的，平时画过的模特也不少，你要是介意的话，我可以和你道歉。"

她这轻飘飘的语气明显有着十分显著的效果。

江言舟的声音沉下去几分，他阴恻恻地问："你还画过其他男人？"

宋枳答得极快："当然。"

她这话说完后，那边安静了很久。

男人冷笑一声："很好。"然后直接把电话给挂了。

耳旁传来"嘟嘟嘟"的忙音，宋枳眨了眨眼，把手机锁屏放回原处。

还是熟悉的臭脾气。

夏夏第二天一早就把画送来了，一起拿来的还有宋枳的绘画本。

她语气小心地问宋枳："宋枳姐，你这本子里画的是什么啊？江总把东西给我的时候脸色不太好看。"

不只脸色不太好看，而且还气得一整天都没吃饭。

听夏夏这么说，就代表她没翻开过绘画本。

宋枳松了一口气，骗她说："什么都没画，江言舟那个脾气本来就容易生气。"

夏夏没敢说话。

江言舟的脾气虽然算不上好，却也不会无缘无故地发脾气。她来家里这么多年，能把江言舟给惹生气的，她也只见过宋枳一个。

东西送到了，夏夏还得回去打扫，临走前叮嘱了宋枳几句，让她注意身体和休息，然后就回去了。

夏夏带来的那两幅画是宋枳十五岁那年画的。学校组织去乡下写生，她画的是当地有名的情侣湖和油菜田。

夏婉约拿到画以后，半小时都没合上她那个因为震惊而张大的嘴："这真的是你画的吗？还真看不出来，你居然还有这样的手艺。"

宋枳浑身上下没有一点书香门第女的气质，也不怪夏婉约对她表示质疑。

宋枳懒洋洋地往椅背上一靠："我手艺可多着呢。"

第七章
振翅

网上关于《画》的女主到底是谁这个问题讨论得越来越激烈，直到官博无声无息地官宣了主演。

电影《画》："生长于污秽，却自带光芒，十九岁的唐白，你好。@季宋。"

电影《画》："跌入深渊，向往光明，二十五岁的盛烟，你好。@宋枳。"

每条微博下面都带了他们的定妆照。

宋枳穿着雾霾蓝的露背长裙，露出白皙光滑的美人背和精致的蝴蝶骨。她站在画板前，回眸看了眼身后，以往勾人的桃花眼，此时黯淡无光地盯着镜头，有种颓废的美感。像是凋零的玫瑰花，带着最极致的美死去。

对此网友评论两极分化严重。

"昨天那个说如果选了宋枳当女主就生劈板砖的人呢？该你表

演了。"

"季宋饰演唐白我能理解，他演技好，外形也符合，可是宋枳是个什么鬼？求求她放过我的盛烟吧。"

"这里应该不只我一个觉得宋枳不配吧？"

"呕，宋枳能放我们观众一条活路吗？非得什么都掺一脚？我们夏楚岚差在哪里？我话就放这儿了，如果导演不更换女主演，我不光对宋枳一生黑，我连着电影也一块儿黑，几十个小号也不是开玩笑的。"

"楼上的有些许恶心啊，就算宋枳不是女主，也轮不到你家正主来吧，她那个虎背熊腰，演什么大家闺秀，演《水浒传》去吧。"

"虽然我也不太相信宋枳能把盛烟的风情万种给演出来，但这张照片……容许我背叛一下组织，她真的！！！太美了！！！真的是那种美到我甚至完全可以忽略她演技的程度，我终于理解了有些人为什么对她爱得这么深沉了，我一个女人也疯狂嗑她的颜。"

"宋枳的颜真的可以，身材也不是娱乐圈中那些一抓一把的病态干瘦型，即使她瘦，也是瘦得有型，我太羡慕她未来的男朋友了，可以和这样的漂亮姐姐在一起。"

……

热衷于网上冲浪的唐笑言看到这条微博后，很快就打来了问候的电话。

"我天，你够可以啊，罗导那么难搞的一个人，你居然能拿到女主。你快跟我讲讲，你是怎么打动他选你的？"

宋枳仔细回想了一下，她还真的不太记得自己当时做了什么，反正就是莫名其妙被选上了。

唐笑言见她答不上来，也没继续问了："反正能选上就是好事。"

顿了片刻后，她的声音逐渐变得没什么底气："对了，我有件事要跟你说。"

看来这才是她打电话的真正目的。

宋枳为了尊重她难得的认真,坐直了上身:"你说。"

唐笑言支支吾吾:"江寻白来找我了。"

宋枳眉毛微挑:"复合了?"

"还没,我一看到他就想到林珊珊,心里硌硬得不行。"

也是,这种事搁谁身上都硌硬。更何况唐笑言还是个敢爱敢恨的暴脾气。

一提到林珊珊,唐笑言的火就"噌噌"地往上冒:"你说那些男人为什么都喜欢这一款?"

宋枳对她这句话深感赞同,以偏概全道:"姓江的就没一个好东西。"

因为晚上剧组有个饭局,宋枳也没有和唐笑言聊多久。电话挂断后,她换了件端庄正式些的裙子。

饭局是罗导组的,为了让大家提前熟悉一下,听说主要演员都来了。目前官宣的只有男女主两位,宋枳也不知道其他角色都是谁饰演的,心里还挺好奇。虽然她在娱乐圈也没什么朋友。

吃饭的地点定在酒店,宋枳过去的时候,人也差不多都来齐了。她才刚进去,视线就定格在一个熟悉的身影上。穿着红色格子裙的张范范正和她身旁的女孩子说着话,笑得花枝乱颤。

看到宋枳后,包间里安静了一瞬。

这里面认识她的人并不多,大多都只是听说过这个名字。

罗导站起身,为大家做着介绍:"这是宋枳,也就是盛烟的扮演者,接下来的两个月里希望大家能够一起努力,把这个电影最好的一面展现给观众。"

既官方又客套的开场白。

介绍完毕后，宋枳又简单地打了声招呼，然后找位置坐，正好张范范旁边有个空位。

自组合解散以后，这也算是她们的第一次见面。

张范范抬起她高傲的下巴："好久不见，看来你混得还可以啊。"

当初组合还没解散的时候，她也是组合里内斗的主力军，团粉给她取了个挺威风的外号——斗战胜佛。

她人不坏，就是被家里人给宠坏了，骄纵得不行。自己看不惯的东西从来不忍着，久而久之就和团里的每一个人都起过矛盾。

不过她和宋枳倒是相安无事，主要还是在一起的时间太少，根本起不了矛盾。

宋枳那个时候不住在公司的宿舍，每天从公司下班了，都会有豪车亲自开到楼下等她。

有时候是银色的布加迪威龙，有时候是黑色的迈巴赫，豪车种类之多，以至于当时大家纷纷猜测宋枳的背后到底是谁。

在座的各位绝大多数都是今天第一次见面，所以都没什么话，都默默地吃自己的饭。

好不容易碰到前队友，张范范倒像是有挺多话要跟宋枳讲："你和她们还有联系吗？"

杯子里的水是冰的，宋枳最近肠胃不太好，刷牙的时候经常干呕。她不太敢喝冷水，就让服务员给她换了杯温的："早没联系了。"

"我也八百年没和她们联系了。"张范范还不忘攻击一下前队友，"尤其是小灵花，我把她所有的联系方式都给拉黑了，长得丑就算了，还恬不知耻。那个眼距宽的，都能放一架迫击炮了。"

听说张范范这次饰演的是一个戏份不算多的角色，在电影里是盛烟的好闺密。

饭毕，宋枳终于觉得自己从这诡异又尴尬的气氛中出来了。

那几个演员拍起导演的马屁来，实在是虚伪诌媚至极。张范范似乎和她的想法一致，在她借故离开去洗手间的同时，她也来了。她拧开口红盖，对着镜子补妆，还不时往宋枳的无名指上瞥，似乎想确认她结婚了没有。

"你那个男朋友呢？"张范范问。

宋枳说："分了。"

张范范浮夸地睁大了眼睛："你们居然分了？那么大的靠山你居然就这么让别的狐狸精给移走了？"

宋枳有时候真的想敲开她的脑子，看看里面到底是什么构造，脑回路居然如此清奇。

"我提的分手。"

张范范的眼睛睁得更大了："飒啊，我一直以为你就是个不折不扣的拜金女，想不到你居然这般视金钱如粪土。"

宋枳垂眸冲她笑了笑："是不是突然被我的魅力折服了？"

"那倒也不至于，天王老子来了我也只喜欢男的。"她还是有点好奇，试探着问道，"那个男人长得那么帅，你怎么舍得甩人家？难不成他有什么隐疾？"

夏婉约准备叫宋枳过去，罗导在画作方面有几个问题想问她。

她刚推开洗手间的门，就看到宋枳的手在喉咙那里比画，张范范听得一脸认真，不时还发出一阵羡慕的声音。直到门被推开，两个人的视线一块儿移了过来。

夏婉约为自己污秽的想法道歉："不好意思，我好像误解了你们谈话的内容。"

宋枳微挑唇角，笑容清纯："你没有误解，我们就是在谈那个。"

夏婉约："……"还真是蛇鼠聚一窝。

夏婉约催促她："罗导让你过去一趟，你快点弄完快点过去。"

宋枳眨了眨她那双无辜的大眼睛："叫我干吗？"

夏婉约："我哪知道？你赶紧点，别让人家等太久。"

架不住她一直催，宋枳把气垫放进手边的包里，跟着她出了洗手间。

宋枳第一次来这家酒店，酒店的装修走的是极简风，却处处透露着不易察觉的贵气，有钱得非常低调。

张范范走过来："别看了，我们的那点片酬，都不够在这里住几晚的。"

宋枳立马收了心。

当初眼睛也没眨一下就掰掉江言舟给她的那张没有额度上限的附属卡后，她也不得不好好正视一下自己花钱大手大脚的毛病了。

她们是在楼下上的厕所，只能再坐电梯楼上去。

"叮"的一声响，电梯门开。

宋枳刚要进去，在看清里面的人后，她下意识往后退了一步。

这是什么电梯惊魂，连续两次在电梯和江言舟碰面。她甚至都怀疑江言舟在自己的手机里安装了定位。她有点无语，刚要开口，江言舟身旁的特助礼貌地说了声："这位小姐，麻烦让一下。"

宋枳微愣片刻，然后听话地点了下头，退到一旁站好。江言舟漫不经心地扫了她一眼，然后离开了。

打扰了，原来不是来找她的。

宋枳为自己刚才的想法感到尴尬且丢人。

张范范认出了江言舟。

以前大部分时间都是司机开车过来接宋枳，偶尔不是司机时，她正好遇到过一次。

透过半开的车窗，她看清了男人的脸。

清冷俊美，甚至比公司里的那些男艺人还要好看。

那群人走远后，张范范好奇地问宋枳："那个是你前男友？"

宋枳点头："嗯。"

看到他刚才的态度后，张范范对宋枳之前的话感到质疑："你确定是你甩的他？"

她没说出的是：不是他甩的你？

宋枳沉默了一会儿，自己都开始质疑自己了。江言舟估计还在生白天的气，他这个人在某些方面格外小心眼，还特记仇，臭脾气一大堆。不过这样也好，最起码不会再来烦她了。

回到包间后，罗导正举着宋枳的画在看，鼻梁上架了副眼镜，看得格外认真。

宋枳走过去，礼貌地喊了声："罗导。"

罗导听到声音抬眸，看到她了，连忙把画收好放在一旁，让她过来："听你经纪人说，这画是你十五岁画的？"

宋枳点头："对。"

他赞许地笑了笑："不错，有天赋。"

得到大导演的夸奖，虽然是在和演技毫无关系的方面，但宋枳还是挺高兴。

"我会继续努力的。"宋枳说。

确认完这画的确是出自她的手之后，也就没其他的事了。

罗导说："那你就回去休息吧，把状态调整好。"

宋枳应声之后，刚准备离开，包间门被人从外面推开。

一身正装的男人走了进来，素来平淡的眉眼，这会儿罕见地带着点尊敬，虽然不多，但已经算是难得了。

"罗叔叔。"

话音落下，他的视线短暂地在宋枳身上停留了片刻，然后移开，仿佛和她不认识一般。相比刚才和宋枳说话时似有若无的高高在上的感觉，这会儿罗导彻底变成了一位慈祥的老人家。

"两年没见，倒是没怎么变化。"

江言舟仍是一如既往的淡漠语气，说着客套话："您也是。"

罗导笑道："我老咯，不如你们年轻人。"

他问江言舟："你母亲身体怎么样？"

"很好。"

"那就好。"他似乎想到了什么，叹了口气，"你妈妈气性傲，你爸爸做的那件事对她打击应该不小，你要是有空的话就多陪陪她。"

"嗯。"极其简单的单音节回答。

人家叔侄叙旧，自己在这儿不太好。

宋枳的手刚扶上门把手，还没来得及往下按，罗导的声音从身后飘来："宋枳啊，给客人倒杯茶。"

宋枳："啊？"

她又不是服务员，倒茶这种事为什么要她来？

见她半天没动，罗导轻咳了一声："宋枳？"只是一个普通的称呼，但宋枳就是从他的语气里听到了一丝丝警告。

夏婉约之前和她讲过很多，想要在这个圈子里混就得先放下身价。不然你永远都只在一个小圈子里打转，别想去看外面更大的世界。

这次的机会本就难得，对她来说，更是千载难逢的好机会。她有自己的骄傲，但更多的，是对自己未来的野心。深呼吸了好几口气，宋枳做出了决定。

她转身走回桌边，拎着茶壶刚要给江言舟倒。

江言舟不动声色地拒绝了："不必，我不爱喝茶。"

罗导说："不爱喝茶那就喝酒。"

"开了车，喝不了。"

"那喝水总行了吧？"

"我不渴。"

……

一个百般讨好，一个冷漠拒绝，倒是一出好戏。

宋枳干脆把茶壶放下，在旁边的空位上坐下了。她倒要看看，这个罗导还要怎么折腾她。

不喝就不喝，罗导也不继续勉强了，他点了根烟，继续和江言舟说着："罗叔叔这次还得谢谢你呢。"

在电影上，他对方方面面都格外挑剔。

男主唐白从小在环境破旧的红灯区长大，光是这个红灯区的选址他就换了好几个，一直不满意。直到前几天他亲自去考察，终于看到了一个完全合他心意的地方。

那是个老街区，前段时间地皮已经被人拍走了，对方准备把这儿拆了建个马场。他打听来打听去，最后终于查到拍下这块地皮的人是谁。

好在，是个有些关系的。

他和江言舟的妈妈算是旧友，按照辈分来讲，江言舟得叫他一声叔叔。借着这层关系，选址终于定下了，江言舟同意等他拍完后再准备拆除的事宜，罗导心里那块悬着的大石也算是放下了。

烟的味道呛人，宋枳这几天肠胃本来就不好，被这股刺鼻的味道给刺激了下，越发反胃得厉害。

她没忍住，干呕了一声。

这种行为对一个向来在乎礼节的老人家来说有些失礼，罗导有些不悦，更何况他此时还在招待贵客。

他看了眼宋枳。

宋枳带着点歉疚站起身，为自己的失礼道歉："不好意思，我有点不舒服，就先走了，你们慢慢聊。"

她开门离开，迫切地想要离罗导指间夹着的那根烟远点。

宋枳走后，这个小插曲也算是告落。

罗导正准备和江言舟再叙叙根本就不存在的"旧"，结果后者似乎想到了什么，神色微变。

宋枳娇气的性子也不是一天两天养成的，自然很难改掉。与之相符的，就是她同样娇气的身子。

以前和小姐妹出去逛个街，都得让宋落来接她。

她哥那会儿是中二少年，疯狂迷恋着一切极限运动。譬如，骑摩托车。

宋枳坐在他那辆重型机车上，肆意感受着从耳旁掠过的风，感觉头皮都快被扯掉了。从那之后，打死她也不愿意再坐宋落的车了。

江言舟家的那辆路虎倒是深得她心。学校里的女生每天都在私底下传，江言舟他家可是这北城有名的望族，要是能嫁进去，那可就是现实版的言情小说情节了。

在宋枳看来，这全校女生能当这个女主角的，也就只有自己了。更何况，她能感觉到，江言舟是对自己有意思的。

每天上下学，司机都会来校门口接他。

宋枳穿着自己最喜欢的裙子站在他的必经之路上，同时还假装崴了脚，却依旧强忍着的坚韧。

小说里的女主不都是这样的嘛，虽然娇弱，但是坚韧，男主角永远都会被这种独特的气质吸引。

那辆熟悉的路虎从前面的路口开过来，宋枳秒进入状态，眼眶泛红，嘴唇紧抿。然后，车没有片刻的停顿，直接从她面前开走，顺道还不忘喷她一脸尾气。

宋枳明明看见坐在后排的江言舟侧眸看了她一眼，却像在看一个陌生人一样，淡漠地将眼神移开。

视若无睹。

江言舟生来就缺乏同情心，倒也符合冷血门楣这个出身。那天在病房里，也算是他这辈子和她话最多的一天了。可能是出于对她的怜悯，他罕见地将自己的温柔施舍给她一点。

宋枳曾经一直自恋地认为，哪怕江言舟这块铁，再冷再硬，她也可以用自己的爱来融化他。

但有的人啊，骨子里都带着寒意。你在他身边站得久了些，都会被那股寒意冻伤。比起继续异想天开地想要融化他，还不如躲得远远的。

江言舟刚才在包间里的冷漠表现，轻易地就将她之前的记忆给勾了起来。

果然，前几天的委屈可怜都是假象，这才是他的真面目。

及时止损，为时不晚。

宋枳可真是庆幸自己分得早。

夏婉约正坐在酒店大厅里等宋枳，手上拿的不知道是什么，正在看。

宋枳走过去问："看什么呢？"

夏婉约抬了下眸，看到她后，继续将眼神移回手里的资料上："季宋的个人资料，刚刚罗导拿给我的。真看不出来，他那副斯斯文文的样子，居然也是个'宝藏男孩'。"

"宝藏男孩"？

宋枳在她身旁坐下，好奇地问："怎么个宝藏法？展开讲讲。"

那个资料也不知道是谁准备的，整整写满了三页纸。

夏婉约随便翻了翻："总共就谈过四个女朋友，还都是别人甩的他。"

宋枳眯了下眼，她不由得对这个没什么印象的年轻人起了怜爱之心，实在是太惨了点。

"不过罗导为什么要把这个给你？"

"罗导有个习惯，会在电影开拍前，让男女主互相了解一下对方的私下生活。"夏婉约下巴微抬，指着手里的资料，"喏，就是用这个来了解。"

宋枳心里突然腾升出了一种不太好的预感："照你这么说，我的八卦资料现在也送到季宋手上了？"

夏婉约拍了拍她的肩膀，安慰道："你怕什么？你除了比其他女生稍微作了那么一点点，娇气了那么一点点，也没什么其他的缺点了。"

宋枳尽可能地让自己的笑容看上去和善一些："请问我在你眼中还有优点吗？"

夏婉约伸出小指，拇指抵在最后一节的指腹上："那必然还是有那么一点点的。"

"那我真是谢谢您，这么看得起我。"

宋枳不知道罗导到底都是些什么特殊癖好，居然为了让男女主演拉近距离而挖一些双方的小道新闻来给对方看。

唯一值得庆幸的就是她和江言舟的这层关系并没有多少人知道。

她看得出来，江言舟对他口中的这个叔叔并不亲近，不过是碍于母亲的面子，不便拒绝罢了。

回到酒店，宋枳做了一个小时的瑜伽。

她肠胃一直就不好，刚刚也没什么胃口，都没怎么动筷子，这会儿饿得有点胃疼，于是她给自己煮了点小米粥。一小碗粥她也才吃了一半，睡前还上了下秤，确定体重没增加后，她才安心入睡。

虽然网上对于宋枳出演盛烟这个角色的反对声音还很多，但丝毫没有影响这部电影的正常拍摄。为了不占用老城区太长的时间，影响江言舟的新项目开发，罗导特地将那部分的剧情放在前面拍摄。

两个只见过数面，甚至连话都没有说过的演员，第一场就是极其暧昧的戏码。

开拍前，宋枳为了更好地融入剧情，把这段戏反复看了很久。

宋枳一直觉得自己在江言舟面前已经够放开了，可在盛烟面前，她还是望尘莫及。

大概内容就是一桌子的人在吃饭，盛烟用高跟鞋在桌下蹭唐白的脚踝。看着男主努力隐忍着情绪，耳根一点点泛红，盛烟面上依旧是那副知性温婉的模样。

"啧啧啧。"宋枳看得直摇头，"实在是高。"

真想不到，拍一部电影而已，居然还能学到这么多撩人的技巧。

内景早就搭好了，宋枳弄完妆发，很快进入了状态。

这场戏的背景是唐白的女同学带着几个朋友过来找他，唐白亲自下厨做了一大桌子菜。

盛烟看着那位女同学各种明里暗里地向唐白表达爱慕之意，心里不爽，所以故意用脚在桌下蹭他。

宋枳虽然不在意，但她此前也只是对江言舟一个人放飞自我，再加上她和季宋也才见过几面，她多多少少还是有些放不太开。

罗导在那边讲着戏："宋枳，你等葛离讲完台词之后再抬脚，记得动作要慢，就是那种要碰不碰的感觉，明白吗？"

葛离就是饰演唐白女同学的演员。

宋枳点点头："嗯，知道了。"

不就是欲擒故纵嘛。

第一场戏开拍。

宋枳很快就进入了情绪，桌上的人在吃饭，她百无聊赖地歪头，看着面前那群人说着学校里发生的趣事。

这些趣事里，都是和她无关的地点和无关的人。尤其是在看到自己心仪的人被他身旁的女同学虎视眈眈盯着的时候，盛烟心里的火，烧得更旺。

她慢条斯理地坐直了身子，长腿微微伸直，沿着唐白的脚踝一路往上。动作很轻，只是虚虚地碰了几下。

她面上仍旧是那副端庄典雅的模样，偶尔抬眸，又有种浑然天成的妩媚。这两种完全相反的情绪，在盛烟身上杂糅得恰到好处。

拍摄结束，罗导迟迟不开口，那些人也不知道这条到底过了没。

宋枳正琢磨着，难道是自己刚才有哪个表情没处理到位？

工作人员甚至在底下埋怨："看罗导这个样子，估计我们今天又得加班了。"

"对啊，我当初看到女主演是宋枳的时候，就觉得大事不妙。"

罗导是业界出了名严格的导演，尤其是在细节方面。甚至连影帝邱蘅在演他上一部电影时，都被爆料一场戏重拍了十次。

正当所有人紧张得大气都不敢出一下的时候，罗导从设备后站起身，那张投入工作后就变严肃的脸上少见地露出几分赞赏："不错。"

他原本和网上那些网友想法一样，对宋枳的演技是不抱任何期望的。他甚至还专门请了几个戏剧学院的老师过来，打算手把手教她演戏，教她什么时候该哭，什么时候该笑。

尤其是这场戏，可以说是需要完全进入角色，才可以把大家闺秀的端庄和盛烟骨子里的妩媚给演出来，可宋枳居然拿捏住了。

完全没有任何违和感，仿佛她就是盛烟本人。一个因为演技而被全网黑的艺人，能被罗导这种量级的前辈夸赞，边上几个等着看她笑话的女星不爽地皱了下眉。

能进到这个剧组，多多少少都是有些咖位的，平时被粉丝捧在高处，这会儿却不得不给宋枳这种女团出身、没演技还不知天高地厚花钱买奖的女星作配，没有谁的心里是乐意的。

可谁知道，笑话没看成，反而还被完虐了一把。

盛烟这个角色本身就是御姐型，服装方面，也多是连衣裙为主。今天宋枳穿的是一条米杏色的雪纺裙，蕾丝花边，肩带细窄。待会儿还要补拍一个细节，盛烟用脚蹭唐白腿的近景。

中场休息，小许急忙拿着外套过来给宋枳披上。

夜里风大，她早就冷得直哆嗦了，手上捧了杯热咖啡暖手。

夏婉约啧啧叹道："你刚刚演得实在太好了，你是不是偷偷参加过什么培训班啊，怎么演技突飞猛进？"

宋枳一撩长发，丝毫不谦虚："本色出演。"

夏婉约："……"

果然，指望这个人能正经起来是没希望了。

"照这个进度，应该还有半小时就能收工了，待会儿我们去附近的烧烤摊庆祝一下？"

宋枳笑道："这电影都才刚开拍呢，庆祝什么？庆祝我分手啊？"

"庆祝你的演技终于有进步啊。"话音刚落，夏婉约有些心虚地笑了笑，"而且小许说这附近有家烧烤特别好吃，等我们拍完戏估计就得拆了，到时候还不知道能不能尝到呢。"

原来是夹带私心啊。

已经忘了有多久没尝到荤腥的宋枳也被诱惑得有点心动。她点了点头，和夏婉约一拍即合："那就去吧，我请客。"

这边刚商量完待会儿去吃夜宵，导演组就开始喊人了："宋枳，开拍了啊。"

宋枳把衣服脱了，递给旁边的小许，然后起身过去。

她今天穿的是一双浅色的高跟鞋，细条绑带虚虚地挂着。鞋子在她白嫩泛粉的足尖，要掉不掉的。然后，她缓缓地往前，脚尖轻轻碰在季宋的脚踝上，也仅仅是碰在脚踝上。

欲的是两人的模样，一个端庄却妩媚，另外一个则是被撩到面红耳赤，这样的两种形象似乎很容易就产生某种化学反应。

摄影棚外，灯光暗如黑昼，起不到任何的照明作用。

男人的身影站在其中，像是被黑色的线极重地勾勒过，不易察觉，却又不容忽视。最为压迫的，是他身上那股不怒自威的气场。

明明什么话也没说，却也足够让人感到危险了。

罗导喊了"咔"后，让他们中场休息。

他熟络地向男人迎过去，带着长辈的亲切："过来怎么也不说一声？我好安排安排。"

江言舟微抬下颌，隐匿在黑暗中的脸瞧不出此刻情绪。目睹了刚才那一幕戏的拍摄，他惯有的平静似乎也被撕开了一道口子。他捏着烟盒，视线落在那双往日只属于他的白皙玉足上，齿间挤出一丝冷笑。

"您这片子，尺度不小啊。"

罗导自然听出了他话里的不悦，却不明白这不悦是从何而来，又是因何而生。这地是借的江言舟的，他过来无可厚非，难不成是担心自己在用他的地段拍色情片？

罗导笑称："你且放心好了，这是文艺片，奔着拿奖去的，尺度不算大。你也知道，现在卡得严，亲密戏份我们都是借位拍的。"

江言舟手中的烟盒被捏瘪，指骨死死抵着凹陷处。眉尾轻抬，江言舟的视线落在专心听副导演讲戏的宋枳身上。

罕见地，她也有这么认真的时候。

那只骄纵的金丝雀，也会为了自己的梦想，而变得认真。

冷风来得毫无预兆，江言舟的声音也跟着冷了好几个度："亲密戏？"

罗导莫名觉得后背有点凉，也不知是不是这冷风起的作用。明明自己说了一大堆话，江言舟怎么偏偏就抓住了"亲密戏"这个词。

"我们这部片子的主题就是救赎，两个不同命运的可怜人的相互救赎，中心点就是想呈现出一种……"

江言舟显然并不想听他那些长篇大论，微掀眼皮："在床上救赎？"

罗导在这圈子里混了几十年了，惯会察言观色。他这会儿也算是看出来了，江言舟并不在乎自己用他的地拍了什么片子，唯一的重点大概就是……

罗导的眼睛落在虚心接受副导教诲的宋枳身上，她微微倾身，看向摄像机里的回放，修身的连衣裙勾勒出楚腰的轮廓，是不堪一握的纤细。她身上有股别人没有的特质，那就是可塑性。

不管你让她演什么样的角色，她都能给你不同的惊喜。这种可塑性放在盛烟这种复杂矛盾的人设上，越发能看出优势来。

副导演觉得蹭脚踝还是太过保守，尤其是拉近景的时候，没什么细节，体现不了盛烟压抑在端庄外表下的风情。

"我觉得可以把蹭脚踝改成沿着脚踝缓慢地往上，这样可以把人物反差放到最大。"

听完副导演的话后，宋枳也觉得有点道理，点了点头，于是开始补拍。

宋枳重新坐下，把裙摆理好。坐在她面前的季宋也很快就进入了角色，左手因为紧张局促而捏着桌布。

他抬眸看了眼宋枳，耳根的红甚至不需要演。

罗导选人最基本的就是贴合人设，季宋私下里也是格外容易害羞的性格。

因为只需要拍桌下近景，相比季宋的脸红，宋枳内心异常淡定。

盛烟的玉足沿着唐白的脚踝慢慢地往上，唐白有点痒，下意识想闪躲，却又忍不住内心的异样，舍不得离开。

这个似有若无的碰触，像是毒药一般。明知道有毒，却还是会上瘾。

江言舟的视线落在女人不断往上的玉足上，硬质的烟盒早已变得扭曲，包裹着烟草的那一层纸甚至都因为外力而撕裂。

补拍结束。

宋枳礼貌地和工作人员说了声辛苦。

那边副导演拍着手走过来："刚刚那段拍得不错，动作和力道都恰到好处。"

当然恰到好处了，她这招都不知道在江言舟身上用过多少次了。她就是想看看江言舟撕掉这张正经严肃的面具后，隐忍克制的模样。

小许作为宋枳的头号马屁精，每当她拍完一场戏，他都会上前一顿闭眼尬夸。不过那些话假得连他自己都不信。

上一部戏，在全剧组粗制滥造外加为了赶时间的拍摄下，几乎是全员翻车。可是这次，小许是发自内心地觉得宋枳演得好，不多不少，仿佛她就是盛烟本人一样。

他把刚灌满的保温水壶拿给她："宋枳姐你刚刚真的演得太好了，又欲又纯，季宋被你撩得都不敢看你了。"

对于自己的魅力，宋枳向来一点都不愿意谦虚。她接过水壶，拧开，插着吸管小口喝着。为了不花妆，她工作时喝水都是用吸管。

"小嘴这么甜，我是不是应该好好打赏你一下呢？"

小许听到她这话，立马鞍前马后地献殷勤，又是捶腿又是捏肩的："服侍您是小的的荣幸，小的怎么敢提要求呢？不过如果今年的年假可以延长个三四天的话，小的把您当菩萨供在我家祠堂里。"

宋枳皱了皱眉，这话怎么听着格外硌硬啊？

她披着外套站起身："这部戏拍摄结束后，给你半个月的假期。"

小许激动得眼泪横流："谢谢活菩萨。"

"活菩萨"长发一撩，半点没有符合这个称号的庄重气质，反而像个勾引唐僧的女妖精。

"明儿个早点起，记得给我带份蔡林记的煎饺。"宋枳说。

俗话说得好，早餐要吃好。第一天开工就圆满结束，宋枳心情好，决定好好犒劳下自己。

似乎怕她忘记，小许出声提醒了一句："待会儿还去不去撸串喝酒啊？"

她居然把这事给忘了。

"去啊，为什么不去？"

宋枳第一次喝酒是在她家出事没多久。

她跟着姥姥回了镇上，那里不如河市，小地方落后，消费水平和文化水平普遍不怎么高。

班上某天突然转来了个娇嫩的大长腿美人，也算是轰动了一阵。只可惜小美人不爱说话，也不太爱笑，对谁都是冷冰冰的，还经常盯着某处发呆。

久而久之，她脑子不太好的消息就这么传开了，甚至还有不良少女过来找她的麻烦。

好看的小姑娘，似乎格外容易被针对。

宋枳仍旧不愿说话，她的沉默在别人眼中成了不屑，然后就被抽了一巴掌。

后来是姥姥看到她脸上的巴掌印，亲自拿着扫帚去了那个不良少女的家里大闹一通。直到那个人和宋枳道了歉，她才肯离开。

姥姥年纪很大了，却还是坚持要给自己的外孙女出头。她的外孙女已经很可怜了，才刚失去父母，就要被这群人欺负，她必须要给她撑腰。

那天晚上，姥姥拉着宋枳说了很多话，譬如"姥姥会永远保护我们小枳"，"我们小枳要赶快变回从前那个活泼爱笑还娇气的小姑娘，这样爸爸妈妈在天上，才不会放心不下你"。

那天晚上，姥姥给宋枳倒了半杯啤酒。

"喝了酒就会忘掉不高兴的事，我们小枳啊，是享福的命，早早经历了苦难，下半辈子就都会是幸福了。"

那天晚上，姥姥喝多了，宋枳扶姥姥回房后，坐在院子里的藤椅上，看天上的星星，然后暗暗发誓，以后再也不会让自己被任何人欺负了，她不能再让姥姥担心。

除却上次因为各种酒混在一起，不慎喝出了个酒精中毒以外，宋枳还从没翻车过。

她抱着衣服，刚准备进到车里去换。才走了两步，她就察觉到些许不对劲，那股逼人的寒气源源不断地从身侧传来。她抬眸看了一眼，这才发现暗处还站着一个人。

男人穿得人模人样，却也难以让人忽略他身上那股子欠揍的冷漠和疏离。

江言舟仿佛天生就有让人生气的特殊能力，哪怕他一句话都不说，光是站在那里，宋枳心里的火还是越烧越旺。

她双臂环胸，往墙上一靠："哟，我们日理万机的江大总裁怎么今天有空下乡来看望我们这些基层工作者了？"

面对她的挑衅，江言舟丝毫不为所动，仿佛她的冷言嘲讽不过就是拿着柔软的羽毛在他身上挠痒痒。这让宋枳莫名有股挫败感。

她不依不饶，笑了下："莫非是想体验下演艺生活？"

哪怕是见惯了大场面的罗导这会儿也开始倒吸凉气了，看来宋枳果然和这位关系匪浅。只是这位小金丝雀未免也太把自己当回事了，现在的姑娘，似乎得到一点宠爱就认为自己是特殊的，殊不知这些豪门出身的人，个个翻脸比翻书还快。今天把你宠上天了，明天就能把你贬下尘埃。电影里的剧情虽然有些夸张，但艺术大多都来源于生活，甚至有过之而无不及。

看到江言舟略微抬起的眉尾，脸上情绪难辨，罗导心里猛地一揪，生怕宋枳恃宠而骄得罪了面前这位。可别电影还没拍完，女主角就被封杀了。就江家现在的地位，他封杀的人，这辈子都别想在镜头前出现了。

罗导捂着嘴，重重地咳了一声，想要提醒宋枳。可是后者那一根筋的脑子怎么可能听得懂这么隐晦的暗示。

似乎抱着一定要把江言舟弄生气的心理，宋枳继续道："江大总裁长得这么俊俏好看，说不定在红灯区也有适合你的角色呢，可以演个头牌。"

她的话音刚落，罗导觉得自己的心脏都要停跳了。这姑娘到底知不知道面前的人是谁啊，真是初生牛犊不怕虎。

听到宋枳最后那句话，江言舟的情绪终于有了些许改变，他微皱起眉，声音暗哑："红灯区？"

罗导以为他是在介意自己把这儿改成了红灯区，于是解释道："这部分的戏份不重，只是有些场景需要用到。"

江言舟似乎并不关心他的解释，联想到宋枳刚才挑逗撩人的举动，他理所当然地误会了。

江言舟的脸色越发难看。

宋枳为了表达自己对他的不满，白眼都快翻到天上去了，在眼睛快要承受不住抽筋之前，她冷哼一声，走开了。

可能因为最近的拆迁消息，来附近烧烤摊的客人已经很少了。这样一来的好处就是不用排队。

小许捏着筷子一双一双递给他们："我以前在这儿附近读初中，每天都会来这里吃顿烧烤再回去。"

宋枳："……"

小许："宋枳姐，你小时候吃过烧烤吗？"

宋枳："……"

小许："我觉得应该很少吃，烧烤油多，小姑娘们肯定都怕吃多了长痘。"

宋枳："……"

直到老板拿着旧到塑封都有些打卷的菜单过来，宋枳不爽地看着旁边那位矜贵清冷，一看就不属于这里的男人："请问您跟着我们一起过来是为了体验平民生活吗？"

老板娘一看就是个颜控，面对小许眼巴巴的渴望，她特地绕了个大圈，把菜单递给了坐在最外面的江言舟。

她笑容有些花痴："小弟弟喜欢吃什么？随便点，姐姐给你打五折。"

江言舟没有理会宋枳的质问，接过菜单后，轻声道过谢。淡扫了眼菜单，他最后点了几道清淡的素菜。

老板娘笑道："真有眼光，点的都是我们这儿的招牌菜。"

小许纳闷："老板娘，你们这儿的招牌不都是串儿吗？"

老板娘面色一改，拍了拍他的肩膀："我现改还不行吗？"

小许："……行。"

小许接过菜单后，和夏婉约一阵猛点。今天宋枳请客，他们只管敞开肚皮吃就行了。

夏婉约还另外要了一打雪花啤酒："要冰的啊。"

老板娘应声进了厨房，端上来几碟赠送的小菜。不等宋枳开口道谢，她就笑容灿烂地摆在江言舟面前："这个是姐姐送给你的。"

沉默半晌，江言舟道了声谢。

小许："……"

这双标得有点过分了。他也算是这儿的老顾客了，以前过来，赠送的小菜顶多就是一小碟酸黄瓜，怎么江言舟一来，小菜都恨不得给他送个满汉全席。果然这是个看脸的丑恶世界。

没多久，啤酒也上了，夏婉约熟练地开了四瓶，在座的一人一瓶。

刚从冰箱里拿出来的啤酒清爽香醇，瓶口还冒着冷气。宋枳才刚接过来不超过两秒，酒杯就被江言舟抽走了，他皱着眉："你身体还没恢复好。"

宋枳深呼了一口气，实在忍无可忍了："你今天来找我到底有什么事？"

江言舟把酒放到宋枳拿不到的地方，然后问她："你那天为什么去医院？"

敢情是兴师问罪、秋后算账来了。

"我去医院干吗应该和你没关系吧？"

江言舟沉吟片刻："他是我的……"后面那个称呼，他到底没有说出口，只是强调，"自然是有关系的。"

它是他的？

宋枳迟钝的大脑对于这句他说一半藏一半的话多反应了几秒，然后才算厘清了关系。

行，分都分了还搞暗算，牵条狗来咬她。

宋枳可真是气笑了。做了这种不要脸的事，居然还敢当着她的面承认，真当她是好欺负的吗？她也不多废话一句，点开手机里自带的计算器，把账算得明明白白。

"精神损失费外加医药费，一共两万五，四舍五入十万，给你打个折，十二万。"

夏婉约顿了片刻，小声问她："你这是哪门子四舍五入和折扣？"

宋枳摊开掌心，见江言舟不为所动，往上抬了抬："怎么，不肯给？"

她似乎故意想要惹他生气一样。那张精致好看的小脸上，此刻满是趾高气扬。

江言舟眼神平静地看了她一眼，然后拿出钱包，直接抽出一张卡递给她："密码是你的生日，没有限额。"

小许在旁边"哇"了一声，果然有钱人随便一个动作都格外帅气。

如果是五年前的宋枳，她可能还会被他这句话迷倒。可是现在的她，比谁都了解江言舟，他向来习惯用钱来解决问题。

他们以前也有过吵架的时候，只不过每次都是宋枳单方面妥协。宋枳总是喜欢纠结那些细节性的东西，而江言舟，他有着和年龄不符的成熟内敛，所以往往这种单方面的冷战，最后都以宋枳自动放弃收场。

他工作忙，少有时间来陪宋枳，但在物质方面，他从来没有亏待过她。哪怕她花五百万买了一块有瑕疵的"破石头"，他也无动于衷。卡已经给她了，她想怎么处理，那都是她的事。

宋枳在他这儿吵过的架，最终都变成了江言舟给她的那张卡里不断往上提的额度。

有钱人解决事情的手段，粗暴且直接。

宋枳总是自嘲，江言舟哪是她的男朋友啊，根本就是金主。把她养在华丽的城堡里，定时过来宠幸。

有过之前那么多次的前车之鉴，可能江言舟理所当然地以为，宋枳这次也只是在闹脾气而已。只不过比起之前，时间稍微久了一点。

想到这里，宋枳莫名觉得事情令人发笑。一次次的失望叠加，她是铁了心地要离开他。

她也没客气，接过卡："两清。"

没人会和钱过不去。

第八章

放手

老板娘很快就把刚烤好的串儿端上来了，而且还满含私心地放在了江言舟的面前："我们这儿的猪肉串特别好吃，你尝尝。"

小许疑惑地去看小票："我们好像没点猪肉串啊。"

老板娘端着托盘，羞涩一笑："这位帅哥也是第一次来，就当是我免费送的。"

还有这好事？

老板娘走后，小许和宋枳说："宋枳姐，你还认识其他帅哥吗？我想多吃几天免费的烤肉串。"

江言舟正解袖扣，听到小许的话后，抬眸看了他一眼。平淡，却极具压迫感。

对视了一秒，小许就被吓得急忙避开视线，不敢再开口了。

宋枳很爽快地点头答应了："可以啊。"

长得帅的，她的确也认识不少。

面前的啤酒被江言舟拿走了，宋枳也没有强行要回来，反正她也不太敢喝酒，不光伤皮肤，还会长肉。她现在在拍戏，得好好保养才行。

那些高热量的串儿她也没碰，只吃了点江言舟点的素菜，好在那些都是她平时爱吃的。反而是江言舟，从始至终都没动筷子。

小许犹豫地看着他，好不容易鼓起勇气问了一句："您不饿吗？"

宋枳冷哼一声："人家是豪门贵公子，怎么可能纡尊降贵和我们这些凡夫俗子一块儿吃这种路边摊？"

她话里话外的嘲讽太过明显了，小许都有些听不下去，在桌子底下悄悄拉了拉她的衣服，示意她别说了。

虽然江言舟这个人的确有点过于冷漠寡言，给人感觉脾气也不太好，但小许对他的印象并不坏。他跟在宋枳身边，也算是见过不少她的追求者。那些人虽然有钱，但身上气质油腻得很，一股子暴发户味，可江言舟和那些人完全不同，他像是冬日里的雪，哪怕冷得刺骨，但胜在干净。小许还是第一次亲眼见到这种出自名门世家的公子哥。

哪怕他天生气质冷淡，却还是会做到不区别对待，对每一个人都保持最基本的礼貌。哪怕是被宋枳这种带刺的冷言嘲讽，他也丝毫没表现出生气。

老板娘陆陆续续将东西上齐了，江言舟粗略地扫了一眼，都是些他不爱吃的，甚至连他点的那些素菜也是依着宋枳平时的口味来点的。

小许递给他一根肉串："这里的东西其实不脏的，很好吃。"

江言舟道了声谢，伸手接过。

宋枳对自己的饮食控制得很严格，吃了两口就放下了筷子。

江言舟犹豫半晌，温声开口道："要不你还是回去住吧，有何婶照顾你，我会放心一些。"

宋枳实在是有点无语："我们都已经分手了，我还回去干吗？"

"房产证上写着你的名字，就算分手了，你也不必搬出来。"

他说话的语气平缓，像是在不带任何情感地叙述某一件事。

宋枳最讨厌他这副公事公办的样子，好像自己就是他某个下属一样。她被气得干脆站起身，和旁边的小许换位子。

他们两个之间的诡异氛围，但凡有眼睛的都能看出来，小许已经努力把自己的存在感缩到最小，生怕被波及。

谁知道突然来个炸弹。

他手里正捏着个油焖大虾在啃，听到宋枳的话后，哆哆嗦嗦地抬起头："宋枳姐，这……这坐得好好的换什么位子啊？"

宋枳眉头一皱："快点。"

小许立马怂了，秒变乖巧："好嘞。"

椅子因为他的起身被拖动。

又是"宋枳姐"，外加有些熟悉的声音，江言舟的眉头微不可察地皱了下。

他淡声问小许："你姓什么？"

小许才刚坐下，不知道他为什么要问自己的名字，却还是老老实实回答："我姓许。"

在他说完这个许字以后，江言舟的脸色明显变得不太好看。

小许也不知道自己姓许这件事到底犯了什么错，男人身上的低气压源源不断地传来。

他有些害怕地缩起脖子。

呜呜呜，这个人真的好可怕，变脸比翻书还快。

那顿饭对小许来说，吃得格外煎熬。

他活了二十九年，没有任何时候像今天这样食不下咽过。桌上一共四个人，其中两个从头到尾几乎没怎么动过筷子，自己作为唯一一个主力军也没吃多少。

老板娘过来算账的时候，扫了眼一大桌子没怎么动过的菜，问小许："是菜不合胃口吗？今天怎么才吃了这么点？"

小许欲哭无泪："菜很好吃，是我没什么胃口。"

从烧烤摊离开后，宋枳觉得自己身上一股油烟味，此刻只想赶紧回酒店，好好地洗个澡。

江言舟今天是开车来的，车停在拍摄场地那边。

小许虽然有点怕他，但又莫名对他有种好感。他能看出来，江言舟对宋枳的好是发自内心的，只是他不善言辞罢了。

小许刚想和他说声再见，一抬眸，就对上江言舟冷冰冰的眼神。

小许："……"

他立马吓得转身上车。

打扰了。

车倒退着出了巷子，小许透过挡风玻璃看了一眼，江言舟仍旧站在那里。旁边的遮阳棚挡住了路灯投下的光线，他就那样置身黑暗中。但是小许能感觉到，他的视线从未离开过。

不知道为什么，他总觉得江言舟有点可怜，却也说不上到底是哪里可怜。

再过些日子就是夫人的生日了，何婶想着做些她爱吃的腌菜，等到时候一块儿送过去。她正将白萝卜切块，玄关处传来动静。

以为是宋枳回来了，她连忙站起身，解开围裙出去。

"小枳啊，这些天你——"话说到一半，看到男人后，她默默地停了下来，喊了声，"言舟。"

江言舟点了点头，把外套脱了。

何婶走上前，接过他手里的外套，抚平后挂在架子上："锅里炖着汤，我去给你盛一碗。"

"嗯。"

何婶把汤端出来，想到曹素月的生日："过些天你把宋枳带过去，让夫人也见见她。"

曹素月以往就总念叨，她现在唯一放心不下的就是言舟了。她体验过一回失败的婚姻，明白其中苦楚，不希望自己的儿子也经历一回。

可言舟这个沉闷性子，也不知是随了谁。从小到大，不管是什么他都藏在心里，哪怕是被人误解了，他也懒得为自己辩解。

别人的看法和言论，他都丝毫不上心，不在意。

不过凡事都有两面性，他的性子有好也有坏，出生在这种冷血的家庭里，不在意，往往会活得更自在些。

听到何婶的话，江言舟手中的筷子稍顿了下。

何婶叹了口气："小枳的性子你又不是不了解，你多依着她一点，有误会就早些解开，这样拖着总归也不是回事。"

江言舟点头："我会找个机会好好和她谈谈的。"

听他这么说，何婶才稍微放了点心。

江言舟晚上是在这儿留宿的，很早就休息了。没工作的时候，他的作息规律得堪比老年人。

天气预报说早上有雨，第二天起床，果然下雨了，而且车子刚好挑在这个时候抛锚。

张易下车检查了一番后，没法修，只能找拖车公司来了。

江言舟看了眼腕表上的时间，最终决定打车去公司。

从小到大，哪怕上学都有司机接送的他，仅有的几次打车经历都是因为宋枳。

她不爱学习，作业总是留在最后才完成，每次等到全校的人都走光了，她才精疲力竭地抱着那个限量版的书包从学校里出来。

宋落整天也不知道在忙些什么，一天到晚都不见人影，于是就拜托自己的好兄弟有时间的话多照顾一下自己这个有公主病的妹妹。

江言舟在校外等了很久，宋枳垂头丧气地走到他身边，埋怨老师有多变态："他居然说如果我今天不写完，明天就翻十倍。翻十倍怎么可能写完嘛，我看到那些数学符号就头痛，手都快写残废了。"

她叽叽喳喳说个不停。末了，还不忘冲他撒个娇："我现在全身都酸痛得不行，如果能被可爱的小姐姐做个全身按摩，顺便再去吃顿火锅的话，说不定就不痛了。"

也不知道是旁边的路灯太亮，还是她的眼睛本来就那么清澈，像是一整片夜空都被放进了她的眼底。

江言舟移开视线，极轻地点了下头："嗯。"

从学校打车去按摩院，然后又去了火锅店。

听说宋枳回家后被大骂一顿，因为老师的电话打回家里了，说她不按时完成作业，还不务正业，从她桌子里翻出来一大堆时尚杂志。

那天晚上宋枳哭了整整一个小时，宋落在旁边也哄了她整整一个小时。

汽车抛锚地点离公司不远，十五分钟的路程就到了。

因为最近几天江言舟都没来公司，所以那些员工相比平时也稍微放松了一些。

何勇的妻子昨天和何勇吵架回娘家了，孩子才刚三岁，没人照顾。何勇没办法，只能把他带来公司。

可能是来了陌生的环境有点害怕，小孩子一直哭个不停，何勇怎么哄都没用。

有同事过来告诉他："江总来了，你要不先把孩子放在茶水间里？"

江言舟对员工不算苛刻，却也讲究公事公办，最主要的是，他不会心软。何勇带孩子来公司，已经算是影响工作了，现在小孩还一直哭个不停。

何勇一听这话也急了："茶水间离办公区域这么近，藏那儿也没用啊，而且孩子还哭着。"

全家可就指着他这点工资过活了，如果这个时候丢了工作的话，那就真的要喝西北风了。正当他急得不知道该怎么办的时候，旁边同事说了一句："完了。"

他在心里为何勇默哀。

玻璃门从外面推开，江言舟进来的那一瞬间就听到了稚嫩的哭声。他略微抬眸，视线很轻易就捕捉到了声源。

穿着卡通T恤的小男孩坐在椅子上，肉肉的小短腿随着他的抽泣，在空中晃动。

何勇连忙解释说："孩子他妈妈今天回娘家了，他一个人在家我不放心，所以才带来公司的。他就是想妈妈了才会哭，我马上就把他哄好了，保证不打扰大家的工作。"

他紧张得掌心都是冷汗，低着头，安静地等待江言舟的训斥。

没有等到想象中淡漠疏离的语气，男人开口温和平缓："他今年多大了？"

似乎没想到江言舟会问这个问题，何勇愣了片刻，老实回答："一个月前刚满三岁。"

"男孩都会像妈妈一些吗？"

他似在问何勇，又似在低声轻喃。

看江言舟这副模样，好像也没有怪罪他的意思，何勇顿时松了一口气，说话的语气也放松许多："大家都说他长得像他妈妈，不过也好，像我就难看了。"

小孩还在哭，因为太使劲，声音都有些哑了。

江言舟走过去，从口袋里拿出一个粉色糖纸包裹着的棒棒糖，递给他。这是他在楼下超市买的，甚至连他自己都不知道为什么要买这种小孩子才会吃的东西。

小孩子看到他手里的糖后，逐渐止了哭声，他看着面前这个长得很好看的陌生叔叔，小心翼翼地伸手接过。

这个年纪的小孩子最可爱了，就连手都是肉嘟嘟的。

严重缺乏耐心的江言舟，向来对这些哭起来没完没了的小孩子没什么好感，可是此刻，他却觉得这些稚嫩的、幼小的生命很可爱。

夏婉约去医院给宋枳开了点胃药回来，吃了几天后，那股恶心的反胃感也逐渐消失了。

她在客厅里温牛奶，还不忘嘱咐盥洗室里拖拖拉拉的宋枳："你这几天的饮食记得严格按照食谱来，别这不吃那不吃的。"

宋枳毛病一大堆，挑食更严重，不吃的东西多了去了。

见里面没动静，夏婉约加大音量又重复了一遍，宋枳才不情不愿地应了声。

"知道了。"

宋枳洗漱完出来，身上穿了件软奶蓝的针织开衫，里面是小雏菊吊带。长发随意披散在肩头，发尾微卷，带着几分慵懒的美感。

夏婉约一边将草莓果酱涂抹在面包片上，一边翻看这周的《艺美》杂志。

作为当下最知名的时尚杂志，能登上他家的封面，也是艺人成功迈进时尚圈的一个踏板。

看着封面上的林珊珊，夏婉约嫉妒得眼睛都快滴出血来了。也不知道这是哪号人物，半个月前还查无此人，现在不光出演大制作电影里的女主，甚至连五大周刊的封面也快被她轮番登了个遍，甚至还打着和宋枳模样相似的名号开始疯狂踩着她上位，现在网上随处可见的都是林珊珊艳压宋枳的通稿。

"这小白花的气质不就是在东施效颦吗？长得跟被迎面踩了一脚似的，左眼打车到右眼估计都得花个三四百的车费，还有脸发通稿说比你好看？真是不自量力。"

夏婉约当经纪人这么多年，什么样的帅哥美女没见过。说句实话，宋枳虽然没什么脑子，但她是真的好看，艳而不俗、纯而不淡，不少人偷偷拿着她的照片去给自己的整容医生当模板。

宋枳随意翻了翻，情绪波动不大，甚至还一脸的无所谓。泛着粉的指尖，正专心给手里的水煮蛋剥去外壳。

"她做出这事也不稀奇。"

夏婉约听她话，觉得不对劲："你们认识？"

宋枳点头："认识啊，她还差点抢了我朋友的男朋友。"

夏婉约仿佛闻到了瓜的香味，凑过来问："展开讲讲？"

宋枳千言万语汇成一句话："白莲花装乖装可怜呗，男的不都好这口吗？"

夏婉约："你作为莲花界的开山祖师，她这不是在关公面前耍大刀吗？"

宋枳抬眸："我怎么觉得你这话倒像是在嘲讽我？"

夏婉约笑道："我夸你呢。"

宋枳分五口吃完了那颗并不大的水煮蛋，她对林珊珊实在是没什么好感，更加懒得去谈论关于她的话题，所以这次的谈话也就到此为止。

今天的戏份都集中在白天，开工时间也比较早，宋枳七点半就到了片场。

张范范正打着哈欠在化妆，桌上放着一杯冒着热气的美式咖啡。她的戏份不算重，红灯区拍过了就直接杀青。

看到宋枳，她叹了口气埋怨道："早知道拍摄环境这么艰苦，当初我就不答应经纪人接这部戏了。"

当初在组合内，她是出了名的娇气，在练习室里待上半个小时就喊累。宋枳唱跳不行是因为她的确没有这方面的天分，而张范范纯粹就是怕吃苦。

这里本身就是快拆迁的老城区，房子都有些年代感，基础设施很差，就连化妆间也是临时搭建的棚子。

那些老艺术家都爱搞些与众不同，所以男一女一都是和其他演员共用一个化妆间。

在出演这部电影之前，宋枳对罗导的才华也算是仰慕敬佩。可真实接触之后，她有点幻灭。除去才华不说，他身上似乎并没有那些值得别人敬佩的点。严格要求别人，对自己却格外宽松。嘴上说着不分咖位，人人平等，面对那些小艺人连多说一句话都嫌拉低档次，对待江言舟却百般讨好。

今天拍摄的剧情是盛烟被人污蔑抄袭后，抑郁症加重，在家中自杀被救回。唐白不放心她一个人在家，所以把她带了回来。

盛烟已经掉了马甲，也就不需要装出那副端庄温婉的淑女形象，当然是怎么风情怎么来。

大地色的眼影轻扫上眼皮，眼尾处的黑色眼线上挑。宋枳的睫毛本身就纤长卷翘，只需要简单夹几下，看上去就更加自然。

白色珠光提亮卧蚕，豆沙色的哑光唇釉厚涂，腮红是梅子色，为了妆容清透，只是用腮红刷在脸颊浅扫了几下。

她的妆发结束后，比她先到的张范范却还在纠结自己的头发："我演的角色是天真可爱的人设，你给我吹个大波浪干吗？"

她在电影中的那个角色就是一头大波浪，化妆师敢怒不敢言，只能按照她的要求重新给她弄。

听到宋枳那边传来动静，张范范将视线从手机上移开，看向宋枳抱怨道："你怎么这么快，我这边都还……"

话没说完，在看到宋枳那张脸后，她足足愣了一分钟。

她们出道都是人手一个人设，宋枳走的一直都是楚楚可怜、懵懂无知的小白花路线，穿着打扮为了符合这个人设，也都是怎么清纯怎么来。

这还是张范范第一次看到她这种风情万种的装扮，却也不会觉得奇怪，仿佛她天生带着媚骨，看你一眼就能酥掉你半边身子。

宋枳肩上披了件外套，她把桌上的水杯拿起来，粗略扫了一眼张范范的妆容后，惜字如金地给出了点评："还是卷发更适合你。"

门打开又关上，直到宋枳出了化妆间，张范范才逐渐从她的美色中回过神来。

她从来不觉得自己有不如宋枳的地方，就连这次给她作配，她也觉得只是因为自己不适合这个人设。可就在刚刚，她不得不承认，自己的确被宋枳惊艳到了。

剧本她提前看过，盛烟这个角色不好演，又纯又欲，还带着点古典美人的韵味和风情，中间这个度太难把握。

张范范理所当然地认为，宋枳这个花瓶自然不可能胜任这种超高难度的角色。可是……她刚才有那么一瞬间突然觉得，自己仿佛就看到了盛烟本人。

小许没吃饭就过来了，正在旁边领盒饭。看到宋枳，他眼前一亮："宋枳姐，您今天简直太好看了。"

宋枳在休息椅上坐下："我昨天就不好看了？"

小许手疾眼快地拿了件外套给她盖住腿："您每天都好看，只是今天格外好看。"

溜须拍马是小许惯用的伎俩。

宋枳打了个哈欠，还是困得不行。今天六点就起床了，连五个小时都没睡够。

为了驱散困意，她拿着剧本记了会儿台词，季宋很快也从化妆间里出来了。男生的妆发简单，再加上唐白这个角色本身就是干净清爽的模样，只需要加深下轮廓，用来应付吃妆的打光。

两位主要演员都出来了，罗导拿着剧本过来给他们讲戏。

第一段是盛烟抽烟被唐白看见。

这是不需要花费太多时间拍摄的一段剧情，但因为宋枳不会抽烟而陷入瓶颈。为了让她适应，道具组准备的是相对来说不那么烈的女士香烟。

宋枳试着吸了一口，脖子像被人勒住一般，一口气悬着，上又上不去，下又下不来，然后就被呛到了。

小许连忙拿着水过来，宋枳喝过水后，缓了好一会儿才恢复过来。她越发理解不了，为什么会有人有烟瘾。

罗导这个几十年的老烟枪亲自过来传授她抽烟的技巧："你不用真抽，也不用咽，就含在嘴里，到点了就把烟雾给吐出来。"

宋枳按照他说的试了一下，虽然还是有点呛，却也勉强能够忍受。

原本用半个小时就能拍摄完成的剧情，因为宋枳不会抽烟，进度被拉长了些，好在，圆满完成。

中场休息时，张范范说想去附近转转，今天天气不错，再加上这儿风景挺好的，张范范想找个好看点的背景发微博。

"咱俩这合体拍个电影，总得在网上营业一波虚假姐妹情吧，不然那些咸吃萝卜淡操心的黑粉们又该说我们是塑料姐妹花了。"

虽然团体解散了，但外界对她们之间的关系众说纷纭。甚至还有的说，她们之所以散团，是因为某个成员抢了另外一个成员的男朋友，最后撕破脸都不干了，迫不得已公司只能让她们单飞。

宋枳笑了笑："我们本来就是塑料姐妹花。"

这话也不假，如果不是这部电影又聚在一起了，张范范可没想过要和宋枳见面。

"我可不想因为这种莫须有的传言被人议论，拍张合照而已，又不吃亏。"说着，张范范拿出手机，"而且你现在是女主了，我得抓紧这个机会炒下姐妹情，蹭波热度。"

她说话向来直接，不遮不掩的。虽然大小姐脾气差了点，但宋枳对她的印象并不坏。

张范范举起手机，找好角度后，站在宋枳身旁，"咔嚓"拍了一张。

她把手放下来，随便调整了一下，编辑好文案，发送。

　　　和小枳的一天，开心。

下面贴的是她们的合影，两个人笑得灿烂又可爱，仿佛两个关系亲密的好姐妹。

没多久，评论区就盖起了高楼。

"奶奶您嗑的 CP 终于营业了！"

"我就说今天看到喜鹊肯定是有好事要发生，啊啊啊，我的送饭CP啊！！！"

"最意难平的一对，居然开始营业了？我的青春又回来了！"

"是在拍新剧吗？范妹儿注意身体，也记得多多照顾下我家只只，让她多穿点，别感冒了，不然妈妈会心疼的。"

……

张范范刷着评论，啧啧地摇头："看来你这脑子不好的人设立得还挺成功。"

营业完毕，两个人刚准备重新回到拍摄场地，正好遇到前面保安过来开路，看这阵仗，级别不低。

宋枳和张范范两人不约而同地停下，想看看到底是哪位大咖。

那人的助理替她撑伞遮阳，走得近些，伞沿微微上抬，宋枳这才看清伞下的脸。

熟悉的小白花气质，可不就是林珊珊嘛。

张范范冷哼一声："我当是谁呢，原来是靠着不正经手段抢别人角色的白莲花啊。"

宋枳有点意外："看不出来你还挺爱打抱不平。"

张范范气得牙齿都要咬碎了："因为被抢角色的那个人是我。"

当初她在"今夜大来宾"的后台收到被换角的消息后，气得节目也罢录了，跑到制片人那儿闹了一通。

对方解释说他也没办法，投资方塞进来的人，不换就撤资。

平白吃了这个哑巴亏，她可把这个仇给记着呢。

林珊珊看到她们，停下来和她们打招呼，声音羞羞怯怯的。

张范范"呵"了一声，表示并不想理她。

这周围还有其他人，林珊珊的事业才刚有起色，她不希望第二天出现自己人设崩塌和人争吵的新闻。

她语气平静地和她道歉："虽然不知道二位前辈为什么这么讨厌我，但是我以后会尽量避免出现在前辈们的面前，打扰你们拍照的雅兴了，实在是不好意思。"

这一招以退为进不光为自己营造出了一副隐忍可怜的人设，反而还把一句话也没说的宋枳也给拉进来了。

她是越发觉得这个林珊珊有意思了。

抢她朋友的男朋友不说，还学她的穿衣风格，连她刚出道时立的那些"笨蛋美人"的人设也要学，还时不时大规模发通稿抹黑她。

宋枳靠近她耳边，轻笑着开口："学人要学全套，姐姐我从不穿过季的裙子，更不可能把假的钻石戴在手上。"

林珊珊身上喷的香水都是宋枳代言的那款，她本人从来不用。太浓了，闻起来有些刺鼻。她的护肤品和香水都是由专业人士按照她的肤质和自身体香调配的。

独一无二，林珊珊就算是想模仿也没处找。

她们走后，张范范一脸好奇地问宋枳："你刚刚和她说什么了？怎么她脸色那么难看？"

宋枳漫不经心地开口："好心给她提了个建议而已。"

张范范"哦"了一声后，又有点疑惑："不是说这个场地是罗导利用人脉借来的吗？怎么林珊珊的剧组也过来了？"

她拍的那部剧投资方是深环，圈内流传的版本是，深环总裁为了捧林珊珊砸了五千万。

这块地前些日子在拍卖会上被深环拍走，林珊珊的剧组能出现在这里，似乎已经足够说明问题了。

张范范啧啧地叹道："想不到这个林珊珊还挺有手段的，深环总裁那样的大佬都能被她搞到手。"

想到罗导在包厢为了借到这个地方说尽好话，甚至不惜让宋枳给江言舟倒茶。

这个学人精居然轻易就进来了。

宋枳深呼吸了好几口气，才努力劝好自己莫生气。她现在已经和那个男人分手了，为了他气坏了自己的身体实在是不值得。

听剧组的工作人员说，隔壁是今天才进组的，因为旧城区的戏份少，所以在这儿待不了多久。

收工结束后，宋枳做的第一件事就是回酒店洗澡。

今天为了拍摄那段抽烟的剧情，她身上染了一股难闻的烟味。洗了一个小时，终于彻底将那股味道给洗干净，直到整个人重新变得香香的，她才穿着睡衣从浴室里出来。

放在桌面上的手机屏幕时暗时亮。她走过去拿起来看了一眼，是夏婉约在给她发消息，一连发了好几条。

"林珊珊是不是也在你们那儿拍戏？

"这个学人精居然连路透图都不肯放过。

"现在网上一大堆通稿，我链接发给你，你自己去看吧，我现在快被气死了。"

下面是一条网页链接。

宋枳点进去，标题很显眼。

　＃宋枳抽烟形象大崩，不敌新人林珊珊＃

　　近日，由罗锋导演执导的《画》和由徐制导演执导的《迷雾》在区河街开拍。有网友拍到路透图，宋枳低头抽烟，形象与其之前的玉女形象大为相悖，与之只隔了一条街的林珊珊则一袭白裙，清纯可人，扮相楚楚可怜。此前便有人猜测，后起之星林珊珊会取代前辈宋枳成为新任宅男女神。

这通稿不光拉踩宋枳，字里行间的新人、后起之星，似乎着重强调林珊珊虽然年纪比她小，但比她优秀。

通稿下面分别配了两张动图。

第一张是林珊珊穿着白裙子站在河边，侧边垂着麻花辫，上面绑了根碎花的发带。

她本来就是小白花的长相，气质上与宋枳有点相像，再加上偷拍图的像素不高，有点糊，宋枳自己都有些分不清这到底是她还是林珊珊了。

第二张动图是宋枳抽烟的那段。

美人风情万种，站在有些破旧的栏杆旁，四周的建筑有种死气沉沉的颓废感。

她一袭复古吊带露背红裙，垂眸转身间，精致的肩骨和蝴蝶骨像是世上最好的能工巧匠精心雕刻出一般。瓷白色的肌肤被这身红裙衬得越发夺目，点缀用的白色珍珠腰带系在她腰间，纤腰不足一握。

她夹着烟，吐出青灰色的烟雾，唇角微挑，眉梢眼角都在撩人。就像是枯萎的花园里唯一盛放的玫瑰，的确没有她平日里的半分清纯。

手机上方不断有夏婉约的消息弹出。

"哈哈哈哈哈，我真的笑死了。

"评论里居然清一色全是夸你了。

"我从接手你的那天起到现在，还是第一次看到评论一边倒站你的。"

宋枳原本是没有看评论的习惯的，反正知道里面都是骂她的，看了反而会让自己的心情变得不好。不过听夏婉约这么一说，她倒是有点好奇了。

指尖轻触，点进评论区，粗略地扫了一眼，还真的都是夸她的。

"宋枳的演技大家有目共睹，但是有一说一，单凭这张动图来看，我收回我之前那句宋枳演盛烟我就对她一生黑的话，她真的太美了！"

"罗导捧出了那么多知名演员，为什么还有人会质疑他的选角眼光？"

"宋枳太太太好看了吧，啊！！！又飒又欲，姐姐别抽烟了，抽我吧。"

"林珊珊到底什么时候才能学会独立行走？好不容易找到靠山，刚在娱乐圈有了点名就这么急不可待地作妖。这才几天，通稿发了多少了？还接替宋枳成为宅男女神？有点个人特色好吗？要不是标题上有写这是两个人，光看动图我还以为两个都是宋枳。"

"宋枳走清纯小白花人设是因为她的确符合这个气质，林珊珊女士您有事吗？黄土高坡来的就别东施效颦了好吗？全身上下都是土。"

"就连宋枳都开始转型挑战自己从未尝试过的角色，有的人还在地上捡别人吐出来的东西吃，啧啧啧。"

"……"

不光夏婉约第一次看到一边倒全是夸宋枳的评论，就连宋枳本人也是第一次见。

评论才看了几条，界面就直接跳到了来电显示。

散财童子。

看着上面的联系人备注，宋枳皱了皱眉，上次给江言舟打完电话之后居然忘了把他拉回黑名单里。

她按下接通，语气不太好："有事？"

他那边很安静，应该是在书房，说话的声音低而沉："你抽烟了？"

看来他应该也看到那条微博了，往日那个只知道工作，半点娱乐精神都没有的老干部，这会儿倒是反常地开始看起娱乐新闻了。

宋枳冷笑道："关你什么事？"

这话，便是承认了。

江言舟压着情绪，语重心长道："你怀着孕，不能抽烟。如果是拍摄需要的话，导演那边我会让他适当修改一下。"

宋枳疑惑地眯着眼，以为自己听错了："谁？谁怀着孕？"

不等江言舟再开口，宋枳联想到自己前几天因为肠胃不适，在他面前干呕了几次，看来这是以为她怀孕了。

宋枳直截了当地告诉江言舟："我没怀孕。"

夜色寂静，那边迟迟没有回应。

可能是在思考她话里的真实性，也有可能只是单纯地在沉默。毕竟她的话十句里就有九句是假的，还有一句半真半假。

宋枳冷笑一声。

那个时候的宋枳甚至有过怀上他的孩子，这样就可以永远留在他身边的愚蠢念头。可哪怕再愚蠢，江言舟都从未给过她这个机会。

所以此刻的宋枳从他口中听到这种话，莫名觉得有点想笑。

她尽量心平气和地和他讲完最后一句话："江言舟，这是我第一次讲，也是我最后一次讲，所以我希望你能认真听好。我和你提分手不是我要小性子，也不是像之前那样等着你来哄我，虽然你也从来都没哄过我，但我统统可以既往不咎，毕竟我早就看透你这个男人了。我现在唯一希望的就是，请你高抬贵手放过我，咱们绿水青山，后会无期。"说完就直接挂了电话，也不给江言舟再开口的机会。

因为她不确定自己会不会心软，更加不确定，如果江言舟说了那声"好"以后，她能不能忍住不哭。

这么多年的喜欢，哪能这么快就放下？

她讨厌江言舟，讨厌他的寡言少语。心思太深的人，你永远没办法要求他和你做到完全交心。这个世界上，他们连自己都不信，你又如何奢求他们去相信你呢？

宋枳深呼了一口气，胸口的刺痛感格外清晰。但同时，又好像有什么东西被真真切切地放下了。

宋枳也不记得自己是从什么时候开始格外关注江言舟的。她就像是一只花孔雀，丝毫不吝啬自己的美，只为吸引江言舟。

因为宋落的缘故，宋枳和江言舟也常见面。她有时会问他一些问题，他会答，却也仅仅只是回答。她问什么，他答什么，遇到不想回答的问题，他就保持沉默。然后宋枳才逐渐反应过来，江言舟对她好像没什么意思，甚至连朋友可能都算不上。对他来说，自己只是朋友的妹妹。

宋枳像是和他较上劲了一样，经常找各种理由去看宋落打球，顺便也看看江言舟。时间长了，江言舟待她的态度仍旧没什么变化。

可是宋枳却在毫无防备的情况下，就这么陷进去了。从抱着不服输的心态去见他，到因为想念而去见他。

这中间的跨度不算太长，却也足够让那个自恋矫情的小作精深埋在心里一直没动静的爱情种子发芽了。

宋枳拼命眨着泛红发热的眼睛，想要将眼泪给憋回去。她必须得给自己找点什么事情做，这样才不至于一闭上眼睛就是江言舟那张欠揍的脸。明天还要拍戏，她可不想因为眼睛肿了而耽误剧组拍摄进度。

她拿出手机给唐笑言发了条消息。

"推荐几个有趣的电影和综艺给我。"

唐笑言虽然开了家公关公司，但也只是挂名而已，平时的生活就是世界各地到处飞，这个展会那个 T 台的四处跑，忙着挥霍金钱。她今天下午刚订了去日本的机票，现在估计还在机场。

"你想看什么类型的？"唐笑言回复得很快。

宋枳："解气一点、爽一点、能让人心情好的那种。"

唐笑言："直播行吗？"

宋枳："都可以。"

一分钟后，那边甩过来一个链接。

唐笑言："我强烈推荐这个，我每次看了心情都爆炸好。"

说得这么神奇。

宋枳好奇地点了进去，观看人数居然有八百多万人，比一些艺人直播时的观众还多。直播间的名字也简单直接：五点半下班。现在已经五点十二分了，看来自己正好赶上末班车。

宋枳坐在沙发上，捞了个抱枕放在自己怀里。

直播内容就是射击游戏，宋枳也看不懂，弹幕倒是乌泱乌泱的一大堆。有夸技术的，也有一些骂人的喷子。

屏幕里是第一游戏视角，镜头晃得有点快，看得人晕乎乎的。宋枳还没看清，对面房子里那个只探了个脑袋出来的小人就变成冒着绿色烟雾的盒子了。

游戏里的队友开了麦，问道："是 Vito 吗？"

没人应。

但他看着屏幕上不断显示的击杀人数，越发确信了自己心里这个想法："还真是 Vito，我居然匹配到 Vito 了，Vito 老师能开麦和我们唠唠嗑吗？"

……

另外一个带着疑惑的声音打断了他："不是 Vito 吧，他 ID 好像不是这个。"

他肯定道："我刚刚去他直播间看过了，就是他，Vito 老师？是 Vito 本人吗？ Vito 老师买挂吗？你陪我们唠会儿嗑，我打八折卖给你。"

安静很久的直播间有人咳了几声，应该是不小心被烟给呛到了。

突然响起个有些沙哑却莫名熟悉的慵懒语调："我是你爹。"

语气平和，不太像骂人，反而像是在叙述某件事实。宋枳愣了一下，这个声音，好像是何瀚阳。

那群人被迫认祖归宗还挺兴奋："居然开口讲话了，活的 Vito 老师，加个好友啊，我免费送挂。"

"无聊。"

漫不经心地说完这两个字后，何瀚阳捏了个雷，把他们一块儿给炸了。

人狠话不多。

"又炸队友，完了，狙神这个号又快没了。"

"电竞界违法乱纪第一人 Vito 老师。"

"今天怎么开始直播打游戏了？不继续直播你女神的走音 MV 了？眼睛终于复明了？你追女团也追个牛点的啊，宋枳是漂亮，但她的唱跳真是没什么看头。"

唱跳不行的宋枳本人眼神多少沾了点无奈地看着这条弹幕。

还真是到哪里都不得安宁，原本只是想看个轻松点的东西缓解下被江言舟弄坏的心情，结果还莫名其妙被骂了一通。

心情更坏了！

她刚准备退出直播间，正在直播的男人那仿佛永远都处于没睡醒状态的声音此时冷上好几个度："我的直播间看什么和你有个毛关系？这么能耐咱们约个线下碰碰，这些话你来当着我的面讲。"

直播间里的背景乐是 Sgirl 的出道歌曲，宋枳在里面的歌词不多，只有中间六句和大合唱，即使修过音了，还是能听出来跑调了。

宋枳在音乐方面的确没什么造诣，再勤也补不了拙。

何瀚阳点开网易云切换歌单的时候，宋枳看到上面居然全是 Sgirl 的歌。真想不到，他居然还是她们的团粉。

不过唐笑言说的也没错，看何瀚阳的直播的确很爽。他的脾气完全就是不依着任何人，被人骂了就乘十倍当场骂回去。宋枳根本没有他这个胆子，被骂了也只能假装没看见。

毕竟作为备受瞩目的公众人物，如果她回撑了，恐怕当天就会上热搜，并且还会迎来更汹涌的辱骂。

她一直不敢做的事，想不到竟然被何瀚阳做到了。

作为他帮自己回击那个喷子的感谢，宋枳点开礼物栏旁边的充值，给他送了一个高价的摩天轮。炫酷的特效把整个屏幕都给占满了，持续了很长时间。

直播间里的弹幕都在刷"老板大气"。

有人好像发现了不对劲："这个 ID 有点熟悉，上次宋枳和狙神直播的时候是不是用的这个号？"

"好像是，不过应该也不能吧，哪个女艺人胆子这么大，敢用大号打赏自己的绯闻对象。"

经他们这一提醒，宋枳才反应过来，自己居然忘记切号了。好在那群人只是把她当成了一个山寨号，并没有继续去纠结这个 ID。

直播间内半晌没动静，连鼠标都没有移动一下，只有背景乐还在反复重复那句洗脑简单的歌词。

时间正好五点半。

"行了到点了，都散了吧。"

"快乐的嘴臭时光总是这么短暂。"

"论迟到早退没人能比得过 V 老师，为了不直播甚至甘愿赔付天价违约金，要不是被教练拦下了，估计在座的各位就没有机会聚在这个直播间了。"

即使到了点，可那些人还在疯狂地刷弹幕，似乎在等直播间关闭后自动炸出去。

几分钟后，男人轻咳了一声，屏幕上的鼠标也开始缓慢移动，最后点开了游戏图标："今天多播会儿吧。"

随着他这句话，弹幕也以惊人的速度刷屏。

"今天怎么回事？要世界末日了吗？怎么连 V 老师都开始延播了？"

"别吓我，这也太反常了。"

"事出反常必有妖，V 老师肯定恋爱了。"

"铁树开花，V 老师脱单，今年可。"

……

弹幕实在太多了，刷屏的速度又快，宋枳看得眼睛都花了，只能在设置里调了一下，只显示五十条。

面对这些调侃何瀚阳不为所动。

宋枳虽然偶尔也玩游戏，不过她只会玩点简单的小游戏，像他们玩的这种竞技类的游戏，对她这个手残党来说简直难如登天。

点开游戏图标的那只手似乎稍顿了一下，然后逐渐下移，点开了女生装扮小游戏。

弹幕里集体打省略号。

"完了，真恋爱了。"

"呜呜呜，V老师你还是继续骂人吧，把那个嘴臭的V老师还给我们。"

"众所周知，钢铁直男只有谈了恋爱才会拥有少女心。"

那个装扮小游戏，宋枳小时候玩过。她从小就对化妆打扮有着独特的天赋和兴趣。

游戏开始，是一个只穿着简单打底的小女孩，旁边有服装和化妆品的选项。

何瀚阳打了个哈欠，还没开始就觉得无聊得想睡觉了："我们先给她化个美丽点的妆。"

他点开化妆品，下方出现了一系列烦琐的图片，白色的鼠标迟疑地左右移动。似在喃喃自语，他的话里带着一些难以置信："眼珠子都能换颜色？"

"哈哈哈，那叫美瞳。"

"我突然又不信V老师恋爱了，如果他真的恋爱了怎么连最基本的美妆都不知道。"

"说不定他对象是个素颜女神，平时不化妆呢。"

何瀚阳仿佛打开了新世界的大门，声音里带着点难以置信："睫毛怎么一下子就变长了？

"为什么要在鼻梁上画银色的线？

"痣也要专门画？"

……

宋枳还是第一次看到有人玩个化妆游戏玩到怀疑人生的，她都快笑死了。

她退出直播间后，给唐笑言打了个电话："哈哈哈，何瀚阳真的有点可爱啊，我还是第一次见到这么直的直男。"

唐笑言却笑不出来了："宋枳，怎么办？"

她的声音低沉失落，宋枳瞬间就警惕起来了，以为她是出了什么事："怎么了？"

唐笑言委屈得扁嘴，都快哭出来了："狙神肯定恋爱了。"

宋枳："……"

还以为世界末日要来了呢。

宋枳安慰她："不就是玩个变装游戏吗？他们这种职业选手偶尔玩点其他的游戏娱乐一下挺正常。"

"搁别人身上是正常，可狙神不一样，他直播的时候连游戏都很少打，不是直接放电影就是反复循环同一个 MV，今天还是因为我们粉丝跑到他经理的微博底下，各种请求拜托，所以才好不容易换来的一次游戏直播。这么讨厌直播的人，今天居然反常到延长直播时间，而且还玩起了变装小游戏。"

唐笑言的声音恶狠狠的，像极了发现爱豆恋爱的粉丝："到底是谁？段位居然这么高，把我们 V 神都给勾引了，他以前可是个连'怜香惜玉'四个字怎么写都不知道的钢铁直男，打个娱乐赛都能把妹子打到崩溃大哭。"

宋枳听她这么一说，疑惑地皱了皱眉。所以这种性格的男孩子为什么还会拥有女粉？

不过好姐妹难过，还是得哄哄的，宋枳说："像他们这种年纪的男孩子都是三分钟热度，就算是喜欢也维持不了多久的。"

唐笑言半信半疑："真的？"

宋枳自信点头："没人比我更懂男人。"

也是。

唐笑言和宋枳认识这么久了，亲眼见过不少男人折服在她的小白花气质之下。关于这方面的事，宋枳肯定比谁都有经验。

有了她的定心丸，唐笑言松了一口气。她那边已经开始提醒登机了："那我先挂了，等落地后再给你打电话。"

宋枳点了点头："路上小心。"

"嘻嘻嘻，会给你带礼物的。"

第九章
旧梦

电话挂断后，宋枳看了眼屏幕上方的日期。

再有不到两个月的时间就是宋落出狱的日子了，她不能一直住在酒店，得赶紧租个房子。中介今天给她发了消息，说是找到符合她要求的房子了，不过得等业主下班才能带她过去。刚才和唐笑言打电话的时候，那边就给了回复，让她现在过去。上面还附了地址，离这儿不远，步行十分钟就可以到了。

宋枳换好衣服，抽了房卡出门。

这个点还不算太晚，北城的夜生活也才刚开始。

宋枳没什么夜生活，以前还在学校的时候，偶尔会和同学一起出去吃个饭，看个电影之类的。

酒店位于市中心，左右都是高楼，抬头也只能看见一小块天空，黑乎乎的，什么也没有。

她重新将视线移回这人间烟火，随处可见恩爱的情侣。

路边的绿植被风吹得摇动，摇晃着站在路边抽烟的熟悉影子。他应该刚来，也可能已经在这里等了很久。

宋枳迟疑地停下脚步，男人察觉到声响，抬眸看过来，那一抹橘色的火光从嘴边离开，他随意地将它掐灭，扔进一旁的垃圾桶里，然后径直朝她走来。

夜色浓黑，四周灯光绚烂。

江言舟不管什么时候都是这样一丝不苟的清冷模样，矜贵又傲慢。哪怕是世界末日，他也不会有丝毫慌乱，总是保持着绝对的理性。

这也是宋枳最讨厌他的地方。

凭什么从头到尾只有自己在投入真情实感。

风声逐渐变小了些，江言舟在她面前停下，身上有股淡淡的烟草味。混着那股木质香，这特殊的味道，闻久了会让人上瘾。

宋枳下意识往后退了一步，想和他拉开距离："这位先生有事吗？"

她礼貌地微笑，像询问陌生人一样。

江言舟微垂眼睫，眸色也沉了几分："为什么要分手？"

连说这种话都像是在审讯犯人一样。

宋枳喜欢了他很多年，那个时候她就经常幻想，等他们两个在一起了以后，江言舟一定会被她的可爱融化。

虽然不知道他到底经历了什么变成了现在这种冷淡性子，但宋枳觉得，只要自己给他足够的爱，每天都像个小太阳一样让他觉得温暖，总有一天，江言舟也会变得爱笑。

可宋枳放弃了。

他根本就不配得到爱，宋枳厌恶极了这样的生活，她从小养尊处优的骄傲，在江言舟这儿被贬得一文不值。

宋枳深呼了一口气，努力忍下那股酸涩感："江言舟，你是不是觉得，我做这些是为了引起你的注意？"

她想忍住的，可还是失败了，灼热的眼泪滑过脸颊，有点烫。

江言舟神色微变，看着她泛红的眼眶，欲言又止："宋枳——"

宋枳打断他："你也别多想，我之所以哭也不是因为舍不得这段感情舍不得你，我只是在遗憾，我怎么就那么傻，在一个不值得的人身上浪费了这么多年的时间。"

她的每一个字、每一句话，都锋利得像一把剑。

宋枳以为她可以捅伤江言舟，可是她忘了，没有心的人，是永远也不会受伤的。

后者只是沉吟片刻，说出口的话仍旧理性得可怕："我希望我们能心平气和地好好谈谈。

"如果我的无心之失让你难过了，你可以告诉我。

"这种不说缘由的生气，只会浪费彼此的时间。"

他永远理性得可怕，她说出来又能怎样？换来的，不过是更昂贵的珠宝和房子，他甚至不会多哄她一句。

他们根本就不像是男女朋友。

宋枳厌倦了这种生活，厌倦做他人的替代品和外界口中的拜金女。她炙热的情感，在江言舟这儿什么也不是。

"我厌倦了和你在一起的日子，这么说 OK 吗？"

江言舟眉间带着倦色，他放缓了语气："如果是因为关于寻悦的那些传言，我和你道歉，我也是前几天才知道，当天就处理了。"

是什么时候开始彻底死心的呢？

大概就是某天突然意识到，江言舟对她，从来都是一副公事公办的态度。

书上都说，爱一个人就是给予她和别人不一样的特殊。

可江言舟，对谁都是一样。

哪怕是现在她哭得眼睛都肿了，他依旧在那里理性地解释。冷冰冰的，不带一点感情。

宋枳狠狠掐着虎口，企图用疼痛来代替难过。她强忍着眼泪，尽量不让自己的态度看起来卑微："那你给我一个不和你分手的理由。"

江言舟沉吟片刻，递给她一份合同："这是公司的股份转让合同。"

原来是有备而来。

宋枳接过合同，笑道："这么大手笔啊？"

江言舟看到她脸上的笑容后，似乎松了一口气："只要你在上面签个字，这份合同就具有法律效力。"

宋枳眼睛都没眨一下就将那份合同给撕成两半。

市中心的夜晚，似乎从来都不属于安静，远处有车辆鸣笛的声音，偶尔还有行人从身旁经过，夹杂着待会儿去哪里玩的愉快讨论。

宋枳的声线是那种偏低软的，娇娇哒哒，不管说什么都像在撒娇。

哪怕是骂人。

她说："江言舟，你真的太让我觉得恶心了。"

左侧车辆开了远光灯，刺得人眼睛有点痛，江言舟的手往前抓了抓，似乎想去牵她的手。

可灯光太过刺眼，他扑了个空。

"别提分手，你要什么我都可以满足你。"

宋枳实在不想和他多费口舌了，随手拦了辆的士，上车离开。

接到宋枳的电话时，夏婉约刚准备入睡："姑奶奶，这个点你还不睡是打算明天继续去片场打哈欠吗？"

宋枳刚哭过，鼻音有点重："我在看房子呢。"

"看房子？"

"嗯，再过些日子我哥就要出来了，也不能一直住酒店。"

关于她家里的事，夏婉约只是简单知道一些，譬如她哥在坐牢。

宋枳这种不食人间烟火的仙女什么时候需要自己看房？夏婉约从床上起来，一边穿衣服一边埋怨："你可真是我祖宗。"

她开车到了目的地，中介正给宋枳介绍这个房子的优点。

"江景房，风景好，湖对面就是 CBD，而且这儿晚上很安静。"

宋枳听得一愣一愣的。

夏婉约来了以后，中介把刚才讲过的话又重复了一遍。夏婉约问了他一些这个房子的细节问题。

宋枳问她："你觉得怎么样？"

夏婉约点头："房子挺好，就是价格不便宜，你现在……可以吗？"

宋枳知道她停顿的那几秒是什么意思。

无非就是她现在没了江言舟这个金主，还租这么贵的房子，会不会太奢侈了点。

对于夏婉约的轻视，她有点不服气："我也挺有钱的好吧？"

夏婉约点头："是是是，你是新时代的独立女性，养活自己绰绰有余。"

话说完，她才注意到宋枳有些红肿的眼睛："哭过？"

宋枳大方地承认："悼念了一下我去世的初恋。"

夏婉约"啊"了一声："你初恋去世了？"

"可以这么说。"

毕竟江言舟在她心里已经是个死人了。

宋枳现在正好是事业上升期，夏婉约也不希望她这个时候爆出个恋爱新闻来。

现在这样也好。

她拍了拍宋枳的肩膀，语重心长道："专注事业，感情先放一边，等事业稳定了再来想那些有的没的。"

"我知道的。"

该说的刚刚已经都说清楚了，宋枳现在只觉得全身轻松。

谈恋爱不如搞事业。与其在其他人身上浪费时间，还不如努力让自己变成事业有成、名利双收的成功女性。

有钱了，什么样的男人没有？

房子看好了，定了个合适的日子签合同。

夏婉约开车将她送回酒店，还不忘叮嘱她："今天晚上早点睡。"

宋枳一边侧身解安全带一边应道："知道了。"

她刚要拉开车门下去，眼睫微抬，就看到了等在外面的江言舟。

见她开车门开到一半就停下了，夏婉约疑惑地问了一句："怎么了？"

她顺着她的视线看过去，正好看到一张熟悉的脸，调侃道："哇哦，这是诈尸了吗？"

宋枳重新把安全带扣好："我今天去你家睡吧。"

夏婉约以为自己听错了："欸？"

"不欢迎吗？"

"也不是特别欢迎。"

宋枳眉头一皱。

夏婉约笑道："但还是有一丁点欢迎的。"

她看着后视镜倒车，还不忘八卦一下："这是在堵你呢？"

"谁知道呢？"

"今天晚上降温，你就不怕你的宝贝前男友冻感冒了？"

宋枳冷笑："最好冻死算了。"

夏婉约"啧啧啧"地摇头感叹，这女人狠起来，一般人还真是招架不住。

酒店只有一个正门可以进，江言舟已经在这儿等了很久了。宋枳把他所有的联络方式都拉黑了，他用别人的手机给她打，她也不接。

他只能在这儿等她回来。

时间一分一秒流逝，凌晨两点了。他的心中逐渐有了些许躁意，看她刚才匆忙的神色，应该是和人有约。

这么晚还没回来，也不知道对方是谁，男的还是女的。

酒店经理走过来，声音恭敬："江总，我让人去楼上把宋小姐的房间门打开，您干脆去里面等，这儿风大，别冻感冒了。"

宋枳是他们这儿的老客户了，经理也是今天才知道她竟然和江言舟认识。

他觉得自己做得挺好，既给了江言舟台阶下，同时也给了宋枳这个机会，一下子成全了两个人。

他正等待江言舟开口，江言舟眼神冷冽地看着他："你平时都是这样随意泄露客人隐私的？"

他愣住，连忙解释："不是，我只是……"

很显然，江言舟懒得听他继续废话："明天找财务结完工资自己滚吧。"

经理吓得一哆嗦，差点给他跪下了。

他就不该在这个风口浪尖开口，不光人没讨好，反而还被迁怒得丢了工作。

确定宋枳不会再回来了，江言舟去找前台留了个电话："3940 号房的客人如果回来了，给我打个电话。"

前台拼命点头，小脸通红："好……好的。"

江言舟迟疑片刻："如果她喝酒了，记得让厨房给她煮点醒酒茶。"

叮嘱完这一句后，他才离开。

亲眼看到他上了路边那辆黑色的迈巴赫，两个女生前台开始激动地发花痴。

"原来我们老板长得这么帅啊啊啊！！"

"可惜名草有主了，唉。"

"不对啊，我们酒店不是深环旗下的吗？"她低头去看名片，看到上面的名字后，惊得半天没有合上嘴，"深……深环总裁？！"

另外一个急忙凑过来看："我就说宋枳的资源怎么突然这么逆天，原来搭上了这么一座行走的矿山。"

正在被议论的宋枳本人，此时也正在议论别人。

她捏碎手里的干脆面，非常豪放地往嘴里倒："你说季宋长得又帅，脾气又好，这样的人居然也会被人背叛，而且还是三次，难以理解。"

夏婉约刚给她铺完床出来，看到垃圾桶里新拆的那些包装袋，顿时眼前一黑："我的姑奶奶，你是彻底放弃身材管理了吗？"

宋枳叹了口气："我这刚失恋，你还不许我多吃点了？"

何以解忧，唯有暴饮暴食。只有肚子饱了，才不会去想那些难过的事。

念及她也不是经常吃，再加上今天情况特殊，夏婉约只能忍着心疼去算她摄入的热量，考虑着明天让她做多少个深蹲补回来。

"我也只是听的小道消息，听说他喜欢性子野一点的女人，他那个性格怎么驾驭得了？所以没多久就被劈腿了呗。"

"啧啧啧，真看不出来，他还挺朋克。"

夏婉约盯着她吃完最后一口干脆面，催促道："行了啊，现在立刻洗澡睡觉。"

宋枳还不觉得困，刚想反驳这才几点，视线落在墙上的挂钟上。

两点半了。

前几天晚睡，宋枳在车上抽空补了觉。

小许正拿着平板查看今天的行程，中午剧组拍摄结束后，还有个杂志封面要拍。这次之所以能上五大刊之一的杂志封面，也是多亏了这部电影。

罗导拍的片子少而精，每部都家喻户晓。因此这部电影才刚开拍没多久，就已经备受关注了。

宋枳可以说是近来热度最高的艺人了，前段时间靠着和何瀚阳的绯闻已经上过好几圈热搜了。

车停在摄影棚外，宋枳被叫醒。她扯下眼罩，打了个哈欠往车窗外看："怎么今天到得这么快？没堵车吗？"

"还快呢。"夏婉约把车门拉开，"一个半小时才到。"

大清早的，天气还有点冷，宋枳身上裹了张薄毯，没什么精神地跟在夏婉约身后。夏婉约边走边批评她："下次十点半就给我睡觉！"

宋枳敷衍地点了点头："知道了。"

剧组正在吃早饭，和平时的豆浆包子比起来，今天的早饭看上去丰盛许多。打包盒上写着藤玉阁，那是一家人均消费高得吓人的饭店。

小许看得眼睛都发亮了："罗导彩票中奖了吗？今天居然这么大手笔。"

旁边正吃饭的群演听到了，笑道："是宋枳前辈的粉丝送来的，听说全剧组接下来的伙食都被包了。"

宋枳听得一愣一愣的，照这个消费水平，等到拍摄结束估计得直接宣告破产吧。

就连从来不在剧组吃饭的张范范也让助理给她领了一份，看到宋枳，她一撩长发："真看不出来，你本事还挺大。"

宋枳耸耸肩，什么话也没说，转身进了化妆间。她的座位上也放了一份饭菜，不过是更加豪华的版本，丰盛度和精致度都提升了一个档次，便当盒上面还贴了一张便利贴。

她疑惑地走近，将便利贴撕下来。

早饭要按时吃。

这个熟悉的字迹，不用猜宋枳都能想到是谁。她直接把便利贴撕碎，连着餐盒一起扔进了垃圾桶里。

换汤不换药。

一如既往地习惯用钱解决一切。

特助敲门进来："江总，东西按照您的要求送到了。"

江言舟刚结束了一个会议，这会儿正靠着椅背闭目养神。听到特助的话，他睁开眼睛，"嗯"了一声。

昨天晚上他等着电话，一晚没睡。手机一直安安静静地放在那里，也就是说，宋枳一晚都没回去。

他揉了揉眉梢，声音因为疲倦而沙哑："去忙吧。"

特助应声出去，办公室重归安静。

今天中午有个同学聚会，江言舟对这些叙旧的饭局没什么兴趣。可是对方一再劝说，他也没什么耐心多费口舌，只能点头应下。

地点就在附近的清吧，卡座里零星坐着几个人。

除了宋落，江言舟没什么朋友，再加上高中毕业以后就出国留学了，这里坐着的人，他都没什么印象。

那几个人似乎还记得他，张一鸣热情地起身："江言舟，我们都多久没见面了。"说完，他还感叹了一下，"要是宋落在的话就好了，不过他好像也快出来了。"他问坐在旁边的男人，"秦河，你刚说宋落还有多久出狱来着？"

秦河。

江言舟听到这个名字，瞳孔轻微地放大。

男人的声音丝毫没变，温柔地笑道："还有两个月。"然后，站起身。他走到江言舟面前，伸出左手："江言舟，好久不见。"

江言舟没动，声音干涩沙哑："宋枳知道你回来了吗？"

对于他的冷漠，秦河并不介意，放下被忽略的左手。想到宋枳，他的笑容多了几分宠溺："还没有，想先等几天，给她一个惊喜。"

江言舟点了点头，没再说话。体内像是被灌满了铅，每走一步都格外费劲。

张一鸣今天似乎格外高兴，老同学好不容易聚在一起。他说着："今天不醉不归啊。"然后给每个人都倒满了酒。

他将酒杯递给江言舟，后者也不知在想些什么，一连叫了好几声，才逐渐回神。

张一鸣笑道："怎么，怕喝多了回家被老婆骂啊？没事，弟妹电话来了我帮你解释，今天酒敞开了喝。"说着，他将酒杯往前递了递。

江言舟伸手接过，一言不发，仰头饮尽。

他幻想过很多种宋枳离开他的场景。他知道，宋枳总会离开的，只不过是时间问题。

有些人的喜欢，只能留在初见那天。她的干净自信，似乎不容世俗玷污，只能远观。可江言舟偏就想把这朵娇花连根拔起，然后装进昂贵的花瓶里。

这样，就只有他一个人能看到了。

可她太过耀眼了，不管在哪里都是最引人注目的存在，她会笑着问他"你是不是喜欢我啊"，也会大方地说"喜欢就多看一会儿"。

她从不吝啬自己的美，可她越是这样，江言舟就越是想要躲避。人的感情就像是潘多拉魔盒，一旦打开，你不知道会释放出什么样的魔鬼。而且，她好像有喜欢的人。

宋落第一次把那个人带来他面前时，说的是："这是我的邻居，也是我的朋友，叫秦河。"

那是他们第一次见面。

第二次见面，是在医务室里。

听说宋枳体育课摔倒了，流了很多血，被送去医务室了。他翻窗逃课，去医务室看她。正好看见秦河温言软语地哄着正哭鼻子的小姑娘，她娇滴滴地哭诉膝盖到底有多痛，末了还不忘补上一句："如果能喝到茉莉花茶的话，说不定就不会这么痛了。"

她惯会撒娇，秦河无奈地摸了摸她的头："知道了，我现在就去给你买。"

画面很温馨，也很般配。

医生看到江言舟了，问他哪里不舒服。他随便说了个地方："给我开点感冒药就行了。"

里面传来动静，宋枳好奇地掀开帘子，看向他："江言舟？"

江言舟淡漠地看了她一眼，便接过校医递过来的药，离开了。

他无数次见到宋枳和秦河在一起。她冲他笑，和他讲话，偶尔也会撒娇。

有人问宋落："你妹妹是不是在和秦河谈恋爱啊？"

宋落正忙着给朋友发消息，头也没抬："你问她啊，问我干吗？"

"我不好意思嘛，你帮我问问，我看我还有没有机会。"

宋落没好气地回了一句："我妹眼光高得很，你这样的她绝对看不上。"

"那她喜欢什么样的？我可以改。"

"秦河那样的吧，她小的时候天天念叨着长大以后要嫁给他。"

一些不太好的回忆争相涌来，江言舟从来没有像现在这样害怕过。在宋枳心中，他永远都是退而求其次的结果，他只能用钱来维护他们之间的感情。

可是秦河回来了。

这一切都会发生改变。

因为盛烟这个人设比较特殊，罗导为了让宋枳能够长时间沉浸在角色的情绪当中，一直引导她去想自己这辈子最无法接受的事。

宋枳自然而然，就想起了那场火灾。

哪怕过去这么多年，她仍旧没有走出来，那天的场景就像是一场梦魇，她这辈子都不会忘记。

姥姥将她接回乡下的那几年里，她的精神状态很不好，甚至还有过好几次轻生的念头。毕竟直面亲人的死亡，那些刺耳的惨叫声像个钉子一样，时刻刺在她的心里。

好不容易淡忘的痛苦，就这么被轻易勾了起来。

宋枳有点喘不上气，脸色也惨白得吓人，她用手扶着栏杆，才没有跌下去。

罗导似乎很满意她现在的状态："很好，就是这样，待会儿开拍的时候把你所有的情绪都宣泄出来，不要压着。"

夏婉约察觉到不对劲，连忙过来问："你没事吧？"

宋枳摇了摇头，声音有点虚："没事。"掌心却在冒冷汗。

夏婉约在娱乐圈摸爬滚打了这么久，看人还是很准的。虽然她带宋枳的时间不久，但还是足够她把宋枳的性子摸透。宋枳看上去又作又嗲又矫情，其实她的内心早就被封起来了。里面有一块全是黑暗的角落，没人能进去，她自己也出不来，像是在较劲一样。

公司一般都会给艺人定时安排心理医生进行辅导。可宋枳每次都漫不经心地拒绝了："我心理素质好得很，外界那些声音我一点都不在乎。"

她的确不在乎，因为在她心里，有着更让她无法接受的事。她根本不打算接受外界的帮助，所以夏婉约也无能为力，只能这么干看着，看她在没有出口的圈子里打转。

这个状态刚刚好，罗导赶紧让剧组的工作人员准备好，开始下一段的拍摄。

这段情节也算是剧情里的一处小高潮了。

学妹和唐白告白，两人抱在一块儿，正好被出来抽烟的盛烟给看见。唐白上前要解释，盛烟让他滚。

盛烟本就因为重度抑郁而不稳定的情绪彻底崩溃。

场务打板开拍。

盛烟穿着一条白色真丝的睡裙，手里拿着女士烟盒还有打火机。她推开门出来，在看到面前拥抱在一起的男女时，脚步顿住。听到动静，唐白慌忙推开学妹，想和她解释："烟烟，不是你想的那样，刚刚她是……"

盛烟姿态慵懒地倚靠在墙上，柔顺的长发搭落在肩头，举手投足间皆是风情，她轻笑着问他："你们刚刚抱没抱？"

唐白停下，迟疑地答："抱了。"

"那还有什么好解释的？"盛烟极轻地歪了下头，仍旧在笑，

"滚吧。"

她随手扔了烟和打火机，垃圾桶应该刚被清理过，发出的声音有些刺耳。然后她转身进屋，唐白很快也跟了过去。

"烟烟。"他语气焦急地喊她。

盛烟甩开他的手，情绪一下子就崩溃了，歇斯底里地让他滚。

"你给我滚！滚啊！！"

她的眼眶是红的，却哭不出来，双手因为崩溃而剧烈地颤抖。

唐白心疼地抱着她，一遍又一遍地喊她的名字："烟烟，烟烟。"

盛烟已经没有力气去推开他了，她大口地喘着气，像一条濒死的鱼。

剧组安静极了，所有人都站在那里，默不作声地看着这场戏。

他们演得都太真实了，尤其是宋枳。她的情绪富有张力，仿佛她就是盛烟本人。她像是一朵玫瑰花在绽放中忽然枯萎，中间情绪又过渡得自然。直到罗导喊了声"咔"以后，寂静才逐渐结束。

小许拿着润喉茶过去："宋枳姐。"

宋枳接过水杯，眼泪还蓄在眼眶里，要掉不掉的。

看到她这副样子，小许竟然也跟着心一疼："宋枳姐，你刚刚真的演得太好了。"

润喉茶不太好喝，像在喝清凉油一样。

宋枳小口小口地抿着："最近马屁功力见长啊。"

小许眼神真诚："我这次是发自内心的。"

"哦？"宋枳眉眼微抬，"那之前几次都不是真心的？"

小许笑道："当然是真心的，真心的要拍你马屁。"

"行了。"宋枳伸了个懒腰，"把我的宝贝毛毯拿来，我眯几分钟。"

待会儿还有个细节要补拍，不过得先等唐白的戏拍完。

宋枳最近的睡眠时间很不稳定，因为很多时候都需要深夜拍摄，睡不了几个小时，只能用空闲的时候拼命补觉。

好不容易结束了一天的拍摄，罗导说作为今天圆满完成的奖励，他组了个饭局。宋枳困得不行，只想赶紧回家睡觉，便婉拒了，罗导也没强求。

这些日子宋枳的辛苦他是看在眼里的，他原本还担心宋枳娇气，吃不了苦。可在这么艰辛的拍摄条件下，她一句不满都没说过。

罗导在选定她之前其实也有过无数次的犹豫，他特地去看了她出演的那部剧——空有副美丽皮囊，没什么演技。不过最后他还是顶着流言定下了她。毕竟圈内这么多艺人，他实在找不出比宋枳更适合盛烟这个角色的。没有演技，他可以教她怎么演，虽然过程可能会艰难一些。可是他没想到，宋枳在这方面居然有着异于常人的天赋。

她不是科班出身，演技青涩，就像是一块未经雕琢的璞玉。但是很多东西，只要你教她一遍，她很快就会理解。

上车以后，宋枳裹着她心爱的小毛毯，躺在放平的座椅上，眼神放空地看着车顶。

小许正把手机连上蓝牙，准备给宋枳放几首助眠的曲子。他一边翻阅歌单里的曲子，一边问宋枳："是听纯音乐还是……"

话说到一半，他就看到了歪着脑袋熟睡的宋枳。相比平时的骄纵，睡着的她，安静又乖巧，连呼吸声都格外轻。

小许默默闭上了嘴，小心翼翼地起身，替她把车窗的帘子给拉上。

清吧里。

几个人喝多了酒，话似乎也多了起来。

提到宋枳，张一鸣也活跃了许多："宋枳那丫头比读书那会儿更漂亮了，以前隔壁体校的那些男生天天过来看她，我还怪不理解。前几天看了她拍戏的那张抽烟动图以后，我的心脏像被击中一样，又纯又欲。"

江言舟拎着酒杯的那只手，稍顿了一下。他垂眸不语，胳膊搭在膝盖上方，就这么虚虚地垂放着。

秦河笑道："小枳就是个普通的姑娘。"

张一鸣眼神瞬间变得暧昧了起来："你们都这么久没见面了，不打算打个电话叙叙旧？"

旁边的人起哄道："对啊，我们和宋枳都多少年没见了，这小丫头以前天天跟在我们屁股后面'哥哥，哥哥'地喊，这毕业后就彻底没联系了。"

秦河原本是想找个机会当着她的面说出那句"我回来了"，可是架不住那群人一直起哄。

他无奈地笑了笑："好吧。"

出国后，他这个手机号便没用过了。

拨通快捷键里的号码，又被劝着开了免提。清吧里只有舒缓的钢琴曲飘过，嘟音响了很久，然后才被接通。

女人带着惺忪困意的声音从手机听筒里传来，未醒的声线沙哑软绵。

宋枳连埋怨的语气都像在撒娇："谁啊？不知道扰人清梦是要下地狱的吗？"

还是一如既往的坏脾气。

秦河声音温柔，笑着喊她的名字："小枳。"

那边安静很久，才迟疑地喊出一个名字："秦河？"

"嗯，是我，我回国了。"

宋枳似乎很激动，连最后一点困意都彻底没了："啊啊啊，你回来怎么不事先告诉我一声？我好去接你啊。"

　　她还是和小时候一样，遇到点激动高兴的事就会大喊大叫。秦河似乎有点无奈，但笑容却依旧充满宠溺："你呀，还是一点都不沉稳。"

　　宋枳正光着脚翻箱倒柜地找衣服："你现在在北城还是河市？"

　　"在北城，和老同学聚了下。"

　　张一鸣凑过来，问宋枳："小枳枳，还记得你一鸣哥哥吗？"

　　她的回答非常干脆："不记得。"

　　张一鸣受伤地捂住胸口，这小姑娘伤人的本事倒是一点没变："我们在和秦河喝酒呢，你要来吗？"

　　"当然要来，你把地址发给我。"

　　选来选去，她最后选中了一条斯文淑女风格的小裙子。

　　秦河和宋落一样，不许她穿过于性感暴露的衣服，每次见到了都会念叨半天，她现在可学乖了。

　　那段最昏暗的日子，一直都是秦河在陪着她。后来宋落被判刑，秦河不顾家里人的反对，修改了志愿，出国攻读法学。

　　他为了给宋落争取减刑，也为了让那个纵火犯获得他应有的惩罚，努力了很多。在宋枳心里，他是自己的光，是和宋落一样的存在。

　　张一鸣调侃地笑道："这么想你的秦河哥哥吗？"

　　"我做梦都在想。"她问，"秦河哥，你这次回国是久住还是待一段时间又回去啊？"

　　一直沉默的江言舟终于站起身，指骨处夹着烟，似乎对这段久别重逢的感情没什么兴趣。薄冰质感的声线，因为低沉而显得异常喑哑："我出去抽根烟。"

　　清吧灯光昏暗，人不算多，不算知名的乐队在这里驻唱，乐队走的是忧郁风。唱的歌也全是失恋相关的歌，肝肠寸断、撕心裂肺。

江言舟叼着烟，推门出去。

秦河看着他离去的背影，刚要告诉宋枳江言舟也在这儿，结果那边语速极快地说了句"等我"，然后就挂了电话。

秦河的意识恍惚了一下，突然有种他们都还是十字开头年纪的错觉。

在国外的这些年里，他无数次都会想起那个时候。岁月静好，一切都是惬意的。骄纵跋扈的宋枳以及桀骜恣意的宋落，什么都没变，他们还是原来的模样。

他突然松了一口气。

夏婉约跑完步回来，正好看到纠结该背哪个包包出门的宋枳。她拿着干毛巾擦汗，走过来问道："有约？"

宋枳向她求助："你觉得哪个更配我这套衣服？"

夏婉约上下打量了一眼她的穿着，清纯淑女，不是她喜欢的那种风格。

"怎么着，又开始走老人设了？"

头发好像有点乱了，宋枳拆开后重新绑好："我哥哥今天回国了。"

夏婉约一愣："不是还有两个月吗？"

"是另外一个哥哥。"

宋枳长得这么好看，她的哥哥肯定也是大帅哥一个。

宋枳最后还是选了个限量款的磨砂白链条包。

夏婉约像只闻到腥味的猫，凑了过来："你那个哥哥单身吗？"

"他在国外待了这么多年，我也不确定他最近的情况。"

夏婉约是个比较保守的人，听她这么一说，立马退避三舍："那还是算了。"

　　秦河那个闷骚性格，宋枳还真的不确定他现在是不是单身。

　　张一鸣很快就把地址发过来了，宋枳打车过去，距离不近，大概四十分钟才能到。这个地方她之前来过，是在繁华街区。

　　秦河担心宋枳迷路，给她打了个电话："要不我去接你吧？"

　　她刚下车，看了眼弯弯绕绕的街区，毫无方向感，于是答应："好的呀。"

　　她把定位发过去后，站在原地等他。

　　秦河很快就过来了，他没怎么变，除了比之前更成熟一些。眉眼柔和，笑起来仍旧是那副熟悉的温润感。

　　宋枳不是一个坚强的人，从小到大都有人替她挡风遮雨。没有经历过任何风浪的小姑娘，命运突然给她致命一击，就是她所不能承受的重量。

　　那段时间，如果不是江言舟和秦河，宋枳甚至不确定自己到底能不能坚持下去。她每天夜晚都会哭，秦河整晚整晚地陪她，给她讲故事，逗她开心。

　　逆境之中，人总是会格外依赖那个给她安全感的人。秦河就像是海面的浮木，让她不至于沉溺海底。

　　这些年他在国外工作，两个人偶尔会联系，但宋枳从来没有和他讲过自己跟江言舟之间的事。太不光彩了。

　　她甚至不知道该怎么和他介绍自己和江言舟之间的关系。

　　难道说他是金主吗？索性便不提了。

　　这几天开始降温，天气预报上说今天晚上到明天有小雨，宋枳没当回事，结果真的飘起了小雨。

　　宋枳激动地冲过去抱他："秦河哥，我好想你啊。"

　　秦河宠溺地摸了摸她的脑袋："我也很想你。"

　　雨越下越大，怕她淋雨感冒，秦河脱了自己的外套，替她遮住脑袋："先进去吧，不然待会儿就下大了。"

宋枳点头。

她走路不爱左右看，秦河的手虚虚地护着她，防止她被路过的车辆剐蹭到。

宋枳像有很多话要和他讲一样，一路上叽叽喳喳说个不停。

"你看微博没？我最近可火了。

"罗锋导演你知道吧？我是他新戏的女主。

"我可是把影后也给打败的人。"

她那张精致的小脸上满是得意。

秦河安静地听她讲，末了，宠溺地笑笑："我们小枳真棒。"

宋枳耳根软，最吃这套。从小她就被宠得娇上天了，越是好听的话她越爱听。

"对了。"秦河看见她白皙修长的天鹅颈，突然想起来，"我给你买了礼物。"

他从裤袋里拿出一个盒子，是黑丝绒的。

宋枳疑惑："是什么？"

他说："打开看看。"

宋枳把盒子打开，顿时眼前一亮："J家的限量款项链？这个很难买到的。"

这款项链她看中很久了，可惜是J家的八十周年限定款，为了符合这个日期，全球都只有八十条，而且还得提前三个月预订。

宋枳找了各种关系都没订上，整天看着杂志望梅止渴。

秦河说："正好我认识他家的设计师。"

宋枳一愣，顿时紧张了起来："你该不会还牺牲色相了吧？"

不知道宋枳这个脑子里整天想的都是一些什么，秦河无声发笑："算是吧。"

宋枳苦着一张脸："那不就亏了？"

秦河抬眸："哦？"

她一脸认真："你这个外在条件，可不止这个价。"

这个跳脱的思想，还真是一点都没变。

他轻笑着摇了摇头："陪她吃了顿饭而已。"

雨稍微小了点。

秦河突然想起来江言舟今天也来了，于是便和宋枳说了这件事："你们都在北城，应该有联系过吧？"

他后面那句宋枳没听清，因为她满脑子都是那句"江言舟今天也在"。才刚决定一刀两断，再也不要和他见面了，结果第二天就违背誓言。

回想起昨天她恶狠狠发的那个誓——"我要是再和江言舟说一句话我就长胖十斤！"

长胖十斤比要了她的命还让人难受。

宋枳迟疑地停下，想着要不要找个借口开溜。

秦河的声音再次传来："少抽点烟，对身体不好。"

宋枳恍惚了一下，迎着秦河的背影，看到了站在罗马柱旁的江言舟。灯光被柱子挡了大半，只余一点细碎昏暗的光。他脸上的情绪晦涩不明，指间的烟几番明灭。似乎在看她，又似乎没看。

江言舟的烟瘾其实不重，大学后就没怎么碰过了。现在也只是偶尔在心情烦闷、无处纾解的时候碰碰。可是最近，他抽烟更频繁了，甚至可以说毫无节制。

秦河温声软语地劝诫，江言舟闻言，将视线移向他身后的宋枳——小雏菊连衣裙，头发规规矩矩地绑成马尾，高高地束在脑后，好像连妆都没化。和六年前一样，干净清纯。

恐怕也只有在秦河面前，她才会这么乖。

他冷笑一声，把烟掐灭。

秦河把宋枳带到他面前："还记得她吗？宋枳，宋落的妹妹。"

有那么一瞬间，宋枳觉得秦河像个拉皮条的，就差没直接报价了。

宋枳笑道："贵人多忘事，估计他连宋落是谁都忘了，怎么可能记得我呢？"

秦河没有注意到她的话里带着刺，可江言舟却能听出来。

江言舟走下台阶，往日透润清冽的嗓音许是因为最近抽烟太猛，有点沙哑。

"没忘。"

他不偏不倚，就站在宋枳的面前。

因为身高的差异，他得低头才能看见她的脸："忘不掉。"

宋枳顿了片刻，因为他的这句话。

秦河察觉到二人之间的气氛好像有些诡异，不动声色地将话题带开："外面风大，我们还是先进去吧。"

江言舟身上的气场太过强大，极具压迫感，虽然不愿意这么窝囊地承认，但宋枳的的确确横不起来了。

她用冷漠掩饰内心的发怵，然后跟在秦河的身后进去。

清吧里的人早就翘首以盼，等着宋枳的到来。看到那道纤瘦高挑的身影推门进来，一群人顿时炸开了锅。

"果然女神长大了还是女神。"

"真绝了，这气质。"

张一鸣拼命冲她挥手："小枳妹妹，来这儿，坐哥哥旁边。"

他前段时间刚出海回来，皮肤晒得黝黑，被这儿昏暗的灯光这么一照，就看见一口白牙在空中飘荡了。

颜控严重的宋枳二话没说，在最右侧的沙发上坐下了。

张一鸣叹了口气，果然，这小丫头还是和小时候一样，公主病、外貌协会，毛病一大堆。

那个时候宋落整天和他们埋怨："我这个妹妹真是我这辈子见过最难搞的人了。我给她带的奶茶，温度太热了不行，太冷了也不行，夜宵还得称重。上次她和同学出去写生，突然变天了，她带的都是些夏天的短袖和裙子，我去给她送衣服，她居然嫌我拿去的都是些她准备扔掉的，死活不肯穿。"

宋落脾气暴，非要治治她这个臭毛病："她这就是让人惯的，不吃点苦头她永远不长记性。"

那时江言舟看了眼乌云厚重的天空，天气预报发布了橙色预警，这些天有冷空气。他什么话也没说，直接买了当晚的机票回河市，辗转一晚上没合眼，替宋枳把衣服拿来，是她指明要的那几件。

宋落气得头顶都快冒青烟了："你怎么回事？宋枳这人得寸进尺，你只要依着她这一回，她以后就永远这么耍无赖，让你一直依着她。"

江言舟似乎并不介意，只说："那就一直依着她吧。"

谁能想到，六年的时间过去了，宋枳这毛病还是一点没变。

张一鸣笑着调侃她："宋落以前就天天担心，你这脾气指定嫁不出去。"

宋枳微抬下颌，像一只高傲的白天鹅："我自个儿灿烂地绽放不行吗？"

张一鸣点头："行，你说什么是什么。"

他找服务员多要了个酒杯，递给宋枳："宋落酒量好，你是他妹，应该差不到哪里去吧？"

他给她倒了杯威士忌，指了指自己，又分别把在座的每一位都指了指。

"老同学，一个月前聚过的老同学，前几天刚聚过的老同学。还有这两位，六年没见的老同学，以及老同学的妹妹，大家好不容易见一面，不醉不归应该不过分吧。"

江言舟淡声拒绝："我晚上还有应酬。"

秦河也面带歉意地婉拒："我待会儿也要去见下我大学的导师。"

张一鸣只能将期待的眼神移向宋枳，宋枳晚上倒是没什么事，她刚要点头应下。

旁边秦河笑道："小枳就算了，她是女生。"

张一鸣和身旁几个人对视一眼，立马暧昧地笑开了："这么护着小枳啊？"

宋枳理直气壮："当然了，秦河哥不护着我，难道护着你吗？"

秦河无奈地摇了摇头。

他看了眼全程安静的江言舟，也不知道在想什么，眼睛盯着茶几的玻璃面，白皙修长的手指正把玩着手里的打火机。

秦河问他："你和小枳都在北城，没有见过面吗？"

宋枳说："江大总裁日理万机，我一个小明星，怎么可能入得了他的眼？"

秦河刚准备开口，"啪"的一声轻响，金属质感的打火机熄灭了最后一点火光。指骨轻轻抵着打火机侧面，触感很凉。

江言舟微抬眼睫，视线漫不经心地在宋枳跟秦河两人身上游移，最后定格在宋枳的脸上。

"不光见过面。"他回答的是秦河刚刚问的那句话，"我们还好了三年。"

第十章
光芒

江言舟这话说出口，四周立时陷入了死一般的寂静，就连一向沉稳淡定的秦河脸上也露出了诧异的神色。

他将目光移向宋枳，似乎在询问答案。

宋枳长腿交叠，慵懒地枕在沙发靠背上，大方地承认了："是在一起过，不过已经分手了。"

张一鸣看看宋枳，又看看江言舟。

郎才女貌，光看外表的确很配，可这性格简直是相差十万八千里。一个冷言寡语，一个娇气聒噪。

"这个……"他哈哈干笑两声，企图缓解这突如其来的尴尬，"你们俩会在一起，我还真是从来没想过。"

每个学校都有那么几个风云人物。

宋枳当年不光在一中有名，甚至连外校每天都有不少人专门组团过来看她的。都说一中的校花，细腰长腿，生得我见犹怜，跟林黛玉似的。校外的人一到放学的那个点就专门在校门口等着，就是为了多看宋枳几眼。

宋枳正和自己的小姐妹们谈论着待会儿去买小香家新出的那款双肩包，被一群凶神恶煞的人堵在那儿，为首的男人从黑色机车上下来，拦在她面前。

那人摸了摸自己红黄蓝绿相间的头发，自以为很酷地舔了下唇角："小妹妹，要不要和我们一起玩啊？"

夏季校服是衬衣配格子裙，裙摆过膝。宋枳身形娇小，尤其是在这群五大三粗的男人面前，越发衬得她小鸟依人。这会儿正好是放学的点，陆陆续续有学生从里面出来，看到面前壮观的场景，纷纷停下脚步。

女神有难，不少男生都卷着袖子想来个英雄救美，可看了眼对方身后成群结队的小弟们，还是吓得退缩了。

到底都是些学生，怎么敢跟校外的混混对着来。

见宋枳没反应，他不厌其烦地又问了一遍："怎么样，想好了吗？"

宋枳眨了眨眼，笑容甜美地拒绝了："不好意思，我对头发超过两种颜色的人没兴趣。"她的声音也好听，像掺了蜜一样，又甜又嗲，"太低级了，而且还老土。"

只可惜，说出的话却像利剑一样，直击人的心脏。

偏偏她依旧是那副无辜可爱的表情："哥哥应该连一米七都没有吧，增高鞋垫都露出来了呢。"

校外那些混混都好面子，被她当着这么多人的面羞辱，气得笑出了声："哥哥发脾气的时候偶尔也会打女生哦。"

他揉着拳头过来，还没靠近宋枳，肚子就被人猛地踹了一脚。力道太大，他直接倒在地上，滑出去好远。他痛得脸色狰狞，捂住肚子直爆粗口。

宋枳疑惑地转身看了一眼，江言舟模样懒散地站在她身后，将踹飞人的右脚缓缓收回。

他头往一旁微偏："你刚刚说什么？"少年嘴角泛着冷笑，提着小混混的领口沉声问，"敢不敢再说一遍？"

张一鸣记得那天的场景，警车都来了，浩浩荡荡地把一群人都给带走了。混混闹着要进医院，结果检查后也没出什么问题，再加上校门口有监控，所以江言舟并没有什么事。

第二天他照常来上课。

在张一鸣看来，可能是那次英雄救美，让宋枳对江言舟青眼有加。毕竟他们两个平时除了宋落，完全没有任何交集。

江言舟是出了名的冷淡性子，无时无刻不散发着一股生人莫近的强大气场。他和宋枳说过的话，更是少之又少。

张一鸣问宋枳："你还记得之前在校门口堵你的那个混混吗？"

宋枳拿了一小块西瓜在啃："每天在校门口来看我的人那么多，我怎么可能每个都记得？"

"就那个彩色头发的。"张一鸣说着还伸手在脑袋上比画了几下。

宋枳回想了一下，似乎有点印象。主要是这件事当时闹得太大了，警察都来了。

"记得啊，怎么了？"

张一鸣挺好奇的："那个人可是街区扛把子，长得还挺帅，你当时就一点没动心？"

西瓜啃完了，宋枳把西瓜皮扔进垃圾桶里："长得像奥运五环成精了，我又没眼瞎，对他动心？"

张一鸣在心里感叹，好家伙，这损人功力丝毫不减当年啊。

秦河抽了张湿巾，替她擦手，笑道："我怎么一点都不知道？口风挺严啊。"

他指的是她和江言舟恋爱的事。

宋枳有些不好意思地垂下眼睫，她想过告诉他的，可是又觉得这段相处诡异的关系有些不太光彩。

秦河的话以及宋枳此刻的表情，在江言舟眼中有了另一层意思。

这些年他们一直都有联系，并且她瞒着秦河她和自己的关系。

眼底微沉，他看着宋枳乖顺的笑容，胸口莫名起了股躁意。有什么在破土而出，肆意滋生，阴暗的藤蔓将他的所有感观紧紧缠住。

知道她不想说，秦河也只是笑笑，没有为难她："时间也不早了，你刚刚不是说明天还要早起吗？我先送你回家。"

明天要拍一场看日出的戏，五点半就得到剧组。

宋枳点了点头，刚要应下，一直沉默着的江言舟将手中酒杯放回桌上，他的声音平缓，听不出悲喜："你的衣服什么时候去拿？"

宋枳皱眉："我不是让何婶替我捐了吗？"

他淡声道："穿过的，估计没人想要。"

宋枳被他这句话给气得炸毛："我的衣服好多都是全新的，连吊牌都没拆。"

"我说的是你的睡衣，还有……"他止住话尾，留了个令人遐想的范围。

张一鸣他们几个出去抽烟了，这里只有他们三个在。

气氛莫名胶着。

秦河担心宋枳发脾气，刚要开口给她顺毛，只见宋枳在暴发的边缘走了一圈后，无所谓地耸了耸肩："无所谓。"

秦河有片刻的沉默，宋枳的反应像是已经习惯了江言舟这样的态度。

意有所指的冷言冷语。

以前宋枳总来找宋落，那个时候就有人打趣："你妹是校花，江言舟是校草，两个人正好配一对。"

宋落总会不耐烦地踹那些人一脚："闭嘴。"

他不希望宋枳和江言舟在一起。他告诉秦河："江言舟这个人做朋友可以，做男朋友就算了。"他说，"他太冷血，心思也深，对每个人都无法做到毫无保留地信任。而且他还不爱表达，这样的人一旦冷暴力起来，我那个傻妹妹能招架得住才怪。"

所以这么多年，宋枳应该都是这样过来的，在他断断续续的冷暴力之下。

秦河是个老好人，性子温润，长这么大，从未发过脾气。可这次，他也罕见地有了些怒意，但他也只是将情绪放在心里，并没有轻易发泄出来。

他牵着宋枳的手，站起身："衣服等下次有空我开车带小枳过去拿。麻烦你和一鸣他们说一下，我和小枳先走了。"

江言舟眼神阴翳地看着秦河手里牵的细白手腕，一直到他们离开了清吧。

宋枳叽叽喳喳的声音混着轻缓的音乐声一起传了过来，她应该是在撒娇："你能把那个设计师的微信推给我吗？我是她的忠实粉丝，她设计的每一款饰品，只要能买到的我都买了。你把她微信推给我，或者改天约个时间一起吃饭，好不好吗？去年那款绝版胸针听说她那儿还剩一个，我真的想要好久了。"

张一鸣抽完烟回来，发现卡座里一个人也没有了。

他疑惑地左看右看，服务员贴心地告诉他："那几位客人先走了，其中一位姓江的客人把单结了以后也走了。"

张一鸣蒙了半晌："这怎么一声不吭都走了？"

江家。

李婶正哄着被吓得脸色发白的江松月。

平日里被宠得嚣张跋扈，稍有不如意就大喊大叫的江家二少爷，在放学回来后，看到家里来了陌生女人，穿着他妈妈的连衣裙，戴着他妈妈的珠宝项链。

他冲过去就踢了她一脚："你是谁啊？别碰我妈妈的东西。"

一个小孩子，力气也不大。偏偏那个女人直接往地上倒了，倒的同时还保持着优雅的美感。

这一幕正好被从楼上下来的江庭看到了。他皱着眉，厉声道："松月，不可胡闹！"

说话间，把那个女人从地上扶了起来，问道："没事吧？"

她摇摇头："没事。"

江庭走过去训斥江松月："没大没小。"

江松月扁着嘴："谁让她穿我妈妈的衣服的！"

江庭闻言，回头看了她一眼。平日里他也没有留意过纪微敏的穿着，自然也就不知道这些衣服是她的。

那个女人堪堪垂下眼睫，声音委屈："我只是……觉得姐姐的衣服很好看，一时羡慕就……"

江庭脸色柔和了些，拿出钱包，从里面抽出一张卡："里面的额度有五十万，不够的话和我讲。"

她羞涩地点头，接过银行卡。

与此同时，李婶听到门外的动静，过去把大门给打开。看到江言舟，她脸上带着慈爱的笑，冲着客厅里面喊了声："言舟来了。"

江言舟把刚脱下的外套递给李婶，换了鞋子进来，正好看到江庭递给那女人卡的一幕。他面无表情地将视线移开，仿佛已经习以为常了。

"找我回来有什么事吗？"

江庭轻声咳了咳，恢复往常的严肃："下周是你爷爷八十岁寿辰，我有点事就不去了，你到时候和宋枳一起过去，她那个孩子嘴甜，比你更讨老人家喜欢。"

江言舟"嗯"了一声："没其他事的话，我先走了。"

江松月哭哭啼啼地跑到江言舟面前："哥哥，爸爸是不是不要我妈妈了？"

他的样子悲痛难过，仿佛天塌了一样，似乎无法相信，自己心中那个严肃伟大的父亲会有这样的一面。

在他面前，和其他女人……

江言舟微垂眼睫，少见地将视线停留在这个自己连他多大都不太清楚的弟弟身上。小孩子眼里是诧异、迷惑、不解、难过，以及有什么轰然崩塌的颓然。

太熟悉了。

迟疑良久，他低声说："多经历几次就习惯了。"

在宋枳一再撒娇的努力下，秦河终于松口，把那个设计师的联系方式给了她。

宋枳像拿到个宝贝一样，编辑了一大段的自我介绍和开头，又逐字逐句地删除。

她小声嘀咕："我说得太直白了，好像有点不太矜持。"

秦河单手把着方向盘，看着她犯难的小表情，无奈地摇了摇头："她下个月回国，我约个时间，让你们见见，这样总行了吧？"

宋枳两眼一亮："真的？"

他轻笑着将视线移向她："我什么时候骗过你？"

那倒也是。

宋枳心满意足地将手机收好，车外的景致逐渐熟悉，已经进到小区了。

宋枳伸手指了个方向："你把我放在那儿就行。"

秦河似乎还有话要说，指骨抵着方向盘，漫不经心地开口问道："你和江言舟是怎么在一起的？"

宋枳显然没想到他会问这个，迟疑了一会儿："想知道？"

他点头，笑了一下："挺想的。"

没有丝毫遮掩，还是和以前一样，正直又坦荡。

宋枳很认真地回想了一下。

她被姥姥接回小镇后，刻苦学习了一段时间，但是因为脑子实在是太蠢，没什么成效。艺考虽然过了，但是文化课分不够，好在后来分数线降了一点，她才勉强被学校接收。

这些年，江言舟陆陆续续地有和她联系，甚至还来过几次小镇。

小镇交通不发达，只能坐大巴，道路也崎岖，一坐就是五六个小时。宋枳那个公主脾气，没有多少人能受得住，所以看到她有一个这么好的朋友，不远千里都要来见她一眼，姥姥还是很高兴的。

那个时候的江言舟在国外读书，每次回国都是为了宋枳。

小镇偏僻，没有商场，更加没有奢侈品专柜。江言舟知道她会不习惯，所以隔三岔五地就会带一些她平时最常买的东西给她。他也不知道女孩子喜欢什么，所以只能挑贵的买。

宋枳经常看着那一大堆颜色罕见、造型奇特的衣服、鞋子还有包包发呆，吊牌上的价格同样让她叹为观止。

她无法理解的是，江言舟的眼光怎么可以差到这种地步，花这么多钱买一堆她根本不会穿出门的破烂。好歹也是出身豪门的大少爷，身边怎么着也都是些高品位的名媛小姐，就算是耳濡目染，他也应该知道一些女孩子喜欢的东西长什么样吧。

姥姥对江言舟的印象却特别好，觉得他不爱说话，性子内敛沉稳。这样的人，能护得住宋枳，不让她受委屈。宋枳没了父母，哥哥又不在身边。她也不知道自己什么时候会入土，唯一放心不下的就是宋枳。

小姑娘长得好看，在这个落后的小镇，总会引来别人的觊觎。而且她毛病还不少，受不得一丁点委屈。

姥姥对她未来的男朋友也没多大的要求，只希望他是个有上进心、会疼人的。这样如果有一天她不在宋枳身边了，她也能放心。

江言舟每次来，都会给姥姥带很多补品，都是一些名贵的药材，有钱都买不到的那种。但哪怕是对待长辈，他也是少言寡语，只会默默地帮着做事。

农村做饭用的还是烧柴的大铁锅，宋枳没多少力气，只能帮着姥姥捆点简单的棉花梗。但是棉花梗不经烧，很快就没了。

江言舟来了以后，砍柴的体力活自然都被他包揽了，甚至包括一些换灯泡、修抽油烟机、通厕所的脏活累活，不远千里从国外回来，除了干活还是干活。任谁都想不到那个出身豪门、爱干净、清冷矜贵、连出门都有司机接送的大少爷，居然也有卷着袖子做这种事情的时候。

宋枳觉得挺神奇的，嘴里嗑着瓜子，倚在门边看他，偶尔问他一句："吃吗？"

他摇摇头："不了。"

刚拧完螺丝的手上沾了点烟灰，不知道什么时候弄到脸上去了。他的皮肤本来就白，这么一衬就越发明显。有时候宋枳还挺羡慕他的，哪怕不保养，皮肤还这么好。

她指了指自己的左脸："你这儿，脏了。"

他用手背随意地擦了擦，反而还将烟灰范围弄得更大了些。

宋枳叹了口气，拿出湿巾："我帮你擦吧。"

指尖隔着湿巾碰到他的脸，触感温热。她面上佯装淡定，其实心跳得很快，就连呼吸也不由自主地停住了。

江言舟身上有着好闻的少年气息，像雨后干净的空气、初春新发的嫩芽，以及盛夏被阳光炙烤的树叶。他哪怕不说话，光是站在那里，就足够带给宋枳希望了。

宋枳问过他，为什么对她这么好。

他只说："我答应过你哥，要照顾你。"

他也的的确确做到了，在方方面面，哪怕她考上大学，他依旧在照顾她。

莫名其妙的思绪飘远，宋枳耸了耸肩："我大学考到北城，然后我们就自然而然地在一起了。"

秦河若有所思地点了点头："他对你好吗？"

"还行吧，物质方面从来没有亏待过我。"

秦河敛了笑容，神色认真："你知道我问的是什么。"

宋枳一时不知道该怎么回答这个问题。

"他一没劈腿，二没恶习，对我其实也挺好的。"

"分手的理由？"

宋枳其实挺不想再谈论这个话题的，但她也知道，秦河肯定会问。而且不光秦河会问，到时候宋落也会问。相比秦河，哥哥的反应肯定也会更强烈，权当是打个预防针了。

"不太适合。"

秦河显然不太相信，他太了解宋枳了，宋枳只是看上去随性，对待感情却格外认真。如果不是因为喜欢，她是绝对不会和那个人在一起的。这种喜欢还得强烈到一定程度，足够让她放心地将自己给交付出去。

　　既然这么喜欢却还是会分手，除了不合适，肯定还有其他理由。但秦河也知道，他继续问下去宋枳肯定不会再多讲，反而还会惹得她起逆反心理。他只能点点头，把车门锁打开："路上小心点，我看着你进了小区再走。"

　　宋枳解开安全带："秦河哥晚安。"

　　她下车后，身后的车灯也开了，车灯将她前方那条黑暗的路照亮。一直到宋枳进了大门，才传来车子发动的声音。

　　夏婉约家的猫前几天刚生完宝宝，她正忙着给它坐月子。

　　她的猫是橘猫，为了血统纯正，前些日子专门和朋友的橘猫配了种。她留了两只，剩下的打算送出去。

　　只不过她的朋友不是有猫了，就是暂时没有养猫的打算，要么就是家里有人对猫毛过敏。她正看着这几只小猫犯难，正好宋枳回来了，她像看到救命稻草一样："祖宗，祖宗你回来啦！"

　　宋枳把外套挂好，瞬间摆起了架子："哟，孙女怎么啦？"

　　夏婉约指了指角落那个猫窝里趴着的小猫："你有没有朋友想养猫的？靠谱点的那种。"

　　宋枳不知她怎么会问这个问题，在沙发上坐下："我的朋友屈指可数，你又不是不知道。"

　　也是。夏婉约丧气地低下头。

　　半晌，她又来了精神："要不你发个朋友圈问问有没有人想养，我到时候亲自去考察一下。如果对方真的喜欢猫，那这事就差不离了。"

　　她就是怕这些小猫落到三分钟热度的人手上，别到时候养着养着不耐烦直接把猫给扔了，那她可是会心疼死的。

　　听了夏婉约的话后，宋枳点头："行吧，不过我也不确定会不会有人理我。"

她的微信里加的都是些工作上有过联系的人，平时也不怎么熟，话都没说过几句。

照片是夏婉约拍的，朋友圈的内容也是夏婉约亲自编辑的，她实在不放心宋枳自己来。

　　朋友家的猫生了一窝超级超级可爱的橘猫宝宝，有想养的可以联系我哦！喵喵喵！

下面是小猫的配图。

宋枳看得直眯眼："你够可以啊，我都说不出这么恶心的话来。"

话音刚落，手机振动了一下。

夏婉约说："这么快？"

宋枳解锁看了一眼。

何瀚阳？

何瀚阳："你家的猫挺可爱的，正好我最近还想再养只猫。"

看到这个名字，夏婉约的眼睛冒着贼光。

现在圈内人都流行炒CP来赚热度，宋枳目前最大的热度，除了新电影官宣角色那天，就是和何瀚阳的CP。

意外地，还挺受欢迎。

貌美的作精女星和年少成名的世界冠军，貌似还挺搭。

她忙说："你赶紧回人家啊。"

宋枳听话地回了个"哦"。

夏婉约惊了："你这么冷淡干吗？对方肯定以为你不耐烦，想领养猫的热情也会减退的。"

结果何瀚阳的热情非但没有减退，反而还挺迫切。

何瀚阳："我现在过去吗？"

为了防止宋枳继续回个"哦"或者"嗯"，夏婉约把手机拿过来，决定亲自和他交流。

宋枳："随时都行，不过现在这么晚了，你过来会不会耽误你训练？"

何瀚阳："不会。"

宋枳："这么迫切地想看小猫了？"

那边一直显示正在输入的状态，应该是盯着聊天界面看了很久。夏婉约也不知道这么简单的一句话怎么需要深思熟虑这么久。

五分钟后，手机才久违地振了一下。

何瀚阳："嗯，很迫切。"

夏婉约把定位发过去后，坐在沙发上感叹："真想不到，何瀚阳居然这么喜欢猫，以前真是看错他了。"

宋枳在盥洗室里卸妆，听到夏婉约的话，她随口问了一句："那你以前是怎么看他的？"

夏婉约有点疑惑："你该不会真的一点都不了解他吧？"

宋枳反问："我需要了解他吗？"

那倒不用。不过夏婉约还是忍不住展开和她讲了讲。

"他十六岁就被俱乐部看中，进了青训营，十八岁成年后开始直播。第一场直播观看人数直接破了平台的纪录，当时那些程序员连夜维护才没让平台崩溃。最关键的是他直播从来不露脸，而且还不爱说话，十九岁就带着战队拿下了世界冠军。而且长得还很帅。"她左看右看，跟做贼一样凑到宋枳耳边，"夏楚岚你知道吧，就上次和你一起竞争盛烟这个角色的影后，人家私下里可没少约他。何瀚阳拒绝了几次后，她还是坚持不懈地骚扰他，前几天他直接把聊天记录爆料出来，啧啧啧，夏楚岚这段时间正焦头烂额地找公关处理呢，还试图让何瀚阳帮她澄清，多少钱她都愿意给。"

"何瀚阳答应了？"

夏婉约摆了摆手："他下一秒就把这个记录也给爆出来了。"

宋枳小小地感叹了一下："看不出来，他脾气还挺刚。"

夏婉约给刚当上母亲的大橘拌了点猫粮："还真是没想到夏楚岚会喜欢比自己小的。"

宋枳的声音从浴室里传出来："年轻健壮的小狼狗，谁不喜欢呢？"

等她磨磨蹭蹭地洗完澡，没了刺耳的水声，才听到客厅里有人在说话，应该是何瀚阳来了。她又花了十几分钟做完全身护理和护肤，然后才敷着面膜出去。身上的睡衣是夏婉约的，米白色的连衣裙，她穿着有点大，松松垮垮的，长发随意地扎成丸子头，刚洗过澡，身体乳的香味是偏淡的玫瑰花味。

夏婉约正激动地和何瀚阳讲着她家大橘生孩子的过程，一两句话就能概括完的事，在她口中被扩充到了半个小时。何瀚阳单手插着裤袋，眼睫轻垂，听得并不仔细。很显然，耐心已经告罄。

宋枳用食指和中指按摩脸周皮肤，想要加快面膜吸收速度。

夏婉约看到她终于洗完了，连忙让她过来："宋枳你快过来，帮他挑挑哪只更可爱。"

听到夏婉约口里的名字，快要睡着的何瀚阳顿了一下，然后侧身，往回看了一眼。

宋枳穿着棉布拖鞋过来："这不都长得一样吗？"

夏婉约皱眉："怎么能一样？你看这只，它的脸肉嘟嘟的，多可爱。还有这只，它屁股上的那撮毛明显比其他的深。还有这只、这只，它们都有自己的特征。"

宋枳看得眼睛都花了，随口敷衍道："都挺可爱的，你要不干脆

245

全部拿回去得了。"

夏婉约刚准备问她是不是疯了，说这种不现实的话。

结果何瀚阳居然点头应下了："好。"

夏婉约："啊？"

宋枳抬眼："我瞎说的。"

他笑了一下："我也是瞎说的。"

夏婉约："……"

宋枳对这些猫猫狗狗的没兴趣，也提不出什么好的意见来。最后何瀚阳随便选了屁股上有一撮深色毛的那只。

宋枳盘腿坐在沙发上看电视，想到夏婉约刚才和她说的那番话，她有点好奇地问何瀚阳："听说你前些日子被夏楚岚骚扰了？"

何瀚阳抱着猫，听到她的话抬眸："你认识她？"

"不算认识吧，之前有点过节而已。"

"过节？"

之前在试镜盛烟这个角色的时候，夏楚岚冷言冷语嘲讽了她很久，又是花瓶又是什么货色配什么角色的，把她贬得一文不值。

宋枳虽然不屑于去理外界的言论，但也不能说她完全不记仇。不过这种事也没必要去和一个外人讲。

宋枳摇了摇头："没什么。"

时间也不早了，何瀚阳抱着猫离开，夏婉约出门送他。

猫是送出去了，不过更麻烦的事倒是送上门来了。

次日一大早，夏婉约就被公司的电话叫醒，宣发部都快炸锅了。

"我不是专门叮嘱过你，管好你手下的艺人，不要让他们再捅出任何幺蛾子了吗？"

夏婉约被骂得一脸蒙："他们捅什么幺蛾子了？"

"你自己上网看看！"

夏婉约吓得一个激灵，急忙跑到客厅开了电脑。

热搜第一条后面直接挂了个"爆"字。

　　# 宋枳恋情曝光 #

话题点进去，第一条微博评论有十万多条。

"女星年下恋曝光，带小狼狗回公寓，激战三天三夜。"

配图分别是宋枳开门进屋，以及何瀚阳站在门口。夏婉约从里面把门打开，因为角度问题仅露出了一只手。

两张照片合在一起，似乎的确很容易让人浮想联翩。

夏婉约盯着微博内容里的"激战"二字看了很久，现在的媒体用词还挺大胆。如果她不是当事人之一，恐怕也被这个内容给吸引到了。

她虽然想过要炒宋枳和何瀚阳的CP，但从来没想过是用这种方式。毕竟前些日子夏楚岚主动骚扰何瀚阳的消息才刚被曝光，宋枳就……

难免让人多想。

宋枳睡到六点半，被闹钟吵醒。

手机里躺着十几条未读消息，都是唐笑言发过来的。

"？？？

"照片里的是何瀚阳吧？他那个外套好像是战队的队服。

"你老实交代，你们两个是怎么搞到一块儿去的？

"呜呜呜，我就说之前他怎么会反常到直播间玩变装游戏。

"此时此刻我已经从人类化身成了一个柠檬。

"虽然我坚决反对何瀚阳谈恋爱，但是如果那个人是你的话，我还是能接受的。

"你今天怎么睡得这么早？我现在迫切地想知道你们到底是怎么搞到一块儿去的。"

……

宋枳疑惑地眯眼，这说的都是些什么玩意儿，她怎么一句也看不懂。

宋枳："你说的这都什么跟什么？"

唐笑言的消息是凌晨三点发过来的，估计现在还在睡。

宋枳穿好衣服出去洗漱，客厅里，夏婉约正睁大了眼睛盯着电脑屏幕。

宋枳打着哈欠过去："看什么看得这么认真？"

夏婉约都快哭出来了："呜呜呜，宋枳，是我对不起你。"

听到她这话，宋枳的瞌睡瞬间吓没了："你该不会又给我接了那种乱七八糟的综艺吧？"

夏婉约摇头："不是。"

宋枳松了一口气："你差点吓死我。"

沉默片刻，夏婉约补充道："比那个更惨。"

宋枳："……"

这情绪上上下下的，跟坐过山车一样刺激。宋枳也懒得继续问她到底是什么事了，绕过去走到电脑后看了一眼。

好家伙，不看不知道，一看吓一跳。

她正好看到标题。

"现在的媒体还真敢写。"

夏婉约叹了口气，她想着先把热搜给撤下去，问了价钱后，立马吓得下线。太贵了，他们这抠门的小作坊公司，根本不会同意付这个钱。高层甚至直接打算破罐子破摔，让宋枳走黑红路线。

夏婉约焦头烂额，宋枳现在才刚刚开始洗白，要是任由这件事发展下去，估计她又得被黑个外焦里嫩。

司机已经在楼下等着了，夏婉约让宋枳先去片场，她想下该怎么解决。

宋枳其实早就习惯了，之前她被大规模网暴，现在这种程度对她来说简直就不值一提。

"那我先走了。"

才刚下去，就看到停在楼下的车以及等在外面的小许。他显然也是看到今天的微博热搜了，脸上的情绪错综复杂："宋枳姐，你看热搜了吗？"

她不以为意地回复："看啦。"而后弯腰上车。

宋枳眼罩一戴，除了补觉，她什么都不在乎。

"世界末日到了都无法阻挡我补觉。"她叮嘱小许，"中途别叫醒我，天塌了也别叫我。"

小许："……哦。"

他早该想到的，宋枳这个性子，怎么可能会在意这个嘛。

因为时间还太早，路上没什么人，也不堵车，很快就到了片场。

张范范正打着哈欠看剧本，看到宋枳，她立马没了困意："昨天激战了那么久，今天就直接来剧组上班，这么敬业？"

宋枳甜甜一笑："是啊，不像姐姐，从来就没有这方面的苦恼。"

她笑得纯良无害，张范范被噎得还不了嘴，只能坐在那儿生闷气。

剧组里的工作人员显然也都看到了那条热搜，偶尔有三两视线投来，夹杂着窃窃私语。很显然，大家这么久没瓜吃了，好不容易出来个八卦，都比较兴奋。

"真想不到，宋枳看上去那么清纯的人，居然这么……"

"这也太强了点。"

"不过那个男的是谁啊，圈内的吗？"

"照片没拍到脸，不过衣服被人扒出来了，听说是 AOI 的队服，AOI 里唯一和宋枳有关系的不就是何瀚阳了吗？"

"不是吧，何瀚阳不是前几天才曝光夏楚岚骚扰他吗？怎么转头就跟宋枳好上了？"

"谁知道呢？"

说完，两人相视一笑。

正好小许过去倒热水泡咖啡，听到他们的谈话内容，气得脸都快变形了："单凭两张照片就能随便侮辱人了？"

那两个人都是剧组里的小群演，自然不敢得罪女主角，立马赔了罪就走开了，生怕惹火上身。毕竟刚摊上这种事，指不定宋枳现在得气成什么样呢。

他们口中不知道气成什么样的宋枳此时睡得正熟。

化妆师在给她做最后的定妆。

宋枳像设了自动定时一样，定妆粉扑完以后，她睁开惺忪的睡眼："好了吗？"声音软绵绵的，带着刚醒的慵懒，勾得人心痒。

化妆师把东西收好："嗯，都化完了。"

宋枳和她道了声谢，拿着剧本出了化妆间。哪怕网上闹得再大，本职工作还是要做好的。

现在已经是秋天了，北城的早上开始带着凉意。

大理石餐桌上的白色玫瑰，是今早刚从纽约空运过来的。

老爷子的寿辰在下周，今天一大早却给他们打了电话，让他们都过来，一起吃个早点。

江庭作为江家的长子，底下还有一个弟弟两个妹妹。虽然有着血缘关系，平日里却并不联系。

老爷子特地让家里的阿姨去他的酒窖里拿了几瓶红酒过来："我珍藏好久的，尝尝味道怎么样。"

阿姨拿着开瓶器，正要扎进木塞里，老爷子抬手示意她先停下："等言舟到了再开。"

他这话说出口，安静的众人似乎颇有微词。

刘玥萌是江家二女江淳所出，今年二十一岁，在家中长辈的溺爱中长大，性子直来直往。这会儿她忍不住埋怨道："二表哥自个儿不准时，还让我们坐在这里浪费时间等他。"

边上江淳轻轻掐了掐她的胳膊，示意她不要再说了。

她不服气地摸着自己被掐疼的胳膊："本来就是嘛，而且二表哥那个女朋友也一天到晚给他惹事，真不知道他是怎么想的，非要和她在一起。"

老爷子脸色明显不乐，听到她话里的后半句，微抬下颔："什么意思？"

江淳企图将这个话题给带过，笑道："小孩子口不择言乱说的，您别理她。"

刘玥萌说："我没乱说，二表哥那个女朋友昨天晚上还被人拍到和其他男人同居了，照片现在还在网上挂着呢。"

江淳皱着眉，刚要开口，旁边老爷子抬了抬手："你让她说。"

有了老爷子的撑腰，刘玥萌说得也更有底气了一些："二表哥的女朋友被拍到和其他男人在一起待了三天三夜。那个男人走的时候还抱走了一只猫，说明他们的关系也已经亲密到一起养猫了，看来二表哥头上这顶绿帽子戴得还挺久。"

听完她的话后，老爷子没再说话，也不知道在想些什么。

江言舟没来，老爷子不开口，大家都不敢擅自动筷，就这么一直僵坐着。

直到门口传来动静，阿姨过去把门打开。

老爷子看到他了，凝重的神情稍微松动一些："来啦。"

江言舟点头："路上有点堵车。"

阿姨将椅子拖出，待他坐下，老爷子这才点头："上菜吧。"

今天是西式餐点，用人们井然有序地将东西端上桌。长条形的大理石餐桌，老爷子坐在最前面，他看着自己右手边的江言舟。

沉默良久，他终于开了口："言舟啊。"

后者抬眸看他。

老爷子斟酌了下语句，考虑怎么讲才算委婉："宋枳那丫头我是挺喜欢的，只不过这样的姑娘谈谈恋爱可以，结婚的话，可能就不太适合了。寻家那个丫头好像比你小一两岁，她爸爸前几天来过，我们聊得挺好。如果你点头的话，过几天我找人择个好日子，你们先把婚事定了。"

指骨轻轻抵着泛着凉意的银质餐具，江言舟看了眼坐在他斜对面的刘玥萌，知道肯定是她说了些什么。刘玥萌立马害怕地移开视线，不敢和他对视。

江言舟放下刀叉，平静地开口："我暂时还不想考虑这方面的事。"

老爷子点点头，也都依他了："宋枳那丫头，你就先和她断了吧。"

江言舟微抬眉尾，声音倒没什么起伏："我有分寸。"

老爷子罕见地愣了半晌，似乎没想到江言舟会为了一个小姑娘忤逆自己。江言舟自小便有主见，比同龄孩子要沉稳内敛些，也聪明，作为继承人，再合适不过。只可惜在某些方面，他完全异于江家。

风流成性的老爷子生的儿子自然也是风流成性，哪想到，到了江言舟这里，竟是个痴情种，这么多年，唯一跟他的女人，也就宋枳那丫头一个。

刘玥萌知道爷爷的脾气，他的话，家里没人敢忤逆。她吓得拉住身旁江淳的衣袖，想着万一他发起脾气来，到时候砸碗砸碟的，误伤到了自己怎么办。

老爷子却只是沉吟片刻："她的那些照片你也都看到了？"

江言舟"嗯"了一声："看到了。"

"就不生气？"

江言舟没说话，不知道是用沉默代替回答，还是自动过滤了这个问题。

看到老爷子这平静的反应，刘玥萌心里疑惑，江淳却有数。

老爷子如今年纪大了，不得不退位让贤。放眼望去，整个家中最适合这个位置的，也只有江言舟一人。而且他自立门户的深环集团早就快盖过了江氏企业，成为业界龙头。老爷子心里有杆秤，懂得权衡利益和亲情。

对于江言舟的沉默，老爷子心里也有数："你的私事我也不好多问，但还是不得不提醒你一句，在女人身上栽跟头的男人才是最窝囊的。"

谈话到此为止，这顿饭吃得极为安静，江家的家教严，没人在饭桌上讲闲话。

饭吃完以后，江言舟给助理打了电话："联系下信合名众那边。"

信合名众是宋枳所属的公司，穷酸小作坊，连给旗下艺人撤个热搜都不舍得。

宋枳这边，收工时已经是晚上八点了。今天有个跳海的戏份，因为各种原因重拍了好几次。宋枳只能等衣服烘干了继续跳下去，然后再起来，再烘干，再跳下去。如此反复了好几次，她也成功地被折腾得发烧了。

上了车后，小许拆了个退烧贴递给她："回去以后吃退烧药，洗个热水澡，出出汗就好了。"

宋枳裹着她的小毛毯，缩在座椅上，点了点头。

小许看了眼手机，习惯性地想要点开微博，却又突然想起什么，停下了。他害怕一点开，里面全是骂宋枳的。给自己做了很久的心理建设以后，他终于鼓起勇气准备点开微博。

夏婉约的电话打来了。

他刚按下接通键，那边夏婉约语速极快地问他："宋枳呢？我给她打电话怎么打不通？"

小许说："宋枳姐今天拍戏的时候手机忘拿出来，进水以后开不了机，我拿到手机店去维修了，才拿回来。"

夏婉约沉默片刻，似乎在怀疑宋枳的智商，然后她说："你把手机给她。"

小许点了点头，侧身把手机递给坐在后排的宋枳："宋枳姐，婉约姐的电话。"

宋枳难受得浑身没有力气，费力地抬起胳膊，把手机接过来。

因为感冒，她的鼻音有点重："喂。"

夏婉约听出她声音的不对劲："感冒了？"

"有点。"宋枳问她，"你给我打电话是有什么事吗？"

经她这一提醒，夏婉约才想起正事来："你是不是花钱把热搜给撤了？"

宋枳："怎么可能？我哪有那个闲钱？"

夏婉约纳闷了："那还能是谁？"

就在一个小时前，不光微博热搜被撤了，小区里夏婉约家所在的那个楼层的监控视频也被人放了出来。从视频中可以看出来，家里不是只有宋枳和何瀚阳两个人，并且何瀚阳也没有在那里待三天三夜，只去了半个小时就抱着猫离开了。还有宋枳朋友圈的截图也被人发了出来。

结合视频来看，似乎没什么暧昧可言，只是去朋友家领养只猫而已。

部分吃瓜网友本来就没深入了解，很容易就被营销号给带了节奏。白天还在疯狂抨击宋枳的人，现在纷纷开始夸她可爱。

"所以之前宋枳和何瀚阳的绯闻是假的咯？两个人的关系看起来更像姐妹。"

"我们狙神钢铁直男 OK？"

"有一说一，宋枳真的太好看了，监控视频拍出来都能看出神仙般的惊人美貌。"

"可能是我的关注点不太对，大明星也住这种小区吗？我也住这种小区，四舍五入我也是大明星了。"

"以前一直觉得宋枳美得很有距离感，现在看觉得她和我们好像没什么两样，也是一个喜欢猫的普通女孩子，狂加好感度。"

"不管看多少次，我都要感叹一句，太美了太美了，她真的太绝了。"

的确太绝了。先不说这公关能力，处理得快准狠，完全不让这件事有任何发酵的机会。单说热搜撤得这么彻底，就足以让人叹为观止了。撤热搜的价格是买热搜价格的三倍之多，加上宋枳这条热搜在第一上挂了那么久，那些与之相关的热搜也有好几条。

一下子连个话题影子都见不到了，足以说明砸了多少钱进去。

夏婉约实在想不出到底是谁做的这件事。

车子停在小区门口，宋枳撕了退烧贴，和小许他们说了晚安以后，下车离开。

小区门口路灯挺亮的，进去以后倒是逐渐暗了下来。老小区物业不怎么好，平时路灯出个什么问题，也拖拖拉拉的要催好久才有人来修。

看不太清楚路，宋枳准备拿出手机照明。前方似乎站了个人，身影轮廓有些模糊。他朝宋枳走过来，离得近些了，眉眼逐渐变得熟悉。

是江言舟。

虽然不知道他为什么会过来，但宋枳懒得和他废话。她绕开他准备离开，毛衣的下摆被人轻轻拉住。他应该喝了酒，身上有一股很浓的酒气。

宋枳皱了下眉，冷声道："放手。"

他攥着她的毛衣下摆，低垂眼眸，纤长的睫毛挡住眼底情绪。没有其他的话，只是一遍一遍喊她的名字："只只。"

夜色寂静，耳边只余一点风声，在这个老旧的小区背景之下，带了点萧索之意。

江言舟的声音越来越轻，他说："我可以改的，你不喜欢的地方我都可以改。"

似乎怕宋枳会走，他手上的力道加重，却也只敢攥紧她的毛衣下摆。眼神里满是试探的询问，他应该喝了不少酒，醉得厉害。

宋枳还是第一次看到这样的江言舟。

委屈，难过，不知所措。

宋枳毫不留情地开口："那你要改的地方可太多了。"

说话间，她想把毛衣下摆从江言舟手里抽出来，抽了几下没抽动。似乎害怕她会离开，他越攥越紧。

宋枳皱眉："你再不松手我喊非礼了。"

江言舟抬眸看着宋枳，却也只是看着她，眼尾轻垂，一言不发。

他的酒量算不上好，但却很少喝醉过，这是宋枳第一次看见他醉成这样。

人们似乎都只会在失去某件东西后才会懂得珍惜，宋枳不太明白，他现在能改，以前为什么不改。她也不想明白，毕竟这种事情已经与她无关了。

宋枳把自己的手机拿出来，之前江言舟用张易的手机给她打过电话，上面还有记录。她回拨过去，那边响了好几声才有人接。

张易的声音透过听筒传了过来："喂？"

宋枳言简意赅："你老板在我这儿，他喝醉了，你过来把他接回去。"

那边沉默片刻："喂？"

宋枳："……江言舟喝醉了，现在在我这里，你过来接他。"

这回沉默得更久。

男人嘀嘀咕咕："信号太差了，说的什么也听不清。"然后就把电话给挂断了。

听着耳边"嘟嘟嘟"的忙音，宋枳疑惑地皱了下眉。她怎么觉得张易说话的语气怪怪的，生硬又毫无感情，像在照着稿子读字一样。

她刚准备翻下通信录，给江言舟的特助打电话，肩膀猛然间一沉，江言舟的头埋在她颈窝，他睡着了，耳旁呼吸声逐渐平稳。

宋枳伸手想要推他，迟疑片刻，还是心软地放下了手。

第十一章
撑腰

　　夏婉约蹲在猫窝前，看着那几只围着大橘吃奶的猫宝宝们发呆。何瀚阳虽然抱走了一只，可还是剩下不少。夏婉约都问一圈了，还是没找到愿意领养的。就她目前的精力，养个三两只还凑合，这么多实在是招架不住。

　　她正愁着想着要不干脆送给宠物店，门铃声打断了她的思绪，声音急促又剧烈。

　　隔壁的熊孩子每天一大早就跑到她家门口按门铃，搞恶作剧。她正纳闷今天怎么改了时间，气势汹汹地过去开门："再按信不信我把你家门给拆……""了"字卡在她的嗓子眼里没有说出来。

　　她看到费力扶着陌生男人的宋枳，男人身上有股很浓郁的酒气，混着那股淡淡的木质香。

　　夏婉约愣了一瞬："这是什么情况……"

　　宋枳都快累死了，江言舟一米八九的身躯整个儿压在她肩上，宋枳就已经说不出话来了。

"帮……我……"她喘着粗气，艰难地说出两个字。

夏婉约连忙过去，和他一起把醉倒的江言舟扶进卧室。

她家一共就两间房，另一间原本是空着的，宋枳过来后，她就把那间房给她收拾出来了。

夏婉约虽然没什么钱，但在娱乐圈摸爬滚打这么多年，眼界早就打开了。这个男人光是身上的行头就足够让她在市中心买一套房了，简直就是行走的银行啊。

夏婉约从床的左侧走到床的右侧，全方位盯着江言舟的脸看了一遍。

是真帅啊，这要是出道，不知道会迷死多少人。

可能是酒后有点发热，江言舟胡乱地扯开领带，喉间带着不适的低吟。修长白皙的手指虚虚勾着领带一端，呼吸再次平稳下来，他的动作也停下。

夏婉约问她："所以现在到底是怎么个情况？"

宋枳耸耸肩："喝醉了呗。"

还真是不管到哪里都是祖宗，宋枳只能认命。他这副样子，自己也不能直接把他扔出去。

替江言舟把被子盖好后，她去了厨房，按照食谱上的步骤煮了碗醒酒汤，端到房间里强迫江言舟喝下。

好在他喝醉以后还挺乖，宋枳说什么他都照做。

看着空掉的碗底，宋枳陷入了沉思。片刻后，她拿着一张手写的合同进来，递给江言舟一支笔，轻声哄着他："粥粥乖，把字签了。"

此刻的宋枳，就像是电视剧里哄骗命不久矣的丈夫把所有遗产都转给自己的恶毒女人。

江言舟不说话，只是无声地看着她。

宋枳笑容温柔，捏了捏他的脸："粥粥乖一点，不然姐姐就不喜欢你了。"

他"哦"了一声，一脸的无所谓。

宋枳："……"

喝醉了都这么冷漠，难道刚才仅有的可爱都是假象？

江言舟左手撑着床沿，上身微倾，离她更近了一点："你再哄哄我。"

温润清透的声线，此刻染了点醉意，就像是用一种温柔的方式撒着娇："你再哄哄我，我马上就签。"

夏婉约在客厅里看剧，耳朵却竖得老高，时刻关注着房间里的动静。

宋枳这都进去多久了，还没出来，该不会是……

夏婉约笑容暧昧，心想，宋枳够可以的啊。她正浮想联翩，房门开了。

宋枳把手上的A4纸递给她："你那些小猫的下半生有着落了。"

夏婉约疑惑地接过A4纸看了一眼。手写的领养合同，而且还是领养所有的小猫。她看到最下面的领养人签名——

江言舟。

因为睡前吃了粒感冒药，第二天起床的时候宋枳的感冒已经好了大半。

宋枳的房间让给江言舟了，她昨天和夏婉约挤了一晚。今天的戏份集中在晚上，不需要起太早，但是她并没有赖床。

早上七点，宋枳准时睁眼，没想到夏婉约居然比她起得还早。

宋枳打着哈欠从房间里出来，头发睡得乍毛，眼睛都没睁太开就开始撒娇了："婉约姐姐，今天的只只可以拥有一大碗牛奶麦片吗？"

她推开房门出去，视线停留在正低头看牛奶保质期的江言舟身上。对方听到声音，微抬眉尾，眼神平静地和她对视。

安静了几秒钟后，宋枳才后知后觉想起来，江言舟还在。

什么是最尴尬的？

那就是素颜、刚睡醒、邋里邋遢的时候，正好碰到了前男友。

外在形象是败了，但宋枳打算从气势上扳回一分，她语气不善地问道："你怎么还没走？"

对于她的恶劣态度，江言舟似乎并不在意。他重新确认了一遍牛奶的生产日期："你家的冰箱多久没整理过了？"

没想到他会突然问这个问题，宋枳愣了几秒钟："也没多久吧。"

反正她们也很少在家做饭，冰箱里的食材几乎都是摆设。

江言舟打开冰箱，把里面的东西一件件全部拿出来，扔进垃圾桶里："牛奶过期、面包长毛，连土豆都快发芽了。"他抬眸，"想在家里弄个生态园？"

他语气平缓地说出这句话，宋枳莫名耳朵一红。

因为不做饭，加上宋枳为了控制饮食已经很久不吃零食了，家里的冰箱几乎没有打开过。流理台上的超大号塑料袋里放满了各种蔬菜水果，塑料袋上的 LOGO 是楼下超市。

洗手间里传来冲水的声音，夏婉约打开门出来，闻到了锅里粥的香味。

她对江言舟的崇拜值直线上升。

长得帅、有钱、还会做饭。这是什么极品啊？

她实在无法想象，这种世上罕见的高富帅宋枳居然舍得放手。

宋枳看了眼正在煎蛋的江言舟，耐心彻底耗尽："你到底要干吗？"

江言舟沉吟片刻："给你做饭。"

"不需要。"她把门打开，下了逐客令，"麻烦你现在离开。"

夏婉约还是第一次看到这么咄咄逼人的宋枳。平时的她虽然娇气，脾气不怎么好，但从来没有像今天这样过。

气氛似乎凝固了。

江言舟逐渐停下手上的动作，锅里的煎蛋开始散发出呛人的煳味。

江言舟垂下眼睫，把煎蛋翻了个面，轻声说："我做完就走，不会烦你。"

宋枳走过去，直接把火给关了："不需要，我没有吃早餐的习惯。"

江言舟闻言一顿，他清楚她的脾气。宋枳平时看着娇娇软软的，骨子里却带着韧性，和宋落一样。她认定的事，很难改变。这些他都知道，他只是想见见她。

高中毕业后，他被送出国，独身一人身处国外，没什么特别的感觉，不会像其他人那样想家、想父母。不可否认的是，外人对他的评价倒也还算贴切，他是冷血的，亲情观念淡薄。他没有推脱责任的习惯，更加不会将自己的冷血推给自己年幼时的经历。那段时间，他夜里辗转反侧想的，只有一个人。

闭上眼睛是她，睁开眼睛也是她，甚至连梦里也是她用娇嗲的声音喊他的名字。于是他不顾时差和距离也要回到国内，就是为了见宋枳一眼。

却从不和她说一个"想"字。

我想见你。

我好想你。

他的手指还握着锅柄，因为用力，骨节处有点泛白。他想说些什么，可最后还是沉默地低下了头。

宋枳尽量按捺住情绪，语气还算平和："我不想再多出一些不必要的绯闻，希望江先生能够理解。"

气氛冷到极点，夏婉约在旁边裹紧了自己身上的外套，生怕被冻伤。她怎么觉得平时那个没个正形的宋枳都是假象，现在这个才是最真实的她。

两个人都不说话，江言舟逐渐松开手，极轻地点了下头。

他和她道歉："打扰到你了，不好意思。"声音低哑，像是紧绷的弦，压抑到了极点，瞬间断开。

将手洗净后，江言舟拿上外套准备离开。可能是宿醉的后遗症，他的脚步还有些虚浮，左手抚上眉尾，轻揉了下。那酒后劲足，七个小时根本不足以散干净。

夏婉约有个毛病，就是看不得帅哥受委屈，这会儿心都跟着一块儿拧紧了。但她还是不忘正事，叫住他："猫别忘了。"

江言舟那双深邃的眼底微微闪过一抹不易察觉的讶异，很显然，他对昨天的事情的确忘了个干净。

夏婉约二话不说，端起猫窝就塞进他怀里："你可能忘了，你昨天哭着求着说要收养这几只猫。记得对它们好点啊。"

哪怕他醉得再厉害，也断不会哭闹。

江言舟却也没说什么，轻点了下头，算是应答，离开前，他看了宋枳一眼。宋枳用筷子夹着煎蛋扔进垃圾桶里，面无表情。迟疑半晌，他垂下眼睫，不动声色地掩盖住眼底的情绪，转身离开。

门关上以后，夏婉约叹了口气："我怎么觉得你做得太绝了点？"

宋枳看着紧闭的门："我只是在用他对待我的方式对待他而已。"

他也曾像这样，反复地把她推开，只不过，他的拒绝是无声的。对于她的热情，他理所当然地接受，却从不给回应。这么多年的喜欢，怎么可能就在几天之内消失殆尽。

人都是在无数次的眼泪中成长的，分手后的这些日子里，宋枳哭过很多次。心里不舍，极其迫切地想要去见他。她独自熬过了这些日日夜夜，就不会再让自己重蹈覆辙。

夏婉约说："可我看他那个样子明显就是想挽留你啊，你真的一点机会都不给？"

宋枳诉说着自己的伟大理想："我现在什么也不想，只想挣钱。"

夏婉约对她这个想法深感欣慰："有事业心是好事，男人哪有钞票重要，有了钞票还愁没男人？"

锅里的粥刚好熟了，冒着勾人味蕾的香气。刚刚还异常有骨气说自己不吃早餐的宋枳此时正拿着碗在盛。

夏婉约有点无语："这么快就妥协了？"

"不吃浪费。"宋枳理直气壮，"一锅粥当分手费，便宜他了。"

夏婉约心安理得地享受这碗宋枳的"分手费"，还不忘点评一下："真想不到，这位大总裁厨艺还挺不错。"

宋枳正给面包片抹果酱："他很小的时候就自己住了，那些简单的家务他自己也都会做一点。"

夏婉约疑惑："他为什么要自己住，家里没人吗？"

"有人啊。"宋枳耸耸肩，不想继续谈论任何关于江言舟的事了，"谁知道呢？"

晚上的戏份是在老城区的最后一场戏。

她已经弄好妆发在那儿等着了，助理端着一杯热水过来，她皱着眉一脸不耐烦："你是想烫死我吗？"

助理连忙道歉，转身给她兑冷水。

宋枳总被人嫌弃娇气，但她觉得张范范这种才是典型的公主病。背负着"公主病"三个字二十多年的宋枳有些为自己鸣不平。

张范范看到她了，冷讽道："哟，今天气色不错啊，看来昨天没少被滋润吧。"

宋枳打着哈欠拖出她旁边的椅子坐下，大方地点头："还可以吧。"

张范范是典型的富家小姐，被家里保护得很好，来娱乐圈也只是一时头脑发热。等这股热度退下以后，估计就会继续回去当她的富家小姐了。

看到张范范那好奇却又不好意思问的微表情，宋枳心里忍着笑，面上却只是轻微地勾了下唇角："想知道细节？"

张范范高傲地抬起下巴："如果你想说的话，我不介意勉为其难地听听。"

宋枳站起身，表情欠揍："我不爱勉强人。"

张范范："……"

她就知道，宋枳这朵带刺的玫瑰花不可能会这么示弱。

隔壁剧组的拍摄场地和她们这场戏挨着，宋枳甚至能听见林珊珊念台词的声音。按她这个没有感情的朗读方式，估计后期还得重新配音。

作为两部在同一场地拍的戏，导演和演员之间又都有相似性，所以这两部戏从选角就经常被拿来比较。再加上林珊珊的风格明显就有效仿宋枳的嫌疑，要不是宋枳出门即高定，恐怕林珊珊连穿着打扮也要学她的。甚至连宋枳出自书香门第的身世，林珊珊也要学出个一二。往上数了好几代，终于找出个曾是大学教授的曾堂祖父。

她那点热度完全就是靠一路捆绑宋枳上来的，模仿不说，还时不时拉踩一下宋枳。

因为和何瀚阳的那点绯闻，宋枳最近的热度正盛。可能也是看准了这个，今天一大早，"林珊珊宋枳"这一话题毫无预兆地上了热搜第三。

打上宋枳的名字，关注度似乎自然而然地就高了。

话题点进去，排在前面的几乎都是夸林珊珊踩宋枳的微博。

"虽然宋枳和林珊珊长得相像，但两人的性格还是很好区分的。对比宋枳的绯闻缠身却还要强行立清纯人设，林珊珊简直如同一股清流。草根出身，靠自己的努力打动导演，终于出演了人生中的第一部女主角，这种励志经历，成功对她路转粉了。"

"林珊珊明显更珍惜这个来之不易的机会吧，看过不少两人的路透图，宋枳绝大部分都在发呆梦游，不可否认她长得的确很美，但敬业程度就另说。"

"不是说宋枳被大佬包养了，所以资源才这么逆天的吗？我还以为大家都知道了呢。"

"作为她的前团粉，宋枳……两面三刀可是出了名的啊。"

那些路透图明显就是有人故意拍的，他们口中说的宋枳发呆梦游，那是导演在让她找感觉。盛烟这个角色本来就是偏执扭曲的，她有自己的小世界，外界无法融入。

昨天的那些热搜好不容易撤下去，夏婉约特地嘱咐宋枳低调低调再低调，想着等这些网友将这件事给淡忘了再出现在大众面前。结果林珊珊的团队看准了宋枳正处于风口浪尖，故意出来蹭一波热度不说，还顺带拉踩一下宋枳。

宋枳虽然对很多事情都不太上心，却也不代表她愿意当别人往上爬的踏板。

因为怕她乱说话，她的微博一般都是公司在打理，主页里都是一些接的推广和广告。

宋枳罕见地登录微博。

克隆羊多莉只活了六年，不知道克隆人可以活几年呢？

配图是一张她给某杂志拍的封面，林珊珊前两天刚拍了一张相同姿势的。

其中含义，不言而喻。

等夏婉约发现这条微博的时候已经来不及了。半个小时的时间，宋枳这条微博就被网友转发了好几十万次。

"我去，刚啊。"

"666，正主亲自下场撕，搬小板凳等看戏。"

"小白花黑化？莫名有点带感。"

"这个热搜来得莫名其妙，明眼人都知道是怎么回事，宋枳生气也正常，吸血拉踩还专挑这种敏感期。"

"想看林珊珊怎么回应，哈哈哈哈哈。"

夏婉约觉得自己整个头都要被她气大了："你就不能暂时忍忍吗？你这一条微博发出去，这个话题没个三五天是下不去的。"

宋枳一脸无所谓的表情："我看她不爽很久了。"

夏婉约眼下也只有认命，她无奈地算了下自己的工作量，还不忘反复叮嘱宋枳："从现在开始，你就不要再发任何微博了，我找公关处理。"

被下了最后通牒，哪怕宋枳已经卷好了袖子准备亲自下场，也只能被半路劝返。

终于睡醒的唐笑言，火速发来慰问。

"昨天和何瀚阳闹绯闻，今天就亲自下场对刚白莲花，你还有多少惊喜是朕不知道的？"

宋枳正低头打字，夏婉约苦着一张脸进来："宋枳，林珊珊是不是知道你的靠山没了？"

宋枳被她问蒙了："什么靠山？"

"江言舟啊。"

林珊珊从一个名不见经传的十八线艺人，鱼跃龙门到拥有现在的逆天资源，圈内人一眼就能看出她是有人力捧。

之前她虽然碰瓷宋枳，但明显有顾虑，碰瓷也碰得小心翼翼。可现在，似乎知道宋枳和江言舟彻底没可能了，她完全就是放开了手脚，不遗余力地拉踩她。刚刚还抢走了宋枳的一个代言。

夏婉约试探着问道："听说她主演的那部电影，深环投资了五千万，该不会真是江言舟在捧她吧？"

"不过……"夏婉约欲言又止，"如果真是深环捧她，我们根本就没有还手的能力。"

再牛的导演对那些投资商有时候也需要点头哈腰。

这个世界本来就是强者生存。

宋枳在江言舟身边待了这么多年，自然也知道这个道理。以江言舟的身份和地位，想捧红一个人简直太简单了。

虽然这种时候说这些不太好，但夏婉约还是挺好奇的。尤其是在她得知宋枳不光和江言舟好过一阵，甚至还好了整整三年的时候。

她尽量把话问得委婉："江言舟是不是不许你进娱乐圈啊？"

宋枳不知道她为什么突然问这个："还行吧，他很少干涉我的决定，只不过希望我能先把学业完成。"

"那就奇怪了。"夏婉约在她旁边坐下，"你看，他这么有钱，要是愿意的话，你还会缺戏拍？"

原来绕这么大的弯是想问这个。

宋枳抱着自己的养生保温杯，看着漂浮在水面的枸杞。

"是我不让他插手的。"

夏婉约："哦？"

宋枳豪情壮志："新时代的独立女性本来就应该不靠男人，要独立起来。"

夏婉约看了眼她手腕上的江诗丹顿，总觉得她这句话没太大的说服力。

不过，这样一来，似乎也就说得通了。

宋枳进圈之前把自己的背景捂得严严实实的，没人知道她和江言舟的关系。众人只以为，她是个没有背景、长得跟天仙一样的人。

这个圈子有多黑暗，夏婉约清楚得很。宋枳却从未遇到过，虽然没人力捧，但却没人敢对她动手。

夏婉约以前还怪纳闷，甚至觉得可能是那些大佬看到她花钱如流水一般的挥霍能力，被吓到了。

现在一琢磨，似乎也能想通。

有江言舟提前为她清扫了障碍，哪怕她没办法在高起点出道，但也算是生活在一个被提前编织好的童话里。

那些阴暗的角落，早就在她不知道的情况下，被人处理干净了。

夏婉约看了眼正皱眉享受那杯养生枸杞茶的宋枳，公主原本以为靠着自己的能力能成功脱离城堡的桎梏，却不知道城堡里的人一直在不动声色地护着她。

这么想来，那个江言舟也算深情。

就是不知道他们两个怎么会弄到现在这个地步。

林珊珊和宋枳的碰瓷事件越闹越大，微博上甚至有人扒出了林珊珊的背景。

从一个名不见经传的替身演员，到今天大制作的电影女主，单凭她家的普通工薪族背景是完全无法做到的。

听说这部戏最大的投资商是深环，早前也有营销号发布一些关于林珊珊与深环总裁的桃色新闻。

作为北城上流社会金字塔顶层的人，江姓似乎足够勾起很多人的兴趣了。

越是神秘，就越是让人好奇，那篇博文被转载了十万多次。

听说林珊珊是江氏长孙兼继承人的新宠，这部戏也是他送给她的二十一岁生日礼物。

评论里一堆羡慕的声音：

"虽然没有见过这位继承人的照片，但我已经把他脑补成了偶像剧里的大帅哥。"

"这么牛的背景相对应的应该也是巨高的眼界吧，这样的人会包养林珊珊？这篇微博从头到尾都透着一股玛丽苏言情小说风，他哪怕是包养宋枳，我都觉得稍微可信一点。"

"我不好奇他为什么会看上林珊珊，我只好奇他介不介意再找一个，呜呜呜，哥哥我可以，我听话不黏人。"

……

这篇微博的阅读量足够让林珊珊和深环总裁热搜一日游了，可偏偏一点苗头都看不到。很显然，是有人故意压着，不让它上热搜。

特助站在总裁办公室里，大气都不敢出一下。

刚开完会的江言舟，此时正看着那篇让无数网友津津乐道的微博。

特助小心翼翼地和他做着大致的汇报："深环投资的那部剧，因为主演是林珊珊，所以那些网友都觉得……"他时刻观察着江言舟的情绪，发现他神色淡漠，没什么异常，于是暂时松了一口气，大胆地说完后半句，"那些网友都觉得是您在捧她。"

江言舟停顿片刻，似乎在回想深环什么时候投资过影视。想到一个多月前，他花了五千万给宋枳买了个奖。合同他也没细看，只是让法务部那边走了一遍，没问题就签了。

"林珊珊是谁？"

这部分是刘总负责的，特助之前倒是见过几次。在部门的聚会上，和刘总关系亲密，行为举止没有她平时的那种清纯。

江言舟显然对这些胡编乱造的东西没什么兴趣，指骨抵上平板边缘，还来不及按退出，视线落在微博下方的配图上，眉梢因为疑惑而轻微地抬高。

特助主动为他解惑，充当起贴心小棉袄："这位就是林珊珊。"

照片是刻意找角度拍摄的，原本她的眉眼就和宋枳有几分相似，再加上后期修图，看上去竟和宋枳也有六七分相似。

宋枳以前总嫌江言舟老土，除了工作需要，他几乎不上网，更别说是翻微博了。如果不是今天特助拿着平板过来找他，他都不知道自己已经在不知情的情况下，捧红了一个和宋枳模样相似的艺人。

不过照片修得太假，连宋枳的半分神韵都比不上。

他低声说："把刘晖叫过来。"

特助应了一声后，出了办公室。大概五分钟后，刘晖敲门后进来。

江言舟正看着那份价值五千万的合同，头也没抬。

刘晖笑道："您叫我？"

江言舟微抬下颌，淡声道："坐吧。"

刘晖拖出椅子坐下。

江言舟把那份合同反过来推到他面前，屈起指骨，轻叩了下桌面："还记得这份合同吗？"

刘晖只扫了一眼，心口猛地哆嗦了下："记……记得。"

他面上强装镇定，实则被吓得冷汗直冒。

林珊珊是他最近想捧的一个新人，当然也夹带着私心。江言舟虽然在那部剧里投资了五千万，似乎也只是为了还一个人情而已，对后续的发展没有太大的兴趣。刘晖正好就负责这部分，所以他利用职责的便利，把林珊珊硬塞进去。

"以我的名义行自己之便。"江言舟靠上椅背，嘴角带着风轻云淡的笑，眼底却半分笑意都看不见，"谁给你的胆子？"

刘晖跟了他好些年了，对他的性子却也只算摸透一点。江言舟这个人心思深，说话做事也是露半分留半分，处理事情滴水不漏，不讲任何私情。公事公办，倒也符合生意人的做派。他越是笑着，刘晖就越害怕。

如果现在不是坐在椅子上，刘晖恐怕早就吓得双腿发软，站不稳了。

他连忙解释道："我只是和导演那边通了个气而已，让他如果有多余的角色可以给我空一个出来，林珊珊和您的那些传闻我也不知道，这些事情和我没关系的。看在这么多年的情分上，您再给我一次机会，我以后再也不敢了。"

江言舟侧转了下椅子，唇间冷笑："你替我做事，我给你开工资，我们有什么情分可言？"

一句话，如同迎头一盆冷水，彻底将刘晖给浇了个透心凉。

作为一名混迹在娱乐圈里的打工仔，宋积正兢兢业业地记着台词。

刚拿到一手资料的夏婉约迫不及待地和她分享自己的新情报："听说《迷雾》剧组把女主给换了。"

宋枳突然精神了，从藤椅上坐起身："什么？"

夏婉约乐得不行："听说是深环总裁亲自让人换的，我有个朋友是《迷雾》剧组的，这个消息现在还没传开，只有内部几个人知道，算是独家。"她像刚打了场胜仗一样，"林珊珊也是活该，碰瓷谁不好，你好歹也是个前任正宫啊。"

宋枳倒没多高兴，她这斗志才刚烧起来，那边就熄火了。

不战而胜多没意思。

她伸手："手机给我下。"

夏婉约疑惑："要手机干吗？"

"打个电话，我手机没电了。"

夏婉约把手机给她后，宋枳凭着记忆拨通了江言舟的号码。

响了好几声那边才接通。

"喂？"熟悉的清冷语气。

宋枳没好气地开口："是我，宋枳。"

安静片刻，他的声音也柔和了许多："换号码了吗？"

"我朋友的手机。"她不想和他多废话，"是不是你把林珊珊给换了？"

他没否认："这件事我也是今天才知道。"他指的是《迷雾》把林珊珊定为女主的事。

导演组那边看的是江言舟的面子，所以外界自然也就认定了是江言舟在捧她。

宋枳开门见山："如果你是因为我把林珊珊换掉的，那么大可不必，我就是要让她自己亲眼看看，她跟我的区别到底有多大。"

既然外界一直拿这两部戏作比较，那她就要用现实打醒林珊珊。她不光身材外貌比不过自己，演技也不过是自己面前的一个提鞋丫鬟而已。

江言舟听出了她话里的自信满满，甚至能想象出她此刻的表情：傲娇自负。

他抿唇轻笑，眼底都是宠溺："好，都依你。"

宋枳皱眉："你笑鬼呢？"

她骂完就匆忙挂了电话，生怕他骂回来。

特助拿着刚拟好的合同进来："江总，合同拟好了，您看一下，如果没问题的话我就拿去法务部那边盖章了。"

江言舟摆了摆手："先不换了。"

特助愣了一下："啊？"

"等她拍完这部戏，再随便找个理由雪藏了。"

他犹豫道："找什么理由呢？"

江言舟抬眸看他，也不言语。

特助被他的眼神吓到，哆哆嗦嗦地开口道："我……我到时候随便编一个。"

还真是伴君如伴虎，刚刚打电话的时候还一脸温柔，和自己说话就开始变脸了。

这位总裁双标得未免也太明显了一点。

不管怎么说，这事闹过去后，林珊珊非但没有继续蹦跶，反而开始频频在微博上向宋枳示好，显然也是听到了些风声。

宋枳根本就懒得搭理她。

热脸贴了个冷屁股，微博上又开始新一圈的嘲讽。

"林珊珊这讨好的意思未免也太明显了吧，碰瓷时的丑恶嘴脸哪去了？"

"听说好像是被人警告了，喜闻乐见。"

"蹭谁的热度不好，偏偏要蹭江家那位大佬的，可能是嫌自己活得太久了。"

……

区河街的戏份过了，之后的戏份都在市中心，宋枳也不用再和林珊珊见面了。

眼不见为净。

秦河的电话打过来的时候，她正软磨硬泡求着导演放她半天假。她哭得格外真切："呜呜呜，我和我哥哥相依为命，我已经很久没有见到他了，他好不容易重见天日，如果他发现我没去接他的话，他肯定会难过死的。"

奈何罗导铁石心肠，就是不准假："今天这场戏很重要，如果你不留下来拍的话，我也会难过死的。"

面对秦河的询问，宋枳只能叹口气："生活不易，导演不批假。"

秦河笑道："没事，你安心拍戏，有我在。"

也只能这样了。

听出了她声音里的失落，秦河轻笑着摇了摇头，声音里带着几分安抚："前几天看你在微博上说想吃蛋糕，听说那边有家甜品店很出名，我回来的时候给你买一点。"

宋枳忙说："不用，我发微博就是为了丰富下人设，我现在控制体重呢，哪里敢吃这种高热量的东西？"她伸手掐了掐自己的细腰，有些不满地埋怨，"经纪人现在让我改走吃货人设，说这样能拉近距离。我要真按微博上发的那么吃，早就成大胖子了。"

宋枳从小最爱的就是甜食，听到她这么说，秦河有点心疼："少吃一点也不行吗？"

她嘀咕道："少吃那还不如不吃呢。"

秦河顺从地点了点头，语气温柔："那等我把宋落接回来了，我带你去吃点热量不高的。"

宋枳眼前一亮："你说的啊。"

他笑："嗯，我说的。"

电话挂断后，秦河开车前往目的地。

监狱在北城一个小镇上，位置很偏僻。车程两个小时，那一片区域格外空旷，有大片绿色草地和遍布路旁的白杨树。

监狱门口零星地停着几辆车，应该是来接人的。

秦河一眼就看到了停在路边的那辆黑色迈巴赫，男人倚着车身，正低头点烟。抬眸时，视线和秦河的对上。

秦河关上车门过去，语气平和地和他打着招呼："到了多久？"

他说："刚到。"

秦河点了点头，视线看向冷肃庄严的铁门，安静地等待宋落从里面出来。

时间一点一点流逝，烈日炙烤大地，江言舟指间的烟也燃烧了大半，铁门发出"咯吱"的声音，从里面打开。伴随着狱警的那句："出去以后也要遵纪守法啊。"江言舟看向声源处。

七年的时间，男人褪去身上那股少年稚气，唯一没变的大概就是脸上的桀骜。不得不说，宋落和宋枳身上的确有很多相似的地方，坚韧自信于他们来说仿佛是与生俱来的一般。

男人皱了皱眉，抬手去挡阳光。

他身上穿的应该是宋枳提前送过来的衣服，他的身高体形与江言舟相似，肩阔腿长。

江言舟沉吟片刻，默默地把外套扣好。难得不用去公司，他也罕见地脱下那身沉稳的正装，里面的T恤是宋枳送给他的生日礼物。往年她送的都是些山寨的衣服和表，前段时间江言舟还在疑惑，她怎么突然良心发现了，原来只是拿他试尺码。

秦河笑容温柔地走到宋落面前："好久不见。"

七年时间说长不长，说短不短，却也足够让一个人发生变化。

宋落笑着点头："是挺久的。"

他看到站在后面的江言舟，绕开秦河过去，熟络地搭上他的肩膀："还是我熟悉的那张欠债脸。"

江言舟面无表情地把他的手拿开："上车再聊吧。"

脾气是一点没变。

外面太晒了，宋落点了点头："行。"

秦河简单地问了宋落几句："这些年过得还好吗？"

宋落笑了笑，惯有的随性里却带着些许不易察觉的苦涩："就那样吧。"

能好到哪里去？七年的时间，青春都在监狱里磋磨没了，连同他少年时期的理想也一块儿烟消云散。刚进去那会儿，他没有一点想要活下去的念头。

后来他想到了宋枳。他活着，她至少还有个亲人。这七年来，宋枳是支撑他活下去的唯一信念。

秦河拍了拍他的肩膀："出来了就好。"

江言舟在附近的西餐厅订好了位置，不过宋落说好不容易从笼子里出来了，想看会儿更广阔的天。

这会儿放假，一中没学生。江言舟买了点啤酒，几个人坐在篮球场旁。

篮球场上有几个看起来十七八岁的高中生，穿着篮球服正在打球。

三分球，没中。

篮球弹在地上，一路滚过来，来到宋落的脚边。他把球捡起来，扔过去，那个学生礼貌地和他道着谢。

七年前，他们也曾穿着篮球服，在这片篮球场上肆意挥洒汗水。或桀骜，或淡漠，那是少年该有的模样。

天色已经暗了下去，球场上的灯也开了。

江言舟问他："以后有什么打算？"

"重新来呗。"

他的第一志愿一直都是国防科技大学，高考前夕却发生了那样的事，这辈子都会有污点，只能寄希望于下辈子了。

宋落问江言舟："你呢？"

江言舟知道他指的是什么，他微侧了身子，胳膊搭在后排座椅上，模样有些慵懒散漫。白皙的指尖沿着易拉罐轻轻打着圈："你知道的，我没有梦想。"

宋落之所以和江言舟一见如故，就是因为他身上那股对什么都不在乎的淡漠。

他好像无欲无求，因为什么都有，所以什么都不缺。江言舟就像是一座孤岛，和外界断了联系，永远都没有办法靠岸。

宋落其实挺佩服这种人的。他调侃道："你该不会连恋爱都没谈过吧？"

江言舟看了他一眼："谈过。"

想不到铁树都能开花，宋落来了兴趣："叫什么？看看我认识不。"

秦河神色微变。

江言舟沉吟半晌："宋枳。"

宋落笑道："这个名字还挺熟悉的，该不会是我们以前哪个同……""学"字还没说出口，他脸上的笑容彻底凝固，"……该不会是我妹妹吧？”

江言舟看着他，没说话，似是默认了。

安静了几秒钟。

宋落怒火冲顶，上去给了他一拳：“江言舟，你还是人吗？朋友的妹妹你也下得了手？”

江言舟也没躲，宋落那一拳结结实实地揍在了他的左脸上，他的口中瞬间弥漫着一股腥甜味。

秦河连忙过去将二人分开：“宋落，你冷静一点。”

“我冷静什么，你放手，不放我连着你一块儿揍！”

他是真的气狠了，从出事那天起，他最放心不下的就是宋枳。那丫头矫情得很，之前有家里人宠着她，她捅出什么娄子也有自己给她兜底。可突然有一天，她变成独身一人。怕她害怕，宋落特地拜托江言舟有空的话帮他照顾下自己这个娇气的妹妹。

宋落冷笑道：“你倒好，见色起意是吧？”

江言舟揉了揉流血的嘴角，指腹染上那抹鲜红。似乎有些不满宋落话里的那句见色起意，眉头轻微地皱起：“我一直都喜欢她。”

说完后，他似乎突然想到了什么，自嘲地笑笑。

他的话让宋落逐渐冷静下来。作为朋友，江言舟是什么样子他再了解不过。

他不爱说谎。

他们俩平时整天都在他眼皮子底下，他半点没看出来江言舟喜欢宋枳，所以才放心大胆地把宋枳拜托给江言舟，甚至还让他多多提防点秦河，别让他把自己妹妹给拐走了。谁知道千防万防，宋落自个儿亲手把妹妹送到老虎嘴边了。

不过事情都已经发生了，也没办法改变。

他按捺住怒火，尽量心平气和地问江言舟：“你俩不会是早恋吧？"

江言舟不知什么时候点了根烟，他微垂眼睫："上大学的时候在一起的。"

刚熄灭的火又怕烧起来了，宋落说："你还是别讲了，我怕我忍不住又想揍你。"

秦河看着二人，笑容有些无奈："这么多年没见，聊点其他的。"

宋落点头。一直围绕这个话题也不好，的确应该聊点其他的。

他问江言舟："那你们现在还在一起吗？"

秦河："……"

这算哪门子的聊其他的？

江言舟动作微顿，眼神明显黯淡下去："她不要我了。"

宋落瞬间乐了："那你活该啊。"

江言舟沉默片刻，起身的同时把酒也给拿走了。

宋落不满地喊道："你把酒拿走了我喝什么啊？"

他头也没回，语气冷漠："你自己买。"

呵，心眼还挺小。

房子前几天就谈妥了，宋枳买了些新的家具，找人打扫了一下，今天就可以住进去了。

她和宋落也不算太长时间没见面，一个月前她还去探过监。不过这还是她七年来第一次可以不用隔着防护玻璃和他见面，以至于拍摄的时候都有些心不在焉，罗导批评了她好几次。

中场休息的时候，小许拿着平板过来，上面是夏婉约发过来的消息，是关于她新戏杀青以后接的几档综艺。

艺人也得维持热度，现在综艺是吸粉最快的。所以在宋枳未来的规划里，综艺是夏婉约的首要考虑。

夏婉约："一档是选秀综艺，一档是恋爱综艺。考虑到你的档期问题，节目组那边已经同意错开时间了。"

宋枳看得一脸蒙。

"人家好好的选秀综艺我去干吗？当花瓶啊。还有那个什么恋爱综艺，专门谈恋爱？"

夏婉约的消息很快就回过来了，似乎早就猜想到宋枳会这么说，她提前准备好了说辞。

"这两档综艺公司专门评估过，肯定会大爆，盯着这两张大饼的艺人可都在你身后排着队呢。你只要摇下头，立马就被别人给抢走了。

"你还有没有点野心和志气了？只要你接下这两档综艺，我敢保证，到时候电影上映，你肯定能直接上升到一线。

"你现在错过了这个机会，下一次可能就是几年后了。"

宋枳当然有野心，而且还不小。越是骄傲自负的人，就越不愿意认输。她既然选择了这条路，就不会轻易回头。

迟疑了几秒后，白皙的指尖轻触屏幕，打下几个字发过去。

"接了吧。"

夏婉约就等着她这句话。

"OK，我回复节目组了，明天下午签合同。

"对了，刚刚忘了说，那档恋爱综艺男方是何瀚阳。"

宋枳看着这句话末尾那个吐舌头的小表情，顿时心如死灰。

恐怕不是她忘了，是故意没说。

宋枳："恋爱综艺，还是和何瀚阳？你疯了还是我疯了？"

夏婉约："现在恋爱综艺很火的，而且节目结束后 CP 粉都会转换成女方粉丝，何瀚阳都不介意你介意什么？"

宋枳："我当然介意啊，之前我们两个闹出那样的绯闻，什么激战三天三夜的，我现在接这个综艺不就坐实我们的恋情了吗？"

夏婉约："这个已经澄清过了，现在那些网友也只当你们是好朋友，越是这种暧昧期间的状态越好嗑。平台就是看中了你们这对CP的热度，他们那边可是答应我了，只要你接下这档综艺，他们后期会主推你，自制剧和综艺也都会优先考虑你。"

看着那些让人心动的条件，宋枳沉默片刻。

"我再考虑考虑吧。"

夏婉约也没给她太多时间，就两天。

好不容易等收工结束，宋枳觉得自己身心俱疲，一上车就睡着了。好在她提前告诉过司机新家的地址。

新家比夏婉约家要近半小时的路程，还没睡多久她就被人叫醒。

小许怕她着凉，在她睡着以后就给她盖了张毛毯，随着宋枳起身的动作，毛毯掉到地上。

她弯腰捡起来，看了眼车窗外的景色："到了吗？"

小许点头："到了。"

宋枳打了个哈欠："那我先走了，晚安。"

"宋枳姐晚安。"

下了车后，宋枳把口罩戴上，进了电梯。

这里是高档小区，和夏婉约那儿的老小区不同，很安静，安保措施做得也很好。

宋枳输完密码开门进去，一手扶着墙，一手去脱鞋子，冲着里面喊了声："秦河哥。"

她回来之前给秦河打过电话，他说他已经接到宋落了，现在在家，钥匙是宋枳提前给他的。

里面没动静，宋枳正纳闷呢，抬眸刚要开口，一个吊儿郎当的身影斜倚着墙，冲她笑。他笑起来时微弯的眼睛，以及那口大白牙对宋枳来说都异常熟悉："小矮子长高了啊。"

　　宋枳先是一愣，然后扔了手上刚脱下来的高跟鞋，激动地冲过去挂在他身上："宋落啊啊啊！！！"

AUTO 4K

● REC

肆

扁平竹 ——

著

0.4EV
F5.6

00:00:01:30

下

意

四川文艺出版社

目录 contents

目录 contents

第十二章
重逢

　　宋落被她这突如其来的冲击撞得往后踉跄了好几下，护着她的腰不让她掉下去，嘴上却满是嫌弃："刚脱了鞋子的手就往我身上蹭，脏不脏啊？"

　　宋枳从他身上下来："怎么能对仙女说脏这个字呢？粗鄙。"

　　宋落将她上下打量了一眼，眉头皱着："你真的有考上大学吗？我怎么觉得你身上一点书香气都没有？"

　　宋枳自动忽略了他这个问题。

　　毕竟她又是休学，又是差点被退学的，要不是江言舟替她打点，估计她就毕不了业了。

　　她将话题带开："我快饿死了，有吃的吗？"

　　他点点头："应该马上就熟了。"

　　进了餐厅后，秦河正在摆放碗筷，宋枳闻到饭菜的香味，一点也不吝啬自己的赞美："秦河哥的厨艺还是这么好。"

秦河意味深长地看了一眼厨房："今天的大厨不是我。"

宋枳疑惑，刚要问他是谁，江言舟便端着菜出来，腰间还系了个围裙。

看到宋枳，他唇角微弯："马上就好了。"声音罕见的温柔。

没想过他会出现在这里，宋枳冷声道："算了，我不饿，你们吃吧。"

话说完，她就上了楼。

宋落看到这一幕还挺好奇，他问江言舟："你确定你们是谈了一场恋爱，不是打了一架？"

江言舟盯着宋枳的背影，沉默不语。

宋落幸灾乐祸地提醒他："宋枳记仇得很，我以前不小心把她凉鞋上的蝴蝶结给弄坏了，她三个月没和我说一句话。"

江言舟很显然并不想理他。

饭菜都端出来了，江言舟甚至还专门炖了宋枳爱喝的玉米排骨汤。他没什么胃口，筷子都没怎么动过，视线一直盯着楼梯口。

宋落："放心好了，不出十分钟，她肯定会下来的。"

他这句话说完后的十秒，宋枳就按捺不住饥饿下来了。

江言舟贤惠地替她盛了一碗汤："我特地给你炖的。"

宋枳客套地道了声谢，然后把碗推开，低头吃饭。

在宋落的印象里，江言舟并非是个情感丰富的人，他学不来阿谀奉承，也做不到曲意逢迎。

不过也是，以他的身份，也不需要去讨好任何人。至少在宋落认识他的这些年里，他从未见过江言舟温声细语地去哄过谁。可此刻，江言舟眼底的小心翼翼和偶尔生起的失落，皆来自于宋枳的言行举动。

江言舟不动声色地把她爱吃的菜都摆放在她面前，知道她喉管细，吃饭容易噎着，甚至还提前拿了杯温水放在她手边。可惜宋枳一口没喝，酒倒是喝了不少。

整整两箱酒，她和宋落喝了大半。

不愧是兄妹，在某些方面简直一模一样，不知节制。

宋落的酒量不如宋枳，喝了一轮就倒了，被秦河扶回房休息。

宋枳还拎着个酒瓶往杯子里倒，一边倒还一边嘀咕："怎么一滴都没有了？"

江言舟刚刚倒的那杯温水已经凉了，他又去换了一杯："喝点水会舒服一些。"

宋枳眯眼看他："你谁啊？"

她醉得厉害，连话都说不太清楚。

江言舟就这么看着她，从她带着醉意的眼睛，再到挺翘的鼻子，以及被酒水润湿的樱唇。

他从小就知道，他不被人喜欢，甚至连生养他的母亲都说看见他就觉得恶心。母亲是个有修养的女人，待他却像是个陌生人。江言舟以前也有过不理解，后来就习惯了。

父母离婚后，他被带回 B 市的外婆家。

那个时候他也没多大，看到因为和父亲离婚而整天郁郁寡欢的母亲，他一直都陪着她。直到后来，那个待外人温柔贤惠的母亲开始对他冷言冷语："你和你父亲一样，你们体内流着相同的血。你不配被人喜欢，也不能奢求别人去喜欢你，你天生就该被人厌恶。"

他觉得自己全身的血液似乎都凝固了一般，手和脚都是凉的。

他从来没有这样的感觉，心脏像被人撕裂了一般："你就这么讨厌我？"

"对，我看到你就想到了你父亲。你不能理解我的感受，你这辈子都无法理解我的感受，所以你不会知道，我有多恨你。"

后来江言舟被接回北城，转到一中。

他不爱说话，沉默寡言，对任何事物都不抱有兴趣。直到他站在阴暗处，看到一个女孩子闯入自己的视野。她笑容明媚，自信开朗。

宋枳有些反胃，捂着胸口干呕了几声，江言舟把手中的水杯递到她嘴边，轻言软语地哄着她喝下去。

宋枳费力地抬眸，冲他笑："长得还挺帅，要不要和姐姐谈恋爱？"

他把空掉的水杯放回桌上，听到她的话，动作微顿。

"好。"

宋枳挥了挥手："还是算了，你长得这么好看，竞争对手肯定很多。"

江言舟眼睫轻颤，他说："可是我只喜欢姐姐。"

宋枳似乎也没听清他说的是什么，把落发挽到耳后，上身微倾，离他更近："你刚刚说的什么？"

随着距离的突然拉近，江言舟闻到她身上的香味。似乎一切都是熟悉的，她还是那个喜欢搂着他脖子撒娇要赖的宋枳。

眸光稍暗，宋枳的长发从他指间滑过。柔软的触感让他呼吸有片刻的加重。

江言舟揽住她纤细的腰，将她带到自己怀中。

他像是误入玫瑰园的盲人，闻到满园的花香，明知道有刺，却还是经受不住诱惑。

宋枳似乎也很满意这个温暖宽厚的怀抱，让她觉得有安全感。她微抬眼睫，笑容暧昧地看着他。

身边即世界。

江言舟深喘着粗气，最后一点理智支撑着他把宋枳抱回房。

宋枳喝醉了不安分，江言舟刚替她把鞋子脱掉，她不满地将脚伸到他怀里："我的鞋呢？"

隔着 T 恤，江言舟能感受到她的脚很凉。

"在玄关放着。"他替她盖好被子，"先睡觉。"

宋枳眨巴眨巴眼，看他转身要走："你不陪我吗？"

江言舟看着她的脸沉吟片刻："我去趟洗手间，待会儿就过来。"

等他从洗手间出来的时候，宋枳已经睡着了，她也只有在睡着的时候才会像现在这样安静。

她好像永远都是骄傲的，哪怕是回到破落的小镇跟着姥姥一块儿生活，她仍旧没有半分落魄和自卑。

只有在充满爱的环境长大的人，才会拥有这样的自信。

江言舟安静地看着她。

幸好，他的只只是在充满爱的环境下长大的。

阳光从窗帘缝隙渗进来，宋枳扶着发沉的后脑勺坐起身，总觉得昨天晚上被人揍了一顿。

秦河在客厅里准备早餐，看到宋枳起床了，他把刚温好的牛奶端出来："先坐一会儿，马上就好了。"

她觉得自己身上的骨头都快散架了，走路都成了一件极为痛苦的事。

"你怎么起得这么早？"

秦河笑了笑："不算早，宋落六点就起了。"

他原本还担心宋落喝成那样，怕他今天起不来，所以一大早就买了点菜过来，打算给他们做早餐。结果刚过来，就看到出门晨跑的宋落。

她问秦河："你不用工作吗？"

秦河正给意面淋酱："我和律所请了几天假，除了明天下午要去京大授课，其他时间都空出来了。"

宋枳仰慕地睁大了眼睛："你还给京大授课呢？京大就挨着我们学校呢，改天你也带我去长长见识啊，听说京大里面可都是些天才，我还没见过天才长什么样呢。"

他笑了笑，把面端出来："你不是天天都看着江言舟吗？"

听到"江言舟"三个字，宋枳的兴趣瞬间消了一半："天才也不一定都是他那样。"

秦河似乎在认真回想："可是以我的经验来看，江言舟的确是我见过的所有天才里，长得最好看的。"

"那还是算了。"

对天才的好奇心彻底消失，宋枳老老实实低头吃她的意面。

喝断片的脑子里零星还有一点片段存留，她只依稀记得是江言舟把她送回房间的。至于后面发生了什么，她就不太记得了。

叉子在盘子里搅了一圈，意面绕上来，宋枳眉梢微皱。江言舟该不会趁她喝醉对她动手动脚吧？宋枳瞬间脑补了一出柔弱醉酒少女惨被前男友欺负的画面。不过江言舟倒也不至于做出这种事情来。

今天要早点去片场，宋枳随便对付了两口就走了。

"秦河哥，我先走啦。"

宋落和宋枳的口味不同，他们两个的早餐秦河都是分开做的。他这会儿正在做宋落的那份，听到宋枳的话他从厨房出来，摘掉围裙："我开车送你吧。"

宋枳换上自己心心念念的那双高跟鞋，这是昨天刚到的货，她提前一个多月预订的，国内专柜还没有。

"不用，车都到楼下了。"

小许最近兢兢业业，每天起得比鸡早，睡得比狗晚。

夏婉约原本打算再给宋枳找个生活助理，毕竟她现在不同以往，通告不断。如果生活和工作不分开的话，她怕小许一个人忙不过来。

宋枳也觉得小许最近辛苦了不少，于是点头同意了夏婉约的提议。此时的她正盯着手机里那款限量版的包包流下悔恨的泪水。

有钱都买不到自己喜欢的东西，这是什么人间惨剧。

罗导根本不给她悲伤抹眼泪的时间，冷酷地说了一句："开拍了啊。"

宋枳叹了口气，放下手机起身过去。

今天拍的还是那场跳海的戏，在女主误以为男主和女配在一起后，心灰意冷，对这个世界彻底失望，打算在海里结束自己的生命。

之前那场戏虽然过了，但今天还得多补拍几个镜头。

如今的海水冷得刺骨。

昨天宿醉的后遗症还在，加上从海里来来回回这几趟，宋枳觉得自己整个人像是摔进火炉子里一样，浑身烫得吓人。

小许怕她再感冒，全程拿着毛巾在旁边等着。

宋枳哆哆嗦嗦地从水里出来，小许连忙过去，替她盖上外套的同时还不忘拿毛巾给她擦干湿发。可能是察觉到宋枳的情况不太对，罗导难得贴心一回，让她先回车上休息一下。

毕竟女主要是病倒了，拍摄的进度也会被拉慢。

宋枳回车上把湿掉的衣服换了，手里端了杯姜茶驱寒。

身上没劲透了。

午饭时间，宋枳没什么胃口，随便点了几道家常菜。小许出去找了一圈都没有她喜欢吃的。他们现在在海边，离市区很远，来这儿的都是一些外地过来的游客，附近摊贩做的吃食宋枳没有一样吃得惯。

宋枳口味挑剔，再加上因为感冒而没什么胃口，光是闻到那些路边摊的味道她就有点想吐，于是她只能靠喝姜茶充饥。

小许看着这位非常有原则的娇气大小姐，不免有点头疼。

本来就是个弱柳扶风的身子骨，这又病了，要是还不吃饭的话，他真的怕她原地晕倒。

看出了小许的担忧，她说："我其实也不是很饿。"

姜茶喝得身体更热了，她索性把茶杯放下。

为了维持身材，近几年来她严格控制自己的饭量，几乎顿顿三分饱，早就饿习惯了。

宋枳打了个哈欠，想要小睡一会儿，脑袋沉得厉害，连眼睛都睁不太开了。她裹着毛毯，让小许先去吃饭："我再睡一会儿。"

小许虽然不放心，却也只能点头："那你要是有不舒服的地方就叫我。"

"嗯。"

待小许走后，宋枳放平座椅，很快就睡着了。只不过这个觉睡得并不安稳，感冒发烧不是一件轻松的事。

以前在家的时候虽然也是被宠着，但父母对她还算严格，始终贯彻自己的事要自己做这一独立准则。后来她和江言舟在一起，他虽然性子淡漠了些，但凡事都先紧着她，光是下雨天身后都得跟着好几个打伞的，久而久之，她就被养得跟块嫩豆腐一样。

她跳了多少次海，季宋同样也跳了多少次海，并且还得空出手来捞她。

受的罪比宋枳多，人家却没感冒。

看来节食减肥和运动减肥的确是有区别的。

宋枳意识昏沉地想，等这次病好了，她一定去请个私教，好好锻炼一下，她可不想活不过三十岁。

怎么着也得死在江言舟后头吧。

车内开了暖气，衣服被冷汗浸湿，喉咙也干涩得可怕。恍惚间，额头上传来的凉意让难受的感觉稍微减退。

她闻到香味后，睁开眼睛。

刚睡醒，视野还是模糊的，只依稀能够看见一个男人优越的肩颈线条，身上白衬衣的下摆随着他此时的动作而微皱。

不论他在干吗都仿佛自带贵气，哪怕此时的他正贤惠地在试水温。他的袖子往上卷了两截，手腕上露出那只黑色的伯爵表。

靠表识人的宋枳手撑着座椅，艰难起身："你怎么来了？"话说出口，声音沙哑得连她自己都吓了一跳。

江言舟看到她醒了，把手里的水杯和感冒药一块儿拿过来："把药吃了。"

宋枳似乎没有听到他说的话，此时完全沉浸在自己声音变得沙哑难听的悲伤中，发出痛苦三连问："呜呜呜，我的声音怎么变得这么难听了？我以后是不是唱不了歌了？我的粉丝会不会因此全部离我而去？"

江言舟觉得她是在杞人忧天。

他听过她的歌。当初她的组合发行第一张专辑，一共才卖了几千张。出道即糊，没少被嘲讽。

原本公司打着国内最火热的女团送她们出道，结果首张专辑的成绩差得如此出乎意料，网上几乎全是冷言冷语。

突然，一天的时间里，专辑销量暴涨了三个零，不过全部都是同一个匿名号买的。

宋枳在那张专辑中只有几句歌词。她在唱歌方面的确没什么天赋，唱歌像在念书，一字一句的，毫无感情。

江言舟把那几句反复听了好几遍，终于明白了为什么没人买。

后来她们陆陆续续又推出了好几张专辑，绝大多数的销量几乎都是江言舟贡献的。

宋枳拿着这笔分红高兴地请江言舟吃了顿好的，却不知道羊毛出在羊身上。

江言舟拿着体温计过来时，宋枳正抱着粉丝送的卡通抱枕独自难过。她脸颊旁还有睡觉压出的痕迹，因为高烧耳朵发红。

"普通感冒引起的喉咙干涩，病好了就会恢复的，你别担心。"他把体温计递给她，"测下多少度。"

宋枳没接，反而狐疑地看着他："你是怎么来的？"

"坐车来的。"

宋枳无语，她当然知道他是坐车来的，难不成还能走来？

"我是问，你怎么知道我在这儿？"

他沉吟片刻："这边有我认识的人。"

发烧后的大脑明显比之前转动得还要慢，大概安静了几分钟后，宋枳才皱着眉："你找人监视我？"

她动作幅度大，额头上的退烧贴虚虚地挂在上面，险些掉下来。

江言舟单手撑着她身侧的座椅扶手，上身微倾，神色专注地替她把退烧贴重新贴好。

泛着凉意的指腹偶尔失误，擦过她额头的那一块皮肤。

身上的热意似乎减退了些，宋枳闻到他身上那股熟悉的室内熏香的味道。

他似乎对这种东西没什么讲究，以往用的都是沉香。后来宋枳说他本来就给人一种沉稳严肃的感觉，换点清爽些的熏香会稍微消减一点距离感。

熏香的味道是她选的，按照她的喜好。

她原本以为江言舟不会喜欢，可是他一直用到了现在。

也许是懒得换。

"这部戏涉及一些专业问题，所以罗叔找我借了几个人。"

他语气平静地为她解答那个似乎涉嫌违法的问题。

宋枳为自己的自作多情感到窘迫，小脑袋往下垂了垂，心里却在狂飙脏话。

一向信奉"哪怕是猝死也要挣扎着起床化个精致的妆容以后再停止心跳"的宋枳，居然让前男友看到自己这副憔悴的病态。

如果不是体力不允许，她真的很想直接拉开车门来个百米冲刺赶紧离开他的视线。

不行！

当逃兵可不是她宋枳的作风。

在心里默默给自己加油打气后，她准备来个优雅的反击。

江言舟把体温计递给她："夹在腋窝里。"

宋枳装模作样地皱眉："你什么身份啊，就吩咐我？"

江言舟沉默片刻，语气不见起伏："求你，夹在腋窝里。"

宋枳白眼一翻："什么态度？"

江言舟叹了口气，声音压低："求求你。"

宋枳这才勉为其难地接过体温计，心里暗爽得不行。江言舟居然也有求她的一天。

见她脸上颇有几分农民翻身把歌唱的得意，江言舟微垂眼睫，眼底的笑意带着几分温柔。

她穿的是衬衣，要测体温的话只能先解扣子。她也没多想，直接就把扣子解开两颗，领口柔软地垂落两侧，露出精致的肩颈线条以及优越的胸前弧度，皮肤白得发亮。

娇养在城堡里的公主似乎都有共性，那就是她们都有着足够让人一见钟情的外貌。

此刻的公主正一脸嫌弃地小声嘀咕："这个体温计不可以直接放在嘴里测吗？居然还得夹在腋窝里。"却没有注意到男人的视线被她乍泄的那片春光烧得滚烫。

江言舟不动声色地移开视线："过来得急，在附近诊所随便买的。"

宋枳平时连换衣服都不会专门避开江言舟，这会儿也没察觉到不对。

她把扣子一一扣好后，瞬间翻脸不认人："你现在可以走了吧？"

面对她下的逐客令，江言舟非常耐心地和她讲着条件："再等十分钟，等我确定你不烧了再走。"

"江先生好像越界了呢。"她笑容甜美，"这方面就不需要您费心了，自然有人照顾我。"

说话间，她把车门打开，刚准备叫小许，眼睫轻抬，正好看到拎着打包盒过来的何瀚阳。

宋枳愣了一下，有点疑惑何瀚阳为什么会出现在这里。

小许似乎正在和他说着话，后者心不在焉地听了会儿，视线微抬，就这么和宋枳对上。

停顿片刻，他微不可察地抿了下唇，好像在笑，然后直接绕过小许，走了过来。

宋枳的手还扶着车门，一只脚悬空。

何瀚阳手上打包盒的 LOGO 是宋枳最常吃的那家，在市中心，离这儿少说也有一个多小时的路程。

她眨了眨眼，鬼使神差地问了一句："你是过来探班的吗？"

毕竟这儿就是一偏远海域，过来的都是些外地游客，本地人很少会来。而且为了拍摄，剧组还提前清过场，何瀚阳怎么着也不能是专门过来看风景的吧？

"他说你想吃这家的粥，正好我今天有空。"

何瀚阳口中的"他"指的应该是小许了。

宋枳的关注点有点歪："你什么时候和小许关系这么好了？"

因为她的这句话而略微抬眸的何瀚阳，情绪似乎有微妙地转变，却也只是无声地看着她，没有开口。

意识到自己的话有歧义，宋枳解释说："我的意思是，你怎么有他的联系方式？"

单就何瀚阳这个性格，他显然是不会和小许成为朋友的。

何瀚阳："有些事想要请教他。"

宋枳顿时乐了："请教他如何变着花样要求上司涨工资吗？"

她坐没个坐相，平日里面对生人还会注意下形象，努力维持自己清纯小白花的人设。一旦到了熟人面前，就会放松下来。

她对何瀚阳没什么坏印象，小弟弟听话乖巧，外表也正好是她喜欢的类型。光是观赏性就足够让宋枳对他的好感度直线上升了。

她半个身子坐在车里，长腿吊在空中，散漫随意地晃了几下。

何瀚阳看着她眼角的笑容，不动声色地垂下眼睫，遮挡住眼底的情绪，略微泛红的耳尖却出卖了他此时的心情。

宋枳神经粗，什么也没发现，车内的江言舟倒看了个一清二楚。

何瀚阳年纪小，那点小心思顶多瞒得住宋枳。

"体温计可以拿出来了。"江言舟不紧不慢地开口，将宋枳的注意力带回来。

宋枳都快忘了这茬儿。她把体温计从腋下取出，递给他。

江言舟接过后看了一眼："三十七度五，有点低烧。"他把体温计放进盒子里，"你再休息一会儿，如果待会儿还烧的话，我带你去医院。"

他这话说得没有一个暧昧的字眼，但就是有一种"听到没，我才是正宫"的示威。

何瀚阳知道他们之间的关系，他也知道，他们已经分手有些日子了。

宋枳宛如一个察觉不到前任的暧昧以及追求者示好的渣女，整个人都沉浸在要打针的痛苦中："我不要打针！"

江言舟来之前特地让何婶做了点她爱吃的东西，这会儿正一一端出来，放在那张支起来的小桌子上。

保姆车内的东西还挺齐全，除了吹风机和打光板，甚至还有洗脸盆。显然是宋枳为了在赶工的路上可以随时敷面膜准备的。

"不想打针就好好吃饭。"

他把餐具摆放在她桌前，银质的筷子搁在筷枕上，旁边是骨碟和盛了汤的碗。

宋枳的视线却被何瀚阳手里的打包盒吸引了。

她是喜欢吃何婶做的饭菜，可这会儿她只想吃东乌阁的南瓜紫米粥。

宋枳秒变知心大姐姐："小阳还没吃饭吧，要不要上车和我们一起吃呀？"

为了符合盛烟御姐的气质，她今天的妆容相比以前稍浓一些。因为生病而有些憔悴的面容，让她整个人由内而外透着一股病娇美人的感觉。哪怕是温柔的笑，也像是在勾引人。

海风腥咸，从耳边呼啸而过。

何瀚阳的听觉像是暂时卡带了一样，往返重复的都是她那个亲昵的称呼。平平无奇的两个字，从她嘴里说出来却像是带了另外一层意思。他迟疑片刻，最后还是决定遵从自己的内心，点了点头："嗯。"

宋枳乐开了花，连忙伸手接过他手里的东西。

"哇，还是热的。"光是闻着粥的香味，她就觉得病好了一半。

江言舟似乎没什么胃口，连筷子都没动一下，只冷眼看着面前这一切。

何瀚阳吃得也不多，饭点早过了，他已经吃过了。

宋枳会错了意，皱着眉给他夹菜："挑食对身体不好，就算不喜欢吃也多少吃一点。"

江言舟看到她这番亲密的举动，那张脸越发阴沉得可怕，带着风雨欲来的压迫感。

把他和她说过的话，说给其他男人听。

很好。

何瀚阳听话地把她夹到自己碗里的菜全部吃完了。

嘴上劝着别人不要挑食的宋枳，把自己不爱吃的胡萝卜和青菜全都夹给了何瀚阳，并美其名曰："多补充点维生素。"

现在拍的戏是张范范的那部分，她在电影中饰演的角色正在帮盛烟出气。

原本是个霸气侧漏的角色，偏偏被张范范演成了心机女。

宋枳正咬着筷子尖欣赏，偶尔出声点评一句："她这个时候应该狠一点，那楚楚可怜的表情，不知道的人还以为她才是不占理的那个呢。

"这点力道玩儿呢？像姐妹互扯头花。"

涉及生僻词语，她还会细心地替何瀚阳讲解一番："'扯头花'你知道是什么意思吗？"

何瀚阳沉吟片刻，将那句话直译过来："扯头发上的花？"

何瀚阳在宋枳心中瞬间多了一层身份——汉化大师。

"'扯头花'就是姐妹打架。"她又将视线移回去，叹了口气，"按她这进度，估计今天又得加班了。"

他们这儿来有来有回的，语气里半分生疏都没有。

宋枳被宠得娇惯，待人的态度完全取决于她对对方的好感值。她不喜欢的人，连一个标点符号的交流都嫌多；如果是有好感的人，话全程停不下来。此时的她似乎没有止住话头的趋势，江言舟眼底的阴霾越发明显。

他极其善于掩饰自己的情绪，喜怒向来不形于色。所以宋枳才常说他冷血，因为寻常人惯有的情绪在他脸上完全看不到分毫。他一直以来也习惯了这种生存方式，不将自己最后一张底牌交出去的最好办法，就是从一开始就收回所有的牌。

剔除软肋，自然就没有软肋了。

他也的确一直都按照这样的生存方式活到现在。

可此刻他看到宋枳的自恋自负完全无保留地展露在另外一个男人面前时，所有的情绪像是被打开的潘多拉魔盒。

妒忌、敌意，以及烦躁，所有的负面情绪杂糅在一起。

他的宋枳就像是广袤无垠的草地里唯一的玫瑰，循着香味过来的人太多了。

之前有一个秦河，现在又来了个何瀚阳。

罗导在外面喊女主角，小许急忙过来："宋枳姐，导演叫你呢。"

她头上还贴着退烧贴，听到小许的话愣了半晌："叫我干吗？现在不是张范范的戏份吗？"

"那段实在过不了，罗导特地空了点时间让她调整情绪，把你的戏份挪前面去了。"

宋枳放下筷子："你们慢慢吃。"然后就下了车。

戏份不是按照剧本上的时间线来的，而是一部分一部分拍。

刚才那个跳海戏份算是大结局了，现在拍的是中期，男女主互相表明心意。

盛烟本来就不是个矜持保守的女性，留洋的经历让她的个性格外开放，就连表明心意的方式都格外简单粗暴，上来直接就是一顿激吻。

罗导考虑到江言舟和宋枳的关系，特地准许他们这段借位拍摄。

罗导和他们讲完戏后打板开拍。

宋枳左手放在季宋的后背，将他往自己这边压，右手则扯着他的领带，整个人踮脚直接向前，在隔着一指的距离停下。

为了表达出那股强烈的爱意，这个吻十分绵长，还得表现出碾压唇瓣的那种激烈。

宋枳完全遵循罗导的指导，左手缓慢地在季宋后背摩挲。隔着西装精致的布料，没什么感觉。他的身材也算是一等一了，可和江言舟比起来，似乎还是略微逊色了点。

江言舟宽厚紧实的肩背，让人格外有安全感。季宋的肩背似乎比他窄一些，也更单薄一点。

宋枳走之前说车上还有粥，小许也没个客气，坐上来之后就开始大快朵颐。

不光有粥，还有各种养生汤，又是人参又是燕窝的。他觉得自己喝的不是养生汤，而是钱。喝完一碗后，他刚想去盛第二碗，身旁的声响让他短暂地忘却了参汤。

男人起身时，不慎把手旁的碗碰倒在地，往日清冷的眼眸此时带着让人胆寒的凉意。

小许顺着他的视线看过去，正好看到在拍吻戏的宋枳。从这个角度看，完全看不出有借位，再加上两位的演技都很好，说是演戏，更像是情到浓时的自然亲吻。

小许心里咯噔一下，所以现在这是……吃醋了？

等宋枳拍完戏赶回车内，江言舟已经没影了。她问小许："刚才坐这儿的那尊佛呢？"

小许喝完最后一口汤，好歹才忍住没打嗝："被气走了。"

"气走了？"

小许点头："您刚刚不是在拍吻戏嘛，那个方向又正好被挡住了，也看不到是借位，就看见你们两个抱在一起，激烈得嘴皮子都快亲破了。"

想到那位刚才的神情，小许还有点后怕，醋劲可不小。

宋枳听到江言舟被气走，心里还挺爽。

她坐下后，扯了块毛毯盖上，心情肉眼可见地变好，甚至于和何瀚阳说话的语气都多了几分怜爱："你怎么才吃这么点啊，不饿吗？"

刚才江言舟看到的那些，何瀚阳也都看到了。好在听到小许刚才的解释，他知道只是借位。

他低声说："来的时候吃过了。"

宋枳点头："还没谢谢你呢。"

他抬眸，眼神里似乎有些疑惑。

宋枳说："谢谢你的粥。"

他沉默片刻，只说："正好离得近。"

这一来一回两个小时的车程还近呢？

宋枳突然觉得何瀚阳意外地有点可爱，内心很单纯，外表看上去对什么事都看得很淡。

职业电竞选手的时间并不自由，更何况是他这种备受关注的世界冠军级别选手。练习的时间比其他人多，难得的空闲时间都被他拿来睡觉了，接触最多的也就是队员。或许他话少的原因不是因为他不知道怎么和外界交流。

宋枳突然来了兴趣，有点想逗逗他："前几天有个恋爱真人秀联系我了，不知道你听过这件事没有。"

他正喝着水，听到宋枳的话被呛住，别开脸，咳了好几下。

宋枳似乎很满意他这个反应。

"听说节目组也联系过你，你还同意了。"

他咳得更厉害。

和江言舟待久了，宋枳都快忘了这个世界上的男人也是有单纯乖巧的。

何瀚阳最后被教练的电话给叫回去了，哪怕手机没有开扩音，那边愤怒的吼叫也足够让旁边的宋枳听得一清二楚。他专门翘了训练过来给她送粥，结果成了口中那一句"正好离得近"。

这么一对比，宋枳越发觉得江言舟不是个东西了。但是又隐约觉得这一幕挺熟悉，似曾相识。

小许正忙着收拾碗筷，还不忘拍下宋枳的马屁："宋枳姐魅力可真大。"

虽然马屁拍得劣质了点，但宋枳还挺吃这套，小手撑着脸颊："小许子近来眼光见涨啊。"

小许立马狗腿般地凑过来："多谢太后夸奖。"

宋枳的烧还没退，整个人依旧有气无力。浑身上下都烫得吓人，连说话都有些费力。

她看了眼旁边的体温计，痛苦地移开视线，难不成真的要打针？

她怕痛，从小到大最怕的就是打针，以前光是做个皮试都得好几个人轮流安慰她一遍。

宋落脾气不好，安慰个两句就放弃了。秦河每次都会替她捂住眼睛，疼痛往往来自于恐惧，她越看就会越害怕。

医院里的人都说羡慕宋枳，有两个这么心疼她的哥哥。

她自小便是在众人的羡慕中长大的，听得多了，便不觉得有什么。

高三课业重，宋落和秦河请假出来，确定她老实把针扎进去了才回学校，等她打完了再过来接她。

输液室里的液晶屏上正放着羊和狼的故事，宋枳看得直打哈欠，无聊且乏味。

这个药水输久了嘴里会泛苦，再加上她是空腹来的，又饿又困。

外面下着大雨，夜色阴沉，雷声轰鸣。春天唯一不好的地方就是会打雷。

输液室里没什么人，只有一个睡着了的小朋友和陪着他的妈妈。

护士怕宋枳冷，贴心地给她装了个热水袋。

药水有五瓶，两瓶大的三瓶小的，需要两个小时才能打完。正当她被饥饿和无聊双重折磨的时候，玻璃门从外面推开，江言舟手上提着打包盒。他应该撑了伞，不过外面的风太大，仍旧有雨水落在他身上，额前碎发也带着湿意。

宋枳一愣，觉得挺意外："你怎么来了？"

他走过来，把手上的东西放在她身侧的桌子上："刚吃完饭，顺便打包了点。"

宋枳看着里面完全没动过的佳肴，这叫顺便打包了点？就差没把整个饭馆都给一块儿端过来了。

"你不用上课吗？"

"请假了。"

宋枳抿了抿唇，笑容暧昧地靠近他："是为了来看我特地请假的吗？"

他抬眸看了她一眼，淡声道："不是。"

宋枳："啊？"

他说："顺路。"

这话听得宋枳都忍不住爆粗口。

宋枳是右手输液，左手拿不稳筷子。她尝试了几下最后都以失败告终，委屈巴巴地放下筷子，去拉江言舟的袖子撒娇："粥粥葛葛——"

"顺路"来看她的江言舟，光是喂她吃饭就花了半个多小时。

小姑娘挑食得厉害，胡萝卜、青菜碰都不愿意碰一下，非得亲眼看着江言舟全部挑出去了才肯吃。

她抽空担心一下他的学习："高三还敢随便请假，你不怕你的全校第一被秦河哥哥抢了吗？"

他头也没抬，替她把胡萝卜挑拣出来："不怕。"

宋枳仿佛从他这句没有任何情绪起伏的话里听出了些许鄙夷，瞬间化身成拥趸偶像的小迷妹："你少仗着自己成绩好就瞧不起别人，秦河哥哥虽然智商没你的高，但是他也很努力的。"

面对她的长篇大论，江言舟手上的动作稍顿。他微抬眉骨，看着她："我没有瞧不起他。"

"那你刚刚怎么还说出'就他那个脑子，下辈子都不可能把全校第一给抢走，我怎么可能会怕他'这种瞧不起人的话？"

擅自将江言舟简单的那句"不怕"给扩写到另外一层意思的宋枳此时展现出一副护崽的小母鸡的模样。

江言舟早就习惯了她跳脱的思维。

崽还没护多久，"小母鸡"就因为疼痛而红了眼眶。

动作幅度太大，以至于漏针了，白皙的手背上鼓起了个小鼓包。

护士过来替她调整的时候，和江言舟发起了脾气："你是怎么照顾人的？她漏针了也不知道？"

宋枳刚准备解释，可想了想，江言舟自己会解释的，何需轮到她。

安静了一会儿，江言舟只是轻声道歉："我会好好看着她的。"

然后，他也的确有好好看着她，偶尔会问一句："还疼吗？"

宋枳的注意力被江言舟满怀关心的眼睛吸引。心脏没来由地跳动得很快，耳朵也被烫红。

情窦初开的年纪，总是很轻易就被扰乱心绪。

突如其来的回忆被小许的声音给打断："江先生？"

宋枳逐渐回神，江言舟不知道是什么时候过来的，面前这张脸和记忆中的少年重合在一起。唯一没变的大概就是相较之前越发沉稳淡漠的气质了。

她说："你不是被气走了吗？"

江言舟看了眼她身后的小许，后者心虚地低下头。

他绕过这个问题，把手里的碗递给她："不想打针的话就把这个喝了。"

熟悉的姜茶味。

"你煮的？"宋枳鬼使神差地问完这句话后，又有点后悔。

问这种愚蠢的问题，只会显得她也很蠢。

为她下了几次厨后就理所当然地把别人当成厨子了。高高在上的江家长孙，光是家里的厨师都快比她身边的工作人员还要多了。

可是高高在上的江家长孙，此时把碗放在她手旁的桌子上，轻"嗯"一声："借用了下剧组的厨房。"

公司那边有点事等着他回去处理，他给小许留了个号码："宋枳的烧如果还没退，你给我打个电话。"

小许点点头，拿着那张有价无市的名片，瞬间觉得自己的身份地位也跟着上升了不少。

深环总裁的名片，多少大明星大导演求不来的，现在居然在他一个小助理手上，而且还是对方主动给他的。

小助理瞬间膨胀起来，突然想到一句"一人得道，鸡犬升天"。他急忙"呸呸呸"："什么鸡犬。"

两天的考虑时间到了，夏婉约美其名曰是过来询问宋枳的意见，其实早就和节目组谈好了条件，只等宋枳点头，签合同了。

凡事都先权衡利弊，宋枳作为一个合格的成年人，自然也不例外。

签这档真人秀对她利大于弊，相比电影电视剧，综艺录制周期短，而且还容易吸粉。

公司给宋枳的人设定位虽然一开始是想着接地气，但她顶着这张不食人间烟火的脸，哪怕是出现在路边小摊吃油条喝豆浆也没法接地气。

夏婉约是想着让她趁着这次的综艺好好表现一下，热度上来了，到时候也好给电影做宣传。

正所谓是实力人气双向发展。

"娱乐圈更新换代快，热度都是一阵一阵的，别看你前段时间热度高，现在去看看你微博的阅读量，都快跌破十万了。新剧现在卡得严，拍摄前罗导提前找人清过场，网上没有路透图，在电影上映前你要是没有其他的作品出现在大众视野里，谁还记得你这个人？

"而且谁也不能保证这部电影会大火，就连罗导自己都不能拍着胸脯百分百保证。说白了，这次节目组看中的是何瀚阳，如果他不点头同意，节目组自然也就不会找你了，圈内比你热度高、比你粉丝多的女艺人海了去了。"

宋枳原本觉得她的话有点道理，却因为后半句而不爽地皱了下眉，语气官方地提醒她："这位经纪人请不要长他人志气灭自己威风。"

夏婉约妥协点头，尽量把话说得委婉："比你热度高、粉丝多的女艺人也就小几百。"

宋枳："……"

感觉并没有被安慰到。

确定好宋枳的态度后，夏婉约说："节目组那边我下午过去签合同，后天就开始录制了，你准备下。"

"准备什么？"

夏婉约无语："当然是把你家的那些名贵的首饰、衣服、包包藏起来，这次的综艺就是为了给你打造一个朴素清纯的人设，你给我把你的公主脾气收一收。"

"哦。"

第十三章
野心

综艺为了赶在暑假播出，录制的时间很赶。

听说一起的录制还有另外几对假想情侣，但在录制真人秀期间他们也不需要有交集，只有最后的活动才会碰下面。

夏婉约这边唯一的担心全在宋枳身上了。

这丫头的不稳定因素太多了，她怕这次的真人秀会把宋枳的缺点无限放大。

节目组本来就喜欢弄一些矛盾点来拉高收视率。这次的几组艺人相对来说都是中规中矩的，唯一的讨论点就在宋枳身上。

在节目组眼中，她就是一个移动的宣传卖点。

这些夏婉约自然也考虑到了，不过这种事情本来就是相辅相成、互相利用的。

节目组利用宋枳自带的话题，夏婉约利用节目组的平台，很公平。

宋枳随口应下，漫不经心地问了一句："节目内容是什么呢？"

"恋爱真人秀当然是谈恋爱啊，并且这次节目组说了，你们不光得在镜头前谈，线下也要营业，只有这样CP粉才会买账。"

宋枳愚蠢的小脑瓜没有反应过来："线下营业指的是？"

"当然是情侣私下做的事啊。"

想到自己之前和江言舟私下做得最多的事，宋枳："啊？"

不过宋枳还是有点想不通何瀚阳那个性子为什么会接这种真人秀。

夏婉约从方方面面替她答疑解惑："电竞圈和娱乐圈本来就是有关联的，电竞选手试水娱乐圈的也不在少数，接个广告或者客个串的很常见。更何况何瀚阳的人气早就和一线艺人比肩了，他接这个真人秀于情于理都说得过去。"

这么一说，也挺有道理，真人秀的事就这么拍板定下。

回到家后，宋落已经把饭做好了。

宋家发生那场火灾以后，舅舅代为接管了父亲的公司，如今宋落出狱，他也有意把公司重新交到宋落的手上。不过宋落原本就对从商没兴趣，再加上在监狱里待了几年，有些东西还得重新学习，所以接管公司的事就暂时放在一旁。

宋枳看着那一大桌子菜，愣了半晌："你还会做饭了？"

宋枳初中那会儿，爸妈去乡下看姥姥，家里只有宋枳和宋落两个人在。

作为兄长，宋落自然而然承担起照顾妹妹饮食起居的任务。

他第一次做饭就差点把厨房给烧了。

之后的日子，他们就靠点外卖苟延残喘，一直持续到他们爸妈从姥姥家回来。

有了前车之鉴，宋枳对这一桌子菜的味道保持怀疑的态度："你做的？"

宋落洗了手出来，反问道："不然呢？"

宋枳抱着吃完就拉肚子的决心夹起一块酥肉，意外地还挺好吃。

宋枳双重疑惑："真的是你做的吗？不是秦河哥做的？"

宋落皱着眉，似乎对宋枳的话感到格外不爽："他厨艺说不定还没我好呢。"

"你以前不是连火都不会开的吗？"

宋落强行给宋枳夹了几筷子青菜："在监狱厨房待过一段时间。"

他话说得风轻云淡，仿佛只是一段成了往事的经历，宋枳却停下了筷子。

她经常会想，宋落那样的大少爷脾气进了监狱会不会被欺负？他吃得惯吗？住得惯吗？他的难过，肯定比她的要多。她至少还有姥姥陪在身边，可他什么也没有，还得被关在那个巨大的笼子里。

想到这里，宋枳的眼睛就红了。

正苦口婆心劝她多吃青菜的宋落被她的眼泪给弄得有些手足无措，连忙起身给她拿纸抽："姑奶奶，你怎么又哭了？谁欺负你了吗？"他眉头紧皱，"不会又是江言舟那个货吧？"说着他拿了钥匙就要出门。

宋枳一边哭一边拦住他："你干吗去？"

"我揍那小子去啊。"

宋枳说话的声音还有些哽咽："你又打不过他。"

她听秦河说了，宋落出狱后就把江言舟给揍了一顿。

好在江言舟没有还手，不然最后落一身伤的那个人恐怕就是宋落了。

宋落听到她这话，眉头皱得更深，不爽道："我怎么就打不过他了？"

宋枳小声嘀咕："你们之前又不是没打过架。"

两个都不是好脾气的主，更何况是桀骜不驯的少年时期。一个一点就炸，一个傲慢无礼。

宋落拖了个椅子在宋枳身旁坐下："怎么着，现在是瞧不起你哥了？"

宋枳把筷子塞到他手里："在我心里你永远是最帅的，只不过这件事和江言舟没有半毛钱关系。"

就算她讨厌他，也不能总让他当那个无辜背锅的人吧。

她夸了宋落半个小时，后者这才稍微满意了一点。

宋枳突然想到后天的真人秀录制，她和宋落说："我后天要录一档真人秀，节目组应该会来家里，你到时候注意下言辞。"

正收拾碗筷的男人停下动作："真人秀？"

宋枳点头，将内容稍微扩充了一下："恋爱真人秀。"

直男宋落显然不太理解谈个恋爱为什么也能录制成真人秀："恋爱真人秀？"

宋枳随便给他讲解了一遍，并再三保证那个人不是江言舟。

宋落沉吟片刻，没有开口。

宋枳忙着把家里那些值钱但没什么必要的东西收起来，宋落心事重重地洗完碗，又沉默不语地走到宋枳面前。

宋枳从刚才就发现他的不对劲了："你到底想说什么？"

宋落欲言又止："你要是缺钱的话可以和我说，我来想办法。"

"啊？"

"没必要接这种真人秀来为难自己的。"

美女无语。

所以他的心事重重是以为她因为缺钱所以才答应接这个专门和人

谈恋爱的综艺？

看来刚才那顿解释真是白说了。

宋枳说："你放心好了，我不想做的事还没人能强迫我。"

宋落自然知道自己这个妹妹从小被家里宠得无法无天，实在不是什么好相处的人。我行我素，傲慢自大，她不想做的事，的确也没人能勉强。

宋落点了点头："不管受谁欺负了，你都告诉我，我帮你出头。"

宋枳眼眶一热，感动地去抱他："呜呜呜，宋落。"

宋落一脸嫌弃："恶不恶心啊，快松手！"

宋枳面无表情地问他："请问你现在可以杀了自己帮我出头吗？"

节目录制那天，宋枳一早就去了节目组准备的酒店套房。房门是虚掩着的，外面架着好几台摄像机。

她笑容温柔地冲着镜头打了声招呼，还略微懵懂地指了指身侧的大门："是这里吗？"

俨然一朵不食人间烟火的朴素小白花。

摄像大叔被面前的笑容给迷倒了，连忙点头。

得到肯定的答复后，宋枳道了声谢，小心翼翼地把门推开。里面已经有人在了，是其他几组艺人，咖位和热度远在宋枳之上。

这档节目之前已经有过好几季了，热度非常高，能上节目的自然也都是些大咖。宋枳能上，说到底还是多亏了何瀚阳。

里面的艺人宋枳一个也不认识，客套地打过招呼后，她在旁边的沙发上坐下。

不得不说，大家都是合格的演员，节目还没正式开拍呢，就已经开始营业了。看着他们秀恩爱的那个甜蜜程度，宋枳一度有些怀疑他们是过来公费恋爱的。

因为何瀚阳还没来，所以此时的宋枳宛如一条被按头狂喂狗粮的单身狗。

节目组给了点时间让他们互相熟悉，然后才有人进来，以组为单位，递给他们一个信封。

宋枳拆开信封拿出任务卡，上面只写了两个字——约会。

其他人的内容似乎不同，有上课，也有摆摊。

导演说："这是你们今天要完成的任务。"

宋枳严格贯彻她接地气的人设，装傻充愣地问道："所以我的任务是约会？"

导演被她的"纯真"击溃，按捺住剧烈跳动的心脏，点了点头："对。"

有人在外面敲门，然后门被推开。何瀚阳身上还穿着队服，皮肤白得有些病态，一看就是很久没晒过太阳。他随意地抓了抓额前的头发，声音带着疲倦的沙哑："不好意思，刚打完比赛，来迟了。"

人群中有几个是他的粉丝，看到他来了，立马拿出手机："狙神，我们能合张影吗？"

何瀚阳面无表情地拍完合照。

看到宋枳了，他动作稍顿，片刻后，乖巧地在她身旁坐下。

终于来了个认识的人，宋枳紧绷着的心情稍微放松了点，她问他："比赛顺利吗？"

何瀚阳："一般。"

就连宋枳这游戏小白都知道，这次的比赛如果赢了就可以代表国家参加世界赛。比赛持续了一周，今天是最后一场。

听到何瀚阳口中的一般，宋枳拍了拍他的肩膀安慰道："没事，失败是成功之母，咱们下次继续努力。"

旁边的夏理听到了，笑道："失败什么，我们狙神不光带着整个战队赢了，击杀数还破了纪录，他的名字现在还在热搜榜一挂着呢。"

夏理就是那个索要何瀚阳合照的狂热粉丝。

宋枳不解："就这还一般？"

谦虚是美德，但这也太谦虚了吧。

何瀚阳沉默片刻："比赛时间拖得太长了，不然也不会迟到。"

想不到他还挺有时间观念。

宋枳简单安慰了他几句，节目组就安排车让他们自行活动了。

为了不引起人群聚集，以及捕捉到最真实的画面，节目组采用隐藏摄像头拍摄，摄影师和他们也保持着一定的距离。

出了酒店后，何瀚阳问她："我们现在要干吗？"

宋枳说："约会啊。"

他看着她，没说话。

宋枳迟疑半晌："不是吧，你没谈过恋爱？"

面对她的问题，何瀚阳有点尴尬地别开了视线。

宋枳显然无法想象何瀚阳这样高人气的电竞男神居然到二十岁还没谈过恋爱。作为恋爱界的前辈，宋枳觉得非常有必要给何瀚阳这个后辈好好补补课。

小吃街人很多，街边全是各种摊贩。

相比何瀚阳的拘束，宋枳身为演员的优势就出来了：完全没有半分生疏，俨然就是刚坠入爱河的女生。

她在心里默念夏婉约和她说过的话："人设，千万要注意你的人设，凡事都要自然，不能让黑粉抓到任何黑你的点。"

约会她有的是经验，和江言舟约过的会不论千也有百了。

自然，要自然。

看到前面卖冰激凌的摊位，宋枳非常自然地拉着何瀚阳的袖子撒娇："人家想吃那个冰激凌——"

区河街的拆迁工作已经开始了，江言舟过去查看进度。车子停在十字路口等红绿灯，张易扶着方向盘，突然想起前几天老爷子说的话。

老爷子让他有时间多劝劝江言舟，年纪也老大不小了，就算不想谈恋爱也得先把婚事定下来。公司的事情什么时候处理都行，让江言舟抽空相个亲。

张易犹豫半晌，透过后视镜看了眼坐在后排闭目养神的江言舟。他握紧方向盘的手稍微松了松，反正早说晚说都得说。

他试探着开口："老板，前些日子老爷子联系过我，说是寻悦那丫头如果你不满意的话，还有李家的……"说着，他的声音就逐渐隐入这车流中的喇叭声了。

男人微抬了眼，那双清冷如冰的眸子正透过后视镜冷冷地看着他。

张易觉得这车内突然冒出一股子凉意，立马就闭嘴了。

这里行人多，堵车更是常有的事。

江言舟微直起上身，看了眼车窗外，视线正好落在某处，便停下了。

街边人最少的那个摊位，某个娇揉造作的"嗲精"像极了他认识的那个人。

等她转过头来时，江言舟确认了，不是像，分明就是。

宋枳心满意足地拿着那个草莓冰激凌，似乎正和身边的男人说着什么。那个又作又嗲的小表情，江言舟再熟悉不过。每次她有求于自己的时候，惯会用这样的手段撒娇，肉眼可见的做作。

偏偏江言舟，还就吃这一套。

她的外形实在太出众了，哪怕那里人多，她也像是立在鸡群里带着仙气的鹤，周边的一切都成了她的陪衬，不过她身边的那个男人倒是和她意外地相配。

作为江言舟的司机，这么多年，张易也算是对宋枳多少了解一点。她如果出生在古代，那就是一魅惑帝王的妖妃。好在江言舟姑且算得上是一个明君。

车内的温度瞬间又低了好几个度，张易大气都不敢出一下，偶尔透过后视镜观察一下江言舟的情绪。

在此刻，他突然理解了休眠火山的可怕，越临到爆发期，才越发让人胆寒。

张易眼观鼻鼻观心，生怕发出一点动静引祸上身。

男人的视线随着路边那道纤细的身影移动，她拿着冰激凌也没怎么动口，那张樱粉的小嘴正嘚吧嘚吧地讲个不停。

江言舟眉尾微抬，宋枳脸上似曾相识的笑容莫名让人起了躁意。

她一路说个不停地走到路边，似乎想要打车，奈何车流堵得水泄不通。

宋枳看了眼望不到尾的车流，小脸有些困扰。

手上的冰激凌化了一半了，她怕长胖，吃了一口就停下了。可是镜头对着，她又不敢扔。黏糊糊的冰激凌滴到她手上，她微皱着眉，忧心忡忡。

何瀚阳轻声说："给我吧。"

此刻的他身后犹如多了一层金色的光，宋枳感动得都快给他跪下了。

"谢谢救世主。"

绵软的声线像是春日后的微风，何瀚阳动作稍顿，然后闷不吭声地接过她手中化了一半的冰激凌。

宋枳原本以为他是要帮自己扔掉的，结果他吃了。

吃了……

她僵愣在原地半晌，提醒他："这个……我刚刚吃过。"

何瀚阳点头："我知道。"

"那你还……"

她欲言又止，后者睁着他那双清澈的睡眼看着她，似乎在等待她的后半句。

意识到他的确没有其他的意思，宋枳叹了口气。她果然满脑子都是黄色废料，人家应该也没有想到间接接吻上面去。

手上有几滴化掉的冰激凌，她从包里拿了张纸巾出来擦手，边走边说："没什么。"

两人走到路边，宋枳发现车流里有一辆熟悉的车型，车窗上的防晒膜质量显然很好，车窗内的景象半点也瞧不见。宋枳干脆拿它当了镜子，装模作样地欣赏了一会儿自己的天人之姿。

随着车窗缓速下降，里面的冷气渗透出来。

因为车窗的降下，她的视线自然也落进了车内人的身上。

江言舟一言不发地看着她，周身散发的矜贵倨傲，透出一股强大的气场。

这种感觉就像是抓奸现场。

宋枳做他怀中的猫久了，下意识就想要辩解，说自己只是在录制真人秀。刚要开口，又突然想到，他们已经分手了，于是底气更足了一点，她索性直接挽着何瀚阳的胳膊，挑衅般地对上他的视线，颇有一种"老娘就算离开了你也照样桃花朵朵开"的气势。

身后摄像师似乎闻到了瓜香，纷纷不动声色地朝着这边靠近。

江言舟的视线落在宋枳挽着身旁男人的那只手上，眸色阴沉得可怕。他刚要开口，宋枳察觉到那群摄像师的逐渐逼近，生怕被他们拍到江言舟的脸。

慌乱之中她把刚擦过手的纸巾扔进了车窗里。

江言舟："……"

摄像师："……"

何瀚阳："……"

宋枳自然地转移话题，对着摄像头笑道："终于找到垃圾桶了。"

哪怕这个点可能会被黑粉无限放大，那也比江言舟被拍到要好。如果和他扯上关系，到时候肯定会被人热议。再加上他的车国内没多少辆，想查出他的身份，也不算难事。

宋枳不希望因为自己而让江言舟的生活被人打扰。

摄像师："……"

所以您是把这辆光是车牌号都足够买一辆车的迈巴赫当成了垃圾桶？

宋枳一刻也不敢在这里多待，脚步匆忙地拉着何瀚阳离开了。

张易欲言又止，又怕惹祸上身，沉吟半晌，最终还是选择了闭嘴保平安。

火山这会儿应该已经要爆发了吧。

宋枳那张纸巾正好扔在江言舟的脸上，淡淡的草莓味掺杂着宋枳身上那股惯有的玫瑰香。

他深呼一口气，强压住那股怒意。

视线跟着那道身影飘远，拿着纸巾的那只手逐渐收紧，因为用力，骨节甚至开始泛白。良久，他缓缓闭上眼，只叹了口气，把那张纸巾收好，放进西裤口袋里。

目睹到老板这微妙的情绪转变，张易顿时觉得自己之前对他的了解简直太浅薄了。

这还是那个话少内敛但依旧不妨碍脾气差的江言舟吗？这简直是普度众生的观音菩萨下凡拯救苍生来了。

走远了以后，宋枳那颗小心脏还是扑通扑通跳得厉害。

她停下，何瀚阳也跟着一块儿停下。

注意到身旁的人完全僵硬成了一块木板，宋枳这才后知后觉地察觉到自己以一种亲昵的姿势挽着他。她松开手，小声和他道歉："不好意思啊，刚刚出了点意外，所以就……"

何瀚阳僵硬地摇头："没事。"

一天的拍摄结束，宋枳觉得比自己拍一周的戏还要累。

何瀚阳不光没有任何约会的经验，估计连和女生单独相处的经验都没有。

夏婉约打来电话慰问："第一天拍摄感觉怎么样？"

宋枳躺在床上，有气无力地回答道："像在鬼门关里走了一圈。"

夏婉约说："哪那么夸张？"

她现在正处于对完美未来的畅想中："你知道这档真人秀的热度有多高吗？只要你按照我给你规划的人设好好来，保证综艺结束后人气翻几番。"

"我怕综艺还没结束我命就已经丢了好几条了。"

听到她的话，夏婉约来了兴趣："何瀚阳这么难搞？"

宋枳随手扯了个枕头埋在脸下，声音瓮声瓮气："也不是难搞。"

"那是怎么？"

宋枳干脆从床上坐起来，痛苦地捂着脸："他完全就是一个恋爱小白，我每次表现得跟他稍微亲密一点就非常有罪恶感。"

夏婉约不太懂她这罪恶感从何而来："展开讲讲？"

宋枳叹了口气，对自己的魅力表示忧心忡忡："万一他在录制过程中爱上我了怎么办？"

哦，原来是间歇性自恋症发作了。

"你得了啊，人家何瀚阳虽然年纪比你小，见过的美女可不少，就算动心也不可能是对你啊。"

宋枳那颗脆弱的心脏被她这句话给伤到了："你近来毒舌的功力见涨啊。"

"我这叫实话实说。"

心里的担忧是被打散了，但宋枳怎么也高兴不起来。

夏婉约忙着联系营销号准备通稿，简单和宋枳聊了几句后就挂了电话。原本打算在真人秀播出后好好造势一波的夏婉约在播出当天傻了眼。

"请问宋枳是什么牌子的绿茶？"

"吐了。"

"太作了吧，跪求宋大姐放过我家狙神，你撒娇也换个人撒啊。"

"啊啊啊，太婊了吧！"

"男人还就吃这一套，何瀚阳这个钢铁直男完全就沦为她的舔狗了。"

"我疯了，我的狙神，这什么破节目，可以举报让它停拍吗？我不想看到我的狙神和这种绿茶谈恋爱。"

"V老师听话，我们回家训练，求求了。"

甚至还有人刷起了"集资帮Vito毁约"这一话题。

节目组可能是看宋枳的热度高，于是加了把火，一连买了好几个与节目相关的话题，纷纷带上宋枳的名字。

一时之间，这档真人秀的热度直接冲到第一。

与之相随的，自然是那些关于宋枳的评论。

"我没看错吧，她是把垃圾随手扔进别人的车里了吗？素质堪忧啊。"

"对她那点好印象彻底烟消云散。"

"不知道是不是我的关注点错了，她和何瀚阳好甜啊，何瀚阳对她也太宠了，呜呜呜呜我好酸啊。"

"作为 Vito 四年老粉，我从他进青训营之前就关注他了，这真的是他第一次对一个女孩子这么好！！！"

"我之前还质疑 Vito 为什么会接这种真人秀，看了节目以后我好像……知道了点什么，希望是我多想了吧。"

夏婉约看完这些评论以后，带着质疑的心态看完了第一期内容。

小小的脑袋里装着大大的问号："这？？？"

夏婉约带着问号给宋枳打了个电话："姑奶奶，我不是让你表现得自然一点吗？"

正敷面膜的宋枳窝在沙发上，表情无辜："我表现得还不够自然吗？"

夏婉约："……"

夏婉约："我是让你走清纯朴素接地气的人设，不是让你走娇气做作的嗲精人设。"

宋枳："我走的是清纯朴素人设啊。"

她时刻记着夏婉约和她说的话，简直就快把"我很清纯"这四个字直接写在脸上了。

夏婉约深呼一口气，语重心长道："我该怎样才能让你明白，清纯和智障是两个意思。"

宋枳刚从剧组收工回来，才洗完澡，正打算好好看下自己的真人秀首秀，网上那些恶评她自然也还来不及看。

听到夏婉约的话，她两眼一黑，试探着问道："我是不是……又挨骂了？"

夏婉约和善地微笑："你想什么呢？居然问这种问题。"

宋枳闻言松了一口气，不等她再开口，夏婉约直接给她宣判了死刑："你挨骂不是很正常的事吗？"

宋枳：“……”

话说出口，夏婉约也有点自责，觉得自己语气稍微有点重。毕竟宋枳也是第一次录制真人秀，让她长时间在镜头前保持虚假人设，的确有点为难她。

于是补充道：“也不是完全没有办法补救，接下来的录制你注意一点就行。”

宋枳乖巧点头：“好的。”

“我和公关商量一下，尽量把黑点往何瀚阳那边带，分散下外界对你的注意力。”

宋枳闻言皱眉，当即就否决了：“人家何瀚阳听话乖巧，什么都没做呢，莫名其妙地被我连累？”

“不这样做，节目组只会把所有热度都放在你身上，后期为了播出效果可能还会恶意剪辑，那样就完全违背了我们接这档真人秀的初心了。”

不得不说，夏婉约的确是个合格的经纪人，出发点完全就是为了艺人利益着想。

宋枳态度坚决：“我挨骂是因为我自身原因，我认了，跟何瀚阳半点关系都没有。”

夏婉约沉吟半晌：“那你打算怎么办？”

“不管怎么办，都跟何瀚阳没关系，我不希望你扯上不相关的人。”

夏婉约清楚她的为人，看上去没个正形，涉及原则问题绝对不会退后一步。

话也说到这分上了，她也只能点头，走一步看一步吧。

电话挂断后，宋枳也没勇气去看这期的节目了，随便拿着遥控器调了个台。

宋落今天不在家，他也没说他去干吗了。宋枳看了眼时间，已经很晚了，他还没回来。出于妹妹罕见的关心，她把手机拿过来，给他打了个电话。响了好几声以后才被接通，低润的声音在耳边响起，夹带着电流声，有些失真。

"喂。"

宋枳愣了半晌，然后警惕地问他："宋落呢，他的手机怎么会在你手上？"

江言舟淡声道："我偷的。"

宋枳豁然站起身："好你个江言舟，当小偷还当得这么理直气壮！"

"你不就是想听我这么说吗？"

被看穿心思的宋枳佯装镇定地把自己缩成一个球："你少含血喷人了。"

她也不知道自己到底是怎么了，最近总是想找江言舟的错。然后在心里反复告诉自己：你看，他也不是什么特别好的东西，你和他分手不必觉得后悔或者惋惜。

"你哥喝醉了。"

江言舟的声音把她的思绪逐渐拉回来。

宋枳突然有点头疼，她揭掉面膜往洗手间里走："你把定位发给我，我去接他。"

"不用。"江言舟说，"我已经在送他回来的路上了。"

脚步逐渐停下，宋枳说了声："谢谢。"

那边沉默很久，风声簌簌，江言舟的声音似乎也被这风给吹散了，零零碎碎的，低沉喑哑："你以前从来不和我说谢谢的。"

他们很快就到了，宋落醉得连路都走不稳，江言舟把他弄了进来。

隔着老远，宋枳就闻到他身上那股浓烈的酒味。

她皱眉："怎么喝这么多？"

宋落和宋枳完美遗传了她爸喝醉后撒酒疯的特点，好在这次他醉得连发疯的力气都没了。

在江言舟的帮忙下，宋枳把宋落送回房间躺下。

出于感谢，宋枳问江言舟："喝什么？"

"水。"

宋枳打开冰箱，拿了瓶纯净水递给他。江言舟垂眸接过，也没拧开。他安静地坐在沙发上，似乎没有离开的打算。

屋子里酒味太重了，宋枳开了窗户想要透透气。

夜色寂静，窗外甚至连风都停了。

江言舟应该刚抽过烟，声音带着被烟雾侵蚀的暗哑。他喃喃道："我们真的一点可能都没有了吗？"

窗户开到一半，宋枳因为他的话，动作稍顿。

在宋枳眼中，江言舟一直都是清冷矜贵、难以靠近的。他被人敬畏，被人仰慕。他这样的人，似乎不会允许自己有弱点。

唯一一次示弱好像还是之前喝醉，神志不清的时候。

可是现在，他的意识分明是清醒的，说出的话却卑微到犹如将自己放到了尘埃里。

"也许你和他相处一段时间后，发现你们并不合适呢？"

在城堡里长大的公主，所感受的爱意都是最直接的。因为她接触到的，也同样都是在充满爱的童年里长大的人。

宋枳曾经一度以为江言舟是喜欢她的，毕竟像他那样的清冷性子都能尽量做到对她百依百顺，实在是难得。

在镇上的那几年，为了以后能一直看到他，宋枳在高三那年奋发图强。

夏婉约的话说得一点也没错，上天是公平的，给了你优越的外形时，总会拿走一些你的其他东西。

譬如脑子。

宋枳的确不是一个聪明的孩子，相同的成绩，她必须要付出双倍的时间。好在，还是勉强考到北城了。

江言舟将她接回家，什么都替她安排好了，不需要她费任何心思，宋枳不太心安地接受这一切。她仍旧是骄傲的，可和以前相比，总缺了点什么。毕竟那段经历，让她的安全感彻底告罄。她无数次从噩梦中惊醒，每一次枕头都被冷汗浸湿。

江言舟于她来说，就像是深海里的最后一块浮板，是她的所有希望了。可是他太耀眼，追光而来的莺莺燕燕数不胜数。再骄傲自负的人，面对感情仍旧卑微，更何况，她早就一无所有了。

江言舟喜欢什么样，她就能变成什么样。他喜欢单纯的女生，她就尽心尽力地待在他身边，充当着他最喜欢的小白莲。他什么都依着她，可从来都不肯开口说一句喜欢。时间久了，宋枳便好像明白了，她只是他养的一只猫。

这样的相处方式也不是不好，物质和生理都得到了满足，唯独让人觉得自尊被踩在脚下践踏。

听到江言舟用卑微的语气说出这番话来，宋枳内心并没有被动摇多少。

她每一个决定都是经过深思熟虑的。

面对宋枳的沉默不语，江言舟第一次感觉到了害怕，他将手伸进裤袋里，摸到烟盒后，又想起宋枳不喜欢烟味。

手腕因为此刻的情绪而在颤抖，五指逐渐收紧，烟盒的角受力扎进掌心，他却像感觉不到疼痛一般。

"你们没在一起，我知道的。"他的声音沙哑得可怕。

窗户只开了一半，北城的夏夜偶尔还是带些凉意的。

宋枳也没否认："我们的确没在一起。"

听到她的回答，江言舟抬眸。

宋枳又说："当然，我现在也不想在感情上浪费时间。"

她给自己泡了杯麦片，当作今天的晚餐，在江言舟对面的沙发上坐下。

正好今天有时间，与其让他一直来找自己，不如尽早把话给说清楚。

宋枳把杯子放在茶几上，长腿交叠，纤细白皙的手指拿着银匙慢慢地搅动："我现在是事业上升期，谈恋爱对我的影响很大。"

宋枳发现自己好像没有之前那么喜欢江言舟了，至少她说出这些话的时候内心是平静的。

不是为了气他，而是完全发自肺腑。

她可以为了拍戏反复跳进刺骨的海水里，也可以扛着高烧两天只睡五个小时。

再娇气的人，也有自己的野心。

宋枳不想再当那个被圈养的猫。

宋落半夜吐了好几次，宋枳为了照顾他基本也没怎么睡，又是拖地又是给他端水的。后半夜的时候酒稍微醒了点，他开始断断续续地说梦话。

宋枳只零星地听到了几个字："我好想你们。"

手上的动作稍顿，她突然觉得眼睛酸酸的。

她的哥哥明明心里比谁都难过，为了她，却总是强装出一副无所谓的样子。

那件事带给宋枳的打击无疑是毁灭性的，她甚至有很长一段时间陷入了抑郁。整夜整夜地失眠都是常有的事，她不敢睡着，因为一旦睡着就会梦见那天发生的事。

记忆或许会随着时间的流逝而泛黄，但是永远都不会消失。

她会好好活下去的，和宋落一起好好活下去，这样在天上的爸爸、妈妈还有爷爷才会放心。

那天和江言舟说的话似乎起了作用，他好几天没有再来找她。

电影的拍摄也到了尾声，最后一场杀青戏是在画廊拍的。一场很简单的偶遇戏，拍摄难度不大，很快就结束了。

罗导为了庆祝杀青，在附近的酒店组了个局。

宋枳卸妆的时候张范范过来串门，手上还拎着一条硕大的宝石项链。她二话不说就递到宋枳眼前："喏。"

看着面前这条祖母绿的项链，宋枳眉眼微抬："谢谢啊。"

见她伸手要接，张范范眉头一皱，把项链收回来："我是让你看看，又不是要送给你。"

她在宋枳身旁坐下："你觉得怎么样？"

宋枳老实答："一般。"

张范范："这可是我大表哥送给我的生日礼物，我看你就是嫉妒。"

每个女人似乎都抗拒不了这种闪亮的东西。江言舟因为工作原因参加过不少大大小小的拍卖会，宋枳首饰柜里的那些罕见的宝石翡翠大多都是江言舟送给她的。时间久了，她也算是对这方面有些了解。

"绿中带蓝的才是上品，像你手上这块，绿中带点灰，稍次了些，而且透明度不高。"

张范范不满地小声嘀咕："我就说，他怎么可能这么好心？"

她像扔垃圾一样，随手把那条项链扔在一旁。

宋枳说："虽然不算上品，但也不便宜，你就这么随便扔了？"

张范范仰着那张傲娇的小脸："我才不稀罕呢。"

她的模样莫名让宋枳有点想笑。她其实和曾经的自己挺像的，无忧无虑、恃宠而骄。

旁边不时有人经过，张范范坐的位置明显挡住了路，她将屁股往宋枳这边挪了挪。

大半个椅子都被她给占了，宋枳觉得自己都快被她给挤得掉下去了，不爽道："我一半屁股都悬空了。"

张范范胳膊搭在她的化妆桌上，理直气壮道："锻炼下你的平衡力嘛。"

宋枳："……你到底要跟我说什么？"

装模作样地支吾了这么久，宋枳终于点明了主题。

张范范嘿嘿一笑："今天不是我生日嘛，所以我想请你参加我的生日派对。"

宋枳："我们应该还没有熟到这种程度吧？"

"话怎么能这么说呢？"张范范开始细数两人之间的缘分，"我们可是同一个组合出道的，现在又出演同一部电影，这还不熟？"

宋枳笑容温柔："不熟。"

张范范："……"

好吧，的确不熟。

见套近乎没用，张范范只能软磨硬泡："你就大发慈悲陪陪我，这条项链你要是不喜欢的话，我家里还有别的，你随便挑。只要你答应陪我去一个地方。"

"随便挑"三个字引起了某位极度迷恋奢侈品的人的注意力。

宋枳瞬间上演一出姐妹情深："刀山火海万死不辞。"

张范范见她点头，顿时松了一口气，把事情的来龙去脉给她讲了一遍。

　　她们两个人最为相似的地方除了娇气，大概就是脑子都不太好。一个叙事能力差，一个理解能力差。明明是很简单的一件事，偏偏用了半个多小时才理清前因后果。

　　"所以你昨天在 KTV 门口对别人一见钟情，想再去碰碰运气？"

　　张范范拼命点头。

　　宋枳："……"

　　骄纵大小姐居然也会对人一见钟情？

　　只是陪她去找个人而已，倒也不是什么难事，宋枳点头："OK。"

　　事情就这么拍板定下了，原本是打算等杀青宴结束了再去的，罗导因为临时有事，所以将杀青宴暂时推后一天。

　　张范范开着她那辆粉色的兰博基尼迫不及待地带着宋枳前往目的地，一路上小嘴嘚吧嘚吧就没停过："你要是见到他了你也会对他一见钟情的，我就没见过像他那种有涵养还温柔的人。最关键的是他还长得特别特别帅，我和他对视的那一瞬间简直感觉天都亮了，和他一比，我以前的男朋友都是些什么畸形种啊。"

　　话贼多的宋枳没想到自己也会碰到对手。她嫌弃地扶额："你稍微安静一点，我听得头晕。"

　　要搁平时，被宋枳这么说，张范范早就喷回去了。可今天自己到底有求于人，她不爽地翻了个白眼后，强行止住话头。

　　长风街作为北城的销金窟，来这儿的大都非富即贵。

　　这条街之间的距离倒不算太长，只准行人过，车进不来。

　　泊车员早早就等在路边了，看到那辆粉色的兰博基尼后，立马殷勤地凑过来。张范范把车钥匙递给他的同时还给了几张大面额的小费。泊车员立马笑得眼睛都瞧不见了，连声道过谢后，坐上驾驶座。

　　来这儿的艺人也不少，一路走过来碰到好几个眼熟的。

　　张范范把宋枳带到最左边那家风格奇特的 KTV 里："就是这儿。"

宋枳来长风街的次数也不算少了，那些家里有些钱的都爱来这儿消遣，平时有个聚会什么的也是定在这块儿。

至于这间店，她倒还真是第一次来。

"我怎么没什么印象，新开的吗？"

张范范神色有些不太自然："应该吧。"

进去之前，宋落的消息发过来。

"今天不回来吃饭了？"

宋枳："应该不回去了，和我朋友在长风街。"

宋落眉头皱紧，化身为"十万个为什么"。

"你去那儿干吗？哪个朋友？男的女的？几个人？我认识吗？"

张范范提前订了包间，服务员过来引她们进去。边上不时有穿着正装的肌肉猛男路过，视线似有若无地往她们两个身上瞟。

宋枳正低头，神色专注地回复宋落的消息，没有注意到。

"一个、女的、你不认识。"

宋落："地址发给我。"

哪怕只是简单的五个字，宋枳也看出了宋落那不容反驳的强硬语气。

宋枳老老实实地给他发了个定位过去。

又补充了一句："放心好了，我怎么可能受欺负？"

她这个脾气，不欺负别人都算好的了。

进了包间以后，宋枳把口罩摘了，张范范点的是大包间，两个人坐在里面显得有些空旷。

液晶屏幕上随机播放着 MV，宋枳随便点了几首歌，还不等她去拿话筒，包厢门开了。

一个打扮艳丽的女人站在门口，冲她们笑了笑："这些服务员是我们这里长得最好的一批，个儿顶个儿得帅。"

宋枳有点蒙，不等她反应过来，那个女人拍了拍手，门外陆陆续续走进来好几个穿西装打领带的男人。

平均身高都在一米八以上，肌肉跟充了气一样，鼓囊囊地撑着西装。

老板挨个给她们介绍："这个，年轻、长得还帅。还有这个，身高体壮的。还有这个、这个、这个，都是我们这儿长得顶帅的。"

宋枳终于想明白了自己为什么没来过这个地方。

想到张范范白天说的那番话，她顿时脑补出一起明星千金爱上酒吧打工男的狗血故事。可歌可泣，她都想为这段美好的爱情鼓鼓掌了。

宋枳站起身："我突然想起来我肚子有点疼，就先……"

张范范察觉到她的意图，急忙拉着她的胳膊让她坐下："你别走，我一个人有点怕。"

宋枳欲哭无泪："你怕就让你家保镖陪你来啊，你找我算什么事？"

张范范瘪着嘴："我就是怕被其他人知道我来这种地方所以才让你陪我来的。"

她跟宋枳虽然八字不太合，但至少宋枳这人嘴巴严，懒得去到处讲别人的八卦。思前想后，也只有她最合适了。

被张范范强行拉坐下后，宋枳只能把自己那张脸捂得更严实一点。

张范范没有在里面找到自己想找的人，不太满意地挥了挥手。

老板立马安排了新的一批人进来。

还是没有。

一连换了好几批，似乎见张范范脸上仍旧带着不满的神色，秉承着客户至上的宗旨，老板问她："你要找的人长什么样？"

张范范大概回想了一下："很高，一米八九的样子，留个寸头，特别白。"

"还有更具体点的吗？"

张范范词汇量严重匮乏，支支吾吾了好一会儿后，指着宋枳："眉眼和她的挺像。"

老板遗憾道："我们这儿没有这个人。"

张范范失落地低下头："可我昨天明明是在这儿看见他的，就在门口站着。"

宋枳说："可能他只是碰巧路过呢，毕竟旁边就是个酒吧，万一他只是出来抽烟，正好被你看见了呢？"

张范范恍然大悟："对哦，你这么一说，他当时嘴里好像是叼了根烟。"

宋枳："……"

她把帽子戴上后起身："现在可以走了吧？"

听出了她话里那点嘲讽的语气，张范范虽然怪不爽的，但也没法反驳，只能默默地认了。

她"哦"了一声，正准备跟在宋枳身后离开。

老板笑了笑："走这么急干吗？歌都点了，唱完了再走嘛。"

说着她便出了包厢门，还贴心地把门给带上了。

包间虽然大，但密封性太好，总给人一种憋得慌的感觉。

宋枳一刻也不想在这里多待，拎了包就推门离开了。

第十四章
转变

出了装修金碧辉煌的 KTV 后，感受到迎面而来的微风，宋枳那股想吐的不适感稍微减退了一些。

她走下台阶，看见了站在外面等她的江言舟。他抽着烟，没打领带，身影隐匿在黯淡的路灯光亮里。

修长白皙的脖颈，随着他吞咽烟雾时，喉间滚动的幅度性感禁欲。

他少有这副模样，随性散漫，平日里的他严肃沉稳，是位合格的领导者。

迟疑半晌，她走到他面前："你怎么在这里？"

江言舟把烟掐灭："宋落给我打了个电话，说你进了……"后面两个字，他没有转述出来。

宋枳说："所以你是专门过来，看看你的前女友离开你后是不是太过寂寞难耐？"

江言舟摇头："你不会。"

宋枳这个人，典型的宁缺毋滥，更别说是来这种地方了。

宋枳怕再次被张范范缠上，和江言舟告别后，随便找个暗处躲着了，想等她走了再出来。

张范范结账后出来，四处看了看，都没找到宋枳。

确定她走远了，宋枳松了一口气，刚准备出去，有人从身后搂着她的腰抱上来，宽厚温热的胸膛密不可分地抵着她的后背，甚至连呼吸时胸腔起伏的弧度都能感受得到。

江言舟握着她的手，小心翼翼地抚摸着每一个指节，像是在对待一件珍贵易碎的物品。然后，他温柔地与她十指相扣。

"不和好也没关系。"他的话像是蛊，丝丝缠绕在她耳边，催魂夺命，又莫名撩人，"但是你别再找别人好不好？"

他的话就像是一个讯号。

宋枳花了好几秒钟才反应过来，这不是自己的幻听。骄傲如江言舟，居然也会说出这种卑微的话。

"好啊。"

答应得倒挺爽快。

江言舟眼神微动，伸手去牵她的手："只只。"

少见的温柔语调，像是一根羽毛轻轻地在她耳边挠。

他从小便身处在钩心斗角的混乱中，那些旁系亲人们为了点利益争得你死我活，只剩下点表面亲情。

江言舟无法做到独善其身，更何况，他也不是个善人。这样的人，心思总比别人要深，也懂得如何拿捏他人命脉。

譬如宋枳。

他知道她抗拒不了什么。想要挽回，总得要点手段，哪怕是让他自残博得怜惜，他也不会犹豫。他从未想过宋枳会真的离开他，直到他看见她和其他男人在一起。

他的只只那么好看，觊觎她的人，太多了。

最懂男人的，还是男人。

那个何瀚阳看向宋枳的眼神，他清楚那是什么。无非是男人的爱慕与欲望。

何瀚阳看起来没什么经验，哪怕再努力掩藏，可还是太拙劣，稍不留神便露出端倪。

江言舟抱得紧，脸埋在她的颈窝，贪婪地闻着什么。那双放置在腰上的手逐渐收紧，他的声音喑哑："太瘦了，你最近又没好好吃饭吗？"

耳鬓厮磨的暧昧感，让宋枳有一种他俩还在热恋期的错觉。

在长风街，他们这种亲密的拥抱并不算罕见，只是两人优越的外形偶尔会引来路人的注意。伴随着些许议论声——

"看到那男的了没？好帅，腿长都快到你的腰了。"

"我觉得那妹子不错，长得跟天仙一样，可惜了，啧啧啧。"

"可惜什么？人家男帅女美天生一对。"

宋枳害怕被认出来，她的口罩还在包里放着，忘了戴。

"江言舟，你先松开我。"

"嗯。"

江言舟嘴上答应得好听，抱得却更紧，似乎要把她嵌进自己体内一般。宋枳挣了几下没挣开，直到宋落赶过来，才强行把二人分开。

他护着宋枳，不爽地看着江言舟："你还是不是人了？我让你帮忙找下人，你倒好，自个儿抱上了。"

江言舟似乎并不在意他的辱骂，视线仍旧落在宋枳身上。领扣不知什么时候解了两颗，修长性感的脖颈线条隐入微垂的领口之中。夜色里的光覆在他白皙的皮肤上，隐约还能瞧见因为忍耐欲望而微凸的青筋。

果然是太久没有抱她，刚刚才抱了她一会儿，居然有些控制不住自己了。

张范范忘了拿包，又折返回来，正好看到站在门口的三人。她疑惑地走过来，问宋枳："我刚刚出来怎么没看到你呢，你该不会是在故意躲……""我"字卡在嗓子眼里。

旁边的宋落听到声音将头偏过来，看了一眼。看着这张近在咫尺的脸，张范范半点没有刚才盛气凌人的劲头了。

"那个……你……你好，我……"她结结巴巴半天说不出一句完整的话。

宋落皱眉，问宋枳："你朋友是个结巴？"

宋枳："应该不是，平时骂人挺顺溜的。"

张范范憋红了一张脸，急忙和宋落解释："我很少骂人的。"

"哦。"他面无表情。

看到张范范脸上那种小女生的悸动表情，宋枳心里突然有种很奇怪的预感。她问张范范："你要找的人……不会是他吧？"

张范范却像没听到她的话一样，眼里都是宋落。宋落此刻满肚子火，完全沉浸在自己妹妹被占便宜的愤怒中。

"我就知道你肯定贼心不死。"他拉着宋枳的手腕，"回家，以后离这个人远点。"

张范范巴巴地跟上去，一边走一边做自我介绍："我叫张范范，昨天我们在这里见过的，你还看了我一眼，你记得吗？"

女人聒噪的声音一直在他耳边吵，宋落终于停下。

张范范面上一喜，以为他是想起自己来了。

宋落语气不善："你谁啊？离我远点。"

车停在前面的路口，宋落确定江言舟没跟过来后，才放心地让宋枳站在这里等他。

"我去把车开过来,你等我会儿。"

宋枳乖巧地点头。

等他走后,张范范还一脸笑容地看着他离开的背影:"好可爱啊。"

宋枳疑惑地眯了眯眼:"他到底哪里可爱了?"

张范范闻言激动道:"你没发现他眼尾下面有一粒非常小的褐痣吗?"

她当然知道,从小到大,宋落不知道有多嫌弃那颗痣。尤其是当班上那些女生说眼睛下面的痣叫泪痣,长这种痣的都是爱哭的美人的时候,他甚至一度想做个激光手术把这痣给弄掉。

宋落连医生都预约好了,可惜最后被他妈给拦了下来。张范范捂着胸口:"太可爱了,连痣都长得那么可爱。"

宋枳:"……"

这下她万分确信了,张范范要找的人就是宋落。

从宋落的可爱中清醒过来,张范范一脸警惕地看着宋枳:"刚刚他为什么要牵你的手?"

宋枳纠正她:"他牵的是手腕。"

"他为什么要牵你的手腕?"

宋枳:"……你去问他咯。"

张范范那张傲娇的公主脸再次回来了,仿佛刚才的娇羞全是宋枳的幻想:"你以后离他远一点。"

她说话有点奶音,就算是威胁人也没什么力度,软绵绵的。

宋枳喜欢逗她,张范范脾气暴,一点就炸,有什么纠纷也总是放在明面上。

她不像其他人心机重,会藏着掖着,她半点委屈都受不得。

最后经纪人破罐子破摔，给她搞了个不大好的人设，张范范觉得自己受到了侮辱，直接把公司的股份给买了。

武力值不太强，但家底够厚。

出道这么多年，虽然不会唱、不会跳、不会演，空有一副漂亮的皮囊，人气不上不下的，但人家完全不在意。

兴趣淡了，自然就无声无息地退出。

她和宋枳唯一的区别，大概就是没有那点事业上的野心。

宋枳笑容轻慢："我倒是想离他远一点啊，可他不让啊，还非要和我住在一起。"

张范范喜怒完全形于色，半点伪装都做不到："你……你不知廉耻！"

憋了半天才憋出这么一句话，宋枳对她的吵架能力颇为失望。

宋落把车开过来，停在路边。

车窗缓缓降下，他看着宋枳："上来。"宋枳却抿唇不动，垂眸委屈地泛泪。

宋落皱眉："怎么啦？"他似突然想到什么，"江言舟又欺负你了？"

说话间宋落解开安全带，打开车门下来。他现在还窝着火呢，趁他不在江言舟竟敢占宋枳的便宜。宋枳摇头，强忍着眼泪："我也不知道哪里得罪姐姐了，她让我离你远一点，还说如果我不听的话她就……她就……"

随后宋枳的情绪彻底崩溃，她靠在宋落的肩膀上，哭得整个人都在颤抖。

宋落："……"

什么玩意儿？

离得近，他甚至能听见宋枳强行忍住的笑意。

宋落看了眼张范范，后者连忙解释说："不是的，不是她说的那样，我没有。"说到最后，她的声音越来越小，"我说话的语气还挺好的，我没有欺负她。"

宋落不知道宋枳玩的是哪出，拎着她的卫衣帽子，把她从自己的肩膀上拉开："以后别用这种声音说话，恶不恶心啊？"

宋枳笑得腰都直不起来了。

想不到这么久过去了，张范范还是这么有趣，又凶又蠢。

宋枳说："和你介绍一下，他叫宋落，是我哥。"

还处于怕被误会的情绪之中的张范范听到宋枳的话，漂亮的小鹿眼亮了亮："哥哥？亲哥吗？"

"对呀，你不觉得我们俩长得还挺像吗？"

宋落一脸不爽："谁跟你长得像了？"他拉开车门，"既然是宋枳的朋友，顺路捎你一段。"

像是迷路的人终于看到希望的曙光，张范范雀跃地绕到副驾驶，才刚把车门打开。宋落抬眸看了她一眼，她乖乖把门关上了，坐到后面。

一路上宋落都在旁敲侧击，问宋枳到底有没有被江言舟怎么样。

宋枳正看着手机里夏婉约发来的行程表。新戏杀青了，接下来重点就是真人秀的录制了。

明天需要去双方家里，考虑到宋枳的不稳定性太多了，夏婉约特地单独嘱咐她："收好你的公主病，同时让你哥收好脾气，OK？"

她敷衍地回了个"OK"过去，把手机锁屏放回中控台。

"他就抱了我一会儿，其他的还来不及做呢，你就来了。"

宋落："最好是没做。"

前面有个岔路口，宋落看着车载后视镜里的张范范："你家住哪儿？"

她脸一红，小心翼翼地答道："明禹公馆，六十一号。"

宋落在导航上输入地址："那得绕远路。"他们住的地方在完全相反的方向。

听到要绕远路，张范范连忙说："那你把我放在前面的路口就行。"

宋落："嗯？"

这么晚了，她怎么忍心让他为了送自己而绕这么远的路，多累啊。

张范范解开安全带："我的司机就在前面等我。"

宋枳毫不留情地戳破她的谎言："你今天不是自己开车来的吗？"

开着她那辆少女心爆棚的粉色超跑。

"磨磨叽叽。"宋落散漫地开口，经过前面的分岔口时，直接往张范范家的方向转了弯。

好不容易回到家，时间已经不早了，好在明天的录制在中午，不需要起太早。

宋枳洗完澡后躺在床上，手机进了消息，屏幕亮了。她坐起身，输了密码解锁。

江言舟："你今天有需求吗？"

宋枳："？"

江言舟："我的服务态度很好的，而且会自己送上门。"

看着手机屏幕里的那行字，宋枳静默了几秒。她从前怎么没发现江言舟这么皮啊？

从前那些浑话都是她在讲，那时宋枳想撕破江言舟那张严肃冷漠的面具，可江言舟极少给她这样的机会。他不论什么时候，都是清冷矜贵的，不动声色地和周边事物拉开距离。

宋枳讨厌他这种面对什么都无动于衷的冷漠。

她能理解，但还是讨厌。

人的性格和生长环境有着很大的关系，宋枳和江言舟在一起的那几年，对他家里的事也算是知悉一二。

他的家人已经不能用"亲人"这个词来形容，纯粹是有着血缘关系的仇人。金钱利益在他们眼中，比什么都重要。

身处继承人第一顺位的江言舟，自然成了众矢之的，是所有人的眼中钉、肉中刺。

父亲忙着流连花野，哪里来的心思去管他？母亲更不用提了，迁怒于他，对他恨之入骨。

江言舟便是在这样的环境下长大的，背负着长辈给的压力，还有同辈人的妒恨。无数双眼睛都在盯着他，但凡踏错一步，都会变成把柄落在那些"亲人"的手上。

二十七岁，江言舟却被磋磨得连自己的爱好都成了奢侈。他一刻也不敢松懈，那些看不见的绳索绑着他，每走一步都受牵绊。

宋枳是他人生中唯一的一缕光了。

考虑到明天还有工作，宋枳拒绝了他。

"我明天还有工作，今天得早点休息。"

大概五分钟后，手机振了几下。

江言舟："我已经到你家楼下了，有个东西要给你。"

宋枳疑惑。

"什么？"

江言舟卖起了关子。

"你下来我再告诉你。"

宋枳那颗好奇心完全被他给勾了起来。

害怕被宋落发现，她小心翼翼地穿上外套出了房间，刚刚还坐在客厅里看电视的宋落已经没了人影。

宋枳松了一口气，换上鞋子出门。

江言舟就在她家楼下的花园里，离小区几步远。

这个点，出来遛弯的人不多，宋枳一眼就看到了安静等在那里的江言舟，他太耀眼了。旁边有年轻的小妹妹经过，她们的视线无一例外都落在他身上。有人想上前要号码，却又带着点小女生的羞涩，迟迟不敢上前，直到一个戴着口罩的女人走来，哪怕是穿着普通的棉质睡衣，仍旧遮挡不住她的好身材。眉目清冷的男人看到她后，脸色分明柔和了许多。正彼此打气的小妹妹瞬间便知道自己毫无可能，悻悻离开。

宋枳怕被人认出来，戴口罩的同时还多架了一副没有镜片的眼镜。她里面穿的是睡衣，外面随便套了件外套。花园里风大，她衣服也不厚，冻得直哆嗦。

"有什么东西不能明天再拿来吗？"早知道外面这么冷她就穿厚点再下来了。

江言舟看着她因为寒冷而瑟缩在一起的身体，也没犹豫，脱下自己的外套给她披上。

他声音温柔地问她："还冷吗？"

虽然不知道他卖的是什么关子，但宋枳不是那种给点小恩小惠就会感动地跟着对方走的小姑娘。

"还行。"她此刻只想尽快回到自己的被窝里，开门见山地问他，"不是有东西要给我吗？"

她伸出手，往上抬了抬，做了个讨要的动作。

倒也直接。

宋枳的性子，他再了解不过。他能感受到，她对自己的感情淡了，至少是到了可有可无的那种程度。

江言舟不太适应这种冷漠，眸色微暗，胸口传来针扎般的刺痛感。

宋枳不缺追求者，也不是非他不可，所以江言舟才会害怕。他没办法去想象如果她和别人在一起了，自己会怎样，可能最后一根紧绷着的弦也会彻底断掉。

从出生那天起，他无时无刻不在做着自己厌恶的事情。他的人生早就被规划好，甚至在他未出生前，未来就被人定下。

江家的长孙，接受的教育方式都与别人不同。作为继承人，他没办法选择自己想走的路，少年时期的梦想未成形就被人掐灭。他像是被放进了一个模具中，按照框定的想法生长，鲜活与阳光被彻底磨灭。被寄予太多希望的人，生来便不可能轻松。

他对自己一眼就能看到尽头的未来没什么兴趣，直到遇见宋枳，枯燥无味的生活里似乎出现了一点意外。

他第一次这么想了解一个人，想靠近她，想得到她。

他遵从本能对她好，可又一味地抗拒她的示好。

宋枳那个人，骄傲又自负，他担心她的喜欢只是一时兴起。

"得不到的，才是最好的。"这句话是宋枳亲口和他说的，是在什么场景下讲出的，他已经不记得了。

但唯独这句话，他记了很多年。

他害怕，怕宋枳把她的傲慢放在这段感情上，怕她把自己当成她的追求者之一，怕她新鲜劲过了就会把他丢下。

他怕很多，怕她不要他。

可那么多方式，他偏偏用了最错误的一种。是他亲手把她推开的，用他冷漠的态度。

因为有了感情，所以人类才会成为最复杂的动物。

没人教过他应该怎么和自己喜欢的女生相处，他学过的，只是反反复复的那一句："你是江家的长孙，你凡事都要是最好的，不管做什么，你都得拿第一。"

他是在这种高压的环境下长大的。

高墙外的人羡慕他，而他却羡慕高墙外的人，至少他们有自由，有选择自己未来的自由。

宋枳打了个哈欠，眼角蓄着困意的眼泪，她没什么耐心地催促："快点啊，我急着回去睡美容觉呢。"

她不知什么时候把口罩给摘了，素颜清丽，江言舟心口的钝痛逐渐消失。看到她这张脸，再多的难过似乎也都被抵消了。

他微抿了唇，笑意柔软，握住她伸出来的左手："我啊。"

掌心微凉的触感让宋枳愣了一瞬，江言舟把外套脱给她了，自己身上只穿了件衬衣。

她眨了眨眼："啊？"

江言舟不想忍了，手腕用力，将她带到自己怀里轻轻拥着："我把我送给你，好不好？"

他问得小心翼翼，满含试探。

那个手段狠戾、雷厉风行，将几位自小便喊世伯的长辈公司给收购，被指着鼻子骂冷血也无动于衷的江言舟。

此刻却因为害怕，指尖泛凉而颤抖。

他怕宋枳说出那句不好。

他今天过来，只是想见见她。

食髓知味，他太想她了。

宋枳以为他又喝醉了，闻了闻，没有酒味。那撒的是哪门子酒疯？

她推开他："家里有个宋落已经够头疼的了。"这话便是另一种含义的拒绝了。

江言舟眸色微暗，紧绷着的那根弦彻底断开。

宋枳不要他了。

时间愈晚，那些遛弯的人纷纷四散回家，偌大的公园瞬间更静了。

宋枳瞧见江言舟那副失魂落魄的模样，眉头皱了皱，该不会真的喝醉了吧？

她喊他的名字："江言舟。"

没反应。

她越发担忧，走近了喊他："江言……""舟"字被那个怀抱淹没。

不同于刚才的小心翼翼，这次的拥抱急促且热烈。耳边是他低沉的气音："那我重新追你。"

因为他这句话而彻底愣住的宋枳，良久没有给他回应。

江言舟抱得更紧了些："哪怕是当工具人也没关系，我可以满足你的，不论哪方面。"他说，"你先等一等，别急着答应其他人，好不好？"

后面的话，近乎哀求。

"哟。"不等宋枳回答，旁边一道带着凉意的笑声传来，"偷情呢？"

熟悉的音色，让宋枳后背一凉。她缓缓抬眸，宋落嘴里叼了根烟，正冷眼看着这一幕。

宋枳下意识地把江言舟护在自己身后："宋落，你听我解释。"

宋落把嘴里还来不及点燃的烟吐了，卷着袖子过来："你让开，我跟他聊两句。"

宋枳："算了，他也没占到我太大的便宜。"

宋落："这都抱上了还没占便宜？怎么才算占便宜？"

宋枳解释说："我们没抱，就是我有点冷，他给我穿衣服呢。"

这儿暗，又没路灯，宋枳估摸着宋落也没看见多少，于是信口胡诌。

宋落果然半信半疑地停下，看着江言舟，询问道："她说的是真的吗？你们真没抱？"

宋枳松了一口气的同时，江言舟说："抱了。"

宋枳："啊？"

客厅里，宋枳给江言舟那张挂了彩的脸上药，宋落下手没个轻重，宋枳凶他的时候他也挺委屈："我哪知道他没躲也不还手。"

平时眼神都带狠劲的人，今天居然罕见地变得柔弱了，结结实实地挨了他那一拳。

宋枳瞪了他一眼。

宋落自知理亏，一言不发地坐在沙发上。

他怎么看怎么觉得江言舟不对劲。

以前那个谁都不放在眼里的江言舟，此刻却低眉顺目，安静地坐在沙发上等着宋枳给他上药。

看上去挺可怜，但宋落又觉得这种可怜很刻意。想明白后他不爽地站起身："我就说我那一拳也不算重，你小子该不会是装的吧？"

在这儿装可怜博关心。

江言舟捏着宋枳的袖口，也不言语。

宋枳心里一肚子愧疚，江言舟平白无故地挨了这一拳，左脸颊都肿了。她站起身："宋落，你有完没完啊？揍了人不道歉还在这里颠倒黑白。"

宋落被她堵得说不出话来了："不是，他真的……"

宋枳身后的江言舟终于抬眸，冲他笑了笑。微勾的唇角，带着一丝挑衅和得意。

宋落："你！"

宋枳实在不想搭理宋落了，扶着江言舟回了自己的房间，继续给他上药。

"他说的话你别多想啊，他也是关心我。"宋枳说。

江言舟善解人意地点头："我知道。"

宋枳用棉签轻轻擦拭着他有些破皮的嘴角："还疼吗？"

他摇头："不疼了。"

上完药了，宋枳把药箱放好。

宋落这些年也是有点改变的，至少刚才他在揍完江言舟之后，还折身回去，把自己刚扔的烟捡起来，老老实实地扔进了垃圾桶里。

要搁以前，他就算看见地上有易拉罐，也只会抬脚踢飞。

宋枳站起身："既然没事的话，我送你下楼吧。"

江言舟神色微动，然后捂着胸口剧烈地咳嗽了起来。

他咳得急，宋枳瞬间就紧张起来了，别是给打出内伤了吧？

宋枳语气温柔地问江言舟："还有哪里不舒服？"

江言舟垂首，缓慢地将眼神移到宋枳脸上。

分手后她很少对他这么温柔，要是这种温柔能够持续下去，哪怕是在床上躺个一年半载的，他也愿意。

"胸口有点痛。"他轻声说完，门外偷听的宋落直接推门进来："你怎么不说头发痛？我揍的是你的脸，你胸口疼毛线呢！"

宋枳不满地站起身："你闹够了没有？"天平显而易见地往江言舟那边倒。

宋落哑巴吃黄连，只恨当时下手没有再重一点。

天色也不早了，宋枳不放心江言舟自己开车回去，就让宋落送他。她还特地嘱咐道："你不许再欺负人家。"

宋落不耐烦地答应道："知道了。"

宋枳亲自送他们下楼，直到那抹纤细的身影离开了自己的视线，江言舟方才坐直了身子，系好安全带，哪里还有半点刚才憔悴的样子。

宋落皱眉："你小子果然是装的。"

江言舟将自己脸上的创可贴撕下来，小心收好。

宋枳用的东西总是精致一些，就连创可贴都带着淡淡的清香。

"把我送到前面路口就行。"

宋落不爽地看他一眼："你自己打车回去？"

江言舟淡声道："我司机在那里等我。"

宋落气笑了："你这孙子，装得还挺齐全。"

江言舟没有反驳。

被宋落揍是意外，当着宋枳的面他肯定不会还手。毕竟他也清楚，自己和宋落在她心里分别是什么地位。

他有自知之明。

那一拳不算重，江言舟还不至于弱到被那一下就给打倒。只不过看宋枳担忧的表情时，他突然很想时间一直停留在那一刻。

如果装痛能博得她哪怕一刻的怜惜，他愿意不惜一切代价。

宋落把他放在前面的路口，看着身影逐渐融于夜色中的江言舟，他按了几下喇叭。声响倒不足以吸引男人的注意力，不过很显然，他知道宋落是在用这种方式叫回他。

迟疑片刻，他还是折身回去。

降下驾驶座车窗，宋落问他："你对我妹是真心的吗？"

这个问题他想了很久。

江言舟不算是个感情浓烈的人，他不易与人交心，所以没什么朋友。宋落实在难以想象，这样的人也会用真心去喜欢别人。

别人他无所谓，可宋枳是他妹妹，如果江言舟敢玩弄她的感情，他不介意放弃这么多年的兄弟情。江言舟垂眸，纤长的睫毛阻挡了头顶路灯投下来的灯光，眼底情绪晦涩不明。

他说："我一直都是真心的。"

从第一次因为她动心，直到现在。

从未变过。

宋枳原是想等宋落回来再睡的，可是她实在困得不行，随便收拾了一下就躺床上睡着了。

因为拍戏，生物钟早就被打乱，第二天七点她就醒了。宋落已经做好了早餐，见她醒了又多给她煎了两个溏心蛋。

"今天怎么起这么早？"宋落问。

宋枳揉了揉自己睡得有些发酸的脖子："最近差不多都是这个点醒。"

煎完蛋以后，宋落又去给她温牛奶，宋枳还不忘提醒他："低脂的。"

戏杀青了她也得时刻保持身材。

宋落抱怨："毛病真多。"虽然话是这么说着，却还是老老实实地把刚拿出来的牛奶换成了低脂的。

她小口吃着煎蛋，想起夏婉约的叮嘱，放下刀叉提醒宋落："今天节目组会过来，你到时候老老实实待着，把你那脾气收一收。"

宋落知道宋枳最近在录制一档恋爱真人秀。虽然不知道谈个恋爱有什么好录制的，但他也没多问。

她是个成年人，有自己的主见。他不会插手，路她尽管走，烂摊子他来收拾。

节目中午开始录制，下午才会去她家。

宋枳去了节目组安排的场地，是一个布景浪漫的花园。何瀚阳比她早到，此时正皱眉看着那些花，脸上带着很直接的嫌弃。连宋枳都无法理解的审美，何瀚阳估计更加无法理解。

看到宋枳了，那张嫌弃的脸上才稍微展露点笑容。但他强行压住了表情，有些局促地将目光移开。

相比他的紧张，宋枳显得自在许多，走过去和他打招呼："昨天没睡好？"

他的黑眼圈有点重。

何瀚阳点了点头："训练结束得有点晚。"

他们这些职业选手的时间卡得很紧，绝大部分都用来训练了。很显然，他把仅有的休息时间都空余出来，用来录制这季真人秀。

宋枳也不是没有疑惑过他为什么会松口接下这档真人秀，按理来说，他是不缺这点钱的，随便接点代言都比这个要赚钱，而且还轻松。

疑惑放在心里憋久了不好，于是在录制空当，宋枳干脆直接问出了口："你为什么接这档真人秀啊？"

何瀚阳沉默片刻，安静地看着她。双眸深邃，但是带着少年的清澈感。

"为了钱。"很简单的三个字，倒也算直接。

宋枳松了一口气的同时笑道："年轻人有上进心挺好的。"

何瀚阳没有说话，依旧保持沉默，眼睫却垂得很低，也不知在想什么。

那个浪漫的花园并没有多大的用处，纯粹就是为了拍几组两人的照片。

拍摄完毕后，节目组驱车前往宋枳的住处。

主持人问到何瀚阳此刻的心情："马上就要见到宋枳的家人了，

你紧张吗？"

他淡声道："还好。"

没有得到任何有节目效果的回答，主持人显然不太满意，又去问宋枳："第一次带男朋友见家属，紧张吗？"

她一撩长发，笑容平静地纠正她："不是第一次了。"

主持人的专业素养让她闻到有料可挖，于是一再询问。与此同时，何瀚阳的身子微微僵了一瞬。

直到车停在小区楼下，主持人仍旧半个字都没有挖出来。

宋枳的确是个绣花脑子，但也不至于蠢到这种地步。

可能是怕何瀚阳紧张，她拍了拍他的肩膀，似在鼓励："我哥人很温柔的，你别害怕。"

她的手很快就从他肩膀上离开，何瀚阳看了眼被她碰过的地方，而后点头："嗯。"

电梯停在她家门口，打开门，宋枳刚想做个介绍，却看见客厅里坐着几个人，她突然停下了。

一时不知道从哪个开始介绍起。

这个时间点不应该出现的江言舟和秦河此时正坐在沙发上，眼神平静地看着他们。

宋枳皱着眉，将宋落拉至角落，小声问他："他们怎么来了？"

宋落说："他们听说你'男朋友'今天要来家里，就想过来看看。"

"他们是怎么知道的？"这两人完全就不像是会关注这种娱乐综艺的人。

宋落坦荡道："我说的。"

宋枳："……"

她还打算说点什么，一回头，发现主持人已经拿着话筒走向江言

352

舟了："请问您和宋枳是什么关系？"

眼前一黑，宋枳匆忙过去，在江言舟开口前抢答道："他们是我哥的朋友。"

主持人点点头，继续问道："方便说下名字吗？"

宋枳简短地介绍道："姓江。"

江言舟看了她一眼，后者一脸劫后余生的样子。

他的视线自然而然地移到她身旁的何瀚阳身上，两人站得近，倒真有点像情侣。

江言舟眸色微暗，索性别开脸，眼不见为净。

节目录制也没什么内容，无非就是坐在一起看会儿电视。摄像机架在客厅的四个角，因为是隐蔽拍摄，所以跟着的摄像老师不多。

起先宋枳还会有点不适感，之后便彻底忘了在录制中。

她吃了口宋落今天刚做的饭后餐点，皱着眉，一脸嫌弃："硬邦邦的，你是想把我牙磕掉吗？"

宋落干脆把那一整盘都给端走了："爱吃不吃。"居然还生气了。

宋枳穿上拖鞋过去哄他，软绵绵地撒娇道："我刚刚是骗你的，其实特别好吃。"

宋落冷笑一声："不是硬到快把你牙给磕掉了吗？"

"硬点好，有嚼劲。"

宋落脾气来得快，去得也快，被她三言两语就哄好了。

秦河看着二人，笑容温和。看到他们这样打打闹闹的相处，更像是回到了曾经。

中间的这几年对宋枳和宋落来说，都太难了。

一天的录制就这么收了尾，宋枳总算松了一口气。

主持人问起几位哥哥对何瀚阳的第一感觉时，回答不太一致。

宋落："没什么感觉。"

肆意

秦河笑容温柔："挺沉稳的。"

江言舟面无表情。

主持人阅人无数，对江言舟的长相非常有兴趣，他的出镜，必定会成为节目的一大卖点。

所以她将镜头在他身上停留了很久："那请问你觉得他们两个般配吗？"

江言舟抬眸，语气冰冷："不。"

那期节目播出后，热度最高的不是参加真人秀的任何一个嘉宾，而是那个连名字都不知道，只有一个姓的江某。

"这是什么绝世神颜？从今天开始谁黑我小姑子我第一个不同意。"

"呜呜呜，我好爱江某，请问他有微博吗？我要关注他。"

"人无完人，江某已经脱离人的范畴了，他是神仙，我爱他的宽肩窄腰，爱他的大长腿，爱他的神仙容颜。"

"……虽然说这些不太合适，但我觉得，江某和宋枳太配了！！！"

……

这些也是节目组没想到的，这期节目的播出竟然带火了一个连全名叫什么都不知道的圈外人。

按照节目组以往的习惯，肯定不会放过这个热点，接下来的宣传估计都会放在这个江某身上。

那些被他美色迷倒的网友纷纷敲碗等着节目组给粮，结果一晚上的时间，关于江某的热搜全部不见了，他这个人也完全销声匿迹。

"什么？"

"节目组之前为了热度故意剪辑，让网友网暴素人，现在这么好的宣传卖点居然都舍得放过，有点诡异啊。"

"莫名觉得这个江某来头很大，连节目组都不敢得罪他。"

"他那块手表是百达翡丽的限量款，身上的行头我就不一一叙述了，反正随便一件衬衣都是你们无法想象的价格，你们自行感受一下哈。"

"长得帅不说，他还这么有钱，我更爱他了！！！"

"老公，你要相信我爱的是你的人，绝对不是贪图你的美色和你的钱。"

······

宋枳随便翻了翻，几乎都是和江言舟表白的，关于她的评论寥寥无几。

这样也好，至少骂她的人没多少了。

她又往下翻了翻，居然还有评论让她直接和江言舟搞骨科的。

这算哪门子的骨科啊？

她把手机锁屏放回桌上，化妆师正给她扑定妆粉。

今天上午给杂志拍摄一组封面照，下午还得继续录制。小许软磨硬泡了好久，宋枳终于答应让他一起跟着去了。

既然是回"娘家"，何瀚阳肯定是直接把他们带去俱乐部。他从来没有对外说过自己家里的情况，参加直播活动时主持人问到这方面的事他也从来没有回答过。

把家人保护得这么好的人，怎么可能让家人暴露在镜头里。

因为男模特中途出了点事，所以拍摄延期了几个小时，节目组已经提前过去了。地址发在小许的手机里，让他们到时候自己开车过来。

小许疑惑地眯眼："这也不是 AOI 基地的地址啊。"

宋枳在里面换衣服，顺便把妆也卸了。之前她脸上的那个妆太浓，她又让化妆师随便补了个淡点的妆。

地址是一个老式的小区，开车过去多花费了些时间。

小许嘀嘀咕咕："不应该去俱乐部吗？"

宋枳看到他这副样子觉得好笑："要不我下次帮你和他讲讲，让他带你去一次 AOI 的 PUBG 分部？"

小许眼前一亮，瞬间恢复了以往的活力："真的吗？"

宋枳装模作样地捶了捶自己的肩膀："看你表现咯。"

小许立马狗腿地过来，给她捶腿捏肩："小的一定把您给伺候得舒舒服服的。"

老小区还来不及开发，道路也崎岖，越往里走就越颠簸。

车子里的宋枳快被颠吐了，好不容易才听到司机口中的那句："到了。"

她捂着嘴，冲下车扶着垃圾桶吐了。胃像是被一只大手紧紧攥着，难受得不行。小许拿了一瓶水给她漱口，缓了好一会儿宋枳才稍微恢复了一些。

她看着面前这片老旧但极富生活气息的小区。虽然交通什么的不太便利，但空气还是很好的。

今天是阴天，没太阳，雾蒙蒙的。

小许用手机上的定位功能在弯弯绕绕的房子里找到了导演发过来的那个门牌号。

36 号。

生了锈的铁门，能看见里面种满了各种花花草草。门前还有个秋千，很旧了，应该也有些年头。

按响门铃后，客厅的门打开，何瀚阳出现在门后。灰色卫衣、黑色抽绳运动裤，长发剪短了，少年感十足。

他把门打开，视线落在宋枳那张没什么血色的脸上，迟疑半晌："不舒服？"

胃还是难受的，宋枳摇了摇头："还好，就是来的时候有点晕车，吐了一会儿。"

"这里的路不太好走。"他从卫衣前兜拿出一盒薄荷糖递给她，"吃一颗应该会好点。"

宋枳道了声谢，接过那盒糖，含了一颗在嘴里，的确好了许多。

房子外面老旧，里面倒是很干净整洁。

墙上贴着各种球星的海报，还有奖状，有些因为年岁太久，都有些泛黄掉色了。

宋枳好奇地凑近看了一眼，奖状上面的名字写的全部是何瀚阳。

她笑着问道："你读书的时候这么聪明吗？"

何瀚阳的神色有些不太自然，脸颊有红晕："还……还好。"

何瀚阳的性子就是可爱，夸两句就害羞。

何瀚阳的奶奶进去倒茶了，听到客厅有动静，端着杯子出来，看到宋枳，愣了一瞬。

"这位是？"

讨长辈喜欢是宋枳的拿手绝活，她声音甜美，笑容也乖巧："奶奶好，我是宋枳，是何瀚阳的……"

关系上卡了一下，她索性含糊带过去了。

奶奶也没深问，笑着把茶端给他们，然后拉着宋枳一起坐在沙发上。

"姑娘长得真好看，多大了？"

在长辈面前，宋枳异常乖巧，有问有答："今年过完生日就二十三了。"

"比我家小阳大三岁，正好。"她笑得眼睛都弯了，"女大三抱金砖。"

宋枳再次感叹了一下何瀚阳的年龄，年轻就是好啊。

奶奶说要给宋枳炖她最拿手的鸡汤，宋枳想进去帮忙结果被她给赶出来了。

宋枳看着院子里的那个秋千，问何瀚阳："这个应该有些年头了吧？"

何瀚阳点头："我六岁生日那天奶奶搭的。"

宋枳抬眸。

他说："我的生日礼物。"

算下来也有十几年的历史了，宋枳问："我可以坐一下吗？"

他微垂眼睫，不动声色地掩去眼底的笑意："可以。"

宋枳小心翼翼地坐上去，还是挺怕绳索会断掉的，毕竟风吹日晒的都过去这么久了。结果秋千还挺扎实。

她晃了几下，鞋尖虚踩着地面，想着过来这么久了，只看到他的奶奶，于是问他："伯父伯母呢，不在家吗？"

"他们在我很小的时候就去世了，我是奶奶带大的。"他的语气毫无情绪起伏。

宋枳一脸愧疚："对不起啊，我不知道……"

他就笑："这有什么好道歉的？"

宋枳有时候觉得他有着不符合年龄的成熟，这点其实和江言舟有点像。他们都过早独立，不会埋怨也不会诉苦，累了伤了，自个儿等愈合，从来不会奢求从外人那里获得怜悯，也不屑于此。

她突然想起刚刚在厨房，奶奶在她耳边说的那些话。

"这是小阳第一次带女孩子回家，你别看他看上去闷闷的，其实他就是害羞。他可能说不出那些哄女孩子高兴的甜言蜜语，但他肯定会对你好的。如果他欺负你了你就和奶奶说，奶奶帮你教训他。"

宋枳看得出来，奶奶是真的高兴，她一时不知道该怎么告诉她真相。

真相似乎有点残忍，宋枳突然开始后悔，不该接这档真人秀的。

起风了，有点冷。何瀚阳说："进去吧，待会儿应该要下雨了。"

宋枳其实挺喜欢这种阴阴的天气，全世界的步伐似乎都放慢了，安静得不行。

她看着天边那一朵缓慢移动的乌云："我再坐一会儿，等下雨了再进去。"

何瀚阳没再开口，而是安静地陪着她。

宋枳抬眸："你不进去吗？"

他摇头："我也再等一会儿。"

宋枳扶着秋千的绳子，轻轻晃了几下："你不觉得乌云特别好看吗？灰灰的。"

他说："好看。"

"我小的时候每次下雨了都会偷偷趴在窗边，我怕打雷，但是我喜欢看闪电劈在乌云里的那一瞬间。我朋友说我这个叫怪癖，可是我觉得他们才奇怪，这么好看的云和闪电，他们根本理解不了。"

她絮絮叨叨地说了一大堆，何瀚阳就安静地听着。

她说什么，他都点头。

"嗯。我也喜欢。好看。"

像个没有感情的捧哏。

第十五章

试探

饭菜好了，奶奶喊他们进去，给宋枳盛了一大碗："你可得好好尝尝这个，这是奶奶的独家秘方，外面可吃不到的。"

宋枳甜甜一笑："谢谢奶奶。"

汤很好喝，但实在太多了，宋枳只能尽量小口小口地喝，这样不至于饱得太快。

小许饿狠了，今天忙了一整天没怎么吃饭，这会儿风卷残云连吃三碗，奶奶乐得合不拢嘴："你可比我家这个兔崽子听话多了。"

小许在夏婉约身边待久了，也长出一对善于发掘八卦的耳朵，听到奶奶的话他瞬间来了精神："这么说何瀚阳他以前也是叛逆过的？"

奶奶叹了口气："他父母去得早，我又是老师，平时光顾着自己班上的那些学生，也没精力管他。等我想管的时候他已经不服管了，不去学校也不上课。"

"那后来他是怎么变听话的？"小许问。

"突然有一天就听话了，作业按时交，学校也开始去了。"奶奶说。

没什么戏剧性的一段经历。

宋枳实在是吃不下去了，她感觉自己的胃都快撑炸了，无奈奶奶又一直盯着她。她只能随便找个话题扯开她的注意力："这里的房子应该很多年了吧。"

奶奶放下筷子："可不嘛，小阳三岁那年我带着他搬过来的，左邻右舍的也都认识，住出感情了。"她叹了口气，"可惜最近要拆迁了。"

宋枳"啊"了一声："那您肯定很不舍吧。"

奶奶笑道："是有点舍不得，不过拆迁款多，还给我们分配了两套房子。"

吃完饭后，时间也不早了，大家准备收工下班。

宋枳和奶奶告别，上了停在路边的车。

奶奶站在门口和他们挥手，何瀚阳站在一旁。直到车在路口转弯，彻底消失在他的视野里，他又抬头看天。

他不是一个会多想的人，做事完全凭心情。可最近他想得最多的一件事就是，为什么他没有早一点认识宋枳。

他们的第一次见面，宋枳应该早就忘了，可他却永远记得。那个时候他才十五岁，偶然间碰到了刚来北城的宋枳。

她坐在银色的行李箱上，手上拿了把扇子挡太阳，白皙的皮肤被晒得泛红，好像在和谁打电话。

"我都快被晒死了，我不管，你十分钟内必须过来。"她撒娇的声音嗲得要命，抬眸看到他了，似乎在笑，和电话里的人说，"北城帅哥真多啊，网吧门口都能碰到一个。"

他性子内向，被她这句话弄红了脸。

宋枳挂断电话后，看了眼他身上的校服："翘课了？"

他迟疑半晌，没有理她，手扶上推拉门，刚要进去。她带着笑意的声音从身后传来："翘课的小朋友可不乖哦。"

何瀚阳逐渐停下脚步，他有点后悔今天穿的是短袖。

心中生出莫名的害怕，他怕被她看到自己身上的痕迹。

哪怕他不翘课，他也是个不乖的小朋友。

她仍旧在笑，声音罕见地温柔："听话的小朋友现在可都乖乖坐在教室里听课，再帅也不能落下学业，等以后事业有成了记得来找姐姐谈恋爱哦！"

那个时候的何瀚阳正处于叛逆期，谁的话也不听，抵触学习、抵触学校、抵触一切。

可是他遇到了宋枳。

那个看上去不太正经，但却很温柔的人。

一切的故事，从那个夏天，从她的笑容开始。

他经常会想，如果他能早出生三年，在那个男人之前遇见她，结局是不是就会不太一样。

那天之后，他甚至连做梦都在想她。

他那段时间天天失眠，因为想念和害怕。想念那个只有一面之缘的人，害怕这辈子再也没有机会见到她。北城这么大，两个人偶遇的概率实在是太小了。

直到后来，他在电视上看见了她，她穿着可爱的小裙子，唱着可爱的歌。他突然发现，那颗无意中撒下的种子居然在不知不觉中生长到连他都讶异的高度。

他太喜欢她了，喜欢到想把这条命都给她。

奶奶笑道："这姑娘我看着挺喜欢的。"

何瀚阳点头："我也挺喜欢的。"

摄像分 AB 组，A 组是跟着宋枳拍摄的，和她的车一块儿离开了，B 组则在做最后的收尾工作，譬如拍拍院子里的花草，还有做后期的单人采访。

外面风又大了一些，奶奶笑容和蔼，看着摄像师："进屋里去吧，外面冷。"

摄像师刚要点头，视线落到某处，熟悉的面孔，是前不久才出现在节目里的江某。

这边马上就要拆迁了，江言舟刚好在附近应酬完，顺便过来查看一下进度。

项目负责人正细致地给他讲解着，然后就有一群人扛着摄像机过来了，镜头都快直接捅到他脸上了。

江言舟面无表情地看着镜头，语气冷漠："让开。"

节目组后期制作时为了播出效果故意剪切了奶奶满脸笑容说出的那句："是有点舍不得，不过拆迁款多，还给我们分配了两套房子。"

搭配上后期江言舟的出现，以及他冷漠的态度，前些日子还疯狂叫他老公的网友纷纷喊着离婚。

"住了那么久的房子突然被通知要拆迁，奶奶肯定很难过，万恶的资本家。"

"这戏剧性的关系，我都要怀疑是不是节目组事先准备的剧本了。"

"这片的拆迁好像是深环的，他还姓江，我好像发现了什么？"

"应该不能这么巧吧，听说深环总裁长得很一般，秃顶、短腿、啤酒肚。"

"江某，你没有心！"

……

看着这些全是感叹号的控诉，宋枳捧着手机乐了半天。

这么一看江言舟其实还挺上镜，前几天的乖巧果然是装出来的。她就说嘛，江言舟那个没耐心的脾气怎么可能说改就改。

小许的重点明显有点歪，他反复重播江言舟出现的那个片段，啧啧叹道："太帅了。"

看到他那副犯花痴的脸，宋枳都有点怀疑他的性取向了。

签合同时她只给了节目组一个月，因为后期还有其他的通告。最后几天节目组紧赶慢赶，终于拍摄结束。

可能是逐渐适应了，宋枳也没有之前的拘束感，越来越自然。等播出结束后，评论风向也开始缓慢地转变。以前那些黑她的都开始夸她作也作得可爱，撒起娇来男女通杀。

吃瓜网友绝大部分都是墙头草，风一吹就倒戈的那种。

江言舟就是很好的一个典型，一夜之间成为那些女网友的前夫。

听说真人秀导演为了这事还专门上门道歉，不过因为没有事先预约，连办公室的门都没能进去。

这事倒也的确是江言舟能做出来的，不论何事，都公事公办。

江言舟平时不怎么上网，更别说是刷微博这种极具娱乐性的事了。

宋落担心他看不见网友是如何辱骂他的，甚至还专门挑选了几个最为毒舌的评论，截图下来发给他，发到第五张的时候显示对方不是你的好友。

宋落还不够尽兴，就拿着宋枳的手机继续给他发。一连发了十几张江言舟都没删宋枳的好友，对此宋落还挺纳闷。

截图全都发完了，他安静地等了一会儿，以他对江言舟这么多年的了解，大度宽容简直就和他不搭边。

果不其然，两分钟后，手机振了一下。

江言舟："好想你。"

宋落瞬间就炸了，拿着宋枳的手机骂他。

"你要不要脸？"

"不要脸，要你。"

宋落彻彻底底炸了，直接一个电话打了过去。

响了一声那边就接了，有书页翻动的声音，似乎助理在旁边汇报工作。

宋落："你是不是就是用这种恶心的话哄着宋枳和你在一起的？"

对于宋枳的手机在他手上这件事，江言舟一点也没觉得奇怪，似乎早就知道刚才和他发消息的是宋落。

"那些话都是她教我的。"江言舟说。

宋落沉默片刻，倒也不假。

就江言舟这个哑巴性格，让他说一段情话比登天还难。

实在不想和这个骂人也没有回应的哑巴交流，宋落不耐烦地说："挂了。"

助理汇报完工作后，江言舟把合作上有问题的点圈出来，让他拿出去交给策划重新修改。

听到宋落的话后，他淡淡地道："宋枳在旁边吗？"

"在啊。"

"把手机给她一下。"

宋落皱了皱眉，虽然不太情愿，还是把手机拿给了正在洗手间里敷面膜的宋枳。

宋枳刚把面膜包装拆开，看到宋落递过来的手机，上面的来电联系人写着"散财童子"四个字。

这是她给江言舟的备注，三年前就是这个了，一直没换过。

为此宋落还挺好奇，也问过她为什么要给江言舟取这个名字。

宋枳说："顾名思义，散财给我啊。"

把吃软饭说得清新脱俗。

她忙着敷面膜，空不开手，直接点开免提。

"干吗？"

那边很静，听到宋枳的声音，江言舟的语气明显柔和下来："只只。"

像是春日里的微风，清新柔和。

他说："我好想你，我晚上可以去见你吗？"

小心翼翼的撒娇与试探，这些不在他的专业范畴内，他不太擅长，所以看上去总显得有些笨拙。

宋枳莫名觉得这样的江言舟其实也挺可爱的，至少比之前那个冷冰冰的、没什么耐心的木头要可爱多了。

她刚要开口，宋落把电话给挂断了。

宋枳："……"

她今天也的确没什么时间，晚上还要去赶通告给她代言的产品拍图。借着这档真人秀的东风，她的热度也算是往上涨了不少，找上门的代言自然也多了。不过热度大部分都是来自何瀚阳，脾气不好的电竞冠军和做作美艳女星这个搭配挺新鲜，而且处处都戳萌点。

年下、反差萌。

宋枳平时倒没太注意，看过几期综艺后她终于明白了为什么这么多网友都说他们是公费恋爱。

何瀚阳的某些细节表情全部都被摄像机放大。他会因为她很平常的一句话而脸红，偶尔对视一下都会很慌张地移开视线，或是在她讲话的时候专注地看着她。一整期节目下来，他的眼神几乎全程都腻在她身上。

虽然不排除后期故意剪辑，但这个频率就很……危险。

何瀚阳是个极其怕麻烦的人，从他厌恶直播就能看出来，他平时只有比赛的时候才会出现在大众视野里。

夺冠后接受采访，作为全场最佳的电竞选手，他也总是话最少的那个，不过粉丝也都习惯了。可是和宋枳在一起后他就像变了个人一样，那个酷跩话少的男生变成了纯情可爱的男生。

某种不太好的预感逐渐在她心里成形，宋枳将这归结到自己的厚脸皮与自恋，但还是有点担心。

何瀚阳是个很好的人，宋枳不会做出这种吊着他的暧昧举动。于是她想着，趁他还没有陷入太深，及时掐断这段刚萌芽的暗恋。

夏婉约知道后干脆笑得直不起腰："我看你还是算了吧，何瀚阳人气那么高，什么样的妹子找不到啊，至于暗恋你？"

宋枳正在化妆，准备待会儿的广告拍摄。

这几天通告很赶，再加上电影马上就要上映了，她世界各地的参加发布会。

那档恋爱真人秀不过是为了给电影预热造势罢了，毕竟主要演员的角色热度高了，电影的关注度也会相应提高。

听到夏婉约的话她觉得也有几分道理。

正好拍摄开始，宋枳暂时忘了这茬儿，专心工作。

拍摄一直到凌晨三点才收工，宋枳为了保持状态喝了三杯咖啡，还是困得不行。

之前也不是没有熬夜赶过通告，但最近连续高压的工作让她已经连续好几天只睡三四个小时了。

宋枳刚上车就睡着了，小许贴心地替她盖上毛毯。

北城的夜晚凉，车内虽然开了暖气，可宋枳怕冷。

这个点路上没什么人，也不堵车。汽车匀速行驶在高架桥上，过了东风西路，转个弯就是她家小区了。

宋枳睡得也不踏实，哪怕开得再平稳，车上到底也没有床上睡得舒服。

车子停稳后，小许将她叫醒："宋枳姐，到了。"

她睁开眼，打了个哈欠："晚安。"

车子就停在小区门口，宋枳拎着包，感觉头昏脑涨的。说不清是什么感觉，就像是早上六点的冬天，刚通宵完从网吧出来的那一刻。

又困又冷。

她抱着胳膊搓了搓，有点后悔下车的时候没有一起把毛毯也带下来。

明天早上七点就要起床去赶飞机，除去洗澡的时间，满打满算她还能睡三个小时。因为太困，她连走路都有些不稳，像喝了假酒一样。

前面的路口停着一辆车，看着有点熟悉。

宋枳揉了揉惺忪的睡眼，不等她看清朝她走来的男人长什么样，就落入了一个温暖的怀抱里。他身上的清香熟悉，闻着让人莫名有种安全感。

她在他怀里蹭了蹭："好困。"

江言舟握着她冰凉的手，放在掌心焐热，声音温柔："困就睡一会儿。"

宋落接到宋枳的电话，说她今天因为工作的原因会晚点回来，他说去接，她说不用。

"有司机，而且我还不知道会忙到几点呢，你先休息。"

宋落还是不太放心，坐在沙发上等到三点，给她打电话也没人接，终于按捺不住，拿了外套就要出门，正好门被人敲响。

他松了一口气，过去开门："刚给你打电话怎么不接？我还以为你出了什么事。"

门外站着的是江言舟，以及被他公主抱抱着的宋枳。

安静两秒后，宋落眉头一皱："你可真够兄弟的啊，这是在替我排忧解难照顾我妹呢？"

江言舟抱着熟睡的宋枳绕开他，语气平淡："我不是在为你排忧解难。"

宋枳的房间在最里面，他空出一只手开门，抱着她进去。

屋子里满是她身上惯有的玫瑰清香。

以前在一起的时候江言舟就喜欢闻她身上的味道，每次工作结束后累得筋疲力尽时，抱着她就不觉得累了。

她话多，偶尔甚至会显得有些聒噪，但江言舟并不觉得她烦。他喜欢她在自己耳边叽叽喳喳说个没完，他也喜欢她将生活中发生的事全部讲给他听。可是后来她什么也不说了，依旧会抱着他撒娇，可更像是完成任务。直到现在江言舟才意识到，是自己的冷漠将她的热情摧毁的，现如今，他只能慢慢弥补。

他觉得自己努努力也可以变成宋枳喜欢的类型。有烟火气、有人情味，是个活生生的人。

替她把被子掖好后，他站在床边看了好一会儿。

宋枳熟睡以后格外安静，连翻身都很少有。

江言舟转身时，宋落就站在他身后，斜倚着门框站着。他递给江言舟一支烟："聊会儿？"

江言舟也没拒绝，接过烟和他一起出去。

两人站在外面的露台上，远处 CBD 大楼还亮着灯。

两人在某些方面其实还是有许多共同点的，不然也不可能玩到一块儿去。在宋落看来，江言舟就是外表看着沉稳，其实一身反骨。

呼出一口烟后，他看着江言舟："你现在是怎么个想法？"

后者侧身看他："什么？"

宋落说:"你和宋枳。"

江言舟沉默半晌,抬眸看着远处的夜景。

北城是大,但看久了也就那样。

他不太喜欢这座城市,严格意义上来讲,他没有喜欢的地方。

以前语文考试写作文,题目是"长大以后我想去哪里"。他交了白卷,那也是他生平第一次从全校第一掉到第二,作文的五十分全被扣了。

事后语文老师问他为什么作文交了白卷,他只说:"我没有特别想去的地方。"

语文老师恨铁不成钢:"你随便写个也行啊。"

可是他不想,也觉得没必要在这种无关痛痒的地方上撒谎,成绩对他来说其实没多重要。

他很少觉得什么东西算重要,钱和权他都不太在乎。但他的人生早就被规划好了,哪怕他再不在乎,也不得不按照这条路乖乖走下去。

"家里给我安排过几次相亲。"江言舟指间夹着烟,语气平静,像是在叙述某件和他无关的事,"昨天又打了好几通电话过来,让我抽空回去吃个饭。"

宋落皱眉:"你和我说这个干吗?"

夜里风大,江言舟穿得并不多,车内开了暖气,所以他把外套脱了,直到下车后才稍微察觉到一点凉意,可是现在他却像什么也感觉不到一样。他说:"你知道我为什么离开江家创建深环吗?"

"为了证明给你那些长辈看,你不靠家里照样可以混起来?"

江言舟摇头:"我如果一直以江家长孙这个头衔活着,我的结婚生子永远都得顾全到江家的利益。就算到时候我不管不顾地娶了只只,她在江家的日子也不会好过,要受尽家中长辈的轻视与冷眼,她那个性子，怎么可能受得了？"他说，"我不能让她受一点委屈。"

当初他铤而走险自己创业，公司建立初期算是他人生中最难熬的一段时光。平均每天只睡一两个小时，那些大大小小的项目都是他亲自去谈。一天往返两个国家，睡觉都是在飞机上。

熬得狠了，身上的毛病就来了。因为过度疲劳，他晕倒过几次，连医生都劝他保持充足的睡眠。

那几年里，江言舟就是这么过来的，可他从来不在宋枳面前诉苦。她已经经历过这世间最大的苦楚了，她应该一直快乐下去。

人类的确是一种很矛盾的生物，他一边想给她最好的，一边又故意冷落她。

因为害怕，害怕她某天会突然厌倦他，会离他而去。

他不算太懂感情，第一次动情就是对宋枳。在她面前，他的自卑被放大到最极限。

他本身就不算是个讨喜的人，从小到大都是这样。

只是因为姓江，所以常有人过来讨好他，背地里却都骂他没教养。

"是因为没有妈妈，所以没人教你讲话吗？"

这句话他忘了是谁说的，他只记得那是他第一次打架。

那个人被打掉了两颗牙，可是次日，那男生的母亲却领着那个男生上门来道歉。那次之后，江言舟便开始被所有人孤立，他们说他仗着家里有点钱就欺负别人。

面对这些污名江言舟从来都不辩解，他觉得无所谓。

他的确不太爱说话，可能是性格使然，他的早慧让他无法理解这些同龄人的思维。他一直觉得没什么，被人厌恶也不算坏事，至少能落个清净。

直到他遇见了宋枳。

她开朗自信，身边从来都不缺追求者。

江言舟第一次知道自卑这种情绪原来这么容易让人面目可憎。他烦死了总是围在她身边的那些苍蝇，甚至于到了后来，他还是认为她喜欢的人是秦河，自己可能只是她无聊的生活中一个可有可无的消遣。

但他愿意当这个消遣。

可是一旦开始，他就会想要奢求更多，得到了她的人后，他开始妄想得到她的心。但她从来都是一副不太正经的模样，面对感情的自卑越发让江言舟患得患失。

这种患得患失夹杂着公司的压力，那段时间他连睡觉都得靠药物辅助。

他猛吸了口烟，然后把未燃尽的烟蒂摁灭，扔进旁边的灭烟盒里，声音有些沙哑："我一直觉得她不在乎我，后来才想明白，她只是想让我能轻松一些。"

最难熬的那段时光，不就是宋枳陪他熬过来的吗？逗他开心，哄他入睡。

她一直都是用自己的方式来对别人好，外表看着不正经，其实内心比谁都柔软。这些都是分开以后江言舟才想明白的事情。

他那么高的智商，偏偏在感情方面如同一个笨蛋。

宋落不知道他们这些年发生了什么，宋枳每次去看他都只报喜不报忧。

"我减肥终于成功了，瘦了八斤，你是不知道那个私教有多可怕，我有一次吃夜宵发朋友圈忘记屏蔽她了，结果她第二天就让我多做了五十个深蹲。

"你妹妹我现在可是巨星，组合门面，你知道门面是什么吗？乡巴佬，门面就是最好看的人。

"姥姥身体挺好的，我也挺好的，你在里面也听话点，不要老想着和别人打架，把你的脾气收一收，我可不想某天突然收到你被加刑的消息。"

……

她其实挺坚强的，很小的时候宋落就知道了。他每次打架回家，都会被父亲抢着戒尺再打一顿，然后罚在院子里跪一夜，不准起来。

宋枳出来给他送夜宵，也不怕被爸妈看见。

宋落问起时，她一脸不在乎："没关系，大不了我就陪你一块儿跪着。"

她那个时候没多大，读小学，粉粉的一团。

宋落就笑："你不怕啊？"

她说："怕啊，爸爸打得可疼了，可是我更怕没哥哥，万一你因为跪太久跪死了怎么办？"

虽然最后一句挺煞风景，但宋落还是觉得小家伙挺可爱的。他一直希望宋枳能找个对她好点的男朋友，虽然他让江言舟帮他一起防着点秦河，但秦河其实是他心目中比较合适的人选，顾家温柔、职业稳定。

谁知道居然让江言舟给捷足先登了。

他问江言舟："你现在还想和她在一起吗？"

江言舟不耐烦地"啧"了一声："我说了这么多你是根本没听？"

得，又是这副欠揍脸。

宋落一看他这张欠揍脸就来火："你话说得没头没尾的，我怎么知道你想表达个什么？"

江言舟拿出钱夹，从里面抽出一张名片，递给他。

宋落低头接过，名片上的职位介绍写着某所小学的校长："你给我这个干吗？"

他将钱夹收好，淡声道："这是我前段时间捐赠的小学，校长那边我可以帮你打声招呼，等你哪天有空可以回去重修下一年级语文。"

宋落愣了好半天才反应过来他话里的意思，他上前攥着他衣领："江言舟你几个意思？"

江言舟面不改色："说你蠢的意思。"

"你！"

"松手。"

"不松。"

"看在你是我孩子舅舅的分上我不揍你。"

"谁是你孩子的舅舅啊？滚。"

"以后总会是的。"

宋枳睡得昏昏沉沉，总觉得耳边有什么东西在吵。她睁开眼睛，有些烦躁地坐起身。大晚上的还让不让人睡了啊！

她没起床气，但是被人从熟睡中吵醒还是很火大，尤其是在累了一天后。穿上拖鞋开门出去，透过落地玻璃，她看到露台上姿势怪异的二人。

刚睡醒尚处于混沌中的大脑短暂地宕机几秒，然后才后知后觉地脑补出一出苦情大戏。

就快打起来的二人听到客厅里的动静，纷纷侧眸看了过去，正好对上宋枳那副意味深长的表情。宋落脑子笨，没有反应过来那是什么意思，江言舟推开他，进了客厅。

他的语调温柔得像含着一汪春水，多听一会儿都会溺毙其中："是不是吵醒你了？"

宋枳反问："你说呢？"

江言舟和她道歉："差点忘了你还在睡觉，我不打扰你了，你快去休息吧。"

宋枳看了眼在后面进来的宋落："你们刚刚是在……"

宋落冷哼一声："这家伙居然让我重读一年级，还骂我蠢。"

宋枳面露惊讶，想不到江言舟的撑人技能居然满点。

江言舟微垂眼睫，声音极轻："我只是觉得宋落脱离社会那么久，某些社会常识方面的知识可能都忘了，所以想着正好前几天给某所小学捐了几栋楼，可以借着这个机会让他去学习一下。"

"我觉得这个提议可以。"宋枳看着宋落，"人家处处为你着想，你居然还曲解成这样。"

宋落一脸不可思议："我曲解……不是，这家伙刚刚可不是这么说的，真服了，语气都变了。"

宋枳一听他骂人，不爽地皱眉："粥粥为你好，你还骂别人？"

听到宋枳对他的称呼，江言舟不动声色地抿住唇边的笑意，善解人意地上前调解："没事，我相信他不是有意的。"

宋落："嗯？"

宋枳觉得江言舟自从和自己分手后，就变得格外善解人意了，她叮嘱让宋落多和江言舟学学。

困意再次袭来，她捂嘴打了个哈欠："这么晚了，你要不就在这里住一晚上吧。"

宋落皱眉："总共两个房间，他睡客厅？"

宋枳理所当然道："你床不是挺大的吗？挤挤还是可以的。"

话说完，她就带着一身疲倦回了房，床位分配问题就留给他们自己处理了。

客厅再次只剩下他们二人。

安静良久，宋落再次上前揪着江言舟的衣领："你够恶心啊！"

江言舟面不改色，重复着宋枳刚才的话："多和我学学。"

"我学你……"

房间内传来提醒的咳嗽，宋落只得把声音压低，又骂了一遍："我学你这种表里不一的男人？"

江言舟最终还是没有留下来过夜，他没有和男生一起睡觉的习惯。

更何况他不可能和宋落一起睡，他们俩估计半夜就得打架。

他十一点就过来了，原本是做好了晚餐想给宋枳送过来，结果一直等到凌晨三点，保温饭盒里的粥估计也都凉了。

他把车门打开，看了眼表盘上的时间，已经四点半了。

宋枳最近好像一直都忙到很晚。

江言舟想到她回家时脸上的疲倦，站着都能睡着的程度，突然很心疼。

以前在一起的时候，他一丁点苦都舍不得让她吃，出去逛个街都有专门拎包的人。

结果现在她自己反而要出去找苦吃。

小姑娘长大了，也不需要他了。

啧，烦。

宋枳睡得并不好，六点就被闹钟吵醒了。

发布会定在青市，飞机过去三个小时，她刚好借着这个时间补了觉。

罗导为了这部电影很久以前就开始造势了，准备炒一下剧内 CP，宣传期间要求宋枳和季宋配合下人设。

夏婉约觉得可行，于是去询问宋枳的意见。

宋枳好不容易睡着，又被她给吵醒，顶着一双惺忪的睡眼想也没想就答应了。

"你先让我睡个觉，其他一切都好说。"

下飞机后，为了遮盖住自己无比明显的黑眼圈，宋枳特地在鼻梁上架了副墨镜。

接机的粉丝很多，还有一部分代拍，代拍不属于粉丝，纯粹就是靠拍照来赚钱。看见她戴着墨镜，那群代拍不太乐意，让她把墨镜给摘了。

宋枳礼貌地婉拒："我今天状态不是很好，不好意思。"

小许自然是去挡镜头："麻烦现在不要拍，发布会结束后我们还会有返程的，到时候自然会让你们好好拍个够的。"

冲在前面的那个代拍是个脾气暴的，看见小许，不爽地把他推开："这里有你什么事？滚开。"

小许脾气好，可不代表宋枳脾气好。

宋枳心里正窝着火，小许被平白无故推了一把，还被人骂了，他忍得了她可忍不了。

"麻烦你向我的助理道歉。"

"我凭什么道歉？"

宋枳气笑了："你是觉得你做的那些事还挺有道理的是吗？"

夏婉约只是去上了个厕所而已，出来的时候就看到前面围满了人，还不时有争吵声传来。她疑惑地走过去，发现争吵者中居然有宋枳本人。

夏婉约心猛地一揪，这才没跟在身边一会儿，怎么就闹了这么一出？

她问小许："怎么回事？"

小许想拦人又拦不回来，宋枳本来就不是个好脾气的。

刚刚她也算是一再地忍让了，镜头抵到她脸上她也一声未吭。结果那人倒好，自己反而发起火来了，还骂人。

夏婉约好歹也算是资深经纪人，趁着事情闹大之前上前协商了几句，最后让保安把宋枳先带走。

宋枳莫名其妙："她先骂人的，还推人。"

夏婉约小声求她："我的姑奶奶，多一事不如少一事，现在这么多人看着呢。"

宋枳心里还窝着火，却也只得乖乖听她的话，和保安一起先行离开。

出了机场后，她问小许："她刚刚力道重不重，没弄伤你吧？"

小许说："我哪有那么弱啊？一个女生就能把我给推伤？"

"她说的话你别往心里去，那人就是没素质。"

小许没想到自己有生之年还能被宋枳安慰，简直是受宠若惊。他其实还好，不算太在意，就是有点担心宋枳刚刚那么一闹，估计下午就得热搜一日游了。

宋枳的口碑才稍微好转了一点，如果再因为这件事被黑回来，太不值当了。

宋枳却不以为然："做错的是她，又不是我，我为什么要怕？"

倒是乐观。

不过夏婉约显然就没这么乐观了，她气得妆都快掉完了："宋枳，你是不是嫌我工作还不够多？我每天为了处理你那点破事觉都没有时间睡，你看看我眼角的皱纹，我二十六岁长得像六十二岁！好不容易步入正轨，想着可以稍微放松放松，我连去马尔代夫的机票都买好了，现在倒好，为了给你今天大闹机场这事收拾烂摊子，退了！"

缓过来以后，宋枳也觉得自己当时好像是有点太冲动，毕竟那么多台相机对着自己呢。不过她也是一时没忍住，那人实在太过分了。眼下只能安静地听着夏婉约的训导。

夏婉约气得呼吸都有些不太顺畅了，拿着手机联系公关，准备应对即将空降的那些热搜。

"这几天你别上微博了，也别给任何回应，安心准备发布会和路演。"

宋枳乖巧点头："好的。"

她因为机场那件事耽误了半个多小时，到影院的时候其他主演已经到了。季宋和她一样，都是北城飞青市，机场那件事他也知道一些。

看到宋枳了，他关切地问了一句："还好吧？"

宋枳累得不行，在椅子上坐下后，命像直接丢了半条："还行吧。"

只是出于同事之间的问候，关怀也是点到为止。

化妆中途宋枳就睡着了，她的黑眼圈确实有点重，化妆师用了很多遮瑕才算完全遮盖住。

那天的发布会进行得还算顺利，宋枳和季宋在外形上都很讨喜，现场随便一个互动都会引得台下观众尖叫。

"嗑死我了，嗑死我了。"

"呜呜呜，太配了。"

"我怀疑他们这一对才是真正的公费恋爱。"

"……我还是觉得何瀚阳和宋枳比较配。"

这边网友们疯狂着，有关于宋枳的新闻也在疯狂发酵着。

某篇标题为"关于某个十八线女星，奉劝一句，从艺先从德"的博文被传开。下面是整件事情的来龙去脉，描绘得格外仔细，甚至还有配图。

"粉丝早上八点就去机场等着，为了接机，为了让某位十八线的糊咖女星看上去有那么点热度，不至于被外人取笑，一直等到十一点。满心欢喜地拿着相机去拍照，考虑到艺人舟车劳顿的也很辛苦，卑微的小粉丝怕打扰她，只敢站在外围无声无息地拍几张照片完事。结果某十八线女星耍大牌，全程戴着墨镜黑脸，因为粉丝和其助理起了点极小的争执，她选择不问来龙去脉无条件站在助理这边，还要求粉丝道歉，甚至还想动手，此人不糊天理难容！"

宋枳是结束发布会以后，拿到手机才看到的。

夏婉约不准她登微博，这条内容是唐笑言看到后转发给她的。

唐笑言："不是吧，你最近已经这么酷了吗？"

宋枳："……"

唐笑言："到底是怎么回事，你真动手打粉丝了？"

宋枳："不是粉丝，就是几个脾气很大的代拍。"

发布会结束了也没办法好好休息，她现在在机场的贵宾等候室里，等着飞北城的飞机。

今天又是需要忙到凌晨的一天。

夏婉约说她来处理，让宋枳别管。正好宋枳也没有精力去管了，这些日子太忙了，稍微有点空闲时间她也只想用来睡觉，一路睡回北城。

不用想都知道微博上骂得有多难听。

"码太薄，一眼就认出是宋枳。"

"路人转黑，希望某人有点自知之明。"

"还推粉丝？活该糊！"

"公主病女星什么时候才能退出娱乐圈，回家安心当个小公主呢？"

"这位不是圈内著名的代拍吗？什么时候还成粉丝了？"

"我当时在现场，耍大牌的是这位代拍哦，不光态度强硬地要求别人摘墨镜，还骂艺人助理，最后居然还反泼艺人脏水，实在是恶心无下限。"

"能去机场接机的当然都是粉丝啊，当然，某几位代拍除外。"

"我是季宋的粉丝，当时也是接机季宋，算是目睹了全程，那位代拍的确说话难听，还骂人，宋枳只是让她和助理道歉，并没有博文里描绘的那样推人还骂人。"

……

评论完全两极化，有骂的也有帮忙澄清的。

甚至还有一大批人跑到何瀚阳的微博底下评论。

他刚打完比赛，从教练手上拿到手机后才看到这条热搜，评论里几乎一半都是在劝他离宋枳远一点的。

"宋枳那种货色除了长得好看点，到底哪里让你这么迷她？我十分不解。"

"颜狗加舔狗的本质罢了。"

"何瀚阳！你长点脑子好吗？我真的怕你被那种绿茶给骗了。"

"你换个人喜欢吧，宋枳这种人不配。"

将这个话题推上顶峰的是何瀚阳回复的那条评论。

"她不配你就很配？什么玩意儿？"

一时之间，那群根本不知道是不是粉丝的人纷纷喊着脱粉。

蒋凡将平板砸在他面前："你这是在做什么？"

蒋凡是 AOI 的战队经理，他面前放着何瀚阳回击人的那条评论。

何瀚阳面色平静："骂人。"

经理气笑了："我当然知道你是在骂人，我前几天才刚跟你讲过，那些高层早就对你有异议，让你最近老实点，你现在就给我搞这一出？"

会打游戏的很多，他们需要的是会打游戏并且听话的人。何瀚阳的不稳定因素太多，随性散漫，也不知道迎合粉丝，任何事情都按照自己的心情来，很显然并不符合他们的要求。

何瀚阳出青训营后就是蒋凡在带，蒋凡十分看重他。从十六岁到二十岁，这四年的时间，何瀚阳带着战队拿下无数冠军，更是将 AOI

这个名字打到尽人皆知的地步。可如果因为别人就葬送他的职业生涯，实在是不值得。

他苦口婆心地劝他，何瀚阳却并不在意："他们本来就想把我踢出战队，这件事顶多是件导火索而已。"

他虽然话少，却不代表他蠢。那么显而易见的事情，他怎么可能看不出来？这次比赛结束，估计他就要离开 AOI 了，无所谓。

"你把评论删了，我最起码还有脸帮你去争取一下。"

何瀚阳淡声道："那你现在就把我踢出战队吧。"

他刚进青训营那会儿就备受关注，因为比别人都高的天赋，再加上优越的外形，明明只要好好包装一下，他的人气至少能比现在翻好几倍。

可他根本不在意。

他是真的不在意，蒋凡带他这么久，把他的性子摸得通透。

无欲无求得过分。可是这样的性格在这个利益至上的社会根本没法生存。

蒋凡争取了很久，他想要留下何瀚阳。

可他现在实在没办法了，连何瀚阳自己都无所谓去留。

他实在不知道这个世界上到底还有什么是能让何瀚阳在乎的。

为了防止宋枳这个公主脾气登录微博后和人对喷，夏婉约收了她的微博账号，上面的风吹草动全都是唐笑言分享给她的。

唐笑言："天哪，何瀚阳居然下场帮你说话了！！！"

下面是一张截图，正是他回击黑粉的那条评论。

唐笑言："太帅了太帅了，反正你也和江言舟分手了，要不干脆和我们狙神在一起算了。"

宋枳："他在我眼里跟我弟没区别。"

唐笑言："我们狙神差在哪里？他站出来还是可以和江言舟比比

的好吗？”

宋枳：“……”

话题的走向莫名就开始歪了。

不管怎么说，宋枳觉得自己还是得谢谢何瀚阳，在这种时候还站在她这边。原本是想打电话道谢，可又顾虑到什么，最后还是变成发微信。

宋枳："微博我看到了，谢谢你呀，不过你不用为我和那些网友争论的，不值得。"

对话栏上方一直显示消息输入中，输入了大概十来分钟。

何瀚阳："没事。"

宋枳点了点头，正要把手机锁屏，又看到上方的"消息输入中"。

安静地等了一会儿，一直不见有消息进来，她也没再管。

夏婉约那边忙着压热搜，有人却忙着给她买热搜，简直就是金钱之间的较量。

很显然，这场战争宋枳毫无悬念地落败。没办法，她的经纪公司实在太穷了。

夏婉约只能认命，想着等热度自然降下去，到时候再全网发通稿。她刚准备放弃，那条关于宋枳推粉丝的热搜以肉眼可见的速度一路往下狂掉，最后彻底消失在热搜榜里。就连那条接近十万转的微博也不见了。

有网友甚至发了条微博嘲讽："有钱了不起咯。"

十分钟后，有人转发了这条微博。

江言舟："嗯，了不起。"

微博认证：深环集团总裁。

第十六章
撒娇

网友调侃道："这才是真大佬下场。"

之前保持沉默看戏的吃瓜网友都被江言舟的那条微博给炸出来了。

"这是什么霸道总裁爱上作精女星的甜美爱情故事？？我好酸我好酸啊！！！"

"江某，是你吗，江某？？"

"破案了，江言舟就是江某，江某就是江言舟，老天爷太不公平，让宋枳得到美貌和好身材的同时居然还给了她一个又帅气又多金的男朋友。"

那些人甚至跑到江言舟的微博底下评论，问他到底是不是江某。更过分的还要求他放一张自己的自拍，最好是露出八块腹肌的那种。

江言舟的这条微博将话题发展的走向完全带到了夏婉约也控制不了的方向。现在网上基本上都是一些在猜测宋枳恋情的，猜她到底是和何瀚阳还是和季宋，或是和现在这个江言舟在一起的。

夏婉约松了一口气的同时还不忘感叹一句："有钱就是好啊。"她问宋枳，"你和江言舟现在到底是怎么个情况，复合了吗？"

宋枳摇头，精致的小脸上带着茫然："没有啊。"

"那他怎么还专门申请了微博号上来帮你说话？"

想到江言舟和她说的那些话，宋枳沉默了几秒，她也不确定自己到底是怎么想的。

感情，她有。喜欢了那么多年的人，怎么可能说不喜欢就不喜欢。可她当初下定了决心从他身边离开的决绝也有。

不过……她有件事还是比较疑惑。

"你开通微博就算了，为什么还要搞个微博认证？"

宋枳终于按捺不住，给江言舟发了条信息，那边很快就回复了。

"我不弄个认证，他们怎么知道是谁在给你撑腰？"

宋枳正低头回复，消息还来不及发过去，手机又连续振了好几下。

"你按照你自己的想法活。

"不管你捅了多大的娄子，我来处理。"

他一直是一个用行动来证明自己的人，宋枳从很久以前就知道了。

大一那年，她为了备考在学校宿舍住过一段时间。

因为突然变天而感冒，吃了药后躺在宿舍休息，饿得胃痛，却实在没有力气下楼。

她口味刁，学校里的外卖她吃不下去，尤其是生病的时候。病得意志力都变得薄弱，她给江言舟打了个电话，一直哭。

"粥粥，我好难受。"

他那个时候正在开会，小声地安抚了她一句后，便说待会儿再打过去。

宋枳那会儿任性骄纵，根本不管他的那个会议究竟有多重要。

那段时间正好流行霸道总裁爱上我的桥段，电视剧里清一色的全都是那种女主一个电话就能扔下会议室里的高管员工，不负责任走掉的霸道总裁。

所以听到江言舟的话后，她便断定了他是不在乎自己，不顾她的死活。脾气上来了，她把手机关机，蒙头睡了。

半个小时后，宿管阿姨提着好几个打包盒过来，都是她爱吃的。上面还放了张便利贴，字迹周正遒劲，一看就是出自江言舟的手笔。

今天早点休息，如果还难受的话我就接你回家。

宿管阿姨说："那个小伙子还在楼下等着呢，你要不要下去看一眼？"

宋枳脾气还没过，摇头说算了。

宿管阿姨应了声："那我下楼和他说一声。"

其实现在回想起来，是她在无理取闹，他的事业正处在起步期，周围那么多双眼睛盯着。

如果他因为一通电话就把公司的高管全部置之不理，那才是真正的不负责任。

夏婉约见她也不知道在想什么，想得这么入神，连自己进来了也没察觉到。她刚出去泡了杯咖啡，今天晚上宋枳毫无疑问又得熬夜，只能借助咖啡来提神醒脑了。

微博上面那些网友还在不断地询问两人之间的关系。他们似乎已经完全肯定江言舟和江某就是同一个人了，甚至还有人把那期节目两人同框的画面专门剪辑出来。

江言舟看宋枳的眼神完全就不是哥哥看妹妹的那种，温柔得都快溺出水了。

毫不遮掩的爱意，就差没有直接在脸上写一个"我喜欢宋枳"。可惜当初所有人都沉迷在那一帮人的颜值和宋枳何瀚阳两人之间的互动里了。

"怪我眼瞎，这么甜的一对竟然现在才发现。"

"江某冲啊！！争取早日追到宋枳，我等着看你们的儿子女儿到底能长出怎样一张神颜。"

"江某复婚吧，如果我早知道你是深环总裁，就是打死我我也不和你离婚。"

"希望楼上自重，江某是我男人 OK？"

"嗯？？这就开始抢男人了？前几天嚷着江某没有心的好像也是你们这一批。"

"我和我老公之间的夫妻情趣，吵吵闹闹分分合合很正常，你懂什么？"

……

宋枳眼不见为净，干脆把手机锁屏交给小许，专心工作。

今天收工还算早，十二点半就结束了。车照常开到小区门口停下，她带着困意摇摇晃晃地往里走。

熟悉的车型和车牌号停在路边。

她愣了一瞬，揉了揉眼睛，再去看时，江言舟已经过来了："我给你买了你喜欢吃的巧克力蛋糕，还给你带了何婶煮的南瓜粥。"

宋枳疑惑："这么晚了，你怎么来了？"

他声音温柔："想见你啊。"

看到宋枳眼底的倦色后，他又开始心疼："最近都没有睡够八个小时吗？"

宋枳肩膀有些酸痛，她随便按了几下："等电影上映应该就可以好好休息一段时间了。"

她正好肚子有点饿，听到江言舟说有何婶做的南瓜粥，顿时馋了。却还不忘摆摆她的公主架子："看在你这么盛情要求的分上，我就勉为其难地尝一口吧。"

宋枳可能不知道，自己傲娇又得意的小表情有多好看。

江言舟不动声色地掩去唇角的笑意，替她把车门打开。

粥是用保温桶装着的，还是热的，江言舟给她盛了一碗出来，递给她后，放平驾驶座的椅子，绕过去给她捏肩："是这儿痛吗？"

他从刚才就注意到了，她一碰肩膀就疼得皱眉。

宋枳原本还记着男女授受不亲，直到被他不轻不重地揉捏了几下后，瞬间被他的手艺折服了。她小声感慨道："你不去开个盲人按摩店可真是屈才了。"

因为二人此时的姿势，他的声音仿佛就在她耳边，连笑声都清晰："是吗？"

"对啊，放下你的总裁架子，去路边摊买个十块钱的墨镜，再盘个店面，保证生意火爆。"她似乎越说越兴奋，"要不这样，我投资，到时候咱俩分红。"

她扭头过去，想询问他的意见。

正好江言舟在替她整理歪着的衣领，离得近，宋枳转头时，嘴唇从他脸颊擦过。

久违的柔软触感，让他的心跳也跟着停拍了。

宋枳没想到会发生这么尴尬的一幕，车内空间不算小，此时他们正一前一后坐着。

江言舟就在她身后，温热的吐息喷洒在她颈窝。也不知他是有意还是无意，喉间粗喘了几声，倒意外地有几分……撩人。

不知道是不是自己的错觉，她总觉得车内的温度好像都往上升了好几个度。

为了防止发生什么意乱情迷的事，她开了车门就要下去，男人宽大的手覆在她的手背，用力往回拉，将车门再次关上。

宋枳刚要把手抽回来，男人却回握得更紧，五指并拢，将她柔软娇小的手拢在掌心，指腹不紧不慢地在她虎口处摩挲。

"只只。"

他的声音低沉喑哑，像是在沙漠中渴了很久的人。

而宋枳，就是那汪能解渴的水源。

宋枳轻咳了一声："我肩膀好像不痛了。"

他点头，手却握得更紧。她往回抽几分，他便将力道多加几分。尝试了几次，宋枳只能放弃，他还没怎么使力，她就已经挣脱不开了。

于是宋枳试图和他讲道理："你要不先把手松一松？"

"只只。"

他像听不到一样，一直喊她的名字，声音像是在水里泡过一般，柔得她半边身子都酥了。他上身微倾，将脸埋进她柔软的颈窝，贪婪地吸吮独属于她的香气。

宋枳："有……有话好好说，别动手动脚。"

他在她颈间轻喃："我没有动手动脚。"

"江言舟，我们已经分手了。"

"我知道。"

她无语："你先从我身上起来。"

他沉默着不回答，仿佛没有听到她这句话，只是一个劲地喊她的名字，那个字在他唇角辗转反侧，和他的低喃声一块儿溢出来。

"只只，只只，只只啊。"

宋枳露出一副铁石心肠的样子："撒娇也没用。"

他在她颈间轻轻蹭了几下："我不会要你负责。"他抱着她，"我好想你。"

往日那个寡言少语、矜贵清冷的江言舟，此时却像一只撒娇的小猫缠着她。这反差对比太过强烈，宋枳最后的那一根防线彻底绷断。

好吧，撒娇的确有用。

他们这里是高档小区，每户都有一个独立的地下车库。

江言舟把车开进去，两人就在车里度过了漫长的三个小时。

宋枳睡着了，她实在太困了，这个觉意外地睡得还不错。

睡醒后的宋枳从放平的座椅上起身，身上盖着的外套也随着她此刻的动作滑落。

她把车窗打开，江言舟听到动静，偏头看了一眼，随即把烟掐灭："不再睡会儿？"

她摇头："再过一会儿就得开工了。"

还剩一半的烟蒂就这么被江言舟夹在指间，熄灭前的那一缕青烟随着冷风向上飘散。

他若有所思地垂眸："我让他们延迟拍摄，你休息一天。"

宋枳笑道："怎么可能你说延迟就延迟，耽误的进度以及人工费怎么算？又不是你给他们开的工资。"

夏婉约前段时间刚给她接到一个代言，今天要去拍摄的就是关于那个代言的宣传广告。

江言舟："就是我给他们开的工资。"

宋枳愣住："啊？"

不能再继续看下去了，他怕自己会控制不住。漫不经心地移开视线，他说："那个代言，是我让人找的你。"

宋枳茫然了一会儿，厘清他话里的意思后，她恍然大悟地"哦"了一声："所以你现在是我的金主吗？"

他低头轻笑："我倒是想，就怕你不给我这个机会。"

"你怎么知道？"宋枳笑得没心没肺。她把衣服整理好，拉开车门下去："你昨天说的话应该作数吧？"

她指的是他说的那句不要她负责。

江言舟眼睫轻抬，似想到什么，眉头微不可察地皱了下："你……"

"出去的时候可以从北门走，宋落平时嫌那里小孩子多，哪怕绕远路也不会走那边。"她看了腕表上的时间，"等我出去十五分钟你再出去。"

话说完，她拎着她的名牌链条包，洒脱地和他挥手说拜拜，头也不回地走了。

直到她的身影走远，江言舟才逐渐收回视线。

昨天不该说得那么决绝的，一点责都不让她负。

宋枳一夜未归，她自然不敢回家，担心自己身上会有奇怪的味道，怕宋落闻出来，于是就去附近的酒店开了间房，简单洗漱了一下，同时让小许过来的时候给她带套换洗的衣服。

这几天工作量都很大，每天早上宋枳都是一副没精打采的样子，今天却意外地面色红润。

夏婉约在一旁打趣她："看你这春风拂面的样子，怎么，昨天晚上有好事？"

宋枳一撩长发，车内充满了她身上的淡淡清香。

"不光有好事，而且还和你想的一样。"

夏婉约原本只是想调侃她一下，谁知道居然还真让她给说中了。

虽然江言舟说让他们延迟拍摄一天，但宋枳觉得没必要，就拒绝了。反正早拍晚拍都得拍，还不如趁她今天精神好，赶紧拍完收工。

从昨天帮她说话后，何瀚阳的名字就一直挂在微博热搜上，直到今天也没降下来，一起上热搜的还有他所属的战队 AOI。

拍摄中场休息，宋枳疑惑地看着热搜，难不成是因为帮她说话，所以害得何瀚阳被网暴？

宋枳心猛地一揪，急忙点开热搜，第一条微博就是 AOI 战队发的。

AOI 电子竞技俱乐部："兵分两路，顶峰相见。"并艾特了何瀚阳。

配图是一张他的背影照，穿着 AOI 的队服，应该是刚打完某场比赛后拍的，光是背影就能看得出疲倦，头也没回地挥手再见。

周围是一圈黑灰的配色，看上去落寞又孤独。

微博评论完全两极化，有的在感叹 Vito 退队了，自己的青春也结束了，还有一群人则是喷他忘恩负义。

"没有 AOI 你觉得还有人认识你吗？你除了甩狙厉害还有什么值得牛的？瓶子和西妹哪个不是背负一身盛名来的战队？那个时候你又是谁？他们带着你打出了几个奖杯你就不知道自己是个什么东西了呗？我话放这儿了，Vito 去了 JIS 后能出成绩我倒立三天！！！"

何瀚阳 Vito："拭目以待。"

"厉害，狙神还是原来的那个狙神。"

"瓶子、西妹是什么东西？哦，想起来了，是跟着 Vito 老师躺赢的那两个。"

"说瓶子就说瓶子，带什么西妹，他进过几次决赛圈？还只有甩狙厉害？你认真看过比赛吗？哪次 MVP 不是我 V 老师的？还什么离了 AOI，Vito 就拿不了冠军。"

"我还就说了，离了 AOI，Vito 啥也不是！"

"他拿 MVP 是因为队伍配合得好，和他本人无关。"

"何瀚阳是花瓶这句话我已经说倦了。"

……

宋枳往下翻了翻，为他说话的也有，但大部分都被那些恶评给压了。她皱着眉，深知网络暴力的可怕，何瀚阳毕竟年纪不大，她担心他会承受不住。

但是她又不懂游戏，只能从唐笑言那里了解清楚来龙去脉。

唐笑言最近谈了个新男朋友，正沉浸在甜蜜中，今天却是甜蜜中夹杂着一丝愤怒。

前夫被欺负的愤怒。

"明明是战队不要他了，那些粉丝竟然倒打一耙，说他为了钱跳槽去其他战队。"

宋枳有些不理解："何瀚阳的人气不是很高吗？为什么战队不要他？"

"因为他不听话啊。"唐笑言因为身份的缘故，很轻易就能结识到一些战队内部的成员，所以消息来源也比别人更真实。

"除了打比赛和训练，其他任何事他都不在意，明明有着最高的商业价值却根本不配合。"

唐笑言越讲越气，正开电脑准备替他骂回去。

那边传来几声"啪啪啪"敲击键盘的声音后，唐笑言突然发出一阵鸡叫："啊啊啊，我前夫好帅！！"

宋枳没防备，被她这声高昂的叫声给吓到了，耳膜也被震得生疼。

"你能别这么一惊一乍的吗？我还以为地球要毁灭了。"

唐笑言激动得不能自已，说话也语无伦次了："你快去看何瀚阳刚发的那条微博，现在立刻马上去看，我保证你看了也肯定会和我一样爱上他的！！"

宋枳没怎么追过星，更别说是这种电竞选手了。

唐笑言一直在耳边催促她，她只能听话地搜索出何瀚阳的微博，点开。

上面显示了一条最新发布的微博，五分钟前。

何瀚阳 Vito："我拿冠军不是因为战队厉害，而是因为有我在战队才能拿冠军，望知悉。"

还挺有魄力。

宋枳欣赏地勾了下唇角，手机正好响了，一条微信消息浮于屏幕上方。

何瀚阳："明天有空吗？我有话要和你说。"

宋枳抬手敲下一句话："有什么话不能在电话里说吗？"

想了想，还是逐一按下删除，回了个"好"过去。

明天下午好像没什么事。

何瀚阳一直盯着手机，直到看见那个"好"字出现在对话框时，紧皱的眉头才逐渐松展开。他反复将那个字又看了好几遍。

刘聘好奇地探头过来："看什么呢？这么开心。"

何瀚阳把手机锁屏，淡声道："没什么。"

刘聘和周围几个人对视一眼，笑容暧昧："哟，看来我们 V 老师的春天终于来了。"

他们当了两年的队友，平时训练比赛都在一起，彼此之间熟悉得很。

何瀚阳这些年清心寡欲，倒也不是对女人没兴趣，宋枳的走音MV 他倒是翻来覆去看了好几百遍。

刘聘不怀好意地凑近他："和兄弟说句实话，你敢说你看了那么多遍宋枳的 MV，一点感觉都没有？"

血气方刚的年纪，面对自己喜欢的人，怎么可能一点感觉都没有？但何瀚阳总觉得那是对宋枳的亵渎。

她就像是生活在天上，不染凡间尘埃的仙女。

何瀚阳拼了命地将自己的感情藏在心里，他有自知之明，知道自己配不上她。

光是想一想，都觉得是奢望。

可……还是想尝试一下。万一呢，万一她给自己这个机会呢。

哪怕有亿万分之一的机会，他也想试一下。

战队今天组了个局，算是给他送行。要开除他的是那些真正管事的高层，刘聘他们心里舍不得，却也深知没法和资本较劲。

他给何瀚阳面前的酒杯倒满了酒："没事，公司不要你我们要，以后常聚。"

何瀚阳点了点头，拎着酒杯和他们碰了下，仰头饮尽。

刘聘酒量不太好，几杯下肚就摇摇晃晃了，揽着何瀚阳的肩膀，几次都被他嫌弃地拿开。

他只能转头去揽酒瓶子："以后在游戏中见到可就是敌人了。"

队友变对手，平日里朝夕相处，他们几个对何瀚阳的实力再了解不过了。

关于谁才是 AOI 里最牛的，微博上的网友吵翻了天。

哪怕他们吵得再激烈，那几个当事人都觉得，何瀚阳就是最厉害的，和他单挑毫无胜算。

"以后啊，想见你可能就更难了。"刘聘是个感性的人，说到动情处，甚至还捂脸哭了。

何瀚阳拍了拍他的肩膀："别哭了，有人在看。"

刘聘立马抹干眼泪坐好。

喝完以后他们还打算接着第二场，何瀚阳看了眼手腕表盘上的时间，拒绝了："时间也不早了，回去休息吧。"

他拿了外套起身，推开门离开，走得倒是决绝，没有一丝留恋。

拍摄结束，宋枳把妆给卸了。

为了符合这次的主题，她今天化的妆有点厚，甚至还用了油彩，脸像是被蒙进了保鲜膜里。

不透气，难受得很。

小许给她买了杯热美式，在车门处等她。她打着哈欠过去，接过他手里的美式，随口问了句："婉约姐说你明天要回老家相亲？"

小许的脸猛地憋红了，他小声嘀咕："我明明让婉约姐不要到处说的。"

宋枳不满地皱了下眉："怎么，她能知道我就不能知道了？"

小许连忙摇头："可以的。"

"那你怎么只告诉她？"

"我要找她批假嘛。"

"我就不是你老板了？"

这连环发问压得小许没法喘气，他干脆装哑巴不说了。

小家伙逗起来有意思，这才多久啊，就红着脸不讲话了。

宋枳没有继续为难他，小口喝着咖啡，视线落在车窗外。

最近气温下降，再过不久就要冬天了。

老人们常说，冬天是离别的季节。

下班高峰期，有点堵车，一路走走停停的，手里的咖啡都凉了。

宋枳没什么兴致地打了个哈欠，戴上眼罩，头歪靠在座椅上睡了。

宋落已经开始接手处理公司里的事务，整天忙得见不到人影。关于昨天一夜未归的事，她在电话里给他解释过，随便扯了个谎便蒙混过去。要是让他知道自己那一个晚上都是和江言舟在一起，估计他得去找江言舟拼命。

想想都觉得可怕。

也不知道睡了多久，小许将她喊醒的时候天已经黑了。她摘下眼罩照常和他们说了声晚安，然后开了车门下去。

因为不确定宋落回家了没，她想着先解决下温饱问题，就掉转了方向，去了马路对面的那家便利店。

这里的关东煮不错，她随便选了几样，端着一次性纸碗走到外面。

天黑，也没人认出她来。竹签扎着鱼丸，她咬了一口，烫得秀眉都皱到一块儿了。

面前多出一瓶水。

宋枳疑惑地抬眸，江言舟在她面前坐下，黑色西裤包裹着的修长双腿随意地交叠。

"……你怎么在这里？"

"想你啊。"他笑得温柔，"所以来了。"

可能是被他的冷漠给搞出后遗症了，宋枳总觉得他的温柔是假象。

她狐疑地看看他，又看看那瓶水："你没在我水里下毒吧？"

江言舟把桌上的水拧开，喝了一口，然后递给她："试过了，没毒。"

宋枳这才放心地接过喝了，喝到一半才察觉到不对。

江言舟脸上仍旧是那副温和的笑。

想到他们昨天晚上的事，江言舟应该也不会无聊到去玩这种幼稚的间接接吻的游戏。

她心安理得地放下水瓶，继续去吃剩下的鱼丸。吃到第三个就有点吃不下去了，她还是太高估了自己的饭量。但就这么扔了有点太浪费，她把碗推到江言舟面前："你吃吧。"

话音刚落，她才记起来，江言舟从来不吃别人的剩饭。

她刚准备收回自己的话，手还来不及把碗拿回来，他就握着她用过的竹签，慢条斯理地吃起碗里的关东煮。

长得帅的人，连吃饭都格外赏心悦目。

宋枳不得不承认，自己的确很喜欢江言舟的长相。江言舟这张脸实在太具侵略性了，光是看一眼就很难再忘掉，也不怪那些小妹妹对他芳心暗许。

直到他吃完，宋枳问他："味道怎么样？"

他放下筷子，拿了纸巾擦嘴，简短地点评道："有点辣。"

宋枳忍着笑，江言舟吃不了辣。这种程度对他来说已经算是难以下咽的程度了。

她起身进去，给他买了瓶水："吃不下去的话就别吃啊，又没人勉强你，嘴巴都辣红了。"

她把水递给他，江言舟没接："那瓶没喝完。"

宋枳说："那瓶我喝过了。"

他理直气壮地说："我也喝过。"

宋枳："……"

算了，宋枳只能把自己面前还剩一半的水递给他："你慢慢喝，我先回去了。"

这个点人不算多，宋枳看了眼手机上的时间，想着要不要给宋落打个电话。

身后的脚步声始终与她保持着不近不远的距离，宋枳终于停下，回头看了他一眼。

江言舟也停下，路灯投下的细碎光亮在他眼底铺开，像是溺着一整片温柔星河。

而宋枳，成了里面最亮的一颗。

她认识江言舟很多年了，从初三到现在。

她以前一直觉得，"言舟"这个名字不太适合他，因为他是自己见过话最少的。

淡漠又冷血，没有特别想做的事，也没有特别想成为的人，他的人生本身就是没有目标的。

宋枳特别讨厌他的不解风情，他看不见她新买的吊带睡裙，也看不见她那张等待赞美的小脸。

宋枳努力过，想让自己去适应，可最后还是放弃了。

既然过得不快乐，为什么还要在一起？

可是分开以后，他似乎强行让自己改变了——努力迎合她的喜好，将自己打碎重塑，变成了她所喜欢的样子。

"只只啊。"他抱着她，声音缱绻低沉，"晚安。"

呼啸而过的引擎发动声，以及路人的谈笑声，明明是最热闹的世间，可宋枳突然觉得一切都停摆了，耳边只剩下江言舟的那句"只只啊，晚安"。

他抱了她很久，时间缓慢地流逝。

宋枳逐渐回神，手肘放在他胸口，轻轻推了推："松开，要是被人拍到的话，我又要上热搜了。"

虽然对娱乐圈不了解，但经过前几天的事后，他知道以这种形式上热搜对宋枳不太好。于是他听话地松开手，却还是依依不舍地看着她。

哪怕她站在自己面前，可他还是特别想她。那种呼之欲出的情绪在他胸口，压得他呼吸都有些不太顺畅。

宋枳说："晚安。"然后转身离开。

江言舟不太有胜算能追回她，她接受了他的好，却又迟迟不肯给他回应。

他布下的温柔陷阱她全跳了，下一秒又没有丝毫留恋地抽身离开，仿佛只拿他当一个消遣而已。

江言舟看着她离开的背影，微垂眼睫，无声地扯开唇角，笑容有几分苦涩。

只要她不抗拒自己，就足够了，他有的是时间陪她玩这场游戏。

道路两边有路灯，旁边的篮球场，灯光也刺眼。

何瀚阳没烟瘾，也不怎么抽烟。哪怕是最叛逆的那几年，他也从未碰过烟。

奶奶咳嗽，闻不得烟味，即使在俱乐部里训练完，他也会专门洗个澡，换身衣服再回家。

几个队友都会抽点，尤其是通宵训练的时候。提神醒脑、解忧解乏，他们是这么说的。西妹偶尔会递给他一根，何瀚阳每次都摆手拒绝了，他从来不相信情绪可以靠抽烟来发泄。

可是现在，他蹲在路边一根接着一根地抽，旁边垃圾桶的灭烟盒里全是燃尽碾灭的烟蒂。

往日深邃的眼眸此时被烟雾熏得发红，他狠狠咬着烟嘴，一边咳嗽一边抽。

什么玩意儿？解忧？一包烟都快抽完了，可他还是什么都没忘记。

从酒局离开后，何瀚阳突然不知道该去哪里了。

为了方便训练，队员都是直接住在俱乐部里，只有周末才会回家。如果现在回去了，奶奶肯定会担心，他不善于撒谎。

就要冬天了，天黑得快。

何瀚阳漫无目的地开着车，然后就开到了宋枳家附近。

夜风渐大，偶尔有雨水滴落，正好覆在燃着的烟尾上，那一点火光被浇灭，只剩一缕白色的烟雾飘散在空中。

他突然开始后悔，应该回家的，至少不会看到刚才那一幕，最起码还能做到自欺欺人。

他真的好喜欢她，好喜欢好喜欢。

喜欢到，哪怕她刚才表现出对江言舟的拥抱有一丝的抗拒，他都能不顾一切，把她抢过来，哪怕未来会背负横刀夺爱这个恶名他也不在乎。

只要她表现出了一丝抗拒。

可是没有。

雨越下越大，他却像察觉不到一样，蹲在路边。雨水挂在纤长的眼睫上，然后滑落，黑色的卫衣也被雨淋湿。

便利店里的收银员妹妹注意他很久了，从他刚才失魂落魄地进来，随便买了盒烟，到现在蹲在路边发呆。

虽然不知道发生了什么，但人们总是会对长得好看的人多些同情心。她推开玻璃门，撑伞出去，小心翼翼地替他挡上："这雨一时半会儿应该也停不了，你要不要进去坐一会儿？"

男人也不说话，仍旧保持刚才的姿势，一动也不动。

她也不着急，反正现在没客人来，她不介意多陪他一会儿。

宋枳实在是服了宋落，做饭做到一半发现家里醋没了，大雨天的非得让她出来买。她撑着伞接电话，语气不太耐烦："你就不能一次性说完吗？除了醋还有什么？

"米？你脑子没病吧？那么大一袋我怎么扛得动？"

宋枳骂骂咧咧地挂了电话，早知道雨这么大她就换双鞋子了，羊皮底碰水整个都废了。她一边心疼自己刚买没多久的鞋子，一边走到便利店门口。

收银员小妹妹见有人来了，便把伞撑在路边。

现在的小情侣还真是恩爱，为了等女朋友下班都愿意蹲在路边淋雨了。

宋枳感叹完以后，突然觉得蹲着的那个少年有些眼熟。她往后退了一步，借着微弱灯光染亮的夜色，她勉强看清男人的侧脸。

高挺的鼻梁、精致的眉骨、熟悉的轮廓。

她有些迟疑地叫了一声："何瀚阳？"

全程安静的男人终于有了些微反应，他轻轻抬眸，身上全湿了，脸上也分不清是泪水还是雨水，只是眼底红红的。

往日那个哪怕天塌了都无所谓的何瀚阳，此时却像只被遗弃的流浪猫，蹲在路边。

宋枳眉头一皱，撑着伞过去："怎么了这是？"

何瀚阳看着她，喉结滚动，眼底全是红血丝，被烟雾侵蚀严重的声带喑哑得可怕。

"姐姐。"应该是刚哭过，他的声音还有些哽咽。

收银员小妹妹听得心跳停滞，总觉得……莫名有点反差萌。她咬唇看着戴了顶黑色鸭舌帽的宋枳，心里酸酸的。自己陪了他这么久，他一句话都不说，这个女人一来他就像变了个人一样。

宋枳眉头皱得更深，抬手探上他额头，很烫。

"你怎么不进去躲会儿雨啊？"

他摇摇头："忘了。"

"这都能忘？"

美女无语。

她把手里的伞递给他："你先撑着，在外面等我会儿，我买完醋就出来。"

宋落只说了要买醋，也没说买什么牌子的。她随便选了一瓶，自动遗忘了他后面说的还要买米。

去结账的时候看到收银台上的糖果，想到等在外面哭鼻子的何瀚阳，她随手拿了一盒。

宋落看着站在宋枳身后高出她一个半脑袋的男人，沉默了。

宋枳担心何瀚阳穿久了湿衣服感冒会加重，不耐烦地推开宋落："杵这儿干吗？拿衣服去。"

宋落眉头一皱："拿什么衣服？"

"当然是你的衣服啊，难不成让他穿我的？"

她手里还抱着一瓶醋，准备拿去厨房，刚走到客厅，没听见身后有动静，回头看了一眼。

何瀚阳还站门外，一动不动。

宋枳疑惑："你怎么不进来？"

他看了眼自己还在往下淌水的卫衣，下意识地往后退了一步："会弄脏的。"

因为感冒而更显沙哑的声音，在这寂静的夜色中显得有几分微弱。

宋枳还是第一次看到他像今天这样，一副唯唯诺诺的小媳妇样。她牵着他湿漉漉的袖口："脏了没事，反正也有人拖。"

她一边说一边向宋落投去理所当然的视线，后者眉头皱得更深："你挺会吩咐人的啊。"

宋枳"嘤嘤嘤"地和他撒娇："哥哥最好了，哥哥最棒了。"

宋落嫌弃地移开视线："滚。"

他骂骂咧咧地回了房间，又骂骂咧咧地随便拿了套衣服出来。

"一个江言舟不够，又加上这个小鬼，你最近桃花挺泛滥的啊。"

听到他的话，何瀚阳眼神微动，拿着衣服的手逐渐收紧。

宋枳推了他一下："乱说什么？"

她带着何瀚阳去了浴室，打开抽屉，拿出新的牙刷和毛巾给他："漱口杯暂时没有新的了，你先用我的吧，就粉色那个。"

之前也就只有江言舟和秦河来家里住过，也没有准备更多。

何瀚阳点了点头，小声说："谢谢。"

"有什么事再叫我，我就在客厅，能听到。"

"嗯。"

宋枳把浴室门关上，走到客厅。

宋落摘了围裙出来，问她："怎么回事啊？不是说只是节目内容吗？这怎么还领回家了？"

宋枳也不太清楚到底是怎么回事："我刚刚下去买醋的时候在便利店门口看到他了，失魂落魄地蹲在那里淋雨。"

她突然想起白天看的那条热搜，难不成是因为退队的事对他造成的打击太大了？

也是，待了这么多年的战队突然不要他了，还铺天盖地被不知缘由的网友骂，任谁都会不舒服。

宋枳感同身受。

何瀚阳洗了半个小时，擦着头发从浴室里面出来，身上的衣服是宋枳按照她的审美给宋落买的。

宋落嫌弃太青春阳光了点，一次也没穿，还是全新的。

白色字母 T 恤，浅色磨白的破洞牛仔裤。

何瀚阳肩宽腿长、劲瘦精壮，带着年轻男人该有的力量感，穿着正合适。

此时的他安静异常，微湿的短发上盖了块浅灰色的毛巾，额前落发挡住一部分视线，下垂的手臂，筋脉血管明显。

宋枳走过去，甩着手里的体温计，让他含在嘴里："张嘴。"

他听话地张嘴，任凭她把体温计放进他的嘴里。

宋枳低头看了眼腕表上的时间："含十分钟就行。"

桌上放着感冒药和热水，似乎一早就准备好了。

宋枳犹豫片刻，还是小心翼翼地问："你今天是不是遇到什么不高兴的事了？"

他看着她，没有说话。

宋枳干笑两声："不想说也没事。"

何瀚阳犹豫片刻，指了指自己嘴里含着的体温计。宋枳这才迟钝地反应过来，他含着这东西也没法开口。最近熬夜熬多了，脑子好像越发不好使。

宋落盛了饭出来，把碗筷一一摆放好，视线在二人身上游移，然后问宋枳："他多大？"

宋枳坐正了身子："二十。"

"这么小，你也下得了手。"

宋枳厉声警告他："请收回你的诋毁，信不信我给你发律师函。"

宋落点头："秦河应该挺乐意帮你这个忙。"

说到秦河，宋枳发现自己好像挺久没有见到他了。

"秦河哥最近是不是很忙啊？我都快一个月没见到他了。"

"有个案子，那户人家挺穷的，父母智力都有点问题，付不起律师费。你秦河哥哥接手了这个案子，这些天都忙着处理调查。"

听见以后，秦河在她心里的形象更伟大了："秦河哥哥好帅哦，不愧是我小时候最想嫁的人。"

何瀚阳擦头发的手稍微顿住。

宋枳看了眼时间，走过去一点，她捏着体温计的尾端："可以了。"

何瀚阳垂着眼睫，深邃的眼眸沉静地看着她，然后缓慢地张嘴。

宋枳把体温计拿出来，仔细看了一眼，秀眉轻蹙："三十八度六。"她把体温计放好，回头问他，"我记得你家好像挺远的。"

何瀚阳点点头，在隔壁区。

她重新坐下："时间也不早了，你今天就在这儿住一晚上吧，明天再回去。"

他感冒很重，精神状态似乎也不太好，宋枳不太放心。

家里房间不够，宋枳只能暂时把那个堆放自己衣服的空房间给收拾出来。原本这里是客卧，但是她的衣帽间还来不及做，所以东西都放在里面。

她替他把被褥铺好，粗略地扫了眼房间里好几排的挂衣架，上面全是她的衣服。

因为都是些她的专属物品，所以房间里也充斥着一股她身上特有的淡香。

宋枳有些不好意思："这里太乱，还来不及收拾，你先将就睡一晚。"

何瀚阳摇摇头："谢谢。"

她准备出去，想让他好好休息一会儿，迟疑片刻，脚步还是顿住。掉转了方向，她重新走回他面前："你今天这么难过，是因为网上那些话题吗？"

不是的，他从来不在乎别人的言论。

与其说是不在乎，更像是他压根儿就没把这些人放在眼里。

可是宋枳问起时，他突然不太敢告诉她真相。感情的事，的确是自私的，他觉得自己此刻的嘴脸肯定很丑陋，因为嫉妒而撒谎。

"嗯。"

宋枳叹了口气，安慰他："有人喜欢你自然就会有人讨厌你，这些都是很正常的，少数人的评论并不能代表你，也不能说明你不好。"

何瀚阳鼓起勇气，轻声问她："那你呢，你觉得我好吗？"

"好啊，当然好。

"又善良又孝顺，还在自己拿手的领域攀上过巅峰，你已经比大多数的人都要好太多了。"

何瀚阳指尖微动，想抱她。可他终究还是忍下，淡淡地说了一声："嗯。"

宋枳见他情绪似乎恢复了点，放心地起身："早点休息。"

出门前，她贴心地替他把房间的灯给关了。

宋落在阳台抽烟，看见她出来了，招了招手，示意她过去。

"怎么了？"宋枳问。

宋落掸落烟灰，视线往何瀚阳的房间看了一眼："什么情况？"

"什么什么情况？"

"你和江言舟，还有他，三角恋？"

宋枳被他的话噎住："我现在单身，OK？"

宋落漫不经心地点出重点："那小子喜欢你吧。"

宋枳瞳孔睁大："嗯？"

宋落嫌弃地摁灭烟蒂，食指戳开她的额头："你别告诉我你没看出来。"

她以前的确是有怀疑过何瀚阳可能对她有那方面的想法，但也只是偶尔冒出来的念头。毕竟何瀚阳一时被她的美色吸引住也很正常。听说他还是自己的粉丝，有偶像滤镜也不一定。

喜欢应该是真的，但不一定是那种喜欢。

"他是我粉丝。"

宋落轻嗤一声："他刚刚看你那个眼神……"

宋枳抬眸："什么眼神？"

"……算了，你太蠢，说了你也不明白。"他拍了拍她的肩膀，"自己琢磨去吧。"

宋枳根本就没时间琢磨，太困，困到倒头就睡。

第十七章
错估

次日不用工作，是难得的休假时间。

窗帘昨天晚上忘记拉上了，刺眼的阳光将宋枳从睡梦中扰醒。她睁着惺忪睡眼，去摸床头柜上的手机，解锁看了眼时间。

才八点半太阳就这么大。

她轻微近视，在家偶尔会戴一副黑边框的眼镜。

眼镜戴上后就挡住了大半的脸，头发睡得有点乱，她打着哈欠推开房门，和宋落埋怨道："我明天去你的房间睡，我这边太晒了，防晒全都白做……"

外面何瀚阳手上拿着卫衣，上身还是裸着的，露出健壮紧实的小麦色腹肌。

宋枳刚把冰箱门拉开，手上还拿着牛奶，动作顿住，后知后觉地回想起她昨天好像在路边捡了只"流浪猫"回家。

"那个……"她把眼神移开，有些尴尬地咳了咳，"你大早上的怎么连衣服都不穿？"

"我的衣服干了，所以我想换回来。"

宋枳看到沙发上刚被脱下的衣服，的确是昨天拿给他的。

"这衣服都是新的，我哥一次也没穿过。"

他背过身去，把衣服穿好："我知道。"

宋落七点半就去公司了，餐桌上放着早餐，还有一张字条。

　　牛奶热下再喝，别喝冰的。

看了眼自己手上刚从冰箱里拿出来的牛奶，宋枳嘀嘀咕咕："未卜先知吗？"

门铃正好响了，她愣了一会儿，把牛奶放下过去开门。

江言舟罕见地褪去了他那身严肃矜贵的正装，穿着休闲。走廊尽头的窗户有光渗进来，暖阳落在他身上，整个人显得温暖清雅。

他手上提着保温饭盒，淡笑道："何婶做的粥，我怕凉了专门走的高速。"

宋枳个子比他矮上一大截，他的视线越过她的头顶，落在屋内的某处。

男人背对着门口，不是宋落。

脸上的笑意瞬间凝固。

他的眼神逐渐阴下来，嘴角却扯出一抹笑："你是因为他，所以才不肯和我复合？"

宋枳还是第一次看见江言舟像今天这样。

他善于隐藏自己的情绪，习惯了不动声色，无论何时，都不忘维持自己的体面。

可此刻，他的情绪管理系统似乎完全失控了，变得有点不像他。

他艰难地移开视线，声音哑得可怕："宋枳，不管你说什么我都会信你。"

何瀚阳自然注意到了客厅门口发生的这一幕，他走过来替她解释。

"你误会了。"何瀚阳说。

江言舟却像没听到他的话一样，只是看着宋枳。他只要她一个回答，真或者假仿佛都不重要。哪怕骗他也无所谓，只要她否认，他就信。

很简单的一件事，宋枳一句都能说清楚："我昨天晚上下去买醋，正好看到他蹲在我家楼下的便利店门口，身上全湿了，而且还发着高烧，我就收留了他一晚上。"

江言舟闭了闭眼，喉结几番滚动，声音更哑："附近酒店这么多，你就非得带他回家？"

宋枳讨厌他这种高高在上的语气，仿佛是丈夫下班回来撞见捉奸现场一样。

解释的话哽在喉咙口，她又咽下去："我们已经分手了，你现在是以什么身份来指责我？"

江言舟看着她，一言不发。

半晌，他轻笑着点头，似在低喃："对啊，我以什么身份来指责你呢？"他把保温饭盒放在地上，"粥是何婶的一番心意，不想吃的话可以倒掉。打扰到你们了，不好意思。"

哪怕情绪已经濒临爆发，江言舟却还是尽量维持最后的体面。

他转身离开，烈日仿佛也变得黯淡。

本应孤傲清冷的身影，此时却万分潦倒，脚步虚浮，挺直的脊背也被压得微弯。

宋枳不说话，站着不动，也不知道在想些什么。

何瀚阳走过来："需要我和他解释吗？"

宋枳深呼一口气："我今天应该送不了你了。"言下之意，便是下了逐客令。

何瀚阳明白。

犹豫半晌，他还是问出了口："你没事吧？"

宋枳摇头："没事，就是有点乱。"

她不知道自己到底在干吗，也不知道为什么看到江言舟那副样子会心疼，也会难受，想从身后抱抱他。

可她还是忍住了，很多事情不是三言两语能说清楚的，就像她和江言舟。

何瀚阳走后，宋枳想调整下心情，追了一下午的剧，可是什么都没看进去。

那天以后，江言舟没有再来找过她。

一切仿佛回到了原点，什么都没变，又好像什么都变了。

电影上映第一天票房就过亿了。

网络上好评如潮，甚至被提前叫衰演技的宋枳，也收获了一片赞美。

"漂亮妹妹太绝了太绝了，穿旗袍太有韵味了，呜呜呜，我为什么现在才爱上她。"

"演技居然意外地还不错，果然跟对导演很重要啊。"

"女鹅太乖了，呜呜呜，长得这么纯，眼神却这么欲，我骨头都酥麻了一半。"

"剧内 CP 都给我嗑！！！"

剧组为了庆祝票房大卖，专门在五星级酒店举办了庆功宴。

宋枳下车时正好碰到季宋，他笑容温和，跟她打招呼："今天挺冷。"

宋枳点头："是啊，突然降温。"

两个人的关系就只是普通同事，甚至连朋友都算不上。

季宋的性格是那种不温不火、安安静静的，非常慢热。宋枳也不够热情，所以两人无法擦出火花来。

简短地打过招呼后，两人进了酒店。

宴厅在 38 楼，电梯门开后，两人一前一后走了出去。

大理石地板上铺着红地毯，走廊两旁甚至还摆放着花篮。

听说隔壁在举办订婚宴，是某个医药企业董事长千金的订婚宴，整个北城上流圈子几乎都来了。同行的女演员几乎都在互相传递信息，大家心里门儿清，深知今天的场合有多难得一遇。

来这儿的，都是些身价不菲的大企业家。

小许看着她们在入场处搔首弄姿的狼狈模样，啧啧叹道："平时一个比一个高傲，这种时候倒是把自己的尊严放在脚下踩了。"

宋枳看了一眼，不怎么感兴趣地收回视线。

宋枳不理解她们这种方式，却也不会鄙夷，每个人的选择不同。

她今天的裙子是品牌方赞助的，黑天鹅拖地礼裙。因为是露肩设计，为了不显得天鹅颈单调，造型师给她搭了条银色碎钻的锁骨链。

远处传来的女声稍微吸引了一点她的注意力，娇滴滴的声音，似曾相识。

"言舟哥哥，你别走得那么快嘛。"

宋枳停下脚步，视线望向声源处。

身穿拖地礼裙的寻悦正快步追赶前面的男人，身后还跟着一个替她整理裙摆的助理。

走廊过道不算太宽，加上此刻也没什么人，撞衫的二人很快就被彼此吸引住。

寻悦看清宋枳的脸后，脸上的不满更加明显，话是和身后的助理说的，指向性却很明显："这年头'跟风狗'还真是多啊。"

衣服是一样的，但穿在二人身上的风格却全然不同。这是今年 G 家的早秋新款，寻悦的搭配完全就是按照 T 台模特来的，甚至连配饰都一样。

G 家今年走的是性感复古风，她干瘦的身材半分都没撑起来，唯一的美感只有勉强称得上纤细。而宋枳则完全将这条裙子的优势发挥到了极致，纤秾合度、腰如约素。

撞衫不可怕，谁丑谁尴尬，对比下来，寻悦连给她提鞋的资格都没有。

宋枳冷笑："我当是谁呢？原来是之前在电梯里碰到的那个孤儿啊。"

寻悦还记着那天电梯里被她侮辱的仇，咬牙想要报复，故意走过去挽江言舟的胳膊。

江言舟在打电话，正专注地听着那边的工作汇报，并没有听到走廊传来的争吵。女人的手挽上来，他厌恶地皱了下眉，直接甩开。

好在旁边的助理挡着，又正好在死角，他的动作并没有被人看到。

寻悦脸上的笑容凝固片刻，却还是故作亲昵地站在他身旁，回头趾高气扬地看着宋枳，一副胜利者的姿态。

她可听说了，江言舟已经和她分手了。

最近江爷爷在给他物色新的联姻对象，不出意外的话，就是自己了。

宋枳这才看清楚，那个与她擦肩而过的男人就是江言舟。他今天穿了套黑色双排扣的高定西装，戴一副金丝边框的眼镜，大背头，额前一缕碎发不听话地垂落下来。

走廊灯光明亮，他皮肤白得泛冷色，禁欲矜贵，周身恢复了往日熟悉的生人勿近气场。

电话挂断，他垂放下手，似是终于察觉到这边的动静，偏头看了一眼。眼镜因为他此刻的动作微微滑落一些，挂在高挺的鼻梁上。

他抬手往上推，看到宋枳的那一刻，动作顿住。

从她这个角度甚至能看清他白皙手背上的筋脉走向。

寻悦示威地冲她翻了个白眼。

宋枳懒得继续看，转身进去。小许全程一副欲言又止的表情，几次想开口，最后都默默地将话给咽了下去。

宋枳计算着卡路里，只敢吃些低热量的水果。她咬了一口黄瓜："想问什么就问，我又不会吃了你。"

小许听她这么说，终于鼓起勇气问出了口："宋枳姐，你和江言舟是不是真的没可能了？"

"我们本来就没可能。"她又往盘子里夹了几块苹果。

小许仔细辨认了好几遍，确认她脸上没有任何失落之情后，方才放下了心。

他还以为宋枳对江言舟还是有情的，所以担心她看到这幕后会难过。

今天订婚的女主角也算是同属一个圈子里的，作为塑料姐妹的唐笑言自然也到了现场。

许兰兰正举着自己的手，和她吹嘘自己最近亲自去纽约总部定做的手链。

"全世界可就这一条，独一无二的。"

唐笑言皱眉推开："你可赶紧拿走吧，这么丑，别人也做不出第二条来了。"

许兰兰被她的话给气到："你！！！"

"我什么我啊？今天这种日子你就穿这一身来？"

这种大型的宴会，那些长辈一般都会把家中到了适婚年龄的孩子带过来。美其名曰庆祝，实则为相亲。如果互有看中的，也不失为一桩美事。

看不上的也没事，家长双方看中就行了。

许兰兰一看就是被委以重任过来的。

方才端着酒杯议事寒暄的那些人纷纷朝宴厅一隅聚了过去，唐笑言一眼就看到了众星捧月的江言舟。

面对那些热情的奉承，他态度还算谦和地应付着，只是眉眼间的淡漠难以忽略。

这些日子宋枳很少和她讨论关于江言舟的事，她其实还挺庆幸，宋枳能尽早从这摊淤泥中抽身。

许兰兰看着趁乱站在江言舟身边的寻悦，那张小脸上写满了鄙夷："真恶心，一直黏着别人。"

唐笑言"呵"了一声："你们不是好姐妹吗？怎么着，闹翻了？"

许兰兰不满地冷哼："谁和她是好姐妹了？我之前那是看不惯宋枳所以才和她统一阵营的，谁知道她居然那么不要脸。"

唐笑言靠近她："洗耳恭听。"

看到唐笑言这副模样，许兰兰还颇为受用。

"我以前一直觉得她才是江言舟的白月光，如果不是因为她出国，宋枳也没有机会乘虚而入。后来我去她家玩，发现她穿的用的几乎都是模仿宋枳，连宋枳喝的减肥茶她都买了一模一样的牌子。"

那个减肥茶许兰兰之所以印象非常深，是因为宋枳提过一嘴，她那个牌子是她经纪人从一个微商那里买的，她跟着喝了几包，喝完就拉了半个月的肚子。

寻悦那个身份的人，自然不会接触到那种微商，可偏偏她家里却屯着好几盒。

而且接触久了，许兰兰才发现她的真实性格根本就不是什么娇滴滴的大小姐，而是和她们这些被宠坏的富二代一样，我行我素。

"自己跟风还骂别人，真是服了，我现在想想就觉得可怕，她整个就是复制了宋枳的所有生活方式嘛。"

唐笑言一早就知道了。

她跟宋枳认识这么多年，后者是骨子里透出来的娇。

寻悦那个拙劣的演技，也只有许兰兰才需要花这么久才能看出来。

江言舟最近几天失眠，就算吃安眠药也于事无补，只能勉强保持一天三个小时的睡眠时间。他耗尽了所有耐心，来应付那些虚伪的奉承。

他修长的手指端着红酒杯，漫不经心地晃了晃，如墨的眸子安静地看着如血般艳丽的红色液体，思绪早已不在这里。

感受到了他的不耐烦，那些人也都识趣地走开。

寻悦拎着裙摆过来撒娇："言舟哥哥，刚刚你看到没有，那个宋枳居然和我穿一样的裙子，真是讨厌。"

红酒讲究细品，江言舟却仰头一口饮尽。喉结几番滚动，眸间悄无声息地染上一抹醉意。

他垂眸，语气平静，眼里的嫌恶却丝毫不加掩饰："你这样的，也配和她比？"

这句话像是一盆冷水，将寻悦从头淋到了尾。

寻悦拎着裙摆的手止不住地颤抖，她知道江言舟和宋枳之间的关系。

因为父辈之间的关系，她很小的时候就见过他。那个时候江言舟还没有现在这么少言冷漠，他会笑，也乐于助人。她最喜欢的节日就是端午了，因为妈妈会带着她去江家。端午节是江言舟母亲的生日，也只有那个时候，她才能够看到他。

他从小就长得好看，比同龄人要高，也比同龄人要聪明。

没过多久，江家就出了事。听说他父母离婚了，新的阿姨搬进来。江言舟开始变得不爱说话、不爱笑，开始变得冷漠。可是寻悦却更喜欢他了。

她偷偷跟踪放学的他，只想离他更近一点。

她走着走着就停下了。因为不知道从哪里出现的女孩子，踮脚捂住了他的眼睛，问他："猜猜我是谁？"

他的声音仍旧清冷，却透着一股无奈："宋枳，别闹。"

"你讨厌，每次都不配合我。"

少女松开手，不爽地噘着嘴。

她讲话的声音很嗲，是让女生讨厌的那一种。

寻悦在心里骂她，她的言舟哥哥怎么可能会和这种人成为朋友，也不掂掂自己几斤几两。可是当少女差一点被迎面过来的自行车撞到，言舟哥哥一把护住她，脸上露出的担心，站在身后的寻悦却看了个一清二楚。

江言舟对宋枳无疑是特别的，哪怕同样的话少冷漠，可是她所有的要求他都会满足。即使是想吃的蛋糕店车程一来一回都得三个多小时，只要她拉着他的衣摆，娇滴滴地撒会儿娇，他都会照做。

寻悦没办法否认，自己的确是嫉妒她，所以才会逐渐将自己活成了那个女人的样子。她会不由自主地关注她的衣食住行，甚至连宋枳下意识的动作她也会揣摩上半天。她以为自己变得和她相似了，江言舟就会注意到她。

可是她还是高估了自己，也低估了江言舟。

目睹了全程的唐笑言冷笑一声。

活该。

唐笑言知道宋枳今天就在隔壁宴厅参加庆功宴，于是提前和她约好，结束以后去附近的美容店做做美肤、按按摩。

两个人算下来也有好久没见面了，宋枳自然是答应了。

电影上映，她也算是好不容易闲下来了。

作为女主角，宴会上免不了多喝了几杯，好在她酒量好，只是微醺。

手机里是唐笑言发的消息。

唐笑言："楼下等我，五分钟就到。"

宋枳回了个"OK"，随便找了个借口离开。如果继续留下来，估计又得开始新一轮的敬酒。

酒店楼下停着清一色的豪车，宋枳没想到夜里这么冷，早知道就让小许把车上的毯子带上了。

她冻得鸡皮疙瘩都出来了，拿出手机给唐笑言打电话，想催促她赶快下来。

肩膀上多出的重量让她稍微回神，黑色的西装，下摆盖过她的大腿。

男女的身高差异到底还是悬殊。

想来酒宴上女人应该挺多，他的外套上沾染了好几种香水味。单闻都是质感高级的淡香，混在一起就有些呛人了。

宋枳下意识地就要把外套拿下来，江言舟按住她的手腕："披着吧。"

他斜倚着车身，低头点烟。

刚才在酒店里看得不仔细，这会儿离得近，倒是看清了些。几天不见，他好像憔悴了很多，脸色惨白，黑眼圈有点重。瘦了，下巴尖了不少。

从前他哪怕是通宵工作，也从未像今天这样。仿佛这几天是他人生中最难熬的日子。

"明天是何婶的寿辰，她让我转告你一声。"声音低哑，应该是这几天无节制地抽烟造成的。

他掸落烟灰："我住我那儿，不会让你为难的，只是一顿饭而已。"

这些年，何婶拿宋枳也算是当女儿在疼。她的寿辰，宋枳理应回去。

于是她点头："好。"

唐笑言正好从楼上下来，手上还拿着"喂"了半天也不出声的手机。

"你怎么给我打电话也不说话，我喂了半天都——"

埋怨的话突然停住，因为她看见了站在宋枳面前的江言舟。

她乖巧立正，喊了声："世叔晚上好。"

他淡淡地点了点头。

唐笑言挽着宋枳的胳膊，和江言舟说再见："那我们先走了，世叔再见。"然后逃命一样远离现场。她怕死了江言舟，生怕和他多待哪怕一秒钟。

夜色寂静，江言舟猛吸了一口烟，隔着烟雾，视线落在走远的宋枳身上，低喃声轻微："真好看啊。

"我的只只。"

"你和江言舟不是分了吗？怎么还有联系呢？"唐笑言问。

宋枳正低头系安全带，听到唐笑言的话抬眸："何婶生日，说让我回去吃顿饭。"

言下之意，和江言舟无关。

"啧啧啧，我觉得肯定没这么简单。"唐笑言一顿分析，"估计江言舟贼心不死，还想着复合呢。"

宋枳推了她一下："什么贼心不死？说得这么难听。"

唐笑言也意识到用词不太对，改口道："我的意思是，江言舟是不是还想着复合这茬儿？"

想到前几天发生的那一幕，宋枳弯腰把高跟鞋脱了，换上拖鞋："应该不是。"

那段时间的低头和迁就对江言舟那种清冷孤傲的人来说，应该算耗费了这辈子所有的耐心了。

宋枳对他还算了解，明白他的极限在哪儿。经过那天的事情后，他应该是放下了。

这样也好，至少对他们都好。

窗外的夜景因为超跑的车速转瞬即逝，宋枳看得眼晕，索性将视线移回，盯着前方路况。

唐笑言握着方向盘，喋喋不休地和她讲着何瀚阳。

JIS 是个名不见经传的小战队，关注度最高的一天还是微博官宣了何瀚阳从 AOI 退队以后会转去 JIS。

作为电竞圈里的一张王牌，外界对于何瀚阳转队以后的首战非常期待。季后赛，如果一路获胜的话，说不定还会跟 AOI 撞上。

唐笑言激动得不行："虽然 JIS 是个垃圾战队，但我相信以我们狙神的实力肯定能赢的。"

宋枳现在听到他的名字就有点头疼。

她脑子即便再好使，感情方面再迟钝，身边人这么一直提醒，她也看出来了一些端倪。

如果说之前还能当他对自己只有粉丝爱慕偶像的情感，可是那天以后，她仔细回想了一下，他看自己的眼神怎么也算不上只是简单的粉丝之情。

何瀚阳没谈过恋爱，不太懂得隐藏自己的感情，眼里的占有欲很明显。

她不想伤害他。

他心思单纯，从小又没父母，唯一的奶奶平时工作忙也顾不上他。他也算是自己在这种逆境中长大的，吃够了苦头，宋枳不希望他在感情里也吃苦。

慢慢疏远他，将这段感情放凉，才算是最好的解决方式。

她拿出手机，沉吟思索片刻，还是将他所有的联系方式都给删除了。

美肤做完后已经很晚了，回到家后，客厅没开灯。

宋落最近工作忙，回家的时间也逐渐往后推。担心宋枳这个自理能力严重缺失的人会饿肚子，他还专门去找了个保姆，明天正式上岗。

宋枳明天要去江家给何婶祝寿，担心保姆过来家里没人，于是给宋落发了条消息。

"我明天有点事，你记得在家啊。"

消息发过去以后她就把手机放在一旁，卸妆去了。等她敷着面膜从浴室里出来，手机才振了一下。

宋落："你明天不是没工作吗？要去哪儿？"

宋枳不太想和他讲得太详细。

"有点事。"

她不想讲，宋落也就没继续问下去了。

"嗯。"

何婶在江家待了很多年了，比起用人，江言舟更拿她当长辈。

宋枳这些年也承了她很多好，江言舟惹她难过了，都是何婶替她出气。在宋枳心里，何婶早就算是她的亲人了。

她去店里订了个按摩椅，让人送了过去。

何婶年纪大了，腰背偶尔会酸痛，按摩椅按着会舒服一些。

她坐车到江家，阔别几月，待了三年的地方似乎变得格外陌生了，院子里的藤蔓都沿着围墙攀爬出来。

她走过去按门铃，没多会儿，小莲跑出来，看到她了，笑得眼睛都弯成了月牙："我还以为你下午才到呢，吃饭了没？锅里正炖着汤呢。"

宋枳笑道："炖的是玉米排骨汤？我在外面都闻着香味了。"

"鼻子真灵，何婶说你爱喝，特地让厨房准备的。"

她把门关上，跟着宋枳一块儿进去。玄关鞋柜里还整齐摆放着她的鞋子，她离开的时候是什么样现在还是什么样。

她的鞋子每天都有打扫，半点灰尘也没落，各种名品限量版的细高跟，摆满了整整一鞋柜。除了角落空出些位置放着几双同样价值不菲的意大利男士手工皮鞋。

江言舟连鞋子都透着沉稳严肃。

宋枳问小莲："我不是说把这些东西全部给捐出去的吗？"

小莲替她把外套挂在衣架上："先生说留着，反正也不占地方。"

宋枳沉默地看了眼鞋柜里那儿双被挤得无处安放的男士皮鞋。

这还叫不占地方呢？

小莲注意到她的视线了，笑道："先生已经联系装修公司了，会换个大点的鞋柜。"

宋枳："……"

算了，他的房子，他爱怎么折腾都是他的事。

何婶听到客厅里的声音，忙从二楼下来："小枳回来啦。"

何婶笑着迎过来，上下将宋枳看了个遍。

她离开这么久了，也不知道回来看看，何婶想她想得紧，偶尔向江言舟问起她的近况时，他也只是简短的一句"她很好"。现下亲眼看到本人了，何婶感叹了一句："瘦了，最近是不是又没好好吃饭？"

宋枳撒着娇往何婶怀里倒："我最近不是为了拍戏嘛，就控制了下饮食，今天何婶可得好好喂饱我，不然我就赖这儿不走了。"

宋枳一向惹人喜欢，三言两语就将何婶给逗开心了："好，你一辈子赖在这儿何婶都高兴。"

寒暄也没有持续多久，厨房里的汤得控制火候，交给别人何婶不放心。

宋枳不用人陪，自己坐在客厅里看电视。

家里好像来了新的保姆，瞧着脸生，保姆端着切好的水果送了过来。宋枳道了声谢，便脱了鞋子躺在沙发上，姿势随意得像回了自己家一样。

她对这儿熟悉，毕竟待了三年。

电视看了一半她就睡着了，遥控器在她怀里，要掉不掉的。

玄关处传来开门声，江言舟眉间尚有倦色。小莲接过他手里的外套，抚平挂好。

视线落在鞋柜旁放着的那双女士运动鞋上，他脱鞋的动作停下。不过片刻，他便恢复了常态，淡声问小莲："到了？"

小莲知道他问的是什么，点点头："到了有一会儿了，这会儿在客厅里看电视呢。"

他轻"嗯"一声，抬手松开温莎结，然后将领带抽出，扣子解了两颗，领口微敞着。

这段日子，他不论是在外面还是家里都是一丝不苟的严谨模样，很少像今天这样放松。似乎在高压情况下一直紧绷着的神经终于得到了一丝缓解。

他走进客厅，正好看到躺在沙发上熟睡的宋枳，怀里的遥控器正以一种缓慢的速度往下滑落。

他走过去，把遥控器抽走。

也不知道是做了个什么梦，她的眉头皱得老高。她有说梦话的习惯，尤其是在浅眠状态时。

"那个包包我看中很久了，你帮我买嘛，好不好，嗯？好不好嘛……"

娇滴滴的声音，伴随着逐渐噘起的殷红小嘴，连睡梦中都在撒娇。

江言舟喉结几番滚动，脚不由自主地往前挪动，离得更近一些。

见宋枳有醒来的迹象，他不动声色地转身离开，在她对面的沙发上坐下，重新恢复了方才的清冷寡言。

宋枳做了个梦，被气醒了。

她梦到被工作困住没办法亲自飞去发布现场，于是托宋落给她带个她相中许久的包包。结果宋落想都没想就直接拒绝了她，然后宋枳就气醒了。

她刚要拿手机打电话骂他出气，视线落在对面的江言舟身上，动作停顿片刻。他安静地坐在那里，神情淡淡的。

宋枳轻咳了一声，想要缓解尴尬："今天下班挺早啊。"

他点头，再无后话，又恢复成她所熟悉的那个江言舟了，仿佛前几天温柔的粥粥不过是她的幻觉。

宋枳倒不意外。

毕竟以他的性子，能坚持那么久已经算是极其不易了。宋枳甚至觉得自己应该庆幸，居然有这个荣幸让他向自己弯腰求和。

饭菜很快就好了，蛋糕是江言舟亲自去订的，是老人家喜欢的那种。除却冷淡的性子，他其实还算贴心，只是话少不懂表达而已，这点宋枳了解。

不过她讨厌这种冷淡。本来就是安全感缺失的人，她想要的好都是热烈直接的。

弯弯绕绕只会惹人烦。

何婶今年五十八岁了，按理说也到了退休享清福的时候。

江言舟提起这件事时，她只是笑着摆了摆手："不亲眼看着你娶妻生子，我怎么能放心退休呢？"

她说这话时，眼神看着宋枳。

宋枳自然懂何婶话里的意思。她装傻充愣地把话题重新抛回江言舟身上："我昨天在酒会上看到他身旁有女伴，何婶您不必为他担心的。他在这方面无师自通，想结婚还不简单，勾勾手指就有一大批姑娘过来。"

她语气里的无所谓，江言舟不可能听不出来。

他面色平静，看不出喜怒，全程安静吃饭，半点声响也没发出。倒是宋枳，喋喋不休地讲了很多，最近发生了什么，以及她主演的电影票房大卖了。

何婶听到这个消息也替她高兴。

何婶："喜欢你的人是不是也多了很多？"

宋枳骄傲地点头："特别多，一直都有不少人和我告白的呢。"

她说这个也没别的意思，纯粹就是不想让何婶为她担心。

何婶总害怕她这个娇气性子在外面会被欺负。尤其是之前小莲还给她看了网上大面积黑宋枳的评论，听说那阵子她担心得好几天没睡好觉。

何婶听到她这么说，这才松了口气："喜欢就好，喜欢就好。"

江言舟放下筷子："我吃饱了，你们慢慢吃。"他起身离开。

小莲有些担忧地看了眼他上楼的身影，这些日子先生也不知怎么了，没节制地抽烟喝酒。

以前他虽然也抽烟，可也只是偶尔。

他自控力强，什么时候像现在这样过，只要闲下来了，就想抽烟。

二楼露台，风有点大，旁边的秋千被吹得直晃动。

江言舟吐出淡白色的薄雾，眉眼被氤氲得模糊。他的视线落在秋千上。这是宋枳缠着他搭的，说是自拍好看，可是她很少坐。

江言舟淡笑一声，将视线移开。指间的烟燃了大半，他微合眼睫，生平第一次感到无能为力。

他不知道应该怎么做才能追回宋枳，他试过很多种办法，迎合她、讨好她，就差没有跪下来求她了。那个一身傲骨的江家长孙，无数次想过，干脆给她跪下吧，兴许她会一时心软，可怜可怜自己。

他不能没有她的。

目睹何瀚阳衣衫不整地出现在她家时，他甚至有想过，要不直接把她绑起来，藏到只有他一个人知道的地方。

沉默寡言的人，情绪一直压抑在心底得不到释放，一旦找到缺口是件很可怕的事情。

江言舟是冷血的，这种冷血也表现在对待自己上。

他看着自己的手腕，那里跳动的血管，只需要轻轻划开一道就足够了。

他现在满脑子想的都是，宋枳会心疼他吗？她会因为他而落泪吗？

可能她会留下来，这样就不会再回到何瀚阳身边。

还没来得及付诸行动，露台的玻璃门就被人推开了。

宋枳走过来，脸上有少许打断他的歉意："何婶让你下去吃蛋糕。"她说话的语气带着分寸，客套礼貌。

是什么时候确定她真的不再需要自己了呢？大概就是从她的态度开始转变的那天，她不再蛮不讲理地拉着他撒娇，也不再冲他耍公主脾气。

头顶的灯光是暗的，被风吹得晃动，发出咯吱咯吱的响声。

江言舟垂放下手，深邃幽暗的眼睛静静地凝视着她，如同望不到底的隧道。

宋枳被他看得有点蒙："我脸上有什么东西吗？"

还以为是吃蛋糕时不小心沾上了奶油，她抬手擦了擦，什么也没有。

江言舟摇头："没事。"声音仍旧是哑的。

宋枳看了眼他手边的烟灰缸，迟疑片刻，她出声劝道："还是少抽点吧。"

神色平静，看不出半分异样。

江言舟喉间"嗯"了声，敷衍地应下，然后将手里的烟摁灭。

宋枳也只是出于朋友关系的善意提醒，听不听那就是他自己的事了。她转身先离开，江言舟过了好一会儿才下来。

桌上放着切好的蛋糕，江言舟不爱吃甜食，家里人都知道，所以何婶只给他切了一小块。动物奶油在嘴里化开，甜腻的口感让人不适，但他还是把一整块都给吃完了。

宋枳坐在沙发上看电视，何婶和小莲正讲着八卦。

"张姐家的女儿你还记得吗？听说怀孕了。"

小莲捂着嘴："不会吧？不是还没结婚？"

何婶叹道："未婚先孕还好说，但是现在那个男孩家不想要她了，她妈妈都快急死了，这孩子身体又不好，现在打胎的话又怕落个什么后遗症。"

宋枳在旁边听得一愣一愣的。她竖着耳朵凑过来："哪个张姐，我见过吗？"

八卦，是女人的天性，不分年龄。

没多久她就完全参与进去了，嗑着瓜子听得格外认真，不时表达一下自己的看法。三个女人一台戏，沉浸在八卦里面，连时间的流逝都没有注意。

江言舟出去接了个电话，等他回来的时候，客厅里三人仍旧没有半分要停止的苗头。他看了眼窗外阴沉的天空，十点了。

天气预报说今天夜间有雨，如果说得再准确点，大概就是十一点。如果她现在回家的话，应该还来得及，刚好可以避开那场大雨。

江言舟微垂眼睫，并没有好心到去提醒她。他按下遥控器，把窗帘关了，窗外的夜色完全被隔绝。连带着被隔绝的，还有逐渐密布的阴云。

张姐是隔壁家的帮佣，平时和何婶交好，闲下来的时候经常一块儿聊天。

前些天张姐还打趣过，等她女儿再大些了，如果江言舟还没和宋枳复合，就把她嫁过来当小媳妇。何婶让她尽早死了这条心。

"你家孩子才多大？"何婶说。

"也就比言舟小十岁，般配。"

"我们家言舟性子冷，你家丫头那个怯怯的性子降不住的。"

张姐听后还不太乐意："我家闺女降不住，宋枳就降得住了？"

就住在隔壁，平时抬头不见低头见的，宋枳的娇气是出了名的，小脾气也是一阵阵的，说来就来了。那个时候性子不沉稳，脾气上来了就离家出走，张姐瞧见过好几次。

每次都是她气呼呼地往前走，江言舟一言不发地跟出来，将她扛回去，任凭她在自己肩上哭喊打闹。

张姐就觉得自家闺女比宋枳要好上不知道多少倍，如果不是因为这次的事情，她恐怕还惦记当江言舟的丈母娘。

也不知怎的，何婶突然想起张姐说的那番话。

"我家闺女降不住，宋枳就降得住了？"

她看了眼坐在客厅办公的江言舟，他看似专注，其实整个人的魂都落在宋枳身上了。

失魂落魄的，工作恐怕只是借口。他什么时候在客厅工作过啊？无非就是为了能够多看她一会儿。

何婶叹了口气，岂止是降住了，整条命都快给她了。她算是看着江言舟长大的，他的变化她也通通看在眼里。

原生家庭太重要了，它能影响人的性格三观，乃至整个人生。

外人看来，江言舟是幸运的，出生即登上了大多数人这辈子再怎么努力都到达不了的巅峰。

可他也是不幸的。

因为姓江，因为被寄托了太多的希望，所有人都将赌注放在他身上，押宝一样。一路走来，他所受的压力根本就不是他那个年龄段能够承受的。没人问过他愿意吗，也没人问过他累不累，甚至连生养他的母亲也迁怒他、厌恶他、憎恨他。这样的生长环境注定了他内心的阴暗面比别人更广。偏执和占有欲就像是一张巨大的网，牢牢地将他困住。

他不过是比别人更善于隐藏自己的情绪。

旁人瞧不出异样来，只有他自己知道，这些阴暗的情感像是漆黑深谷里疯狂生长的杂草。

在最恶臭的地方扎根。

等到小莲打着哈欠说困了的时候，宋枳才逐渐从热火朝天的八卦会议中回过神来。

她看了眼腕表上的时间，起身惊呼："已经这么晚了吗？"

何婶看到紧闭着的窗帘，嘀咕道："窗帘怎么全关上了？我说怎么瞧不见外面黑了没。"

她起身去拉窗帘，夜色阴沉，估计再有一会儿就要下暴雨了。她有些担忧地看向宋枳："小枳啊，要不你今天就在这里住一晚上吧？"

宋枳刚要拒绝，何婶又说："这马上就要下暴雨了，雨天开车不安全，而且又这么晚了。"

下雨天不好打车，如果她执意要回去的话，何婶肯定会让江言舟送她。宋枳不想继续麻烦他了，而且他看上去好像也很累。

犹豫片刻，她还是点头应下了。

何婶笑道："你房间我每天都有打扫，被褥也有按时更换，就是准备着你哪天回来。"

房间的确还保持着原样，甚至连她衣帽间里的东西也没被人动过。

江言舟教养好，懂得尊重他人隐私，宋枳的衣帽间，他一次也没进过。

晚上洗完澡，时间也不早了，她拿着毛巾擦湿发，在房间的抽屉里找吹风机。

"我记得是放在这里的啊，怎么不见了？"

她嘀嘀咕咕地挨个抽屉找，余光瞟到雪白的墙纸上好像多了个黑色的东西。定睛一看，她吓得尖叫："啊啊啊！！！"连毛巾也扔了，因为恐惧全身都在颤抖。

几乎是同时，江言舟冲进来，神情紧张地问她："怎么了？伤到哪里了吗？有没有弄疼？"

宋枳吓得唇色惨白，整个人都挂在他身上："壁……壁虎，呜呜呜，怕死了。"

江言舟一愣，身上的绵软感既陌生又熟悉。

宋枳最怕壁虎、蜘蛛之类的东西，现在整个人的理智此时被摧残得支离破碎了，正拼了命地在江言舟身上索取安全感。

"呜呜呜，你快点把它弄出去。"她吓得浑身都在抖。

江言舟抱着她安抚了好一会儿。

她一直抱着他，他也不舍得离开她的触碰，索性抱着她，一手捂着她的眼睛不让她去看，一手拿着纸巾，把壁虎弄走了。

宋枳小心翼翼地偏头看了一眼："走了吗？"

他点头："走了。"

宋枳松了一口气，从他身上离开："怎么房间里面还有壁虎？"她用质疑的眼神看着江言舟，"该不会……"

江言舟自然知道她想说的是什么，走过去替她把窗户关上："你房间朝阳，外面的绿植茂盛，应该是沿着藤蔓爬进来的。"

原来是这样。

宋枳有点羞愧，她刚刚好像是有点小人之心了。

听江言舟那么一说，她总觉得这个房间里还有很多其他奇奇怪怪的小动物或是昆虫，于是试图和他商量："我今天去你房间睡吧？"

江言舟闻言抬眸，身形微动。

宋枳后知后觉地反应过来，自己刚才的话好像有点歧义。

她补充道："我是说，你来我这儿睡，我去你那边。"

他淡漠地拒绝："不好。"

似乎没想到他会拒绝，宋枳站在原地愣了半晌。

江言舟打开房门离开，她匆忙跟过去："别啊，你又不怕虫子，而且也不一定有虫子，这个房间朝阳，比你那个房间好多了。"

他仍旧拒绝："不换。"

宋枳都快急哭了："就换这一晚上，我好歹也是客人，你不能这么对待客人。"

她应该是真的害怕，拉着他衣摆的手颤抖个不停，眼眶也有点泛红。他见不了她的眼泪，她一哭他就会心软，任何时候都是。

可还是不行。

他移开视线，面上还是平静的，看不出什么异样来。

那个房间宋枳肯定是不敢再回去了，客厅里小莲和何婶她们都不在了，她想着要不干脆去沙发上将就一晚上。

可是看了眼沙发那个宽度……

何婶说江言舟嫌之前那套沙发旧了，今天特地让家具店过来换了一套。

新沙发比之前的尺寸要小，根本躺不了人。之前的沙发也没买多久啊，怎么就旧了？

宋枳嘀嘀咕咕地看着江言舟回房的背影，气不打一处来。

家里的客卧也不知怎的，床单被褥都收起来了，只剩下一个空落落的床垫。

宋枳是一个不愿意将就的人，睡觉的地方也是，必须有加湿器和香薰，环境也要好，这种四面都是墙的空房间她躺上去也睡不着。

在心里又把江言舟给骂了一顿后，她快速跑回自己的房间，抱了一床被子出来。隔壁房间没锁，虚掩着，轻轻一推就开了。

江言舟坐在沙发上看书，听到声音后抬眸，平静地看着她，对于她的突然出现并不意外。

宋枳把手里的被子扔到他身上。

他也不恼，将被子从身上拿开，放在身后铺好。

宋枳蛮横霸道地占了他的床。

原本之前顾念着两个人已经分手，可能连普通朋友都算不上了，所以她尽量和他保持着人和人之间该有的礼貌客套。

谁知道这个人的性格还是那么令人讨厌！

有了愤怒加持，她的霸道显得更加理所当然了。

"你睡沙发，我睡床，夜晚要是敢偷偷占我便宜我就告你猥亵！"

江言舟看着她，深邃的眼眸有什么在暗自涌动。服软求和没用的话，不妨换一种方式。

只要她能回来，用点心机，似乎也不算是什么坏事。

好在，是有用的。

第十八章
婉拒

关了灯，她在床上小声嘀咕："你都不用熏香的吗？"

"嗯。"他知道她想说什么。

江言舟从沙发上起身，手在墙上摸索，开了壁灯。

熏香灯是宋枳买的，她睡觉的时候习惯开着，江言舟倒没有这些复杂的癖好。他去了她的房间，把熏香灯拿过来，替她放在床头。

她侧躺着，长发披散，暧昧的灯光之下，她不爽地看他一眼。

娇嗔，肆意。

喉结滚动，莫名起了股躁意。他突然很想抱着她。

慢慢来。

他深呼吸，在心里说服自己。

不着急，她总会回到自己身边的，到时候想怎样都可以。

香薰灯光柔和，宋枳很快就睡着了。

江言舟近一米九的身高，躺在那张算不上大的沙发上，似乎有些憋屈。玫瑰香薰味道很淡，是宋枳身上常带着的那种香味，他闭上眼，满脑子都是宋枳。

明明她和自己在同一个房间里，离他不过几步的距离。

可他还是好想她，想得发疯。

他索性起身，走到床边，安静地看着她。看她的眉眼，看她的唇鼻，以及睡衣领口下露出的白皙脖颈。

她睡颜安静，没有白日里的半分闹腾，只是偶尔眼睫会轻微地颤动。

江言舟看得喉间发沉，他略微俯身，想要触碰她，在离她樱唇不过一指距离的时候，又停下了。

他粗喘着气站起身。

一旦开始，他担心自己会忍不住想要索取更多。

她应该是做噩梦了，眉头皱着，不太舒服地左扭右扭，喉间低吟，不知道在说些什么。

江言舟靠近了些："什么？"

她呜呜小声哭着："别走。"

"嗯。"他温柔地抚摸她的脸，"我不走。"

宋枳又做那个梦了。

这些年她经常会梦到那场大火，亲人死在自己眼前，任谁都会受不了。那件事就像是一个永远的阴影，印刻在她的脑海里。

梦做到结尾，她感觉自己整个人都像是溺在深海里一样，手脚都被束缚住。她挣扎着睁开眼，天已经亮了，透过窗帘的丝丝缝隙渗透进来。

此刻的宋枳正躺在一个无比温暖的怀抱里。头枕着男人的胸口，只隔了一件单薄的家居服，甚至能感受到肌肉的轮廓。

刚睡醒的大脑还是迟钝的，她缓慢抬眸，依次看见的是男人修长的脖颈、性感的喉结，以及那张好看到完全挑不出任何瑕疵的俊脸。

宋枳小小地感慨了一会儿，怎么会有人生得这么完美？

感慨过后，她迟钝的大脑开始逐渐回魂。

嗯？

她为什么会在江言舟的怀里醒来？

宋枳像触电一样，从江言舟的怀里弹开。后者被她的动作弄醒，缓缓睁眼，模样淡然。

想到自己身上只穿了件单薄的睡衣，她皱着眉踹了他一脚："流氓！"

她力气小，哪怕是使尽全力也不痛不痒。

江言舟捏着她的脚踝，手掌轻轻揉捏："酸不酸？"

她挣扎着把脚抽出来："你是什么时候上来的？"

他语气平静："昨天你拉着我的手，让我陪你。"

宋枳显然不信："我怎么可能……"说着说着，声音就因为没什么底气而逐渐变小。

江言舟掀开被子下床，把身上的家居服脱了，打开衣柜。宋枳正好看见他未着寸缕的上身，遒劲的腰身，肌肉线条紧实性感。

她连忙用手捂住眼睛："你脱衣服干吗？"

江言舟从衣柜里拿了件衬衣，慢条斯理地穿好："换衣服。"

"……我当然知道你是换衣服，我是问你为什么要在这里换？"

江言舟抬眸："这是我的房间。"

OK，她败了。

反正吃亏的不是自己，宋枳索性靠在床头安心地看了。

江言舟身材很好，甚至比有些男模特还要好，总的来说她还是赚了的。

"帮我拿件衣服过来。"宋枳说。

她原本就没打算在这儿过夜，也就没有带换洗的衣服。好在这里有很多，也根本就不需要带。

江言舟把最后一颗扣子扣完，点了点头就出去了。没多久，他拿着衣服进来。

宋枳皱眉扫了一眼："这什么啊？"

"衣服。"他说，"你的。"

宋枳嫌弃地扒拉了一下，估计是她刚读大学那会儿买的，长袖长裤，全身上下包得严严实实的那种，还带着学生妹的稚嫩。

宋枳自然是不会再穿这种衣服了："我衣帽间里裙子那么多，你随便拿一条。"

他微不可察地皱了下眉："太露了。"

宋枳没听清："嗯？"

江言舟沉默不语，半晌，还是老实替她去拿了。

虽然裙摆有点长，但总比之前那套好。

宋枳把江言舟轰出去，换好衣服去洗漱。

客厅里小莲已经把饭菜做好了，早上要吃清淡点的，所以她煮了粥。宋枳随便吃了点，给小许打了个电话让他来接自己。

今天有个美妆柜台的开业仪式要参加，预计得忙到下午。

江言舟看了眼腕表上的时间："坐我的车吧，顺路。"

宋枳半信半疑："你该不是为了送我强行顺路吧？"

他神色淡然地喝粥："你要去的那个商场，是我名下的。"

分手后才发现江言舟居然是一条比她想象中还要粗壮的大腿。

"行吧。"她端着公主架子，勉为其难地答应了。

用完早餐后，又勉为其难地坐上了他的车。

这次的活动是夏婉约帮她接下的，因为前段时间刚接了这个牌子的代言，这次开业，她也是作为代言人前去的。

现场已经围满了粉丝。

整个商场一楼被围了个水泄不通，甚至连上面几层都围满了人，倚着栏杆往下看。

小许还是头回见到这么大的阵仗，以前都是其他艺人的粉丝，宋枳粉丝最多的时候，也就现在的十分之一。

电影的爆火，带给宋枳的不光是人气，还有各种商务合作。

休息了这么几天，夏婉约提前给她打预防针，接下来肯定是高强度高负荷的工作，让她做好心理准备。

宋枳有事业心，也想往上爬，虽然性子被养得娇气点，但对待工作还是不怕苦不怕累的。

前面主持人已经开始了，小许给她接了杯热水过来，感慨道："真想不到我有一天也能在宋枳姐的活动现场看到这么火爆的景象。"

宋枳小口喝着水，边等待化妆师给她整理妆发，边翻阅着手里的时尚杂志。

她提醒他："注意你的言辞啊，什么叫真想不到？"

小许狗腿似的凑过去："我夸您呢。"

宋枳口干舌燥的，喝了几口水润嗓子。

妆发很简单，随便弄了几下就好了。

在后台等了一会儿，看着现场火爆的人流，她拿出手机拍照发给江言舟。

宋枳："看到没？你应该感谢我，要不是我，你的商场能有这么多人？"

过了大概五分钟，那边才有回复。

江言舟："感谢只只。"

嘁，毫无诚意。

宋枳也不知道是怎么了，可能是好胜心上来了，看到江言舟突然变冷漠的态度她莫名地感到不爽，非要让他看看自己有多厉害不可，甚至还专门找角度拍了张自拍发微博。

宋枳："今日份的自拍。"

十分钟后，评论就快破万了。

当然，也不乏夏婉约事先就给她买的集点赞评论转发于一体的套餐大礼包。

宋枳把那条微博截下来，包括下面的评论数，一块儿发给江言舟。

非常小学生的炫耀方式。

宋枳："我是不是很厉害？"

依旧是五分钟才回复，像是故意掐着点一样。

江言舟："哇，只只好厉害。"

宋枳甚至能想象到他面无表情地打下这句话，完全被他的敷衍给气到了。

一个正常人是怎么在短短的半个月内转变这么大的？之前还撒着娇说要当她的专属。

她微博已经两个月没怎么更新了，就算更新，也全是工作室帮她代发一些广告或者宣传之类的。今天居然罕见地发了自拍，夏婉约转发了这条微博。

夏婉约："营业好评，就是下次自拍咱能找个好点的角度吗？太直男了。"外加了一个狗头的表情。

宋枳把手机放下，端着水杯小口地喝着。这场活动还请了几个美妆博主，这会儿正在给新上架的几款口红试色，宋枳作为压轴会晚些出场。

工作人员怕她等得无聊，还专门端了点水果过来，甚至还充当起了陪聊。

不过宋枳显然没有聊天的兴致，打着哈欠缩进椅子里，有一搭没一搭地看着微博评论，偶尔挑几个看得顺眼的回复。

小许和他倒是挺聊得来，东扯西拉地说了一会儿。

工作人员似是想拍宋枳的马屁，笑称："原本这里是不让商户擅自举办这种大型活动的，我们向管理人员申请过一次，被拒绝了，后来听说请来的艺人是宋枳姐，上面直接准了。"

宋枳溜了会儿神，没听到。她盯着江言舟的聊天界面看了一会儿，聊天结束的对话是她发过去的那个问号。

十五分钟过去了，他居然连个屁都没回。

宋枳："你没礼貌！"

江言舟："嗯？"

宋枳也不知道自己到底在生哪门子气，就是觉得……很气。

烦死了。

她把手机扔在一旁，整个人都缩进抱枕里。

那几个网红的试色结束后，主持人故弄玄虚地问他们期不期待接下来上场的人。大家齐声高呼着期待。

在这些期待的欢呼声中，宋枳拿着话筒上了台。她不是第一次参加这种活动了，轻车熟路。她不需要做太多，也不需要说太多话，只需要笑容明媚地站在主持人身旁，充当一个美艳的花瓶，偶尔在主持人挑起话题时回答几句。

原本是一场不需要太费时费力的活动，止于某个被砸上台的鸡蛋。

宋枳脸上的笑容僵住，鸡蛋正好砸在她脑门上，蛋清沿着额头流下，黏腻感让人反胃。

她没想到，自己会以这种方式再次上热搜。

宋枳活动现场遇黑粉

宋枳被扔鸡蛋

粉丝保护宋枳被打伤

…………

相关联的热搜话题足足有七八条。

宋枳却没有那个心情去翻阅评论区，也没心思关心到底有多少人骂她，又有多少人心疼她。

医院走廊的灯光亮得刺眼，她坐在等候椅上，急得眼泪都出来了。她一直都知道自己有黑粉，讨厌她的人很多，那些人不会因为她某部剧演技好而放弃讨厌她。

这些宋枳都知道，她一直以来对这些人视若无睹，无论那些人做得有多过分。

可是她没想到，这些人对她的恨居然这么深。

明明是连话都没说过一句的陌生人，偏偏却带着想弄死她的恨。

如果当时不是江言舟冲上台护住她，可能被刀捅伤的就是她了。

江言舟浑身是血被送进手术室，宋枳坐在外面等着，也不知道在想什么，那双眼睛黯淡无光。

夏婉约这个点还在公司，接到小许的电话后就立马赶过来了："你没事吧？有没有伤到哪里？"

宋枳也不说话，眼睛都不知道看着哪里，可能哪里都没看。

小许摇了摇头："从刚才就这样了，一句话也不说。"

当时的场面太混乱了，她直面现场，受到的刺激肯定不小。

夏婉约安抚了她一会儿后，重新去心理科门诊挂了个号。

她现在需要的是心理疏导。

手术室里的灯很快就暗了，医生摘了口罩出来："没什么大碍，一些皮外伤，不过伤口有点深，得住一段时间的院，看看伤口的恢复程度。"

宋枳依旧坐在那里，一动不动，像没听到一样。

医生问："请问哪位是家属？麻烦签下字。"

夏婉约起身过去："他女朋友现在精神状态不太好，吓着了，我来吧。"

医生表示理解。

小姑娘看上去娇小柔弱的，肯定也是第一次看到这么血腥的场面。

宋枳包里的手机一直在响，想来应该是看到热搜的人打过来的。夏婉约把她的手机拿出来，一百多通未接来电、三百条的未读信息。

"宋枳，你哥的电话，要接吗？"宋枳没反应，仍旧保持着刚才的动作。

夏婉约叹了口气，走到一旁按下接通键。

电话那端宋落的喘气声很重，应该是一路跑来的，说话的声音也因为害怕而有些颤抖："宋枳，你没事吧，伤到哪里了没？你在哪儿？哥哥去找你。"

夏婉约迟疑地看了眼身后的宋枳："宋枳她……"

她语气里有犹豫，不知道该怎么解释现在的场景，落在宋落耳中就成了另外一种意思。

如果说刚看到热搜的那一瞬间他还能靠着最后一点理智强撑着，现在就是彻底崩溃了。这种感觉太熟悉了，失去亲人的感觉。他不能再没有宋枳，不能的。

他崩溃地大吼："我问你宋枳到底怎么了！！！"

夏婉约开始后悔，讲话不应该大喘气的，平白让他担忧。

"江言舟替她挡了那几下，她一点事都没有，就是精神状态不太好。"夏婉约说。

人都是自私的，对于自己爱的人会过度偏爱。听到这番话后，宋落像是在要窒息前吸入了一大口空气。第一反应是还好宋枳没事。

然后他才想起来："江言舟没事吧？"

"没事，皮外伤。"

"哪家医院？把地址发给我，我现在过去。"

电话挂断后，她把医院的地址发了过去。

几乎无间断的，何瀚阳的电话打了过来。

夏婉约大概看了一下，这一百多通未接来电里，就有五十几通是他贡献的。想到二人的绯闻，夏婉约觉得还是不要在这种时候惹麻烦了。

调了静音，忽略了。

宋落到得很快，江言舟也从病房里出来了，他做的是局部麻醉，现在已经可以下地走路。伤口在右臂和后背，并没有涉及要害。

看他神色淡然，夏婉约不禁感叹，不愧是宋枳看上的男人，又帅又男人。

医生是不建议他下床的，可是他放心不下。

宋枳肯定会害怕。

等他从病房里出来，就看到双眼无神的宋枳，她在发呆，也不知道在想什么。

江言舟避开伤口，在她面前蹲下，声音温柔："在想什么？"

她不说话，眨了眨眼睛，眼泪流下来了。

江言舟心口一痛，抬手替她擦掉："眼睛哭肿了就不好看了。"

她还是不说话，眼泪掉得更凶了。

江言舟用手背蹭了蹭她的脸："骗你的，我的只只不管怎样都好看。"

他还在后怕，如果当时他迟一步，受伤的那个人是不是就是宋枳了。她细皮嫩肉的，切菜不小心弄到手指都会哭好久。如果这些伤口全部在她身上的话，她得多疼啊。

幸好，他把她护得很好，没有让她受到一点点伤。

在这件事发生之前，江言舟就一直在想，他有时间，他不需要着急。宋枳是个心思简单的人，他只要稍微玩点套路，她根本逃不过。

不可否认的是，他的确有想过，把那点心机放在她身上。冷落她一段时间，她自然会乖乖地靠过来。

可是现在他不想这样了，他不想等了，他现在就想抱她。

江言舟柔声哄着她："只只，你看看我，看我好不好？我一点事也没有，你别哭了，乖。"

宋枳紧抿着唇，难受、委屈和自责全部积堵在心里。

情绪得不到纾解，她觉得自己就要爆炸了。她不知道自己为什么会让一个毫无接触的人讨厌到这种程度，她明明没有做过任何伤天害理的事情，她只是在用自己的方式去做自己想做的事而已。她很努力，也很敬业，虽然娇气了点，可是只要是工作相关的事，她从来没有喊过苦累。

电梯停在 26 楼，宋落是爬楼梯上来的，10 楼，就这么跑了上来。他喘着气跑到宋枳面前，确定她身上没有一点伤口后才放下心。

心理科叫号，夏婉约和他们说了一声后，扶着宋枳过去。

宋落不太放心地看着她的背影，原本是想一块儿去的，可是看了眼身旁那个穿着病号服的江言舟，犹豫片刻，还是和他道了声谢。

"这次的事，谢了。"宋落说。

江言舟摇摇头："她肯定很害怕吧。"

宋落恶狠狠地咬了下腮帮："那人在哪儿？"

江言舟知道他问的是谁，回答："警察局。"

宋落转身就要走，江言舟把他拉住："行了，那边我的人会处理的。"

"怎么处理？"

江言舟沉默片刻："让法律来处理。"

宋落不爽地骂了一句："我的妹妹被他弄成这副样子，我不弄死他这口气就没处撒！"

"弄死他然后呢？"因为失血的缘故，江言舟的唇色有些惨白，"让宋枳再等你七年？"

宋落停下脚步。

因为胳膊上绑了无菌纱布，后背也是，江言舟的行动稍微有些困难，动作过大会拉扯到伤口："放心好了，这事我不会让它就这么过去的。"

他声线平淡，说出的话也没什么波动起伏，也只有他自己才知道，他此刻的情绪翻滚成了什么样。他比宋落还想亲手弄死那个人，可理性永远压制感性，江言舟是个懂得权衡利弊的人。

"坐一会儿吧，等宋枳出来。"江言舟说。

护士很快就过来催促江言舟回病房休息了。

"你这个病人怎么回事啊？伤口才刚缝合就到处跑，万一裂开了怎么办？"

江言舟轻声致歉，担忧地看了眼心理咨询室紧闭的门，然后才转身回病房。

咨询花费了些时间，宋枳显然受到了很大的惊吓，等她从咨询室里出来，看到宋落的那一刻后，终于忍不住，扑进他怀里大哭了起来。

宋落心疼地抱着她，轻声安抚道："不怕，哥哥在。"

宋枳摇头，也不说话，就一直在他怀里哭。等哭够了，眼睛已经肿得像个核桃。

他笑她："这么大的姑娘了，还躲哥哥怀里哭鼻子呢？"

她一直抽泣，紧咬着唇。

"可怜哦，眼睛都哭肿了，要是让江言舟看到你这副样子了，小心他去喜欢别人。"

听到江言舟的名字，宋枳微微抬眸，因为害怕而有些结巴："他……他没事吧？"

"没事，刚刚还生龙活虎地站在这里呢，后来被护士给凶回去了。"宋落说。

宋落膝盖微弯，蹲着与她视线平齐，捏捏她的脸又摸摸她的脑袋："还想哭吗？"

她摇头。

"那和哥哥回家好不好，你先好好睡一觉。"

她有些犹豫："可是江言舟……"

"等把你送回去了我再过来。"

"嗯。"

和夏婉约说了一声后，宋落就把人带走了。夏婉约用宋枳的手机发了条微博报平安。

"人没事，别担心。"

几乎是同一时间，何瀚阳就给这条微博点了个赞，似乎一直拿着手机在等。

宋枳把他的微信拉黑了，电话打过去也一直没人接。何瀚阳只能拿着手机反复刷新网络上的消息。

她那件事闹得太大，甚至还出现了各种匿名爆料。

训练赛打到一半，看到这条热搜后，何瀚阳就扔了鼠标出去了。

他发了疯一样给宋枳打电话。

原本对鬼神之事嗤之以鼻的他，此刻一直在心里祈求上天千万千万不要让她出事，哪怕让他用自己的命来换都可以。

前些日子他发现自己被宋枳拉黑了，便大概猜到她的想法。

她不喜欢他，一丁点也不。

何瀚阳对这段感情其实没有抱太大的把握，甚至于很久之前他就有想过，万一他告白失败了，会怎样。

可能会浑浑噩噩很长一段时间，甚至于一蹶不振。可是没有，他依旧按照原来的方式生活，日复一日地训练，偶尔直播，通宵熬夜。

没什么区别。

他不会死缠烂打，更不会让宋枳感到为难，只会尽量控制自己不去想她。

感情的事情本来就是相互的，她拒绝得干脆，他也应该放弃得干脆。虽然会遗憾，连句我喜欢你都没机会说出口。但他应该这样做的。

可她太不让人放心了。

何瀚阳红着眼睛，反复地刷新页面，生怕错过一点她的消息。

爆料的人太多了，他不知道该信谁的。

那些网友都在吃瓜，人都有好奇心。

何瀚阳一条一条地举报那些爆料她抢救无效已经死亡的虚假信息。

宋枳不会有事的，她肯定不会有事，她怎么能有事呢，她应该长命百岁的啊。

终于，那个熟悉的 ID 出现在他的特别关注里。

宋枳："人没事，别担心。"

一直紧绷的神经，终于放松，他像被卸掉全身力气一样，跌坐在地上。

良久，终于控制不住，头埋在膝盖里，双肩不住颤抖。

宋枳睡得并不好，一闭上眼睛就是慌乱的那一幕。意识清醒地到了后半夜，她吃了半片安眠药才算勉强入睡。

但是次日醒得早，六点就醒了，满打满算都只睡了三四个小时。

因为放心不下江言舟。

医生说了，他现在只能吃点清淡的，宋枳亲自下厨给他做了点粥。

她照着食谱做的，味道一般般，用保温饭盒装好，坐车去了医院。

病房里，宋落躺在客厅里的沙发上，灯没开，屋内还是暗的。宋枳小心翼翼地把门推开，动静还是惊醒了半睡半醒的宋落。

他睁眼，看到她了，皱眉起身："你怎么不多睡一会儿？"

"睡不着。"宋枳把门关上，提着保温饭盒进来。

宋落从沙发上起身，欣慰地点了点头："有良心了，还知道关心哥哥。"

她说："是给江言舟带的。"

宋落"啧"了一声："可以，哥哥就不重要呗。"他看了眼腕表上的时间，"你照顾他吧，我回去补个觉，待会儿还得去公司。"

宋枳点点头："路上小心，家里厨房给你留了点，在锅里热着，你醒了记得吃。"

"算你还有点良心。"宋落说。

他走后，宋枳站在房门外犹豫了很久，不太敢进去。半晌，门从里面打开。

她愣了一会儿，江言舟身上还穿着病号服，脸色仍旧憔悴，冲她笑了笑："还要我亲自过来开门？"

宋枳眨了眨眼："那个……"低着头，不太敢看他。

她内疚自责，如果不是因为自己，江言舟就不会受伤了。

他侧开身子："进来吧。"

病房内有股消毒水味，宋枳不太喜欢。她走到椅子旁坐下，旁边放了本插着书签的书，应该是江言舟用来打发时间的。

她也不知道应该说些什么，全程安静着。

江言舟在床边坐下，看了眼离他很远的宋枳，于是起身，将她连人带椅子一起拖到自己面前："离我这么远干吗？"

她低着头，还是没说话。

江言舟在自己身上闻了闻："我身上的消毒水味很难闻吗？"

宋枳摇头："对不起。"

"和我道什么歉？又不是你伤的我。"

宋枳的眼泪再次不争气地落了下来，视野顿时模糊一片。江言舟微不可察地叹了口气，她是真的被吓到了。

平时那个骄纵跋扈的小公主居然变得这么沉默寡言，感性易碎。

"只只啊。"他抬手揉乱她的头发，动作温柔，"你这么乖我都有点不习惯了。"

宋枳脾气上来了，不爽地看他："什么叫我这么乖你都不习惯了？我一直都很乖啊。"脸上的泪水都还没干。

他点头："嗯，一直都很乖。"微垂眼睫，看了眼她手里的饭盒，"不给我的吗？"

宋枳这才想起来自己给他带了粥。她把饭盒放在桌上，拧开，粥已经干了，成了坨状。

宋枳有些心虚地说："虽然卖相不佳，但还是挺好吃的。"

"你自己做的？"江言舟问。

"当然了，外面的哪有这么好吃？"她不要脸地自夸，把勺子递给他。

情绪来得快，去得也快，江言舟三言两语就将她的注意力给分走了。

他伤的是右手，左手握勺子不太稳，几次都掉下去，最后只能无奈地看一眼坐在床边的宋枳。后者皱皱眉，终于还是肩负起了这个重任："我喂你吧。"

得偿所愿，江言舟乖巧坐着，等待她的投喂。

粥不光卖相不佳，味道也不太佳，倒是表里如一。偏偏当事人却完全没有自知之明，还不忘问他一句："好吃吗？"

他点头："好吃，是我这辈子吃过最好吃的粥。"

江言舟吃得慢，一碗粥喂了快半个小时才喂完，宋枳手都快酸了。

平时他自己吃饭也没见这么细嚼慢咽过，怎么偏偏这个时候就各种讲究了？

她把饭盒收好，病房外有人敲门。还以为是宋落回来了，她走过去："有什么忘记拿了吗？"入目看见的，却是一个陌生男人。

她顿了片刻："你是？"

作为江言舟的特助，林跃还是知道些宋枳和自家老板的事的。他眼下暧昧一笑，礼貌地和她做了简短的自我介绍："您好，我是江总的助理，姓林，叫我小林就可以了。"

原来是他的助理啊。

宋枳点了点头，侧开身子让他进去："你好。"

江言舟人在医院，没法去公司，有些事情电话里交代不清楚，所以只能亲自过来。他应该是在向江言舟汇报工作，专业术语多，宋枳也听不太懂，就坐在一旁安静地等着。

林跃拿出一个文件袋递给他："合同已经在法务部那边确认过了，没问题。"

江言舟将文件袋的缠绳绕开，从里面取出合同，大概过了一眼："笔给我。"

林跃拿出一早准备好的笔递给他。

江言舟接过后，熟练地在上面签下自己的名字。

宋枳看着眉头紧皱，他刚刚签字的手……好像用的是左手……

直到林跃离开，宋枳倒了杯热水过去，递给江言舟。后者举了举无力的左手，仍旧用那双无辜的眼睛看着她。

宋枳微笑着走过去，喂他喝完："还渴不渴？"

江言舟微抿了唇，忍着笑意："还好。"

宋枳眉头皱着，秒变脸："可以啊，骗我挺好玩的是吧？"

似乎没想到她会发脾气，江言舟愣了一会儿，宋枳随手拿了旁边的枕头就往他身上砸，避开伤口，也控制着力度："你刚刚签字的时候不是挺顺畅的吗？怎么吃饭喝水就残了？啊？"

护士正好开门进来，看到面前这一幕，她厉声制止道："这里是医院，病人需要静养，打情骂俏麻烦也不要在医院！"

宋枳被护士这一凶，立马就乖巧了，拿着枕头低眉顺目地站在一旁，像个受训的小学生一样。江言舟看到她这副模样，弯唇轻笑。

护士把治疗盘放下，和他说："可能会有点疼，忍着点啊。"

江言舟点头，视线频频往回看。

见宋枳依旧是一副做错事的小媳妇样，他似乎心情挺好，连换药的疼痛都忽略了。

江言舟的伤口换药需要先脱掉病号服，江言舟喊了宋枳一声："只只。"

她抬眸。

他抬手解扣子，唇角微勾："不想看吗？"

轻浮！

宋枳不爽地冷哼一声，然后光明正大地坐在椅子上看。

随着扣子被解开，紧实健壮的肌肉逐渐展露。江言舟又是一阵低笑，面朝下趴着了。护士动作小心地揭开无菌纱布，宋枳离得近，正好看清伤口。伤口缝合后仍旧可怖，看这个长度和深度明显就会留疤。

记忆仿佛又被带回那天的场景，呼吸变得急促，她逐渐低下头。

江言舟像是突然想起什么，然后开始后悔，应该让她先出去的。宋枳胆子小，好不容易哄她忘记了那天的场景，现在看到伤口，估计又得哭上一会儿。

护士换完药后，叮嘱了些注意事项。

走之前还特地看了眼宋枳，提醒她："这里是医院，不要再打病人了！"

宋枳耷拉着脑袋，没什么底气地应道："知道了。"

江言舟不紧不慢地穿好病号服，靠坐在病床上："在想什么？"

宋枳抬眸："没什么。"

"不继续打我了？"

宋枳："……"

见她不说话，江言舟拍了拍自己身侧的椅子："坐这儿。"

宋枳没动。

他皱眉，声音冷冽："又不听话了？"

熟悉的感觉，让人讨厌。

那点内疚彻底荡然无存，宋枳不爽地拉开椅子坐下："我凭什么听你的话？"

如愿将她的注意力转移开，江言舟牵着她的手不肯松："那我听你的话，好不好？"

宋枳抽了几下，没抽开，也不知道他葫芦里到底在卖什么药："你双重人格吗？一会儿一个样？"

"嗯。"他点头，"我不管哪个人格，都听你的话。"

宋枳："……"

想到他后背上的伤，那点内疚掩盖了她此时的愤怒。

沉默良久，宋枳问了一句："疼吗？"

他点了点头："有一点疼。"

宋枳猛吸了下鼻子，把眼泪忍回去，站起身替他将病号服的衣领整理好："都是我不好。"

他的只只近来真是越发感性了，脾气去得快来得也快，这才多久啊，又哭上了。

江言舟问她："要抱吗？"

她眨眼，泪珠还挂在睫毛上："什么？"

他说："哭得这么难受，要哥哥抱着哄哄你吗？"

宋枳哼了一声："我哪有那么脆弱？"

他捂着胸口，笑容苦涩："可是我很脆弱，你哄哄我好吗？"

宋枳突然发现江言舟才是演技好的那一个，他好像一直在给她下套，一步一步引导自己走进他布的陷阱里。

他很聪明，也善于掌控人心，如果想套路宋枳，完全可以做到滴水不漏，不露破绽。

现在这样更像是，让她清醒地走进自己的陷阱里，逼着宋枳去直面她的内心。

但他更像是在赌。

赌她会不会往前。

宋枳沉吟半晌："怎么哄？"

他莞尔一笑，赌对了。

"你抱抱我好不好？"

他轻声请求，姿态放得很低，加上此刻病弱的憔悴，轻易就勾起了宋枳的怜爱之心。她妥协地走过去："就抱一会儿啊。"

江言舟点头。

手搭过他的肩膀，将他拥入怀中，两人一个靠坐在床上，一个站着，江言舟的头靠在她的小腹上，她的小腹平坦得一丝多余赘肉也没有。

"你最近……"他的声音有点哑，"是不是又没好好吃饭？"

"也没有啊，就正常的量，偶尔运动而已。"

虽然有新戏在谈，但距离进组还有很长一段时间，她也不用刻意去控制饮食。

江言舟的手逐渐收紧，女人纤细的楚腰不堪一握，熟悉的触感，让人不想松开。

"瘦了。"

注意到他加重的力道，宋枳伸手去推他："你……你怎么……"

"我怎么？"他明知故问，在她身上蹭了蹭。

宋枳脸有点红："你先松手。"

太犯规了，不可以的。宋枳全身软绵绵的，手上的力气也减弱了大半，哪怕是在推他，那点力道都像是在亲昵地抚摸。

在江言舟眼中，这算不得拒绝，甚至像是默许。

默许他的肆意。

"复合好吗？我以后乖乖的。"他放低了姿态，像个祈求糖果的小孩子。

"以前是我不对，我不该因为自己没有安全感，而故意对你忽冷忽热。

"我喜欢你，只只，我比你想象中的还要喜欢你。

"从见到你的第一眼起我就喜欢上你了。"

这应该是他第一次完全将自己的真心剖开给她看。

让一个不善言辞的人说出动人的情话有多难，江言舟比谁都更明白。

他不习惯撒娇，也不习惯在别人面前示弱。一路走来，他都是一个人。家中长辈自小便训诫他，作为江家的继承人不允许有弱小的一面，他代表的是整个江家的脸面，他连哭的资格都没有，难过了，只能偷偷躲起来。

他曾被发现过一次，因为目睹父母吵架。

爷爷拿着戒尺打他，一边打一边问："以后还哭不哭了？"

他忍着眼泪摇头："不哭了。"

戒尺打在身上很疼，他在家里躺了一周才能下床。没有人关心过他的伤势，他们只觉得，他应该被罚。

从那以后，江言舟时刻把自己藏进伪装里，哪怕是在感情里，他也不能让自己有半分弱点。

他一直觉得，这样是对的。

"你再给我一次机会好吗？

"我不能没有你的。"他似在哀求，声音很轻，手下意识在颤抖，因为害怕宋枳会拒绝。

他已经不太确定她对自己的感情了。

她的追求者太多，她随时都有可能碰到她喜欢的，然后抛弃他。

江言舟只要一想到这种可能，就会害怕。

他足够强大，也足够坚强，哪怕被人砍伤也没喊痛。但面对宋枳，他还是会怕。此时坚硬的铠甲也变得腐朽，轻轻一碰就破碎了。

宋枳能感受到他的情绪，迟疑地垂眸。

至少在发生那件事之前，她的态度都很坚决，自己和江言舟没可能了，她不会在同一个地方栽两次。

可亲眼看着他被送进手术室，她发现自己还是喜欢他的。

喜欢，很喜欢，超级喜欢。

小姑娘那点心思全都放在脸上，江言舟察觉出她的动摇，温言哄道："只只，再给我一次机会好吗？我只和你一个人好。"

窗户开了一半透气，风卷着窗帘吹进来。

宋枳恍惚了一下，好像有什么话不由自主地说了出来。然后，江言舟高兴地抱着她，甚至连自己手臂上的伤口也不管不顾。

他站起身时，宋枳靠在他的肩膀上。他抱着她，不太确定地又问了一遍："你刚刚说的什么？"

宋枳刚要开口，他又匆忙打断："不许反悔了，说出去的话不能收回。"

天气预报说下午有雨，中午还是大太阳，这会儿天就阴了下去。

宋枳突然开始后悔，不该同意得这么快的。

"……你能先把我松开吗？"

江言舟抱得更紧，撒泼耍赖："我太久没抱你，想多抱一会儿。"

宋枳无语："你刚刚不就一直抱着吗？"

"不算。"

"怎么不算？"

"刚才只是在占你的便宜，现在才是在抱你。"

"……"

刚给他换药的护士又推门进来了，手上拿着输液瓶。

江言舟需要注射消炎针，防止伤口发炎。

护士推门进来，就看到恩恩爱爱抱在一起的二人。

现在谈恋爱的啊，就是爱折腾，刚刚还发脾气，这会儿就好了。

她皱着眉，训斥宋枳："病人需要好好躺着静养，当心拉扯到伤口！"

宋枳心里委屈，明明是江言舟抱着她不肯放，怎么就凶她一个人？

江言舟在床边坐下，看到她那副委屈的小表情，不动声色地隐去唇角的笑意："是我的原因。"

护士替他绑上压脉带，拍打手背找血管，听到他的话抬眸："什么？"

她对帅气的小哥哥总多些好感，语气也明显更温柔。

江言舟看着老实站在一旁的宋枳，笑容宠溺："我太喜欢她了，所以想一直抱着，下次会注意的。"

护士："……"

猝不及防就吃了一口狗粮。

输完液后，她照常叮嘱了一句，然后收拾好东西出去。

宋枳在椅子上坐下，有点不爽："怎么每次都凶我？"

关键是，她还找不出反驳的理由来。

江言舟拉拉她的手，又摸摸她的脸："肚子饿不饿？"

"我来的时候吃过了。"

她拿出手机登了下微信，一上线就看到一大堆消息轰炸。

她在演艺圈虽然算不上人缘特别好，但表面上维持关系的朋友还是有那么几个的，眼下都在询问她的状况。

她一一回复了，最后在未接来电里看到同一个号码打来的五十多通电话。

何瀚阳。

她迟疑半晌，拉黑他微信的时候居然漏掉了电话。

她对何瀚阳其实没什么坏印象，他话不多、性子散漫，却比任何人都要护短。

先前她只当他是个沉默寡言的人，自然也很少往那方面去想。其实只要她多留意些，总能瞧出端倪的。他看她的眼神，并不单纯，他永远不问缘由无条件地支持她。

感情一旦满了，是藏不住的。

宋枳不想伤害他，可有些话还是不得不说出来，这样对谁都好。

她替江言舟把被子掖好："你好好躺着，我出去打个电话。"

江言舟惯会察言观色，他已经从她的眉眼神情中看出她这通电话是要打给谁的。

眼睫轻垂，他还是轻点了下头："好。"

走廊外安静，偶尔有病人经过，被人搀扶着。

宋枳按了回拨，那边很快就接通了。耳边的声音并不属于何瀚阳："阳哥，你的电话。"

离得远些，一道不太耐烦的声音响起："挂了，不接。"

那人崇拜地喊道："阳哥帅气，宋枳的电话说挂就挂，偶像！"

几乎是同一时间，那边传来凳子被撞翻的声音。两秒后，男人喘着粗气的声音出现在她耳边："喂。"

"有病，电脑都差点让你撞翻了，腿磕得不痛吗？"

"阳哥可以啊，我以前怎么不知道你还有跑短跑的潜力。"

"听到宋枳的名字就瞬间变了个态度，你们俩不会真有啥吧？"

"哈哈哈，说不定咱们马上就要有个明星嫂子了。"

那边断断续续传来调侃声，何瀚阳似乎走远了些，四周逐渐安静下来。他的呼吸也变得平稳，酝酿很久，才哑着嗓子问出那句：

"你……还好吗？有没有受伤？"

"我没事。"

"那就好。"

接下来又是良久的静默。

宋枳省过了那些弯弯绕绕，直白地问他："何瀚阳，你是不是喜欢我啊？"

罕见地，从他的声音里听出了些慌乱："我……我只是……"

宋枳犹豫片刻，斟酌着应该用哪种语气才会不对他造成太大的伤害。

她尽量让自己的声音听上去温柔一些："对不起啊，我一直以来都拿你当弟弟的。"

耳边人陷入了沉默。

"你很好，也很乖，我很喜欢你，但不是男女之间的喜欢，你能明白我的意思吗？"

良久，他点头："明白。"声音哑得像是生吞了一把刚被炙烤过的沙子，声带也似被烫伤。

"你没谈过恋爱，可能会短暂地被我吸引，但以后总会遇到比我更适合你的女孩子的。"

雨下得更大了一些，哗啦哗啦地敲打着窗子，有些嘈杂。

他突然连名带姓地喊她的名字："宋枳。"

"嗯？"

"你可以不喜欢我，但是你不能……不能否定我的感情。"

他声音哽咽，应该是在哭。

宋枳慌了神，她最怕的就是有人哭，她完全不知所措。

原本只是想安慰他，没想到竟然弄巧成拙："对不起，是我说错话了，我向你道歉，我……"

何瀚阳的确很难过，虽然已经知道答案，但是听她亲口说出来，还是会难过。

他哭不是因为她拒绝了自己，只是突然觉得，自己这么多年的喜欢就像是一件很可笑的事情。他为了能离她更近一些，付出了很多努力。可她不光没给自己说出那句喜欢的机会，甚至只当他是一时见色起意。

"你不用道歉，我没怪你。"

说完这句话后，他匆忙挂了电话。

JIS 的队员后来回忆起那天的场景，还是会感到震撼，那个流血流汗不流泪、回击喷子连眉头都不皱一下的何瀚阳，蹲在俱乐部门口整整哭了一个多小时。

第十九章
肆意

电话挂断后，宋枳无奈地揉了揉眉心。

不想伤害到他，可是好像还是伤害到了。

她收了手机准备回病房，刚转身，就看到倚在墙边站着的江言舟。他单手举着输液瓶，安静地看着她。

宋枳过去接过输液瓶："你怎么出来了？"

他顺势牵着她的手："说清楚了？"

"你都听到了？"

他笑道："嗯，不放心，担心我好不容易追回来的女朋友被人抢走。"

宋枳心里有点乱，带些内疚。如果是别人她大可干脆地拒绝，可偏偏是何瀚阳。

他和她之前那些追求者不同，没有油腻的套路，也不会直白露骨地表达自己龌龊的想法。他年纪不大，又很单纯，平时接触的人也不多。

连表达喜欢的方式都是最原始地对她好。

"担心他？"

宋枳叹了口气："要是我能早点知道他喜欢我的话，我就离他远一点了。"

不管宋枳如何说自己有多懂男人，但那也只是自称。从见到他的第一眼，江言舟就看出了他对宋枳的感情，所以才会对他带有敌意。

"没事。"他轻声安慰她，"不是你的错，不用自责。"

回到病房后，宋枳给江言舟倒了杯热水。

门外变得有些嘈杂，似在争吵。

半晌，张范范推开病房门，嘀嘀咕咕地进来了："这个护士脾气怎么这么大？"

宋枳："……"

她暂时将那点内疚放下，双臂环胸，靠坐在沙发上："你怎么来了？"

张范范一手抱着花，一手提着果篮："看望病人啊，不然还能来干吗？野炊啊？"

说得倒是理直气壮。

宋枳长腿交叠，笑道："看我男朋友呀？"

张范范愣了一下，似乎没想到他们居然复合了。

"我是来看你的。"她把花和果篮放下，笑容灿烂，"看望我未来的小姑子。"

宋枳："……啥？"

病房门被粗暴地推开，来人连门都懒得敲。

宋落担心宋枳午饭没着落，就自己做了点送过来，一开门就看到里面坐满了人。

张范范连忙背过身子，快速对着镜子补了个妆，然后面带潮红，起身和他打招呼："那个……好久不见。"

宋落眉头一皱："你谁？"

那次分别后，张范范连续梦到了宋落好几天。

她想他想得不行，可惜没有他的联系方式，甚至还因为这件事骚扰了宋枳好些天。可惜宋枳逗了她一阵后，故意不告诉她。

张范范都快气死了，觉得宋枳就是记着之前的仇。眼下好不容易见着了心心念念的人，结果对方压根儿就不记得了。

张范范那颗高傲的少女心此刻碎成玻璃碴，刺得胸口疼。虽然心里委屈，可她还是不忘再做一遍自我介绍："我叫张范范，今年二十二岁，是宋枳的朋友。"她超小声地补了一句，"也是她未来的嫂子。"小模样十分认真。

平日里都是嫌弃这个嫌弃那个的高傲脸，难得也有今天的温顺。

宋枳来了兴趣，笑着提醒她："别乱攀关系啊，我们什么时候成朋友了？"

张范范脸有点红，连忙解释说："我们之前可能是有点误会。"

宋枳挑眉："哦，现在就没误会了？"

她低着头，嘴唇微抿，声音很小："你要是早说你哥哥这么帅，我就不和你有误会了。"

宋落："……"

江言舟不太满意宋枳的注意力在别人身上，而且还一直对着她笑。他握着她的手，放在掌心轻轻揉捏："只只啊。"

她的注意力被短暂地分走，看着他："怎么了，哪里不舒服吗？"

他摇头："宋落给你带了午饭，你要不要先吃点？"

"我不饿。"

话音刚落，她似是想到什么有意思的事，起身走到张范范身旁："你饿吗？要不一起坐下来吃点？"

张范范哪里还有吃饭的心情啊："我也不饿。"

"我哥亲手做的耶，你真不饿？"

张范范愣了一下，拼命点头："饿了饿了。"

她小心翼翼地看着宋落，似在询问他的意见："可以吗？"

宋落没什么所谓："吃吧。"

宋枳不会在自己讨厌的人身上浪费时间，既然有心情开她的玩笑，说明她对这个人的印象并不坏，自然，他也不会为难她的朋友。

外面还下着雨，混着风一起吹进来。

宋落过去把窗户关上，经过病床时，看了眼二人牵在一起的手。

宋枳才刚从他身边离开，江言舟就忍着伤痛跟了过来。那只手就跟涂了胶一样，黏在她掌心分不开了。

对于他们两个旧情复燃宋落并不惊讶，反而像是早就预想到这种结果，只是亲眼见到还是会很不爽。

自己的宝贝妹妹就这么轻易地被江言舟给勾走了。

宋落厨艺虽然可以，但和张范范家里的厨师比肯定是有着差距的。她对食物格外挑剔，为了保持身材，吃的量很少，所以在味道方面要求就更挑剔一些，平时进组拍戏都得自带厨师。

这会儿却跟吃到美味珍馐一样，张范范丝毫不吝啬自己的赞美："太好吃了。"

"你厨艺真好。"

"哇。"

明明看宋落一眼都能立马红半张脸，这会儿硬是羞红了整张脸也要拍他的马屁。宋枳忍笑忍得十分痛苦，她还是第一次看到张范范像今天这样。

江言舟不太高兴，一直找着各种话题想要吸引宋枳的注意力。

"你真的不饿吗？

"要不待会儿我带你出去吃好吃的？

"我身上的伤不严重，我们偷偷溜出去，不让护士发现就行。"

宋枳也不知道是不是自己的错觉，她总觉得自从张范范来了以后，江言舟就越发黏人了。

总不可能是吃一个女生的醋吧？她以为他又是哪儿不舒服了。

"是不是伤口痛了？"宋枳问。

他摇头："不痛的。"

宋枳松了口气："不痛就好。"

宋落实在是在这儿待不下去了，他觉得自己要是再多看一会儿，就会忍不住想上前揍江言舟一顿。

要是平时还好，最坏的结果顶多是他们都挂彩。可是江言舟现在还受着伤，而且是为了救他妹妹受的伤。

他要是这会儿动手揍人就太不地道了。

他只能眼不见为净："那我就先回去了。"他看了眼宋枳，"今天晚上早点回家，不许在外面过夜，知道吗？"

宋枳听话地点点头："知道了。"

宋落开门离开，没一会儿，张范范也匆忙跟了出去。

看着这一前一后的两道身影，宋枳撑着小脸叹了口气："张范范自求多福吧。"

宋落可是比江言舟还难搞的男人。

江言舟虽然性子冷吧，但他至少专情。宋落算是情场高手了，他本来玩心就大，从没有真的喜欢人。有人追，又刚好长得是他喜欢的类型，他就会顺势答应。不过他三分钟热度，女人在他眼中还没游戏重要，他宁愿跑网吧打一通宵游戏也不肯陪自己女朋友去看一场电影，久而久之被甩的次数就多了。

她正想得入神，江言舟捂着胳膊，眉头微皱。

宋枳以为自己不小心碰到他的伤口了，连忙起身："怎么了？是伤口痛吗？我去叫医生。"

说完她就要去按铃。

江言舟拉着她的衣摆，摇了摇头，轻声说："不疼。"

宋枳闻言松了一口气："伤口痒吗？"

"有一点。"

"痒也别挠，护士说伤口痒就代表在结痂。"

"嗯，我不挠。"他乖得很，"我这么听话，你今天可以留下来陪我吗？"

宋枳想到宋落的话，刚要开口，江言舟握着她的手在自己脸上蹭了蹭："偶尔撒一次谎，没事的。"

他用最温柔的声音，教她去做坏事。

宋枳看着他满是期待的眼睛，突然觉得，她和江言舟果然不是一个段位的。她根本玩不过他，他深知她抗拒不了什么，也深知用什么方法能最快达到自己的目的。

宋枳微不可察地叹了口气，还是点头答应了。

江言舟抱着她就笑："我的只只真好。"

医院的饭很清淡，味道也一般，小莲怕江言舟吃不惯，特地在家里做好了送来。看到宋枳也在，她先是愣了一下，然后高兴地抿嘴偷笑："枳姐今天要留下来陪先生吗？"

宋枳故作无奈，十分头疼："魅力太大了也不好，你家先生哭着喊着求我留下来陪他。"

那张明艳好看的小脸上，满是得意和骄纵。

小莲心里其实是羡慕她的，宋枳总得有人无底线地宠着，也因为这样，她才会活得这般恣意。但她也喜欢她，看到二人终于和好，想着赶紧回家把这个消息告诉何婶。

家里终于又要重新热闹起来了。

宋枳搬出去以后，江言舟的话便更少了，大多数也是回自己在外面的那个家。他工作繁忙，应酬也多，偶尔回来也是喝得醉醺醺的。

喝醉了便会去宋枳的房间。

小莲把东西放好："那我就先走了，你们慢慢吃。"宋枳起身送她出去。

她做的也都是些清淡的，能够帮助伤口恢复。

宋枳剥了个水煮蛋，递给江言舟："我去给你倒杯热水。"

他点了点头，安静半响，他又说："等我伤口愈合了，你和我回趟江家。"

宋枳手上的动作微微停顿。

虽然之前也跟他去过几次，可那个时候心境到底不一样，现在去的话，她有点害怕。江家看不起她，她是知道的。

似乎瞧出了她内心的想法，江言舟轻笑着捏了捏她的脸："放心好了，不会让你受委屈。"

她迟疑地抬眸："可是你爸还有你爷爷不是一直想让你娶个门当户对的吗？"

他也没否认，轻"嗯"一声。

没想到他承认得这么爽快，宋枳不爽地瞪了他一眼。

他抱着她，喉间低笑，声音像被揉碎又展开："可是我就是想高攀，所以你别想再甩开我了。"

失而复得的喜欢，他再也不会放手了。

"只只啊。"他将头埋在她颈窝，叹息声轻微，"真好。"

为了照顾江言舟，宋枳特地让夏婉约把那些天的档期全给空出来了。

宋落不放心，每天都会来查岗，生怕江言舟对他的宝贝妹妹不怀好意。不过他好像被张范范缠上了，整天被烦得不行，也没太大的心思时刻都盯着他们俩。

江言舟看着给她削苹果的宋枳，笑道："想不到宋落也有被逼到无路可逃的一天。"

苹果皮从中间断掉，她又重新开始削。直到整个都削完，她将苹果递给江言舟："我倒是挺希望他们能成的，张范范虽然嘴碎脾气大了点，但人还是挺可爱的，和宋落在一起正好互补。"

江言舟张嘴："你喂我。"

"都快三十岁的人了吃个苹果还要人喂。"

他又装起了可怜："我手伤了，拿不了。"明明左手比右手用得还要熟练。

宋枳还是听话地喂到他嘴边："下不为例啊。"

话虽然这么说，但下次他再提出来时，宋枳还是没办法拒绝，太犯规了。

禁欲清冷的人一旦开窍，根本就不是常人可以招架得住的，一个眼神就足够让你缴械投降了。

虽然档期空出来了，但有些必要的行程还是不得不去，因为是很久之前就定下的，比如做季宋 MV 里的女主。

季宋虽然年纪轻轻就拿下了各种演技大赏的奖项，但他其实是歌手出身。这些年也一直没有荒废主业，平均每两年一张新专辑，销量都很好。

作为双栖发展的艺人，他的确足够优秀。

MV 的拍摄是基于各种原因考虑接下的，因为电影还在上映期间，片方希望他们线下也能营业，至少能坚持到电影下映。

不过宋枳考虑到江言舟，不是太配合。

可是 MV 是提前说好的，总不能因为自己的原因而给季宋带来麻烦吧。

到了拍摄现场，季宋已经化完妆了，坐在那里看手机。应该是在开视频，女人的声音有些苍老，一口一个乖崽。

"乖崽最近睡得好不好？

"哎哟，这么些日子也不来看看姥姥。

"乖崽啊，有没有好好吃饭？

"你拍的电影我看了，你嬢嬢昨天还在家里骂你来着，说你对不起人家姑娘，那丫头长得真水灵，改天啊带回来给姥姥看看。"

季宋无奈地轻笑："那只是拍戏，人家又不是我的女朋友，怎么可能带得回去？"

北方方言清晰易懂。

姥姥叹了口气："我什么时候才能抱上曾外孙呢？你啊，真是半点也不让姥姥省心。"

拍摄现场的工作人员看到宋枳了，和她打招呼。听到声音，季宋抬眸，意识到刚才的话可能被她一字不落地全听了去。

他有些不好意思地笑了笑，然后重新将视线移回屏幕上："好啦姥姥，我要工作了，晚点再给您打过去。"

老人依依不舍地点头，却还不忘叮嘱他："今天记得吃晚饭，别又忙得忘了时间。"

"知道啦。"

视频挂断后，他把手机朝下放在桌上，起身和宋枳致歉："姥姥年纪大了，说话也口无遮拦的，你别往心里去。"

宋枳点了点头，笑道："我怎么觉得全天下的姥姥都一样？"

他垂眸，也在笑："你姥姥也爱这样唠叨你？"

"嗯，以前还在世的时候每天都会念叨。"

季宋沉吟半晌："不好意思，我……"

她无奈地耸了耸肩："这有什么好道歉的？"

之前因为拍戏，两个人也算是朝夕相处了两个多月。

季宋是一个礼貌得过分的人，宋枳对这种死板的人没什么太大的好感，也没办法发展成朋友，所以直到电影杀青，两个人的关系都只是普通的同事关系。

想不到今天倒是意外地见到了他另外的一面。

小许端着刚冲泡好的咖啡过来，宋枳和季宋说了一声："我先进去化妆了。"

他点头："待会儿见。"

今天的 MV 需要用到三个拍摄场景，妆容也会随着场景发生改变。第一个是清纯的学生妹，宋枳身上有股干净的特质，穿上校服也不会觉得违和。

拍摄工作紧凑，她的手机交给小许保管，直到今天的场景杀青了她才过去看消息。

小许把手机递给她："一直有人给您发消息，可能是有什么急事。"

急事？

宋枳皱眉，第一反应就是江言舟。她急忙将手机解锁，滑开信息栏，一点进去果然全是他发来的。

"我的只只在干吗呀？

"工作累不累？

"吃早饭了吗？

"吃午饭了吗？

"想不想我？

"我想你想得连饭都吃不下了。"

……

宋枳："……"

她叹了口气，换了个安静点的地方，回拨过去，那边很快就接了。男声清冽透润、语气轻快，似乎因为她的一通电话整个人的心情都由阴转晴。

"终于舍得想我了？"

"我刚刚在工作呢，拍了一天，累死了。"

他低低的笑声隔着手机落在她耳边："待会儿给你好好按按。"

林跃拿着 iPad 站在一旁，不过是过来汇报工作，结果猝不及防就吃了一大口狗粮。

他也不敢打扰，安静地等着。

直到江言舟挂了电话，又重新恢复了方才冷肃认真的神情："违约的事情让法务部去处理，这种小事不必告诉我。博来现在是个空壳公司，用处并不大，价位压一压，收购不了就放弃，没必要在这种不值钱的事情上浪费时间。"

果然，这才是他所熟悉的老板。

见他不知在想些什么想得出神，半天没给回应，江言舟眉头微皱："睡着了？"

这冒着寒意的声音冻得林跃出了一身鸡皮疙瘩。

江言舟忍着脾气把应该处理的事情重新讲了一遍后，林跃打起十二分的精神点头："保证完成任务。"

说完他抱着 iPad 就要离开，江言舟冷声叫住他："等会儿。"

林跃欲哭无泪地转身，以为自己又做错什么了。

江言舟扔给他一捆绑带："帮我把这个重新缠上。"刚刚嫌这玩意儿硌事他直接给取了。

林跃总算是明白了，为什么他的伤口都痊愈了却还不肯出院。

套路啊。

啧啧啧。

宋枳放心不下江言舟，拍摄结束就赶回了医院，经过饭店的时候还打包了点汤回去。

猪蹄汤，对伤口愈合有好处。

病房里，江言舟无聊到看电视来打发时间。

宋枳提着盛着汤的砂锅推门进来，还在感慨，江言舟也不是那么无趣，最起码还有个看电视的爱好。她走过去瞄了一眼，好家伙，财经频道，她一看财经频道就头晕。

沉默半晌，她无语，收回自己刚才的想法。

一天没见都像隔了半辈子，江言舟掀开被子下床，轻声控诉："你今天一整天都没怎么理我。"

宋枳把砂锅放在桌上，拿出碗筷洗净，给他盛上："我在工作呢，没看手机。"

江言舟近日越发得寸进尺，颇有些恃宠而骄的架势："以后我早点退休，你养我好不好？"

"可以啊。"宋枳答应得倒也爽快。

她总觉得他们两个人之间的位置像是互换了，江言舟似乎尝到了被宠爱的甜头，十分沉浸于此。

"我手还有点痛，可能拿不稳筷子。"

宋枳点头："那我喂你。"她吹凉了才递到他嘴边。

江言舟心满意足地喝完一整碗，宋枳将碗筷收拾好，看了一眼时间，还早得很。于是他将遥控器拿过来，随便换了个台。

这个点正好在播放娱乐新闻，宋枳看着里面接受采访的女艺人，眉头一皱，满脸嫌弃："什么性子喜静？她简直就是泼妇，还想未来开个画展，幼儿园简笔画也能办画展了？"

看得出来，她对这个女艺人满肚子意见。

江言舟从身后拥住她，下巴枕在她的颈窝，低低地笑："真好，我的只只一点也没变。"

宋枳以为他是夸自己，还来不及高兴，结果他轻声补充一句："还是这么话多。"

宋枳："不是，你什么意思？"

她挣开他，满脸的不爽。

江言舟脸上笑意更盛："我高兴啊，只只话越多我就越高兴，我好喜欢听你讲话啊，想让你在我耳边讲一辈子的话。"

宋枳抿了抿唇，还是没能压住嘴角的弧度："你从哪儿学来的？"

"什么？"

"这些话，从哪儿学来的？"

江言舟面露不解："你不喜欢吗？"

江言舟眼睫轻垂，有半分失落。宋枳却伸手抱住他："嘻嘻嘻，喜欢死了。"

他微愣片刻，回抱住她，淡笑道："那就好。"

因为害怕江言舟会拉扯到手臂上的伤口，除了上厕所和洗澡，其他的都是宋枳帮他。

包括脱衣服。

看着他身上的病号服依次脱落，宋枳想看一眼他伤口恢复得怎么样。

江言舟神色闪躲："还是别看了，我怕你看了会做噩梦。"

宋枳担忧地皱眉，这么多天了，伤口怎么还是没有痊愈的迹象？

"没关系的。"她安慰他，"我让宋落每天都给你炖点帮助伤口恢复的汤。"

他点点头："嗯。"

因为没有换洗的衣服了，所以宋枳特地回家洗了个澡。路上不堵车，以往一个半小时的车程，今天一个小时就到了。

宋枳顺路买了点水果，推门进来，正好看到病房里做俯卧撑的江言舟。

宋枳："……"

她脸一阵黑一阵红，察觉到异样的江言舟起身，看了眼门口，神色瞬变，刚要过来解释。

宋枳从袋子里拿出一根香蕉砸过去："分手吧！！"

江言舟想跟出去解释，可人已经走远了。

护士过来给他查看伤口，见他要走，拦住他厉声道："你现在还不能做大幅度的动作。"

等他再抬眸看时，走廊里空无一人。

宋枳回到家后都快把江言舟给骂烂了，宋落显然非常支持她，还不时给她倒水润喉咙，方便她继续骂。

宋枳："你说他是不是有病，他都好了还装可怜，我给他端茶递水，像个保姆一样。"

宋落点头："对，他就是有病。"

宋枳气顺不过来，喝了一大口水："我真是瞎了眼了，居然相信这种男人！"

宋落表示赞同："现在悔过也还来得及。"

他把宋枳的手机拿过来，递给她。

宋枳一愣，看了看手机，又看了看他："干吗？"

他说："不是瞎了眼吗？把他的号码拉黑。"

宋枳沉默半晌，敷衍道："下次再说吧。"

他抬眸："嗯？"

被盯得有点心虚，宋枳生硬地转移话题："还说我呢，你这么大年纪也不知道快点找个女朋友。"

莫名其妙就将火引到自己身上的宋落皱着眉："现在都管到你哥头上来了？"

宋枳仰着脖子，跟个斗鸡一样："怎么着啊，我还不能管你了？"

宋落被她撑得没脾气，点了点头："行，你能，你最能了。"

他穿上外套下楼买烟，出门前问她："要给你带什么吗？"

宋枳躺在沙发上拿着遥控器换台："给我带点零食。"

他低"嗯"一声，开门离开。

附近就那一家便利店，宋落要了包烟，又按照宋枳的喜好给她选了点零食，一块儿拿去柜台结账。

旁边的桌子上放着一碗车仔面，女人戴着顶黑色的鸭舌帽，背对着他坐着。身形熟悉，宋落总觉得在哪里看过。

不过宋落也没多想，拿着东西推门离开，走了两步总觉得身后跟着什么。

他停下，回头看了一眼。

刚才坐在便利店里的那个女人此时正佯装镇定地低头看手机，顺带不忘把帽檐往下压。

宋落冷眼看着她："说吧，一直跟着我干吗？"

张范范迟疑半晌："你看出来了？"

宋落："就快趴我背上了。"

张范范抿了抿唇，没说话。

宋落也懒得继续和她多交流，拿出门禁卡就要进去，张范范急忙跟了过来。

他停下刷卡的手，回头看她："怎么着，还要一起进去坐坐？"

她面带喜色："可以吗？"

宋落："……"

他懒得再理她，进去后直接把门关上了。

宋枳这段时间有点忙，她入选了演技大赛的最佳女主角，明天晚上要去参加颁奖典礼。

夏婉约高兴地组了个酒局，说要庆祝未来的影后终于靠着自己的实力获得了提名。

宋枳总觉得她这话听着有些刺耳，不过也正常，毕竟她第一个得的奖项有点名不副实。而且那个光环也并没给她带来多大的利益，反而全是冷言嘲讽。所以对于她来说，这个提名非常重要，不管最后有没有得奖。

这部电影可以说是给她打了一场漂亮的翻身仗。

颁奖典礼那天，宋枳老远就看到了张范范，那张漂亮的巴掌脸抬得老高，傲慢写了满脸。宋枳刚准备过去逗逗她，夏楚岚迎面走过来，身后还跟着一个帮她整理裙摆的助理。

这次她也是获得了最佳女主角的提名，和宋枳算是竞争关系。再加上之前竞争《画》女主时落选，以及何瀚阳跟宋枳那点微妙的关系，夏楚岚更是与她水火不容，现在见了，总得嘲讽几句："今天打算花多少钱啊？"

宋枳故作认真地想了想："既然姐姐都能获得提名，五千万应该贵了些，五百吧，再多可就亏了。"

"你！"夏楚岚气急，却还是忍耐着笑了笑，"嘴巴倒是挺硬，果然用了见不得光的手段后，底气也更足了。"

她似乎料定了宋枳能拿到这个角色就是因为她会耍手段。

"我说是谁的声音这么刺耳呢？原来是喜欢骚扰别人的夏姐姐啊。"张范范轻声笑道，"姐姐可不能因为嫉妒我们这些后辈年轻漂亮、招人喜欢就随意诋毁啊。"

夏楚岚被她的话噎得脸红一阵白一阵。

偏偏张范范这位大小姐她又得罪不起，只能咬着牙冷讽道："我怎么记得你和宋枳不对付啊，怎么这会儿还向着她说话了？"

"我们对不对付那也是我们的家事，和你又有什么关系呀？"张范范说。

夏楚岚被撑得无话可说，气走了。

宋枳反应过来："谁和你是一家人了？"

张范范笑道："现在不是以后总会是了，小姑子，我刚刚表现得好吧？"

宋枳没理她，转身走了。张范范急忙跟过去："你先别走啊，你哥哥已经两天没回我消息了，要不你帮帮我，等我哪天成了你嫂子了，我肯定对你好。"

张范范是跟着剧组一起来的，除了宋枳获得最佳女主角提名，电影《画》和季宋也分别获得了最佳影片奖和最佳男主角的提名。

宋枳其实对拿奖并不抱期待，能获得一个提名已经很不错了。更何况竞争者还有个夏楚岚，她可是老前辈，虽然人品不怎么样，但演技的确是可圈可点。

当主持人大喘气故作玄虚一番，念出那个名字后，全场静默两秒，然后掌声雷动。

"让我们恭喜——宋枳！！"

宋枳有一瞬的恍惚，像是被亿万大奖砸中了一样，原来靠自己的实力拿奖的感觉这么爽。

整场颁奖典礼下来，宋枳都像是活在梦里一样不真实。直到颁奖结束，接受采访的时候，她的意识才稍微回笼。

"请问您对这次的得奖有什么想说的？"

宋枳下意识挽了下耳边并不存在的落发，有点紧张："获奖感言刚刚已经在台上说过了，如果说最想说的话，那应该是和我的粉丝讲的，接下来我也会好好努力，不辜负他们的喜欢。"

话题问着问着也开始逐渐跑偏，从奖项问到私生活。

"听说深环总裁江言舟和您是男女朋友关系？"

宋枳的笑容三分从容七分优雅："江言舟？他哪位？"

病房里，正在观看直播的江言舟脸色微沉。

林跃在心里苦恼，自己不应该在这个时候过来汇报工作的。最近真是太倒霉了，每次都往枪口上撞。

江言舟沉声开口："你刚刚和我说的那个采访。"

林跃立马接茬儿："我马上回绝。"

"接了吧。"

正拿出手机打电话的林跃一愣："嗯？"

江言舟这几天天天都会给她打电话，宋枳不接他就一直打，实在忍无可忍，宋枳干脆把手机关机放在一旁，眼不见为净。

话是这么说，可是他不打电话，她更生气。

一整天了，手机半点动静都没有。

宋落今天休息，他难得有放松时间，正坐在客厅沙发上看电视，同时也看宋枳生闷气。手机拿起来又放下，放下又拿起。

"你说江言舟该不会出车祸了吧？

"可能他现在又躺在手术室里了。"

虽然不爽江言舟拐跑了自己的妹妹，但宋落实在是有些听不下去了："行了啊，不就是一天没给你打电话，又是咒人被车撞又是咒人进手术室。"

宋枳瘪嘴，委委屈屈地重新躺回沙发上，小声嘟囔："坏东西。"

宋落看乐了，之前是自己不接人电话，这会儿倒还委屈上了。

这个点电视里播放的都是些爱情故事，宋落不感兴趣，拿着遥控器调到财经频道。

屏幕里接受采访的男人模样熟悉，一身深色西装，矜贵沉稳，眉眼间透着淡然。主持人问及一些专业性的问题，他从各种角度来分析，眼光独到，言语精简。

宋落看了眼正将头埋在抱枕里发疯的宋枳，唇角微挑，故意加大了音量。

男人低沉磁性的声音传到她耳中。

宋枳愣了半晌，将脑袋从抱枕里伸出，视线落在电视屏幕上。

采访正好结束，主持人开着玩笑问他还有什么还要和观众朋友说一下的吗。

这是他的采访首秀，作为商圈最具代表的人物，江言舟本身就是神秘的。节目组采访过不少财经圈的名人，首富榜前十的也来了好几位，江言舟是最难约的。

在锲而不舍地联系了一年多后，终于约到了半个小时的采访。

江言舟眼睫轻抬，看着前方的摄像机，沉吟半晌，声音没有半点刚才的清冷严肃，语气温柔如微风："只只，我错了，别分手好不好？"

主持人："？"

宋落："……"

宋枳嘴上骂着他："什么嘛，又害我上热搜。"心里却甜得像块糖化了一样。

她抱着抱枕在沙发上滚来滚去："别以为这样说我就会原谅你了。"

宋落看不下去了，起身准备回房，门铃一直在响，他迟疑地过去。

平时家里也没人会来啊，难道宋枳点了外卖？

他把门打开，看到刚刚还在电视里的男人出现在门口，礼貌地喊了他一声："大舅子。"

"滚！"

他反手把门关上，谁是你大舅子！

宋枳听到声音抬眸："谁啊？"

"一只狗。"

狗？

宋枳疑惑地坐正身子，这里的安保好像做得还挺好啊。

茶几上的手机接连振了好几下，她起身去看。

江言舟："我在你家门外。

"头被你哥弄伤了。

"我现在很委屈。

"你要是不出来，我就蹲在你家门口哭了。

"有人问我，我就说被人抛弃了，抛弃我的那个人叫宋枳。

"你还不出来吗？

"我真的要哭了。"

周末大家都在家休息，宋枳怕江言舟真的会做出这种事来，急忙穿上鞋子过去。才刚把门打开，身高一米八九的大男人就压了下来。

他弯腰抱她，脸埋在她的颈窝，低声埋怨："为什么不接我的电话？你知道我有多害怕吗？怕你又不要我了，你明明答应过，不会丢下我的。"

这几天下来，宋枳的气本来就消了大半，这会儿被他用软绵绵的语气埋怨，心更是软得一塌糊涂。

"你——"

刚要开口，江言舟摇头打断："我什么都不会答应的，想分手门儿都没有，你这辈子都别想和除我以外的男人在一起。"

"我是说你——"

"你说什么都没用，就算我死了，你也得为我守寡。"他语气霸道，根本不给宋枳开口的机会。

后者叹了口气："我是想问你，头还痛不痛，不是给弄伤了吗？"

"你是在关心我吗？"

她不愿意承认："好奇而已。"

他善解人意地说："不严重的，轻微脑震荡而已，我能忍的。"

宋枳："……牛不怕往大了吹，发挥你的想象力，争取把脑子里的肿瘤也给撞出来。"

他脸上带着被拆穿的笑："只只变聪明了。"

宋枳在他有些发红的额头上轻轻揉了揉："还痛吗？"

"不痛了，看到只只就不痛了。"

他是故意离门近的，因为知道宋落肯定不会让他进去，严重点还会直接把门给带上。

果然，和他猜的一点不差。

谈恋爱嘛，必要的心机还是得有，不然怎么把老婆追回来呢？

这么久不见，他想她想得快发疯，顺势就要亲她。

宋枳推开他，眼神慌乱地往房间里看："宋落还在家呢，去我房间吧。"

他轻笑着问她："去你房间干吗？"

这时，宋落打开房门出来，眉头皱着，手里还拿着刚结束通话的手机。

宋枳心虚，吓了一跳，磕磕绊绊地问他："你……你干吗去？"

他说："有点事，晚饭应该不回来吃了。"

走了两步，看到江言舟了，他警告他："别趁我不在就对我妹动手动脚。"

他走后，江言舟点了点头，看着宋枳："我没答应他。"

宋枳在江言舟的怀里睡去，到了下午，才逐渐清醒。她打了个哈欠，脸在他胸口上蹭来蹭去："几点了？"

他低头吻她的额头："三点。"

"宋落应该快回来了，我们要不要先起来？"

他拒绝得很快："不要，我要再抱一会儿。只只抱起来真软，不像我。"他咬住她的唇，辗转深吻。

他将她从被子里捞出来："不逗你了。"他动作温柔地替她把耳边落发理顺，"明天和我回趟家。"

"啊……"宋枳面露苦色，"一定要去吗？"

江言舟知道她不喜欢那个地方，他抱着她："我也不喜欢那里，但不能委屈了你。"

他希望他和宋枳的婚姻是在所有人的祝福下完成的。

女孩子都需要仪式感，别人有的，他的只只也得有。

"放心好了，只是吃顿饭。"

"可是……你家里人不是已经给你相好未婚妻了吗？"

"吃醋了？"

宋枳摇头。

江言舟对她们没感觉，这点她还是很有把握的。

"你以为我这些年为什么这么没日没夜地工作。"他笑道，"我不想困在那个家里，也不想我爱的人也被困在那里。他们依旧是我的家人，但不是我的上司，你能明白我的意思吗？"

他会尽孝，待家里长辈百年归土后，他亦会以家中长子的身份为他们送终。但他们擅自为他做下的那些决定，他一样都不会去做，无关叛逆。

他喜欢宋枳，就会给她最好的，不会让她再受一丁点委屈。

宋枳点了点头："能明白的。"

他奖励般地捏了捏她圆润的耳垂："真乖。"

那天之后，江言舟和宋枳理所当然地上了热搜。

这种方式的官宣，无疑是史无前例的。

"甜到我尖叫，两位也太配了吧！！！"

"我将那个采访从头到尾看了好几遍，作为相关专业的学生，里面干货实在是太多了，江言舟不光人帅有钱肚子里还有墨水，我太羡慕宋枳了，呜呜呜！！！"

"今天也是为别人的神仙爱情落泪的一天。"

"看他的采访，不是分手了吗？而且还是被宋枳给甩了，这是不是说明何瀚阳又有机会了？"

"何瀚阳冲呀！！！把宋枳从江某手里抢过来！！！"

"对啊对啊，宋枳这边还没表态呢，谁知道是不是他单方面的自作多情。"

……

楼似乎开始歪了。

评论里还是有很多人支持何瀚阳的，足见那个真人秀的影响有多大。

半个小时后，宋枳发的微博直接将这个热搜送到了第一名。

宋枳："我家粥粥没什么安全感，所以我就官宣一下啦。"

配图是她和江言舟的合影，他低头在看书，只有一个侧脸，鼻梁挺直，轻垂的睫毛纤长，银色镜框架在鼻梁上，因为他低头的动作微微往下滑落。

宋枳的头探过来，偷拍了一张。

身后，是米色的窗帘被风吹拂开，一片岁月静好。

十分钟后，何瀚阳给这条微博点了个赞。

至此，何瀚阳和宋枳彻底成为过去。

因为要回江家，到底也是见长辈，宋枳觉得还是应该打扮得庄重优雅一些，她挑了一件白色的打底连衣裙搭了件格纹西装。

江言舟开车过来接她。

宋枳侧身系好安全带后，有些犹豫地问他："我要不要买点什么东西过去？空着手去不太好。"

江言舟单手打着方向盘转弯："不用，我已经买好了。"

宋枳捂着胸口，能感受到剧烈跳动的心脏："我还是好紧张。"

江言舟握住她的手，放在自己腿上："没事儿，就和从前一样。"

她为难地"啊"了一声："那会不会太没礼貌了点。"

江言舟抬眸："嗯？"

她有些不好意思："我以前在你家人面前走的是宠物猫人设。"

他失笑："没关系，现在也可以走那个路线。"

"那也太不讨大人喜欢了。"

"不必讨他们喜欢。"

他说话的语气倒没什么变化，仍旧是夹杂着笑意的。

宋枳也不知道是不是自己的错觉，他感觉江言舟好像比以前更爱笑了。以往的他总是清冷少言，对谁都是那副不苟言笑的模样，格外有距离感。可是最近的他不光笑容多了，连话也更多了一些。

宋枳觉得这样挺好的，至少比从前要好，她不太喜欢他冷冰冰摆着个脸。

"粥粥。"

"嗯？"

"要去见你妈妈吗？"

既然是见家人，总得父母都见到。

听到她的话，江言舟神色微变。沉吟半晌，他摇头笑道："不了。"

宋枳不解："为什么？"

"她说过的，她恨我，不想再见到我，我也没必要再去她面前给她添堵。"

昨天晚上江言舟想了很多，比如到底要不要带宋枳去见他妈妈。可是后来，他觉得没有这个必要，犯不着让宋枳因为他而受白眼。

他是在那些委屈和冷眼中长大的，那种感觉不是很好。

江言舟算不上大度，但他却对那个生养他的女人恨不起来。她到底也是自己的母亲，是给了他生命的人。他是爱她的，所以能容忍她对自己做出的那些举动，但他不愿意让宋枳也遭受那些委屈。

他是她的男人，应该保护她的。

车开进老宅，宋枳老老实实地跟在江言舟身后。

虽然不是第一次来了，但心境不同，态度也不可能完全相同。上一次来，她还帮着江言舟硌硬了一波绿茶后妈。

她有些担心地牵着他的手："这次你被后妈欺负我可能保护不了你了。"

江言舟抿唇忍笑："那你就忍心看着我被欺负？"

她面露难色地挠了挠脑袋："那也不能。"

她内心仿佛天人交战一般，最终在给长辈留个好点的印象和保护江言舟不被恶毒后母欺负中，倒向了后者。

当然还是她的粥粥比较重要啦。

"放心好了，姐姐罩着你！"

她非常义气地揽过他的肩膀，掌心里温软的触感突然消失，江言舟不满地微蹙眉头。

他将她的胳膊从肩上拿开，重新握回她的手："好。"

家里提前得知江言舟今天回来，饭菜都是按照他的口味来的。

客厅里江庭拿着报纸在看，他最近才发觉自己原来也老了，离近了会看不清东西，得戴老花镜才行。

他不服老，不愿戴，可是逞强了没多久就不得不向现实妥协。

的确是老了，连儿子都长那么大了，可不是老了吗？和纪微敏分开后，家里便一直空着。

年轻时喜欢玩乐，到老了却开始想开了。

"松月送去他外婆家了，你是老爷子唯一认可的孙子，待我退休后，江家的产业也全部会归到你名下。"他掸落雪茄烟灰，咳了咳，"松月对你造不成影响。"

江言舟知道他想说什么。江庭知道自己身体日渐颓败，放心不下自己还未成年的幼子。知子莫若父，江言舟是个深沉性子，他有他爷爷的狠厉，头脑却是冷静自持的，他若有心当坏人，没人能玩得过他。

江言舟看着露台外的景致。

这么多年了，只偶尔回来几天，他竟然开始对从小待到大的地方也感到陌生了。在这里他感受不到温暖，有的只是一些不太好的回忆：无休止的争吵和形形色色的女人。

他也没觉得自己的童年有多苦，每个人都有每个人的人生，他只是其中一种。他不埋怨任何人，也没有恨，更没想过未来会对自己同父异母的弟弟下狠手。哪怕他们连面都没见过几次，他到底还是他的兄长。

冷风吹拂，江言舟听到耳边的咳嗽声，只是垂下眼睫："以后还是少抽点吧，注意身体。"

江庭恍惚了一下，以为是自己听错了，自己这个大儿子少有像今天这样关心他。

他连连点头，将雪茄放在一边："嗯，我少抽点。"

二楼的院子里，宋枳正听着保姆讲八卦，也不知听到了些什么，小脸上满是惊奇，偶尔也会插几句嘴。

她话多，自来熟，不管和谁都能聊上。

江言舟也不是一开始就这么大度的，甚至可以说，他是个非常记仇的人。不然也不可能擅自断了和自己父亲的联系，一断就是这么多年。

可是现在，他突然觉得一切都没有那么重要了。

可能他之前遭受过的那些排挤与冷眼，就是为了日后能和宋枳相遇吧。

人不能太贪，他已经有一个宋枳了，也只需要有一个宋枳。

其他的，顺其自然。

年纪稍小些的保姆瞧见二楼露台男人的视线，笑着捅了捅宋枳的腰窝，不知和她说了些什么。

她微愣，抬眸往上看，正好与他的视线对上。

她咧嘴冲他笑，明媚阳光，撞进他心里，填得满满的。

是啊。

其他的都不重要了，有她在身边，他什么都可以原谅。

只愿，年年复月月，月月复今朝。

他想和她白头偕老。

——正文完——

婚礼

宋落低头点了根烟，抬眼看向面前的江言舟："你刚刚是什么意思？什么叫宋枳搬去你那儿？"

江言舟看着他："我们都要结婚了，她不住我那儿还能住哪儿？"

"她什么时候要和你结婚了？"

"马上了，我婚都求完了。"

"我怎么不知道？"

"又不是和你求婚。"

"江言舟你挺可以啊。"

"就当你这话是在夸我了。"

旁边走过去两个挽着胳膊的小妹妹，频频用暧昧的眼神看向这边。

江言舟看了他一眼，走开了。

宋落追上去："你先别走啊，把话讲清楚。"

"我觉得我讲得够清楚了。"

宋落冷笑："你就是这么对你未来大舅子的？"

开车门的手停下，江言舟手肘撑着车门上方，唇角微挑："承认了？"

宋落看到他这副小人得志的嘴脸就想冲上去再补一拳。可谁让宋枳喜欢呢，再不爽也只能忍了。

"今天去家里吃顿饭，明天我会和宋枳一块儿回老家祭祖，看望爸妈，你有空的话也一块儿过去。"

这话便是拿他当一家人了。

江言舟把后车门关上，拍了拍驾驶座旁的车窗："张易，下车。"

张易一脸蒙："什么？"

江言舟说："你今天早点下班，回去休息吧。"

张易迟疑半晌，看了眼站一旁面色不善的宋落，有些担忧："老板……"

"没事，下车吧。"

江言舟都这么说了，他也只好照做。

他离开后，江言舟坐进驾驶座："上来吧，我送你回去。"变戏法的都没他变脸快。

宋落低声咒骂了一声，拉开车门坐上去。

宋枳最近没工作，休息在家，忙着准备婚礼相关的事宜。

江言舟的意思是，这两天就去把证领了，宋枳觉得他太着急了。

他撒着娇软磨硬泡，宋枳没能抵抗住这波温柔攻势，答应了，眼下正担心着该怎么和宋落摊牌。

宋落一直希望宋枳能找个儒雅斯文的人，最好是老师、律师之类的。江言舟在他心目中就是一拐卖他妹的人贩子，他肯定不会考虑他。

想到这里，她有些犯难，该怎么劝服他呢？

正为此忧心，门铃响了。

她起身过去："来了。"

把门打开，首先入目的是宋落，然后是他身旁的江言舟。

对于他们同时出现这件事，宋枳短暂地惊讶了一会儿，然后视线落在江言舟微肿的脸颊上，担忧地问："你脸怎么了？"

他看了眼宋落，后者心虚地四处乱看。

"不小心撞到的。"江言舟笑了笑，轻揉了几下脸颊，"没大碍，不严重。"

宋枳显然不信："还能撞成这样？"

"嗯，没注意看路，反应过来的时候已经来不及了。"

好在她脑子一般，很容易就蒙骗过去："那你小心点，这么大的人了，走个路都不注意。"她站起身，"正好我今天亲自下厨了，给你们尝尝我最近新学的几道菜。"

她最近为了能做一个合格的小娇妻，开始疯狂研究做饭，宋落无疑是她最顺手的实验品。

宋落深受其害，拿了外套起身："我刚想起来我今天还有点事要搞，我就先……"

宋枳眉毛一挑："嗯？"

他乖乖坐下了："那我吃了再走吧。"

她笑容可爱："哥哥真好。"

宋落："……"

宋枳进厨房把菜全部端出来，一一给他们做着介绍："辣子鸡丁、宫保鸡丁、鱼香肉丝、清炒花椰菜、西红柿鸡蛋汤，你们快尝尝味道怎么样。"

宋落犹豫着问她："你尝过吗？"

她笑容无辜："没有啊。"

"……好吧。"

他缓慢地拿起筷子，时刻注意着身旁江言舟的神色，想以此来判断饭菜到底能不能吃。

宋枳其实会做一些简单的，但她很久没做了，再加上这些鸡啊肉的，她根本不知道怎么看熟了没有，称一句黑暗料理也不为过。

江言舟夹了一块鸡丁，细嚼慢咽，吃相斯文。

宋枳满怀期待地问他："怎么样，好吃吗？"

他笑着点头："好吃，只只真厉害。"然后又夹了一块送进嘴里。

看到他的反应宋落松了一口气，也夹了一口，才咬一口他就整个人都僵住了。

这也太咸了吧！他疯狂喝水都没把那股齁咸齁咸的不适感压下去。

他有些难以置信地看了眼旁边面不改色吃完一整盘的江言舟。

好吧，宋落这下相信他对宋枳是真爱了。

宋落看江言舟那么喜欢吃，干脆把那些菜全都摆在他面前："喜欢就多吃点。"

江言舟动作微顿，抬眸看了他一眼，眉眼深邃，喜怒不显。

宋落歪头，笑得不怀好意："这可是你亲爱的未婚妻亲手做的，你怎么也得全部吃完吧？"

宋枳心疼江言舟："这么多他怎么可能吃得完呢？"

江言舟摇头笑笑："可以的，刚好我也很饿。"

宋落点头："正好我锅里还有，我全部给你盛出来？"

"嗯？"他微愣了一瞬。

宋落单手撑脸，靠近他："别以为我看不出来哦。"

撒谎都不带眨眼的。

她把江言舟手里的筷子抽出："太久没做饭了，看来还得多练习一下，今天点外卖吧。"

"好吃的。"似怕她难过，江言舟柔声说，"我很喜欢你做的那个……辣子鸡。"

那坨黑乎乎的姑且算是辣子鸡吧？

"你是更喜欢辣子鸡还是更喜欢宋枳？"

没想到她会问出这么无厘头的问题，江言舟一时没有反应过来。

不等他开口，宋枳笑道："喜欢我一个就够了，不然我会吃醋的。"

江言舟抿唇低笑，顺从地点头："好，就喜欢你一个。"

宋落被腻歪出了一身的鸡皮疙瘩，实在待不下去了，他拿了烟盒起身："我出去一趟。"

宋枳秀恩爱的空当还不忘抽空关心他一下："去哪儿？"

宋落头也没回："抽烟。"

门开了又关上，客厅里只剩下他们两个，安静异常。

大舅子不在，江言舟又开始动手动脚了。

正当江言舟将宋枳欺到墙上的时候，门开了。

宋落嘴里叼着一根未点燃的烟，走进来："我车钥匙忘……"一句话没说完，视线落在他们二人身上。

宋落不爽地皱眉："江言舟，我才刚离开一会儿你就欺负我妹是吧？"

宋枳试图解释："哥，不是你想的那样，我们……"

江言舟泰然自若："就是你想的那样。"

宋落卷着袖子过来，宋枳怕他动手，连忙挡在江言舟身前："你别动不动就要揍人，又不是十几岁的小孩子了，怎么还跟个恶霸一样？"

行，最后竟然是他成了那个恶霸。

果然啊，嫁出去的妹妹泼出去的水，这还没嫁呢，就已经开始向着外人了。

宋落看着江言舟："算你狠。"他也不继续待在这里自讨没趣了，拿了车钥匙就开门离开。

刚冒出来的那点兴致因为宋落的出现而消下去，宋枳指了指桌上那堆残羹剩饭，理直气壮道："我做饭，你洗碗，不过分吧？"

江言舟温顺地点头："一点也不过分。"

不用洗碗，宋枳乐得清闲，躺在沙发上看电视。

厨房里没一会儿就传出来流水的声音，宋枳不忘提醒他："油烟机也记得擦一擦。"

"嗯，好的。"

最近也没什么好看的电视，宋枳随便调了一档真人秀，户外旅游的那种，节目组请的都是一些正当红的小花和小鲜肉。

张范范倒是也去了。

前段时间她在电话里和宋枳讲过，时间签出去两个月，一周录制一期，涵盖好几个城市。

这是她的经纪人帮她签的，可能是觉得她最近太过懒散、不务正业，所以想用这种方式为她维持下热度。

张范范隔三岔五就给宋枳打一通电话，美其名曰姑嫂之间联络感情。宋枳还以为宋落在她不知道的情况下已经答应了张范范的追求。

问起来时，张范范心虚一笑："虽然现在还不是，但以后总会是了。"

她虽然和宋枳一样，都是个娇气性子，但比她更有底气。她本来就没打算靠这个职业挣钱，有没有热度无所谓，挨骂她也不在乎。哪怕是在人手一本剧本的真人秀里，她说话做事依旧是一副随自己心情来的傲娇劲。

啧啧啧。

宋枳看得连连摇头，无法想象她这种被宠上天的姑娘是怎么做到在宋落面前那么卑微的。

厨房里的水声不知道什么时候停了，江言舟洗净手出来，宋枳已经换了个台了。

他走过来，在她身旁坐下："在看什么？"

"没什么，随便看看。"

江言舟轻"嗯"一声，将她拢进自己怀中。

"明天祭完祖以后还想去哪儿吗？"

"和笑言约好了要去找她的。"

"嗯，我陪你一块儿去。"

她一愣："你也要去？"

对于她的反应江言舟些微有些讶异："我不能去吗？"

"也不是不能啦。"宋枳一时不知道该怎么说。难道直接告诉他，唐笑言惧怕你的程度不亚于她爸？

她其实疑惑很久了："你以前经常凶笑言吗？为什么她那么怕你？"

江言舟微抬眉尾："她怕我？"

宋枳对于他的反应有些不可思议："她怕你怕了十多年，你居然完全没有察觉到？"

江言舟握着她的手，在她柔软的掌心轻轻揉捏："我只知道她每次见到我话就很少。"

"你以前打过她吗？"

他笑容无奈："我打她干吗？"

"那她为什么这么怕你？"

江言舟似乎在回想，眼神虚无片刻，略微垂眸。捏完她的掌心，又去给她捶腿："应该是之前教过几次她的作业，那时害怕上的吧。"

"嗯？"

他轻笑："她脑子笨，我又不爱笑，我跟她讲题讲十遍她都不会做，可能她以为我板着一张脸是因为嫌她笨而生气了吧。"

宋枳若有所思地点了点头，看来还是个误会："所以你并没有因为她笨而生气？"

他摇了摇头，依旧在笑："我的确生气了。"

宋枳："……"

他将下巴枕在宋枳的肩上，不轻不重地叹了口气："因为实在太笨了。"

宋枳突然回想起她高二那年，宋落拜托江言舟帮她补课。一道题别说是十遍了，他足足讲了二十遍她都没听懂。

后背陡生冷汗，她极轻地咽了咽口水："那你之前教我做题目的时候，是不是也很生气？"

"没有。"

"你别安慰我了。"

"真的没有。"

他似在笑，宋枳的后背贴靠在他的胸膛上，甚至能感受到他胸腔跳动的频率："我是故意让你听不懂的，因为只有这样才能一直一直和你待在一起。"

宋枳虽然请了几天假，想趁着这几天休息一下，顺便为婚礼做准备，不过之前就定下的那些工作也没办法推掉。

黑猫 TV 的签约年底就到期，那边有意向再和她签两年。

宋枳原本以为这个代言会因为她突然曝光恋情而掉了，想不到这些丝毫没有影响到她在网上的人气。

夏婉约有点事回老家了，赶不回来，也只能在电话里叮嘱她："谨言慎行，有些话不知道该怎么回答就不要回答，懂我的意思吗？"

她这句话宋枳都快听出茧子了，敷衍地应道："知道了。"

"你最好是知道了，要是我发现你又给我弄出什么幺蛾子来我饶不了你。"

宋枳："……"

没办法，也不怪夏婉约担心，宋枳的确是个不省心的主。

她换好衣服出门，小许已经乖巧地等在楼下了，手上捧着一杯他在附近买的拿铁。

宋枳摘了帽子过来，看了他一眼："眼圈怎么这么黑？昨天没睡好吗？"

他打着哈欠把拿铁递给她："打了一宿游戏。"

宋枳这些天赋闲在家，他也得空了几天。平时除了吃就是睡，睡醒了就打游戏，昼夜完全颠倒了。

虽然上次也参加过一次黑猫 TV 举办的活动，但这次有点不一样。

上次邀请的艺人只有宋枳一个，这次可能是经费足，一连邀请了好几个，地点也从酒店房间换到了演播厅。

宋枳捧着拿铁感叹："这次挺壕啊。"终于不再是一群人挤在一个小房间里了。

她正跟个老干部巡视工作一样四处乱逛，张范范跟个人形小喇叭一样，阔着嗓子和她打招呼："小姑子中午好啊。"

宋枳眉眼微抬，看到她后，突然感觉头有点疼。

她转身要走，张范范哪里肯放过她，冲过来就挽着她的胳膊，委屈地说道："宋落最近怎么都不接我的电话？他是嫌我烦了吗？可是我已经很克制了，我怕打扰到他一天才给他打一通电话。"

宋枳安慰她："他那人就那样，有时候我给他打电话他也不接。"

"是吗？"

宋枳故意说了一通宋落的坏话："你不能被他的外表给迷惑了，他脾气大得很，抽烟抽得又凶，而且睡觉还打呼。"

张范范听到她的话半天没有开口，宋枳以为她是想通了，稍微松了一口气。

也不能说她这个妹妹胳膊肘往外拐，主要是宋落那个脾气，她怕张范范降不住他。

她虽然被宠得跋扈了些，但心思单纯得很。和宋落这种一点就炸的暴脾气在一起，估计没两天就被凶得号啕大哭了。

安静片刻后，张范范捂着胸口，一脸娇羞："睡觉打呼，好可爱啊。"

宋枳："……"

好吧，是她败了。

艺人逐渐到场，大家之前多多少少都会有些联系，有些还有过一面之缘，这会儿都礼貌地一一打过招呼。

宋枳对游戏没什么涉猎，也没什么太大的兴趣，主要是脑子和手速都跟不上。她之前陪唐笑言玩过几次，也没怎么弄懂。

今天这款游戏对宋枳来说比之前的游戏还要难操作。

之前活动上她用的是辅助位，全程靠何瀚阳保着，再加上对面放水，所以死亡次数很少，甚至还捡了几个何瀚阳故意让给她的人头。

这次好像是随意组合的，两个艺人和两个职业选手。

职业选手们姗姗来迟，听说是刚打完比赛直接过来的。

一个小时前在比赛现场还是对手的人，这会儿勾肩搭背熟络得很，显然还没从刚刚的比赛中缓过神来，一个个兴奋得不行："V 老师刚刚那个震爆弹扔得太绝了，我直接双耳失聪。"

"待会儿下活动回去复盘下比赛，学学 V 老师的一刷四绝杀特技。"

"得了吧，你有人家 V 老师反应那么快？"

一群血气方刚的年轻人进了演播厅，找到自己的位置后坐下。

他们的外设都是自带的，正低头换键盘鼠标。

男人推开门进来，黑色的队服，连帽遮盖至头顶。左肩上松松垮垮地挂着个绣着战队 LOGO 的背包，拉链一如既往地没拉完整，键盘露了个角出来，周身那股子丧颓气质独特。

他打了个哈欠，将连帽拉得更低，眼睫微垂，看着脚下的地板。

宋枳看到他了，先是一愣，似乎没想到会在这里遇到他。正想着该不该和他打招呼时，何瀚阳默不作声地从她身旁走过。

两人形同陌路。

张范范的小脑袋凑过来，好奇地问她："何瀚阳之前不是还在微博帮你说过话吗？怎么现在看到你了连招呼都不打一个？"

宋枳戳着她的额头将她脑袋推开，笑道："自己都没操心完呢，现在就有空去管别的了？"

活动内容就是打个娱乐赛，分上半场和下半场。

宋枳和张范范在一个队，另外两个和她们组队的职业选手她之前见过几面。何瀚阳的前队友，是两个挺善聊的男生。

她不太会玩，连走路都不太会，耳麦里传来笑声："女神你就跟着我，我来保你。"

宋枳刚说完一声好，随着枪响，她人也倒了。

游戏解说的声音离得很近："哇，恭喜 V 老师开门红，不过这个击杀的对象好像有点……"

他们俩之前那点绯闻已经是尽人皆知了，解说知道宋枳现在已经名花有主了，担心自己随便说个什么都会将两位送上热搜。

罕见地停顿片刻，他说："V老师应该是失误啊，我们可以从刚刚那个切入点看到，他其实是在看……"话音未落，消音过的98K再次响了一声，宋枳直接变成一个盒子，安静地躺在那里。

趴在屋顶上的男人淡定地将狙切换成M4，动作利落地翻窗下楼。

宋枳看着屏幕发呆："我是……死了吗？"

西妹干笑两声："没事，就当休息一下。"他后背冒出冷汗，没想到何瀚阳能做到这么绝。

好歹也是曾经奉为女神的人，这会儿居然冒着被他们一整队包抄的危险也要过来把她先狙死，足可见他对她的厌恶程度。

果然啊，男人心，海底针。

这场比赛是实时直播出去的，没一会儿弹幕就刷嗨了。

"有一说一，何瀚阳也太过分了吧，好歹也是自己曾经的女神啊，干吗做得这么绝？"

"因爱生恨也太绝了吧，宋枳实惨……"

"不就是打个比赛吗？他难道能知道哪个是宋枳？"

"对啊，比赛本来就是为了赢，就因为她是自己曾经的女神就要放水？"

"电子竞技，没有爱情。"

"但凡会玩游戏的都知道V老师脱离队伍直接过来有多危险，而且对面还是一整队，看来是真的恨得不轻啊。"

宋枳死亡后开始观战队友，张范范被保护得挺好，装备也不怎么捡，全程都在观察谁的衣服好看，然后让西妹帮她去把那个人打死，她好去捡包换衣服。

那场比赛以何瀚阳所在的队伍获胜结束。

中场休息，张范范摘了耳机过来，好奇地问她："你是做了什么吗？为什么何瀚阳这么讨厌你？"

她也没做什么，和他说清楚以后就算是彻底断了和他的联系了。

何瀚阳没谈过恋爱，对她的感情可能就是一时脑热，但只要给他足够的时间总能出来。一直暧昧反而会伤害到他。

张范范沉思片刻后，恍然大悟："说不定他看你恋爱就脱粉了。"

宋枳一琢磨："也对哦。"

脑子不好的人极其容易被同样脑子不好的人给说服。

下半场的比赛开始，宋枳依旧是鼠标还没摸热就被不知道哪个地方扔过来的雷给炸死了。她取下耳麦，正好听到解说激动地讲着："何瀚阳再次击杀了宋枳，这波比赛看得不亏。"

宋枳："……"

活动持续到下午五点，终于结束。

何瀚阳打着哈欠跟队友一起离开，他们正商量着待会儿去哪里吃饭，是吃火锅还是烧烤。

他眼底有倦色，额前碎发被抓得凌乱："随便吧。"

宋枳坐的位置靠近过道，他们从她身旁经过。何瀚阳没有丝毫地停顿，戴上连帽挡住视线。

他离开后，宋枳看着桌面上揉成团的纸条，是刚刚何瀚阳从她身旁经过时扔来的。

她疑惑地拆开——

不好意思，我刚才不是故意针对你，只是不想因为我的原因让你被打扰，想来想去好像也只有这种方式最简单直接，以后就当陌生人吧。

宋枳约好了次日上午去试婚纱。

江言舟人还在国外，下飞机都得中午了，所以就暂时由宋落代劳，陪她一块儿先去。

这家婚纱店不好约，婚纱都是手工缝制，设计师按照新娘的身形和气质专门设计修改。她家的婚纱从来不做第二条，全部都是独一无二的。

宋枳曾经为这家婚纱店走过秀，那个时候她就想，以后结婚一定要穿她家的婚纱。不过设计师当时半开玩笑地说："那可能你得提前十年预约了。"

虽说她是用开玩笑的口吻说出来的，但也不假。

原本觉得自己这个年少时的梦得破碎了，结果人家居然主动打来电话，问她什么时候有空，可以定个时间过来试婚纱。宋枳像是被亿万大奖砸中一样，这种感觉也太刺激了。

电话里的工作人员笑道："原本我们是不开后门的，但是因为江先生身份特殊，和我们老板是朋友，所以这次特地推了其他人的预约，给您空出来了两个月的时间。"

想不到江言舟居然还有除宋落以外的其他朋友。

总之这事让宋枳吹了快半个月的牛。

十年都预约不到的婚纱，她第一次结婚居然就能穿上，可不值得吹一吹吗？

宋落冷哼一声："你还想结几次婚？"

宋枳噘着小嘴撒娇道："我就是打个比方嘛。"

宋落："……"

婚纱整理好了，设计师胡月出来喊她进去试一下。

那些缎带不好打理，几个店员正帮忙替她整理好，婚纱光是穿上就花费了不少时间。作为这款婚纱的设计师，胡月得先看下她的上身效果然后去做适当的修改。

好不容易穿上，店员拉开帘子，宋枳看到等候椅上此时多了两个人。

宋落被挤在中间，秦河跟江言舟分别坐在他的左右两边。

他们应该也才刚到，秦河脸上仍旧挂着温润的笑，倒是江言舟，脸色不大好看。

宋枳没想到他居然这么小心眼，直到现在还在厌恶秦河这个假想敌，连坐都不肯和他坐一起。

随着帘子完全拉开，宋枳出现在他们的视野里。

江言舟冷冽的神情肉眼可见地柔和起来，眼里带着不加遮掩的惊艳。他站起身，走近了些："真好看。"

店员沉默半晌，看着等在外面的三人，一时有些犹豫，不知道哪位才是她的未婚夫。

都是出众的外貌，无论哪个站在她身旁都般配。

她在这里当了这么久的店员，也见过不少陪新娘试婚纱的帅哥，可一下子来三个的，她还是头回见。

真是旱的旱死，涝的涝死。

在心里感叹了一会儿后，她问宋枳："有没有哪些地方觉得不舒服的？我帮您记录下来，方便日后修改。"

宋枳说："胸口好像有点勒，腰围也大了点。"

店员用皮尺测量下她的三围："好的，之后我们会把尺寸修改好，有不满意的细节也可以联系我们。"

宋枳道过谢后，重新进去把婚纱换下来。

秦河说在附近定好了位置，正好可以吃完饭再回去。

江言舟沉默不语，自始至终都牵着宋枳的手，似乎生怕她会被人拐走一般。

宋枳见他跟防贼一样防着秦河，很想告诉他自己一直都拿秦河当哥哥的。不过江言舟应该不怎么听得进去，该讨厌的还是会讨厌的。

宋枳叹了口气。

秦河这些日子一直在山村搜集资料，都有些晒黑了。餐厅里面，宋枳小口吃着面前的意大利面，问他："案子进行得还顺利吗？"

秦河倒了杯热水，将杯子放在她手边："下个月就是终审了。"

"有把握吗？"

他点头笑笑："有的。"

宋枳全程只顾着和秦河讲话了，差点把旁边的江言舟给忘了。

她暗道一声不好，又得生气了。可侧眸去看他，他也没什么反常。半点声响也没发出，安安静静地吃东西。

那顿饭吃得很平和，宋落中途接到一个电话走了，秦河也要先回律所一趟。

他看着宋枳，声音温柔："晚上去我家吃饭。"

宋枳乖巧地点头："好的。"

等他们都走后，只剩下宋枳和江言舟两个人。

时间还早，她不想这么早回家，于是问江言舟："我们现在去哪儿？"

他说："回家吧。"声音淡淡的。

宋枳点点头："也好。"

江言舟就这么看着她，也不说话。

宋枳疑惑："怎么了？"

他微抿了唇，纤长的睫遮挡住眼底情绪，眉梢眼角像柔软的羽毛一样下垂。沉默寡言后，清冷的情绪像是被暖阳化开的冰，委屈则是掩藏在冰后的情绪。

"还有最后两分钟。"他声音很轻，"你抓紧时间哄我说不定还来得及。"

从他无限安静的那一刻宋枳就发现了端倪。

小心眼的江言舟怎么可能这么大度？看到她和自己讨厌了那么多年的情敌讲话而忽略了他，怎么可能会那么乖？

她忍住笑，佯装正经地问："要怎么哄？"

"这是你应该考虑的事。"

"哦？"

宋枳故意装出一副不太懂的样子："可是我没有哄人的经验耶，要不我现在去看下教学视频学习一下，你先等我半个小时。"

"宋枳。"他叫她的名字。

宋枳抬眸："嗯？"

"我知道你是故意的。"

"什么故意的？"

"故意惹我生气。"

他伸出手："给你一个机会。"

宋枳走过去牵他的手："这么容易就满足了？"

"嗯，不敢奢求太多，担心连手都没得牵了。"

他语气卑微，听得宋枳都有点心疼了，甚至开始反省是不是自己做得太过分了。她其实就是觉得他生气委屈的样子太可爱了，所以想多看一会儿。但是在餐厅里和秦河讲话忽略他完全是无意之举，因为太久没见面，总得关心一下人家，谁知道江言舟那么容易就吃了醋。

在秦河面前，他似乎一直都有种危机感。

她松开牵着他的手，人往他怀里靠，抱着他："这样呢，可以吗？"

江言舟愣了片刻，声音有点干涩："可以的。"

宋枳踮脚，在他额上落下一个吻："这样呢，可以吗？"

喉结几番流动，像是有团火在里面烧，他没开口。

宋枳在他唇上轻轻碾过："这样呢……"话没说完，最后三个字被江言舟悉数吞下去。

他按着她的后脑勺，发狠一般地吻住她的唇，直到宋枳被吻得快缺氧才舍得放开。

婚礼那天很快就到了。

宋枳和宋落提前一天回了老家，看望父母。

墓园里，两块墓碑挨在一块儿，玻璃框里的照片被风吹日晒得有些褪色了。两人的笑脸分外明媚，这是在同一张合影上剪下来的，他们一家四口的合影。

拍那张照片的时候正好是宋枳的生日，他们一家去旅游，那个时候谁也没想到日后会发生那样的事情。直到现在宋枳都没法释怀，那个夜晚还是经常出现在她梦里，像是幻灯片一样反复出现。可是人活着总得朝前看。

宋落将香点燃，递给宋枳一半，两人站在墓前鞠躬，拜了拜。她看着墓碑上的照片笑道："你们以前每天总是担心我嫁不出去，可是我明天就要嫁人了。"她笑着笑着，眼睛就有点酸，声音也开始哽咽，"我好想你们啊，每天都很想。"

"好了。"宋落拿出纸巾给她擦眼泪，"多大了，还哭得这么丑。"

宋枳拼命吸鼻子，想忍住眼泪，可越忍哭得就越凶。

宋落无奈，抱着她哄道："眼睛哭肿了明天被人看到会笑话的。"

按照他们老家的习俗，男方得来新娘这边把人先接过去。

因为跨市，离得有点远，开车也得半天的时间，所以江言舟是晚上出发的。他们这边已经没什么亲戚了，但是女方这边的人去得太少的话，那边可能会说闲话。为了不让宋枳被人奚落，宋落特地多花了些时间，把那些八竿子打不着的远亲叫来，甚至还有宋枳多年未联系的同学。

为了让江言舟尽快接到人，宋落专门将人送到河市和北城交界的那个小镇上。

夜晚风大，宋枳坐在车内打盹。

小镇空气好，抬头就能看到月亮，地上都像是被铺满一层柔和的光。

她坐在车上，看着宋落给那些开车的司机递烟，突然有一种错觉。

宋落的背影和年幼时她眼中的爸爸越发相似了，都是宽厚的、有安全感的。

她手扒着车窗，脑袋伸出来冲他笑："我突然觉得，你好像爸爸。"

宋落神色微变，按着她的额头把她推进去，别开脸："安心坐着，我过去抽根烟。"

唐笑言作为宋枳的多年好友自然是要陪着她，她刚刚去旁边的饭店上了个厕所，走过来，一脸震惊："我刚刚居然看到宋落眼睛红了，那个铁血硬汉居然哭了！"

江言舟是凌晨一点到的。

宋枳困得眼睛都快睁不开了，她是比较能熬夜的，以往工作到三四点都是常有的事，可能是最近事太多，累的。

她睡得浅，耳边的声音也轻，稍微一点响动都让她惊醒。

她揉了揉眼睛，从椅背上离开，视线落在车窗外不断往后移的景色，大脑还没从困倦中清醒过来："怎么开了？不等了吗？"

前面开车的人低"嗯"一声："不等了。"

宋枳头抵着车窗，小声嘀咕："一点仪式感都没有。"

她还处在半梦半醒之间，意识都没太清醒，没有听出司机的声音发生了变化。

宋枳将车窗降下来，冷风拂面，依旧没能吹走多少困意。

车在路边停下，风止。

男人拉开车门进来，宋枳还没反应过来，就被拥进一个温暖的怀抱里。熟悉好闻的淡淡清香萦绕在她鼻间，她费力地抬眸："江言舟？"

男人的下巴在她柔软的发顶蹭了几下："嗯。"

"你是什么时候来的？"

"你睡着的时候。"

她往他怀里靠着，软声撒娇："粥粥，我好困啊。"

"困就睡一会儿，马上就到了。"

张易从前车下来，开了车门进到驾驶座。

夜风刺骨，江言舟抱着宋枳，手伸过去，把车窗关了，又把车内挡板升起来，和前座完全隔开。

他身上暖，宋枳睡得也熟。也不知道睡了多久，她打着哈欠揉眼睛，抬眸时，正好撞进他深邃的眼底，里面有她的影子。他带着温柔的笑："醒啦。"

她点头，坐直上身，搂过他的脖子，将脸埋在颈窝，贪婪地闻着他身上的淡淡清香："快到了吗？"

"嗯，快了。"

外面天还是暗的，宋枳看了眼腕表上的时间，三点半，还很早。

到北城后，她还得先去准备妆发和换婚纱。

听唐笑言说，婚礼当天才是最累的。

她问江言舟："我现在还可以反悔吗？"

他就笑："不可以，来不及了。"

江言舟很久以前就想过很多种他和宋枳之间的结局，可能会结婚，也可能会分开。他对这段感情一直不抱有太大的信心，他觉得是从别人手中把她抢来的，自己只是她退而求其次的选择。

如果他被人坚定地选择过一次，可能在对待感情这件事上，也不会那么畏首畏尾，担惊受怕了。

母亲厌恶他，父亲也只拿他当成个争夺财产的继承人。他原本以为，自己的人生就这样了，和之前的二十多年没什么区别，不过他也习惯了。

孤独其实没什么可怕的，他是这么安慰自己的。

但和她分开的那段日夜里，他整夜整夜地失眠，在她的房间里发呆。

好在，她还是回来了。

江言舟将怀中人抱得更紧了一些："反正你这辈子都别想离开我了。"

宋枳乖巧温顺地点头："不离开。"

"只只啊。"他喊她的名字，声音温柔得她心脏都跟着颤抖，"真好，你终于要只属于我一个人了。"

番外二
稚爱

天气预报说最近有雨，宋枳反复提醒了很多遍，让江禹城记得把雨衣带上，她去地库开车。

近两年因为各种不方便，她还是下了很大的功夫把驾照给考了。教练还是之前那个，看到宋枳以后直喊姑奶奶。

练了那么久依然能把油门当成刹车来踩的，他的确没见过几个。不过好在，她虽然花费的时间多了点，但还是考下来了。

车开出来后，她将车停在外面，低头回唐笑言的信息。

这位大小姐最近被家里人逼得紧，整天让她相亲。今天是李家的少爷，明天是张家的二叔，年龄跨度大，上到三十五，下到二十二不等。反正她爸是一副她今年必须得完婚的强硬态度。

大小姐脾气冲，非得对着来，跑国外逍遥快活去了。

唐笑言给宋枳发微信："我跟你说，这里的帅哥真的超级多，两步遇一个，有空过来一起看帅哥啊。"

宋枳叹了口气:"还是算了,我发现江言舟最近真是越来越容易吃醋了,要是让他发现我看帅哥,估计得生一年的气。"

唐笑言:"哼,老男人,活该有危机感。"

宋枳:"也没有很老吧。"

唐笑言:"这么快就开始维护上了?"

宋枳:"嘻嘻,好歹也是我老公,你对他稍微好点。"

唐笑言:"行,看在你的面子上以后不骂他老了。"

唐笑言:"对了,刚想起来我还有点事,晚点聊哈。"

宋枳回完一个"好"后,抬眸看向车窗外。

江禹城背着书包,费力地抱着金鱼缸走过来,他养的那几条小金鱼在里面游来游去。

宋枳沉默了十几秒,皱眉:"你拿鱼缸干吗?"

他怕里面的水洒出来,走得小心翼翼:"你说让我拿鱼。"

"……我让你拿雨衣。"

他眨了眨眼:"哦。"

"算了。"宋枳打开车门下去,接过他手里的金鱼缸,"你先去车上坐着等妈妈一会儿,别乱跑知道吗?"

他点头:"嗯。"然后过去拉车门,拉了两下没拉开。

宋枳手越过他的头顶,把车门打开,等他坐进去以后才关上。

家里这个点也没人,她把鱼缸放下后拿了雨衣出门。

江禹城乖巧安静地坐在车上等。他和江言舟性子相似,同样的少言寡语。

宋枳上车后系好安全带,问他:"要不要吃点什么,巧克力还是水果软糖?"

他摇头:"谢谢妈妈,我不饿。"

宋枳有时候还是挺苦恼的,小孩子像谁不好非要像江言舟,长得像还好，性子也一模一样，也不知道这个内向的性子以后好不好找女朋友。

为娘的真是操碎了心。

把他送到幼儿园后，她直接开车去了剧组。

一线影后宋枳，实力与相貌并存，最近接的都是些大制作的电影。为人妻为人母以后，夏婉约就帮她推掉了那些青春剧，想让她改改路线。

刚到片场，小许就蹲在那里吃盒饭。

夏婉约也一早就到了，她今天没什么事，索性过来旁观宋枳拍戏。

单人化妆间里，宋枳捧着咖啡杯直叹气："不是都说儿子像妈妈吗，怎么小城和他爸那么像？完全就是缩小版的江言舟。"

夏婉约打着哈欠坐过来："嗐，像江言舟也挺好，多帅啊。"

"你是不知道他话有多少，一整天都说不了十句话，而且还全部都是'哦''嗯''好'那样。"

当妈的很苦恼，生怕儿子因为过于高冷在幼儿园交不到朋友。江言舟就是因为以前没朋友，后来才养成了个别扭的性格，喜欢藏着掖着。

宋枳不想让江禹城步他的后尘。

"我要不再给他报个班？"

夏婉约："得了吧，人家才多大啊，刚上幼儿园小班，你就给他报各种班。"

"也对。"

"没事的哈，小朋友话少点好，我大姑家的那个小孙子，整天跟个小广播一样在我耳边闹腾，我都快被他烦死了。"夏婉约低头玩着手机里自带的小游戏，"对了，小苑呢？"

"非要跟着宋落，前几天刚送过去。"

"不过你这个身材恢复得够可以啊，生了个龙凤胎都没有变形。"

工作人员在外面叫人，宋枳放下咖啡杯，拿着剧本出去对戏。

这些天她下班都晚，接孩子放学的事儿几乎都是司机在做。

晚上的时候，果然下雨了。

小许正思考着下周假期要去哪里度过，他兴冲冲地翻阅完旅游攻略："要不我们去日本吧，这个时候樱花刚好开了。"

宋枳戴上眼罩，无情拒绝："周末我要在家陪孩子。"

小许的热情被全部浇灭。

果然，女人结婚以后就开始变得无趣了。

宋枳是一路睡到家的，凌晨两点，家里安静得很。她小心翼翼地推门进去，怕吵醒他们。

一楼客厅还亮着灯，江言舟坐在沙发上，拿着一本书在看。听到开门的动静，他抬眸，视线落在宋枳身上。

她正像做贼一样，蹑手蹑脚地走近。

他抿唇轻笑，似善意般地提醒道："家里没什么东西可以偷了。"

宋枳抬眸看了他一眼："你怎么还没睡？"

"等你啊。"他放下书起身，趁她低头换鞋子的时候搂住她的腰，下巴在她肩上轻轻蹭了蹭，"只只啊。"

宋枳被他蹭得有点痒，左右闪躲："怎么了？"

他低声轻笑："你可以偷我。"

"你觉不觉得你最近越来越幼稚了？"

"嗯，觉得。"

"江言舟。"她喊他的名字。

他喉间声音微沉："嗯？"

宋枳原本想让他松手的，可是听见他低沉的声音落在自己耳边，便也放弃了。

往往这种时候他根本就不会听她的话。

哪怕嘴上答应得再好听，该干吗还是照样干吗。

江言舟在美国待了半个多月，正好这段时间也差不多都忙完了，可以在家好好陪陪三个小朋友。

不过最大的小朋友每天都在片场，根本不要他陪。为此江言舟甚是委屈，缠了她很久："我不打扰你工作，我就安安静静地待着，可以吗？"

"你在那儿坐着就已经是打扰我工作了。"

他轻垂眼睫，不说话了。

宋枳捏了捏他的脸："你坐在那里我就光顾着看你了，哪儿来的心思工作？"

三言两语，就把江言舟给哄好了。没等他再开口，房门被人敲响，只敲了两声就停下。

江言舟起身过去开门，看到站在外面的江禹城，他微蹲下身，声音温柔地问："怎么了？"

他也没说话，趴在他的肩膀上要抱。

江言舟抱着他，动作轻柔地拍着他的后背哄他入睡。

宋枳问道："怎么了？"

"应该是做噩梦了。"

"那让他睡在我们这儿吧。"

话说完，宋枳开门出去，去了他的房间，把他的小枕头和小被子拿上来，铺在他们二人的中间。

江禹城在江言舟的哄抱下很快就睡着了，他小心翼翼地将他放在床上，掖好被子。

宋枳把灯给关了，还不忘提醒江言舟："你晚上翻身小点动静，别吵醒他了。"

他点点头："要喝水吗？我去给你倒一杯。"

"要。"

闭着眼睛的小男孩也说了一声："要。"

安静半晌，江言舟淡笑着摇头。

还真是和宋枳一样啊，说梦话都这么可爱。

夜间雨下得更大，拍摄工作也因为这场大雨被迫停止，宋枳正好在家休息一天。

不用去幼儿园，江禹城就坐在客厅里发呆。

他似乎没什么爱好，不看动画片，也不爱玩玩具，为此宋枳很头疼。

江言舟倒不觉得有什么，他的童年也是这么过来的，没什么太大的爱好，也不想和别人接触，自己一个人安安静静地待着其实也挺好的。

隔着老远，就听到了门外的哭喊声。阿姨去把门打开，就看见扛着江苑的宋落走了进来。

江苑今年才四岁，小小的一只，此时正在他肩上号啕大哭。

宋枳疑惑："怎么了？哭得这么凶。"

宋落把她塞到江言舟的怀里："看到打雷不肯走，非说自己是仙女，要渡劫，不让她下车就哭。"他"啧"了一声，看着宋枳，"和你小时候简直一模一样。"

宋枳感觉自己有被内涵到。

江苑搂着江言舟的脖子哭得可伤心了，非说舅舅是大坏蛋。

江言舟替她擦干眼泪，轻声哄道："乖，仙女都是不哭的。"

江苑这才强行忍住眼泪："可是舅舅说我不是仙女。"

"他骗你的，我们小苑就是仙女，多好看啊。"

她软绵绵地趴在他肩上，小脑袋凑近他耳边，小声请求道："爸爸，我给你钱，你帮我揍舅舅好不好？"

宋落："……"

江言舟点头："好。"

人最后自然是没揍成的，年纪都不小了，还打架就显得过于幼稚，虽然这两人遇见了总是免不了要互怼一顿。

宋落还记恨着江言舟把宋枳给拐跑，江言舟倒挺爽的，他深知该怎么往他伤口上撒盐："怎么，人又跑了？"

宋落是个臭脾气，张范范那种娇生惯养的公主哪怕在爱情里再卑微，偶尔还是有些尊严的。这不，前段时间人刚被气跑。

宋落知道他这是故意问的，低声骂了句，并没有回答他的问题。

江言舟还算贴心地给他倒了杯水，放在他面前的茶几上："脾气适当收一收。"

见宋落不语，他越发变本加厉："本来人就没有多少优点，到时候人家真跟别人跑了怎么办？"

"江言舟你够可以啊，现在都敢教训起我来了。"

他笑道："反正我们一家四口的感情很好，不像某人。"

"你……"

想到外甥外甥女都坐在旁边，为了不给他们坏印象，宋落硬是吞下了后面的脏话。

"你狠。"

江言舟笑得挺欠揍："一般般吧。"

江苑在旁边开心地直拍手："爸爸真厉害。"

江言舟过去抱她："喜欢爸爸吗？"

"喜欢，超喜欢。"说着，还在他脸上重重地亲了一下。

江言舟故意问道："喜欢舅舅吗？"

江苑疯狂摇头，江言舟笑得更开心。

宋落皱眉，这个小没良心的，亏自己还特地放下工作，带着她到处玩。她要给他涂粉色的指甲油他都忍了，不过是没有让她在雨天出去挨雷劈，就讨厌上了？

外面雨下得更大了，一时半会儿估计也停不了。

宋落在沙发上坐下，看了眼旁边安静坐着的江禹城。姐弟俩性格倒是完全不一样，一个随妈一个随爸。

宋落伸手："来舅舅这儿。"

江禹城听话地起身，小短腿颠啊颠的，走到他面前，然后往他怀里拱。

宋落轻松地把他抱起来："想舅舅没？"

他点头："想的。"

宋落捏了捏他纤细的小臂，和江苑比要瘦上一圈："最近没有好好吃饭吗？"

"有吃。"

"那怎么瘦了这么多？"

"不长胖。"

江禹城话少得可怜，全程一问一答，不说任何多余的废话。他在宋落怀里躺了一会儿就睡着了，晚上吃饭的时候才醒。厨房特地给他们做了米糊，加了点糖。

宋枳缩在椅了上看电视，咬着筷子尖，看得认真。

江言舟把菜夹到她碗里，温声道："先吃饭，吃完再看。"

同时他还不忘拿着纸巾去给江苑擦嘴，小丫头米糊全都吃到嘴边了。

宋枳似想到了什么，放下筷子进厨房，给他们一人倒了杯牛奶："要喝光光哦。"

江苑猛地点头："好的妈妈！！"

江禹城却是一言不发，只是安静地把牛奶给喝完了。

宋枳揉了揉他的脑袋。

晚上的时候，她送宋落出去，两人七七八八地聊了一会儿。

"你什么打算？"

"什么什么打算？"

她嫌弃道："结婚啊，你都三十二了，还打算一直单着？"

"哟，现在就开始嫌弃你哥了？"

"我的意思是，张范范其实挺可爱一小姑娘，你别那么冷淡，对人家好点。"

宋落沉默半晌，没说话了，也不知道在想什么。宋枳劝也劝了，毕竟是他的感情，自己也不好多插手。

回家以后，江禹城在江言舟的怀里睡了，稚嫩的小手紧紧地攥着他的袖口。宋枳也不知道自己在吃个什么醋，就是觉得，自己的儿子和谁都亲，唯独和自己不亲近。

礼貌又客气，像个陌生人一样。她心里也怪难受的。

看到宋枳回来了，江言舟先把他抱回房放好。

宋枳拿了个橙子榨果汁，榨汁机轰轰运作着，她靠在吧台上发呆。

江言舟走过去问："想什么呢，这么出神？"

她回过神来，摇了摇头："没什么。"

"嗯？"很显然，他不信。

他太了解宋枳了，她简单得就像一张白纸，什么心思都放在脸上。

"从刚刚就看你心不在焉了，到底怎么了？说给我听听。"

宋枳盯着榨汁机发呆，犹豫半晌，才终于说出口。

江言舟听完笑道："原来是嫉妒我啊？"

宋枳皱眉，有点不爽："谁嫉妒你了？"她就是……有点吃醋。

他从身后抱着她，轻声安抚道："他和我一样，最喜欢的就是你了。"

小家伙性子别扭得也和他一样，越是喜欢谁就越疏远谁。

宋枳以为他是在安慰自己，就没继续说了。

正好果汁榨好，她举着杯子问他："喝吗？"

江言舟点头笑笑："喝。"

宋枳睡不着，江言舟就陪她在客厅看了会儿电视。

剧情也没什么意思，无非就是两个人爱得死去活来，可是又因为各种莫名其妙的曲折而不得不分开。

打发时间而已。

宋枳靠在他怀里，也不知道是什么时候睡着的。江言舟动作放轻，从她背后离开，准备抱着她回房。

靠近走廊的卧室门开了，江禹城手上拿着他的小水杯，似乎是想出来接水。

江言舟温柔地将宋枳放在沙发上躺下，并在她脑后垫了个靠枕，让她睡得舒服点。

他走过去接过江禹城手里的水杯："是要喝水吗？"

小家伙点了点头。

江言舟拿着杯子过去，接了一半热水又兑了一半冷水，尝了一口，温度适宜。正要拿给他，客厅里却不见人了。

江言舟正疑惑，小家伙从他卧室里出来，手上多了张毯子。他小心翼翼地替宋枳盖上，还不忘替她披好被角，生怕她着凉了。

江言舟笑了笑，走过来，把他的小水杯递给他："为什么害羞呢？"

江禹城低着头，不说话。

他的确像他，就连对待喜欢的人那种别扭的小情绪都一模一样。

"你知不知道妈妈很难过？"江言舟把他抱起来，放在自己腿上坐着，"妈妈以为你不喜欢她，刚刚还在哭呢。"

全程安静沉默的江禹城突然抬头，那张稚嫩好看的小脸上带着一点疑惑。

江言舟故意骗他："妈妈很喜欢哭的，你以后要是继续对她这么冷漠，她可能每天都会哭鼻子。"

江禹城脸色凝重，似乎在思考着什么。

昨天晚上难得睡了个好觉，宋枳第二天也起得早，下厨给他们做了顿早餐。

江言舟今天有空，亲自送他们去学校。临出发前宋枳给他们一人装了一瓶牛奶，放在小书包的隔层里，让他们下课了记得喝。

江禹城似乎有心事，走了两步停下，然后又转身。

宋枳正疑惑呢，蹲下身替他把衣领整理好："怎么了？"

他也不说话，就是红着脸在她脸上亲了一口，然后快速跑上了车。驾驶座上系好安全带的江言舟看到这一幕，无声地笑了笑。

还好，用最原始直接的方式表达爱意这点，和他也挺像。

逐恋

张范范觉得自己最近可能是病了。

不然为什么一闭上眼睛，脑海里浮现的都是那个男人的脸。

她懊恼地将脸埋进枕头里，心脏疯狂地跳动着。偏偏他还是宋枳的哥哥，这就有点难办了。虽然她和宋枳算不上对头，但也不算朋友。她只是不太喜欢宋枳那个娇气性子，虽然她自己也是。

那些天张范范茶不思饭不想的，满脑子都是她的宋落哥哥。

兄妹俩的性格怎么一点也不像？哥哥真是油盐不进，不论自己怎么示好都没用。

那部电影杀青后，张范范休息了一个月，然后才重新进组。这次接的是女主角，和她搭戏的男艺人是最近大火的歌手跨界出演。

演技稀烂，对戏的时候还经常笑场。

一场戏拍了两个多小时还没过，非但没有半点愧疚感，反而在那里不断嘻嘻哈哈，还不时和饰演女二的艺人调调情。

张范范为了配合他，已经穿着厚重的戏服站在太阳底下暴晒了一上午了。她的脑子都被晒得有点蒙，听到他刺耳的笑声，火直接蹿上来。

"能拍就拍，不能拍就滚。"

在场的所有人都静了下来。

张范范的大小姐脾气圈内皆知，她的背景大，不好惹。那个男艺人被她当众这么骂，心里有火，却也只能忍了。

总之挨了顿骂之后态度总算是摆端正了。

临近中午，踩着饭点才拍完。

导演喊了"咔"以后，张范范收起了在剧中的温柔笑脸，秒变冷脸。助理撑着伞过来给她遮太阳，不等她开口埋怨，她的视线落在前面的石柱子旁。

男人站在那儿抽烟，熟悉的桀骜眉眼，浑身上下都透着一股子散漫。他和宋枳有相似的地方，就是他们都生得极为好看，让人看一眼就挪不开视线。

不可否认的是，她，张范范，就是喜欢宋落的这个长相，很喜欢很喜欢。

她算不上好孩子，长这么大恋爱谈了无数个，无一例外的，每一个都是大帅哥，不过她都是被追的那个。

心高气傲的大小姐怎么可能主动倒追别人。

不过那都是生命中的前二十几年。遇到真爱，谁还管那点傲气。

刚刚还冷着脸发脾气的张范范这会儿秒变乖乖女，红着脸走过来："宋落哥，你怎么来了？"

宋落听到声音，垂眸看了她一眼，掸落烟灰，唇边冷笑。

变脸倒是变得挺快。

他在这里等人。宋枳在附近工作，他正好没事，所以过来接下她，恰好目睹了刚才那一幕。

张范范显然也察觉到了，有些不好意思地低头："我刚刚……"她说话的声音很小，担心在他心里留下不好的印象，她解释道，"我刚刚是太生气了，所以才……我平时不那样的。"

宋落敷衍地点了点头，很显然，他对她平时是什么样并不感兴趣。

手机恰好响了，是宋枳打来的。他接通后，耳边的声音轻松愉悦，似乎心情不错："我待会儿要和江言舟去约会，今天不用你接了。"

他低"嗯"一声后，还不忘提醒她："晚上早点回家。"

虽然知道，她也不一定会听自己的。

电话挂断后，他看了眼旁边还眼巴巴等着的张范范，然后摁灭烟蒂扔进旁边的垃圾桶里，转身走了。

他个高腿长，张范范一路慢跑才不至于跟丢。

"那个……"她小心翼翼地请求他，"你等我一下好吗？我有些追不上了。"

宋落听到声音，果真停下了，回头看着她。

张范范走过来，递给他一张名片："虽然这么说可能有些冒昧……我可以聘请你当我的保镖吗？工资你可以随便提的。"

宋落看了眼她递过来的名片，笑道："你确定只是当保镖？"

她脸一红："如果你同意，别的职位也不是不——"

他冷笑着打断："不想。"然后转身走了。

前些天刚下过雨，这里临近郊外，有的地段路还来不及翻修，坑洼不平，水坑遍布。

宋落嘴上又叼了根烟，不过还没点燃。张范范不依不饶地跟在他身后。

这次好不容易见到了，下次就不知道什么时候能再见面了，她不想错过这个机会。

可是脚上的鞋是限量版的，羊皮底碰不得水。但是看见宋落逐渐远去的背影，她还是一咬牙，踩着水坑过去了。

鞋子不防水，全湿了，每走一步路都能感受到鞋子里渗出进的水。

他走到男厕所门口停下，见张范范依旧寸步不离地跟在他身后，略一挑眉，笑得恣意："怎么，想一起进去上个厕所？"

张范范脸一红："那我在外面等你。"

宋落还真就不太懂了，这妹子怎么就像赖上他了一样，甩都甩不掉。

"你这一直跟着我，怎么着，想告白啊？"

被看穿心思，张范范瞪大了眼："你怎么知道？"

宋落总算知道自己对她那股莫名其妙的熟悉感是从哪里来的了。

这女生太像宋枳了，连脑子不太好这点，也出奇地相似。

他嗤笑一声，没再理她，开门进了洗手间。

原本以为她也只是一时兴起，无聊了自然就会离开了，结果等他出来时，人还站在那里，模样乖顺听话。她脚下那一块儿的地板全是水，罪魁祸首是她的那双鞋子，水是从鞋子里渗出来的。

看在她和宋枳还有几分相似的分上，他也不忍心不管她，懒散地劝了一句："大小姐，早点回家吧。"话说完，低头点烟。

风向朝南，烟顺着他往身后吹。

张范范最讨厌烟味，但凡是她出现的地方都不会允许有抽烟的人出现。可现在，她心里想的却是，像他这么抽，会不会对身体不太好。

面对爱情，谁都是卑微的那一个。

张范范对他的喜欢足够浓烈，浓烈到她甘愿放下自己的骄傲和尊严，在他身边当一只温柔的兔子。

可惜他并不给她这个机会，叼着烟离开了。

那个夜晚，张范范又做了那个梦。梦里的场景，都和宋落有关。

从他这儿突破不了，张范范开始找其他切入点。

她将自己收藏的限量版包包忍痛送给宋枳，顺便狂吹她的彩虹屁："我觉得这个和你气质特别搭。"

宋枳想要这个包很久了，可惜这款早就绝版了。但她也没真想收，毕竟张范范那颗司马昭之心，可是明晃晃地全写在脸上了。

让她做出为了个包就把自己哥哥给卖了这件事，她的确是——

有些心动啊。

不过她实在不太理解："你喜欢谁不好，为什么非要喜欢宋落？"

也不是她叫衰自己哥哥，但他那个脾气实在并非常人可以忍受的，更别说是张范范这种骄纵的大小姐。要真在一起了，她估计三天两头就能被他欺负哭。宋落别说怜香惜玉了，他就一钢铁直男，铁得不能再铁的那种了。

张范范双手捧着脸，叹了口气："我也不知道为什么会喜欢他，就是看了一眼后发现自己喜欢他，特别特别特别喜欢的那种喜欢。"

想和他结婚，一辈子都在一起的那种喜欢。

张范范不是一个喜欢坚持的人，更别说是在对待感情上了。她对待一段感情的热情是以天为单位的，那个热情期一过，她就疲于应付。耐心彻底耗尽，往往就自然而然地提出分手。

张范范从来没有在感情上栽过跟头，不付出真心，自然就不会难过。

可是现在，她突然觉得，报应来了。

张范范最近疯狂地缠着宋枳，似乎下定了决心要和她打下姑嫂情谊。好在她并不是个讨厌的人，只是有时候嘴损了点。

"今天怎么直接披了个麻袋就来了，新潮流？"宋枳说。

张范范白眼一翻，前一秒还琢磨着该怎么打个姑嫂情的基础，这会儿就被她气得将所有想法都抛诸脑后。

"你懂什么？这可是超季高定，你想穿还没有呢。"

她下巴扬得很高，好看的小脸上写满了高傲。

宋枳发现自己最近的笑点真的很低，尤其是和张范范在一起的时候。

小许被她的笑声弄得好奇，也抬眸往那边看了一眼。

的确挺像披了个麻袋的。

他刚想和她一起笑，被张范范一个眼刀吓得不敢动了。好凶，比宋枳姐还要凶上很多很多倍。

好不容易来的一点兴致全部被熄灭，张范范哼了一声，起身离开。

出去以后又开始后悔。

刚刚是多好的拉拢关系的机会啊。

化妆师正给宋枳挑选口红色号，她今天的服装是偏风情妩媚点的，妆容也要成熟些。两种色号叠涂，呈现的效果会更好一点。

"可能会有些拔干，我给你换个滋润点的。"

宋枳点头，手上捧了本时尚杂志在看，身旁飘来一阵极淡的清香。她抬眸，张范范坐在她旁边的椅子上，坐姿乖巧，哪里还有半分刚才的跋扈。

张范范："那个……你晚上有时间吗？"

这突如其来的示好倒让人丈二和尚摸不着头脑。

晚上倒是没什么事，宋枳回答："有时间啊。"

张范范眼前一亮，盛情邀约她："收工结束反正也没什么事，我请你吃饭吧。"

宋枳还挺想知道她这葫芦里卖的是什么药，不过就是吃一顿饭而已，又不会缺胳膊少腿。

"好啊。"她答应得爽快。

张范范本来还在担心宋枳记恨她，估计是不肯赴这个约，已经在心里想好了她要是拒绝的话，自己应该说些什么。没想到她竟然直接同意了。

她心里狂喜，面上却不露声色："不过我还没有定好位置，要不这样，我们去你家吃吧。"

宋枳疑惑："去我家吃？"

"对啊，打包好去你家。"

不在餐厅吃，打包好去她家吃？这是什么奇怪的逻辑思路？

宋枳马上明白了，请她吃饭是假，要见宋落才是真吧。

不过宋枳也没点明，没必要阻止她。如果她真能驯服宋落，倒也不算坏事。

他那个人，嘴硬爱逞强，为了不让她担心，什么都自己承受着，身边多个闹腾点的人也不是件坏事。

张范范收工比宋枳早，但她还是特地等了宋枳很久。她在后台拿着手机找附近的餐厅，直到宋枳收工进来。

她站起身，问宋枳："你喜欢吃川菜还是粤菜？辣的还是清淡的？"

宋枳："我都可以啊。"

她欲言又止："那……那你家里人应该和你的口味一样吧？"

宋枳当然听懂了她的弦外之音，故作为难："还是有些不同的，我爸妈是异地恋，一个南方一个北方，所以口味悬殊。譬如我和我哥，就是完全不同的两种。

"他爱吃的我不爱吃，我爱吃的他碰都不愿意碰。"

张范范"啊"了一声，好奇道："那你哥喜欢吃什么？"

宋枳明知故问："不是请我吃饭吗？怎么问起我哥来了？"

张范范就是脾气娇，没什么心机，也装不住事："我这不是得都顾虑到嘛，万一点的都是些你哥不爱吃的，那就显得我非常没有礼貌，多不好啊。"

宋枳安慰她："没事的，他不爱吃的话就让他自己出去吃。"

张范范不说话了。

这和她预想的不太一样啊。如果宋落不在家的话，那她的计划不就落空了吗？

宋枳根本不给她反悔的机会："待会儿和你一起去选哦。"

张范范："……"

宋枳回来前给宋落发了消息："今天不用做饭，有客人来。"

他问是哪个客人。

宋枳说："不是江言舟。"

"不是江言舟？"

"我朋友。"

不知怎的，宋落松了一口气。

宋枳什么脾气他再了解不过了，他一直担心她因为这个被家里宠出来的小性子而找不到朋友。她不是一个能忍受孤独的人，自己一个人住久了都会怕。

幸好。

为了招待她这个朋友，宋落也算是多花费了些心思，水果洗净后切好，甚至还摆了个盘。接到宋枳的电话后他就开始炖汤了，莲藕猪蹄汤，美容养颜，女孩子一般都会喜欢。

门开的声音从客厅传来，宋枳换鞋子的时候就开始喊："宋落。"

厨房里正在调火候的男人应了一声后，洗净了手出去，视线落在她身旁的小姑娘身上。

张范范此时束手束脚的，小脸通红着和他问好："晚上好。"

宋枳一副看戏的笑脸，和他做了个介绍："这是我朋友，张范范。"

宋落点了点头，问她："喝点什么？"

他刚从厨房出来，身上的围裙还没脱下来，周身气质散漫恣意，偏偏此刻却给人一种居家的温柔感。张范范瞬间被迷得七荤八素。

怎么能有人这么完美，毫无死角。

她礼貌地说："草莓牛奶，谢谢。"

宋枳抬眸，有点疑惑。

等宋落进去后，她问张范范："你不是不爱喝甜的吗？"

张范范怎么可能承认自己是为了在他面前表现得软萌可爱一点才故意说的——软妹子一般都爱这个。

"我最近觉得甜的还不错。"

冰箱里没有草莓牛奶，宋枳控制饮食，很少买那种高热量的东西。宋落对这种甜腻腻的东西实在是不感冒，甚至有点嫌弃。

上下扫了一眼，他胳膊撑着冰箱门回头："没有草莓牛奶了，酸奶可以吗？"

"可以的。"

宋落随便拿了盒酸奶出来，把冰箱门带上，走过来递给她。

张范范道过谢后，坐姿端正地坐在沙发上。闻到汤的香味了，她称赞了一句："好香啊。"

宋落说："厨房里炖着莲藕猪蹄汤。"

"是你做的吗？"

"嗯。"

她演技浮夸地"哇"了一声，赞美道："你好厉害呀。"

宋落沉吟几秒，越发觉得她脑子有点问题了。但是考虑到她是宋枳的朋友，他还是对她保持着基本的礼貌。

餐厅里的服务员将她们点好的饭菜送过来，厨房里的汤正好也好了，宋落给她们一人盛了一碗。

宋枳才喝了一口就皱着眉批评他："淡了点，你是不是没放盐啊？"

"放了。"

"你是不是把糖当成盐放了？"

"……我还没老年痴呆。"

"也不一定。"

宋落起身，就要去拿她面前的碗："行了，你别喝了。"

宋枳急忙护着自己面前的碗，跟护鸡崽子的母鸡一样："什么嘛，还不让人说了。"

张范范对宋枳这个态度感到十分不满。

"宋枳，我觉得你有点鸡蛋里面挑骨头了，明明一点也不淡，我觉得味道非常好。"

似乎为了身体力行地证明，她也不顾烫，仰头将一整碗汤全给喝完了。

"宋落哥，我可以再要一碗吗？"

宋落点头："嗯。"然后接过她的碗，进厨房又给她盛了一碗。

张范范觉得今天可太值了，不光知道了宋落的住所，还见到了人，最最最重要的是，她居然还喝到了他亲手炖的汤。

宋枳看着咬着木头勺子、一脸美滋滋的张范范，靠近她，小声问道："你真的喜欢他？"

张范范觉得她问这个问题简直就是在亵渎她的感情。

"当然了，真得不能再真了。"张范范回答。

宋枳点头，心里大概有了个答案。

原本张范范还在担心，宋枳点的这些菜都是按照自己的口味来的，宋落不会喜欢。谁知道他居然全都吃了，一点也不挑食。

张范范故意磨磨蹭蹭，吃得很慢。一顿饭吃完，天色也暗了下去。

她今天出来特地没有开车，也没有让司机跟着，就是为了等待这一刻。

宋枳看着收拾碗筷的宋落："你不是还有个同学聚会吗？正好顺路把她送回去一下，碗筷留着我来洗。"

宋枳不爱做家务到了深恶痛绝的地步，今天居然主动要求洗碗，宋落总觉得有阴谋，不过也没问。

有就有吧。

他点了点头，看向旁边的张范范："等我一下，我去穿个外套。"

"好的！"

张范范十八岁就拿了驾照，不过她自己很少开车。家里给她配了司机，也没有自己开车的必要。各种豪车的副驾驶她也坐过不少，可像今天这样心跳加速得有些过于可怕的体验，还是头一回。

她紧紧攥着安全带，深呼吸了好几次。可只要一闻到他身上那股淡淡的烟草味，她就觉得浑身都是软绵绵的，毫无力气，像陷在他怀里，肆意感受他的存在。

宋落没有察觉到她的异样，严格意义上来讲，他也懒得去观察她。

之前送过她一次，宋落记性好，还记得她住在哪儿。

张范范惊讶于这意外之喜："我只说过一次我家住哪儿，你居然还记得？"

"好歹也是第一个对我见色起意的人。"宋落说。

张范范脸红着没说话。

车内再次陷入寂静。

宋落的电话响了好几遭，都是催他赶快过去的："大家伙这都等了不知道多久了，你怎么还这么磨蹭，该不会是在陪女朋友吧？"

张范范脸一红，内心却暗爽不已。

宋落语气淡漠地打断："你们先喝，我送个朋友回家。"

"哟。"那边一阵起哄声，"什么朋友啊，该不会真是女朋友吧？"

宋落不耐烦地"啧"了一声："烦不烦啊？"戾气在他深邃的眼底逐渐浮现，周身气压都变低。

张范范却一点也不害怕，反而想离他更近一点。

最终她还是没有被宋落送回家，因为她主动提出要陪他一起去参加那个同学聚会。

"我家太远了，一来一回都得两个多小时，让你因为我迟到的话，我会很内疚的。"

他语气随意："迟到就迟到，反正我也不是很想去。"

张范范低着头，掰着手指沉默，估计是以为他说这些话就是为了安慰她。

宋落无奈地轻叹："行了，带你去。"

聚会地点是一个普通的清吧，因为人多，所以两张桌子拼在一起，上面摆满了各种酒。

张范范跟在宋落身后进去，他们正摇骰子猜大小，看见宋落来了，有人起身递给他一根烟。

"大忙人，知道兄弟几个都等你多久了吗？"

"妹妹的朋友来家里吃了顿饭，住得有点远，本来打算送送。"宋落接过烟，叼在嘴里，问他，"火呢。"

那人殷勤地拿着打火机给他点上，好奇地往后面看了一眼，视线触到张范范的脸时，眼睛都直了。

"宋哥真绝，女明星啊。"

旁边那群人笑他大惊小怪："宋哥的妹妹可是宋枳，认识几个女明星难道是什么难事？"

"宋哥，我这终身大事可就拜托你了。"

"滚蛋。"

张范范其实不太喜欢这种半调子的玩笑。说白了，她依旧还是那个高傲跋扈的大小姐，平时交个朋友都需要各种条件全部达标才行，这里的没一个能入得了她的眼。但是想到他们都是宋落的同学，她觉得为了留下一个好点的印象，还是要做做样子的。

笑容温柔地打过招呼，她做了个自我介绍："你们好，我是张范范，是……"她看了眼旁边的宋落，小声说，"是他的朋友。"

不是他妹妹的朋友，而是他的朋友。这么说也只是为了能离他更近一些。

声音小是因为没底气，怕他否认。不过好在，他什么也没说。严格意义上来讲，他半点反应也没有，仿佛压根儿就不在乎她到底是谁的朋友。就算她说自己是他的女朋友，可能他也不会否认。

意识到这点，张范范突然开始后悔，这么大的便宜她居然没占。

太亏了！

旁边的人把打火机递过来，宋落叼着烟凑过去，视线落在张范范的身上。动作稍顿，他接过打火机起身："出去抽吧，她闻不了烟味。"

那些人顿时笑着打趣道："哟，真是没看出来，我们宋哥原来也有怜香惜玉的一面，还说不是相好。"

他语气不见起伏："别乱讲。"

张范范其实很想告诉他，她并不介意，可是张了张嘴，她又不太敢开口。

不知道为什么，面对宋落，她总有很多顾虑。担心说多错多，担心他觉得自己性格不好，担心他讨厌自己。

她不是一个讨喜的人，她是知道的，但也一直都表现得无所谓。其实也是真的无所谓，她并不在乎别人对她的看法。

进娱乐圈也只是觉得好玩有趣，她和宋枳不同，她没有事业心。人就活一辈子，既然有条件，为什么还要让自己那么累呢？她不需要讨好任何人。

可是现在，她发现以前的自己太天真了。

哪有那么多为什么，有了在意的人后，自然就会变得患得患失，心里总是想着，应该怎么做才能配得上他。

宋落肯定不喜欢娇气还脾气不好的女生。她暗暗下定决心，要从今天开始，做一个好脾气的女孩子。

宋落和他们说了几句，然后拿着烟和打火机出去了。

他走后，不时有人来和她搭话。

哪怕刚下了决心要做一个好脾气的女孩子，现在立马破功了。

这人轻浮的语调惹人不快，张范范懒得和他多话，礼貌地回应一句，然后说："不好意思，我去下洗手间。"

她简单地补了个妆，在洗手间里多待了一会儿才出去。

那群人已经聊开了，她隔得老远都能听到他们的嘲笑声。

"我还以为他多能耐呢，出来了不也就是个废人吗？"

"人家好歹还能靠妹妹呢，还有刚刚那个妹子，一身名牌，一看就是小富婆，我们宋哥不光有妹妹养还有富婆包。"

"啧啧啧，命好，长了张帅脸呗。"

"读书的时候跩得跟什么似的，现在出来了还不是——"

他话没说完，就被迎头浇了一整瓶酒。

张范范把空了的酒瓶放回桌上："嘴巴这么臭就多喝点酒润润，本富婆今天就大方一点，让你这个烂人来个全身浴。"

那人被泼蒙了，愣了几秒后才反应过来，火噌噌噌地往上蹿，握着拳头就要揍过来："你——"

手挥到半空，肚子被人猛踹了一脚，整个人狠狠摔在身后的地板上。

宋落单手插着裤袋，嘴里叼了根燃了一半的烟，踹人的那只脚还没来得及收回。

他神色淡淡，声音没多大的起伏："好歹也是个男人，动手打女人，孬不孬？"

张范范心脏狂跳。

英雄救美的戏码居然也在她身上上演了一遍，而且那个英雄还是她心心念念的宋落。她走过去，小心翼翼地捏着他的衣角，一副受到惊吓寻求庇护的样子。

宋落看了眼自己被扯着的衣角，又抬眸看了她一眼。

半晌，他拿过沙发上的外套："今天这顿我请，以后也不用再联系了。"

出了清吧，张范范全程乖巧地跟在他身后。

他看着她，笑容很淡："刚刚骂起人来不是挺凶的吗？怎么现在怕上了？"

原来他都听见了。

张范范脸一红："我只是……"说到最后，声音越来越小，"我只是觉得他们话说得太过分了，有些听不下去，才……"她解释说，"我平时不这样的。"

宋落摁灭烟蒂扔进垃圾桶里："他们说的也不全是假的。"

张范范一愣，联想到那群人说的话，脸更红了："如果你愿意的话，我可以养你的，我钱很多，可能比你想象的还要更多。"

他笑出声："你考试应该很少及格吧？"

她一脸惊讶："你怎么知道？"

好厉害！心里对他的崇拜更深了。

宋落没有继续和她在考试这个话题上纠缠，和她说话似乎只能打直球，不然她根本就听不出来。

"不是那句。"他说，"坐过牢那件事，是真的。"

"啊？"

"我坐了七年牢，前些日子才刚出来，我现在的确也形同半个废人，和现实社会脱轨，什么都得慢慢学，连个大学文凭都没有。"

张范范却说："不重要的。"

他抬眸："哦？"

"虽然不知道你是因为什么原因坐牢，但我知道，你肯定不是坏人。

"没有大学文凭也没关系，我的成绩也不好。"她一脸严肃，"所以你不觉得我们很配吗？我们都是文盲。"

宋落摇了摇头："那不行，两个文盲生的孩子肯定也是个文盲，我们总得为了后代的基因着想吧。"

这话说得好像是有那么点道理。

张范范迟疑半晌，没什么底气，声音也有点虚："说不定负负得正呢？"

路灯混杂着月光，宋落垂眸看了她一会儿，突然别开脸笑了。

他实在算不上温柔，浑身上下都有股痞劲，可张范范却觉得他笑起来真好看，她的心跳也因为这个笑容而加快。

她谈过不少恋爱，但像这样的心动还是第一次。

宋落就像是上天送给她的礼物，怎么能有人能这么让她心动？

天色不早了，他也没继续逗她，而是接着开车送她回家。

张范范家在高档小区，外来车辆进不去，只能送她到门口。

路灯前些日子因为道路翻修停用了，现在还没打开。路上黑黑的，只有一点旁边住户家里透出来的光。可依旧太暗，于事无补。

张范范怕黑，哆哆嗦嗦地拿出手机，刚要点开手电筒，身后那辆车的远光灯开了，黑暗被驱散。

张范范的第一反应是高兴，原来宋落还没走。

他知道她怕黑，甚至还专门开了远光灯给她照亮。

那一刻，张范范甚至已经在心里想好了结婚的时候应该穿什么样子的婚纱了。

她一边走，一边低头给他发消息："谢谢你。"

他的电话是自己从宋枳那里撒泼耍赖骗来的。

一直到她回了家，洗完澡，手机才缓慢地振了一下。

宋落："。"

没想到他居然回复她了。

张范范拿着手机盘腿坐在沙发上，护肤也不做了，专心给他发消息："作为答谢，我明天可以请你吃饭吗？"

他消息回得慢，张范范总有一种，他是无聊了才会抽空回一条的错觉。

宋落："明天没空。"

"那后天呢？"

"后天也没空。"

"那你什么时候有空啊？"

"我很贵的。"

张范范盯着这四个字发起了呆，很贵？是哪种意义上的贵？

小意思啦，反正她别的不多，就钱最多。

"多贵都可以。"

他平均回消息的速度是半个多小时一条。这条回得最慢，两个小时过去了，还没回复。张范范困得不行，却因为害怕错过他的信息而抱着手机不敢睡。她的脑袋靠在抱枕上，刚有睡意立马说服自己坐起来，似乎想用这种方式来让自己清醒。

她打着哈欠看了眼旁边墙上的挂钟，已经凌晨了。正当她想解锁手机看一眼是不是自己漏看了信息的时候，手机终于振动了一下，她急忙点开。

宋落："一小时八千，五万包夜，长得好看可以打八折。"

这个报价方式怎么好像似曾相识？

张范范沉默半晌，后知后觉地意识到了什么。

"你知道我是谁吗？"

宋落："不知道。"

不知道还跟她聊这么久。

她自报家门："我是张范范。"

宋落："哦。"

张范范："你不知道我是谁怎么还回我的消息？"

宋落："想试试看我值多少钱。"

张范范："……"

宋落："看来我还挺贵。"

张范范的心里很不是滋味，酸酸的。只要一想到如果今天给他发消息的不是自己，而是其他女生，她就很难过。

对他来说，她和外面的女孩子没什么区别。就好像，你给了我一个苹果，我很高兴，到处炫耀你居然送我苹果了。可当我一回头，发现每个女孩子手上都拿着一个你送的苹果。

她委屈得眼睛都红了，还是决定给他打个电话。

宋枳刚结束了和江言舟的电话恩爱，出来想要倒杯水，就看见宋落拿着手机在回消息。

她"嗬"了一声，调侃道："交笔友了？"

他身子往后靠，长腿微伸，周身都透着散漫恣意："你那个朋友。"

原本以为是垃圾信息，正好运动完了有些无聊，他就随手回了一句，谁知道对方竟然当真了。

宋枳愣了半晌，她朋友？缓了好一会儿她才迟钝地想起来："张范范？"

"嗯。"

宋落见她似乎挺好奇他们聊了什么，就把手机递给她。

宋枳抬眼："干吗？"

"不是想看吗？"

"这不太好吧。"

她装样子推拒了一会儿，然后一副承受不住宋落的热情的样子，勉强接过手机。

与此同时，手机响了。

看号码应该是张范范打来的，她按下接通。刚"喂"了一声，那边静默几秒，突然哭出了声："宋落你这个骗人感情的丑渣男！"

宋枳被骂得有点蒙，看了眼宋落，后者显然也有点蒙，不明白自己为什么会挨骂。

电话里传来"嘟嘟"的忙音。

好半晌，宋枳才疑惑地问他："你还把人给渣了？"

宋落："我话都没和她说上几句。"

他长腿一迈，从沙发上坐起身，准备去外面抽根烟。

宋枳体内的八卦之血开始熊熊燃烧了起来。

"不对啊，她虽然脾气坏、跋扈了点，但还不至于无缘无故地骂人。宋落，你老实交代，你是不是做了什么对不起人家的事？"

他眉头一皱，烟嘴被咬烂："我至于吗？"

"那她为什么骂你？"

宋落皱眉想了会儿，没想明白。

宋落也懒得继续在这件事上浪费时间了，反正和他也没关系。他客气地待她也只是因为她是宋枳的朋友，无所谓了。

他拿了外套穿上："我出去买包烟。"

宋枳皱眉："你少抽点。"

在抽烟这件事上他倒是长情，江言舟都在她的监督下戒了。

宋枳觉得的确有给自己找个嫂子的必要了。

某个一线杂志搞了个周年庆，圈内合作过的艺人几乎都请去了。

宋枳刚录完花絮，窝在化妆间里给江言舟发消息。江言舟最近黏人得很，一会儿没回他消息就委屈巴巴地追问她是不是不爱他了。

宋枳和小许埋怨，结果换来一个白眼。

小许："宋枳姐，您就别在我这个单身人士面前撒狗粮了行吗？"

宋枳一脸娇羞着捂着脸，感叹道："真是甜蜜的负担。"

小许："……"

妆发弄完了，换衣服前她想着先去一趟洗手间，毕竟换完衣服后再想去洗手间可就麻烦得很了。那个大裙摆，光是想着就觉得难搞。

人刚到洗手间，就碰上了在那儿补妆的张范范。眼睛红肿，眼底发黑，一看就是哭了个通宵。

"哟，这是失恋了吗？"宋枳说。

张范范满脸幽怨地看了她一眼，罕见地没有还嘴，绕开她走了。

宋枳有点纳闷，这玩意儿还能搞连坐？恨宋落的同时居然连她也给恨上了？

以往的张范范如同一只带着斗鸡属性的孔雀，不管是出席什么活动都得搔首弄姿争个第一，今天这么好的机会她居然错过了，就连合照也懒得抢 C 位，兴致缺缺地站在最靠边的位置，苦着一张脸。

这个杂志在时尚圈的知名度很高，所以这次周年庆也备受关注。再加上前女团的那几个成员差不多都去了，粉丝都等着看好戏呢。

"小灵花"原名许灵，因为是童星出道，所以取了个可爱的艺名。作为之前的主唱兼队长，"小灵花"和张范范也是一见面就掐。

两人可谓是火烧灯草———一点即燃。

先前"小灵花"因为忌惮张范范家里的背景，一直不敢得罪她。现下身后有人撑腰，底气也足了，在后台见到她了，更是半点含糊都不带的，上来就嘲讽。

"哟，这眼睛是刚拉双眼皮没恢复吧，哪家医院啊？我以后也好避开。"

张范范本来心情就不好，偏偏这人还自个儿往上撞。她冷笑着回击："你这张除了眼珠子是真的，其他都是后天合成的脸可经不起折腾了。"

"小灵花"的确整得狠了点，在这点上她自知无法反驳，倒也没受什么影响，只当她是在嘴硬。

张范范和身边的助理啧啧叹道："你看看，你灵花姐姐这张巧夺天工的脸！当代医学可太发达了，眯眯眼、大龅牙、塌鼻子都能整成八国混血。"

"你！"

"小灵花"这下是真被气着了，整张脸惨白惨白。

张范范白眼一翻："赶紧给我让开，不然我就把你那点藏着掖着的事也给一块儿捅出去了。"

过道来来往往的人很多，"小灵花"生怕她真的大声嚷嚷，毕竟这事她也不是做不出来。

刚巧这个时候宋枳换完衣服从化妆间出来了。

娱乐圈的三个舆论能手就这么碰见了。"小灵花"不喜欢张范范，也瞧不起宋枳，对宋枳她是因妒生恨。

她白眼都快翻到后脑勺去了："现在是苍蝇扎堆吗？来了一只接着一只的。"

宋枳抬手在面前扇了扇："我说怎么大老远的就闻着味了，这么多年了，姐姐的汗腺手术还没去做吗？"

"小灵花"平时将这事瞒得严实，生怕被别人知道。她压低声音，警告宋枳："你少在这里胡言乱语。"

宋枳认错态度良好："姐姐对不起，是我不懂事。"那张精致的小脸上满是委屈隐忍。

张范范看不下去了，挺身而出："不是，许灵，宋枳说你什么了你就这么威胁她，她是把你有狐臭的事到处讲了还是登大字报了？"

她这一嗓子号得响亮，周围忙碌的人纷纷将视线移了过来，边看热闹边窃窃私语。

"小灵花"脸青一阵红一阵的，又不好发作，只能自认倒霉，窝着火离开，经过她俩时泄愤一般地撞了下肩膀。

张范范看她吃瘪的样子都快爽死了，一直忍到进了休息室才笑出声来。

宋枳开了一瓶水，小口地喝着，问她："不难过了？"

经她这一提醒，张范范才想起来自己还因为宋落难过着呢。

头一埋，又不说话了。

宋枳靠着椅背，长腿交叠："说说看，宋落怎么渣你了？"

她抬眸："你怎么知道？"

宋枳乐道："电话是我接的，我当然知道了。"

宋落也不知道自己是怎么了，居然盯着手机发了那么久的呆。

助理见他有些出神，小声喊了句："宋哥？"

他抬眸，有点烦躁地将手机锁屏放回桌上。

宋落："你说。"

宋哥虽然平日里没个正形，但少有像今天这种失魂落魄的样子，助理重新将刚才的话讲了一遍。

他拿着笔点了点头："那就这样吧。"

助理走后，宋落又看了眼手机。

挺奇怪不是吗？

他先前一直嫌张范范烦，可是她现在不来烦他了，他倒有些不适应。也说不上不适应，就是感觉胸口像积堵着一团火，上不去又下不来，烧得他肝脏疼。

他低骂一声，点了根烟，站在落地窗后抽了起来。

兴许是闲得久了，所以才会产生这种怪异的情绪。

张范范听见宋枳这么说，迟钝的大脑逐渐反应过来。

也就是说，那天晚上和宋落待在一起的女人不是他的相好，而是宋枳？

她顿时像活过来了一样："是你接的电话啊？"

宋枳说："不然呢？"

想了想，她笑得不怀好意："你该不会是吃醋了吧？"

张范范也没否认："我还以为宋落有女朋友了呢，吓得我连吃饭都没胃口。"她转身和身后的助理说："今天下午订饭的时候给我多订一份。"

"哟。"宋枳笑道，"要请客吗？"

她哼了一声："我自己吃两份。"不过她还是和助理补上一句"再加一份吧"，好歹也是未来小姑子，提前对她好也不亏。

她心情好，拿出手机就要给宋落发消息，对话框还没点开，手机就被宋枳给抽走了。

张范范眉头一皱："你干吗？"

手机在宋枳的手里转了个方向，她问她："你想不想追到宋落？"

张范范："你说什么废话呢？"

"宋落嫁给我吧"这六个字她就差没纹在脸上了。

宋枳说："你要是想追到他你就听我的。"

她把手机还给她："这些日子你先别给他发消息，也别联系他，多晾他几天。"

她对宋落再了解不过了。这人虽然感情生活丰富了点，但大多没有付出过任何真心，纯粹就是带着玩玩的心态。真说起来，他的感情经历其实简单得很，他长这么大还没对谁真正动过心。

如果张范范一直对他死缠烂打，他也不可能认清自己心里的真实想法。

"这么说吧，你不理他，如果他没什么反应的话，说明他对你没感觉，你再怎么努力都没戏。但是如果他按捺不住主动给你发消息了，那就证明他对你是有意思的。"

经她这一分析，张范范觉得有点道理，但还是有点担心："那万一他真的不理我怎么办？"

"很简单啊。"她神秘一笑，"换个攻略对象。"

张范范："……"

她心里其实是没什么底的，毕竟宋落表现出来的样子似乎对她也没什么特殊的感觉。

张范范虽然笨，但是不瞎。如果宋落真的对她有意思，怎么可能在她那么明白的攻势下还无动于衷？

就这么过去了五天，她等得彻底心灰意冷了。

整个人郁郁寡欢的程度不比那天听到电话里传来女声时要浅。

可能，真如宋枳说的那样，宋落对她是一丁点的感觉都没有。

宋枳这些天的拍摄工作都是很晚才结束。因为江言舟出差去了，所以有几次是宋落去接的她。

拍摄现场灯光亮，旁边站满了工作人员，化妆师正给模特补妆。听说这次拍摄的是某个综艺的海报，里面的艺人嘉宾今天都在场。

离得远，熟悉的声音飘过来，带着点嫌弃："我不吃这个。"

宋落抬眸往声源处看了一眼，就见到穿着粉色JK裙的张范范皱着眉，一脸嫌弃地往旁边躲，她身旁的男人正拿着一只醉虾要喂给她。

他们身上穿的是情侣装，两人也都年轻，看上去朝气蓬勃，倒是意外地挺般配。

"真的挺好吃的，你尝尝看嘛。"

张范范都快烦死了，怎么能有这么讨厌的人？

这次的综艺她本来不想接的，要不是看到宋枳也在里面，她早推了。

虽然宋落对她的不闻不问也同样回以不闻不问的态度，让她心里有点挫败，甚至一度想要放弃。但心里终归有些不甘心，所以提前讨好小姑子这件事在她心里还算是一件大事。

拍摄海报途中工作人员点了几份外卖，谁知道这人非要她尝尝。

张范范被他逼得烦了，想发脾气，可是又顾虑到这里人多。

她虽然不在乎外界对自己的看法，但好歹也是要点脸面的，脾气不好发作，为了让他闭嘴，只能皱着眉吃了。她撩开长发，凑过去，一口咬下他筷子尖上夹着的醉虾，才咬一口就跑到垃圾桶边吐了。

男人见到她这反应，递给她一瓶水："有这么难吃吗？"

她不耐烦地推了他一下："滚啊。"

两人这有来有往的，在外人眼中倒成了打情骂俏，宋落手里的矿泉水瓶都快被他捏变形了。

呼吸稍微有些不顺，烟瘾倒是来得毫无预兆。

他深呼了一口气，努力压下胸口不知为何突然拥上的火，拿了烟盒就准备出去。

张范范后知后觉地注意到他了，还以为是自己思念成疾，产生幻觉了。等她揉了眼睛再去看时，越发肯定不是幻觉。

拍摄还只进行到第二组，离她上场还早。张范范和助理说了一声后，匆忙出去。

场地外的大楼没开灯，门外一片黑，只有天上那点柔和的月光，照明效果可以忽略不计。

张范范瞧见空中浮动的那一点橘色的火光，犹豫着上前，不太确定地喊了一声："宋落？"

男人呼出一口灰白色的烟雾，声音带着笑意，却有点冷："哟，还记着我叫宋落啊。"

这话说出口，连他自己都有些惊讶。酸溜溜的，根本就不像是他会说出来的。

以往他老嘲笑江言舟，动不动就吃醋。宋枳拍个约会的戏码他都能吃好久的醋，还得宋枳哄上小半天才能好。

可是现在，他突然觉得自己也变得和他一样了。

这种感觉不太妙啊。

张范范小声嘀咕了一句："'宋落'这两个字又不是很特别。"

她有点不爽，误以为宋落是在质疑她的脑子和记忆力。

这话到宋落的耳朵里就成了另外一层意思了，是嫌他名字不好听呢。

他冷"呵"一声，转身就要走，张范范急忙追过去："你去哪儿？"

他没好气地说："关你什么事？"

张范范被他凶得有些委屈，眼眶逐渐红了，她好像也没做什么。也就安静了那么几秒钟，女人放开了嗓子号哭的声音让宋落有些无可奈何。

他蹲在那儿哄她："你哭什么？我……我没别的意思，我就是……"

他也没啥哄人的经验，宋枳难过了，他也是抱着她安慰一会儿。可他总不能去抱她吧，这非亲非故的。

他正手足无措呢，人家自己扑上来了，窝在他的怀里哭得更凶。

"你为什么对我这么凶？我那么喜欢你，你就算不喜欢我也不能凶我。"她哭得上气不接下气，十分委屈，"我那么喜欢你，你还一直让我难过。"

宋落倒是有些反应不过来了。

这是告白了？那他是应该先给回应呢，还是先哄？

女生这种生物实在是太麻烦了，说话大声不得，态度也冷淡不得。

太麻烦。

他光是应付宋枳一个就够累了，这要是再来一个，他还不得直接死在这儿了？

宋落宁愿重新来过，也不愿意去应付这么一个难伺候的生物。手抬起来了，想推开她的，可不知怎的不受控制，偏偏就抱住了她。

他没什么耐心地哄道："有什么好哭的，多大的人了？"

张范范根本不听，在他怀里哭得直哆嗦："我比你小。"

得，刚刚还说喜欢他呢，现在就开始嫌他老了。

"行了啊，鼻涕都蹭我身上了。"

张范范真的摸了摸鼻子，那里干干的，根本没流鼻涕。

她哭得更凶了："你不光欺负我，你还耍我。"

女生这种生物，他真是从小到大都没办法。

宋落对谈恋爱倒没什么太大的兴趣，打游戏似乎更吸引他一点。不过别人都谈，他也不能落下不是。碰到来告白的，长的正好是他喜欢的类型的，他就点头同意了。

可惜这一个两个的都太烦了，每天发一堆消息，他懒得回啊，索性直接屏蔽了。

第二天在学校碰见，人家就边哭边控诉，说他一点也不像个男朋友，谁谈恋爱像他这样，不回消息也不约会，成天不是打篮球就是打游戏。

对方哭得眼睛都肿了："我在你心里难道还没有篮球和游戏重

要吗？"

宋落认真地想了一下："那没得比。"

对方的脸色这才好了些，刚要开口，他又说："篮球和游戏多重要啊。"

"宋落，死渣男！！！"

他的每一段恋情几乎都是这么吹的，到了后来，他干脆说自己对女的不感兴趣。

每天应付那些过来告白的人，实在太累。所以直到现在，宋落都对谈恋爱没什么兴趣，都是那会儿被弄出心理阴影来了。

张范范越哭越凶，丝毫没有停下的想法。

也不知道她是不是属抽水泵的，哭了大概十来分钟，他觉得自己的 T 恤都湿透了，她终于停下来了。

宋落刚松了一口气，她休息了一分钟后，无缝衔接继续哭。

"你这么和我搂搂抱抱的，不怕被拍？"宋落问。

"宋枳怕被拍我才不怕。"她抽泣了几下说，"我巴不得被拍到。"

宋落扶着她的肩膀，往外推了推："哭也哭够了，可以从我身上离开了吧？"

她又重新趴回去："我还没哭够呢。"

他身上的气息干净好闻，肌肉也硬邦邦的，靠着非常有安全感。她才不舍得离开呢，想一辈子都抱着他。

工作人员喊了半天的名字，都没看见人，于是问她的助理："张范范人呢？"

助理也急得满头大汗："我也没找到。"

这都半个小时了，也不知道她去了哪里，手机也没带。

那个喂她吃醉虾的男艺人站起身："我去找吧。"他刚刚看见她跟着谁出去了，应该还在外面呢。

他走出去，门外没什么人，黑乎乎的，借着那点微弱月光，他看见前面抱在一起的二人。

女的身形熟悉，可不就是张范范嘛。

他语气亲昵地喊道："范范，要拍摄了。"

沉迷于宋落怀抱的张范范被他的话惊醒，这才想起自己还在拍摄海报，再怎么好色也不能耽误正事。

她刚要从宋落的怀里离开，他的手放在她的后背，略一使劲，将她往自己怀里压。耳边是他胸腔处的心跳，张范范愣了一会儿，宋落松开手："进去吧。"

他少见的主动让张范范整个人都陷入一阵狂喜状态，但是考虑到有外人在，她也不敢表现得太明显。

她整理好裙摆进去，男艺人看了眼宋落，略微勾唇，示威地笑笑。然后他跟了过去，动作温柔地替她把领子理好："都折进去了。"

张范范敷衍地道了声谢。

宋落看着面前这一幕，面上没什么太大的变化，烟盒却被捏了个稀巴烂。

他们俩拍摄的是同一组，同框照也不少。

张范范还属于比较有职业道德的那种，在拍摄现场便收起了对男艺人的厌烦。该笑的时候笑，该害羞的时候害羞。

宋枳捧着枸杞茶坐在一旁看着，偶尔点评几句："你看看，她刚才那个笑就太假了，非常职业化，一点也不像是个女生碰到自己暗恋对象的样子。

"现在这个倒不错。"

枸杞茶是江言舟给她准备的，担心她经常熬夜工作，身子受不住，平时在家也是各种补品参汤地喂。

"这么一看，我觉得张范范和江越还挺配的。"她这话刚说出来，就觉得后背冷飕飕的。

奇了怪了，里面冷气开得不大啊。

她回头一看，这才反应过来，原来自己身后站了个人形制冷器呢。

宋枳笑得不怀好意，问宋落："张范范长得挺好看吧？"

他下颌微抬，闷哼一声："我又不是来看她的。"

死鸭子嘴硬。

宋枳是他妹妹，这世上没有谁比她更懂宋落。他冷得都快掉冰碴子的脸分明就是吃醋了。

摄影师不断让他们换姿势。

"张范范可以靠近一点，手放在江越的肩膀上，对对对，就是这样。"

江越眉眼微抬，往这边看了一眼，片刻后，唇角微挑，手搂过张范范的腰，离她更近。

宋落整张脸全黑了。

目睹了这一幕的宋枳由衷感慨了一句："果然姓江的全是有心机的。"

宋落腮帮咬紧，又松开，终于没忍住，走了。

好不容易结束拍摄，张范范在心里把江越辱骂了一千遍，仗着拍摄就占她的便宜。

视线在摄影棚里扫了一圈都没见着宋落的人，她问宋枳："你哥呢？"

"气走了。"

张范范眉头一皱："被谁气走的？"谁这么大的胆子，敢气她的男人。

宋枳下巴微抬，往江庭那儿看了眼："喏。"

还真是讨人嫌。

张范范走过去，发狠踢了他一脚，男人弯腰捂着膝盖。

她一脸无辜地摊手："不好意思啊，我不是故意的。"就差没将"故意"两个字写在脸上了，却说自己不是故意的。

江越似乎也不在意，笑着直起上身："我哪里惹你不高兴了吗？"

张范范："你没这个能耐。"

替宋落出完气，她也懒得继续和他说，转身就走了。

收工结束，回家的路上，宋枳看了眼正坐在自己车内敷面膜的张范范。

她十分不解："你的车比我的高档不少，怎么还跑我这儿来蹭了？"

张范范将面膜压实："我不蹭你车，怎么蹭你哥？"

宋枳："什么？"

张范范："宋落不是心情不好吗？我作为他未来的女朋友，总得去哄哄吧。"

这还自称上了。

宋枳旁观者清，看得出来他们现在已经从张范范的单箭头变成了双箭头。就宋落那个钢铁直男，一般不轻易动心，动心了那也就是一辈子的事了，估计张范范这个嫂子是没跑了。

但宋枳还是觉得自己对待这件事得严肃认真一些，宋落和张范范不同，他的人生有过很糟糕的一段时光，宋枳不能再让他受到伤害。

"你了解宋落吗？"

宋枳突然这么认真，张范范倒有些不习惯了。

"了解啊。"

"他坐过牢，你知道吗？"

"知道啊。"

宋枳愣了一下，似乎没想到宋落连这个都和她说了。

"你不介意？"

张范范有些不解："我为什么要介意？"

"你就不想知道他为什么坐牢？"

这倒的确挺好奇的，她点头："想的。"

宋枳沉默了一会儿，将事情原原本本地讲了一遍。

那些被尘封着的，不太好的回忆。

她讲完后，四周很安静，张范范没说话。倒也能猜想到，没有谁愿意将自己的未来托付到一个险些杀死人的人手中。

宋枳刚要开口，整个人被拢到一个温暖的怀抱里。

张范范的声音哽咽得不行："对不起啊宋枳，我不知道你家原来……"她哭得很凶，"我以前对你太坏了。"

宋枳愣了很久，然后才无奈地笑了笑。

可能，把宋落交给她，也不算是一件太坏的事。

最近公司里的员工发现一到下午五点，总有个戴着帽子、口罩、墨镜的女孩子鬼鬼祟祟地来到公司。她也不说话，就抱着个手机坐在外面沙发上打游戏，似乎在等人。

他们就纳闷了，戴着那个墨镜能看到个什么。

她好像也的确看不见，偶尔费劲巴拉地将眼镜往下扯一扯，看一眼屏幕后又去看旁边的电梯门。

几个人窃窃私语："该不会又是来找宋哥的吧？"

有人怜悯道："那可惜了，宋哥那个钢铁大直男，估计能直接把人给轰走吧。"

"虽然全副武装看不清脸，但看身材似乎挺不错的，宋哥也还不至于吧。"

"怎么不至于？先前来公司的那些妹子哪个身材不好？你见过宋哥对谁手下留情过吗？"

"都是直接叫保安给轰走了，也不顾人家妹子的哭诉，连多看人家一眼都嫌浪费时间。"

"长得帅就是魅力大啊。"

公司里那些单身人士嫉妒得眼睛都红了，偏偏他们这宋哥丝毫不懂得怜香惜玉。

本来几人已经在心里做好了为这个美女可惜的念头，电梯门开，宋落从里面出来。那女生站起身，走到他面前撒娇，埋怨他今天怎么这么晚。

宋落眉头一皱，低头看她。

公司里的人都屏住呼吸，安静地等着宋落把她撵出去，结果他却破天荒地解释起来了："开会多花了点时间。"

张范范对于他这个主动承认错误的反应很满意，看来自己这些天坚持不懈地在他面前晃悠还是非常有成果的。

她并不是一个有毅力的人，但在追宋落这件事上，还是保持着超乎常人的坚持。

宋落长得那么好看，觊觎他的女生肯定数不胜数，她可得好好防着。

"我今天开车了的，我送你啊。"张范范说。

他拒绝了："不用。"

"为什么啊？"

"我也开车了。"

"那没关系啊，你坐我的车回去，我明天再送你过来。"

他还是那句："不用。"

十分钟后，张范范看着嘴上说不用，却还是听话地坐进副驾驶的宋落，非常满意。

这人就是嘴巴硬。

她心满意足地开着自己那辆粉色的超跑，偶尔问他几句："你们公司女生多吗？"

"多。"

张范范心里咯噔一声："长得好看吗？"

"还行吧。"

"什么还行？"

"长得还行。"

张范范瞬间不乐意了，扭头看他，表达出了质疑："我这几天在你们公司怎么一个都没见到？宋落，你眼光是不是有问题啊？"

宋落刚要开口，视线看着前面的路况，眉头紧皱，扑过来猛打方向盘，不过还是晚了。

追尾，张范范全责。

好在前面那辆车的车主挺好说话，拍完照等保险公司来，也没多追究责任，只是互相交换了下名片。

张范范惊魂未定，还处于刚才的惊吓中，这还是她第一次出车祸。

宋落拿出烟盒，下意识想给她递一根，顿了片刻，将手收回来。应酬上递顺手了。

张范范吓得脸色惨白，缓了半天都没缓过来。

宋落去马路对面的便利店买了瓶水，拧开递给她："下次开车还敢不敢东张西望了？"

她呜呜呜哭了出来："不敢了，再也不敢了。"边哭边往宋落怀里蹭，"我再也不开车了。"

倒是挺会从根源上解决问题。

宋落看着怀里的人，无奈地叹了口气，抬手揉了揉："行了，就当吃了个教训，下次注意点就行，没那么严重。"

他忘了自己指间还夹着根烟，烟尾不慎点着了她一缕被风吹起来的碎发。

宋落瞳孔放大，愣了一瞬。

张范范将脑袋从他怀里抬起来，哽咽地问他："你有没有闻到一股烧焦的味道？"

他背过手，将手里的烟屁股在身后的垃圾桶上摁灭。

"……没。"

张范范也不知想到了什么，突然惊恐地将宋落往边上拉："这车该不会要炸了吧？"

宋落："……"

张范范不敢再开车了，于是司机变成了宋落。

可能是觉得自己今天的车技丢了人，她企图在其他地方找些优点。

譬如眼光。

"你觉得我这车怎么样？"

这车是她亲自选的，是她最爱的粉色，价格不菲，国内没几辆。

宋落扶着方向盘，看着后视镜转弯："挺适合你的。"

要是以前张范范就以为他是在夸自己了，可发生了刚才那件事，她怎么都提不起兴致了。

"你是不是觉得我就是个废物，什么都做不好？"她问得委屈巴巴的，模样也是委屈巴巴的。

宋落看了她一眼："还好。"

她顿时蔫巴了："又是还好。"

宋落沉吟片刻："你也是有优点的。"

张范范眼睛一亮："什么优点？"

宋落想随便夸她一句，可是思索了很久，实在是想不起来了。

张范范头一歪，靠着车窗，干脆不想理他了。她也没回自己家，非说今天受到了惊吓，要去找宋枳安慰一下。

想到宋枳那个得理不饶人的嘴巴，宋落实在想不出她竟然还会安慰人。

宋枳开了门以后看到站在宋落身后的张范范，早就见怪不怪了。

"今天用的是什么理由啊？"宋枳问。

她换了鞋子进来，嘿嘿一笑："今天出车祸了。"

宋落："……"

他怎么觉得她还挺高兴？

晚饭是宋枳做的，她今天难得没有开工，就在家照着食谱随意鼓捣了几下。是简单的一些素菜，卖相不是很好，但至少能吃。

宋枳让他们先别动筷子，说还有个人要来。宋落眉头一皱，满脸的嫌弃，不用问也知道是谁了。

与此同时，门铃响了，张范范图表现，主动过去开门。门开后，看到门后的男人她还是愣了一会儿。

即使之前已经见过江言舟几次了，可每次见，她无一例外都会被他的美貌暴击到。

哼，不过还是没有她的宋落好看，她高傲地一抬下巴，走开了。

江言舟沉吟，奇怪的人。

宋枳也没穿鞋，光着脚就跑过来，搂着他的脖子撒娇："你怎么来得这么晚？我都等你半个小时了。"

他一手托着她，防止她掉下去："路上有人发生了车祸，所以就堵了一会儿。"

车祸二人组此时纷纷低头别脸，企图用沉默将存在感缩到最小。

饭吃完了，张范范见江言舟留下来过夜，她也耍赖不肯走。

她都在宋落身上花费了那么多时间，总得看到点成效吧，反正今天她无论如何都要把人追到手，撒泼耍赖也行。

宋枳给她收拾了一间客房，就在宋落卧室的隔壁，天时地利人和，成败就看她自己了。

宋落作息习惯很好，没有应酬的时候十点准时上床睡觉。

夜晚静得可怕，张范范小心翼翼地溜进了宋落的房间。没开灯，房间里黑乎乎的一片。

她轻轻喊了一声他的名字："宋落。"

没人应。

她深呼一口气，动作小心地掀开他的被子，躺了进来。

这样应该算是更进一步的发展了吧？她美滋滋地想着。

黑夜中，男人翻了个身，把她压在身下，低沉的声音从喉间溢出："嗯？"

张范范吓出一个哆嗦，条件反射就要起身，宋落一下把她抓了回去，他的笑声带着几分愉悦："都送上门来了，还觉得我什么都不会做？"

张范范虽然追人大胆，但这时候还是有点尿："可……可我们都不是那种关系。"

　　他是喜欢她的，从她表明心意没多久就喜欢上了。他要是不喜欢她，从她第一次接近他的时候，就毫不留情地撵她走了。

　　多蠢啊，他都表现得那么明显了，她居然没有察觉到。

　　宋落唇角微勾，俯身吻住她的唇："现在是了。"

番外四

宠溺

再次怀孕之后宋枳的脾气明显见涨，唐笑言说，这是孕期狂躁症，正常的。脾气上来了就找个人发泄，不然迟早憋成乳腺增生。她劝宋枳千万别忍，多少病都是忍出来的，尤其是怀孕的时候。

"你看那些孕妇，生完孩子都落一身病根，就是因为怀孕的时候受了委屈。"

说到这里，她还将自己从左邻右舍听来的那些狗血八卦讲给宋枳听。

谁谁谁在自己老婆怀孕的时候没忍住出去找女人，谁谁谁就因为老婆孕期想吃过季水果就认为对方在刁难自己，竟然还直接动手了。

宋枳听得目瞪口呆，手里的山楂片都没味道了。

"你说的这些都是真的？"

"当然是真的了。"唐笑言剥着橘子，往她手里塞了一半，通过这些八卦，她总结出一个结论，"男的，不行。"

"男的，不行。"

江言舟下班回家后，宋枳就一直在他耳边重复这句话，眼神还阴恻恻，带着寒意。他把外套脱了，拿来一个枕头放在自己的腿上，将宋枳的腿轻轻拉过来，搭在上面。她最近水肿，脚总是疼，江言舟每天都会给她揉脚。

"男的，不行。"她吃一口香蕉，就重复一句。

江言舟时刻注意着手上的力道，生怕弄疼了她："我最近做错什么了吗？"

宋枳冷笑，恶狠狠地咬了口香蕉："你还有脸问我？"

江言舟眼角扬起一道疑惑的弧度。

宋枳说："你自己想，什么时候想清楚了再来找我。在这之前不要和我说话！"

她走回房间，里面一阵响动，不过几分钟的时候，他的枕头连带被子一起被扔了出来。

那几天江言舟睡在书房。

虽然家里还有其他房间，但他知道，以宋枳这个记仇的脾气，要是看见你在她生气的时候还舒舒服服地睡在床上，她会气得更久。

宋落提着张范范让他带来的补品和一些不知道从哪里搜罗来的奇特首饰过来时，正好和刚从书房出来的江言舟碰上。江言舟眼底浮现淡淡青白，头发稍显凌乱，一副没睡醒但不得不强撑着精神的憔悴模样。

宋落乐了，把东西放在方几上："我家那祖宗又折腾你了？"

昨天晚上忙到半夜，想着随便补个觉，等白天去了公司再休息会儿。但书房里的沙发实在过于窄小，他按了按山根，企图消解几分乏意。

都这样了，听到宋落的话，还能分出心来反驳："已经是我家的了。"

宋落哼笑一声："出息。"

客厅内空无一人，宋落四下扫了一眼。虽然刚刚才嘲讽江言舟没出息，但还是立马改了口："你家那祖宗呢？"

"应该还没起。"江言舟看了眼旁边紧闭着的卧室房门，脸上带着厚重的忧虑，"她最近睡眠质量不太好。"

宋落让他还是先操心操心自己，继续这么下去，别孩子还没出生，他反而先被折腾死了。

自己这个妹妹的脾气，他再了解不过。那脾气，横上天了。更别说是现在怀了孕，性子更加阴晴不定。

江言舟按着肩膀，活动了下有些酸涩的脖子："她有身孕，总是难受，我让她也应该。"

宋枳刚怀上的时候，吃什么吐什么。难得有想吃的东西，也是极难买到的那种，江言舟开车跑遍了全城去给她买。

心疼吗？当然心疼，心疼到恨不得代替她去受这份罪。

可是他什么都做不了。

长这么大，他第一次觉得自己无能。

后来好不容易胃口好些了，她又开始腰疼。

江言舟每天都会给她捏脚按摩，就是希望她能舒服一些。

自己的妹妹自己当然更心疼，但看到宋枳隔三岔五就找各种理由来找江言舟的麻烦，连宋落都有些看不下去了。

"要不你还是……"宋落想了想，最后还是在江言舟的肩膀上拍了拍，"老实受着吧。"

不管看不看得下去，妹妹还是比妹夫更重要。

宋落坐在客厅里看电视，江言舟去洗漱了。

二楼那个紧闭着房门的卧室终于有了点动静，宋枳睡到口渴，本想着让江言舟去给她倒杯水，手往旁边摸了摸，只摸到空荡荡的床垫，这才想起来自己之前把他赶去了书房。

可是实在渴得厉害，她掀开被子准备起身出去倒杯水。

视线定格在床头柜上。

玻璃杯里盛了水，或许是怕她醒的时候水冷了，旁边还贴心地放了个水壶。甚至还有个水果拼盘，都是宋枳喜欢的。最边上是一张便利贴，字体遒劲有力。

她认出来，是江言舟的字。

> 如果饿了就给我打电话。
>
> ——爱你的老公

看到最后这个署名，宋枳怀疑地挑了挑眉。

这玩意儿真是江言舟这个一点情趣都没有的"哑巴"写的？

可这字迹又确实是他的。

宋枳左看右看，光顾着研究这张纸条的真实性，也忘了要喝水这件事。

"爱"这个字的第一道笔画明显比其他字要深上许多，明显力道用得更深。看来他写下这个署名，也是下了很大的决心。

宋枳甚至能想象到，他握着笔，笔尖杵在纸上，一贯清冷的神情万分纠结。

让他这种稳重严肃的人写出这么肉麻的话来，想来也是……

宋枳勾了勾唇，手指弹了下那张纸条，心情顿时好了许多。

她开门出去，外面天气不太好，阴沉沉的一片暗蓝，一楼客厅内倒是灯光明亮。

宋枳看到宋落了，胳膊搭在栏杆上："今天怎么是你一个人来的？张范范居然没缠着你？"

她有点意外，平时张范范就跟个人形挂件似的，宋落走哪儿她跟到哪儿，一刻都不舍得分开。

宋枳总调侃她："你就这么离不开宋落？我告诉你，女人得自立，要让宋落离不开你。"

张范范红着一张脸嘴硬："我什么时候离不开他了？我那是盯着他，防止他找其他女人。"

她全身上下，也就那张嘴是硬的了，连骨头都是软的。

宋落放下手里的遥控器："她今天有个广告要拍，下午才能过来。"他问宋枳，"怎么样，脚好点了没？"

走廊上靠边放了椅子，方便宋枳走累了随时坐下来休息。

此时她扶着栏杆坐下，椅子上的软垫很舒服："还行，比之前好点了。"

宋落点了点头："上次你说想吃糕点，我特地去买了点老式糕点，还有你喜欢吃的蜂蜜黄油面包。"

宋枳刚好肚子有点饿了，从椅子上站起身，正要下楼。

江言舟恰好从盥洗室出来，扶着她，动作小心，生怕她磕了碰了。他的声音也温柔到极致："有没有哪里不舒服，腰疼不疼？"

洗漱完以后，他整个人身上的那种疲惫感消了一大半，看着清爽干净。

因为那张纸条，宋枳对他的脾气没昨天那么大了："不疼了。"

"脚呢，还胀不胀？"他眼神担忧地看着她跘在棉拖里的纤纤玉足。

宋枳："昨天你给我揉了那么久，好像也消肿了。"

他松了口气："待会儿再用热水泡一下。"

宋枳点头："嗯。"

宋落在楼下咳了一声，打断他们，语气带着几分吊儿郎当的调侃："在大舅子面前还是收敛一点。"

宋枳虽然对江言舟的态度好点了，但不代表她的脾气变好了。

听到宋落的话，她斜他一眼："我在你面前收敛什么，我不光不收敛，我还当着你的面和他接吻。"

江言舟不动声色地抬了下眉。

宋落对自己这个妹妹的脾气再了解不过，她说出这句话也完全在自己意料之中。

宋枳在江言舟的搀扶下下了楼。坐下后，江言舟动作自然地弯下腰，轻轻握着她的脚踝，将她的脚从拖鞋中拔出，放在自己的腿上。

替她揉脚已经成了每天的习惯。

宋枳含情脉脉地看着他："今天不用去上班？"

他笑容温柔："晚点再去。"

"那你今天几点回来？"

江言舟手上动作稍顿，看了眼腕表上的时间："下午有个会议，我尽量在五点之前回来陪你，好不好？"

用的是询问的语气，意思就是，如果她觉得不好，那他就将会议往前推。

宋枳说没关系，工作重要。

她吃着宋落给她剥的葡萄，享受着江言舟的揉脚捏腿服务，躺在沙发上，感受着至尊的女王待遇，突然觉得怀孕也不是很痛苦了。

江言舟走了，走之前还拉着宋枳，轻声问她刚才和宋落说的话还作不作数。宋枳反应过来，是自己刚才说要当着宋落的面亲他的那句话。

"当然作数。"

她喊了声："宋落。"

正看电视的宋落转头看向她："怎么了？"

宋枳说："看好了哈。"然后踮着脚，吻了上去。

在她踮脚的瞬间江言舟便低下了头，所以哪怕二人身高悬殊，但她也只是后脚跟稍微抬起。

宋落："……"

江言舟心满意足地去公司了。

张范范比预期的时间来得还要快，她火急火燎地冲进来，鞋子都没来得及换，包包随手往沙发上甩，因为力道大，在沙发上滚了个圈，最后掉在地上。

宋落起身把包包捡起来，皱着眉，让她跑慢点，别又摔了。她敷衍地应了一声，此刻满脑子都是把自己刚在片场听来的惊天大八卦分享给宋枳。

"你还记得宋惟吗？就之前和你一起拍过杂志的那个。"

"记得啊。"比宋枳小两岁的模特，大学一毕业就和自己谈了四年的女朋友结婚，婚礼当天官宣，连官宣内容都是害怕她被别人抢走，所以自己先下手了。惹得一众网友羡慕，同时又遗憾他英年早婚。

宋枳点点头："他怎么了？"

张范范神神秘秘，凑近了她，小声开口："听说他前阵子被曝出在老婆孕期出轨，他老婆生完孩子直接产后抑郁。"

宋枳的脸色顿时黑了。

宋落耸肩。

自求多福吧，江言舟。

——全文完——

图书在版编目（CIP）数据

肆意 / 扁平竹著. -- 成都：四川文艺出版社，
2024.1
ISBN 978-7-5411-6841-3

Ⅰ. ①肆… Ⅱ. ①扁… Ⅲ. ①长篇小说－中国－当代
Ⅳ. ①I247.5

中国国家版本馆CIP数据核字(2024)第001131号

SI YI

肆意

扁平竹 著

出 品 人	谭清洁
出版统筹	刘运东
特约监制	王兰颖　代琳琳
责任编辑	苟婉莹
选题策划	王兰颖
特约编辑	赵丽杰　张开远
营销编辑	刘玉瑶　宋艳微
封面设计	recns
责任校对	段　敏

出版发行　四川文艺出版社（成都市锦江区三色路238号）
网　　址　www.scwys.com
电　　话　010-85526620

印　　刷　天津鑫旭阳印刷有限公司
成品尺寸　145mm×210mm　　　　开　本　32开
印　　张　18　　　　　　　　　　字　数　449千字
版　　次　2024年1月第一版　　　印　次　2024年1月第一次印刷
书　　号　ISBN 978-7-5411-6841-3
定　　价　69.80元（全2册）